KB001077

루미너리스

루미너리스 2

엘리너 캐턴 장편소설 ★ 김지원 옮김

다산
책방

등 장 인 물

별:

테 라우 타우웨어, 녹암 채집가
찰리 프로스트, 은행원
벤저민 뢰벤탈, 신문사 운영자
에드거 클린치, 호텔 경영인
딕 매너링, 금광촌 거물
퀴 롱, 금 제련사
하랄 닐슨, 중개상
조지프 프리처드, 약제사
토머스 발퍼, 해운업자
오베르 개스코인, 법원 서기
숙 용승, 모자장수
코웰 데블린, 목사

관련된 집:

웰스 오두막(아라후라 골짜기)
준비은행(레벨가)
『웨스트 코스트 타임스』 사무실(웰드가)
그리디론 호텔(레벨가)
오로라 금광(카니에레)
'차이나타운 제련소'(카니에레)
닐슨 & 컴퍼니(깁슨 부두)
아편굴(카니에레)
갓스피드 호(포트 찰머스에 등록된 바크선)
호키티카 법원(치안판사 재판소)
여행자의 운수(레벨가)
호키티카 감옥(시뷰)

행성:

월터 무디
리디아 (웰스) 카버, 결혼 전 성 그린웨이
프랜시스 카버
알리스테어 로더백
조지 셰퍼드
안나 웨더렐
에머리 스테인스

관련된 영향력:

이성
욕망
힘
권위
속박
외향성(이전에 내향성)
내향성(이전에 외향성)

육지:

크로스비 웰스

(고인)

차 례

* 마오리 달력 열한 번째 달로 '4월'을 이르는 말.

2부

예지

1866년 2월 18일
남위 42° 43′ 0″ / 동경 170° 58′ 0″

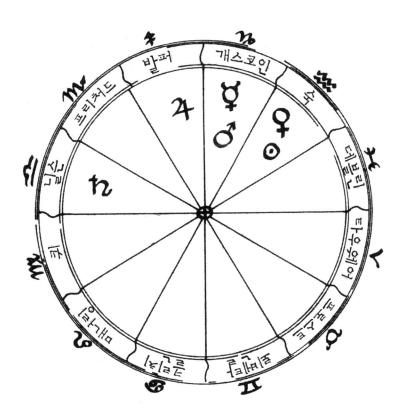

황도

☾ ⋆

우리의 인상이 분명해지면서 우리의 충성심이 이동한다.

월터 무디가 처음 모래사장에 발을 딛고, 크라운 호텔에서 은밀하게 모임이 이루어지고, 바크선 갓스피드 호가 모래톱에서 난파된 무리에 합류한 지 3주가 지났다. 열두 명의 남자는 이제 비밀 모임의 회원이 대낮에 모임의 다른 사람을 만나 의미심장하고 엄숙한 눈짓을 나누는 것처럼 특별한 의미를 담아 서로 인사를 나누었다. 딕 매너링은 카니에레 대로에서 코웰 데블린에게 고개를 끄덕였다. 하랄 닐슨은 토머스 발퍼에게 모자를 두 번 올려 보였고, 찰리 프로스트는 싸구려 음식점에서 아침을 먹기 위해 줄을 서서 조지프 프리처드와 아침 인사를 나누었다. 비밀이란 언제나 새로운 우정을 강화시켜주게 마련이고, 그건 비난할 만한 공통된 외부인이 있을 때도 마찬가지다. 크라운 호텔에 모였던 남자들은 우리가 이미 본 것처럼 공통된 믿음으로 뭉친 게 아니라 공통된 불안으로 단합한 것이었다. 그리고 이 불안은 주로 외부를 향하고 있었다. 알리스테어 로더백, 조지 셰퍼드, 리디아 웰스, 프랜시스 카버, 안나 웨더렐, 에머리 스테인스에 대해서 그 어떤 것도 증명되지 않았고, 아무도 증명할 시도를 하지 못했으며, 새로운 정보도 하나 밝혀진 것이 없는 상황에서도 크라운 호텔의 남자들은 점점 더 다양한 분석과 가설을 만들어냈다. 그들의 믿음은 더더욱 기발해지고, 그들의 가설은 더욱 비현실적이 되었으며, 그들의 논의는 점점 더 엇나갔다. 확인되지 않은 의심은 시간이 흐르며 점점 더 제멋대로이고 불합리해지는 경향이 있고, 기분에 따라 변하곤 한다. 일반적으로 미신이 지닌 모든 특성을 갖게 되는 것이다. 시간과 천체의 운행에 따라 충성스러운 연합을 이루게 된 크라운 호텔의 남자들 역시 다른 모든 사람처럼 이런 영향에서 예외가 아니었다.

그 사이에 행성들은 움직이는 별들의 캔버스 속에서 위치를 바꾸었다. 태양은 기울어진 황도의 원을 따라 12분의 1만큼 전진했고, 이 움직임에 따라 전체적으로 새로운 세상의 규칙이, 새로운 시각이 나타나게 되었다. 태양이 전갈자리에 있을 때 우리는 차분하고, 꼼꼼하고, 멀리서 고상하게 있었다. 인간을 내려다볼 때면 그 사람을 고칠 방법을 찾았다. 그의 실패에 비탄하고 그의 재능을 평가했다. 그 자신의 본성을 저버리라고 유혹하면, 혹은 아예 유혹 없이도 혼자서 천성에 반하는 행동을 하게 되면 어떤 모습일지 상상도 하지 못했다. 하지만 관련된 진실 외에 진실이란 없고, 하늘이 점지한 관련성이란 움직이는 톱니바퀴, 기울어진 축, 돌아가는 다이얼로 이루어진 것이다. 이것은 매 분마다 달라지고, 절대로 같은 일을 반복하지 않고, 절대로 멈추지 않는 시계장치 같은 조직적 행위이다. 우리는 더이상 과거의 좁은 기억에 갇혀 있지 않다. 이제는 우리의 확신이라는 환영을 통해서 바깥을 바라볼 것이다. 우리가 바꾸고 싶은 모습으로 세상을 바라보고, 거기 사는 상상을 할 것이다.

제3궁의 양자리

테 라우 타우웨어는 일자리를 찾으러 다니고 뢰벤탈의 제안은 거절당 한다.

웰드가에 있는 신문사 사무실은 문이 열린 채 모자걸이대로 고정되어 있고 안에서는 휘파람 소리가 들렸다. 테 라우 타우웨어는 노크도 없이 안으로 들어가 가게를 가로질러 뒤쪽의 작업실로 들어섰다. 신문사 편집장인 벤자민 뢰벤탈은 작업대 앞에 앉아서 월요일 자 『웨스트 코스트 타임스』의 활자를 배치하는 중이었다.

뢰벤탈은 왼손에는 학생용 자 크기쯤 되는 금속 식자대를 들고, 오른손으로는 능숙하게 조그만 활자판을 골라서 홈이 바깥쪽을 향하도록 식자대의 네모난 가장자리에 밀어넣었다. 이를 위해서는 오른쪽에서 왼쪽으로 글자를 읽을 수 있어야 할 뿐만 아니라 글자를 반대로도 볼 수 있어야 했다. 교정쇄는 위아래와 양옆이 반전되어 찍히기 때문이다. 줄을 다 맞추고 나면 그는 이것을 신문 종이보다 조금 더 큰 판판한 철판으로 만든 조판에 끼워넣었다. 각 줄 아래에는 줄 사이 간격을 두기 위해서 가는 납띠를 끼웠고, 가끔은 밑줄을 찍기 위해서 돋을새김된

11

청동 괘선판을 넣었다. 글자 마지막 줄을 조판에 넣은 뒤 그는 모든 활자판이 꼭 맞도록 조판 둘레에 나무 쐐기를 끼워 메로 살짝 두드렸다. 그러고 나서 각각의 활자판이 동일한 높이를 유지하도록 교정쇄를 가로 60센티미터에 세로 120센티미터인 나무판 위에 올렸다. 마지막으로 핸드롤러를 잉크통에 넣었다 빼서 교정쇄 위에 반짝이는 검은 잉크를 얇게 칠하고 — 잉크가 마르지 않게 재빠르게 움직여야 했다 — 얇은 신문 용지를 그 위에 얹었다. 뢰벤탈은 언제나 초판은 손으로 인쇄해서 조판을 인쇄기에 넣기 전에 오자가 없는지 확인했다. 우연이든 부주의해서든 실수는 거의 하지 않았지만, 천성적으로 완벽주의자인 탓이었다.

그는 타우웨어를 대단히 따스하게 반겼다.

"갓스피드 호가 난파되던 그날 밤 이후로는 자네를 못 본 것 같군. 정말 그런 게 맞던가?"

"그렇다. 나는 북쪽에 있었다."

타우웨어는 무심하게 대답하고서 상대의 작업대를 힐끗 보았다. 활자판과 잉크와 알칼리액이 든 통, 붓, 핀셋, 메, 납과 청동으로 만든 다양한 자판, 반점이 있는 사과가 든 그릇, 작은 과도가 널려 있었다.

"막 돌아온 모양이군, 그렇지?"

"오늘 아침."

"음, 그렇다면 자네가 왜 돌아왔는지 알 것 같구먼."

타우웨어가 인상을 찌푸렸다.

"어떻게 아나?"

"이런, 미망인의 강령회 때문일 게 뻔하잖나! 내 말이 맞지?"

타우웨어는 여전히 찌푸린 얼굴로 잠시 아무 말도 하지 않았다. 그러다가 의심스러운 어조로 물었다.

"강령회가 무엇인가?"

뢰벤탈이 낄낄 웃었다. 그는 식자대를 내려놓고 방을 가로질러 세면대 옆에 접어놓았던 토요일 자 신문을 집었다.

"여기."

그는 신문을 펼쳐 두번째 페이지를 편 다음 잉크 묻은 손가락으로 광고를 두드린 후 타우웨어에게 건넸다.

"자네도 참석해야 돼. 강령회 말고 ─ 그러려면 특별 입장권이 필요하거든 ─ 그전의 파티 말이야."

광고는 두 난을 차지하고 있었다. 뢰벤탈이 오로지 발행인란과 중대한 표제를 위해서만 아껴두는 굵은 18포인트 활자로 찍힌데다가 두꺼운 검은색 줄로 테두리를 둘러놓았다. 최근까지 더니든에 있었던 크로스비의 미망인 리디아 웰스 부인이 소유하고 운영하는 '여행자의 운수'가 바로 오늘 저녁에 처음으로 대중에게 개방된다는 내용이었다. 이 행사를 기념하여 촉망받는 영매인 웰스 부인이 호키티카의 첫번째 강령회를 주최한다는 내용도 있었다. 이 강령회는 '먼저 온 사람이 먼저 받는다'는 방침에 따라 표를 구매한 선택된 참석자만으로 제한되지만, 대신에 그전에 여러 대중들에게 개방된 '술과 구경'의 시간이 있을 예정이니 모두가 열린 마음으로 참석할 것을 당부하고 있었다.

이 마지막 조언은 따르기가 쉽지 않은 것이었다. 신문에도 나와 있듯이 강령회의 목적은 웰스 부인 자신이라는 대단히 민감한 매개체를 통해서 영혼의 특정한 떨림을 느끼고, 이 세계와 다음 세계 사이의 통로를 열 방법을 찾고, 이를 통해 죽은 사람과 일종의 대화를 나누려는 것이기 때문이었다. 수많은 죽은 사람 중에서도 웰스 부인은 아주 특별

하고 대단히 자신만만하게 상대를 골랐다. 아직까지 호키티카로 돌아오지 않았고, 5주째 시신조차 발견되지 않은 채 실종 상태인 에머리 스테인스의 영혼을 소환하겠다는 것이다.

미망인은 스테인스의 영혼에게 무엇을 물어볼 생각인지는 밝히지 않았지만, 최소한 어떻게 죽었는지 정도는 물어볼 거라고 모두들 추측했다. 유능한 영매라면 누구든 살해당한 영혼이 평화롭게 세상을 뜬 영혼보다 훨씬 더 말이 많다고 주장할 거고, 딱히 말할 필요도 없겠지만 리디아 웰스는 대단히 유능한 영매였다.

"강령회가 무엇인가?"

타우웨어가 다시 물었다. 뢰벤탈은 유쾌하게 대답했다.

"완전히 멍청한 짓거리지. 리디아 웰스는 호키티카 전체에 자기가 에머리 스테인스의 영혼과 대화를 할 거라고 발표했고, 절반도 넘는 호키티카 사람들이 그 말을 믿고 있어. 강령회 자체는 그냥 쇼야. 몽환 상태에 빠진 척하고서 ― 마치 발작을 일으키거나 졸도한 것처럼 ― 남자 목소리로 뭐라고 말을 하거나, 기묘한 방식으로 커튼이 움직이게 만들거나, 또는 어린애한테 돈을 쥐여주고 굴뚝으로 올라가서 파이프를 통해 말을 하게 할 테지. 싸구려 연극이야. 물론 모든 사람이 자기가 유령을 만났다고 믿으면서 집으로 돌아갈 테지. 자네는 어디 있었다고 했지?"

"마훠라. 그레이마우스."

타우웨어는 여전히 신문을 보며 인상을 찌푸리고 있었다.

"거기서도 스테인스 씨 소식은 없었을 테지?"

"없다."

"여기도 마찬가지야. 유감스러운 일이지만 아무래도 희망이 없어 보

14

여. 하지만 어쩌면 오늘 저녁에 실마리가 될 만한 것을 얻게 될지도 모르지. 정말로 의심스러운 이유는 말일세, 웰스 부인이 스테인스 씨가 정말로 죽었다고 확신한다는 점이야. 거기까지 안다면 그 여자가 그거 말고 뭘 알고 있으며, 어떻게 아는 걸까? 아, 지난 2주 동안 온갖 이야기가 들끓었지, 타우웨어 군. 나는 무슨 일이 있어도 이 파티에 빠지지 않을 거야. 그 표를 구할 수 있었으면 얼마나 좋았을까."

미망인은 강령회 참석자를 오로지 일곱 명으로 제한했고—7은 음울하고 신비로운 원을 이루는 마법이 깃들인 숫자이므로—아침 9시 15분 전쯤 여행자의 운수에 도착한 뢰벤탈은 대단히 아쉽게도 일곱 자리가 이미 찼음을 알게 되었다. (크라운 호텔의 남자들 중에서 찰리 프로스트와 하랄 닐슨만이 이 표를 구하는 데 성공했다.) 뢰벤탈은 실망한 스무 명가량의 다른 남자들과 함께 식전 행사인 '술과 구경'의 시간에 참석하고 강령회가 공식적으로 시작하기 전에 떠나는 걸로 만족하는 수밖에 없었다. 그는 운 좋은 일곱 명 중 누군가에게 두 배 가격으로 표를 사려고도 했지만 아무도 팔려 하지 않았다. 프로스트와 닐슨 둘 다 그의 제안을 일언지하에 거절했고, 닐슨은 강령회가 끝난 후에 아주 세세한 것까지 전부 다 이야기를 해주겠다고 약속했다. 프로스트는 뢰벤탈에게 미리 정찰 계획을 세우는 것을 도와줘도 좋다고 말했다.

"입장 가격은 3실링일세."

타우웨어가 글자를 읽지 못하기 때문에 그 사실을 모르고 있을 경우를 고려해서 뢰벤탈이 말해주었다.

"3실링? 무엇에?"

타우웨어가 시선을 들고 물었다. 그것은 하룻밤 즐기는 가격으로는 엄청난 금액이었다.

뢰벤탈은 어깨를 으쓱였다.

"그 여자는 자기 마음대로 가격을 매길 수 있다는 걸 알고, 그래서 그렇게 한 거지. 빨리 마시면 브랜디만으로도 그 돈을 뽑을 수 있을 거야. 잔당으로 돈을 받는 게 아니라 무한 제공할 테니까. 하지만 자네 말이 옳아. 이건 강도질이지. 거기 참석하는 남자 대부분은 안나와 한마디라도 나눠보려고 안달할 거야. 안나야말로 진짜 구경거리고, 인기인일걸! 지난 3주 동안 안나는 여행자의 운수 현관 밖으로 거의 나오지 않았어. 그 안에서 무슨 일이 있었는지는 하늘만이 아시겠지."

"나는 당신 신문에 공고 내고 싶다."

타우웨어가 신문을 책상 위에 조금 무례하게 던졌고, 신문은 뢰벤탈의 조판 위쪽으로 미끄러졌다.

"그러게."

뢰벤탈은 조금 불만스럽게 말하고서 연필을 찾았다.

"광고 문구는 준비를 해왔나?"

"마오리 안내원. 경험 많고, 영어에 능숙하고, 이 지역 지리를 꿰고 있으며, 측량사와 광부, 탐험가 등등에 서비스를 제공한다. 성공과 안전 보장.'"

"측량사와 광부, 탐험가…… 성공과 안전. 좋아, 아주 좋아. 그리고 여기에 자네 이름을 넣으면 되겠지?"

"그렇다."

"주소도 필요한데. 이 동네에 머물 건가?"

타우웨어가 머뭇거렸다. 그는 오늘밤에 아라후라 골짜기로 돌아가 크로스비 웰스의 버려진 오두막에서 밤을 보낼 생각이었다. 하지만 뢰벤탈에게 이 사실을 알리고 싶지는 않았다. 뢰벤탈은 현재 법적으로 오두막을 소유하고 있는 에드거 클린치와 친한 사이니까.

에드거 클린치는 3주 전 크라운 호텔의 모임 이래로 타우웨어의 생각에 자주 등장하는 인물이었다. 마오리족과 파케하* 사이에 지난 10년 동안 이루어진 온갖 거래에도 불구하고 테 라우 타우웨어는 여전히 아라후라 골짜기가 자신의 것이라고 생각했고, 테 타이 포우티니 땅이 그 용도 때문이 아니라 이윤 때문에 팔릴 때마다 굉장히 화가 났다. 타우웨어가 아는 한 클린치는 아라후라를 사기 전에 거기서 시간을 보낸 적이 한 번도 없었다. 심지어는 구매하고 나서도 이제 법적으로 그의 소유가 된 땅에 단 한 번도 발을 들이지 않았다. 그러면 대체 뭐하러 산단 말인가? 클린치는 거기에 머물 생각이 있을까? 토지를 경작할 생각은 있을까? 나무를 베어 재목을 만들 생각은? 강에 둑을 쌓을 생각은? 갱도를 파고서 금을 캘 생각은 있나? 지금까지 그가 한 일이라고는 팔기 좋게 크로스비의 오두막을 비운 것 말고는 없었다. 그나마 그것도 대리인을 시켰고. 그것은 기술도, 애정도, 몇 시간의 끈기 있는 근면도 필요치 않은 공허한 재산이었다. 그런 재산은 폐물에서 태어나 폐물밖에는 내놓지 않는, 쓸모없는 폐물이 될 뿐이었다. 타우웨어는 땅이 그저 모양만 다른 화폐인 것처럼 취급하는 사람을 존중할 마음이 없었다. 땅은 주조할 수 없는 것이다! 오로지 거기 살며 아껴주어야 하는 것이다.

이런 면에서 테 라우 타우웨어는 위선자가 아니었다. 그는 웨스트 코스트 전역을 걸어서, 마차를 타고, 말을 타고, 뗏목을 타고 구석구석 돌아보았다. 그는 웨스트 코스트 전체를 자세하게 그려놓은 그림지도처럼 떠올릴 수 있었다. 북쪽으로는 이끼가 두툼하고 축축하게 자라고,

---

* 마오리어로 '뉴질랜드인'이라는 뜻.

나뭇잎은 창백하고, 덤불은 흙내를 풍기며 우거져 있고, 나무에서 떨어진 니카우 이파리들이 고래 꼬리처럼 풍성하게 바닥에 쌓여 있는 모히키누이와 카라메아까지 보았고, 남쪽으로는 청동색으로 래커를 칠한 것처럼 흐르는 타라마카우 강과 푸나카이키의 들쭉날쭉한 탑들, 항상 비라고는 하기 어려운 짙은 안개가 뒤덮인 호키티카 북쪽의 늪지대를 보았다. 그리고 깊은 곳에 자리한 호수와 나무가 무성하게 우거진 조용한 골짜기, 파란색과 회색이 뒤섞여 구불구불하게 자리잡은 빙하, 닭벼슬처럼 높게 솟은 알프스, 그리고 마지막으로 사우스 코스트 끝에 있는 오카후와 마히타히에도 들렀다. 커다란 나무가 드문드문 서 있는 널찍한 해변에는 끊임없는 포격처럼 파도가 밀려들고 바람은 요란한 소리를 냈다. 오카후를 지나면 해안선이 굉장히 좁아져서 지나갈 수가 없었다. 그 너머로는 남쪽 피오르드 해안의 깊은 물길이 흐르고 높다란 산봉우리 뒤로 해가 일찌감치 저물어 물은 녹슨 은처럼 거무스름하게 보이고 그림자는 기름처럼 고였다. 타우웨어는 피오피오타히를 본 적은 없지만 이야기는 들었고, 거기가 테 타이 포우티니 땅이기 때문에 사랑했다.

그러니까 코스트의 기다란 땅, 그 모든 것의 중심에 자리한 아라후라 강은 타옹가, 와히 타푸, 히 마타히아포 이 테 이위*! 아라후라가 테 타이 포우티니 땅을 절반으로 가르는 타우웨어의 적도라면, 산과 바다 사이의 중간지점인 골짜기에 있는 크로스비의 오두막은 그의 자오선이었다. 하지만 그는 그 집을 가질 수가 없었다. 그의 하푸**는 그곳을 가

---

* '귀한 보물, 성스러운 땅, 인간보다 더 오래된 존재였다'라는 뜻.
** 부족.

질 수 없었고, 그의 이위*도 그곳을 가질 수 없었다. 크로스비 웰스의 시체가 땅에 묻히기도 전에 아라후라 골짜기의 그 기복 진 수백 에이커의 땅은 이윤에 굶주린 파케하에게 팔렸고, 그자는 자신의 명예를 걸고 그 땅을 공명정대하게 샀다고 주장했다. 어떤 부정한 행위도 없었고, 어떤 법도 깨지 않았다는 것이었다.

"호텔? 아니면 여인숙? 어디든 이름만 대라고."

뢰벤탈이 말했다.

"나는 주소가 없다."

타우웨어가 말했다.

"음, 그렇다면 '웰더가의 편집자에게 문의할 것'이라고 적어두지. 그러면 어떻겠나? 이번 주 후반에 나한테 와서 문의가 있었는지 물어보라고."

뢰벤탈이 그를 도와주었다.

"그것은 괜찮다."

뢰벤탈은 감사의 표현을 기다렸지만, 그런 말은 나오지 않았다. 잠시 후에 그가 차가운 목소리로 말했다.

"그럼 좋네. 일주일 광고하는 데에 6펜스야. 2주에는 10펜스고, 한 달에는 1실링 6펜스지. 물론 선금이고."

"일주일."

타우웨어는 그렇게 말하고 지갑 안에 있는 것을 신중하게 손바닥에 놓고 흔들었다. 조그만 페니와 파딩** 동전들이 우르르 나와서 얼마인지는 계산을 해야 했다. 크라운 호텔에서의 그날 밤 이래 그가 유일하게

---

* 종족.
** 4분의 1 페니.

번 돈은 2주 전 팔씨름에 승리해서 번 1실링뿐이었다. 뢰벤탈에게 광고비를 내고 나면 다음 날 식사를 해결할 정도의 돈밖에는 남지 않을 것이다.

뢰벤탈은 그가 페니를 세는 것을 잠시 보고 있다가 조금 상냥해진 목소리로 말했다.

"타우웨어 군, 만약에 당장 돈이 부족하다면 부두로 가보도록 하게. 깁슨 부두에서 일손이 필요하다고 하더군. 자네는 못 들었을지도 모르겠어. 한 시간 전에 종이 울렸거든. 갓스피드 호를 마침내 물 밖으로 인양해서 화물을 끄집어내는 데 사람이 필요할 걸세."

지난 3주 동안 바크선은 두 척의 커다란 예인선의 힘으로 조금씩 얕은 물로 끌려나왔다. 그후에 선체를 롤러에 올려서 해안과 같은 높이로 만들었다. 그리고 마침내 오늘 아침 썰물 때 클라이즈데일 말들을 묶고 원치를 연결해서 물에서 완전히 끄집어냈다. 지금은 부두 위에서 말라가는 중이었다. 엄청난 손상 정도로 보아 물속에서 끌어올린 것이 아니라 허공에서 추락한 것 같은 모양새였다. 뢰벤탈은 그날 아침에 일부러 부두 쪽으로 빙 돌아왔다. 그는 배가 높은 곳에서 떨어져서 완전히 망가지는 상상을 해보았다. 돛대 세 개가 모두 다 기단에서 부러져나갔고, 돛과 삭구가 없으니 마치 털을 깎아놓은 짐승처럼 보였다. 그는 한참이나 배를 바라보다가 걸음을 옮겼다. 화물을 꺼내고 고정 장치들을 제거한 후에 배는 분해되어 폐물 및 수리용으로 조각조각 팔려나갈 것이다.

"말이 나왔으니 말인데, 화물을 꺼낼 때 우리 쪽 사람을 한 명은 그 자리에 보내두는 게 좋을 것 같아. 톰의 화물 상자가 있을지도 모르니까…… 그리고 무디 군이 봤던 게 뭔지 모르지만, 그것도 있을지 모르고. 자네가 우리 눈과 귀가 되어주게, 타우웨어 군. 자네는 돈이 부족해서 정직한 일이 필요하니까 완벽한 변명이 되지 않나. 아무도 자네에게 왜 왔는지 묻지 않을 거야."

하지만 타우웨어는 고개를 흔들었다. 그는 어떤 상황에서도 다시는 프랜시스 카버와 관계되지 않겠다고 속으로 맹세를 한 터였다.

"나는 잡일은 하지 않는다."

그는 작업대 위에 6페니를 내려놓으면서 말했다.

"갓스피드 호에 가서 일을 하라니까. 아무도 자네한테 질문을 하지 않을 거야. 자네한테는 완벽한 변명거리가 있다고."

하지만 타우웨어는 아무리 선의로 충고하는 거라 해도 다른 사람의 조언을 따르는 것을 좋아하지 않았다.

"나는 측량 일을 기다린다."

"한참 기다려야 할 수도 있어."

"아마도."

그는 어깨를 으쓱였고 뢰벤탈은 점점 짜증이 났다.

"자네는 이해를 못하는군. 이건 자네를 포함해서 우리 모두에게 좋은 기회가 될 수 있어. 표가 없으면 미망인의 파티에 참석할 수 없고, 돈이 한 푼도 없으면 표를 살 수가 없지 않나. 깁슨 부두에 가서 하루 일을 하는 게 우리 모두에게 도움이 될 걸세."

"나는 파티에 참석하고 싶지 않다."

뢰벤탈은 어이가 없다는 표정이었다.

"도대체 왜?"

"당신이 멍청한 짓이라고 말했다. 연극이라고 했다."

잠깐 두 사람 사이에 침묵이 지나갔다. 잠시 후 뢰벤탈이 말했다.

"자네, 법정변호사가 왔다는 거 아나? 그레이마우스 경찰에서 존 펠로우스라는 친구가 왔어. 크로스비 웰스 사건을 정리할 임무를 맡았지."

타우웨어는 어깨를 으쓱였다.

"우리가 이야기하는 동안에도 조사를 하고 있을 거야. 이 사건에 취조가 필요한지 알아보기 위해서 말이야. 그 사람은 대법원 판사에게 보고서를 올릴 거야. 대법원이라고 하면 살인 사건이라는 뜻이지, 타우웨어 군. 살인 재판이라고."

"나는 살인에 아무 상관이 없다."

"그럴지도 모르지. 하지만 우리 둘 다 자네가 다른 사람들과 마찬가지로 이 일에 엮여 있다는 걸 알지 않나. 이보게! 무디 군은 갓스피드호의 화물칸에서 뭔가를 봤고, 그게 뭔지 알아낼 완벽한 기회가 자네에게 있다고."

하지만 타우웨어는 무디가 무엇을 봤는지, 혹은 보지 못했는지 관심이 없었다.

"나는 정직한 일 기다린다."

그가 다시 말했다.

"조금은 신의를 보여보게."

타우웨어가 이 말에 버럭 화를 냈다.

"나는 내 서약을 깨지 않았다."

뢰벤탈이 작업대로 손을 내밀어 페니 더미를 쓸어서 앞치마 주머니에 집어넣었다.

"난 크라운 호텔의 사람들을 말하는 게 아니야. 자네의 오랜 친구 웰스를 말하는 거지. 우리가 이야기하고 있는 건 그 미망인 아닌가. 그의 미망인, 그의 유산, 그의 추억 이야기야. 물론 자네가 하고 싶은 대로 해야지. 하지만 내가 자네라면 오늘밤 파티에 참석해야만 한다고 생각할 걸세."

"왜?"

타우웨어가 경멸조로 내뱉었다.

"왜냐고?"

뢰벤탈이 다시 식자대를 집어들면서 대답했다.

"왜 자네의 훌륭한 친구 웰스에게 신의를 보여야 하느냐고? 나는 자네가 그 사람에게 그럴 만한 책임이 있다고 생각할 뿐일세. 어쨌든 자네가 그 친구를 프랜시스 카버에게 팔아넘겼으니까."

궁수자리의 목성

C☽☆

토머스 발퍼는 신중하지 못한 행동을 저지른다. 오래된 주제가 되살아
나고, 알리스테어 로더백은 고발 편지를 쓴다.

알리스테어 로더백은 수요일 아침부터 호키티카를 떠나 있었다. 주
된 이유는 난파된 갓스피드 호가 팰리스 호텔 위층에 있는 그의 스위
트에서 훤히 보여서 그에게 끊임없이 불쾌감을 불러일으켰기 때문이
다. 그래서 그레이마우스 시청에서 연설을 하고 쿠마라 근처의 갱도가
열린 기념식에 참석해달라는 초대가 날아오자 당장에 기쁘게 받아들
였다. 우리가 이야기하는 지금 ─타우웨어가 뢰벤탈의 사무실을 나가
고 있는 순간에─ 로더백은 어깨에 샤프스 사냥용 소총을 얹고 손에는
총알이 가득한 가방을 들고서 빠른 속도로 쿠마라 습지를 가로질러 가
고 있었다. 그의 옆에는 비슷하게 무장하고 열심히 노력을 기울이느라
비슷하게 얼굴이 달아오른 친구 토머스 발퍼가 함께 있었다. 두 사람은
아침 내내 사냥감을 쏘았고 이제 골짜기 가장자리에 매두었던 말로 돌
아가는 중이었다. 이 거리에서 말들은 하늘을 배경으로 조그만 하얀 얼
룩과 조그만 까만 얼룩처럼 보였다.

"대단한 날이로군."

로더백은 발퍼에게 말한다기보다는 거의 혼잣말처럼 외쳤다.

"정말이지 근사한 날이야! 비가 오는 것조차도 용서할 수 있을 것 같은 기분이야, 안 그런가? 마지막에 이런 식으로 해가 나온다면 말이지."

발퍼가 웃었다.

"용서는 할 수 있겠지만, 잊지는 않을 겁니다. 최소한 저는요."

"멋진 풍경이야. 저 색깔들을 좀 보게! 저게 바로 뉴질랜드 비가 씻고 간 뉴질랜드의 색깔이지."

로더백이 말했다.

"그리고 저희들은 뉴질랜드의 애국자들이죠. 풍경은 전부 다 저희 겁니다, 의원님. 마음껏 즐기시죠."

"그래, 맞는 말이야. 자연의 애국자들이지!"

"깃발도 필요 없죠."

발퍼가 말했다.

"얼마나 운이 좋나! 이런 풍경을 본 사람이 몇 명 없다는 걸 생각해 보게. 이 땅을 밟아본 사람도 몇 명 없고 말이야."

"새들이 저희를 보고 도망가야 한다는 걸 아는 걸 보면 저희 예상보다는 많을 겁니다."

"저 녀석들을 너무 추켜주는 거 아닌가, 톰? 새들이란 아주 멍청한 것들이야."

"다음에 의원님께서 오리를 잡아오셔서 그 녀석들을 어떻게 덫으로 잡았는지 길게 이야기하실 때도 그렇게 말씀하시나 두고 보죠."

"그러게나. 하지만 그런다 해도 자넨 그 이야기를 끝까지 들어줘야 할 거야."

토머스 발퍼에게 이런 유쾌한 대화는 굉장히 반가운 것이었다. 지난 3주 동안 로더백은 굉장히 불편한 말동무였고 발퍼는 오래전에 차가웠다가 사나웠다가 시무룩하기를 반복하는 그의 변덕스러운 기분에 질린 상태였다. 로더백은 자신의 희망이 무너지면 어린애 같은 행동을 하는 경향이 있었고, 갓스피드 호의 난파가 그를 아주 흉하게 바꾸어 놓았다. 그는 사람들의 관심을 빼앗기면 굉장히 불쾌해하고 항상 사람들 관심의 중심이 되고 싶어 했다. 절대로 혼자 있으려 하지 않고, 혼자 있어야 하면 지독히 거부감을 드러냈다. 사람들 앞에서의 행동은 변하지 않았지만 ─ 연설을 할 때에는 여전히 원기왕성하고 설득력이 넘쳤다 ─ 소수 앞에서는 굉장히 성마르게 행동했다. 아주 약간만 자극해도 성질을 부리고, 자신의 헌신적인 두 보좌관을 노골적으로 비웃었다. 두 보좌관은 이런 변화를 정치인의 삶에서 감당해야 하는 대가 같은 거라며 가볍게 말하고 딱히 항의하지 않았다. 그 일요일에 그들은 소총이 없는데다가 로더백이 자신의 것을 빌려주려 하지 않았기 때문에 로더백의 곁에서 하루 휴가를 얻을 수 있었다. 두 사람은 상사가 없는 사이에 로더백의 지시에 따라 쿠마라 교회에서 자신들의 죄에 대해 묵상을 할 예정이었다.

알리스테어 로더백은 미신을 열렬하게 믿었고, 자신의 운이 갑자기 바뀐 것이 호키티카에 도착하던 밤에 은둔자 크로스비 웰스의 시체를 발견하면서부터였다고 생각했다. 그날 이래로 겪은 모든 불운을 생각하면 ─ 특히 갓스피드 호의 난파 사건 ─ 웨스트랜드 전체가 그의 성공을 망쳐놓고 그의 욕망을 좌절시키려는 작전을 수행하고 있기라도 한 것처럼 이 지역 전체에 불쾌감이 느껴졌다. 갓스피드 호가 망가진 것이 바로 이 지역이 그를 저주하고 있다는 증거라고 그는 생각했다. (이런 믿음은 호키티카 모래톱의 움직임을 고려하면 아주 비합리적인 생각은 아닐 수도 있다. 호키티카 모래톱은 주로 상류의 광산에서 호키티카 강을 따라 내려온 침니와 자갈로 이루어져 있고, 이들이 강어귀를 보이지 않게 꽉 틀어막고서 오로지 조수에 따라서만 그 형태를 바꾸었다. 간단히 말해서 갓스피드 호는 수천 개의 광산에서 나온 찌꺼기로 인해 종말을 맞이한 것이고, 그런 면에서는 호키티카의 모든 사람이 난파에 일부 책임이 있다고도 할 수 있을 것이다.)

갓스피드 호가 난파되고 며칠 후에 토머스 발퍼는 로더백에게 그의 서류와 개인 물품이 든 화물 상자가 누구도 설명할 수 없는 선적상의 실수로 깁슨 부두에서 사라졌다고 고백했다. 로더백은 이 정보를 의기소침하게 받아들였지만, 큰 관심은 쏟지 않았다. 갓스피드 호가 부서졌으니 그가 아끼는 배를 돌려받기 위해서 프랜시스 카버를 협박할 일도 사라진 것이다. 그의 개인 물품과 함께 트렁크에 들어 있던 바크선의 매매 증서는 더이상 협박 수단으로 아무 쓸모가 없어졌다.

로더백은 최근에 밤마다 주사위를 굴리고 있었다. 수치스러울 때마다, 또는 운이 나쁠 때마다 그는 주기적으로 도박에 빠져드는 결점을 갖고 있었다. 당연히 그는 혼자 앉아 있고 싶지 않아서 자크와 어거스터스 스미스에게도 이 악덕을 함께할 것을 종용했다. 그들은 의무적으로 그의 말에 따랐지만 항상 굉장히 조심스럽게 돈을 걸었고, 일찌감치 게임에서 빠지곤 했다. 로더백은 엄청난 돈을 따겠다고 결심한 사람처럼 음울하고 단호하게 돈을 걸었고, 새벽까지 버티기 위해서 아주 천천히 위스키를 마시는 것과 마찬가지로 도박용 칩에도 신중을 기했다.

"오늘 오후에 돌아갈 생각은 아니겠지. 안 그런가?"

로더백은 그러면 대단히 아쉬울 거라는 의미를 분명히 담아 발퍼에게 말했다.

"그럴 생각이었습니다. 아니, 그럴 겁니다. 티타임 때까지는 호키티카에 돌아가야 합니다."

발퍼가 대답했다.

"하루 연기하게. 오늘밤에 함께 건지에 가서 크랩스*나 하자고. 혼자서 돌아갈 이유가 없지 않나. 난 아침에 오프닝 리본을 잘라야 하니까 어차피 남아야 해. 하지만 내일 정오쯤엔 호키티카로 돌아갈 거야. 정오 전엔 출발할 생각이야."

하지만 발퍼는 고개를 흔들었다.

"안 됩니다. 내일 아침 일찍 도착할 화물이 있어서 말입니다. 정확히 월요일 아침에요."

"자네가 거기 있을 필요는 없을 테지! 겨우 화물 때문에."

"아, 하지만 대차대조표를 맞출 시간이 필요해서요. 수요일보다 12파운드가 적자인데, 그 돈이 바로 의원님 주머니에 들어가 있지요. 주사위 한 판당 1파운드씩 해서 말입니다."

발퍼가 씩 웃으면서 말했다.

(발퍼는 서두르는 진짜 이유는 말하지 않았다. 실은 그 역시 그날 저녁에 여행자의 운수 로비에서 열리는 미망인의 '술과 구경' 시간에 참석할 생각이었던 것이다. 그는 로더백이 팰리스 호텔 식당에서 자신의 상황을 고백한 이래로 웰스 미망인에 대한 이야기를 꺼낸 적이 없었다. 문제의 인물에게 로더백이 자기가 좋은 때에 직접 가서 인사를 나누는 게 마땅하다고 생각했기 때문이다. 하지만 로더백 역시 그 여자에 대한 언급을 피했다. 발퍼는 그의 침묵

---

* 주사위로 하는 도박 게임.

이 마치 금방이라도 폭발해서 그 여자의 이름을 불러댈 것처럼 굉장히 긴장되고 절망에 가까운 분위기를 띠고 있다고 느꼈다.)

"그렇게 말하니 학창 시절이 떠오르는군. 주사위를 던지다가 걸리면 주사위에 있는 눈 수대로 회초리로 맞았지. 주사위 하나에는 숫자 눈금이 모두 스물한 개가 있다네. 절대로 잊어버릴 수 없는 사소한 지식이야."

"저한테서 21파운드를 강탈하실 생각이라면, 저는 그때까지 여기 남아 있을 생각이 없다고 말씀드려야겠군요."

"그러지 말고 머물게. 하룻밤만 더 있으라고. 자넨 여기 남아야 돼."

로더백이 끈질기게 말했다.

"저 굉장한 고사리 좀 보십쇼."

발퍼가 말했다. 그것은 정말로 굉장했다. 바이올린 끝의 소용돌이 장식처럼 완벽하게 안으로 말려 있었다. 발퍼는 총구로 그것을 건드려 보았다.

최근 로더백의 변덕스러웠던 기분은 토머스 발퍼와의 우정에 굉장히 심각한 손상을 입혔다. 발퍼는 로더백이 프랜시스 카버와 크로스비 웰스와의 이전 관계에 대해 진실을 다 이야기하지 않았다고 생각했고, 이런 식으로 배제되었다는 사실 때문에 더이상 그의 비위를 맞추고 싶지 않았다. 로더백이 웨스트랜드 사람들과 모래톱, 차가운 저녁식사, 뗐다 붙였다 할 수 있는 목깃, 모조품, 독일식 머스터드, 수상, 생선뼈, 겉치장, 질 나쁜 부츠와 비에 대해서 연신 불만을 늘어놓자 발퍼는 한 달 전보다 훨씬 열의와 감탄이 줄어든 반응을 보였다. 간단히 말해서 로더백은 우위를 잃었고, 두 사람 다 이 사실을 알고 있었다. 하지만 전직 주지사는 그들의 우정이 식었다는 사실을 받아들이고 싶지 않아서 고집스럽게 발퍼에게 이전에 하던 식으로 말을 했고—다시 말해 종종 거만하고, 언제나 연설조이고, 겸손함은 거의 보이지 않는 그런 말투로—거드름을 피우려고 하면 얼마든지 피울 수 있는 발퍼는 계속해서 그에게 분노를 쌓아갔다.

현재로 돌아와서, 두 사람은 말을 풀어준 다음 안장을 올리고 느린 걸음으로 쿠마라를 향해 출발했다. 잠깐 말을 타고 가다가 로더백이 다시금 말문을 열었다.

"시뷰에 함께 가보자고 이야기하지 않았던가? 돌아가는 길에 말이야. 교도소 기초가 어떻게 되어가는지 보자고."

"어떻게 되어가는지 저한테 꼭 얘기해주십시오."

발퍼가 대답했다.

"그렇다면 나 혼자 가야 한다는 거로군."

"참 외로우시겠습니다. 자크와 어거스터스와 함께, 세 명 속에서 혼자 계시니 말입니다!"

로더백은 굉장히 불만스러운 투로 안장 위에서 자세를 고치고서 잠시 후에 말했다.

"교도소장의 이름이 뭐였지? 셰필드?"

발퍼가 그를 날카로운 눈으로 보았다.

"셰퍼드요. 조지 셰퍼드입니다."

"그래, 셰퍼드. 그 친구가 치안판사 자리를 노리고 있는 건지 좀 궁금하군. 주지사의 예산만으로도 아주 잘해냈거든. 모든 걸 그렇게 재빨리 진행시키다니. 굉장히 잘해냈어."

"그런 것 같습니다. 저것 좀 보십쇼!"

발퍼는 말채찍 끝으로 첫번째보다 더 오렌지색을 띠고 훨씬 무성한 고사리 잎을 가리켰다.

"정말이지 훌륭한 모양새로군요. 움직이는 모양도 말입니다…… 마치 움직이던 중간에 멈춰 있는 것 같지 않습니까? 굉장합니다!"

하지만 로더백은 고사리의 근사한 모양에 한눈을 팔지 않았다.

"그 친구는 물론 주지사의 손아귀에 있겠지. 그리고 치안판사의 오랜 친구인 것 같고 말이야."

그는 여전히 조지 셰퍼드 이야기를 하고 있었다.

"어쩌면 그 자리를 일가친척들로만 유지할지도 모르죠."

"꽤 대단한 야망이야. 그렇게 생각하지 않나? 교도소 말이야. 그 프로젝트에 대한 열정도 그렇고, 그 모든 일에 대한 열정도 그렇고. 그 친구 꽤나 잘하고 있단 말이지."

야망을 가진 사람으로서 로더백은 다른 사람의 야심에 대해서 별로 의심을 품지 않는 편이었다. 하지만 발퍼는 그저 코웃음을 쳤다.

"왜 그러나?"

로더백이 물었다.

"아닙니다."

발퍼가 대답했다. (하지만 아닌 게 아니었다! 그는 아무리 간접적이라고 해도 엉뚱한 일로 누군가가 그 공을 채가는 것을 혐오했다.)

"뭐지? 자네 무슨 소리를 냈잖나."

로더백이 다시 물었다.

"계산을 좀 해보십시오. 교수대를 위한 목재, 울타리를 치기 위한 강철, 토대를 쌓기 위한 돌, 인부 스무 명의 일당."

"무슨 말인가?"

"주지사의 예산이라니 헛소리죠! 그 돈은 다른 데에서, 다른 주머니에서 나온 게 분명합니다! 머릿속으로 계산을 좀 해보시란 말입니다!"

발퍼가 소리쳤다. 로더백이 그를 쳐다보았다.

"개인적인 투자라고? 지금 그렇게 말하는 건가?"

발퍼는 어깨를 으쓱였다. 그는 조지 셰퍼드가 하랄 닐슨이 크로스비 웰스 유산에 관해 받은 수수료를 교도소 건설에 투자하게 했다는 걸 잘 알고 있었다. 하지만 크라운 호텔의 모임에서 비밀을 지키기로 맹세했고, 그는 약속을 깨는 걸 좋아하지 않았다.

"개인적인 투자라고 그런 건가?"

로더백이 끈질기게 물었다.

"저기, 전 어떤 맹세도 깨고 싶지 않습니다. 누군가를 모욕하고 싶지도 않고요. 하지만 이 말만큼은 하겠습니다. 시뷰에 들르시거든 이것저것 한번 찔러보십시오. 그게 제가 드릴 수 있는 유일한 말입니다. 조금 찔러보면 아마 뭔가 알아내실 수 있을 겁니다."

"그래서 일찌감치 집으로 돌아가는 건가? 셰퍼드를 피하려고? 두 사람 사이에 무슨 일이라도 있었나?"

로더백이 물었다.

"아뇨! 아뇨, 그런 게 아닙니다. 그저 얘기를 좀 들었을 뿐입니다."

"얘기를 들어? 누구한테?"

"그 말씀은 못 드립니다."

"이보라고, 톰! 나한테 유세 부리지 말고. 그 말이 대체 무슨 뜻인가?"

발퍼는 동쪽의 들쭉날쭉한 언덕들 쪽에 있는 골짜기 바닥을 내려다보며 잠시 생각에 잠겼다. 그의 말은 로더백의 검은 암말보다 조금 작았다. 그가 로더백보다 조금 키가 작고 어깨는 30센티미터 정도 아래 있기 때문이었다. 심지어는 지금처럼 어깨를 쭉 펴고 있을 때도 마찬가지였다.

"그냥 상식이죠. 생각해보십쇼. 공사장에 인부 스무 명을 한꺼번에? 모든 자재는 현금으로 지불하고? 의회에서 자금을 그런 식으로 지불하지는 않습니다. 의원님도 잘 아시지 않습니까! 셰퍼드가 분명히 현금을 끌어온 겁니다."

"어느 쪽인가? 상식인 거야, 아니면 누구한테 들은 건가?"

"상식이죠!"

"그러니까 누가 그런 얘기를 한 건 아니로군."

"아뇨, 얘기도 들었습니다. 하지만 저 혼자서도 얼마든지 알아낼 수 있었을 겁니다. 제가 하려는 말이 그겁니다. 저 혼자서도 분명히 알아냈을 거라는 거죠."

발퍼가 열성적으로 말했다.

"그러면 뭐하러 그렇게 한 거지?"

"뭐가 말입니까?"

"자네한테 얘기를 해준 거 말이야!"

발퍼는 인상을 찌푸렸다.

"무슨 말씀을 하시는 건지 모르겠습니다. 이해가 안 되는 말씀을 하시는군요."

하지만 로더백의 말은 완벽하게 이해가 되었고, 발퍼도 알고 있었다.

"이해가 안 되는 건 말이야, 톰, 교도소에 대해서 그런 얘기를 들은 사람이 자네라는 거야! 발퍼 해운이 공공자금이 어디에 어떻게 쓰이든 무슨 상관이란 말인가? 자네가 개인적인 투자에 신경 쓸 일이 뭐가 있고? 그게 다른 일과 관계가 있다면 모르겠지만."

발퍼는 고개를 흔들었다.

"제 말을 착각하셨군요."

"어쩌면 범죄자 중 한 명과 관계가 있을지도 모르겠군. 개인적인 투자라는 게…… 그 대가로……."

"아뇨, 그런 게 아닙니다."

발퍼가 황급히 말했다.

"그럼 뭔가?"

발퍼가 즉시 대답하지 않자 로더백이 덧붙였다.

"내 말 잘 듣게. 개인적인 자금이 투자되었다면 그건 선거와 관계된 거고, 난 알아야겠어. 선거가 있기 전에 주지사의 책상을 거쳐간 건 뭐든 간에 살펴볼 필요가 있다고…… 그리고 이 셰퍼드라는 자는 분명히 뭔가 서두르고 있다. 내가 보기에 그자는 정치적 야심이 있는 거 같은데, 난 그게 뭔지 알고 싶어. 이게 그저 상식의 문제라면 왜 자네가 아는 걸 나한테 말해주지 않는 건가? 누가 나한테 물어보면 나도 나 혼자서 알아냈다고 하겠네."

이 말은 발퍼에게 지극히 합리적으로 들렸다. 로더백에 대한 그의 애정은 지난 한 달 사이에 다 사라지지는 않았고, 그 자신은 정치인에 대해서 새로운 평가를 내리게 되었다고 해도 그는 로더백에게 좋은 사람으로 남고 싶었다. 셰퍼드의 돈이 어디서 나왔는지 말한다고 해서 큰 문제가 되진 않을 것이다. 로더백이 자기 혼자서 알아낸 척한다면 말이다!

발퍼는 갑자기 로더백의 표정이 날카로워지고 이 전직 주지사가 빨리 말하라고 그를 다그치는 것이 솔직히 기뻤다. 로더백이 부루퉁한 게 정말 싫었고, 이런 기분의 변화가 발퍼에게는 장군처럼 말하고 왕처럼 걷던 더니든 시절의 옛날 로더백을 생각나게 했다. 자기 손으로 재산을 쌓아올리고 그걸 두 배로 불린 사람, 수상과 어깨를 나란히 하던 사람, 혼자 도박장에서 슬픔을 풀고 싶지 않아서 쿠마라에 하룻밤만 더 묵으라고 남에게 절대로 간청할 리 없는 사람. 발퍼는 이 옛날의 로더백을 여전히 아주 좋아하고 그에게 호감을 갖고 있었으며, 상대가 말을 해달라고 애걸한다는 사실에 조금 우쭐해졌다.

그래서 한참 머뭇거린 끝에 발퍼는 오랜 지인에게 자신이 교도소에 대해 아는 것을 이야기했다. 교도소 건축에 들어간 자금은 크로스비 웰스의 오두막에서 발견된 돈의 일부라는 것을 말했지만, 이 계약이 왜, 어떻게 이루어진 것인지는 말하지 않았다. 또한 이 상황을 알려준 사람이 누구인지도 말하지 않았다. 이런 투자가 크로스비 웰스가 죽은 지 2주 뒤에 조지 셰퍼드의 강요로 이루어진 것이고, 교도소장이 이 일을 쉬쉬하게 하려고 굉장히 애를 썼다는 것만 말했다.

하지만 로더백은 법적인 훈련을 허투루 받은 것이 아니었다. 그는 기민한 취조관이었고, 자신이 사실의 일부만을 듣고 있다는 걸 알 때에는 더더욱 예리해졌다. 그는 돈의 일부라는 게 얼마나 되는지 물었고, 발퍼는 4백 파운드가 좀 넘는다고 대답했다. 로더백은 금세 왜 이 투자금이 오두막에서 발견된 총액의 10퍼센트인 건지를 물었고, 발퍼가 침묵을 지키자 마음이 불편할 정도로 빠르게 10퍼센트라는 것이 통상적인 수수료 금액이라는 것을 알아채고 이 투자금이 중개상의 수수료였다는 것까지 추측해냈다.

발퍼는 로더백이 이렇게 빠르게 알아냈다는 것에 깜짝 놀라서 이것이 하랄 닐슨의 잘못이 아니라고 다급하게 말했다.

로더백이 웃었다.

"그자도 동의했겠지! 수수료를 전부 다 쏟아부었으니!"

"셰퍼드가 그 친구를 궁지에 몬 겁니다. 그 친구 탓이 아닙니다. 사실 거의 협박이나 다름없는 방식으로 그렇게 하게 했어요. 그 친구의 행동을 중요하게 생각하셔서는 안 됩니다. 정말로 닐슨은 잘못이 없습니다."

"아슬아슬한 순간에 개인적인 투자라!"

로더백이 큰 소리로 말했다. (그는 한 달도 더 전에 호키티카의 스타 호텔에서 딱 한 번 만났던 하랄 닐슨에게는 별로 관심이 없었다. 닐슨은 굉장히 촌뜨기처럼 보였고, 서너 명의 충성스러운 청중을 거느리는 데 지나치게 익숙하고, 술을 마시면 지나치게 수다스러웠다. 로더백은 그가 따분하고, 자기만족에 취해 있고, 대단한 인물이 될 가능성이 전혀 없다는 평가를 내렸다.) 그가 등자를 밟고 일어섰다.

"이건 정치야, 톰. 아, 정치고말고! 셰퍼드가 뭘 하려고 하는지 알겠나? 웨스트랜드에서 선거가 치러지기 전에 교도소 건설에 착공하려는 거야. 이 계획에 박차를 가하기 위해서 개인적인 투자금을 이용한 거지. 아하! 이 문제에 관해서 『타임스』에 얘기를 좀 해야겠어. 안심하게!"

하지만 발퍼는 그 말에 딱히 안도감이 들지 않고 마음이 편하지도 않았다. 그는 계속해서 항의를 했고 잠깐 로더백과 협상을 한 끝에 닐슨의 이름은 들먹이지 않기로 합의했다.

"하지만 조지 셰퍼드에게도 똑같은 예의를 차려주기는 어려울 것 같구먼."

그가 그렇게 덧붙이고 다시 웃음을 터뜨렸다.

"그 사람이 치안판사가 되는 걸 딱히 바라지 않으시는 걸로 알겠습니다."

발퍼는 로더백이 그 높은 지위를 자기 것으로 삼으려는 걸까 궁금했다.

"난 치안판사 자리 따위엔 눈곱만큼도 관심 없네! 원칙의 문제야. 그게 내가 기반으로 삼는 거라고."

로더백이 대답했다.

"원칙이라는 게 뭡니까?"

발퍼는 잠깐 혼란스러워서 물었다. 로더백은 치안판사 자리에 관심이 있는 게 분명했다. 그 말이 나오자마자 금세 또 굉장히 부루퉁한 상태로 돌아갔으니까.

"그자는 도둑이야! 그 돈은 크로스비 웰스의 것이라고. 그 사람이 살았든 죽었든 간에 말이야. 조지 셰퍼드는 다른 사람의 돈을 자기 마음대로 쓸 자격이 없고, 그 돈을 어디에 썼든 나는 상관 안 하네!"

발퍼는 침묵을 지켰다. 지금 이 순간까지 로더백은 웰스의 오두막에서 발견된 금 더미에 대해서 한 번도 말한 적이 없고, 그게 어떻게 거기 있게 된 것인지에 대한 궁금증을 드러낸 적도 없었다. 죽은 남편의 유산에 대한 미망인의 항소를 둘러싼 법적 소동에 대해서도 이야기한 적이 없었다. 발퍼는 이런 침묵이 리디아 웰스가 끼어 있기 때문일 거라고만 생각했었다. 어쨌든 로더백은 과거의 불명예가 민망해서 그녀의 이름을 꺼낼 수가 없을 테니까. 하지만 지금은 로더백이 득달같이 크로스비 웰스를 변호하려 하는 것처럼 보였다. 마치 크로스비 웰스의 재산 문제가 로더백이 평소 아주 강경한 의견을 갖고 있던 그런 문제인 것 같았다. 발퍼는 전직 주지사를 쳐다보다가 시선을 돌렸다. 로더백이 웰스의 오두막에서 발견된 금이 1년 전에 그 자신이 협박당했던 바로 그 금이라는 걸 짐작하고 있을까? 발퍼의 호기심이 치솟았다. 그는 상대를 조금 자극해보기로 했다.

발퍼가 가볍게 말했다.

"그게 뭐 그렇게 중요합니까? 그 금도 누군가 다른 사람이 도둑맞은 것일 게 분명한데요. 분명히 크로스비 웰스의 소유는 아닐 겁니다. 그런 사람에게 4천 파운드가 어디서 나옵니까? 그 사람이 부랑자였다는 건 비밀도 아니고, 부랑자에서 도둑으로 전락하는 건 아주 쉬운 일이죠."

"그런 증거도 없지 않나."

로더백이 말을 하려고 했지만 발퍼가 그의 말을 잘랐다.

"그러니 누군가가 그가 죽은 뒤에 다시 훔쳤다고 한들 뭐 그리 중요하겠습니까? 그게 제 질문입니다. 애초부터 더러운 돈이었을 가능성이 높은데 말입니다."

"뭐가 **중요하냐**고?"

로더백이 고함을 질렀다.

"이건 원칙의 문제야. 내가 그렇게 말했잖나, 원칙의 문제라고! 범죄를 또 저질러서 범죄를 해결하려고 해서는 안 돼. 도둑에게서 도둑질을 한다고 해도 그건 어쨌든 범죄야. 자네가 어떤 식으로 치장을 하든 말이야! 말도 안 되는 소리 하지 말게나."

그러니까 로더백은 크로스비 웰스의 변호자 노릇을 하고 있었다. 그것도 아주 강력한 옹호자인 것 같았다. 흥미로운 일이었다.

"하지만 의원님께서 원하시던 구빈원을 갖게 되실 거 아닙니까."

발퍼는 그들이 굉장히 사소한 문제를 의논하고 있는 것처럼 여전히 가벼운 어조로 말했다.

"그 돈이 아무렇게나 허비된 것도 아닌데요. 공공사업을 하는 데 사용되는 거 아닙니까."

"셰퍼드 교도소장이 자기 주머니를 채우든 신전을 짓든 상관없어. 그건 변명일 뿐이야. 수단을 정당화하기 위해 결과를 이용하는 것뿐이라고. 나는 그런 종류의 논리는 받아들이지 않아."

로더백이 날카롭게 대답했다.

"그리고 그냥 평범한 공공사업도 아니지 않습니까."

발퍼는 마치 로더백이 말을 하지 않은 것처럼 계속해서 말했다.

"의원님께서는 마침내 보호소를 갖게 되실 겁니다! 보십쇼, 팰리스 호텔에서 저희가 나누었던 대화 기억 안 나십니까? '여자들은 어디로 가겠나?' '다른 인생을 살 수 있는 새 출발의 기회', 그 이야기 말입니다. 자, 이제 곧 새 출발의 기회가 생길 겁니다! 조지 셰퍼드가 그걸 만들겠죠!"

로더백은 격분한 것 같았다. 그도 3주 전에 보호소의 이점에 대해 뭐라고 말했는지 잘 기억하고 있었지만, 찬사를 보내기 위해서 반복하는 게 아닌 이상 자신의 말을 고스란히 인용하는 것은 마음에 들지 않았다.

"그건 죽은 사람에 대한 모독이야. 그리고 난 그 문제에 대해서 더이상은 말하지 않겠네."

그가 짤막하게 말했다.

하지만 발퍼는 쉽게 물러나지 않았다. 그는 방금 생각이 난 것처럼 말을 이었다.

"프랜시스 카버가 의원님의 갓스피드 호에 실어놓았던 금 말입니다…… 드레스 안감 안쪽에 꿰매어놓았던……."

"그게 왜?"

"음, 그걸 다시 보신 적은 없죠? 이야기도 듣지 못하셨고요. 그리고 정확히 그만큼의 금이 약 1년 후에 크로스비 웰스의 오두막에서 발견되었습니다. 4천 파운드가 약간 넘는 금이었죠. 어쩌면 그게 동일한 금일 수도 있습니다."

"그럴 수도 있지."

로더백이 대답했다.

"그게 어떻게 거기로 가게 되었는지 궁금하지 않으십니까?"

발퍼가 물었다.

"궁금한 사람도 있겠지."

로더백이 말했다.

골든 라이언에서 두 사람은 헤어졌다. 로더백은 발퍼에게 쿠마라에 하루 더 머무르라고 설득하는 걸 포기한 듯이 대단히 무뚝뚝하게, 조금도 아쉬워하지 않고 친구에게 작별 인사를 했다.

발퍼는 약간 불편한 기분으로 호키티카를 향해 출발했다. 그는 크라운 호텔에 모였던 모든 남자에게 약속했던 것처럼 닐슨의 비밀을 지키겠다고 약속했는데, 그것을 깨뜨렸다. 뭘 위해서? 약속을 어기고서, 자신의 말을 깨뜨리고서 그가 얻은 게 뭐란 말인가? 자신이 혐오스러워서 발퍼는 암말의 옆구리를 발뒤꿈치로 찔러 달리게 했다. 아라후라 강에 도착할 때까지 그 속도로 달리다가 강가에 도착해 말에서 내려 녀석을 끌고 해변으로 내려가 조심스럽게 모래 위로 민물이 흘러내리는 얕은 여울까지 걸어갔다.

로더백은 친구가 떠나는 걸 남아서 보지 않았다. 그는 이미 머릿속으로 편지 문구를 떠올리고 있었다. 집중하느라 입술이 원을 그리고 미간에는 주름이 생겼다. 그는 말을 마구간에 넣고 마구간지기에게 6펜스를 쥐여준 다음 즉시 위층에 있는 자기 방으로 돌아갔다. 혼자가 되자 그는 방문을 잠그고 창문 아래 다이아몬드 모양으로 빛이 들어오는 곳으로 책상을 끌어온 뒤 의자에 앉아 새 종이를 한 장 꺼냈다. 펜을 입술에 댄 채 마지막으로 좀더 고민을 한 끝에 그가 소매를 걷고 몸을 앞으로 기울여 글을 쓰기 시작했다.

무덤에서 꺼낸 투자금? ─『웨스트 코스트 타임스』편집자 앞.

1866년 2월 18일.
편집자님께.
조지 셰퍼드 씨가 아마도 이 페이지에 시뷰 해안단구 위에 호키티카 교도소를 건축하는 데 고용한 사람들의 명단을 실었을 겁니다. 또한 계약되었고 수행 예정인 업무에 관한 성명을 전달하고, 이 모든 작업에 소요되는 금액과 지금까지 승인된 의회의 보조금, 그리고 건물을 완공하는 데에, 또는 좀더 사용하기 좋게 만드는 데에 필요한 추가 금액(이 든다면)에 관해서 밝혔을 겁니다.

이러한 내역은 본인이 셰퍼드 씨가 끔찍한 위반 행위를 저질렀다고 믿는 것을 증명해줄 것 같습니다. 호키티카 교도소의 초기 건설은 지방의회와 웨스트랜드 공공사업 위원회, 시의원 회의, 또는 투자자 본인의 승인을 거치지 않은 개인 기부금으로 이루어졌습니다. 투자자가 죽고 2주 후에 투자가 이루어졌기 때문입니다! 저는 현재 굉장히 많은 논의의 주제가 되는 유산을 남긴 크로스비 웰스 씨에 관해 말하는 것입니다. 제가 아는 바로는 기부금(이렇게 부를 수 있다면)이 웰스 씨의 집에서 사후에 징발되었고, 외부에 알려지지 않은 상태로 미래의 교도소를 건립하는 데에 투자되었습니다. 이러한 사실이 잘못된 것이라면 저는 기꺼이 생각을 고치겠습니다. 하지만 그전에 셰퍼드 씨 본인으로부터 분명한 답을 요구하는 바입니다.

이 문제에서 셰퍼드 씨의 행동이 투명해야만 한다는 것은 그가 건립하고자 하는 건물의 특성과 문제의 돈의 출처 때문만이 아니라 공적자금을 유용하는 데에 있어서 재정적 투명성이 대단히 중요하기 때문입니다. 우리 주에서 개발되지 않은 이 지역에는 금이 대단히 많고, 그렇기 때문에 서글프게도 부패라는 원시적인 유혹에 넘어가기가 굉장히 쉽습니다.

저는 셰퍼드 씨의 의도에 대해서, 그리고 이 프로젝트의 착수에 대해서 대단히 존경심을 갖고 있으며, 그분이 평범한 정착자들을 보호하고 식민지 법에 따라 행동할 거라고 생각합니다. 그저 공공사업에 개인적인 기부금을 사용했다는 저의 생각을 지워주시기를, 모두를 위해서, 그리고 웨스트랜드 주 전체를 위해서 이를 투명하게 밝혀주시기를 바랄 따름입니다.

지방의회 의원 알리스테어 로더백 배상

그는 의자에 몸을 기대고 편지를 소리내어 읽고서 중요한 대중 연설을 준비하는 것처럼 어조의 울림을 평가했다. 그런 다음 만족해서 종이를 접어 봉투에 넣고, 받는 사람에 『웨스트 코스트 타임스』 편집자라고 쓰고 '친전'과 '긴급'을 둘 다 적어넣었다. 봉투를 봉한 후에 그는 조끼에서 시계를 꺼내 시간을 확인했다. 벌써 2시였다. 어거스터스 스미스가 지금 호키티카로 곧장 간다면 월요일 아침판 『타임스』가 인쇄에 들어가기 전에 뢰벤탈에게 편지를 건넬 수 있을 것이다. 빠른 편이 낫겠지. 로더백은 그렇게 생각하고서 보좌관을 찾으러 나갔다.

염소자리의 수성

C✴

개스코인은 자신의 이론을 반복하고, 무디는 죽음에 대해 이야기한다.

월터 무디는 맥스웰 호텔의 식당에서 막 점심식사를 끝냈을 때 갓스피드 호의 화물이 마침내 정리가 되었고 그의 트렁크가 크라운 호텔의 방으로 배달되었다는 소식을 들었다.

"잘됐군!"

그는 소식을 전한 심부름꾼에게 2페니를 주었고 소년은 재빨리 사라졌다.

"마침내 저의 소위 유령 사건이 끝이 난 것 같군요. 안 그런가요? 에머리 스테인스가 정말 거기에 타고 있었다면 화물 사이에서 그의 시체가 분명히 발견되었겠지요."

"나는 그런 식으로 깔끔하게 끝날 거라고 생각하지는 않네."

개스코인이 말했다.

"사람들이 그의 시체를 찾고도 공표하지 않을 거라고 생각하신다는 겁니까?"

"나는 그의 시체가 발견되지 않을 수도 있다고 말하는 걸세. 설령 상처입은 사람이라고 해도 승강구 쪽으로 나갈 수 있는 법이니…… 그리고 배가 완전히 침수되지 않았으니 그 사람이 빠져나갔을 가능성이 훨씬 높다고 생각하네."

지난 3주 동안 무디는 오베르 개스코인과 굉장히 친밀해졌고, 거듭 만나면서 개스코인의 성격이 점점 더 나아지는 것을 깨달았다. 개스코인은 모든 종류의 사교 활동에 아주 능숙하게 적응하는 사람이었고, 그럴 마음만 먹는다면 상대방의 호의를 얼마든지 쉽게 얻어낼 수 있었다. 그리고 그는 무디와 친해지겠다고 단호하게 마음을 먹고 있었다. 무디가 알았다면 아마도 어느 정도는 경계를 했을지 모르지만, 그는 개스코인이 굉장히 세련된 인물이라고 생각했고 이렇게 지적 수준이 맞아 편안하게 이야기할 수 있는 사람이 있다는 사실이 기뻤다. 그들은 거의 매일 점심을 함께하고 저녁에는 스타 앤드 가터에서 시가를 피우며 휘스트 게임을 즐겼다.

"원래의 이론을 계속해서 고집하시는군요. 물에 떠내려가지 않고 스스로 뛰어들었을 거라고 말이지요."

무디가 말했다.

"그랬거나 아니면 시체가 완전히 훼손되었을 수도 있겠지. 어쩌면 도움을 구하려고 했지만 뭔가 무거운 것에 끼어 바닷속에 잠겨서 죽었을 수도 있고. 카버가 몇 번 난파선으로 나룻배를 타고 접근했었다는 거 알잖나? 그러니 익사시킬 기회가 여러 번 있었을 거야."

"그것도 가능하지요."

무디는 받은 쪽지를 반으로 접고 다시 한 번 접은 다음 각 모서리를 손톱으로 꾹 눌렀다.

"하지만 우리가 그 해답을 정확히 알지 못한다는 게 문제입니다. 우연이든 고의든 간에 선생의 말씀처럼 스테인스가 정말 익사했다면, 우리는 결코 알 수 없을 겁니다. 참으로 빈약한 범죄죠…… 시체가 없으면 살인자도 없는 거니 말입니다!"

"정말 빈약한 범죄라 할 수 있지."

개스코인도 동의했다.

"그리고 우리는 굉장히 형편없는 탐정이고 말입니다."

무디는 이 이야기를 이만 끝내자는 의미로 이렇게 말했지만, 개스코인은 이 대화를 마무리할 마음이 전혀 없다는 듯이 그레이비 그릇을 집어들며 말했다.

"난 우리가 정말로 바보가 된 듯한 기분을 느끼게 될 거라고 생각하네…… 만약에 스테인스가 협곡 아래에서 목이 부러진 채, 그 외에 다른 상처는 없는 상태로 발견된다면 말이지."

개스코인이 남은 음식에 그레이비소스를 부었다. 무디는 칼을 포크 옆으로 좀더 밀었다.

"우리 모두가 스테인스 씨가 살해되었기를 어느 정도는 바라는 건지도 모른다는 생각이 듭니다. 심지어는 그 사람을 한 번 만나본 적조차 없는 선생과 저도 말입니다. 부러진 목 정도로는 아무도 만족하지 못할 겁니다."

무디의 재킷은 의자 뒤쪽에 걸려 있었다. 동행이 아직 식사를 마치지 못한 상황에 재킷을 도로 입는 것은 무례한 행동이라는 걸 잘 알고 있었지만…… 마침내 트렁크를 되찾았으니 빨리 가서 그것을 살펴보고 싶었다. 그의 소지품들이 난파 사고에서 살아남았는지도 궁금할뿐더러 3주 동안 재킷과 바지를 갈아입지 못했던 것이다.

개스코인이 낄낄 웃었다.

"불쌍한 스테인스. 게다가 웰스 부인이 그 사람을 얼마나 농락하고 있는지! 나의 영혼이 1실링짜리 강령회에 소환이 된다면…… 나는 정말 기가 막힐 거야. 그런 초대를 어떻게 받아들여야 할지조차 모르겠군."

"제 영혼이 소환된다면 저는 안도할 겁니다. 저라면 즉시 받아들이겠습니다. 사후세계는 굉장히 지루한 곳일 거라고 생각하거든요."

무디가 말했다.

"왜 그렇게 생각하는 거요?"

"우리는 평생 죽음에 대해 생각하며 삽니다. 관심을 쏟을 그 주제가 사라지고 나면 우리 모두 굉장히 지루해지지 않겠습니까? 정신을 돌릴 만한 것도 없고, 앞질러 생각할 만한 것도 없고, 고민할 것도 없지요. 시간이 전혀 중요하지 않게 될 겁니다."

"하지만 산 사람의 세상을 엿보는 것도 굉장히 재미있지 않겠나?"

개스코인이 말했다.

"그 반대로 저는 그게 굉장히 외로울 거라고 생각합니다. 과거에 일어난 모든 일과 현재의 모든 일을 알면서 무엇 하나 만질 수도 없고, 무언가를 바꿀 수도 없는 상태로 세상을 바라봐야 하니까요."

개스코인은 접시에 소금을 쳤다.

"뉴질랜드 원주민 전통에서 영혼이 죽으면 별이 된다고 하는 걸 들은 적이 있소."

"그건 제가 들어본 중에서 가장 훌륭한 이야기군요. 원주민이 되어야 할까봅니다."

"얼굴에 문신을 하고, 풀로 만든 치마를 입을 생각이오?"

"그래야 할지도 모르지요."

"나도 그걸 꼭 보고 싶군."

개스코인이 포크를 다시 집어들고서 말을 이었다.

"챙이 늘어진 모자와 무릎까지 오는 부츠 차림으로 금을 찾는 걸 보는 것보다 원주민 복장을 한 걸 더 보고 싶을 정도요! 사실 금을 찾겠다는 이야기도 나는 아직 믿을 수가 없지만 말이오."

무디는 휴대품 보따리와 선광대, 능직무명과 서지로 만든 광부 옷을 샀지만, 카니에레의 광산에 몇 번 들른 걸 제외하면 사실 금을 채취하는 일에는 거의 관심을 쏟고 있지 않았다. 아직은 광부로서의 새로운 삶을 시작할 준비가 되지 않은 기분이었고, 에머리 스테인스와 크로스비 웰스에 관한 사건이 확실하게 끝날 때까지는 일을 시작하지 않겠다고 결심했다. 뭔가 중요하게 할 일이 있어서 그런 결심을 한 척했지만 사실은 새 정보를 기다리는 것 말고는 아무 할 일도 없었고, 개스코인과 마찬가지로 이미 갖고 있는 정보로 이런저런 추측만 할 따름이었다.

그는 크라운 호텔에서의 체류를 두 번 연장했고, 2월 18일 오후에 세번째로 연장을 할 참이었다. 하지만 에드거 클린치가 그리디론 호텔로 와서 이전에 안나 웨더렐이 썼지만 그후 비어 있는 방을 사용하라고 권했다. 호키티카 주택 지붕들을 넘어 동쪽으로 눈 덮인 알프스가 보이는 근사한 풍경은 보통의 광부들이라면 딱히 눈여겨보지 않겠지만, 신사인 무디라면 다른 남자들이 놓치기 쉬운 이 자연의 조화로움에서 기쁨을 얻을 수 있을 것이다. 하지만 무디는 정중하게 그 제안을 거절했다. 그는 시설이 낡긴 했어도 크라운 호텔에 꽤나 애착을 느끼게 되었고, 에드거 클린치와 그리 가까이 어울리고 싶지도 않았다. 크로스비 웰스가 감추어놓았던 재산이 재판으로 넘어갈 가능성이 여전히 높고, 그렇게 되면 클린치는—닐슨과 프로스트, 다른 여러 사람들과 함께—분명히 소환되어 심문을 받게 될 것이기 때문이었다. 열세 명의 남자는 각자 명예를 걸고 크라운 호텔 모임에 관한 비밀을 지키겠다고 맹세했지만, 무디는 다른 사람의 명예를 별로 신뢰하지 않았고 자신을 제외한 다른 사람들의 고결함 역시 별로 믿지 않았다. 시간이 지나면 다른 열두 명 중 최소한 한 명은 맹세를 깰 거고, 그럴 경우에 대비해서 그 사람들과는 거리를 유지하고 싶었다.

무디는 알리스테어 로더백과도 인사를 나누었고, 그들이 법조계 출신이라는 공통된 배경을 갖고 있다보니 공동의 지인이 여럿 있다는 것을 알게 되었다. 런던의 많은 변호사와 판사 들에 관해서 로더백은 끼어들거나 말대답을 용납하지 않는 독단적인 태도로 칭찬하고, 비난하고, 무시했다. 무디는 정중하게 그의 말에 귀를 기울였지만 그에게 별로 좋지 않은 인상을 받았고, 다시 만나고 싶지 않다는 생각을 하면서 첫 만남의 자리를 떴다. 로더백은 자신에게 이득이 되지 않는 사람에게 딱히 좋은 인상을 심어주려 하는 사람이 아니라는 느낌이었다.

이는 그가 기대했던 것과는 꽤나 상반된 인상이었다. 사실 무디는 정치인 로더백보다 교도소장인 조지 셰퍼드와 훨씬 공감대가 넓다는 사실에 깜짝 놀랐다. 레벨가의 공공집회에서 우연히 셰퍼드를 만나게 되었고, 항상 자신을 통제하고 절대로 예의에 어긋나는 법이 없는 사람이라는 사실에 감탄했다. 설령 그 예의범절이 차갑고 완고하게 표현된다 해도 별로 거슬리지 않았다. 크라운 호텔의 모임에서 셰퍼드의 성격에 대한 사람들의 평가는 로더백에게 후했던 것과 정반대로 지나치게 엄격했다. 이래서 제삼자의 성격에 대해 다른 사람의 평가를 신뢰해서는 안 되는 거라고 무디는 생각했다. 사람은 천성적으로 굉장히 변덕스러운 인지력과 상황에 좌우되는 판단력을 갖고 있기 때문이다. 닐슨의 이야기에서 진정한 셰퍼드를 알아내는 것은 셰퍼드에 대한 묘사에서 진정한 닐슨 자신의 모습을 알아내는 것만큼이나 어려운 일임을 무디는 이제야 깨달았다.

손가락으로 접어놓은 쪽지를 두드리며 무디가 말했다.

"오늘 오후까지 저는 스테인스가 아직 살아 있을 거라고 반쯤 믿었습니다. 제가 멍청한 건지도 모르겠습니다만…… 그 사람이 그 난파선에 타고 있었고, 거기서 발견될 거라고 생각했습니다."

"그렇군."

"하지만 이제는 그 사람이 죽었을 거라는 생각이 드는군요."

무디가 손가락으로 계속 탁자를 두드리며 시무룩하게 말했다.

"그리고 완전히 사라진 거겠지요. 아무도 알지 못하는 상태로 말입니다! 오늘밤 미망인의 강령회에 한자리를 얻을 수 있다면 돈을 얼마든 낼 텐데요."

"미망인 혼자 하는 게 아니지. 도와주는 사람이 있다는 걸 잊지 마시게."

개스코인의 말에 무디는 고개를 흔들었다.

"저는 이 일이 웨더렐 양의 작품이라고는 도저히 생각할 수가 없습니다."

"신문에 이름이 언급되었네. 이름뿐만이 아니지. 역할까지 정확하게 명시가 되었소. 웨더렐 양이 미망인의 보조 역할을 할 거요."

"음, 훈련 기간이 굉장히 짧기도 하군요. 어떤 훈련을 받았는지, 혹은 당사자의 자질은 충분한지에 대해 누군가가 의문을 품지 않을까요?"

무디가 쓸쓸한 어조로 말했고 개스코인은 씩 웃었다.

"창녀의 행위라는 것이 원래 비밀스러운 거 아니오? 어쩌면 평생토록 훈련을 받아왔는지도 모르지."

무디는 항상 이런 종류의 이야기에는 쩔쩔매는 편이었다.

"웨더렐 양의 이전 직업상의 행위가 세상의 일반적인 눈으로 볼 때 비밀스러운 것이기는 하겠지요. 하지만 여성적인 기교라는 것은 선천적인 겁니다. 그것을 죽은 사람을 부르는 주문과 비교할 수는 없는 거죠."

무디가 몸을 똑바로 세우고서 말을 마무리 지었다.

"아, 나는 양쪽 직업상의 비결이 어느 모로 보나 똑같다고 생각하네. 창녀는 지극히 설득력이 있어야 하고, 무녀 역시 사람들이 믿게 하려면 설득력이 있어야 하지…… 그리고 미와 신념은 어떤 상황에 처하든 간에 설득력이 있다는 사실을 잊지 마시게나. 그렇게 보자면 안나의 운수는 그렇게 많이 변하지 않은 셈이오. 그 여자를 계속해서 막달레나라고 불러도 괜찮겠지!"

"마리아 막달레나는 점쟁이가 아니었습니다."

무디가 굳은 어조로 말했다.

"그렇지. 하지만 막달레나는 무덤이 열린 것을 처음 발견한 사람이었잖소. 돌이 굴러떨어졌다고 맹세했던 사람이고. 승천 소식이 처음 여자의 맹세를 통해 알려졌다는 언급이 있지. 그리고 처음에는 아무도 그 맹세를 믿지 않았고."

개스코인이 여전히 웃으면서 말했다.

"음, 오늘밤에 안나 웨더렐이 다른 남자의 무덤에 대해 맹세를 할지도 모르겠군요. 그리고 우리는 거기 앉아 있지 못할 테니 불신하는 자가 될 수도 없겠지요."

그는 칼과 포크를 좀더 똑바로 놓으려고 노력하며 웨이터가 와서 접시를 좀 치워갔으면 하고 생각했다.

"그래도 그전의 파티에는 참석할 수 있지 않나."

개스코인이 말했지만 그의 목소리에서도 즐거운 기색은 사라지고 없었다. 그 역시 미망인이 죽은 자와 소통하는 자리에 참석하지 못하는 것에 굉장히 실망한 상태였다. 사실 그는 거기 참석하지 못하는 것에 무디보다도 더 기분이 안 좋았다. 호키티카에서 리디아 웰스의 첫번째 친구였으니만큼 자신의 자리가 당연히 마련되어 있어야 했다고 생각했기 때문이다. 하지만 리디아 웰스는 1월 27일 오후 이래로 단 한 번도 그에게 연락하지 않았고, 차 한번 함께 마신 적이 없었다.

무디는 아직까지 공식적으로 두 여자 모두 만난 적이 없었다. 이전의 호텔 건물 앞쪽 창문에 드리운 커튼 사이로 유리에 비친 종이인형처럼 검은 그림자가 스쳐가는 것은 보았다. 그들에 대해서 그는 기묘한 갈망 같은 것을 느꼈다. 그는 평소에 여자들끼리의 관계를 부러워하거나 그들에게 관심을 기울이는 편이 아니었기 때문에 꽤나 특이한 일이었다. 하지만 여행자의 운수의 그림자 진 현관을 지나가며 왜곡된 창유리 안으로 그림자가 움직이는 것을 볼 때마다 그는 그들이 하는 말을 들을 수 있었으면 하고 생각했다. 안나가 왜 얼굴이 붉어져서 입술을 깨물고 열이 나는지 확인하는 것처럼 손바닥 아래쪽을 광대뼈에 대고 있는지 알고 싶었다. 리디아가 왜 천을 한가득 안고 드레스 앞쪽에 핀을 가득 꽂은 안나를 남겨두고 미소를 지으며 손을 털고 돌아서서 가는 건지 알고 싶었다.

개스코인이 말을 이었다.

"안나가 이 모든 일에서 어떤 역할을 맡았는지 의심하는 건, 최소한 궁금해하는 건 나도 이해할 수 있네. 처음 안나에게 스테인스에 관한 이야기를 했을 때, 그 여자는 스테인스를 꽤나 대단한 사람이라고 생각하는 것 같았거든. 심지어는 그에게 약간 애정을 갖고 있는 것 같기도 했지. 그런데 지금 보면 그의 죽음을 이용해서 이득을 보려는 것 같으니!"

"웨더렐 양이 얼마나 연루되었는지는 확실히 알 수 없잖습니까. 그건 드레스에 숨겨져 있던 금에 대해서 웨더렐 양이 얼마나 아는지에 달린 일입니다. 다시 말해서 로더백 씨가 협박받은 걸 아는지 모르는지의 문제죠."

"오렌지색 드레스에 대한 이야기는 전혀 없소. 어디서도 들리지 않더군. 안나가 웰스 부인에게 그 금이 내 침대 아래 있다고 말을 했다면, 부인이 그걸 찾으려고 좀더 적극적으로 행동했을 거라고 생각해."

"웨더렐 양은 자신이 말한 대로 그 금으로 매너링 씨가 빚을 청산했을 거라고 생각하는지도 모르겠군요."

"그럴 수도 있겠지. 하지만 그런 경우라면 웰스 부인이 매너링에게 연락을 해서 그걸 가져왔는지 알아봤을 것 같지 않소? 두 사람 사이에 딱히 애정이 있는 건 아니니까. 웰스 부인과 매너링은 도박을 하던 시절에 오랜 친구였소. 아니, 웰스 부인이 오렌지색 드레스에 대해서, 그리고 다른 드레스들에 대해서도 전혀 모르고 있다는 편이 훨씬 더 그럴듯한 것 같군."

"흠."

무디가 웅얼거렸다.

"매너링은 그걸 건드렸다가 무슨 일이 생길까 걱정이 될 테니 손도 대지 않을 걸세…… 나 역시 그걸 은행에 가져갈 마음이 없고. 그래서 그 자리에 그대로 있지. 내 침대 아래에."

"가격 산정은 해보셨습니까?"

"비공식적이긴 하지만, 해봤소. 프로스트 씨가 들러서 살펴봤지. 대략 120파운드 근처쯤이 아닐까 생각하더군."

"음, 웨더렐 양을 위해서라도 웰스 부인에게 아무 말 하지 않았기를 바랍니다. 단둘이 있는 자리에서 그런 고백을 하면 웰스 부인이 어떻게 반응할지 굉장히 걱정스럽습니다. 그만한 금을 잃은 걸 분명히 안나 양 탓으로 돌릴 거라고 저는 확신합니다."

갑자기 개스코인이 포크를 내려놓았다.

"방금 생각이 났는데, 드레스 안의 금이 오두막의 금으로 변한 거였지. 그렇다면 미망인의 항소가 통과되어서 유산을 받게 된다면, 웰스 부인은 모든 걸 되찾게 되는 거요. 물론 오렌지색 드레스에 있던 금은 제외하고 말이지만. 결국에 원래대로 돌아가는 셈이 되는 거지."

"제 경험상 사람들은 원래 자리로 돌아가는 것에 만족하는 경우가 별로 없습니다. 리디아 웰스 부인에 대해 제가 생각하는 인상이 정확하다면, 저는 안나 양의 의도가 무엇이었고 그 결과가 어떻든 간에 안나 양이 그 드레스들을 갖고 있었다는 사실 자체에 부인이 굉장히 화를 낼 거라고 생각합니다."

"하지만 우리는 안나가 자신이 갖고 있던 금에 대해 전혀 몰랐다고 생각하고 있지 않소…… 최소한 아주 최근까지는 말이오."

무디가 한 손을 들어올리고서 말했다.

"개스코인 씨, 제가 젊긴 하지만 여성에 대해서는 꽤 많은 지식을 갖고 있습니다. 그렇기 때문에 확신을 담아 말씀드리는데, 여자들은 다른 여자가 자신의 옷을 묻지도 않고 입는 것을 좋아하지 않습니다."

개스코인이 웃음을 터뜨렸다. 이 농담에 기운이 나서 그는 다시금 기분 좋게 점심식사를 마저 끝냈다.

무디의 관찰 결과가 옳은지 그른지는 둘째치고, 그의 말을 빌리자면 이 '지식'은 그의 죽은 어머니와 계모, 두 명의 이모를 가까이서 보고 알게 된 경험적 사실이라고 할 수 있었다. 솔직하게 말해서 무디는 연인이 있었던 적이 없어서 여자들에 대해 그리 많은 것을 알지 못했다. 그들에게 예의 바르게 말을 하는 방법이나 조카, 또는 아들로서 어떻게 애정을 가져야 하는지 정도만 알 뿐이었다. 젊음이라는 자연적인 불공평함으로 인해 무디의 세속적 경험이 열쇠구멍만하고, 이로 인해서, 비유적으로 말하자면 그 너머에 자리한 성인으로서의 어두컴컴한 방 안을 제대로 들여다볼 수가 없기 때문만은 아니었다. 사실 그에게는 구멍을 넓힐 수 있는 기회가 여러 번 있었고, 아예 그 문을 열고 가장 은밀하고 고립된 방까지 쭉 갈 수 있는 기회도 있었다…… 하지만 그는 조금 전에 개스코인의 수사학적인 농담에 불편하고 완고한 태도로 반응했던 것과 똑같은 방식으로 그 기회를 거부했다.

스물한 살의 그는 어느 늦은 밤에 런던의 밤거리를 돌아다니다가 우연히 스미스필드 마켓에서 그리 멀지 않은, 램프가 켜진 안뜰에 들어서게 되었다. 이곳은 무디의 대학 동창들의 말에 따르면 대단히 세련된 창녀들이 종종 나오는 곳이라고 했다. 당시에 파리의 최신 유행이던 청동 단추가 달린 빨간색 가리발디 재킷을 똑같이 차려입고, 바로 그 세련된 모습 때문에 영국의 귀부인들이 경계하던 그런 여자들이었다. 군대식 재킷 모양 때문에 신중하면서도 대담해 보였음에도 불구하고 이 여자들은 수줍은 척 몸을 돌려 둥근 어깨 곡선 너머로 남자들을 쳐다보고, 기절하고, 키득거리고, 발끝을 세우곤 했다. 무디는 그들을 보다가 갑자기 슬퍼졌다. 아버지가 저절로 떠올랐던 탓이다. 어린 시절에 아버지가 집 안의 어두운 구석에 앉아 있고, 그 무릎 위에 완전히 낯선 사람이 앉아 있는 모습을 본 것이 몇 번이었던가? 여자들은 부자연스럽게 숨을 헐떡이거나, 돼지처럼 소리를 질러대거나, 높은 톤의 가성으로 말을 했고, 언제나 역한 사향내를 남기고서 떠났다. 극장의 냄새였다. 무디의 대학 동창들은 1파운드 금화를 꺼내고 누가 먼저 여자를 고를 것인지 제비를 뽑았다. 하지만 무디는 조용히 안뜰을 빠져나와 마차를 잡아타고 돌아가서 잠자리에 들었다. 아버지가 했던 것 같은 일을 하지 않았다는 것이 그에게는 자랑스럽게 느껴졌다. 그는 아버지가 한 악덕의 희생양으로 전락하지 않을 것이다. 더 나은 사람이 될 것이다. 1파운드를 내놓고, 제비를 뽑고, 빨간 재킷의 여자를 하나 골라 교회의 어두컴컴한 구석으로 가는 것, 그게 얼마나 쉬운 일인지! 그의 대학 동창들은 그가 성직을 마음에 두었다고 생각했다. 하지만 몇 년 후에 무디가 이너 템플에 등록해서 변호사 시험 공부를 시작하자 다들 놀랐다.

그렇기 때문에 개스코인이나 클린치, 매너링, 프리처드, 그 외 다른 사람들이 안나 웨더렐에 대해서 이야기할 때, 창녀로서 이러쿵저러쿵 평가할 때 무디는 훌륭하게도 자신의 무지를 감추었다. 그는 적당한 타이밍에 '그렇지요'라든지 '그럼요', '바로 그렇군요' 같은 추임새를 넣었고, 안나의 이름이 나올 때마다 자세가 굳어지곤 하는 것을 보고 다른 사람들은 무디가 인간 본성의 노골적인 면을 불편하게 여기고, 사회적 신분이 높은 사람들 대부분이 그렇듯이 세속적인 문제는 감추고 싶어 하는 거라고 생각했다. 우리는 신중함이 갖는 아주 훌륭한 특성 중 하나가 대단히 일반적이고 저급한 종류의 문제들에 대한 무지를 감추어 준다는 데 있다는 걸 잘 알고, 월터 무디는 지극히 신중한 사람이었다. 그는 안나 웨더렐과 같은 직업이나 경험을 가진 여자와 단 두 마디도 나누어본 적이 없었고, 그런 기회가 생긴다면 어떤 식으로 이야기를 해

야 하는지 — 혹은 어떤 주제에 대해서 이야기해야 하는지 — 전혀 알지
못했다.

"우리는 웨더렐 양의 트렁크가 여행자의 운수로 옮겨지지 않았다는
사실을 위안으로 삼아야 할 것 같습니다."

무디가 말했다.

"그렇소?"

개스코인이 놀라서 물었다.

"네. 납추를 넣은 드레스는 웨더렐 양의 파이프와 아편용 램프, 다른
잡다한 물건들과 함께 그리디론에 남아 있습니다. 그걸 가져오라고 사
람을 보내지 않았다고 하더군요."

"클린치 씨가 그 문제를 거론하지 않았단 말이오?"

"네. 이건 안심이 되는 일인 것 같습니다. 웨더렐 양이 스테인스 씨
의 실종에 어떤 역할을 했든, 오늘밤 그 바보 같은 강령회에서 어떤 역
할을 하든 간에 최소한 웰스 부인에게 모든 걸 다 털어놓지는 않았다
는 게 확실하니까요. 저는 분명히 그렇게 생각합니다."

개스코인도 식사를 마쳤기 때문에 무디는 웨이터를 찾았다. 가능한
한 빨리 계산을 하고 크라운 호텔로 돌아가서 드디어 짐을 정리하고
싶었다.

"빨리 일어서고 싶은 모양이군."

개스코인이 테이블 냅킨으로 입을 닦으면서 말했다.

"무례한 걸 용서해주십시오. 함께 있는 게 지루한 건 절대로 아닙니
다. 다만 제 물건들을 빨리 살펴보고 싶은 마음 때문입니다. 몇 주나 재
킷을 갈아입지 못했고, 제 트렁크의 물건들이 폭풍에 얼마나 살아남았
는지 아직 알 수가 없어서요. 옷과 서류 들이 전부 다 망가졌을 가능성

도 있으니까요."

"그럼 뭘 기다리고 있는 거요? 어서 가시게."

개스코인은 이 해명을 완전히 납득하는 건 아니었지만 그래도 어느 정도는 안도했다. 개스코인은 자신이 주변 사람들을 지루하게 만드는 건 아닐까 굉장히 걱정하는 편이었고, 그래서 자신이 존중하는 사람이 자신과 함께 있으면서 지루해 보일 때면 굉장히 초조해지곤 했다. 그는 자신이 계산을 하겠다고 고집하고 관대한 가정교사 같은 태도로 무디를 물리쳤다. 계산을 마친 뒤 두 친구는 시끄러운 레벨가의 인파 속으로 나왔다. 광부들 한 무리가 신나게 길을 지나가고 있었고, 그들의 뒤로는 말을 탄 측량사가 고삐를 당기며 고함을 질렀다. 머리 위에서는 웨슬리 교회의 하나뿐인 종이 시간을 알리느라 한 번, 두 번 울렸다. 이소음 속에서 — 마차의 삐걱거리는 바퀴 소리, 덮개가 펄럭이는 소리, 웃음소리, 망치 소리, 여자가 남자를 부르는 날카로운 목소리 — 목소리를 높여서 두 친구는 서로 잘 가라고 인사를 한 다음 따뜻하게 악수를 나누고서 헤어졌다.

소흥성

☾ˑ

몇 가지 핵심적인 사실에 관해 논쟁이 붙는다. 프랜시스 카버는 무례하
게 행동하고, 뢰벤탈은 생각하는 바를 털어놓으라는 부추김을 받는다.

『웨스트 코스트 타임스』로 선동적인 비난의 편지가 배달되었을 때
뢰벤탈은 인쇄에 들어가기 전에 관련된 모든 사람에게 연락을 취했다.
호키티카 대중들은 굉장히 엄격하게 판결을 내리는 편이라 하룻밤 사
이에 평판이 엉망이 될 수도 있다. 그러니 뢰벤탈은 비난의 당사자들에
게 경고를 해주는 것이 올바른 일이라고 생각했다. 그리고 위협을 당하
는 모든 사람에게 그는 답을 쓸 기회를 제공했다.

셰퍼드 교도소장의 직무 태만에 관한 알리스테어 로더백의 장황하
고 꽤나 두서없는 연설 역시 이 규칙에서 예외가 아니었고, 편지를 쭉
읽은 후에 뢰벤탈은 즉시 자리에 앉아 편지의 사본을 만들었다. 사본은
인쇄용 조판을 만들 거고, 원본은 경찰서에 가져가서 교도소장에게 직
접 보여줄 생각이었다. 여러 가지 부분에서 셰퍼드도 해명을 하고 싶어
할 거고, 아직 시간이 일러서 로더백의 비난에 대한 그의 대답까지 『타
임스』월요일판에 실을 수 있을 것 같았다.

뢰벤탈은 글을 베껴 쓰기 시작하다가 인상을 찌푸렸다. 셰퍼드가 받은 개인적인 투자에 관한 정보는 크라운 호텔에 있던 열두 명 중 한 사람의 입에서 새어나갔을 게 분명하고, 그 말은 누군가가 ― 슬프게도 ― 침묵의 서약을 깼다는 의미였다. 뢰벤탈이 아는 한 알리스테어 로더백과 조금이라도 알고 지내는 사람은 그의 친구인 토머스 발퍼뿐이었다. 무거운 마음으로 신문 편집장은 새 종이를 꺼내 잉크병 뚜껑을 열고 펜촉을 담갔다. **이보게, 톰.** 그는 경고하듯 그렇게 생각하고서 고개를 흔들고 한숨을 쉬었다.

뢰벤탈이 로더백의 마지막 문단을 막 쓰고 있을 때 종소리가 울렸다. 그는 즉시 일어나서 펜을 압지 위에 내려놓고 가게 쪽으로 나갔다. 그의 얼굴에는 이미 환영의 미소가 떠올라 있었지만, 문가에 서 있는 사람을 보고서 그 표정은 아주 약간 얼어붙었다.

방문객은 벨벳을 댄 옷깃에 뒤집어 접은 소매가 벨벳으로 된 긴 회색 코트를 걸치고 있었다. 코트는 반짝이는 물개 가죽 같은 옷감으로 쫀쫀하게 짠 것이라 움직이면 매끄러운 빛깔로 반짝였다. 크라바트는 목 위쪽으로 높게 묶었고, 숄 컬러 조끼의 옷깃은 옆쪽으로 접어서 어깨를 더 두툼해 보이게 하고, 목은 더 두꺼워 보였다. 그의 얼굴은 마치 광물과 같은 것을 깎아서 만든 것처럼 강렬한 데가 있었다. 세련되게 갈고닦을 수 없는, 뭔가 본질적이고 거칠게 닦인 듯한 분위기가 아주 강하게 느껴졌다. 입은 크고 코는 납작했으며 눈썹은 두껍고 수북했다. 왼쪽 뺨에는 눈 바깥쪽 가장자리부터 턱까지 곡선으로 이어지는 은색의 가느다란 흉터가 있었다.

뢰벤탈은 아주 잠깐만 머뭇거렸을 뿐이다. 금세 그는 앞으로 나가서 앞치마에 손을 닦으며 활짝 웃었다. 손이 깨끗해지자 그는 손님에게 양손을 내밀고서 말했다.

"웰스 씨! 다시 만나게 되어 반갑습니다. 호키티카에 잘 돌아오셨습니다."

프랜시스 카버는 눈을 가늘게 떴지만 미끼는 물지 않았다.

"광고를 내고 싶소만."

그는 편집장의 손이 닿는 범위 안으로 들어오지 않고, 두 사람 사이에 2미터쯤 간격을 두고 문가에 그대로 서 있었다.

"그럼요, 그럼요. 그리고 저희 신문사의 서비스를 두번째로 찾아주신 것에 대해서 정말로 영광이고 감사하게 생각한다고 말씀드리고 싶습니다. 저의 실수 때문에 고객을 잃게 되었으면 정말이지 유감스러웠을 겁니다."

다시금 카버는 아무 말도 하지 않았다. 모자도 벗지 않고, 벗으려고조차 하지 않았다.

하지만 편집장은 카버의 오만함에 전혀 주눅이 들지 않았다. 그는 아주 밝게 웃으면서 말했다.

"하지만 지난 일은 이야기하지 말죠, 웰스 씨. 오늘 이야기를 하지요! 제가 뭘 해드리면 될지 말해주시죠."

카버의 얼굴에 마침내 짜증스러운 빛이 돌았다.

"카버요. 내 이름은 웰스가 아니오."

만족해서 뢰벤탈은 양손을 깍지 꼈다. 그의 오른손 처음 두 손가락은 잉크로 시커멓게 얼룩이 져 있어서 깍지를 끼자 기묘한 줄무늬가 생겨났다. 마치 그의 두 손이 하나는 검은색이고 다른 하나는 엷은 황갈색인 각기 다른 존재에게 속해 있는 것 같은 모양새였다.

"제 기억에 결함이 좀 있는지도 모르겠군요. 하지만 저는 선생을 굉장히 생생하게 기억합니다. 1년쯤 전에 여기 오지 않으셨던가요? 출생증명서도 갖고 계셨지요. 사라진 화물 상자를 찾는다는 광고를 내셨고, 찾아오는 사람에게 보상금도 거셨지 않습니까. 당시에 선생의 이름에 관해서 약간 혼란이 있었던 걸로 기억합니다. 제가 인쇄할 때 선생의 중간 이름을 생략하는 실수를 저질러서 다음 날 아침에 선생이 그 실수를 지적하기 위해서 다시 오셨죠. 선생의 출생증명서에는 크로스비 프랜시스 웰스라고 되어 있었습니다. 혹시라도 제가 다른 사람과 착각을 한 건가요?"

다시금 카버는 대답하지 않았다.

"저는 언제나 아주 훌륭한 기억력을 갖고 있다는 이야기를 듣습니다."

잠시 후에 뢰벤탈이 덧붙였다. 이렇게 뻔뻔한 말을 하는 것은 그도 위험을 감수한 것이었다…… 어쩌면 카버가 넘어올 수도 있으니까. 뢰벤탈의 표정은 여전히 온화하고 무심한 상태였다. 그는 상대방이 말을 하기를 기다렸다.

뢰벤탈은 카버가 팰리스 호텔에 숙박하면서 난파된 갓스피드 호를 뭍으로 끌어올리는 달갑지 않은 작업을 진행하고 있다는 걸 알고 있었다. 카버가 침몰한 배에 살해한 남자를 숨기는 귀찮은 일을 정말 했다면, 굉장히 은밀하게, 엄청난 제한하에 이루어져야만 하는 프로젝트였다. 하지만 해운업자 토머스 발퍼를 포함해 모든 보고에서 카버가 자신의 일에 굉장히 열심히 얼굴을 비춘다고 했다. 그는 항만관리인에게 화물 목록을 제출했고, 호키티카의 각 해운회사 대표들과 만나 거래 문제를 협의했다. 그리고 선공 및 난파 화물업자들과 함께 배를 타고 몇 번이나 직접 난파선으로 가보기도 했다.

"내 이름은 웰스가 아니오. 그건 다른 사람을 대신했던 거였소. 지금은 관계없는 일이오."

카버가 마침내 말했다.

"죄송하게 되었습니다. 그러니까 크로스비 웰스 씨가 화물을 잃어버려서 선생이 그걸 되찾는 걸 도와주셨다는 거로군요."

뢰벤탈이 매끄럽게 말했고 잠깐 침묵이 흐르다가 카버가 대답했다.

"그렇소."

"아, 그렇다면 그 일이 잘 해결되셨기를 바랍니다! 화물이 결국에는 그분 손에 돌아왔겠지요?"

카버는 짜증스럽게 고개를 젖혔다.

"관계없는 일이라고 말했잖소."

"하지만 저도 애도의 뜻을 표하고 싶어서 말입니다, 카버 씨."

카버가 그를 빤히 보았다.

"웰스 씨가 죽었다는 소식에 대단히 마음이 아팠습니다. 저는 그분을 직접 만난 일이 없지만, 모든 면에서 훌륭한 시민이었다는 이야기를 들었습니다. 아, 혹시라도 선생의 지인이 사망하셨다는 사실을 제가 처음으로 알려드리는 건 아니겠지요?"

"아니오."

카버가 다시금 대답했다.

"그거 다행입니다. 어떻게 서로 아시는 사이였던 겁니까?"

다시 짜증스러운 표정이 돌아왔다.

"오랜 친구요."

"더니든에서 만나셨나요? 아니면 그보다 더 전에?"

카버가 이 질문에 대답하려는 기색을 보이지 않아서 뢰벤탈은 말을 이었다.

"그래도 그분이 평화롭게 세상을 뜨셨다는 사실에 선생께서도 굉장히 마음이 놓이시겠군요."

카버의 입가가 비틀렸다. 잠시 후에 그가 버럭 소리쳤다.

"**평화롭게**라는 게 무슨 말이오?"

"자신의 집에서, 자는 중에 죽었으니 말입니다. 그건 우리가 바랄 수 있는 최상의 죽음이 아닐까 감히 말씀드립니다."

뢰벤탈은 자신이 약간 진전을 이루었다고 느끼고서 덧붙였다.

"부인께서 임종의 자리에 함께하지 못하셨다는 건 대단히 애석한 일이지만 말입니다."

카버는 어깨를 으쓱였다. 그가 갑자기 고함을 질렀던 이유가 뭐든 간에 순식간에 도로 마음이 가라앉은 것 같았다.

"결혼은 사람의 개인사요."

"저도 그 말씀에 지극히 동의합니다."

뢰벤탈이 미소를 지으면서 물었다.

"웰스 부인과도 잘 아는 사이이신가요?"

카버는 알 수 없는 소리만 냈다.

"저도 그분을 뵙긴 했습니다만, 아주 잠깐 뵈었지요. 하지만 오늘 저녁에 여행자의 운수에 가볼 생각입니다. 회의적이긴 하지만, 열린 마음을 갖고 말이죠. 선생도 거기 가실 건가요?"

"아니, 안 갈 거요."

카버가 대답했다.

"저보다도 더 강령회에 회의적이신 모양이군요!"

"나는 강령회에 대해 아무 감정도 없소. 거기 갈 수도 있고 안 갈 수도 있을 뿐이오."

"그렇다면 웰스 부인이 선생이 호키티카에 돌아오신 걸 굉장히 기쁘게 맞아주시겠군요."

화제는 점점 더 일관성이 약해지고 있었다.

"선생이 돌아온 걸 알면 부인이 분명히 굉장히 기뻐할 거라고 생각합니다."

카버는 이제 노골적으로 짜증스러운 표정을 드러냈다.

"왜 그렇게 생각하시오?"

"왜냐고요? 웰스 씨의 유산과 관련된 그 난리법석 때문이지요! 웰스 씨의 출생증명서 문제로 인해서 법적 절차가 중단되어 있으니까요! 그걸 어디서도 찾을 수가 없었거든요!"

뢰벤탈의 목소리는 의도했던 것보다 더 크게 울렸고, 그는 잠시 자신이 너무 과장된 연기를 한 게 아닐까 걱정했다. 하지만 그가 한 말은 완벽하게 사실이고, 모든 사람이 아는 사실이기도 했다. 웰스 오두막의 매매를 취소해달라는 웰스 부인의 항소는 아직까지 치안판사 재판소에서 처리가 되지 않은 상태였다. 죽은 사람의 진짜 신원을 알 수 있을 만한 서류가 아무것도 없기 때문이었다. 리디아 웰스는 죽은 남편이 매장되고 며칠 후에 호키티카에 도착했기 때문에 그의 시체를 확인하지 못했다. 시신을 도로 파내지 않는 이상(치안판사는 미망인에게 사과를 구했다) 아라후라 골짜기에서 죽은 남자가 웰스 부인의 결혼증명서에 서명을 한 바로 그 크로스비 웰스라는 것을 확인할 도리가 없었다. 문제의 유산 규모 때문에 치안판사는 좀더 확실한 결론을 내릴 수 있을 때까지 법적 절차를 연기하는 것이 좋겠다고 생각했고, 이러한 선고에 웰스 부인은 그에게 대단히 감사를 표했다. 부인은 치안판사에게 자신이 여성으로서는 굉장히 강인한 인내심을 가졌기 때문에 이 미지불의 빚을(부인은 유산을 이렇게 여겼다) 받을 때까지 필요하면 얼마든지 기다릴 수 있다고 말했다.

하지만 카버는 반응하지 않았다. 그저 편집장을 위아래로 쳐다보다가 부루퉁한 목소리로 이렇게 말했을 뿐이다.

"난 『타임스』에 공고를 내고 싶소."

"네, 물론이지요."

뢰벤탈의 심장이 빠르게 뛰었다. 그가 종이를 카버에게로 밀고서 물었다.

"뭘 팔고 싶으신 건가요?"

카버는 갓스피드 호의 선체가 곧 해체될 예정이라 그전에 미리 글래슨 앤드 롤리 인양회사가 주최하는 금요일의 경매에서 부품을 팔고 싶다고 이야기했다. 그는 굉장히 퉁명스럽게 지시사항을 말했다. 경매 전에는 어떤 부품도 팔지 않을 거고, 어떠한 특전도 없을 것이며, 관계자는 절대로 참여할 수 없고, 모든 문의사항은 우편을 통해 팰리스 호텔에 있는 프랜시스 카버에게 직접 보내라는 내용이었다.

"제가 대단히 신중하게 받아 적고 있다는 걸 알아주시죠. 절대로 선생의 이름을 생략하는 실수는 저지르지 않을 겁니다. 이번에는 절대로 말입니다! 선생과 크로스비가 혹시 인척 관계는 아니신가요?"

카버의 입가가 다시 비틀렸다.

"아니오."

"프랜시스라는 이름이 굉장히 흔한 거다보니까 말입니다."

뢰벤탈은 고개를 끄덕이며 그렇게 말했다. 그는 여전히 카버의 호텔 이름을 적느라 몇 초 후에 고개를 들었고, 카버의 표정이 더욱 부루퉁해졌다는 사실을 그제야 깨달았다.

"댁의 이름은 뭐요?"

카버는 지금껏 자신이 그의 이름을 부르지 않았다는 사실을 강조하면서 물었다. 뢰벤탈이 대답을 하자 카버는 그 이름을 마음 깊이 새기듯이 천천히 고개를 끄덕이고서 말했다.

"그럼 이제 그 망할 놈의 주둥이 좀 닥치시오."

뢰벤탈은 충격을 받았다. 그는 광고비를 받고 침묵 속에서 카버에게 영수증을 써주었다. 아주 천천히, 신중하게, 하지만 차분한 손길로 글자를 적었다. 그 자신의 사무실에서 이런 모욕을 당한 것은 처음이었고, 너무나 충격이 커서 즉시 반응을 할 수가 없을 정도였다. 가슴속에서 점점 흥분이 커지는 게 느껴졌다. 압박, 승리감 같은 것이 굉음을 내며 솟구쳤다. 뢰벤탈은 수치스러울 때면 검투사처럼 변하는 타입이었다. 그는 오랫동안 기다려온 봉기의 신호가 마침내 근처에서 들려오고, 자신만이 그 은밀한 공명이 갈비뼈를 두드리고 핏속을 달음박질치는 것을 느끼는 사람처럼 승리감이, 거의 기쁨과 같은 감정이 강렬하게 솟구치는 것을 느꼈다.

카버는 영수증을 받고서 뢰벤탈에게 고맙다고 말하거나 잘 있으라는 인사조차 하지 않고 신문사를 나가려는 듯이 몸을 돌렸다. 그런 무례한 행동이 뢰벤탈의 가슴속에 쌓여가던 분노를 터뜨렸다. 더이상은 참을 수가 없었다. 그가 소리쳤다.

"이곳에 얼굴을 보이다니, 당신은 대답해야 할 일이 아주 많을 거야!"

카버가 문손잡이에 손을 올린 채 우뚝 멈췄다.

"안나에게 그런 짓을 하고서 말이야. 그 여자를 찾은 게 바로 나였어. 피투성이였지. 여자를 그렇게 대해서는 안 되는 거야. 그 여자가 누구든 관계없어. 여자를 그렇게 대하면 안 되지. 특히나 출산일이 그렇게 가까운 사람을!"

카버는 대답하지 않았다.

"그건 거의 이중살인이나 다름없어. 그거 아나?"

뢰벤탈의 분노는 이제 거의 격분 상태로 치솟았다.

"안나가 어떤 모습이었는지 아나? 멍이 시퍼렇게 든 그 여자 모습을 봤느냐고. 그후에 2주 동안이나 지팡이를 짚고 다녀야 했다는 건 알아? 그저 걷는 데에도 지팡이가 필요할 정도였어! 그건 아느냐고!"

마침내 카버가 말했다.

"그 여자 손도 깨끗한 건 아니오."

뢰벤탈은 웃음을 터뜨릴 뻔했다.

"뭐, 그러니까 그 여자가 당신을 피투성이로 놔두고 가기라도 했다는 건가? 당신을 정신을 잃을 정도로 구타했나? 뭐라고 하더라, 눈에는 눈, 이에는 이, 그런 식으로?"

"그렇게 말한 건 아니오."

"안나가 당신 아이를 죽였나? 안나가 당신 아이를 죽여서 당신도 그 여자의 아이를 죽인 건가? 말을 하라고, 이 사람아! 말을 해!"

뢰벤탈은 거의 고함을 질러대고 있었다. 하지만 카버는 꿈쩍도 하지 않았다.

"내 말은 그 여자가 수줍음 많은 처녀가 아니라는 거요."

"수줍음 많은 처녀! 이젠 나더러 안나가 제 무덤을 판 거라고 말할 모양이군. 그런 일을 당해도 쌌다고 말이야!"

"그렇소. 그 여자는 자신이 저지른 일의 대가를 치른 거요."

프랜시스 카버가 대답했다.

"당신은 호키티카에서 별로 인기인이 아니야, 카버."

뢰벤탈은 잉크로 물든 손가락으로 그를 가리키면서 말했다.

"안나 웨더렐이 평범한 창녀일지 몰라도, 그 여자는 이 동네에서 당신이 무장을 한다 해도 막기 힘들 정도로 많은 남자에게 소중한 존재야. 그걸 기억해두라고. 내 경고하는데 안나에게 뭔가 해를 입혔다가는, 아무리 사소한 해라고 해도……."

"내 손으로 인한 건 아닐 거요. 난 그 여자와 더이상은 아무 관계도 없소. 내 빚은 다 정리되었소."

"빚!"

뢰벤탈은 바닥에 침을 뱉었다.

"아기 이야기를 하는 건가? 당신 자식이, 태어나 숨 한번 쉬어보지 못하고 죽었는데! 그걸 지금 빚이라고 하는 건가!"

갑자기 카버가 굉장히 즐거운 표정을 하고서 그를 쳐다보았다.

"내 자식이라고?"

그가 되물었다.

"당신이 묻지 않았어도 내가 말을 해주지. 당신 아이는 죽었어. 내 말 들었어? 당신 자식이, 태어나 숨 한번 쉬어보지 못하고 죽었다고! 당신 손에서!"

하지만 카버는 웃음을 터뜨렸다. 목 안에 있던 가래를 삭히듯 거친 웃음이었다.

"그 창녀는 내 아이를 가지지 않았소. 누가 그런 소리를 했소?"

"안나가 직접."

뢰벤탈은 처음으로 당황해서 물었다.

"그걸 부인하는 건가?"

카버가 다시 웃었다.

"난 갈고리 장대로도 그 여자를 건드리지 않을 거요."

그는 그렇게 말하고 뢰벤탈이 대답도 하기 전에 떠나버렸다.

물병자리의 태양

☾˙*

*숙 용승이 예상치 못한 방문을 한다. 리디아 웰스는 대단히 미래를 보는
듯한 의견을 말하고, 안나는 혼자 남는다.*

안나 웨더렐은 1월 14일 오후 이래로 카니에레의 아편굴을 들른 적
이 없었다. 그날 오후에 숙 용승이 선물로 주었던 신선한 아편 덩어리
반 온스는 안나의 흡입 습관을 고려하면 2주 이상 남아나지 않는 것이
마땅했지만, 한 달이 넘도록 안나는 오랜 친구와 함께 파이프를 피우거
나 물건을 보충하러 카니에레에 들르지 않았다. 아 숙은 이런 상황에
대해 그럴듯한 이유를 전혀 생각해낼 수가 없었다.

모자장수는 창녀가 방문하던 것이 굉장히 그리웠다. 매일 오후에 그
는 카니에레 차이나타운의 경계 너머 공터 가장자리에서 보닛을 등에
늘어뜨린 안나가 나타나기를 기다렸고, 매일 실망했다. 어쩌면 안나는
아편을 피우는 것을 아예 그만둔 걸지도 모른다. 아니면 약제사에게서
직접 아편을 사기로 한 걸지도 모르고. 만약에 후자라면 아 숙으로서는
더더욱 괴로운 일이었다. 그는 여전히 조지프 프리처드가 14일 밤에
안나가 아편을 과용한 일에 일부 책임이 있다고 의심하고 있었기 때문

이다. 반대되는 주장이 많음에도 아 숙은 여전히 프리처드가 안나를 죽이려고 한 거라고 믿었다. 하지만 사실 아 숙이 받아들이기 더 어려운 것은 안나가 아편을 아예 끊었을지 모른다는 쪽이었다. 그것만큼은 믿을 수가 없었다. 아니, 믿고 싶지 않았다! 안나가 완전히 중독에서 벗어나려고 하다니.

아 숙은 안나를 굉장히 좋아했고 그녀 역시 자신을 좋아한다고 생각했다. 하지만 그들이 함께 나눈 친밀감은 함께한다는 느낌이라기보다는 공통의 고립감 같은 거였다. 중독자와 약 사이의 관계만큼 은밀한 것은 없는 법이고, 두 사람 다 그런 고립감을 예민하게 느꼈다. 아 숙은 자신이 아편의 노예라는 사실이 끔찍했고, 그게 끔찍하면 끔찍할수록 약에 대한 갈망이 더 강해지고 그의 마음과 정신에는 혐오감이 가득 들어찼다. 안나 역시 자신의 습관을 혐오했다. 임신으로 배가 나오기 시작해서 호키티카에서의 일거리가 점차 줄었을 때 더더욱 그랬다. 안나는 며칠, 몇 주라는 시간 동안 몽롱한 아편의 세계에 빠져들어 지냈고 아기가 죽은 뒤에는 아 숙조차 이해하지 못할 만큼 절망적으로 아편에 매달렸다. 그는 아기가 어떻게 죽었는지 알지 못했고, 물어보지도 않았다.

그들은 카니에레 아편굴에서 아무 이야기도 하지 않았다. 램프에 불을 붙이고, 뒤로 누워서 아편 덩어리가 녹아 그릇 안에서 거품이 생기기 시작하는 것을 기다리는 동안에도 그저 입을 다물고 있었다. 가끔은 안나가 아 숙의 파이프부터 채운 후에 그가 연기를 몸안으로 빨아들이고, 숨을 내쉬며 차츰 몽롱해질 때까지 파이프를 잡아주었다. 나중에 깨어보면 안나 역시 나른한 몸으로 그의 옆에 누워 있곤 했다. 머리카락은 젖어서 뺨에 달라붙어 있었다. 파이프에 불을 붙이는 건 대단히 중요한 일이기 때문에 누구도 입을 열지 않았고, 아 숙은 그들이 딱히 그러자는 협의를 하지 않고서도 침묵을 지킨다는 사실에 기뻤다. 부부 간의 행동이 성스러우면서도 세속적인 것이라 함부로 말로 떠들 수 없는 것처럼, 파이프를 피우는 의식은 두 사람 모두에게 황홀하고 고귀한 것인 동시에 말할 수 없이 수치스러우면서도 신성한 행위였다. 대단히 불경하기 때문에 더욱 성스럽고, 그 불경함이 가장 고귀한 형태로 발현되는 행동인 것이다. 침묵 속에 덩어리가 녹기를 기다리는 것이 얼마나 엄숙한 기쁨인지. 그 달콤한 향기가 코에 닿을 때면 부끄러우면서도 놀랍도록 그것을 갈망하게 되곤 했다. 아편에 바늘을 찌르고, 불을 끄고, 드러누워 연기를 들이켜 온몸의 말단까지, 손가락과 발가락, 머리 꼭대기까지 그 연기가 불가사의하게 가득차는 느낌을 즐기고, 그러고서 깨어나면 안나가 얼마나 사랑스러워 보이는지!

미망인의 강령회 날 오후에(그날은 일요일이었다. 이런 선동적인 일정은 당연히 웰스 부인이 정한 것이었고, 그녀도 그 효과를 아주 잘 알고 있었다) 아 숙은 오두막의 문가로 들어오는 네모난 햇빛 비치는 자리에 앉아서 아편 파이프의 대통 안을 깨끗하게 긁어내고, 잇새로 허밍을 하면서 안나를 생각했다. 그는 거의 한 시간 동안 여기에 집중하고 있었고, 대통은 이미 한참 전에 깨끗해졌다. 칼끝에 더이상 타고 남은 아편의 불그스름한 가루가 묻어나오지 않았고, 기다란 파이프 안쪽 역시 깨끗했다. 반복되는 행동은 제자리를 빙빙 도는 그의 반복적인 생각과 딱 들어맞아서 마음을 편안하게 해주었다.

"아 퀴 팟 상 메 시 아?"

서른 살의 말끔한 얼굴을 한 통 웨이가 공터 반대편에서 그를 바라보고 있었다. 아 숙은 대답하지 않았다. 그는 크라운 호텔의 모임에 관해, 그리고 그 이전에 벌어진 일들에 대해서 아무한테도 말하지 않겠다고 맹세를 했다.

통 웨이가 끈질기게 물었다.

"쾨이 하이 마이 마이 베이 얀 다 깁 아?"

여전히 아 숙은 아무 말도 하지 않았고, 통 웨이는 포기한 듯 뭐라고 툴툴거리며 강 쪽으로 내려가버렸다.

아 숙은 통 웨이가 떠난 뒤에도 한참 동안 가만히 앉아 있다가 갑자기 몸을 벌떡 세우고 욕설을 내뱉으며 칼을 접었다. 안나를 기다리면서, 안나를 생각하고 그녀가 뭘 할까 궁금해하면서 하루를 보내는 건 정말이지 끔찍했다. 더는 그렇게 지내지 않을 것이다. 오늘 오후에 호키티카로 가서 안나를 찾아볼 것이다. 당장 출발해야겠다. 그는 파이프와 도구들을 싸두고 일어나서 코트를 가지러 안으로 들어갔다.

아 숙은 3주 전에 크라운 호텔의 흡연실에서 논의했던 내용을 일부밖에는 알아듣지 못했다. 사람들의 말을 영 이해할 수가 없었지만 동포인 아 퀴의 영어는 그 자신보다도 더 부족했기 때문에 아무런 도움을 받을 수가 없었고, 중국인에게 설명을 해줄 정도로 인내심이 남은 사람이 아무도 없었기 때문에 다른 사람들 역시 도움이 되지 않았다. 발퍼의 이야기는 너무 빠르고 시적인 운율까지 있어서 외국인이 알아듣기가 어려웠고, 아 숙과 아 퀴 둘 다 이야기의 내용을 일부밖에 알아듣지 못한 채 크라운 호텔의 모임에서 나올 수밖에 없었다.

그들이 알지 못한 것 중 아주 중요한 부분은 바로 이거였다. 아 숙은 안나 웨더렐이 그리디론 호텔에서 나와서 리디아 웰스와 함께 살게 되었다는 사실을 몰랐다. 또한 프랜시스 카버가 호키티카 모래톱에서 좌초된 배 갓스피드 호의 선장이라는 사실도 몰랐다. 크라운 호텔의 모임이 끝나고 자정이 조금 넘었을 때 아 숙은 난파선을 보러 호키티카 곶으로 가는 다른 사람들을 따라가지 않았다. 그는 해운 사고에 관심이 없었고 해가 진 후의 호키티카 길거리에 있는 것도 좋아하지 않았기 때문에 카니에레로 돌아와서 그 이래로 다시 도심에 나가지 않았다. 그 결과 그는 여전히 프랜시스 카버가 한 달쯤 전에 광둥으로 떠났고 한동안은 호키티카로 돌아오지 않을 거라고 믿었다. 애초에 아 숙에게 이런 착각을 심어주었던 토머스 발퍼는 자신이 그랬다는 사실조차 잊었기 때문에 그것을 고쳐주지도 않았다.

3시 반을 알리는 종이 울릴 무렵 아 숙은 그리디론 호텔 베란다 계단을 올라가고 있었다. 프런트에서 그는 안나 웨더렐을 만나러 왔다고 말했다. 마치 몇 달 전부터 이런 약속을 잡아두었던 것처럼 그는 안나의 이름을 근엄하게, 만족스러울 만큼 확실하게 발음했다. 그리고 자신이 창녀와 이야기하기 위해서 돈을 지불할 마음도 있다는 것을 보여주기 위해 1실링을 꺼낸 후 존중의 의미로 고개를 깊이 숙였다. 그는 비밀 모임에서 에드거 클린치를 만났던 것을 기억했고, 그 남자가 점잖고 이성적인 사람이라고 판단한 터였다.

하지만 클린치는 고개를 흔들고 계속해서 레벨가 맞은편에 있는 새로 수리한 여행자의 운수를 가리키며 뭔가 빠르게 말을 했다. 아 숙이 이해하지 못하자 클린치는 그의 팔꿈치를 잡고 반대편 호텔을 가리키면서 좀더 천천히 안나가 이제는 저곳에 머무르고 있다고 설명했다. 마침내 아 숙은 예전 호텔 건물 앞쪽 창문으로 사람이 움직이는 것을 보고 유리 뒤에 있는 그림자가 안나라는 것을 깨달았다. 만족해서 그는 클린치에게 두번째로 고개를 숙인 뒤에 상대의 손바닥에서 1실링을 집어 주머니에 도로 넣었다. 그런 다음 길을 건너가서 여행자의 운수 베란다 계단을 올라가 문을 재빨리 두드렸다.

안나는 현관에 있었던 것처럼 몇 초 만에 대답을 했다. 안나는 최근의 습관대로 바빠서 정신이 없는 귀부인의 하녀 같은 태도였다. 금방이라도 문을 닫을 것처럼 한 손을 문틀에 올리고 짜증과 불만이 가득한 표정을 지었다. (지난 3주 동안 안나는 수많은 사람들의 방문을 받았다. 대부분은 저녁에 더스트 앤드 너겟에서 그녀를 보지 못해 애가 탄 광부들이었다. 그들은 레벨가에 있는 환한 술집에 가서 그녀에게 샴페인이나 브랜디, 맥주를 사고 '쓸데없는 소리'를 떠들고 싶어 했다. 하지만 그들의 애원은 아무 소용이 없었다. 안나는 그저 고개를 흔들고 문을 닫아버렸다.) 하지만 문 앞에 서 있는 사람을 보고서 안나는 문을 활짝 열고 깜짝 놀라 탄성을 질렀다.

아 숙 역시 깜짝 놀랐다. 잠깐 동안 그는 멍하니 쳐다보기만 했다. 몇 주 동안이나 그녀의 모습을 머릿속으로 그려왔는데, 여기에 실물이 있었다! 그리고 정말로 이렇게까지 변한 건가? 네모난 창문으로 비스듬히 들어오는 차가운 겨울 햇빛 속에서, 연기가 몸을 타고 들어가는 수많은 근사한 나날을 함께 보낸 그 여자와 지금 문 앞에 선 여자가 전혀 달라 보이는 건 그의 기억이 잘못되었기 때문일까? 그녀의 드레스는 검은색에 수수한 디자인으로 새것이었다. 하지만 드레스가 새것이기 때문만은 아니었다. 정말로 그녀는 전혀 다른 사람이 되어 있었다.

약에 취하지 않아서 뺨에는 생기가 돌고 눈은 더 맑고 크고 또렷해 보였다. 나른하던 행동거지도 사라졌다…… 그리고 차가운 베일처럼 얼굴에 언제나 드리워 있던 약간 몽롱해 보이던 표정도 사라졌다. 엷고 흐릿한 미소와 떨리던 입가, 아무도 보지 못하는 작고 놀라운 일을 그녀만이 언제나 볼 수 있는 것처럼 경외감과 혼란이 섞여 있던 눈빛도 사라졌다. 아 숙의 놀라움은 순식간에 씁쓸함으로 변했다. 그러니까 사실이었던 거다. 안나는 아편의 손아귀를 빠져나왔다. 아 숙은 10년이 넘게 노력했지만 언제나 그 형체 없는 괴물의 노예 상태를 벗어나지 못했는데 안나는 탈출한 것이다.

안나가 문틀에 몸을 기대고 싶은 것처럼 손으로 뭔가 잡는 시늉을 하고서 나직하게 말했다.

"여기 들어오면 안 돼요. 여기 들어올 수 없어요, 아 숙."

아 숙은 잠깐 망설이다가 고개를 숙여 인사를 했다. 첫인상을 잘 남겨야 하는 법이고 이런 인상이 지속되기를 바라기 때문이었다. 안나는 그가 기억하는 것보다 훨씬 말랐다. 팔목의 뼈가 선명하게 드러나 보였고 뺨은 홀쭉했다.

"좋은 오후다."

"왜 온 거예요? 아, 네, 좋은 오후예요. 내가 더이상 아편을 하지 않는다는 거 알죠? 알고 있어요?"

그는 그녀를 쳐다보기만 했다.

안나는 그를 설득하려는 것처럼 다시 말했다.

"3주요. 난 3주 동안 파이프를 피우지 않았어요."

"어떻게?"

아 숙이 물었고 안나는 고개를 흔들었다.

"이해해줘요. 난 예전의 내가 아니에요."

"왜 카니에레에 이제 안 온다?"

아 숙이 물었다. 그녀가 보고 싶었다는 말을 어떻게 해야 할지 알 수가 없었다. 매일 오후에 그녀가 오길 기다리면서 소파의 쿠션을 정돈하고, 가구들을 정리하고, 옷차림을 깔끔하게 다듬고 머리를 땋곤 했었다는 것도, 그녀가 자는 모습을 바라보며 종종 기쁨에 목이 메곤 했다는 것도, 가끔 그녀와 그의 피부 사이의 연기 가득한 공간 속에서 그녀의 부드러운 피부를 느낄 수 있을 것처럼 가슴 바로 앞까지 손을 뻗어 그대로 머물곤 했다는 것도, 그리고 그녀가 파이프를 피우고 난 다음 그녀의 모습을 머릿속에 새기고 기억하기 위해서 일부러 한참 기다리다가 자신의 파이프를 피우곤 했다는 것도.

"이제 더이상 당신을 보러 갈 수 없어요. 여기 오면 안 돼요. 난 못가요."

안나가 말했다. 아 숙은 슬픈 눈으로 그녀를 쳐다보았다.

"아편 더 안 한다?"

"안 해요. 아편도 더이상 안 할 거고, 카니에레에도 안 가요."

"왜?"

"여기서는 설명할 수가 없어요. 난 그만뒀어요, 아 숙. 완전히 그만뒀어요."

"돈이 없다?"

아 숙은 상황을 이해하려고 노력했다. 안나가 엄청난 빚을 지고 있다는 건 그도 잘 알고 있었다. 그녀는 딕 매너링에게 큰 빚을 졌고, 그빚은 매일 불어나고 있었다. 어쩌면 더이상 약을 살 돈이 없는 건지도 모른다. 아니면 카니에레까지 올라와서 아편을 피울 만한 시간이 없는 걸지도 모르고.

"돈 때문이 아니에요."

안나가 대답했다. 그때 집 안쪽에서 안나의 이름을 부르는 여자 목소리가 들렸다. 여자는 조급한 어조로 누가 왔고 무슨 일인지 묻고 있었다.

안나는 턱을 옆으로 돌렸지만 눈은 아 숙의 얼굴에서 떼지 않은 채 말했다.

"제가 전에 알던 중국인이에요. 별일 아니에요."

"흠, 왜 온 거지?"

"별일 아니에요. 그냥 저한테 뭘 팔려고 하는 거예요."

안나가 다시 대답했다. 그리고 침묵이 흘렀다.

"내가 가져온다? 여기로?"

아 숙은 아편을 직접 여기로 배달해줄 수도 있다는 뜻을 보이기 위해서 손을 둥글게 오므리고 그녀 쪽으로 내밀었다.

"아뇨. 아뇨, 그러면 안 돼요. 그럴 필요 없어요. 난 그냥, 그러니까 말하자면, 더이상 하고 싶지 않아요."

안나가 속삭였다. 아 숙은 그 말을 이해할 수가 없었다.

"마지막 물건."

그는 그녀가 거의 죽을 뻔했던 날 자신이 선물로 주었던 것을 의미하며 말을 이었다.

"마지막 물건, 안 좋았다?"

"아뇨."

안나가 다시 말을 하려고 했지만 뭔가 말하기도 전에 복도를 걸어오는 빠른 발소리가 들리더니 금세 안나의 옆에 두번째 여자가 나타났다.

"좋은 오후예요. 뭘 팔려는 거죠? 이제 됐어, 안나."

그리고 즉시 안나는 문가에서 물러났다.

아 숙 역시 한 걸음 뒤로 물러났다. 하지만 이것은 여자의 말에 따른 것이라기보다는 충격 때문이었다. 거의 13년 만에 리디아 그린웨이를 다시 보는 것이었다. 그가 이 여자를 마지막으로 보았던 건 — 언제였더라? — 시드니의 법원에서였다. 리디아는 방청석에 있었고 그는 피고석에 있었다. 리디아는 빨간 얼굴로 자수를 놓은 백단향 부채를 부쳐대서 그 향기가 그에게까지 닿았다. 순식간에 광저우의 바닷가에 있던 가족의 창고와 전쟁 전에 상인들이 실크를 가득 채워놓았던 백단향 상자가 떠올랐다. 그때 리디아는 옅은 초록색 드레스를 입고 — 이것은 분명하게 기억이 났다 — 레이스가 가득 달린 보닛을 쓰고 있었다. 재판 내내 그녀는 완벽하게 엄숙한 표정을 유지했다. 그녀의 증언은 짧고 명료했다. 아 숙은 재판관에게 그를 알리려는 듯이 그녀가 자신을 손가락으로 가리켰던 것을 제외하면 무슨 말을 한 건지 전혀 이해하지 못했다. 아 숙이 살인 혐의에 무죄로 방면될 때도 리디아는 어떤 감정도 드러내지 않았다. 그저 자리에서 말없이 일어나 뒤도 돌아보지 않고 법정을 나갔다. 그날로부터 12년이 넘게 지났다! 12년이 지났는데 어처구니없게도 지금 이 자리에, 놀랄 만큼 변하지 않은 모습으로 그 여자가 서 있었다! 적갈색 머리카락은 예전과 똑같이 새빨갛고, 피부는 맑고 주름도 거의 없었다. 안나가 비쩍 마른 것과는 대조적으로 리디아 그린웨이는 통통하고 풍만했다.

다음 순간 리디아의 표정이 조금 무너지고 — 리디아의 표정은 대단히 기교적으로 통제되었고 그녀는 놀란 것을 드러내는 걸 좋아하지 않는 편이라 이는 드문 일이었다 — 눈이 휘둥그레졌다.

"나 이 남자 알아. 이 남자를 안다고."

리디아가 놀란 어조로 말을 하며 한 손을 목에 올렸다.

안나는 아 숙에게서 웰스 부인 쪽으로, 그리고 다시 아 숙에게로 시선을 움직였다.

"어떻게요? 카니에레에서 만난 건 아니겠죠!"

아 숙은 윗입술에 땀이 솟는 것을 느꼈지만, 아무 말도 하지 않고 그저 인사만 했다. 어쩌면 그가 그들의 말을 이해하지 못한다고 생각해줄 지도 모른다. 그는 리디아 그린웨이와 조금이라도 더 눈을 맞추고 있다 가는 그들이 어디서 만났는지 기억해낼까봐 안나 쪽으로 시선을 돌렸 다. 하지만 눈가로 그 여자가 여전히 그를 보고 있는 게 느껴졌다.

안나 역시 인상을 찌푸렸다.

"어쩌면 다른 사람이랑 착각하시는 건지도 몰라요. 중국인들을 구분 하는 건 좀 어렵잖아요."

"그렇지. 그럴지도 몰라."

웰스 부인이 대답했다. 하지만 그 여자는 여전히 아 숙을 쳐다보고 있었다. 그를 이미 알아본 건지 아닌지 정확히는 알 수가 없었다. 뭔가 안나에게 말할 것을 떠올리려고 했지만 머릿속이 텅 비어서 아무 생각 도 나지 않았다.

"뭘 원하죠, 아 숙?"

안나가 물었다. 안나의 말투는 불친절하지 않았고, 거기엔 갈망이 가득 담겨 있었다. 두려움에 찬 것 같은 눈길로 그녀는 애원하듯 그를 바라보았다.

"지금 이 남자를 뭐라고 불렀어?"

나이든 여자가 황급히 물었다.

"아 숙요. 아마 '아'가 경칭인 것 같아요. 카니에레의 판매상이에요."

"아! 아편 말이군!"

리디아의 눈길이 즉시 날카로워졌다.

그러니까 이 여자도 그를 알아본 거다. 그가 누군지 기억해낸 것이다.

즉시 아 숙은 전략을 바꿔 안나를 쳐다보고 말했다.

"내가 당신 산다. 비싼 가격으로."

미망인이 웃음을 터뜨렸다.

안나가 새빨갛게 달아오른 얼굴로 말했다.

"아…… 아뇨, 그건 안 돼요. 아무도 말해주지 않았나보네요. 난 이제 매춘을 하지 않아요. 더이상 창녀가 아니에요. 팔지 않아요. 파는 몸이 아니에요."

"지금은 무엇이다?"

아 숙이 물었다.

"웨더렐 양은 내 조수예요. 이제 여기서 살죠."

웰스 부인이 그렇게 말했지만 아 숙은 그 단어를 알지 못했다.

"난 이제 여기 살아요. 더이상 아편은 하지 않고요. 알겠어요? 아편은 더이상 안 해요. 난…… 난 그만뒀어요."

아 숙은 어리둥절했다.

"이만 가요. 들러줘서 고마워요."

안나가 그렇게 말했지만 갑자기 웰스 부인이 새하얀 손을 뻗어 아숙의 팔뚝을 꽉 붙잡았다.

"당신도 오늘 저녁 강령회에 와요."

"저 사람은 표가 없는데요."

안나가 말했다.

"동양인이 합석하는 거, 그게 걸맞을 거야! 저 사람을 뭐라고 불렀었지?"

웰스 부인이 안나의 말을 무시하고서 물었다.

"아 숙요."

"아, 그래. 생각해봐. 오늘 저녁의 강령회에 동양인이 있는 거야!"

"강령회가 동양에서 온 건가요?"

안나가 의심스럽게 물었다.

아 숙은 그 단어를 이해하지 못했지만, 동양인이라는 말은 알았기 때문에 자신의 이야기일 거라고 짐작했다. 그리고 리디아의 얼굴에 갑자기 떠오른 탐욕스러운 표정 역시 그로 인한 것이 분명했다. 안나가 겨우 한 달 만에 이렇게 변한 반면에 세월이 그만큼 지났는데 리디아는 거의 변한 게 없다는 사실이 놀라웠다. 그의 팔을 꽉 잡고 있는 그녀의 손을 내려다보다가 그 손가락에 있는 금반지를 발견하고 그는 깜짝 놀랐다.

"카버 부인."

그가 반지를 가리키며 물었다. 리디아가 이번에는 좀더 활짝 웃었다.

"이 사람 어느 정도 예언자의 기질이 있는 모양이야. 어떻게 생각해?"

리디아가 안나 쪽을 보며 물었다.

"무슨 뜻이죠? 카버 부인이라니?"

안나가 아 숙을 보고 인상을 찌푸린 채 물었다.

"카버의 아내."

아 숙의 말은 별로 도움이 되지 않았다.

"이 사람은 당신이 카버의 아내라고 생각해요."

안나가 말했다.

"그냥 그렇게 추측한 거겠지."

웰스 부인은 그렇게 대답하고서 아 숙 쪽을 향해서 말했다.

"카버 부인이 아니에요. 내 남편은 죽었어요. 난 이제 미망인이에요."

"카버 부인 아니다?"

"웰스 부인이죠."

아 숙의 눈이 커졌다.

"웰스 부인."

"이 사람의 영어가 짧다는 것도 딱 좋아."

미망인이 안나에게 스스럼없이 계속해서 말했다.

"그러면 다른 데 정신 팔릴 일이 없잖아. 차분한 태도도 흔들리지 않을 거고. 아주 멋지지 않니! 우리한테 꽤 훌륭한 도움이 될 거야."

"저 사람 카버 씨를 알잖아요."

"물론 그렇겠지. 카버 선장님은 동양인과 연줄이 굉장히 많으니까. 여기 호키티카에서 같이 사업을 했던 걸 거야. 응접실로 와요, 아 숙."

웰스 부인이 쾌활한 어조로 말하며 그의 팔을 더 세게 잡았다.

"따라와요. 잠깐이면 되니까. 겁쟁이처럼 굴지 말고. 당신에게 해를 입히진 않을 거니까! 안으로 들어와요."

"프랜시스 카버는 광둥에 있다?"

아 숙이 물었다.

"광둥이라. 그렇군요, 그렇겠네."

웰스 부인은 아 숙의 질문을 단정으로 착각하고서 말했다.

"카버 선장님은 광둥을 기반으로 삼고 있죠. 몇 년 동안 거길 기반으로 삼았어요. 응접실로 와요."

웰스 부인은 아 숙을 응접실로 끌고 가서 안쪽을 가리켰다.

"당신은 저기 쿠션을 놓고 앉게 될 거예요. 그러면 주변에 있는 얼굴들을 관찰하고 우리의 신비로운 강령회에 멋진 분위기를 선사할 수 있을 테죠. 우린 당신을 동방의 현자라고 부를 거예요. 아니면 동양의 살아 있는 석상이나 왕실의 신령이나 뭐 그런 걸로요. 어느 쪽이 좋니, 안나? 석상이니, 현자니?"

안나는 딱히 말을 하지 않았다. 그녀가 보기에 리디아 웰스와 아 숙은 서로 아는 것이 분명했고, 그들의 공통된 과거는 프랜시스 카버와 관련이 있는 게 확실했지만 미망인은 그 이야기를 하고 싶지 않은 것 같았다. 안나도 그걸 캐물어봐야 좋을 게 없다는 걸 알기에 그저 이렇게 물었다.

"저 사람의 목적은 뭔데요?"

"그냥 우릴 관찰하는 거야!"

"네. 하지만 뭘 위해서요?"

미망인은 한 손을 흔들었다.

"프린스 오브 웨일스의 공연 못 봤니? 동양적인 것만큼 표가 잘 팔리는 것도 없어."

"하지만 저 사람은 호키티카에 잘 알려져 있는 사람인걸요. 누군가가 알아볼 거예요."

"너도 마찬가지지 않니! 그런 건 전혀 상관없을 거야."

웰스 부인이 주장했다.

"전 모르겠어요…… 글쎄요."

"안나 웨더렐."

웰스 부인이 짜증 난 척하면서 말했다.

"지난 목요일에 내가 계단 꼭대기에 바가토의 소묘를 걸자고 했더니 네가 뭐라고 했더라? 그 그림에 다락 층계참의 그림자가 드리울 거라고 그랬지? 그래도 난 거기 걸었고, 내가 말했던 것처럼 빛은 완벽하지 않았니?"

"네."

"그래, 그거야."

웰스 부인이 그렇게 말하고 웃었다.

아 숙은 이 이야기를 전혀 이해할 수가 없었다. 그는 안나를 쳐다보고 살짝 인상을 찌푸려 설명을 해달라는 의미를 전했다.

"강령회요."

안나가 그렇게 말했지만 별 도움은 되지 않았다.

아 숙은 고개를 흔들었다. 그는 그 단어를 몰랐다.

"한번 해보자. 이리 와요, 여기 구석으로. 안나, 그 사람에게 깔고 앉을 쿠션을 갖다주렴. 아니면 의자가 좀더 금욕적으로 보이려나? 아냐, 쿠션이야. 그러면 동양인들이 하는 방식으로 다리를 꼬고 앉을 수 있을 테니까. 그래, 이리 와요. 좀더, 좀더. 바로 거기야."

그는 아 숙을 쿠션에 밀어 앉히고 재빨리 뒤로 몇 걸음 물러나서 방 맞은편에서 그의 모습을 평가하고는 기쁨에 차서 고개를 끄덕였다.

"그래. 너도 봤지, 안나? 근사하지 않니? 얼마나 근엄해 보이는지 좀 봐! 일종의 파이프 같은 걸 피우라고 얘기할 수 있을까? 머리 위로 연기가 맴돌면 더 멋질 것 같은데. 하지만 실내에서 흡연을 하면 내가 몸이 안 좋아지니까."

"저 사람은 아직 하겠다고 하지 않았어요."

안나가 지적했다. 웰스 부인은 살짝 짜증이 나 보였다. 하지만 이런 지적에 반박하지 않고 아 숙 앞으로 다가와서 미소를 띤 채 허리에 양손을 올리고 그를 내려다보았다.

"에머리 스테인스 알아요?"

그녀가 명확하게 발음하면서 물었다.

"에머리 스테인스, 그 사람 알아요?"

아 숙은 고개를 끄덕였다. 그는 에머리 스테인스를 알았다.

"우린 그 사람을 여기로 부를 거예요. 오늘밤에. 그리고 그 사람과 얘기할 거예요. 에머리 스테인스. 여기에."

그녀가 레몬향이 나는 손으로 바닥을 가리켰다.

아 숙의 얼굴에 알겠다는 표정이 스쳤다. 아주 잘된 일이다. 그 탐광자가 마침내 발견된 모양이다. 그것도 살아서! 이건 좋은 소식이었다.

"아주 좋다."

"오늘밤에. 여기, 여행자의 운수에서. 이 방에서. 파티는 7시에 시작할 거예요. 강령회는 10시고."

웰스 부인이 말했다.

"오늘밤."

아 숙이 그녀를 쳐다보며 말했다.

"정확해요. 여기에 와요. 꼭 와야 해요. 지금 앉아 있는 것처럼 앉으면 되고. 알겠어요? 얘, 안나, 이 사람 알아듣는 거니? 난 잘 모르겠구나. 얼굴이 완전히 석상 같아서. 내가 어디서 아이디어를 얻은 건지 알겠지? 살아 있는 석상이야!"

천천히 안나는 아 숙에게 리디아가 그날 저녁 에머리 스테인스와의 만남에 그가 오기를 바란다고 설명했다. 안나는 강령회라는 단어를 여러 번 말했다. 그런 단어를 배울 일이 없었던 아 숙은 상황상 그게 에머리 스테인스가 참석하기로 한 일종의 역할극 같은 모임인가보다 추측했다. 그래서 이해한다는 뜻으로 고개를 끄덕였다. 안나는 아 숙이 그날 저녁에 다시 와서 지금 앉아 있는 것처럼 구석의 쿠션에 앉으면 된다고 계속해서 설명했다. 다른 사람들 역시 초대를 받았고, 그 사람들은 원형으로 앉을 거고, 에머리 스테인스는 방 한가운데 있을 거라고 이야기했다.

"그 사람 알아듣고 있니? 알아듣는 거야?"

웰스 부인이 물었다.

"그렇다. 에머리 스테인스와 강령회. 오늘밤."

아 숙은 이해한다는 걸 보여주기 위해서 말했다.

"훌륭해."

웰스 부인은 조숙한 어린애가 긴 시를 전부 암송했을 때 지어 보일 법한 그런 미소를 지어 보였다. 다시 말해서 조금 의심스럽지만 꽤나 용하다 생각하는 듯한 그런 표정이었다.

"상중인 창녀와 동양의 신비가. 정말 완벽할 거야. 생각만 해도 소름이 돋을 정도야! 물론 강령회가 동양의 전통은 아니야."

안나의 아까 전의 질문에 웰스 부인이 마침내 대답을 했다.

"하지만 내가 지난 2주 동안 이 사업에서는 분위기만으로 반은 먹고 들어가는 거라고 항상 말하지 않았니? 아 숙은 우리에게 아주 근사한 분위기를 만들어줄 거야."

안나는 시선을 돌리고 가볍게 말했다.

"당연히 그 사람에게 보수는 주실 거죠?"

미망인은 안나를 향해 아주 차가운 눈길을 던졌지만, 안나는 미망인을 보고 있지 않아서 그것을 알아채지 못했다. 다음 순간 미망인의 표정에서 차갑던 기색이 사라지고 가벼운 어조로 대답했다.

"물론이지! 하지만 그런 간단한 일에 얼마를 받아야 한다고 생각하는지 한번 물어보렴. 물어봐, 안나. 넌 그 사람의 특별한 친구니까."

안나는 아 숙에게 미망인이 그날 밤 강령회에 그가 일해주는 데 대한 대가를 지불할 생각이라고 설명했다. 아직까지 에머리 스테인스가 오로지 혼령으로 참석하는 거라는 걸 이해하지 못한 아 숙은 이 엄청난 제안에 고민에 잠겼다. 당연히 그는 이 제안이 굉장히 의심스러웠고, 그 사실을 겉으로 드러냈다. 약간 터무니없는 협상이 오간 끝에 아 숙은 자신보다는 안나를 위해서 1실링을 받는 데에 동의했다.

　아 숙은 바보가 아니었다. 그는 자신이 그날 저녁에 무슨 일이 벌어지는 건지 제대로 이해하지 못하고 있다는 사실을 아주 잘 알았다. 에머리 스테인스가 방 한가운데에 있게 될 거고 다른 사람들이 그를 둘러싸고 있을 거라는 사실을 안나가 특별히 강조해서 말하는 것도 이상했고, 미망인이 그에게 아무것도 하지 않는 대가로 돈을 준다는 것은 더 이상했다. 그는 자신이 일종의 연극 같은 데에 참여하는 거라는 결론을 내렸고(사실 그의 생각은 거의 핵심을 찌르는 것이었다) 결과적으로 어떤 창피한 꼴을 당한다 해도, 스테인스 씨와 이야기할 기회가 생긴다면 그걸 감수할 만하다고 생각했다. 그는 자신의 의문이 곧 해결될 거라는 확신 속에서 미망인의 초대와 보수에 관한 약속을 받아들였다.

　이걸로 그들의 협상은 끝났다. 아 숙은 안나를 보았다. 아 숙은 차분하게, 안나는 모자장수가 전혀 읽을 수 없는 냉정하고 거리감 있는 눈길로 서로를 잠깐 동안 바라보았다. 아니, 그게 거리감 있는 눈길이긴 할까? 이제 그녀의 얼굴이 아편의 두꺼운 베일로 가려져 있지 않아서 그 또렷한 표정이 낯설어 그렇게 느껴지는 건 아닐까? 그녀는 굉장히 변했다. 그녀를 잘 몰랐다면 오만한 표정이라고, 이제 더이상 창녀가 아니기 때문에 자신이 중국인 사회보다 더 우월하다고 생각하는 것 같은 표정이라고 했을지도 모르겠다.

　아 숙은 그녀의 차가운 표정을 떠나라는 신호로 받아들이고 쿠션에서 일어섰다. 카니에레로 걸어서 돌아갔다가 해가 지기 전에 다시 돌아올 만한 시간은 충분했고, 동포인 퀴 롱에게 에머리 스테인스가 바로 오늘밤에 레벨가의 여행자의 운수에 올 거라고 알려주고 싶었다. 아 퀴가 오랫동안 젊은 탐광자에게 오로라의 금 문제를 다그쳐 묻고 싶어

했다는 걸 잘 알고 있었기 때문이다. 분명히 스테인스가 살아 있다는 걸 알면 아주 기뻐할 것이다.

아 숙은 미망인에게 인사를 한 다음 안나를 보았다. 안나는 딱히 갈 망이나 후회가 드러나지 않는 모습으로 살짝 무릎을 구부려 그에게 답 례를 한 뒤 즉시 돌아서서 소파 팔걸이의 레이스를 바로잡았다.

"오늘밤에 돌아오는 거예요. 강령회에 참석하게. 오늘밤. 6시면 되겠 네요."

리디아 웰스가 말했다.

"6시."

아 숙은 따라 말하고 자신이 이해했다는 걸 보여주기 위해서 방금 앉아 있던 쿠션을 가리켰다. 그리고 마지막으로 안나를 보았지만 리디 아 웰스가 팔을 붙잡고 그를 현관으로 데리고 나갔다. 미망인이 팔을 뻗어 문을 열자 갑자기 환한 빛이 안으로 쏟아져들어왔다.

"안녕히."

아 숙은 그렇게 말하고 문 밖으로 나왔다.

하지만 미망인은 그가 예상한 것처럼 그의 뒤로 문을 닫지 않고, 숄 을 집어 어깨에 두르고서는 아 숙을 따라 베란다로 나왔다. 그리고 안 나를 향해 말했다.

"잠깐 바람 좀 쐬고 올게. 한 시간 안에 돌아올 거야."

응접실에 있던 안나는 깜짝 놀란 표정으로 쳐다보았다가 재빨리 표 정을 지우고 딱딱하게 고개를 끄덕였다. 그러고는 응접실을 가로질러 웰스 부인 대신 문을 닫으러 왔다.

"즐거운 오후 되세요, 웰스 부인. 안녕히 가세요, 아 숙."

문틀에 한 손을 얹은 채 안나가 말했다.

두 사람은 계단을 내려와서 길거리에서 서로 갈라졌다. 아 숙은 강을 향해 남쪽으로, 리디아 웰스는 북쪽으로 향했다. 몇 걸음 걷다가 웰스 부인은 길가에 나와 건물을 평가하려는 것처럼 어깨 너머를 돌아보았고, 안나는 서둘러 문을 닫았다.

하지만 안나는 문손잡이에 손을 올린 채 돌리지 않고 있다가 잠시 후 아주 조용히, 신중하게 도로 열고서 틈새로 내다보았다. 리디아는 빠르게 걸어가고 있었다. 안나가 예상한 것처럼 몸을 돌려 아 숙을 쫓아가서 은밀하게 얘기를 하려는 것 같지는 않았다. 안나는 문을 조금 더 열었다. 리디아가 방향을 돌릴까? 분명히 누군지 아는 게 확실한 그 남자와 은밀하게 이야기를 하기 위해서 그렇게 황급히 나간 것이리라! 하지만 아 숙은 이미 깁슨 부두 모퉁이를 돌아서 사라졌고, 거의 동시에 리디아 웰스는 길가의 도랑을 넘어 계단을 올라갔…… 안나는 눈을 가늘게 뜨고 보았다. 무슨 건물이지? 티그린의 철물점 옆에 있는 2층 건물이었다. 술집일까? 앞쪽 현관에 누군가가 있는지 리디아 웰스는 잠시 거기 서서 이야기를 나누다가 건물 문을 열고 안으로 사라졌다. 문이 흔들리는 동안 하늘색 페인트가 흘깃 보였고 안나는 그 건물이 어딘지 깨달았다. 그러니까 리디아 웰스가 사교적인 방문을 하러 간 모양이다. 하지만 누구를? 안나는 의아해서 고개를 흔들었다. 뭐, 상대가 누구든 간에 평범한 광부는 절대로 아닐 것이다. 어느 정도 지위가 있는 사람이 분명했다. 어쨌든 팰리스 호텔에 묵을 정도니까.

천칭자리의 토성

C ☾ ★

하랄 닐슨의 계약이 깨진다. 성서가 펼쳐진다. 코웰 데블린은 당황하고, 조지 셰퍼드는 계획을 세운다.

하랄 닐슨이 막 물을 끓여 오후 4시에 차를 우리고 설탕 뿌린 과자한 접시와 책을 들고 자리에 앉았을 때 호출 우편이 날아왔다. 조지 셰퍼드가 보낸 것이고 '긴급'이라고 찍혀 있었지만 이유가 뭔지는 명시되어 있지 않았다. 분명히 뭔가 아주 사소한 이유 때문일 거라고 닐슨은 짜증스럽게 생각했다. 교도소 토대에 뭔가 자갈이 들어갔다든지, 교도소 설계도에 커피가 몇 방울 떨어졌다든지 그런 거겠지. 한숨을 쉬고서 그는 찻주전자에 퀼트 덮개를 씌우고 실내복을 재킷으로 바꿔 입은 뒤 지팡이를 들었다. 일요일 오후에 사람을 불러내다니 아주 끔찍한 짓거리였다. 그는 이레 중 엿새를 일한다. 그러니 하루쯤은 조지 셰퍼드에게 영수증이나 급료 기록, 구조 화물에 대한 이야기로 괴롭힘을 당하지 않고 쉴 자격이 있지 않은가. 호출 우편은 더더욱 모욕적이었다. 셰퍼드가 경찰서에서 다섯 블록밖에 되지 않는 깁슨 부두까지 구태여 걸어나오려고도 하지 않고, 왕이 하인 부리듯 닐슨에게 오라고 손가락을 까딱거린 셈이니까! 사무실 문을 잠그고 모자를 기울이고 코트 자락을 펄럭이며 레벨가를 걸어가는 동안 닐슨은 굉장히 기분이 나쁜 상태였다.

경찰서에서는 조지 부인이 문을 열어주었다. 교도소장 부인은 닐슨에게 굉장히 미안해하는 태도로 식당 방향을 알려준 다음, 닐슨이 예의 바르게 인사를 하기도 전에 도망쳐서 옥양목을 바른 벽이 흔들릴 만큼 문을 등 뒤로 쾅 닫고 사라졌다. 그 흔들림에 닐슨은 바다에 떠 있는 듯한 기분이 들었다.

교도소장은 식탁 상석에 앉아서 젤리처럼 굳힌 고기와 전부 다 똑같이 생긴 여러 개의 차가운 푸딩, 커다란 가루가 떨어지는 검고 단단한 빵으로 이루어진 차가운 식사를 하고 있었다. 그는 몸을 아주 꼿꼿이 세운 채 포크에 음식을 얹었으나 닐슨에게 앉으라고 권하지는 않았다.

문이 닫히고, 입에 있던 음식을 삼킨 후에 교도소장이 말했다.

"그래, 선생이 우리의 협의에 대해서 누군가에게 말을 한 모양이더군. 선생은 자신의 약속을 깼소. 누구에게 말을 한 거요?"

"예?"

셰퍼드가 질문을 반복했다. 닐슨은 잠깐 침묵하고 있다가 이번에는 좀 더 높은 어조로 자신의 놀라움을 표현했다.

셰퍼드의 표정은 차가웠다.

"나에게 거짓말하지 마시오, 닐슨 씨. 알리스테어 로더백이 『타임스』에 나의 인격을 비난하는 편지를 내일 아침 날짜로 실을 거요. 그 사람은 크로스비 웰스의 집에서 발견된 재산의 일부가 호키티카 교도소에 투자되었다고 주장하고 있소. 그 사람이 어떻게 이 정보를 얻게 되었는지 모르겠고, 난 알아낼 거요. 당장에."

닐슨은 비틀거렸다. 어떻게 알리스테어 로더백이 그의 수수료에 대해서 알 수가 있지? 크라운 호텔의 남자들 중 한 사람이 약속을 깬 게 분명했다! 발퍼인가? 발퍼와 로더백은 꽤 친한 사이였고, 나머지 사람들이 로더백과 함께 있는 건 한 번도 본 적이 없었다. 하지만 무엇 때문에 발퍼가 그를 배신한단 말인가? 닐슨은 그에게 어떤 안 좋은 일도 한 적이 없는데. 혹시 뢰벤탈일까? 그럴 수도 있었다. 특히 그 편지가 신문에 실리는 거라면. 하지만 닐슨은 발퍼가 그런 일을 했다는 것만큼이나 뢰벤탈이 그랬다는 사실도 믿을 수가 없었다. 그는 셰퍼드가 굳힌 고기와 오이 피클, 해시 포테이토를 포크 위에 얹는 것을 보며 왠지 모르지만 (닐슨은 전혀 배가 고프지 않았다) 입에 침이 고이는 것을 느꼈다.

"누구에게 말을 했소? 이걸 내 인내심의 한계라고 생각하시오. 다시 묻지 않을 거요."

그는 음식을 쌓아올린 포크를 입에 넣고 포크를 빼낸 뒤 씹었다.

닐슨은 어떻게 대답해야 할지 알 수가 없었다. 사실 그는 열두 명에게 말을 했으니까. 월터 무디를 비롯해서 크라운 호텔의 흡연실로 소환된 열한 명의 남자들에게. 셰퍼드의 비밀을 **열두** 명에게 폭로했다고는 도저히 말할 수가 없었다! 아무한테도 말하지 않은 척해야 할까? 하지만 로더백이 알고 있다면, 닐슨이 누군가에게 비밀을 털어놓았다는 사실은 이미 명백해진 셈이었다! 머릿속이 핑핑 돌았다.

"어떻게 이런 일이 생기게 된 건지 알 수가 없습니다. 전 알 수가 없어요."

닐슨이 절망적인 기분으로 말했다.

셰퍼드는 다시금 포크 위에 음식을 쌓아올리느라 바빴다. 그는 저녁 거리에 시선을 고정한 채 물었다.

"선생이 직접 로더백에게 갔소? 아니면 다른 사람에게 갔고, 그자가 로더백에게 가서 말을 한 건가?"

"전 평생 로더백과 다섯 마디도 해본 적이 없습니다."

하랄 닐슨이 분개한 어조로 말했다.

"그럼 누구요?"

셰퍼드가 시선을 들었다. 수저가 그의 손안에서 느슨해졌다.

닐슨은 아무 대답도 하지 않았다. 얼굴에 땀이 배기 시작했다.

"광부의 명예를 지키시는 모양이로군, 알겠소."

셰퍼드가 불만스러운 어조로 말했다.

"최소한 누군가에게는 정절을 지키는 모양이구려, 닐슨 씨."

그는 다시 저녁식사를 내려다보았고, 닐슨에게는 꽤 한참이라고 느껴지는 시간 동안 아무 말도 하지 않았다. 셰퍼드는 일요일용 검은색 정장 차림이었다. 코트 꼬리는 식사하는 동안 밑에 깔려 구겨지지 않도록 의자 옆으로 내렸고, 허리선이 높은 바지와 옷깃이 없는 조끼는 장례식에 어울리는 엄숙한 분위기였다. 폭이 넓은 크라바트가 약간 유행에 뒤처진 것이라는 걸 알아채고 닐슨은 살짝 우월감을 느꼈다. 자신의 크라바트는 최신 유행에 맞추어 폭이 좁았고 느슨하게 매고 있었다. 이는 교도소장의 훈계적 태도를 더욱 강조하는 것 같았다. 심지어는 그의 차가운 식사도 그 소박함 때문에 절제되어 보였다. 닐슨은 삶은 닭고기 절반과 삶아 으깬 순무에 화이트소스를 듬뿍 올려서 먹었고, 근사한 와인도 반 주전자 정도 마셨다.

집 안 다른 곳 어디서 시계가 45분을 알렸다. 조지 부인이 얇은 벽너머에서 이 방 저 방을 돌아다녔다. 셰퍼드는 식사 앞에서 꼼짝도 하지 않았다. 닐슨은 셰퍼드가 식사를 깨끗이 다 비울 때까지 기다렸다. 식사를 마치고 나면 교도소장이 말을 할까 싶어서였다. 하지만 그것이 잘못된 희망이었다는 사실이 판명되자 그가 힘없는 투로 말했다.

"저기…… 이제 어떻게 하실 생각인가요?"

"내가 제일 먼저 취할 행동은 선생을 교도소 건립과 관계된 모든 의무에서 해방시켜주는 것이오. 나는 약속을 깨는 사람에게 일을 맡길 마음이 없소."

셰퍼드는 테이블 냅킨으로 입가를 두드리면서 대답했다.

"그럼 투자금을 돌려주실 건가요?"

닐슨이 물었다.

"그럴 리가."

셰퍼드가 접시 위에 테이블 냅킨을 던졌다.

"작업이 이미 진행 중이라는 걸 생각하면 대단히 불합리한 요구라는 생각이 드는군."

닐슨은 간신히 입을 움직여서 이렇게만 대답했다.

"그렇군요."

"선생은 광부의 규약은 깨지 않을 셈일 테지."

"그렇습니다."

"훌륭하오."

"죄송합니다."

셰퍼드는 기운이 난 것처럼 접시를 밀어내고 말했다.

"로더백 씨의 편지는 『타임스』 내일 자에 실릴 거요. 난 미리 사본을 받았소."

닐슨은 교도소장의 접시 옆에 편지가 펼쳐져 있는 것을 발견했다. 그가 손을 내밀고 앞으로 다가왔다.

"혹시 제가……?"

하지만 셰퍼드는 그의 말을 무시하고 약간 목소리를 높여 말했다.

"편지에는 선생의 이름은 언급되지 않았소. 내가 빠진 부분을 정정하기 위해서 오늘밤에 편집자에게 직접 편지를 쓸 거라는 건 알아두시오. 내 답문은 공식적인 응답으로 로더백 씨의 글 아래 실릴 거요."

닐슨은 다시금 말했다.

"제가 읽어봐도 되겠습니까?"

"웨스트랜드의 다른 모든 사람과 마찬가지로 내일 신문에서 읽으시오."

셰퍼드는 위험할 정도로 그 말을 강조했다.

"알겠습니다. 교도소장님 말씀을 이해하겠습니다."

닐슨이 손을 내렸다. 셰퍼드는 잠깐 뜸을 들이다가 덧붙였다.

"물론 혹시라도 선생이 나한테 말할 게 있다면 달라질 수도 있을 거요."

그야말로 실의에 빠진 투로 닐슨이 말했다.

"예."

"예?"

"예, 말할 게 있습니다."

불쌍한 하랄 닐슨! 두번째로 약속을 깨면 첫번째 실수를 지울 수 있을 것처럼, 이 두번째 폭로를 통해서 교도소장의 신임을 다시 얻을 수 있을 거라고 생각하다니! 그는 공포에 질려 있었다. 다른 사람들에게 하찮은 취급을 당하는 것은 닐슨을 완전히 낙담시켰다. 그는 누군가에게 미움을 사는 것을 참을 수가 없었다. 그에게는 미움을 사는 것과 혐오스러운 사람이 된다는 것이 별 차이가 없는 일이기 때문이다. 그가 받는 모든 상처는 그의 자아에 직격타가 되었다. 닐슨이 최신식 패션으로 차려입고, 그럴듯한 말을 하고, 자신을 모든 이야기의 주인공으로 삼는 것도 바로 자기를 보호하기 위해서였다. 그는 자신이라는 사람이 얼마나 하찮은지 잘 알고 있기 때문에 자신을 둘러싼 방패로 자신의 겉모습을 꾸미는 것이었다.

"그럼 말해보시게."

셰퍼드가 말했다.

"그러니까…… (닐슨은 다급하게 생각했다) 웰스 부인 이야기입니다."

"그렇군. 그래서?"

"부인은 로더백의 정부였습니다."

셰퍼드는 눈썹을 치켜들었다.

"알리스테어 로더백이 크로스비 웰스의 부인과 놀아났다는 거요?"

닐슨은 그 말을 잠깐 생각해보았다.

"네, 아마 그런 것 같습니다. 음, 크로스비와 리디아가 언제 결혼했는지에 달린 문제지만요."

"계속하시오."

"문제는…… 문제가…… 그 사람이 협박을 받았습니다…… 그러니까 로더백이요…… 그리고 크로스비 웰스는 집으로 몸값을 가져왔고요. 그게 바로 그 금 더미입니다…… 크로스비의 오두막에 있던 거 말입니다."

"어떻게 협박을 받게 된 거요? 그리고 선생이 거기에 대해서 어떻게 알지?"

닐슨은 머뭇거렸다. 갑자기 굉장히 탐욕스럽고 강렬해진 교도소장의 표정이 영 마음에 걸렸다.

"선생은 그걸 어떻게 아시오?"

셰퍼드가 다그쳤다.

"누가 얘기해줬습니다."

"누가?"

"스테인스 씨요."

닐슨은 최소한 한동안은 가장 해를 입을 일이 적은 사람을 들먹였다.

"그 사람, 스테인스가 협박범인가?"

"모르겠습니다."

닐슨은 잠깐 헷갈려서 그렇게 대답했다가 정정했다.

"제 말은, 네, 아마도요."

"선생은 그 사람 편이오, 그 사람의 적이오?"

"저, 전 모르겠습니다."

셰퍼드는 짜증 난 얼굴이었다.

"그럼 선생은 그 사람과 무슨 관계요? 선생이 어떤 입장인지 잘 모르겠다면, 최소한 그 사람에 대해서 뭔가 아는 거라도 있을 게 아니오."

닐슨이 비참한 기분으로 대답했다.

"증여권이 있습니다. 크로스비 웰스의 화덕에…… 누군가가 없애려고 했던 것처럼 반쯤 탄 증서가 있었습니다. 목사가 발견했죠. 웰스가 죽은 다음 날 시신을 수습하러 오두막에 갔을 때 발견한 겁니다. 그 사람은 소장님께 이 이야기를 하지 않고 자신이 감추고 있었습니다. 길리스 의사 선생에게도 말하지 않았고요."

셰퍼드는 얼굴에 어떤 표정도 드러내지 않았다.

"어떤 종류의 증여권이지?"

닐슨은 계약의 세부 사항에 대해서 간략하게 설명했다. 그의 시선은 교도소장의 얼굴 왼쪽으로 1미터쯤 떨어진 곳에 고정되어 있었고, 가끔 기묘하게 옆을 힐끔거렸다. 가슴속에서 좌절감이 부글거리며 솟아 올라 가슴뼈를 밀어댔다. 이 비밀을 밝힘으로서 교도소장에 대한 신의를 보여주려고 한 것이었는데, 이제는 자신이 누구의 신의도 지키지 못하는 쓸모없는 인간이라는 것만 보여주고 말았다. 하지만 비참한 기분에도 불구하고 크라운 호텔의 음모를 털어놓는 데에는 엄청나게 마음이 놓이는 면이 있었다. 어깨에서 엄청난 무게가 떨어져나가고, 대신에 그 자리에 끔찍하게 가벼운 감각이 자리를 잡는 느낌이었다. 그는 교도소장을 힐끗 보았다가 다시 시선을 돌렸다.

"데블린이 선생 사람이오? 데블린에게 이 투자에 대해서 말했고, 그 사람이 로더백에게 말을 한 건가?"

"네, 그렇습니다."

(도대체 그는 얼마나 끔찍한 사람인가? 성직자에게 죄를 뒤집어씌우다니! 하지만 완전한 거짓말은 아니었다…… 그리고 열두 명보다는 한 명에게 죄를 씌우는 편이 나으니까.)

"제 말은, 아마도 목사가 로더백에게 말을 했을 거라는 뜻입니다. 전 로더백에게 아무 이야기도 한 적이 없으니까요. 말씀드렸던 것처럼요."

"그러니까 데블린이 로더백 쪽 사람인 거로군."

셰퍼드가 말했다.

"전 그건 모르겠습니다. 그런 건 전혀 모릅니다."

셰퍼드가 고개를 끄덕이고서 식탁 앞에서 일어섰다.

"자, 닐슨 씨, 그러면 이걸로 우리의 논의는 끝난 것 같구려."

가보라는 말에 닐슨은 더욱 공포에 질렸다.

"증서 말입니다. 그게…… 혹시 그걸 목사에게 이야기하실 거라면……"

"아마도 그럴 것 같군."

"그럼…… 제 이름은 거기서 빼주실 수 있을까요?"

닐슨은 그야말로 고통스러운 표정으로 말했다.

"저기, 목사가 그걸, 그러니까 증서를 어디에 보관하는지 말씀드릴 수 있습니다. 그러면 소장님이 직접 보실 수 있고, 제 쪽에서도 약속을 깬 건 아니니까요. 그러면 어떨까요?"

셰퍼드는 동정의 기색이라고는 없는 눈으로 그를 쳐다보았다.

"목사가 그걸 어디에 보관하지?"

"약속을 해주실 때까지는 말 안 할 겁니다."

닐슨이 말했다. 셰퍼드는 어깨를 으쓱였다.

"알겠소."

"약속하시는 겁니까?"

"내 명예를 걸고, 선생의 이름을 교도소 목사에게 말하지 않겠소."

셰퍼드가 날카롭게 쏘아붙였다.

"그걸 어디에 보관하지?"

"성경에요."

닐슨이 서글픈 어조로 말했다.

"성경의 구약과 신약 사이에요."

Φ

교도소 건설이 본격적으로 시작된 이래 코웰 데블린과 조지 셰퍼드 는 교도소장이 저녁에 시뷰의 건설 현장에서 돌아와 편지를 쓰고 경비 를 계산할 때를 제외하면 별로 만나지 못했다. 셰퍼드가 없으니 임시 경찰서의 분위기가 훨씬 나아졌다는 것을 깨닫고 데블린은 소장과 별로 친하게 지내려고 하지 않았다. 그에게 교도소장의 됨됨이를 말해보라고 한다면, 그는 아마 한참 동안 망설이다가 셰퍼드의 완고함이 가련하고, 셰퍼드가 주변 세상을 불만스럽게 생각하는 것이 안타깝다고 말했을 것이다. 그리고 조금 더 머뭇거린 후에 셰퍼드의 안녕을 기원하겠지만, 그들의 관계가 현재 상태, 즉 엄격하게 직업적이고 딱히 따뜻하지 않은 상태 이상으로 발전할 것 같지는 않다고 덧붙일 것이다.

하지만 그날은 일요일이었고, 해안단구의 건설 작업도 휴일이었다. 셰퍼드는 아침 시간을 교회에서 보내고 오후는 경찰서에 있는 서재에서 보냈다. 하랄 닐슨이 지금 다급하게 떠나고 있는 곳이었다. 조금 전에 카니에레 광산촌에서 돌아온 데블린은 현재 임시 감옥소에 앉아 재소자들에게 기계적인 기도라는 주제로 설교를 하고 있었다. 그는 자신의 천막을 떠날 때면 언제나 그렇듯이 낡은 성경을 지참하고 있었다. 사실 그날의 설교 내용상 오후에 성경을 펼쳐볼 일은 전혀 없었다. 셰퍼드가 감옥소 안으로 들어왔을 때 성경은 데블린의 옆 의자 위에 덮인 채로 놓여 있었다.

셰퍼드는 대화가 잦아들기를 기다렸고, 그의 위압적인 존재감 때문에 금세 모두가 조용해졌다. 데블린은 의문 어린 얼굴로 그를 돌아보았고, 셰퍼드가 말했다.

"안녕하시오, 목사님. 괜찮으시다면 성경 좀 건네주시겠소?"

데블린이 인상을 찌푸렸다.

"제 성경을요?"

"괜찮다면 말이오."

교목은 책 위에 한 손을 얹었다.

"뭘 찾고 계신지 저한테 말씀을 하시면 될 것 같습니다만. 저는 성경 내용을 꽤나 잘 안다는 사실에 자부심을 갖고 있어서요."

"나도 그 사실을 의심하지는 않소. 하지만 나는 찾아보는 걸 즐겨서 말이오."

"소장님께도 성경이 있을 게 아닙니까!"

"물론 있소. 하지만 집사람이 기도하는 시간이라서 그 사람을 방해하고 싶지는 않소."

잠깐 동안 데블린은 훔친 증서를 꺼낼까 생각해보았다. 하지만 반쯤 탄 종이가 교도소장의 눈에 띄지 않을 리 만무하고, 게다가 그는 범죄자들에게 둘러싸여 있었다. 그걸 어디에 숨긴단 말인가?

"정확히 뭘 찾고 계신 거죠? 어떤 구절인가요, 아니면 암시……?"

"신의 사도치고 성경을 참으로 아까워하는 사람이구려. 맙소사! 난 그냥 좀 훑어보고 싶을 뿐이오! 그것도 못하게 할 셈이오?"

셰퍼드가 쏘아붙였다.

데블린은 항복하는 수밖에 없었다. 셰퍼드는 고맙다고 말하고서 성경을 갖고 자신의 서재로 돌아가 문을 닫아버렸다.

기계적인 기도에 대한 데블린의 설교는 이후 30분을 보내는 데 아주 유용했다. 여러 번 반복한 내용이라서 그의 관심은 서재의 책상 앞에 앉아 커다란 하얀 손으로 성경의 얇은 책장을 넘기고 있을 교도소장에게 쏠려 있었다. 데블린은 셰퍼드가 자신이 성경 안에 숨겨둔 증서에 대해서 알 거라고는 생각하지 않았다. 그는 천성적으로 의심이 많은 편이 아니었고, 몇몇 사람들이 그렇듯이 자신이 배신당했을 거라는 생각을 즐기는 사람도 아니었다. 시간이 흘러가는 동안 그는 셰퍼드가 성경의 고대 부분에만 집중하기를, 불에 그을린 증서를 찾아내지 못하고서 그에게 성경을 돌려주기를 바랐다. 데블린은 셰퍼드의 신앙이 엄격한 레위인과 같은 타입임을 잘 알고 있었다. 그러니까 그가 모세 5경이나 역대기, 열왕기만 살펴보기를 바라는 건 그리 불합리한 바람은 아니었다. 그는 별로 유명하지 않은 예언자들에게는 관심이 없었다…… 하지만 복음서는 일요일에는 특히 일반적으로 읽는 부분이었다. 신앙이 어떻든 간에 그 부분을 펼칠 가능성이 높고, 그러면 분명히 숨겨진 종이를 발견하게 될 것이다.

마침내 오후의 강론이 끝나자 데블린은 약간 두려운 상태로 재소자들이 영적인 탐구에 빠지게 놔두고 나왔다. 당직 경찰이 하품을 참으며 잘 가라고 고개를 끄덕였다. 데블린은 밖으로 나왔다. 감옥소 전체가 고요했다. 그는 정원을 가로질러 교도소장의 오두막 현관 앞 계단을 올라가서 문을 두드렸다.

안쪽에서 들어오라는 셰퍼드의 낮은 목소리가 들렸다. 데블린은 안으로 들어가서 옥양목으로 된 복도를 지나 교도소장의 서재로 걸어갔다. 문은 열려 있었고, 교도소장의 책상 위에 성경이 펼쳐져 있고 불에 그을린 종잇조각이 그 위에 잘 보이게 놓여 있는 것이 데블린의 눈에 곧장 들어왔다.

이번 1865년 10월 11일, 증인 크로스비 웰스(남)가 동석한 자리에서 뉴 사우스 웨일스 출신 에머리 스테인스(남)가 뉴 사우스 웨일스 출신인 안나 웨더렐(여)에게 2천 파운드의 돈을 증여한다.

셰퍼드는 손을 포개고 방문객이 입을 열기만을 기다렸다.

"제가 발견한 겁니다만, 아무한테도 쓸모는 없는 겁니다."

데블린이 말했다.

"아무한테도 쓸모가 없다? 왜 그렇게 말하는 거요?"

셰퍼드는 온화한 어조로 물었다.

"무효니까요. 당사자가 서명을 하지 않았으니까 합법적인 게 아닙니다."

코웰 데블린은 자신의 잘못을 인정하려 하지 않는 세상 모든 남자처럼 다른 사람에게 잘못을 인정하는 것을 혐오했다. 잘못했다는 비난을 받을 때면 그는 언제나 굉장히 교활하고 생색내는 태도로 변했다.

"그렇지. 합법적인 건 아니오."

셰퍼드가 말했다.

"구속력이 없다, 제가 말하려던 게 그겁니다. 법적인 면에서 구속력이 없지요."

데블린이 인상을 살짝 찌푸리고서 말했다. 셰퍼드는 눈도 깜박이지 않고 대꾸했다.

"그건 꽤나 아쉬운 일이겠소. 안 그렇소?"

"왜요?"

"에머리 스테인스가 거기에 서명만 했더라면…… 자, 크로스비 웰스의 오두막에서 발견된 재산의 절반이 안나 웨더렐의 것이 되잖소! 그건 엄청난 사건의 전환이었겠지, 안 그렇소?"

"하지만 은둔자의 오두막에 있던 재산은 에머리 스테인스의 것이 아니지 않습니까."

"그렇소? 미안하지만 목사님이 나보다 그 사실에 더 확신을 갖고 있는 것 같구려."

코웰 데블린은 크로스비 웰스의 오두막에서 나온 금이 리디아 웰스가 꿰매었고 안나 웨더렐이 구입했던 네 벌의 드레스에서 나온 것임을 잘 알고 있었다. 그후에 그 금을 금세공인 아 퀴가 끄집어내 제련을 했고, 스테인스가 훔쳐가서 그 이래 어느 시점에 웰스의 오두막에 숨겨놓았다는 것도. 하지만 이런 이야기를 셰퍼드에게 할 수는 없었기 때문에 대신에 이렇게 대답했다.

"그 재산이 스테인스 씨의 것이라고 생각할 이유가 없으니까요."

"스테인스 씨가 웰스 씨가 죽던 날에 사라졌고, 웰스 씨는 일반적으로 아는 바에 따르면 딱히 재산이 있는 사람이 아니었다는 걸 제외하면 말이지."

셰퍼드가 검지로 증서를 찔렀다.

"이건 분명히 문제의 사건에 관한 부속물로 보이오. 이 서류는 그 재산이 원래 스테인스의 것이었고, 스테인스가 그 절반을—정확히 절반을—평범한 창녀에게 주려고 했다는 걸 보여주지. 나라면 크로스비 웰스가 증인으로서 죽을 때 그를 대신해서 재산을 맡아주고 있었다고 추측하겠소."

이것은 합리적인 가설이었다. 앞부분은 착각하고 있지만, 뒷부분은 셰퍼드의 짐작이 옳을 수도 있다고 데블린은 생각했다. 그래서 그는 이렇게 대답했다.

"이게 부속물로 보인다는 말씀은 맞습니다. 하지만 이미 말씀드렸다시피 이 계약은 유효하지 않습니다. 스테인스 씨가 서명을 하지 않았으니까요."

"이 증서는 목사님께서 크로스비 웰스의 유해를 가지러 간 날에 그의 오두막에서 찾은 거라고 생각하는데, 맞소?"

"그렇습니다."

"이 증서를 이렇게나 신중하게 보관하고 있었던 걸로 봐서 목사님께서도 이 증서가 얼마나 귀중할 수 있는지 깨달으신 거라고 말해도 되겠소? 특정한 사람에게 말이오. 예를 들어 안나 웨더렐에게. 이 서류만 있으면 그 여자는 서던 알프스 이쪽 지역에서 가장 부유한 여자가 될 수 있었을 거요!"

"그럴 수는 없지요. 증서에는 서명이 없으니까요."

데블린이 대답했다.

"만약에 서명이 있었다면 말이오."

"에머리 스테인스는 죽었습니다."

"그런가? 이런 세상에. 우리가 동의하지 못하는 또 다른 확언이로군."

하지만 코웰 데블린은 쉽게 위협당하지 않았다.

"엄청난 부에 대한 희망이라는 건 굉장히 위험한 겁니다."

그가 성직자다운 방식으로 배 위에서 손을 깍지 끼고 말을 이었다.

"이만한 유혹은 또 없습니다. 엄청난 영향력과 엄청난 기회를 약속하는 종류의 유혹이고, 이런 것들은 우리 모두가 갈구하는 것이니까요. 만약 웨더렐 양에게 이 증서 이야기가 들어갔다면 그릇되게 희망만 커졌을 겁니다. 엄청난 영향력과 엄청난 기회를 꿈꾸게 되었을 거고, 더이상 전에 살아온 삶에 만족하지 못하게 되었을 겁니다. 그게 제가 걱정했던 상황이었습니다. 그래서 최소한 에머리 스테인스가 다시 나타나거나 혹은 시체로 발견될 때까지는 이 정보를 저 혼자만 알고 있으려고 했습니다. 만약 그 사람이 죽은 채 발견된다면 저는 그 증서를 없애버렸을 겁니다. 그가 살아 있다면 그 사람에게 가서 증서를 보여주고 거기에 서명을 할 생각인지 물어봤겠지요. 선택은 그 사람의 것이니까요."

"만약에 스테인스가 발견되지 않는다면? 그렇다면 어쩔 생각이었소?"

교도소장이 물었다.

"저는 동정심에 따라 결정을 내렸습니다, 소장님."

데블린이 단호하게 말했다.

"이 증여권이 널리 알려지면, 혹은 잘못된 사람의 손에 들어가면 불쌍한 웨더렐 양에게 무슨 일이 생길지 굉장히 걱정이 되었습니다. 스테인스 씨가 결코 발견되지 않는다면, 희망이 꺾일 일도 없고, 피가 흐를 일도 없고, 신뢰가 무너질 일도 없겠지요. 그것은 대단한 자비나 다름없다고 생각합니다. 그렇지 않습니까?"

셰퍼드의 창백한 눈이 젖어들었다. 그가 열심히 생각하고 있다는 신호였다.

"증인 크로스비 웰스가 동석한 자리에서."

그가 중얼거렸다.

"어느 쪽이든 간에 그렇게 많은 돈을 창녀에게 주는 일은 있음직하지 않습니다. 일종의 장난이나 속임수일 가능성이 더 높겠지요."

셰퍼드는 갑자기 아주 즐거운 얼굴이 되었다.

"여자의 재능을 의심하는 거요?"

"제 말을 오해하셨군요. 저는 그저 남자가 창녀에게 2천 파운드를 준다는 건 굉장히 있음직하지 않은 상황이라는 것뿐이었습니다. 그것도 선물로…… 한꺼번에 말입니다."

갑자기 셰퍼드가 성경을 탁 덮어 훔친 서류를 책 안에 가두었다. 그러고는 목사에게 성경을 내밀며 다른 손으로는 이미 이 일에서 흥미를 잃은 것처럼 펜을 집었다.

"성경을 빌려주어 고맙소."

교도소장은 그렇게 말하고 데블린에게 가보라는 의미로 고개를 끄덕였다. 그런 다음 장부 위로 몸을 구부리고 세로줄의 금액을 합산하기 시작했다.

데블린은 성경을 손에 들고서 자신 없이 서성거렸다. 불에 탄 서류는 가장자리가 튀어나와서 책의 옆면을 비대칭적으로 갈라놓았다.

"소장님은 어떻게 생각하시죠? 어떤 결론을 내리셨나요?"

셰퍼드는 장부에서 시선도 들지 않았다.

"무슨 결론 말이오?"

"증서 말입니다!"

"목사님 말이 옳다고 생각하오. 일종의 장난이나 속임수일 거요."

셰퍼드가 장부에 손가락을 얹어 어디까지 했는지 확인한 다음 잉크병에 펜을 담갔다.

"아, 그렇군요."

"목사님께서 말씀하신 대로 증서는 무효요."

셰퍼드가 가볍게 말하고서 잉크병 가장자리에 펜촉을 두드렸다.

"그렇지요."

"증인은 확실하게 죽었고, 당사자도 아마 죽었을 것 같고."

"그렇지요."

"하지만 확실한 대답을 원한다면 목사님께서도 오늘밤에 다른 모든 이교도와 함께 여행자의 운수에 가봐야 할 거요."

"스테인스 씨와 이야기하러 말입니까?"

"안나와 이야기하러 말이오."

교도소장은 불쾌감이 뚜렷한 어조로 말했다.

"이제 괜찮으시다면 나는 할 일이 좀 많아서 말이오."

데블린이 문을 닫고 사라진 뒤에 셰퍼드는 펜을 내려놓고 책장으로 가서 서류철을 꺼내 거기서 종이 한 장을 꺼냈다. 3주 전에 그가 중개상 하랄 닐슨에게 4백 파운드의 투자를 아무에게도 말하지 않는다는 약속을 받고서 만들었던 유일한 계약서 사본이었다. 셰퍼드는 책장 옆에 성냥을 긋고서 종이에 불을 붙인 다음 가장자리를 살짝 잡은 채 종이가 완전히 타고 서명이 지워질 때까지 불길을 기울였다. 더이상 잡고 있을 수 없게 되자 그는 종이를 바닥에 떨어뜨리고 회색 덩어리가 될 때까지 바라보다가 부츠 발끝으로 잿덩이를 걷어찼다.

다시 책상 앞에 앉아 그는 장부 아래서 새 종이를 한 장 꺼내고 펜을 집어 펜촉을 잉크에 담갔다. 그런 다음에 천천히, 차분하게 글을 적었다.

양심의 선물 —『웨스트 코스트 타임스』편집자 앞.

1866년 2월 18일.
편집자님께.

본 필자를 비롯하여 웨스트랜드 공공사업 위원회와 주 의회, 주지사 사무실과 호키티카 위원회 및 기타 모든 동료마저 끔찍하게 중상한 주 의회 의원이자 국회의원인 알리스테어 로더백 씨에 대한 응답을 보내는 바입니다. 예의와 품위, 사실에 관한 로더백 씨의 오류를 정정하는 것이 저의 의무로 사료됩니다.

사실 미래의 호키티카 교도소 건설은 상당 부분 웨스트랜드 사람의 기부에 의한 것입니다. 닐슨 앤드 컴퍼니의 하랄 닐슨 씨는 의회에 약 4백 파운드의 돈을 기부하며 공공의 이익을 위해 사용해달라고 직접 표명하였습니다. 이 금액은 정직한 일을 통해 닐슨 씨가 벌어들인 수수료입니다. 로더백 씨가 말한 것처럼 크로스비 웰스 씨의 오두막에서 중개상인 닐슨 씨가 발견한 재산의 일부로, 만족스러운 일처리에 대한 대가로 합법적으로 지불한 것입니다. 로더백 씨는 법률용어에서 '기부'라는 말이 '투자'와는 별개라는 것을 기억해주시기 바랍니다. 기부는 채무자-채권자를 만들지 않습니다. 간단히 말해서 기부는 되갚을 필요가 없습니다. 닐슨 씨의 기부가 대단히 고결하고 이타적인 자선 행위임을 이해하면 로더백 씨도 어떤 법률이나 규칙을 위반하지 않았다는 것을 인정하시게 될 것입니다.

문명사회에서 진보의 가장 깊고 지속적인 증거가 공공사업이라고 생각하는바, 저는 호키티카 교도소가 이러한 정의에 모든 면에 부합된다는 사실이 만족스럽습니다. 로더백 씨가 이 설명에서 아직도 불분명한 부분이 있다고 생각한다면, 저는 그가 유권자들 앞에서 지금껏 감추어왔던 사실을 밝힐 것을 종용하겠습니다. 로더백 씨가 크로스비의 미망인인 리디아 웰스 부인과 이전에 은밀한 관계를 즐겨왔다는 사실을 말입니다. 이 문제에 대해서 로더백 씨가 확실한 답을 밝히기를 바라는 바입니다.

이만 줄이겠습니다.

조지 M. 셰퍼드

다 쓴 다음 셰퍼드는 잉크를 닦아내고 깨끗한 종이를 집어 편지의 전문을 베껴 적었다. 아주 똑같은 사본이라서 한 가지 아주 사소한 차이를 알아내기 위해서는 꽤나 한참 비교를 해봐야 할 것이다. 그는 곧 두 종이를 모두 접어서 봉한 다음 손을 부지런히 움직여 주소 두 개를 적었다. 봉인이 마르고 난 뒤에 그는 종을 울려 조지 부인을 부르고서 그날 두번째로 페니 우편배달부를 불러달라고 말했다. 부인은 곧장 지시를 따랐다.

우편배달부는 노란 고수머리가 덥수룩하고 주근깨가 난 청년이었다.

"이건 『타임스』의 뢰벤탈 씨에게. 이것부터 배달을 해야 돼. 그리고 이건 깁슨 부두의 경매장에 있는 하랄 닐슨 씨에게. 알겠지?"

"전할 말씀도 있나요?"

젊은이는 편지를 집어넣으면서 물었다.

"닐슨 씨에게만. 닐슨 씨에게 내일 아침에 현장으로 나오라고 말을 전하게. 기억할 수 있겠지? 불평하지 말고, 원한을 갖지도 말고, 질문도 하지 말라고 말하고."

염소자리의 화성

☾˙

*개스코인은 프랜시스 카버와 공통점을 찾는다. 숙 용승은 잘못된 생각
속에 행동하고, 퀴 롱은 복수하려는 남자에게 충고를 한다.*

오베르 개스코인은 이른바 풋내기 선원이 배를 사랑하는 것 같은 감
정을 갖고 있었다. 지난 3주 동안 그는 호키티카 곶으로 여러 차례 나
와서 부서진 갓스피드 호의 선체를 바라보며 배가 조금씩 조금씩 기울
어져 바닥과 가까워지는 모습을 상상하곤 했다. 이제 드디어 난파선을
모래밭 위로 끌어내서 그는 풋내기 선원의 눈으로 배가 입은 손상 정
도를 좀더 자세히 보고 가늠할 수 있는 기회를 얻게 되었다. 무디와 헤
어진 뒤에 그가 온 곳이 바로 여기였다. 일요일 오후라 달리 할 일이 없
었기 때문이다. 신문은 이미 읽었고, 목도 마르지 않고, 실내에 갇혀 있
기에는 날씨가 너무 맑고 상쾌했다.

그는 몇 시간째 등대에 등을 대고 앉아서 손으로 초록색 얼룩이 있
는 돌을 만지작거리며 배를 회수하는 과정을 지켜보았다. 옆으로는 모
래 둔덕 위에 납작한 자갈을 쌓아 조그만 성을 만들어놓았다. 5시가 조
금 넘었을 즈음 바람이 갑자기 방향을 바꾸어 옷깃을 흔들고 등을 따

라 축축한 냉기가 흐르자 개스코인은 이제 돌아갈 때라고 생각했다. 그는 일어나서 모래를 털고 조그만 성을 부술까, 아니면 그냥 놔두고 갈까 고민하다가 50미터쯤 떨어진 곳에 웬 남자가 서 있는 것을 발견했다. 남자는 양발을 넓게 벌리고 불만스러운 듯이 팔짱을 끼고 있었다. 그 자세는 전체적으로 유머감각이라고는 없는 엄중한 타입임을 드러내고 있었고, 옷차림 역시 검소했다. 남자가 고개를 조금 돌리자 개스코인은 아주 잠깐 반짝이는 흉터 자국을 볼 수 있었다.

개스코인과 프랜시스 카버는 정식으로 만난 적이 없었다. 물론 카버의 평판은 개스코인도 익히 아는 터였다. 주로 안나 웨더렐이 한 달 전에 이야기한 뱃속의 아기가 살해당한 사건으로 편향되어 있긴 했지만 말이다. 그런 이야기를 들었으면 전직 선장을 피하는 것이 합당한 행동이겠지만, 개스코인은 반감을 남들 앞에서 표현하기보다는 은밀하게 속으로만 품는 편이었다. 그는 속으로 싫어하는 사람과 친구가 되는 것에서 진정한 기쁨을 느꼈다. 다른 사람에 대한 자신의 감정이 은밀한 샘과 같아서 자신이 내킬 때에 마음대로 그 샘을 흐리거나, 거기서 물을 마실 수 있다는 것이 좋아서였다.

그는 모자를 들어올리면서 카버 쪽으로 다가갔다.

"실례합니다, 선생. 혹시 이 배의 선장이십니까?"

프랜시스 카버는 그를 쳐다보고서 잠시 후에 고개를 끄덕였다.

"그랬었지."

뺨에 있는 하얀 흉터는 재봉사가 천에 바늘을 꽂아둔 채로 일을 마친 것처럼 한쪽 끝이 살짝 주름져 있었다. 이 가상의 바늘은 그의 입 가장자리 바로 위에 꽂혀 있어서 입가를 위로 끌어올리려고 하는 것처럼 보였다. 마치 그의 엄숙한 표정을 미소로 바꾸려고 했지만 실패한 것 같았다.

"내 소개를 해도 되겠습니까? 난 오베르 개스코인입니다. 치안판사 재판소의 서기로 일하고 있지요."

개스코인이 손을 내밀면서 말했다.

"서기? 어떤 종류지?"

카버는 그를 다시 쳐다보면서 마지못해 개스코인의 손을 잡았다. 그 손에 힘이 없고 악수가 굉장히 짧았다는 것이 그의 마뜩찮은 기분을 보여주었다.

"아주 하급입니다."

개스코인은 별로 부끄러워하지 않는 투로 말했다.

"대부분은 간이 재판 같은 거지요. 딱히 큰 건 아니지만, 종종 보험 청구 같은 것도 우리 쪽으로 올라오곤 합니다. 예를 들자면 저 배처럼 말입니다."

그는 그들이 서 있는 자리에서 50미터쯤 떨어진 강어귀 너머에 옆으로 쓰러져 있는 증기선의 부서진 선체를 가리켰다.

"우리는 저 배에서도 아주 약간이기는 하지만 돈을 회수할 수 있었습니다. 선장이 굉장히 기뻐했지요. 5백 파운드의 빚을 지고 있던 터라서요."

"보험이라."

카버가 중얼거렸다.

"여러 가지 일 중 하나지요. 난 그 일에 대해서 개인적으로 아는 바도 좀 있습니다. 죽은 아내의 아버님께서 해상보험업자셨지요."

개스코인이 담뱃갑을 꺼내면서 덧붙였다.

"어느 회사요?"

카버가 물었다.

"런던의 로이드입니다."

개스코인은 은제 담뱃갑을 열었다.

"난 지난 몇 주 동안 갓스피드 호의 회수 과정을 기록하고 있습니다. 마침내 배가 완전히 물 밖으로 끌려나온 걸 보니까 굉장히 기쁘군요. 엄청난 작업 아니었습니까? 인부들이 정말 굉장한 수고를 했다고 칭찬하고 싶습니다…… 그리고 그걸 지휘한 선생도 대단했고."

카버는 그를 잠깐 동안 쳐다보다가 갓스피드 호의 갑판으로 다시 시선을 돌렸다. 부서진 배에 시선을 고정한 채로 그가 물었다.

"뭘 원하지?"

"선생을 불쾌하게 하려는 생각은 전혀 없습니다."

개스코인이 두 손가락으로 담배를 살짝 들고서 잠깐 머뭇거리다가 손바닥을 위로 들어올렸다.

"선생의 개인사에 끼어들려던 건 아니라는 걸 확실히 밝혀두고 싶군요. 나는 배를 회수하는 과정을 지켜보고 있었을 뿐입니다. 저런 배가 육지로 올라오는 걸 보는 일은 드문 기회니까요. 배를 제대로 알 수도 있고."

카버는 배에서 시선을 떼지 않았다.

"내 말은, 나한테 뭘 팔려고 그러는 건가?"

개스코인은 담배에 불을 붙이고 조금 뜸을 들이다가 대답했다.

"절대로 그런 건 아닙니다."

그가 마침내 대답을 하고서 어깨 위로 하얀 연기를 뿜어냈다.

"난 보험회사들과 아무런 관계도 없습니다. 말하자면 이건 그냥 개인적인 흥미일 뿐입니다. 호기심이랄까."

카버는 아무 말도 하지 않았다.

"난 일요일에, 날씨가 좋으면 해변에 앉아 있곤 합니다. 내 개인적인 흥미가 불쾌하다면 그렇게 말하셔도 됩니다."

카버가 고개를 까딱였다.

"무례하게 행동하려던 뜻은 없었네."

개스코인이 괜찮다는 듯 손을 저었다.

"훌륭한 배가 부서진 걸 보는 건 끔찍한 일이지요."

"저 배는 아주 훌륭하지."

"멋지기도 하고. 프리깃 맞습니까?"

"바크선이오."

개스코인이 감탄사를 중얼거렸다.

"영국제?"

카버는 고개를 끄덕였다.

"저기 보이는 게 배 밑바닥의 구리판이오."

개스코인은 그저 고개를 끄덕였다.

"그렇군, 훌륭한 배입니다…… 보험을 들었기를 바라겠습니다."

"보험도 없이 항구에 정박할 수는 없는 법이지. 모든 배가 마찬가지요. 보험이 없으면 정박을 시켜주지 않아. 보험에 대해서 조금이라도 안다면 그것도 분명히 알 텐데."

카버는 높낮이가 없고 혐오감 가득한 어조로 말했다. 자신의 말을 어떻게 해석하든, 어떤 식으로 기억하고 사용하든 상관없다는 듯한 태도였다.

"물론입니다. 내 말은 선생이 파산하지 않게 되어 다행이라는 거였습니다. 선생을 위해서 말입니다."

개스코인이 가벼운 어조로 대답했다. 카버는 코웃음을 쳤다.

"이 일이 다 끝나고 나면 아마 천 파운드 정도는 날아갈걸. 지금 눈에 보이는 모든 게 다 돈을 잡아먹고 있는 거요. 그리고 죄다 내 돈이고."

개스코인은 잠깐 뜸을 들이다가 물었다.

"선상보험은?"

"뭔지 모르오."

"선주책임상호보험 말입니다. 특별 책임에 대비한."

"모르겠는데."

카버가 다시 대답했다.

"선주협회에 가입하지 않았습니까?"

"그렇소."

개스코인은 엄숙하게 고개를 끄덕였다.

"아. 그러면 이 모든 것에 대한 책임을 지셔야 하겠군요."

그는 앞에 있는 선체와 나사 잭, 말들과 예인선, 롤러와 윈치를 손으로 가리키면서 말했다.

"그렇지. 눈앞에 보이는 모든 걸. 그리고 저기 서서 신발끈을 묶었다 풀었다 하면서 모두의 숨이 넘어갈 때까지 회의에 회의만 거듭하는 모든 사람에게 일당보다 1기니씩 더 줘야만 하지. 이미 천 파운드를 써야 하는 상황인데."

"유감이군요. 담배 한 대 피우겠습니까?"

카버가 그의 은제 담뱃갑을 보다가 잠시 후에 대답했다.

"아니. 고맙지만 별로 관심 없소."

개스코인은 자신의 담배를 깊게 빨아들인 다음 잠시 그대로 서서 생각에 잠겼다.

"아무래도 댁이 나한테 뭔가 팔려고 하는 것 같은데."

카버가 다시 말했다.

"담배 말입니까? 그건 공짜로 주려던 거였는데."

개스코인이 웃으면서 말했다.

"제안을 거절한 덕택에 돈을 더 아낀 기분이 드는군."

카버의 말에 개스코인은 다시 웃음을 터뜨렸다.

"이 배를 구매한 지 얼마나 됐습니까?"

"질문이 참 많으시군. 그런 걸 대체 왜 물어보는 거지?"

카버가 물었다.

"음, 딱히 중요한 건 아닙니다. 다만 1년이 아직 안 됐다면 중요할 수도 있어서 말이지요. 됐습니다."

하지만 그의 말이 카버의 관심을 끈 모양이었다. 카버는 그를 바라보다가 대답했다.

"열 달 됐소. 5월에 샀지."

"아! 음. 그거 흥미롭군요. 그게 선생에게 좋은 쪽으로 작용할 수도 있습니다."

"어떻게?"

하지만 개스코인은 즉시 대답하지 않고 눈을 가늘게 뜨고는 생각하는 척했다.

"배를 선생에게 판 사람 말입니다. 그 사람이 전통적인 보험을 넘겼습니까? 그러니까 남아 있던 보험을 승계했습니까, 선생이 따로 개인 보험을 들었습니까?"

"난 아무것도 들지 않았소."

카버가 대답했다.

"판 사람이 직업적인 의미에서 선주였습니까? 말하자면, 갓스피드 호 말고 다른 배도 갖고 있었습니까?"

"두어 척 갖고 있었지. 클리퍼선이랑 전세선."

"증기선은 없었습니까?"

"모두 범선이었소. 왜 묻는 거지?"

"좌초되었을 때 선생은 어디서 출발해 오고 있었습니까?"

"더니든에서. 이런 질문들을 계속 해대는 이유가 뭔지 말을 하긴 할 건가?"

"더니든에서라."

개스코인이 고개를 끄덕이면서 말을 이었다.

"물론입니다. 자, 내 무례함을 마지막으로 한 번만 더 눈감아주십시오. 난파되던 때의 상황을 알고 싶은데. 배가 좌초될 만한 어떤 직무 유기나 뭐 그런 일이 있지는 않았겠지요?"

카버는 고개를 흔들었다.

"조수는 낮았지만 우리는 앞바다에 들어와 있었소. 난 20미터 체인을 떨어뜨렸고 배가 멈췄지. 그래서 닻을 두 개 내리고 6미터 체인을 하나 더 떨어뜨렸소. 배가 잘 멈춰 있고 아침까지 기다리겠다고 난 연락을 보냈소. 그런데 다음 순간에 우현으로 곶이 있더군. 비가 오고 달은 구름에 가려 있었소. 바람 때문에 등대가 나갔고. 아무것도 할 수 있는 일이 없었소. 직무 유기라고 부를 만한 건 전혀 없었소. 내가 지휘하는 배에서 그런 일이 있을 리가 없지."

프랜시스 카버치고는 굉장히 긴 설명이었다. 말을 마무리한 다음 그는 가슴 위로 팔짱을 끼고 표정이 드러나지 않는 얼굴로 개스코인을 보더니 인상을 찌푸렸다.

"자, 이제 댁이 왜 이렇게 캐물은 건지 말해보시지? 정직하게 말하는 게 좋을 거요. 난 뺀질거리는 장사꾼은 싫어하니까."

개스코인은 이 남자가 자기 자식을 죽인 사람이라는 것을 떠올렸다. 그 생각이 어쩐지 짜릿했다. 그는 가벼운 어조로 말했다.

"선생에게 도움이 될 만한 게 떠올랐습니다."

카버는 더욱 인상을 찌푸렸다.

"누가 나한테 도움이 필요하다고 그러던가?"

"아, 그렇군요. 내가 무례했습니다."

"어쨌든 말해보라고."

카버가 말했다.

"자, 아까도 말했지만 죽은 아내의 아버님이 해상보험사에서 일을 하셨습니다. 그분의 전문은 선상보험, 그러니까 선주책임상호보험이었지요."

"난 그런 건 가입하지 않았다고 말했을 텐데."

"알고 있습니다. 하지만 선생에게 이 배를 판 사람이라면…… 그 사람 이름이 뭡니까?"

"로더백."

개스코인은 놀란 것처럼 잠깐 말을 멈추었다.

"그 정치인은 아니겠지요!"

"맞네."

"알리스테어 로더백? 하지만 그 사람 지금 호키티카에 있는데. 웨스트랜드 의석을 노리고 선거운동을 하느라 말이지요!"

"댁이 말하려던 거나 계속해보라고. 선상보험."

120

"아."

개스코인은 고개를 흔들면서 말을 이었다.

"자, 로더백 씨가 배를 여러 척 가지고 있다면, 어떤 선주협회에 가입하고 있을 가능성이 아주 높습니다. 그렇다면 선생과 내가 전통적인 보험이라고 생각하는 것과는 성격이 약간 다른 추가적인 보험 역할을 하는 선상보험에 연간 요금을 지불하고 있었을 가능성이 높지요."

"화물을 보호해주나?"

"아뇨. 선상보험은 공통 자금과 비슷한 겁니다. 모든 선주가 1년에 얼마씩 돈을 내고, 일반적인 보험사에서 처리를 거부하는 손상에 책임을 져야 할 경우에 거기서 돈을 끌어다 쓸 수 있지요. 지금 선생이 마주한 것 같은 책임들 말입니다. 예를 들자면 선체 인양 같은 거. 갓스피드 호의 소유주가 바뀌었다고 해도 아직까지 보호가 되고 있을 가능성이 있습니다."

"어떻게?"

카버는 별로 호기심을 느끼지 않는 말투였다.

"선상보험을 몇 년 전에 들었다면, 이번이 이 배가 겪은 첫번째의 큰 사고일 겁니다. 그렇다면 로더백 씨가 갓스피드 호에 대한 자금을 유지하고 있을 수 있지요. 자, 선상보험이라는 건 보통의 보험처럼 적용되는 게 아닙니다. 주주도 없고, 회사도 없어요. 다른 사람에게서 이윤을 얻어내려는 사람도 없고. 대신에 이건 전원 선주로 이루어진 사람들의 공동조합 같은 겁니다. 모든 사람을 다 감당할 수 있을 만큼 자금이 모일 때까지 모두가 매년 돈을 내지요. 그후에는 모든 배가 보호됩니다. 그러다가 뭔가가 잘못되어 누군가가 그 자금을 꺼내 쓰게 되면 다시 돈을 모으기 시작하는 거고. '자금 확보'라는 개념과 비슷하달까."

"갓스피드 호를 위한 개인 계좌 같은 거로군."

카버가 말했다.

"바로 그렇습니다."

카버는 이 이야기를 곰곰이 생각했다.

"내가 그걸 어떻게 알아보지?"

개스코인은 어깨를 으쓱였다.

"주변에 물어볼 수 있을 겁니다. 협회는 등록이 되어 있어야 하고, 선주들의 이름도 실려 있어야 하니까. 물론 이건 로더백이 이런 협회에 속해 있다고 가정하고 하는 이야기입니다…… 하지만 내가 보기엔 아마도 속해 있을 가능성이 아주 높습니다."

사실 이것은 가능성이 높은 정도가 아니라 확실한 사실이었다. 알리스테어 로더백은 실제로 자신의 모든 선박에 대해 선주책임상호보험에 들어 있었고, 모든 배는 거의 천 파운드 가까운 자금을 보유하고 있었으며, 카버는 5월 중순 이전까지만 ─ 배의 매매로부터 1년이 넘어가게 되면 갓스피드 호에 대한 로더백의 법적인 의무가 끝나기 때문에 ─ 청구권을 제출하면 합법적으로 이 자금을 이용해서 호키티카 곳에서 난파선을 끌어내는 데 든 경비를 지불할 수 있었다. 개스코인은 처음에는 발퍼 해운의 사무실, 그다음에는 『타임스』의 신문 보관실에, 그리고 항만관리인 사무소와 준비은행에 직접 물어보고 다녔기 때문에 이 모든 것을 확실하게 알고 있었다. 로더백은 개러티 그룹이라는 작은 선주조합에 가입되어 있었다. 이 조합의 이름은 가장 저명한 조합원인 존 힌처 개러티에게서 딴 것으로, (개스코인이 알아낸 바에 따르면) 범선 시대의 열렬한 옹호자였다. 이미 범선 시대가 저물어가고 있긴 하지만 말이다. 그리고 그는 동쪽의 히스코트 지역구 소속 현직 국회의원이자 로더백의 아주 친한 친구이기도 했다.

여기서 개스코인이 이런 내용을 알게 된 게 전혀 다른 조사를 통해서라는 것을 짚고 넘어가야겠다. 이것은 해상보험이나 존 힌처 개러티와는 전혀 관련이 없는 조사였다. 1월 27일 밤 이래로 그는 항만관리인 사무실에서 오래된 기록과 옛날 해운 소식란을 살피며 많은 시간을 보냈고, 뢰벤탈과 함께 『리더』, 『오타고 위트니스』, 『데일리 서던 크로스』, 『리틀턴 타임스』의 옛날 정치 기사들을 전부 다 뒤졌다. 또한 법원의 기록보관소에서 조지 셰퍼드의 임명과 임시 경찰서, 미래의 교도소와 관련된 모든 내용을 훑어보았다. 그가 찾는 것은 정해져 있었다. 셰퍼드와 로더백을 연결하거나, 로더백과 크로스비 웰스를 연결하거나, 또는 크로스비 웰스와 셰퍼드를 연결하는 증거를 딱 하나만이라도 찾아내려는 거였다. 어쩌면 세 사람 모두가 연결되어 있을 수도 있다. 개스코인은 최소한 이 관계 중 한 가지라도 밝혀내면 수수께끼를 해결할 수 있을 거라고 확신했다. 하지만 지금까지는 유용한 것을 전혀 찾아내지 못했다.

갓스피드 호가 특별 손상에 대해 보험을 들었다는 사실도 '전혀 유용하지 않은 것'에 속하는 내용일 뿐이었다. 로더백의 보험 기록은 크로스비 웰스 사건과 아무 관계도 없고, 조지 셰퍼드나 현재 건설 중인 교도소와 연관된 것도 아니기 때문이다. 하지만 개스코인은 프랜시스 카버에게 말한 것처럼 실제로 해상보험 분야에 약간 경험이 있었고, 장인어른의 직업이었기 때문에, 그래서 과거 몇 년 동안 응접실에서 나눈 주된 대화 내용이었기 때문에 관심이 있는 분야였다는 말도 사실이었다. 그는 로더백이 개러티 그룹에 가입했다는 것에 관심을 갖고 주목해, 나중에 좀더 조사해볼 만한 것으로 머릿속 한구석에 넣어두었다.

오베르 개스코인은 프랜시스 카버가 악당이라는 것을 잘 알고 있었고 그와 우정을 키울 마음이 없었다. 하지만 카버를 자신의 편으로 만드는 것이 도움이 될 수 있다는 생각에 그날 오후에 곳에서 카버의 관심을 사로잡은 것이다.

카버는 여전히 선상보험에 대해 생각 중이었다.

"로더백의 승낙이 필요할 것 같은데. 그 수리비를 가져오려면 말이야. 그 사람에게 뭔가 서명 같은 걸 받아야 할 것 같은데."

카버의 말에 개스코인이 대답했다.

"아마 그럴 겁니다. 하지만 갓스피드 호의 주인이 바뀐 지 열 달밖에 되지 않았다는 사실이 도움이 될 수도 있습니다. 뭔가 써먹을 만한 조항이 있을지도 모르지요."

(사실 있었다.)

"그리고 선생이 로더백에게서 기본 보험을 승계했다는 것도 도움이 될 수 있습니다. 만약에 배 전체를 구매했다면, 거기 딸린 모든 걸 구매한 셈이니까요. 그렇지 않습니까?"

(사실 그랬다.)

미사여구를 사용해서 개스코인은 말을 마무리했다.

"선생은 뉴질랜드 수역을 항해 중이었고, 선생 말처럼 그쪽에서 직무 유기를 한 바도 없다면, 그 자금을 사용할 만한 자격이 충분히 있을 것 같습니다."

개스코인의 조사는 실로 훌륭했다. 카버는 감탄한 것처럼 고개를 끄덕였다.

개스코인은 호기심의 씨앗이 적당히 뿌리를 내렸다는 것을 감지하고서 말을 이었다.

"어쨌든 한번 살펴보는 게 좋을 겁니다. 엄청난 돈을 절약할 수도 있으니까요."

그는 담배를 손에 들고 반대편으로 돌려 불길을 바라보며 카버에게 자신을 살펴볼 여유를 주었다.

"이걸로 댁이 얻는 건 뭐지?"

카버가 잠시 후에 물었다.

"전혀 없습니다. 말했다시피 난 치안판사 재판소에서 일하고 있으니까요."

"그럼 선상보험에서 일하는 친구가 있는 거겠지."

"아니, 그렇지 않습니다. 그런 식으로 돌아가는 보험이 아니라고 이미 말했잖습니까."

그는 등대 아래 있는 바위에 담배 끝을 누르고 비볐다.

"그냥 남에게 법률상의 허점에 대해 알려주는 사람일 뿐이다?"

"그런 것 같군요."

개스코인이 대답했다.

"그리고 그냥 떠나겠다?"

개스코인은 모자를 들어올렸다.

"이게 나의 퇴장 신호인 모양이군. 좋은 오후 되십시오…… 이름이?"

"카버. 프랭크 카버요."

이번에 전직 선장은 개스코인의 손을 아주 단단히 잡고서 흔들었다.

"나는 오베르 개스코인입니다. 혹시 내가 필요하면 법원에서 찾을 수 있을 겁니다. 자, 갓스피드 호 일이 잘되길 빌겠습니다."

"잘 가시오."

"정말로 아주 근사한 배로군요."

개스코인은 걸어가며 자기 자신에 대해 경이감 같은 것이 드는 걸 느꼈다. 그는 고개를 꼿꼿이 세운 채 절대 뒤를 돌아보지 않았다. 카버의 검은 눈이 곳을 따라 내려가서 부두 가장자리를 빙 돌아 레벨가 남쪽 끝까지 걸어가는 내내 자신에게 고정되어 있는 것이 느껴졌기 때문이다. 그 눈길은 그가 모퉁이를 돌아 시야에서 사라질 때까지 계속되었다.

Φ

동포인 퀴 롱과 이야기를 나누기 위해 카니에레로 돌아가던 숙 용승은 생각에 깊이 잠겨서 뒷짐을 지고 눈은 앞쪽의 땅을 멍하니 쳐다보고 있었다. 길가에서 스쳐가는 사람들이나 덜그럭거리며 가는 짐마차들, 가끔 골짜기 쪽으로 가는 말을 탄 사람들도 전혀 알아채지 못했다. 사람들은 전부 다 모자를 쓰지 않고 셔츠 바람으로 드물게 선명하게 내리비치는 옅은 여름 햇살을 즐기고 있었다. 카니에레 길가의 분위기는 유쾌했다. 나무 사이로 종종 내륙 광산촌의 임시 교회에서 독창이나 합창으로 찬송가를 부르는 소리가 들려왔다. 아 숙은 거기에도 전혀 관심을 기울이지 않았다. 그날 아침 리디아 그린웨이 ─ 지금은 리디아 웰스 ─ 와 다시 만난 것이 그를 굉장히 불안하게 했던 것이다. 그런 불안을 달래기 위해서 그는 머릿속으로 자신의 과거를, 3주 전에 아 퀴에게 말했던 바로 그 이야기를 다시 떠올렸다.

프랜시스 카버가 처음 숙 일가에게 자기소개를 했을 때 그는 스물한 살이었고 아 숙은 열두 살 난 소년이었기에 아 숙은 당연히 그를 굉장히 우러러보았다. 카버는 말수 적고 음울한 청년으로, 홍콩에서 영국인 무역상 아래 태어나 바다에서 자랐다. 그는 광둥어를 유창하게 했지만 딱히 중국을 좋아하지 않았고, 자기 배를 구하자마자 떠날 생각이라고 굉장히 자주 이야기하곤 했다. 그는 자신의 아버지가 고위 임원으로 있는 무역회사 덴트 앤드 컴퍼니 광저우 지점에서 일했고, 주장 강을 따라 늘어선 창고에 들고나는 중국 물품들을 관리했다. 이 창고 중 하나가 숙 용승의 아버지, 숙 춘옌의 것이었다.

숙 용승은 아버지의 사업에서 재정적인 부분은 거의 이해하지 못했다. 숙 창고가 대부분 영국 무역회사로 이루어진 구매자들에게 연락처로 이용된다는 사실은 알았다. 덴트 앤드 컴퍼니가 이런 회사들 중에서 가장 연줄이 많고 유명한 회사이며, 아버지가 이런 회사 소속이라는 사실을 굉장히 자랑스러워한다는 것도 알았다. 아버지의 고객들이 물품 대금을 전부 은으로 지불하고, 이것이 숙 춘옌의 또 다른 자랑이라는 것도 알았다. 그리고 아버지가 아편을 싫어하고 황실에서 내려온 지방관 린 저쉬를 굉장히 존경한다는 것도 알았다. 아 숙은 이런 사실들의 중요성에 대해 알지 못했지만, 효심 깊은 아들이었기 때문에 이 모든 것이 고결하고 현명한 판단이라고 믿고 아버지의 신념을 그저 받아들였다.

1839년 2월, 숙 창고는 황실 조사를 받게 되었다. 일상적인 절차였지만, 린 행정관의 칙령에 따라 아편을 보관하는 모든 중국 상인이 사형을 당하게 되었기 때문에 위험한 일이기도 했다. 숙 춘옌은 황실의 병사들이 창고에 들어오는 것을 진심으로 반겼다. 하지만 거기서 병사들은 차 속에 숨겨져 있던 대략 50파운드 정도 무게의 아편 덩어리 30~40개를 찾아냈다. 숙 춘옌은 부인했지만 아무 소용이 없었다. 그는 재판도 없이 당장에 처형당했다.

아 숙은 무엇을 믿어야 할지 알 수가 없었다. 아버지의 정직을 당연히 믿었기 때문에 아버지가 누명을 쓴 거라는 생각이 들었지만, 한편으로 아버지의 명민함을 생각하면 아버지가 다른 사람에게 누명을 쓸 수가 있을까 의문이었다. 생각이 두 갈래로 나뉘었지만 거기에 대해 깊이 고민할 시간이 없었다. 아버지가 사형당하고 일주일 후에 광저우에서 전쟁이 터졌기 때문이다. 슬픔으로 미치기 직전인 어머니와 자신의 안전이 걱정되어서 아 숙은 믿을 수 있는 유일한 사람에게 의지했다. 텐트 앤드 컴퍼니의 젊은 대리인 프랜시스 카버였다.

카버는 숙 일가의 사업체를 떠맡아 조직하고 관리하는 모든 책임을 지는 것을 대단히 반겼다. 최소한 아 숙의 슬픔이 가라앉고 내전이 잠잠해질 때까지, 또는 끝날 때까지는 그렇게 말했다. 소년에게 친절을 베푸는 의미에서 카버는 죽은 숙 춘옌의 기억을 기리기 위해 자신이 계속해서 수출업을 하겠다고 제안했다. 설령 아버지의 기억이 이제는 불명예스러워졌다 해도 말이다. 아 숙이 원한다면 카버는 상품을 포장하는 일을 해도 좋다고 말했다. 조금 천한 일이긴 하지만 정직하고 올바른 일이고, 그 돈으로 전쟁 기간을 헤쳐나갈 수 있을 것이다. 아 숙은 그 제안에 굉장히 고마워했다. 이 이야기를 나누고 몇 시간 뒤에 그는 프랜시스 카버의 고용인이 되었다.

이후 15년 동안 아 숙은 도자기 견본에 왕겨를 가득 붓고, 무늬가 찍힌 실크를 종이로 싸고, 차통을 상자에 넣고, 화물을 싣고 내리고, 선적용 상자의 뚜껑에 못을 박고, 상자에 라벨을 붙이고, 그 섬세하고 별 쓸모없는 물건들을 상품 목록에서 '시누아즈리*'라고 되어 있는 장에 기입했다. 이 기간 동안 카버는 대체로 바다에 나가 있었기 때문에 거의

---

* chinoiserie, 중국풍.

만날 일이 없었지만, 가끔 만날 때면 서로를 진심으로 반기곤 했다. 함께 부두에 앉아서 술을 마시며 갈색에서 파란색, 은색, 결국에 검은색으로 변하는 강어귀의 물을 바라보다가 마침내 카버가 일어나 아 숙의 어깨를 두드리고서 빈 병을 강에 던지고 떠나는 것이 그들의 전통이었다.

1854년 여름에 카버는 몇 달 만에 광저우로 돌아와서 아 숙에게 ─ 이제는 거의 서른 살의 성인이었다 ─ 그들의 협정이 마침내 끝나게 되었다고 알렸다. 무역선을 지휘하겠다는 그의 평생의 야심이 드디어 이루어진 것이다. 덴트 앤드 컴퍼니가 시드니와 빅토리아 금광을 오가는 무역로를 텄고, 그의 아버지가 팔머스톤(Palmerston)이라는 근사한 클리퍼선을 그를 위해 빌렸다. 이는 굉장한 승진이었고 카버가 놓칠 수 없는 것이었다. 그는 숙 일가에게 이 사실을 전하러 왔고 인생의 이 시기에 작별을 고하기로 했다고 말했다.

아 숙은 카버의 작별 인사를 슬프게 받았다. 이 무렵 그의 어머니는 이미 돌아가셨고, 아편전쟁은 광저우의 새로운 반란에 밀려난 상태였다. 처절하고 격앙된 반란은 전쟁을 예고했고 어쩌면 제국까지 끝낼 수도 있었다. 변화는 눈앞이었다. 카버가 떠나고, 창고가 팔리고, 덴트 앤드 컴퍼니와의 관계도 끝나면 아 숙은 예전의 삶에서 완전히 잘려나가는 셈이었다. 충동적으로 그는 함께 데려가달라고 애원했다. 그도 빅토리아 금광에서 일을 할 수 있을 것이다. 이미 많은 그의 동포가 그곳으로 떠났으니까. 어쩌면 그들처럼 자신도 거기서 새로운 삶을 일굴 수 있을 거라고 그는 말했다. 자신에게는 중국에 남은 게 아무것도 없다고.

카버는 그의 주장을 마뜩찮은 투로 들어주었다. 뭐라고 하든 아 숙이 따라올 거라고 생각했는지도 모른다. 하지만 표값을 직접 지불하고, 카버에게서 떨어져 있으라는 조건이었다. 팔머스톤 호는 시드니에서 항해를 시작해 포트 잭슨에서 2주 동안 짐을 싣고 내린 후에 남쪽의 멜버른으로 갈 예정이었다. 이 2주 동안 아 숙은 혼자 알아서 지내고 어떤 식으로든 카버를—이제부터는 '선장'이었다—귀찮게 해서는 안 됐다. 팔머스톤 호가 포트 필립에 정박하면 거기서 그들은 서로 빚진 것도 없고 받을 것도 없는 우호적인 낯선 사람들로서 작별하고, 다시는 볼 일이 없을 것이다. 아 숙은 여기에 동의했다. 갑자기 흥분이 되어서 그는 몇 안 되는 소유물들을 버리고, 얼마 안 되는 저축을 파운드로 환전하고, 카버가 그에게 허락한 가장 높은 등급 좌석(3등칸)의 일반표를 구매했다. 하지만 그는 곧 자신이 배의 유일한 승객이라는 것을 알게 되었다.

시드니까지의 항해는 아무런 문제없이 흘러갔다. 돌이켜보면 아 숙은 그 시기를 편두통이 시작되는 것처럼 정적이고 속이 울렁거리는 흐릿한 감각이 서서히 밝아지는 것처럼만 기억할 뿐이었다. 배가 넓고 수위가 낮은 항만 어귀로 천천히 접근하는 동안, 오랫동안 바다에 있어서 허약해지고 비쩍 마른 아 숙은 마침내 객실에서 나와서 상갑판으로 올라갔다. 빛의 질감이 그에게는 굉장히 이상하게 느껴졌다. 중국에서는 햇빛이 더 가늘고, 하얗고, 맑았던 것 같은데 오스트레일리아의 햇빛은 굉장히 노랗고, 마치 해가 아침이든 정오든 언제나 최대치를 내뿜고 있는 것처럼 대단히 환했다.

배가 달링 하버에 정박하고 나서 선장은 배의 흔들림에 익숙해진 다리가 좀더 차분해질 때까지 기다리지도 않고 팔머스톤 호의 출입구를 내려가 부두를 따라 뒤 한 번 돌아보지 않고 매춘업소로 사라졌다. 선원들 역시 금세 그의 뒤를 따랐고, 순식간에 아 숙은 혼자 남았다. 그는 배에서 내려와서 정박한 위치를 머릿속에 외워둔 다음 곧장 내륙 쪽으로 향했다. 순진하게도 그는 자신이 살게 될 나라를 조금이라고 알아보고 싶었던 것이다.

아 숙의 영어는 아주 형편없었다. 그와 카버는 항상 광둥어로 대화를 나눴고, 다른 영어권 남자들과는 별로 친하지 않았기 때문이다. 그는 부두에서 중국인을 찾아보았지만 아무도 없었다. 좀더 내륙으로 나와서 그는 자신이 알아볼 수 있는 간판을 찾아— 단 한 글자라도 좋으니까— 몇 시간이나 거리를 헤맸지만, 하나도 없었다. 결국 그는 세관을 찾아서 모자 띠 안쪽에 접어 넣어놓은 은행권 하나를 꺼내 내밀었다. 어쩌면 돈이 그가 하지 못하는 말을 해줄지도 모르니까. 세관원은 눈썹을 치켜들었다. 하지만 그가 뭐라고 말을 하기도 전에 누군가가 아 숙의 손에서 모자를 낚아챘다. 홱 돌아보니 맨발의 소년이 반대편으로 빠르게 뛰어가고 있었다. 화가 나서 아 숙은 소리를 지르며 쫓아갔지만, 소년은 굉장히 빨랐고 부두의 미로 같은 길을 잘 알고 있었다. 그래서 몇 분 만에 사라지고 말았다.

아 숙은 어둠이 내리고도 한참이나 소년을 찾다가 결국에 포기하고 세관으로 돌아왔다. 세관원들은 고개를 흔들며 양손을 펼치고 내륙 쪽을 가리키며 빠르게 말을 쏟아냈다. 아 숙은 그들이 뭘 가리키는 건지, 무슨 말을 하는 건지 전혀 몰랐다. 목으로 울음이 솟구쳤다. 다른 손에 쥐고 있던 은행권 한 장을 제외하면 모자의 띠에 그가 가진 모든 돈이 다 들어 있었으니 이제는 완전히 가난뱅이였다. 괴로운 마음으로 그는 신발을 벗어 마지막 은행권을 낡은 신발 안쪽에 넣고 도로 신을 신은 다음 팔머스톤 호로 돌아갔다. 최소한 시드니에서 광둥어를 하는 사람이 한 사람은 있으니까.

아 숙은 신중하게 매춘업소로 다가갔다. 안쪽에서 피아노 소리가 들렸다. 그로서는 낯선 소리였으나 각지고 어딘지 편안한 소리였다. 그가 문가에서 문을 두드려야 하나 말아야 하나 고민하고 서 있는데 문이 활짝 열리며 웬 남자가 나타났다.

아 숙은 허리를 굽혀 인사를 했다. 그리고 최대한 정중하게 팔머스톤 호의 선장인 카버라는 사람과 이야기를 하고 싶다고 설명하려 했다. 문가의 남자는 알아들을 수 없는 말을 줄줄이 늘어놓았다. 아 숙은 끈질기게 카버의 이름을 아주 천천히, 신중하게 반복했다. 하지만 대답은 똑같았다. 이번에 그는 손바닥을 내밀고서 그 남자를 지나쳐 안으로 들어가서 카버와 직접 이야기를 하고 싶다는 뜻을 표현하려 했다. 하지만 이것은 실수였다. 남자가 아 숙의 셔츠 목깃을 커다란 한 손으로 거머쥐고 그를 들어올려 길거리로 내동댕이쳤다. 아 숙은 바닥에 쓰러지며 팔목과 엉덩이를 심하게 부딪쳤다. 남자가 셔츠 소매를 걸어올리고 계단을 내려와 시가를 마지막으로 한 번 빤 다음 팔목만 훌쩍 움직여서 옆쪽으로 던졌다. 그런 다음 씩 웃으면서 주먹을 들어올렸다. 아 숙은 너무도 겁이 났다. 그는 싸울 마음이 없고 자비를 베풀어달라는 의미에서 양손을 들어올렸다. 남자가 어깨 너머로 뭔가를 외쳤고 ― 아마도 뭔가 지시였으리라 ― 금세 얼굴이 좀더 가늘고 코는 더 매부리코인 두번째 남자가 매춘업소 문가에 나타났다. 두번째 남자는 곧장 아 숙의 뒤로 와서는 그를 잡아 세우고 손을 등 뒤로 붙잡았다. 얼굴과 상체가 무방비하게 드러나는 자세였다. 두 사람이 뭔가 말을 나누었다. 아 숙은 몸부림을 쳤지만 팔을 빼낼 수가 없었다. 첫번째 남자가 얼굴 앞으로 팔뚝을 들어올리고서 몸무게를 이 발 저 발로 옮겼다. 그러고는 아주 가벼운 걸음으로 앞으로 다가왔다 뒤로 물러나기를 몇 번 반복하다가 마침내 앞으로 훌쩍 나와 아 숙의 얼굴과 복부를 주먹으로 후려치기 시작했다. 뒤에 있는 남자가 뭔가 소리를 쳤다. 첫번째 남자는 툴툴 거리고서 물러났다가 똑같은 자세로 다시 나와 두번째로 아 숙을 구타했다. 곧 매춘업소 안에서 즐기고 있던 남자들이 밖으로 나왔다. 그들이 길거리를 채우자 웃고 떠드는 소리가 높아졌다.

프랜시스 카버가 매춘업소 문가에 나타났다. 그는 재킷을 벗고 주름 장식이 달린 셔츠에 파란색 넥타이를 느슨하게 매듭 지어 매고 있었다. 그는 엉덩이 근처에 느슨하게 손을 얹고서 짜증 나는 표정으로 싸움을 지켜보았다. 아 숙은 그를 쳐다보았다.

"므 고이 봉 노."

그가 피가 고인 입으로 소리쳤다.

"므 고이 봉 노!"

프랜시스 카버의 눈에는 그가 보이지 않는 것 같았다. 그는 아 숙의 말을 알아듣는 티를 전혀 내지 않았다. 다른 남자 하나가 뭔가 말을 하자 카버는 시선을 돌리고서 영어로 대답했다.

"팡 야오! 호 팡 야오!"

하지만 카버는 그를 다시 쳐다보지 않았다. 적갈색 머리의 여자가 그의 옆에 나타나서 그의 팔에 달라붙었다. 그는 여자의 허리에 팔을 둘러 자기 쪽으로 끌어당기고서 머리카락에 대고 뭐라고 속삭였다. 여자는 웃음을 터뜨렸고, 두 사람은 다시 안으로 사라졌다.

곧 두번째 남자는 아 숙의 늘어진 몸을 더 붙잡지 못하고서 바닥에 떨어뜨리고는, 재킷과 소매에 튄 피 때문인지 투덜거렸다. 첫번째 남자가 쓰러져 있는 아 숙을 걷어차기 시작했지만 이전만큼 즐겁지 않은지 금세 사람들이 흥미를 잃고 흩어졌다. 첫번째 남자는 아 숙의 갈비뼈를 마지막으로 부츠 앞코로 걷어찬 다음 안으로 들어갔다. 남자가 매춘업소 안으로 들어가자 웃음소리가 요란하게 터지고, 뒤이어 피아노가 새로운 음악을 연주하기 시작했다.

팔꿈치와 무릎을 이용해 아 숙은 망가진 몸을 남들 눈에 띄지 않는 뒷골목으로 간신히 끌고 갔다. 그림자 속에 누워서 그는 숨을 쉴 때마다 날카롭게 몸을 쑤시는 아픔을 의식했다. 배의 돛대가 앞뒤로 흔들거리는 게 보였다. 해가 저물었다. 잠시 후 가로등 켜는 사람의 발소리가 부두를 울리고, 그의 근처에서 가스램프가 쉿쉿 소리를 내며 불이 붙었다. 어둠이 회색으로 변했다. 갈비뼈가 전부 부러진 게 아닐까 걱정스러웠다. 머리선 위로 스펀지처럼 끈끈하고 축축한 게 느껴졌다. 왼쪽 눈은 떠지지도 않았다. 일어설 기운이 있는지도 알 수가 없었다.

잠시 후 매춘업소의 뒷문이 열리며 보도 위로 노란 불빛이 쏟아졌다. 빠른 발소리가 뒷골목을 울렸다. 양철 깡통이 자갈 위에 덜그럭거리며 놓이는 소리가 들리고 차가운 손이 그의 눈썹 위에 닿았다. 아 숙은 오른쪽 눈을 떴다. 얼굴이 가늘고 뾰족하고 뻐드렁니가 난 젊은 여자가 그의 앞에 무릎을 꿇고 있었다. 그가 이해할 수 없는 말을 중얼거리며 여자는 네모난 천을 따뜻한 물에 담갔다가 꺼내 그의 얼굴에 묻은 피를 닦아주기 시작했다. 그는 여자의 목소리에 잠겨들었다. 여자는 여종업원처럼 풀 먹인 앞치마를 두르고 있었다. 분명히 안에서 일할 것이다. 이 추측은 잠시 후에 안에서 고함 소리가 들려오자 여자가 뭐라고 중얼거리며 천을 놓고 달려가는 모습에서 증명되었다.

몇 시간이 흘러갔다. 피아노 연주자가 멈추고, 안에서 들려오는 소음도 잦아들기 시작했다. 아 숙은 잠깐 잠을 자다가 깨어나서 주위가 아주 조용해지고 여종업원이 돌아온 것을 발견했다. 이번에 여자는 한쪽 팔 아래 깡통을 들고 있었고 천에 싼 몇 가지 도구와 알코올램프를 가져왔다. 여자가 그의 옆에 무릎을 꿇고 앉아 램프를 조심스럽게 자갈 위에 내려놓고 다이얼을 비틀자 램프가 하얗게 타올랐다. 아 숙은 가능한 한 조심스럽게 고개를 돌렸다가 여자가 들고 있는 깡통에 자신의 가족 이름이 중국어로 찍혀 있는 것을 보고 깜짝 놀랐다. 그가 말을 하자 여자는 그것을 엉뚱하게 해석한 듯이 웃음을 지으며 고개를 끄덕이고 비밀이라는 것처럼 입술 위에 손가락을 올렸다. 그런 후에 깡통을 열고 찻잎 안쪽을 뒤져서 종이에 싼 작고 네모난 물건을 꺼냈다. 여자가 그를 보고 미소를 지었다. 아 숙은 이해할 수가 없었다. 그는 아픈 머리를 오른쪽으로 돌려 여자가 펼쳐놓는 천 안에 있던 물건들을 보았다. 짧고 투박한 파이프, 그리고 그 옆으로는 바늘과 칼, 양철 그릇이 있었다. 그는 의문 어린 눈으로 여자를 보았지만, 여자는 램프의 심지를 조절하고, 파이프를 조립하고, 덩어리를 잘라 데우느라 바빴다. 마침내 아편에서 거품이 나고 가는 대통 틈새로 하얀 연기가 한 줄기 올라오자 여자는 파이프의 주둥이를 아 숙의 입술에 대주었다. 그는 거부할 힘도 없어서 연기를 입에 머금고 그대로 있었다.

그의 가슴속이 액체로 된 불길처럼 서서히 밝아졌다. 온몸이 완벽하게 차분해졌다. 물이 실크를 통과해서 흘러내리는 것처럼 간단하고 갑작스럽게 머리와 가슴의 아픔이 몸에서 빠져나갔다. 아편이야, 그는 흐릿하게 생각했다. 아편. 정말 굉장했다. 이 약은 굉장했다. 기적적인 치료제다. 여자가 그에게 다시 파이프를 내밀었고 그는 숟가락을 핥아먹는 거지처럼 탐욕스럽게 그 끝에 달라붙었다. 언제 정신을 잃었는지 기억나지 않았지만, 다시 눈을 떴을 때는 대낮이었고 여종업원은 사라지고 없었다. 그는 건물 뒤의 술상자 두 개 사이에 누워 있고 몸에는 담요를 덮고 있었다. 접혀 있는 또 다른 담요가 그의 뺨을 받쳐주었다. 누군가가—아마 그 여종업원일까?—그를 여기까지 끌어다놓은 모양이었다. 아니면 그가 자기 힘으로 여기까지 온 걸까? 기억이 나지 않았다. 끔찍한 두통이 느껴지고 갈비뼈의 통증도 되돌아왔다. 건물 안에서 물 쏟아지는 소리와 칼로 뭔가 써는 소리가 들렸다.

곧 그는 차 상자 한가운데 숨겨져 있던 아편 깡통을 떠올렸다. 덴트 앤드 컴퍼니는 아편을 보관하기 위해서 창고를 빌렸던 것이다. 영국에는 더이상 은이 없고, 중국에는 금이 필요하지 않았으니까. 어떻게 그렇게 멍청하게 속았지? 프랜시스 카버는 숙 일가의 창고를 접선처로 이용해서 중국으로 아편을 밀수하고 있었던 것이다. 프랜시스 카버가 그의 아버지를 배신했다. 프랜시스 카버는 그에게 등을 돌리고 그의 외침을 이해하지 못하는 척했다. 아 숙은 꼼짝도 하지 않고 뒷골목에서 옆으로 몸을 돌리고 누워 생각에 잠겼다. 가슴속에서 강렬한 확신이 솟아올랐다.

다음 한 주 동안 뻐드렁니 여자는 계속 그에게 음식과 물을 먹이고 아편을 주었다. 여자는 돼지에게 밥을 주러 가는 척하거나 설거지물을 버리러 가는 척, 또는 빨래를 널러 가는 척하면서 하루에도 몇 차례씩 그를 확인했다. 그리고 밤이 되면 파이프를 갖고 나와서 고통이 사라지고 잠이 들 때까지 아 숙이 아편을 피우게 해주었다. 여자는 아무 말 없이 이런 자선을 베풀었고, 아 숙 역시 말없이 여자를 보기만 했다. 여자가 왜 이러는 건지 궁금했다. 어느 날 밤에 여자가 한쪽 눈이 시커메진 채 나왔다. 그가 그 부분을 만지려고 손을 들어올리자 여자는 인상을 찌푸리며 고개를 돌렸다.

며칠이 지나자 아 숙은 고통스럽기는 해도 일어설 수 있었고, 일주일 만에 천천히 주변을 걸어다닐 수 있게 되었다. 팔머스톤 호는 시드니에 겨우 2주일만 머물 예정이었으므로, 곧 남쪽의 빅토리아 금광으로 출발할 것이었다. 아 숙은 더이상 멜버른까지 가든 말든 상관하지 않았다. 그저 클리퍼선이 출항하기 전에 카버를 추궁하고 싶을 뿐이었다.

팔머스톤 호가 정박한 이래 카버는 단 하루도 배에서 밤을 보내지 않았다. 밤마다 부둣가의 매춘업소에 가서 적갈색 머리의 여자를 끼고 지냈다. 아 숙은 매일 저녁 그가 팔을 흔들고 코트 자락을 펄럭거리면서 부두를 따라 내려오는 것을 보았다. 카버는 오후가 되어서야 매춘업소를 나왔고, 종종 적갈색 머리의 여자가 뒷문까지 따라 나와서 그에게 은밀하게 작별 인사를 하곤 했다. 아 숙은 두 사람이 해가 지고 한참 지난 시각에 함께 부둣가를 걷는 모습을 두어 번 보았다. 그들은 친밀한 것처럼 대화를 나누었다. 상대방이 이야기를 할 때면 몸을 기울여 말을 들었고, 여자의 손은 언제나 카버의 팔꿈치 안쪽을 꼭 붙들고 있었다.

아 숙이 공격을 당한 날부터 여드레가 지난 일요일이었다. 매춘업소의 소란은 통행금지 때문에 자정이 되기 한참 전에 끝났다. 아 숙은 가게 앞쪽으로 몰래 다가가서 위층 중앙 창문으로 카버가 상인방에 팔뚝을 대고 어둠 속을 바라보는 것을 보았다. 아 숙이 보는 동안 빨간 머리 여자가 그의 뒤로 다가와서 소매를 잡고 그를 방 안쪽으로 끌어당기는 바람에 그의 모습이 사라졌다. 그림자 속에 숨어서 아 숙은 부엌 조리대 위의 새시 창문으로 다가가 조심스럽게 창문을 열고 안으로 들어갔다. 부엌에는 아무도 없었다. 그는 무기를 찾아 주위를 둘러보다가 결국 조리대 위쪽의 선반에서 상아 손잡이가 달린 고기 써는 칼을 집었다. 그는 평생 다른 사람을 상대로 무기 비슷한 것도 휘둘러본 적이 없었지만, 손에 느껴지는 그 묵직함이 그에게 자신감을 주었다. 그는 어둠 속에서 계단 쪽으로 걸어갔다.

계단 꼭대기에는 문이 세 개 있고 모두 닫혀 있었다. 그는 첫번째 문에 귀를 대보고(조용했다) 두번째 문에(낮게 투덕거리는 소리), 그리고 세번째 문에 귀를 댔다. 세번째 문 뒤로 남자의 목소리와 의자가 삐걱거리는 소리, 그리고 여자가 작게 대답하는 소리가 들렸다. 아 숙은 조금 전까지 카버가 서 있었던 위층 창문이 집 가장자리에서 어느 정도 거리였는지 짐작해보려고 했다. 이 세번째 문이 가운데 방과 이어질까? 집이 네모지던가? 그럴 것이다. 그가 층계참 가장자리에서 3미터 떨어져 있고, 매춘업소의 전면을 생각해보면 창문이 건물 가장자리에서 3.5미터 정도 떨어져 있을 테니까. 두번째 문을 열면 커다란 방이 나오고 세번째 문 뒤에 작은 방이 있다면 또 모르지만. 아 숙은 문에 다시 귀를 댔다. 남자가 목소리를 높여 영어로 뭔가 말을 했다. 굉장히 기분이 나쁜 것처럼 날카롭고 쌀쌀맞은 말투였다. 분명히 카버일 거라고 아 숙은 생각했다. 카버여야만 했다. 갑자기 분노가 가득 솟구쳐서 문을 벌컥 열었다. 하지만 상대는 카버가 아니라 일주일 전에 그를 구타했던 남자였다. 그는 삐드렁니 여자를 무릎에 앉힌 채 한 손으로 여자의 목을 쥐고 다른 손은 여자의 가슴 위에 올리고 있었다. 아 숙은 놀라서 물러섰다. 남자는 화가 나 고함을 지르며 여자를 무릎 아래로 밀어내고는 벌떡 일어섰다.

남자는 아 숙이 알아들을 수 없는 말을 길게 떠들면서 침대 옆의 작은 탁자에 놓여 있던 연발 권총에 손을 뻗었다. 동시에 삐드렁니 여자가 가슴 안으로 손을 집어넣어 소형 권총을 꺼냈다. 남자가 총을 겨누고 방아쇠를 당겼지만—아 숙은 흠칫했다—총이 막힌 모양이었다. 총개머리에 빈 총알이 박혀 있었던 것이다. 남자가 권총을 기울여 빈 총알을 끄집어내는 사이에 여자가 그에게 달려들어 관자놀이에 권총을 들이댔다. 남자가 당황해서 여자를 밀어내려고 했지만, 탕 소리가 나고 남자가 쓰러졌다. 연발 권총이 손에서 떨어져 바닥에 쿵 부딪쳤다. 아 숙은 꼼짝하지 않았다. 뻐드렁니 여자가 앞으로 달려나와 죽은 남자의 손에서 권총을 빼낸 다음 자신의 소형 권총을 그 손에 밀어넣었다. 그런 다음 무거운 연발 권총을 아 숙에게 떠안기고 총을 쥐게 한 다음 그에게 가라고, 빨리 떠나라고 손짓을 했다. 그는 한 손에 권총을 쥐고 다른 손에는 칼을 든 채 멍하니 돌아섰다. 여자가 그의 어깨를 잡고 뒤로 끌어당기더니 복도 반대편에 있는 하인용 계단을 가리켰다. 계단을 내려갈 무렵 앞쪽 계단에서 발소리와 고함 소리가 들렸다.

밖에 나와서 아 숙은 바다에 무기 두 개를 모두 던지고 빠르게 가라앉는 모습을 지켜보았다. 벽에 가로막혀 안쪽으로부터 고함 소리가 낮게 들려왔다. 그는 몸을 돌려 달리기 시작했다. 하지만 부두 끝에 닿기도 전에 뒤에서 발소리가 들리고, 뭔가가 그의 등에 부딪쳤다. 그는 바닥에 그대로 엎어졌다. 아직까지 완전히 낫지 않은 갈비뼈 때문에 그는 고통스럽게 신음했고, 누군가가 그 손을 등 뒤로 거칠게 당겨 수갑을 채웠다. 억지로 끌려 일어나서 말 말뚝으로 끌려가는 동안 그는 아무 저항도 하지 않았다. 그를 잡은 남자는 두번째 수갑으로 아 숙을 금속 말 말뚝에 묶은 다음 경찰 마차가 도착해 그를 감옥으로 데려갈 때까지 지키고 있었다.

아 숙은 영어로 쏟아지는 수많은 질문을 전혀 이해할 수가 없었고, 결국에 심문하던 경찰들도 포기했다. 그들은 통역관을 데려오지 않았고, 그가 '카버'라는 이름을 말할 때마다 고개만 흔들었다. 그는 다른 남자 다섯 명과 함께 좁은 감옥에 갇혔다. 곧 사건이 널리 알려지고 재판이 확정되어 6주 후로 일정이 잡혔다. 이 무렵이면 팔머스톤 호는 오래전에 떠났을 것이다. 카버 역시 영원히 떠나버렸을 거고. 아 숙은 엄청난 불안과 실의 속에서 6주를 보냈고, 자신의 재판일 아침에 처형일이 다가온 것 같은 기분으로 깨어났다. 어떻게 자신을 변호할 수 있을까? 분명히 그는 유죄 판결을 받고 이달이 지나기 전에 교수형을 당할 것이다.

재판은 영어로 진행되었고, 피고석의 아 숙은 그야말로 아무것도 이해할 수가 없었다. 그래서 몇 시간 동안 연설과 선서가 이어진 끝에 프랜시스 카버가 수갑을 찬 채 증인석에 서게 되었을 때 깜짝 놀랐다. 아 숙은 왜 이 증인만 수갑을 차고 있는 건지 의아했다. 카버가 증인석으로 걸어오는 동안 그는 몸을 꼿꼿이 세우고 광둥어로 소리쳤다. 그들의 시선이 마주쳤고, 그 짧은 침묵 속에서 아 숙은 차분하지만 또렷한 어조로 아버지의 죽음에 대한 복수를 맹세했다. 부끄러운지 카버가 먼저 시선을 돌렸다.

한참 후에야 아 숙은 재판이 어떤 식으로 흘러갔는지를 알게 되었다. 그가 살해했다고 고발당한 남자의 이름은 나중에 알게 되었지만 제러미 셰퍼드였고, 아 숙이 건강해질 때까지 보살펴준 뻐드렁니 여자는 그의 아내인 마거릿이었다. 적갈색 머리의 여자는 리디아 그린웨이로 화이트호스 살롱이라고 알려진 달링 하버 매춘업소의 여주인이었다. 재판 당시에 아 숙은 누구의 이름도 몰랐다. 석방된 다음 날 아침에 그는 『시드니 헤럴드』를 한 부 구해서 광둥인 무역상에게 돈을 주고 법원 관련 기사를 읽어달라고 했고, 사건이 굉장히 떠들썩했기 때문에 내용이 기사란 세 칸을 넘어 거의 한 면을 다 차지하고 있었다.

『시드니 헤럴드』에 따르면 사건의 검사는 세 가지 항목을 증거로 들었다. 첫째로 아 숙은 제러미 셰퍼드에게 일주일 전에 심하게 구타당했으니만큼 원한을 가질 이유가 충분하다는 것이었고, 둘째는 아 숙이 총소리가 난 직후에 화이트호스 살롱에서 도망치다가 붙잡혔으니 용의

자일 가능성이 높다는 거였다. 셋째로 중국인은 믿을 수가 없는 자들이고, 실제로 백인에게 알 수 없는 적개심을 품고 있다는 것이었다.

이런 혐의에 대해서 변호사는 지극히 무덤덤했다. 변호사는 셰퍼드의 키와 덩치에 비해서 훨씬 조그만 아 숙이 그의 관자놀이에 총구를 댈 만큼 가까이 갈 수 있었을 리 없다는 점을 들었다. 그렇기 때문에 자살의 가능성을 배제할 수 없다는 것이었다. 검사가 끼어들어 친구들의 증언에 따르면 제러미 셰퍼드는 자살에 대해서 굉장히 부정적이었다고 주장했지만, 변호사는 세상의 어떤 사람도 자살을 못하는 경우는 없다고 주장했다. 이런 추측에 판사는 그를 날카롭게 꾸짖었다. 판사의 용서를 구하며 변호사는 일종의 최종 변론으로 숙 용승이 화이트호스에서 그냥 놀라서 도망친 것일 거라고 말을 끝마쳤다. 그가 자리에 앉자 검사는 잘난 척하는 표정을 감추려고 하지 않았고, 판사는 다 들릴 만큼 한숨을 쉬었다.

마침내 검사는 제러미 셰퍼드의 미망인인 마거릿 셰퍼드의 증언을 요청했다. 바로 여기서 재판의 방향이 엄청나게 달라졌다. 증인석에서 마거릿 셰퍼드는 검사의 질문에 대해서 전혀 대답하려 하지 않았다. 마거릿은 숙 용승이 남편을 살해하지 않았다고 주장했다. 그녀가 이 사실을 아는 이유는 아주 간단했다. 남편이 자살하는 것을 직접 목격했기 때문이다.

이 놀라운 고백에 법정에서는 엄청난 소란이 일었고 판사는 정숙하라고 소리를 쳐야 했다. 나중에야 이 모든 이야기를 들을 수 있었던 아 숙은 당시에는 이 여자가 자신의 목숨을 구하기 위해 자진해서 위험을 감수했을 거라고는 상상도 하지 못했다. 마거릿 셰퍼드에 대한 심문이 재개되고, 검사는 왜 이런 중대한 정보를 지금까지 숨겼던 거냐고 물었다. 마거릿 셰퍼드는 남편이 매일같이 자신을 학대했기 때문에 엄청난 두려움 속에 살아왔으며, 여러 명의 증인이 이를 입증할 수 있을 거라고 대답했다. 덕택에 그녀는 기가 완전히 꺾였고, 이제야 겨우 그 일을 입 밖에 낼 용기를 모을 수 있었다는 것이다. 이 엄청난 증언으로 고발은 취하되었다. 판사는 아 숙을 살인 혐의에 대해 무죄를 선고하고 풀어주어야만 했다. 법정은 제러미 셰퍼드가 자살했으며 신께서 그의 영혼을 돌봐주시기를 바란다는 말로 결론을 내렸지만, 신학적으로 자살한 사람을 신이 돌봐준다는 것은 말도 안 되는 이야기였다.

감옥에서 풀려난 다음 아 숙이 가장 먼저 한 일은 프랜시스 카버에 대한 소식을 알아보는 것이었다. 놀랍게도 그가 알아낸 사실은 팔머스톤 호가 몇 주 전에 시드니 항에서 정규 수색을 받다가 체포되었다는 거였다. 프랜시스 카버는 밀수 혐의와 세관법 위반, 탈세 혐의를 받았다. 해상경찰이 제출한 보고서에 따르면 배의 짐칸에 열여섯 명의 광저우 출신 젊은 여자가 갇혀 있었다. 모두가 심각하게 영양결핍 상태였고 극도로 겁에 질려 있었다. 팔머스톤 호는 압류되었고 여자들은 중국으로 송환되었으며 카버는 감옥에 갔다. 카버와 덴트 앤드 컴퍼니의 계약 관계는 공식적으로 해지되었다. 그는 형사범으로 10년형을 선고받고 당장에 코카투 섬의 교도소에서 형기를 시작했다.

이제는 카버의 형이 끝날 때까지 기다리는 수밖에 없었다. 아 숙은 빅토리아로 건너가서 탄광 일을 시작했다. 그는 영어를 조금 익혔고, 여러 가지 상업을 배웠고, 카버를 죽여 아버지를 살해한 데 대한 복수를 하는 꿈을 점점 더 강하게 꾸게 되었다. 1864년 7월에 그는 코카투 섬에 편지를 보내 카버가 석방되고서 어디로 갔는지 물었다. 석 달 뒤에 도착한 답장에는 카버가 증기선 스파르타 호를 타고 뉴질랜드의 더니든으로 갔다고 쓰여 있었다. 아 숙 역시 더니든으로 가는 표를 샀지만, 거기 도착해보니 카버의 흔적은 갑자기 뚝 끊긴 상태였다. 그는 찾고 또 찾았지만 아무런 자취도 찾지 못했다. 마침내 실의에 빠져서 아 숙은 목표를 포기하고 말았다. 그는 채굴허가증과 웨스트 코스트로 가는 편도 표를 샀다. 그리고 거기서 8개월 후에 우연히 카버를 맞닥뜨리게 되었다. 길거리에서, 못 보던 흉터가 있는 얼굴에 두툼해진 몸으로 테 라우 타우웨어의 손에 동전을 쥐여주고 있는 그를 발견한 것이다.

Φ

아 숙은 오로라의 남동쪽 모퉁이를 표시하는 경계 말뚝에서 조금 떨어진 자갈 위에 책상다리를 하고 앉아 있는 아 퀴를 발견했다. 금세공인은 양손으로 탐광자의 접시를 잡고 오랫동안 한 가지 기술만을 연마해온 사람 특유의 자신감 있는 동작으로 팔목을 움직여 접시를 리듬감 있게 흔들고 있었다. 입가에는 불을 붙인 담배를 물고 있었으나 빠는 것 같지는 않았다. 그가 움직일 때마다 재가 웃옷 위로 곱게 떨어졌다. 그의 앞에는 나무로 된 옆이 긴 물통이 있고, 옆으로는 평평한 주둥이가 달린 철제 도가니가 있었다.

그의 동작이 원형으로 바뀌었다. 처음에는 접시에서 커다란 돌과 흙덩어리들을 골라내고, 반복적인 속도로 계속해서 흔들어 좀더 고운 모래들이 조금씩 접시 바닥으로 가라앉게 만들었다. 그런 다음 앞쪽으로 기울여 접시 모서리를 흐릿한 물에 담갔다가 날카로운 동작으로 도로 들어올려 물을 신중하게 시계방향으로 흔들어 접시 안에서 소용돌이를 만들었다. 금은 돌보다 무겁기 때문에 바닥으로 가라앉았다. 표면의 젖은 돌들을 헤치면 그 아래에는 어둠 속에서 점처럼 반짝거리는 젖은 금이 나타났다. 아 퀴는 이 반짝거리는 조각들을 손가락으로 집어내서 신중하게 도가니 안에 넣었다. 그런 다음 접시에 흙과 돌을 다시 채우고 이 과정을 똑같이 반복했다. 해가 나무 아래로 낮아져서 서쪽으로 완전히 사라질 때까지 그는 멈추지 않았다.

오로라는 강과 바다 양쪽에서 꽤 떨어져 있어서 접근하기가 불편했기 때문에 금광으로 선호되지 않은 면도 있었다. 아 퀴는 매일 아침 금광지까지 강물을 길어와야만 했다. 물이 없으면 일을 할 수가 없기 때문이었다. 물이 진흙과 침니로 부옇게 흐려지면 금을 보기가 굉장히 어렵기 때문에 다시 강으로 돌아가서 양동이를 채워와야 했다. 호키티카 강에서 물을 끌어오는 수로를 만들거나 갱도를 파서 우물을 만들 수도 있지만, 광산 주인은 처음부터 오로라에 전혀 자본을 들이지 않을 것임을 분명히 밝혔다. 그럴 이유가 없으니까. 오로라의 광산지 2에이커는 간신히 유지비나 나올까 말까 한 곳이었다. 나무도 없이 돌로만 이루어진 땅덩어리니까. 오랜 시간 홀로 일한 결과물인 아 퀴의 뒤에 있는 금더미는 길고 낮았다. 아무도 묻혀 있지 않은 무덤처럼 보였다.

아 숙이 다가가자 아 퀴가 고개를 들었다.

"니 하오."

"니 하오, 니 하오."

두 사람은 딱히 적대적이지도, 우호적이지도 않은 태도로 서로를 쳐다보았지만 그 눈길은 오랫동안 마주보고 있었다. 잠시 후에 아 퀴가 마지막 남은 담배를 입에 물고 다시 돌들을 흔들기 시작했다.

"오늘은 산출량이 적구먼."

그가 광둥어로 말했다.

"참으로 안타까운 일입니다."

아 숙 역시 모국어로 대답했다.

"매일 산출량이 적어."

"어르신은 그보다 더 좋은 걸 얻으실 자격이 있습니다."

"내가?"

성미가 급한 편인 아 퀴가 말했다.

"예. 성실은 보상받을 자격이 있으니까요."

"어느 정도나? 어떤 화폐로? 그건 무의미한 말이야."

아 숙은 양손바닥을 맞대고서 말했다.

"제가 좋은 소식을 가져왔습니다."

"좋은 소식과 아첨이겠지."

아 퀴가 대꾸했다. 모자장수는 이런 말에 대응하지 않았다.

"에머리 스테인스가 돌아왔습니다."

아 퀴의 몸이 굳었다.

"아, 그 사람을 봤나?"

"아직요. 그 사람이 오늘밤에 호키티카의 레벨가에 있는 호텔에 올 거라는 이야기를 들었습니다. 그 사람의 귀환을 환영하는 연회가 열린 다고 하더군요. 저도 초대를 받았고, 저의 선의를 표현하는 뜻에서 어 르신도 초대하고 싶습니다."

"주최자는 누군가?"

"안나 웨더렐과 죽은 남자 크로스비 웰스의 미망인입니다."

"두 여자라."

아 퀴가 회의적인 어조로 말했다.

"예."

아 숙은 머뭇거리다가 그날 아침에 발견한 사실을 털어놓았다. 크로스비의 미망인이 바로 달링 하버에서 화이트호스 살롱을 운영했던 그 여자이자 아 숙의 재판에서 그에 대한 증언을 했으며 한때 그의 적이었던 프랜시스 카버의 연인이었던 여자, 이전에는 리디아 그린웨이라고 했고 지금은 리디아 웰스라고 하는 여자라는 이야기였다.

아 퀴는 이 정보에 대해서 잠시 생각에 잠겼다.

"이것은 함정이야."

그가 마침내 말했다.

"아닙니다. 저는 지시가 아니라 제 의지로 여기에 온 겁니다."

"자네를 잡으려는 함정이라는 거야. 난 확신하네. 안 그러면 왜 오늘 밤 연회에 특별히 자네를 초대했겠는가? 자네는 스테인스 씨와 아무런 관계가 없어. 그의 귀환을 환영하는 자리에서 자네가 어떤 역할을 할 수 있나?"

"저는 연극에서 역할을 하나 맡게 될 겁니다. 쿠션에 앉아서 석상인 척하라고 하더군요."

그 말은 아 숙 자신에게도 어이없게 들렸다. 그가 황급히 말을 덧붙였다.

"일종의 볼거리일 겁니다. 그 역할을 하는 대가로 돈도 받게 될 거고요."

"돈을 받는다고?"

"예. 연기자로서 말입니다."

아 퀴는 그를 빤히 보았다.

"그린웨이라는 여자가 여전히 프랜시스 카버와 한 패라면 어쩔 건가? 그들은 한때 연인이었어. 어쩌면 이미 그자에게 자네가 오늘밤 연회에 참석한다는 소식을 전했는지도 모르네."

"카버는 바다에 있습니다."

"그렇다 해도 가능한 한 빨리 그자에게 알릴 거야."

"그때가 되었을 때 저는 준비가 되었을 겁니다."

"어떻게 준비를 하겠다는 것인가?"

"준비를 할 겁니다. 하지만 아직은 상관없습니다. 카버가 바다에 있으니까요."

아 숙이 고집스럽게 말했다.

"그 여자는 카버의 편이야. 그리고 자네는 그자에게 복수하겠다고 맹세했고, 그 여자도 기억하고 있을 걸세. 자네에게 좋은 일을 해주려 할 리가 없어."

"저도 경계를 할 겁니다."

아 퀴는 한숨을 쉬고 일어나서 몸을 털고 날카롭게 숨을 들이켜며 잠깐 그대로 서 있었다. 그런 다음 아 숙에게로 몇 걸음 걸어가서 양손으로 그의 어깨를 잡았다.

"자네는 약의 악취를 풍겨. 몸은 휘청거리고 말이야, 숙 용승. 스무 걸음 떨어진 곳에서도 그 악취를 맡을 수가 있어."

실제로 아 숙은 카니에레의 자기 집으로 먼저 가서 늦은 오후의 파이프를 피우고 왔다. 그 영향이 분명하게 눈에 보일 것이다. 하지만 그는 꾸짖음을 당하는 걸 좋아하지 않았다. 그가 아 퀴의 손에서 벗어나려고 하면서 날카롭게 말했다.

"그냥 결점일 뿐입니다."

"결점이라고!"

아 퀴가 소리치며 바닥에 침을 뱉었다.

"그건 결점이 아니야. 위선이지. 자신을 부끄러워하게나."

"저를 어린애 꾸짖듯 하지 마십시오."

"중독자란 어리석은 자야."

"그렇다면 저는 어리석은 자로군요. 그게 어르신께 딱히 중요한 일은 아니지 않습니까."

"내가 오늘밤 자네와 함께 간다면, 굉장히 중요한 일이지."

"어르신의 보호는 필요치 않습니다."

"그렇게 생각한다면 자네는 환상에 빠져 있는 게지."

아 퀴가 대답했다.

"환상에 빠진데다가 위선자란 말인가요!"

아 숙은 놀란 척하는 말투로 말했다.

"저는 어르신께 하나 예의에 어긋나는 일을 하지 않았는데, 두 번이나 모욕을 당하는군요!"

"자네는 모욕을 당해 마땅해. 자네 부친을 죽인 바로 그 약을 탐닉하는 주제에 뻔뻔하게도 부친의 명예를 지키겠다고 하고 있지를 않나! 부친이 배신당했다고 하고 있지만, 매번 램프에 불을 붙일 때마다 바로 자네가 부친을 배신하고 있는 거야!"

"프랜시스 카버가 저희 아버지를 죽였습니다."

아 숙이 뒤로 물러서며 말했다.

"아편이 자네 부친을 죽였지. 자신을 좀 보게."

아 퀴가 그를 가리켰다. 아 숙이 나무뿌리에 걸려서 비틀거리다가 반쯤 넘어졌기 때문이다.

"참으로 대단한 복수의 사도로구먼, 숙 용승. 자기 발로 제대로 서지도 못하니 말이야."

화가 나서 아 숙은 한 손을 내밀고 몸을 일으킨 다음 검고 흐릿한 눈으로 아 퀴 쪽으로 다가갔다.

"어르신도 제 과거를 아시지 않습니까. 저는 처음에 약으로 아편을 한 거였습니다. 제 의지로 했던 것이 아닙니다. 그 위력이 저를 지배하는 것은 저도 어쩔 수가 없습니다."

"중독을 떨쳐낼 시간은 충분히 있었어. 자네는 재판 이전에 몇 주 동안이나 수감되어 있지 않았었나?"

"그 기간은 갈망을 완전히 없애기에는 부족했습니다."

"갈망!"

아 퀴는 혐오감 가득한 어조로 말했다.

"참으로 가련한 말이로구먼. 자네가 나에게 말해주었던 과거 이야기에서 그런 단어가 나오지 않은 게 놀랄 일도 아니야. 자네가 훨씬 거창한 명예나 의무, 배신, 복수 같은 단어들을 좋아하는 것도 놀랄 일이 아니지."

"제 과거가……."

"자네가 읊었던 자네의 과거는 가족에게 가해진 수치보다는 자네 자신이 당했던 부당한 일에 대한 내용이 훨씬 많았지. 말해보게, 숙 용 승. 자네는 자네 부친을 죽인 자에게 복수를 하려는 건가, 아니면 화이트호스 살롱 앞에서 자네를 도와주려 하지 않았던 자에게 복수하려는 건가?"

아 숙은 충격을 받았다.

"제 동기를 의심하시는군요."

"자네의 동기는 자네가 정한 것이 아니야. 그럴 수가 없지! 자네를 보게. 제대로 서 있지도 못하지 않나."

두 사람 사이에 침묵이 흘렀다. 옆의 골짜기에서 낮은 총성이 울리고, 곧이어 비명 소리가 들렸다.

마침내 아 숙이 고개를 끄덕였다.

"안녕히 계십시오."

"왜 나에게 작별 인사를 하는 건가?"

"어르신의 의견을 분명히 밝히지 않으셨습니까. 어르신께서는 저를 비난하셨습니다. 저를 혐오하시죠. 그래도 저는 오늘밤 미망인의 연회에 갈 겁니다."

아 퀴의 분노가 빠르게 타오르기는 했어도 그는 어떤 논쟁에서든 악당 역할을 하고 싶지는 않았다. 그가 고개를 흔들며 코로 깊게 숨을 들이켜고는 말했다.

"나도 함께 가겠네. 나도 스테인스 씨와 꼭 이야기를 해야겠으니."

"압니다. 저는 선의로 여기 왔습니다, 퀴 롱."

아 퀴는 이번에는 좀더 차분해진 목소리로 다시 말했다.

"사람은 자기 마음을 아는 법이야. 자네의 동기를 의심한 건 내가 나빴네."

아 숙은 잠깐 눈을 감았다가 다시 뜨며 말했다.

"호키티카에 도착할 무렵에 저는 맑은 정신일 겁니다."

아 퀴가 고개를 끄덕였다.

"그러는 게 좋을 거야."

활동궁의 지구

C*

월터 무디는 놀라운 사실을 알아낸다. 몇 가지 혼란이 정리되고, 대칭이
맞게 된다.

개스코인을 떠난 뒤 월터 무디는 즉시 트렁크가 배달된 크라운 호텔로 돌아왔다. 호텔 문을 열고 서둘러 현관을 지나 위층으로 한 번에 두 개씩 계단을 올라갔다. 계단 꼭대기의 문 앞에 도착해서 그는 열쇠를 열쇠구멍에 제대로 꽂지 못하고 욕설을 내뱉었다. 갑자기 빨리 자기 물건들을 눈으로 확인하고 싶어서 조급해졌다. 이전 인생의 귀중한 물건들을 다시금 보게 되면 갓스피드 호가 난파한 이래로 비현실적으로 느껴지는 삶과의 연결 고리가 되살아날 것만 같았다.

최근에 무디의 생각은 점점 더 자주 더니든에서 아버지와 다시 만났던 일로 돌아가곤 했다. 그는 그 불행한 상황을 그렇게 성급하게 끝냈던 것을 후회하고 있었다. 아버지가 그를 배신한 것은 사실이었다. 형이 그를 배신한 것도 사실이고. 하지만 그렇다 해도 그들을 용서할 수도 있었다. 거기 남아서 프레더릭의 이야기를 들어볼 수도 있었다. 그는 더니든에서 형을 만나지 못했다. 아버지와 만나고 프레더릭이 오기 전에 거기서 도망쳤으니까. 그래서 형이 잘 지내는지, 결혼은 했는지, 행복한지 어떤지 전혀 알지 못했다. 프레더릭이 왜 오타고에 가게 되었는지, 그리고 뉴질랜드에서 계속 살 생각인지도 알지 못했다. 아버지와 형이 한 팀이 되어 금광을 발견했는지, 아니면 각기 다른 사람과 짝을 지었는지, 그도 아니면 혼자서 탐광 일을 했는지 그것도 알지 못했다. 이런 불분명한 것들이 떠오를 때마다 무디는 슬퍼졌다. 형의 이야기를 들어봤어야 했다. 하지만 프레더릭이 그러고 싶어 했을까? 무디는 그 것조차 알지 못했다. 호키티카에 도착한 뒤 그는 세 번이나 형에게 편지를 쓰려고 했지만, 인사말과 날짜를 쓰고 나서는 한 글자도 쓸 수가 없었다.

마침내 열쇠가 구멍에서 돌아갔다. 무디는 문을 열고 방 안으로 들어가다가 멈추었다. 방에는 분명히 트렁크가 있었지만, 그것은 생전 처음 보는 트렁크였다. 무디 자신의 트렁크는 빨간색에 전체적으로 직사각형인 가방인데, 이 가방은 검은색에 철제 스트랩이 달리고 길고 네모난 빗장에 수평으로 기다란 막대가 끼워져 잠겨 있었다. 윗부분은 반구형이라서 옆으로 누운 술통처럼 솟아올라 있었다. 부풀어오른 윗부분에 여러 개의 짐표가 붙어 있었는데 하나에는 '사우샘프턴', 또 하나에는 '리틀턴', 그리고 일반적인 '항해 중에 필요치 않음'이었다. 무디는 즉시 트렁크 주인이 언제나 일등석을 타고 여행하는 사람이라는 것을 알 수 있었다.

하녀를 불러 짐이 잘못 왔다고 알리는 대신에 무디는 문을 닫고 잠근 다음 앞으로 다가가서 낯선 가방 앞에 무릎을 꿇고 앉았다. 그리고 빗장을 푼 다음 뚜껑을 열었다. 뚜껑 아래쪽에 네모난 종이에는 이렇게 쓰여 있었다.

주 의회 의원이자 국회의원인 알리스테어 로더백의 소유물

무디는 한숨을 내쉬고 몸을 뒤로 기울였다. 그러니까 착오가 생긴 것이다! 로더백의 트렁크는 발퍼가 의심했던 것처럼 정말로 갓스피드 호에 실려 있었던 것이다. 호키티카 부두에서 화물이 아마도 잘못 옮겨 졌으리라. 무디의 트렁크는 로더백의 것과 마찬가지로 주인 이름이 새 겨져 있지 않았고, 가죽에 그의 이름과 주소를 찍어서 뚜껑 안감에 꿰 매어 붙여놓은 것을 제외하면 겉으로는 알아볼 만한 표지가 없었다. 그 래서 아마 두 개의 트렁크가 바뀐 것 같았다. 무디의 트렁크는 팰리스 호텔에 있는 로더백의 방으로 배달되고, 로더백의 가방이 크라운 호텔 로 온 게 분명했다.

무디는 잠시 생각에 잠겼다. 로더백은 지금 호키티카에 없었다. 『웨 스트 코스트 타임스』에 따르면 그는 북쪽에서 선거운동 중이고 내일 오후까지는 돌아오지 않을 것이다. 갑자기 대담해져서 무디는 재킷을 벗고 몸을 앞으로 기울이고서 로더백의 물건들을 살펴보기 시작했다.

월터 무디는 다른 사람의 개인적인 물건을 뒤지는 것에서 죄책감을 느끼지도 않았고, 그런 행동을 누구에게 고백해야 한다고도 생각하지 않았다. 그의 머릿속은 대단히 냉정하고, 침착하고, 합리적으로 빠르게 움직이고 있었다. 하지만 그는 영리한 사람들이 흔히 지니는 결점을 갖 고 있었다. 자신의 지성을 어떤 상황에서도 잘못된 행동을 하지 않게 막아주는 허가증 같은 것으로 생각하는 것이다. 그는 자신의 도덕적 의 무가 좀더 하층계급의 사람들과는 전혀 다르다고 생각했고, 아주 일반 적인 것들을 제외하면 수치심이나 양심의 가책 같은 것은 거의 느끼지 않았다.

그는 로더백의 짐가방을 재빨리, 샅샅이 살폈다. 각각의 물건을 집어들었다가 원래 자리에 그대로 내려놓았다. 트렁크에는 꽤나 많은 문구류가 들어 있었다. 편지 세트, 인장, 원장, 법률 서적, 거기에 국회의원의 책상을 꾸미는 데 필요한 온갖 것이 다 있었다. 로더백의 옷과 개인 물품은 다른 곳에 넣어뒀는지 이 삼목 상자에 들어 있는 유일한 옷가지는 돼지 모양의 흉측한 청동 문진으로 눌러놓은 모직 스카프뿐이었다. 트렁크에는 바다 냄새가 배어 있었지만 — 짜다기보다는 시큼한 소금물 냄새 — 내용물은 거의 젖지 않았다. 로더백에게는 다행스럽게도 트렁크가 완전히 침수되지는 않았던 모양이었다.

트렁크 바닥에는 가죽 서류 가방이 있었다. 무디는 그것을 열고 종이를 꺼냈다. 전부 다 계약서와 영수증, 판매 증서 들이었다. 몇 분 동안 찾은 끝에 그는 바크선 갓스피드 호의 매매 증서를 찾아내고 다른 서류들 틈에서 뽑아내 법률 서류의 봉인이 뜯어지거나 구겨지지 않게 신중하게 들어올렸다.

로더백이 3주 전에 발퍼에게 증언했던 대로 서류는 프랜시스 웰스라는 이름으로 서명이 되어 있었다. 판매 일자 역시 정치인의 이야기에 부합했다. 배의 소유권은 지금부터 9개월 전인 1865년 5월에 바뀌었다.

무디는 몸을 구부려 구매자의 서명을 좀더 자세히 보았다. '프랜시스 웰스'는 가짜 이름을 대범하게 서명해놓았다. 대문자 'F'의 왼쪽 부분을 하도 커다랗게 휘게 그려놔서 마치 그것 하나가 따로 글자인 것처럼 보였다. 무디는 눈을 가늘게 뜨고 살폈다. 이런, 정말로 그 화려한 곡선은 C를 기울여서 다음 글자와 붙여놓은 것이라고 생각할 수도 있을 것 같았다. 그는 글자를 좀더 상세하게 살폈다. 심지어는 C와 F 사이에 점도 찍혀 있었다. 서류를 대충 보면 잉크가 튄 것이라고 생각할 수도 있을 만한 점이었다. 그러니까 카버는 일부러 애매모호하게 사인을 해서 '프랜시스 웰스'라고 읽을 수 있거나 혹은 'C. 프랜시스 웰스'라고 읽을 수도 있는 서명을 한 거였다. 특정한 효과를 노리고 아주 천천히 글자를 쓸 때처럼 글씨가 약간 흔들려 있었다.

무디는 인상을 찌푸렸다. 작년 6월에 프랜시스 카버는 크로스비 웰스의 출생증명서를 갖고 있었고, 그 서류에는 (벤자민 뢰벤탈이 증언했던 것처럼) 크로스비 웰스의 중간 이름이 프랜시스라는 것이 나와 있었다. 이제야 분명해졌다. 프랜시스 카버는 크로스비 웰스의 행세를 하기 위해서 그의 출생증명서를 훔쳤던 것이다. 이 매매 증서의 애매한 서명은 고의가 분명했다. 남을 사칭한 혐의로 법정에 가게 되면 카버는 자신이 그런 서명을 했다는 것을 부인할 수 있을 테니까.

프랜시스라는 이름을 공통으로 가진 것이 정말로 운 좋은 우연일까? 아니면 웰스의 출생증명서가 조작된 것일까? 중간 이름은 어떤 서류에든 아주 쉽게 덧붙일 수 있고, 흐릿한 색의 잉크를 쓰거나 글자를 살짝 문지르거나 해서 나중에 덧붙였다는 사실을 감추기도 쉬웠다. 하지만 왜 카버가 자신의 신분을 감추고 싶어 할까? 그것도 매매 서류에? 다른 사람의 이름을 쓰는 게 그에게 무슨 이득이 되어서?

무디는 자신이 이 문제에 관해 알고 있는 것들을 다시 떠올려보았다. 프랜시스 카버는 6월에 『웨스트 코스트 타임스』 사무실에서 벤자민 뢰벤탈과 이야기할 때 크로스비 웰스의 신분을 이용했다…… 하지만 그보다 한 달 전 알리스테어 로더백을 상대할 때에는 크로스비 웰스의 신분을 이용하지 않았다. 로더백에게 그는 자신의 이름이 프랜시스 웰스라고 말했다…… 그리고 일부러 알아보기 어렵게 이름을 서명했다. 크로스비 웰스와 카버가 형제라던 로더백의 알 수 없는 믿음을 염두에 둔다면 카버가 로더백과 거래할 때 크로스비 웰스의 형제인 척했다고밖에는 생각할 수가 없었다. 왜 그런 일을 했는지까지는 무디도 전혀 추측할 수가 없었다.

그는 한참이나 매매 증서를 살피며 세세한 부분까지 다 기억해둔 후에 서류 가방에 도로 넣고 가방을 트렁크 안에 집어넣은 다음 조직적인 조사를 계속했다.

트렁크에 그에게 도움이 될 만한 실마리가 더이상 없다는 것이 확실해지자 마침내 만족해서 그는 느긋하게 뚜껑 가장자리를 손으로 쓸었다. 그러다가 갑자기 놀라서 탄성을 질렀다. 납작하게 눌린 조그만 꾸러미가 옥양목 안감 안쪽에, 삼목과 천 사이에 숨겨져 있었던 것이다. 그는 몸을 기울이고 손가락으로 천의 깔끔한 틈새를 더듬어 찾았다. 대략 그의 손바닥 너비만한 틈새는 울지 않도록 신중하게 감침질이 되어 있었다. 옥양목 안감에는 타탄 무늬가 찍혀 있고, 트렁크 가장자리에 있는 천의 갈라진 틈은 타탄의 세로 줄무늬로 영리하게 위장해놓았다. 무디는 틈새로 손가락을 넣어 납작한 물건을 끄집어냈다. 줄로 묶어놓은 편지 뭉치였다.

모두 열다섯 통이었고, 각각이 평범하고 소박한 글자체로 받는 사람 난에 로더백이라는 이름이 쓰여 있었다. 무디는 잠깐 동안 매듭의 모양과 묶어놓은 줄의 길이를 머릿속으로 외웠다. 그런 다음 끈을 풀고 줄을 옆에 내려놓은 다음 접힌 편지들을 무릎 위에서 펼쳤다. 소인으로 보아 편지가 가장 최근 것부터 날짜순으로 거꾸로 배치되어 있다는 것을 알 수 있었다. 그는 편지 더미 제일 아래로 내려가서 로더백이 받은 첫번째 편지를 찾아 읽기 시작했다. 다음 순간 그의 심장이 목까지 튀어올랐다.

더니든. 1852년 3월.

선생님.

저를 모르시겠지만 선생님은 저와 형제입니다. 선생님 아버님이 사생아를 만드셨고 제가 그 사생아입니다. 저는 교구 신부님의 성을 따서 크로스비 웰스라는 이름으로 자랐고 아버지가 누군지 모른 채 창녀의 자식이라고만 알고 있었습니다. 저는 뉴잉턴의 창녀촌 쥬얼에서 어린 시절을 보냈습니다. 저는 별로 재산이 없는 사람이라 소박한 삶을 살아왔습니다. 힘들지는 않습니다. 하지만 언제나 아버지의 모습과 목소리를 알고 싶었습니다. 마침내 아버지에게서 직접 편지를 받음으로써 이 기도에 응답을 받았습니다. 아버지는 항상 저를 알고 계셨다고 쓰셨습니다. 조만간 돌아가실 것 같지만 유언장에 저를 인지하면 당신의 이름이 더럽혀질까봐 그러지 않을 거라고 하셨습니다. 하지만 20파운드를 동봉하며 저에게 축복을 해주셨습니다. 이름을 쓰지는 않으셨지만 편지를 가져온 하인에게 물어보고 마차를 추적했습니다. 마차는 선생님의 아버님 집과 선생님 집인 글렌 하우스 앞으로 대여된 것이었습니다. 저는 코트를 사고 면도를 하고 아버님 집까지 갔지만 벨을 누를 수는 없었습니다. 저는 괴롭고 낙담한 채 집으로 돌아왔고 다음 번 밀물 때 변호사 알리스테어 로더백이 식민지로 떠난다는 해운 소식을 읽고 실수를 저질렀습니다. 저는 아버지에게 아들이 또 있는 줄 몰랐고 아들이 아버지와 같은 이름을 쓰는 줄도 전혀 몰라서 아버지가 떠난다고 생각했습니다. 그 배는 이미 떠나서 저는 다음 배에 곧장 올랐습니다. 더니든에 도착해서 저는 돈이 되는 대로 탐문을 했습니다. 저는 선생님이 빗속에 부두에서 대중 연설을 하는 데에 참석했고 항만관리인이 주머니 시계를 선물로 주는 것을 보았습니다. 선생님은 굉장히 기뻐하시는 것 같았습니다. 선생님을 보고 저는 즉시 제가 실수를 했고 선생님이 제 아버지가 아니라 형제라는 것을 깨달았습니다. 그때는 선생님을 마주하기가 너무 괴로웠고, 이제 선생님은 리틀턴에 계시고 저는 따라갈 돈이 없습니다. 선생님께 기도하며 요청드립니다. 저는 아버지가 주신 20파운드를 이 여행과 다른 필수품에 썼고, 그래서 이제 집으로 돌아갈 여비가 없습니다. 코트를 팔았지만 중개인이 좋은 코트라는 것을 믿지 않아서 제가 샀던 가격의 절반 정도밖에 주지 않았습니다. 저는 이제 가진 돈이 거의 없습니다. 선생님께서는 정계와 법률 분야에서 높은 자리에 계시는 분이고 저와 만나주실 필요는 없습니다만 선생님이 선량한 기독교도라는 것을 믿으며 저에게 자선을 베풀어주시기를 바라는 바입니다. 저는 언제나 선생님께 형제일 테니까요.

크로스비 웰스

그의 이름 밑에는 답장을 보낼 주소로 더니든의 사서함 번호가 적혀 있었다.

무디는 쿵쿵거리는 심장을 안고 편지를 내려놓았다. 그러니까 '로더백'과 크로스비 웰스가 형제였던 것이다. 엄청난 사건의 전환이었다! 하지만 로더백은 치안판사 앞에서 크로스비 웰스의 임종에 30분 늦게 도착했다고 이야기하며 이런 관계는 언급하지 않았다. 친구인 해운업자 토머스 발퍼에게도 털어놓지 않았고. 왜 서출 형제에 관해서 감추었던 걸까? 부끄러워서? 아니면 다른 이유 때문에?

무디는 편지 뭉치를 들고 좀더 빛이 밝은 창가로 걸어가서 다음 편지를 펼치고 창문 쪽으로 기울였다.

더니든. 1852년 9월.

선생님.

제가 처음 편지를 쓰고 6개월이 지났습니다. 그리고 답장이 오지 않는 것이 제가 선생님을 불쾌하게 만들어서가 아닌가 걱정이 됩니다. 제가 쓴 글이 정확하게 기억나지는 않지만 제가 마지막에 선생님의 형제라고 했던 부분이 혹시 선생님의 기분을 상하게 만들었던 것은 아닌가 싶습니다. 아버님께서 완벽한 사람이 아니었다는 사실이 고통스러우시겠지요. 아버님이 그런 일을 하지 않았기를 바라실 거라고 생각합니다. 이상과 같은 추측이 맞다면 용서를 구합니다. 선생님, 지난 몇 달 동안 저는 돈이 더 떨어졌습니다. 창녀의 자식으로 저는 구걸하는 생활에 익숙한 편입니다만 그래도 같은 사람에게 두 번 구걸하는 것은 부끄러운 일입니다. 하지만 절망 속에 이 편지를 씁니다. 선생님께서는 부유하시고 제가 바라는 것은 단지 3등석 표값뿐입니다. 그러고 나면 다시는 제 연락을 받으실 일이 없을 겁니다. 여기 더니든에서 저는 최대한으로 저축을 하고 있습니다. 인부 일을 하려고 했지만 제가 그 일에 맞지 않는다는 것을 알게 되었습니다. 저는 '홍반성 낭창'과 고열과 추위로 인한 다른 질병들로 인해 꼼짝도 하지 못했습니다. 원하는 것처럼 꾸준히 일을 할 수가 없었습니다. 우리의 아버지인 알리스테어 로더백 씨를 만나고 싶은 마음은 사라지지 않았고, 하루하루 지날수록 말씀드렸던 것처럼 아버님께서 편지에 죽을 때가 거의 다 되었다고 하셨던 것이 떠오릅니다. 그런 슬픈 일이 일어나기 전에 단 한 번만이라도 그분을 직접 만나서 남자 대 남자로 이야기를 하고 싶습니다. 선생님 제가 무릎을 꿇고 빌 테니 집으로 돌아가는 표를 좀 사주십시오. 그렇게만 해주시면 다시는 연락을 드리지 않겠다고 맹세합니다. 저는 그저 선생님의 호의만을 바라는 친구일 뿐입니다.

크로스비 웰스

무디는 서둘러 다음 편지로 넘어갔다. 자유로운 손으로 의자를 더듬어 끌어당겨 앉으며 그는 계속해서 편지를 읽었다.

더니든. 1853년 1월.
선생님.
이 침묵을 어떻게 받아들여야 할지 저는 고민스럽습니다. 선생님께서 제 편지를 받으셨지만, 어떠한 이유로 답을 하거나 선생님 아버님의 서출 자식에게 사소한 자비를 베풀려 하지 않으시는 것 같습니다. 이 편지는 구술로 쓴 것이 아닙니다. 제 손으로 직접 썼으며, 저는 글을 잘 읽을 수 있고, 저희 교구 목사님이셨던 웰스 목사님이 저에게 놀랄 만큼 영리한 소년이라고 하셨다는 것을 말씀드리고 싶습니다. 제가 이런 이야기를 하는 것은 제 신분이 낮기는 해도 악한은 아니라는 것을 알리기 위해서입니다. 어쩌면 제가 서출이라는 증거를 보고 싶으실지도 모르겠습니다. 이것이 사기를 치려는 거라고 생각하실지도 모르니까요. 제 명예를 걸고 그렇지 않다고 말씀드리겠습니다. 제가 바라는 것은 지난번 편지와 전혀 달라지지 않았습니다. 저는 이 나라에 있고 싶지 않고 이런 삶을 살고 싶지도 않습니다. 20파운드면 저는 영국으로 돌아갈 수 있고 다시는 선생님께 연락을 드리지 않을 것입니다. 부탁드립니다.

크로스비 웰스

더니든. 1853년 5월.

선생님.

지방신문을 통해서 선생님께서 훌륭한 캔터베리 주의 주지사 자리를 획득하셨다는 소식을 보았습니다. 선생님께서는 그 자리를 얻으시고 그 보수를 고귀한 자선에 베푸셨다지만 저는 그것을 보고 조금 슬펐습니다. 백 파운드를 기부하시면서 선생님께서 제 생각을 하셨을까 궁금합니다. 저는 집으로 돌아가는 것은 고사하고 선생님께서 계시는 리틀턴까지 갈 돈도 없습니다. 저는 이 끔찍한 땅에서 완전히 혼자 남은 듯한 기분이고, 영국인으로서 선생님도 이것을 분명히 이해하실 겁니다. 실내까지 습기와 냉기가 스며들어서 아침마다 다리 위로 서리가 덮인 채 일어납니다. 저는 혹독한 개척지에 어울리지 않고, 매일 제 상황을 한탄합니다. 선생님, 지난 한 해 동안 저는 겨우 2파운드 10실링 4펜스밖에 모으지 못했고, 이제 그 4펜스를 이 종이와 우표를 사는 데에 썼습니다. 제발 도와주시기를 바라는 바입니다. 정말로 다급합니다.

크로스비 웰스

더니든. 1853년 10월.

선생님.

저는 대단히 낙담하여 이 편지를 씁니다. 이제는 선생님께서 저에게 답장을 주지 않으실 것임을 알겠고, 설령 제가 창녀의 자식이라 해도 더이상 애걸하는 것은 자존심이 상합니다. 부전자전이라는 말처럼 저는 우리의 아버지와 마찬가지로 죄인입니다. 하지만 어려서 저는 자선이 주요한 미덕이며, 그럴 만한 상황이 아닐 때에도 특히 베풀어야 하는 것이라고 배웠습니다. 선생님께서는 기독교도로서 행동하지 못하고 계십니다. 저희들의 상황이 서로 반대였다면 저는 선생님처럼 잔인하게 침묵을 지키고 있지 않았을 것입니다. 더이상 선생님께 자선을 구걸하지는 않겠습니다만 제 낙담을 알리고 싶었습니다. 저는 『오타고 위트니스』지를 통해 선생님의 경력을 찾아보았고, 선생님께서 재산도 많고 영향력도 큰 분이라는 것을 잘 압니다. 저에게는 그런 특권이 없습니다만, 이런 절망적인 처지에서도 저 자신을 자랑스럽게 기독교도라고 말할 수 있고, 선생님께서 필요로 하실 때에는 형제로서 제 주머니라도 털어 도울 것입니다. 선생님께서 답을 주실 거라고는 생각하지 않고 아마 조만간 저는 죽을 테니 더이상 저에게 편지를 받으실 일도 없을 것입니다. 그런 상황이 벌어진다 해도 저는 충심으로 선생님의 운을 빌겠습니다.

크로스비 웰스

더니든. 1854년 1월.

선생님.

지난번에 제가 비탄한 기분 속에서, 선생님을 모욕하려는 의도로 편지를 썼던 것에 대해서 사과를 드리고 싶습니다. 저희 어머니께서는 화가 난 상태로 펜을 들지 말라고 하셨고, 이제 그 현명함을 알겠습니다. 선생님께서는 물론 모르시겠지만 저희 어머니는 한때 참으로 아름다우셨습니다. 돌아가신 저희 어머니의 성함은 수 버처였지만 직업상 더 잘 어울리는 다른 이름을 흔히 쓰셨고, 마음 내킬 때마다 새 이름을 짓곤 하셨습니다. 어머니는 우리의 아버지가 특히 총애하셨던 분이었다고 합니다. 어머니는 눈을 빛내며 그렇게 말씀하시곤 했습니다. 저는 일부를 제외하면 어머니를 별로 닮지 않았습니다. 어머니는 항상 제가 아버지를 빼닮았다고 하셨지만 아버지는 제가 태어난 이래로 창녀촌에 들르지 않으셨고, 이미 아시겠지만 저는 그분을 뵌 적이 없습니다. 매춘은 한편으로는 남성의 방탕함으로, 다른 한편으로는 여성의 악행으로 이루어진 사회암이라고들 합니다만, 이것이 저보다 더 현명한 사람의 말임이 분명하다 해도 제가 저희 어머니를 기억하는 데에는 영향을 미치지 못합니다. 어머니는 '근사한 성대'를 갖고 계셨고, 아침이면 온갖 찬송가를 부르곤 하셨습니다. 저는 이것을 굉장히 좋아했습니다. 어머니는 상냥하고, 열심히 일하고, 여기저기 꼬리를 친다는 말을 듣기는 했어도 굉장히 좋은 분이셨습니다. 저희 두 사람이 어머니는 서로 다르지만 아버지는 한 분이라는 사실이 참으로 기묘하지 않은가요. 저는 이것이 저희가 반만 닮았다는 의미라고 생각합니다. 이렇게 쓸데없는 생각을 떠든 것을 용서해주시고, 제 사과를 받아주시고, 제가 언제나 충심으로 선생님의 운을 빈다는 것을 알아주십시오.

크로스비 웰스

더니든. 1854년 6월.

선생님.

어쩌면 선생님이 답을 주지 않으신 것이 올바른 일이었는지도 모르겠습니다. 선생님께서는 그런 고위직에 계신 분답게 평판을 생각하셔야 하니까요. 조금 기묘한 말이지만 저는 선생님의 침묵에 만족하게 된 것 같습니다. 저는 적당한 급료와, 적당한 집을 구했고, 여기서 흔히 하는 말대로 '정착하게' 되었습니다. 더니든은 여름에는 완전히 바뀝니다. 언덕 위에서, 물 위에서, 해가 밝게 비치고, 그 상쾌함이 아주 마음에 듭니다. 제가 세상의 반대편에서 저 자신을 찾게 되었다는 것이 참으로 신기합니다. 저는 영국에서 아주 멀리 떨어져 있을 겁니다. 제가 집으로 돌아가지 않기로 했다는 것을 알면 놀라실 것 같습니다. 저는 뉴질랜드 땅에 묻히기로 결심했습니다. 어째서 이렇게 마음이 바뀌었는지 궁금하실 수도 있으니, 말씀을 드리겠습니다. 뉴질랜드에서는 이전의 삶을 버리고 떠나온 온갖 사람을 볼 수 있고, 모든 사람이 제각기 동등합니다. 물론 오타고의 목양업자들은 스코틀랜드 고원에서 귀족인 것처럼 여기서도 귀족입니다만, 저 같은 사람에게 여기서는 상승할 기회가 있습니다. 이것은 굉장히 힘이 나는 일입니다. 지위에 관계없이 남자들이 길거리에서 서로를 향해 모자를 기울이는 일이 여기서는 일상적입니다. 선생님께서는 이것이 기묘한 일이 아닐지 모르겠습니다만 저에게는 놀라운 일입니다. 개척이 저희들 모두를 형제로 만드는 것 같고, 어쨌든 제가 언제나 충심을 다해 선생님의 운을 빈다는 걸 말씀드리고 싶습니다.

크로스비 웰스

더니든. 1854년 8월.
선생님.
이 편지들을 용서해주셨으면 합니다. 저는 달리 아는 사람이 없고, 선생님 생각으로 하루가 다 갑니다. 선생님이 더 일찍 저에 대해 아셨거나 제가 선생님을 알았다면 과연 어떻게 되었을까 철학적인 생각을 해보곤 합니다. 선생님의 나이를 모르니 선생님이 형인지 제가 형인지는 잘 모르겠습니다. 마음속으로 저는 그 차이를 생각해보곤 하고, 제가 서출이니 동생일 거라고 상상합니다. 하지만 물론 꼭 그런 것은 아니겠지요. 창녀촌에는 다른 아이들이 있었고 여자아이들 몇몇은 자라서 매춘을 하고, 남자아이 하나는 제가 아주 어릴 때 천연두로 죽어 제가 항상 제일 맏이여서, 우러러볼 수 있는 형이 있으면 좋을 것 같습니다. 선생님께 형제나 자매가 있는지 어떤지, 또 다른 서출이 있지는 않은지, 아버님께서 선생님께 제 이야기를 과연 하실지 등에 관해 알 수 없다는 사실을 생각하면 굉장히 슬픕니다. 제가 런던에 있었다면 기회가 될 때마다 글렌 하우스로 가서 난간 너머를 살피며, 아시다시피 제가 한 번도 뵌 적 없는 아버지의 모습을 찾으려고 했을 것입니다. 저는 여전히 저에 관해 알고 있고, 저를 봤다고 하시는 아버지의 편지를 갖고 있고 아버지께서 저를 어떻게 생각하셨을지, 제가 여기서 살아가는 방식을 어떻게 생각하실지 궁금합니다. 하지만 더이상 살아 계시지 않을지도 모르겠군요. 선생님께서는 제 형제이기를 바라지 않으신다는 사실을 명확히 하셨습니다만 이 편지를 고백이라고 생각하면 선생님은 제 신부 대신이실지도 모르겠습니다. 이렇게 생각을 하니 마음이 가벼워졌습니다. 저는 제대로 견진성사를 받았기 때문입니다. 하지만 선생님께서는 아마도 영국국교회 신자이시겠지요. 이만 줄이겠습니다.

크로스비 웰스

더니든. 1854년 11월.

선생님.

선생님께서는 혹시 저를 알아보거나 사람들 사이에서 찾을 수 있다고 생각하십니까? 최근에 저는 선생님이 어떤 분인지 알지만 선생님은 제 얼굴을 모른다는 사실이 떠올랐습니다. 우리의 외모는 별로 많이 다르지 않습니다만 제가 좀더 마른 것 같고, 제 머리가 좀더 검고, 제 표정이 대체로 부루퉁하기 때문에 사람들은 선생님얼굴이 더 상냥하다고 말할 것 같습니다. 선생님이 거리를 지나다가 저를 생각하시고, 스쳐가는 다른 사람들의 얼굴이나 몸에서 저와 닮았을 만한 부분을 찾아보지는 않으실까 궁금합니다. 저는 어릴 때 항상 그랬습니다. 아버지에 대해 늘 꿈꾸고, 아는 모든 얼굴을 조합해서 아버지를 상상해보려고 했습니다. 세상의 끝에서 저희를 형제로 묶어주는 모든 것을 생각하니 마음이 놓입니다. 선생님께서는 요즘 계속해서 제 생각의 주요인물이 되시곤 합니다. 충심을 담아.

크로스비 웰스

순서상 다음 편지는 종이가 훨씬 빳빳하고 잉크 색깔도 훨씬 더 밝았다. 무디는 날짜를 보고 크로스비 웰스의 마지막 편지 이래로 시간이 10년 가까이 흘렀다는 것을 깨달았다.

더니든. 1862년 6월.

선생님.

제가 이렇게 새로이 편지를 드리게 된 것은 제가 결혼했다는 사실을 자랑스럽게 알리기 위해서입니다. 구혼 기간은 굉장히 짧았습니다만 그 내용은 전통적인 방식 그대로였다고 생각합니다. 최근 몇 달 동안 저는 로렌스에서 협곡을 따라 금을 찾았고, '적당한 자산'은 모았습니다만 아직 노다지를 발견하지는 못했습니다. 이제 웰스 부인이라고 불러야 할 이 여자는 굉장히 근사한 여성이고, 옆에 함께 다니면 굉장히 자랑스러울 것 같습니다. 이제는 선생님의 제수가 되겠군요. 이미 제수가 있으신지, 아니면 웰스 부인이 처음일지 궁금합니다. 이 편지 이래로 한동안 저에게서 소식을 듣지 못하실 겁니다. 저는 아내를 부양하기 위해서 던스탄으로 돌아가야 하기 때문입니다. 금광 열풍에 대해 선생님이 어떻게 생각하시는지 궁금하군요. 최근에 저는 어느 정치인이 금을 도덕적 문제라고 불렀다는 이야기를 들었습니다. 광산에서 수많은 타락한 행위를 목격한 것은 사실입니다만 이런 열풍 이전에도 타락은 있었습니다. 대부분의 정치가들이 두려워하는 것은 저 같은 사람이 부자가 되는 것이 아닐까 하는 생각이 듭니다. 그럼 잘 지내시길 빕니다.

크로스비 웰스

카와라우. 1862년 11월.

선생님.

신문에서 선생님께서 최근에 결혼하셨다는 이야기를 보고 진심 어린 축하의 말을 전하고 싶어서 편지를 씁니다. 아내 되신 캐롤린 고 양의 사진을 보지는 못했습니다만 굉장히 잘 어울리는 결합이라고들 하더군요. 저희 두 사람 모두 크리스마스를 유부남으로서 보낸다고 생각하니 아주 기쁩니다. 저는 더니든에 여전히 집이 있고, 진흙을 싫어해서 광산에 오려 하지 않는 아내와 휴일을 함께 보내기 위해 로렌스에서 돌아가려고 합니다. 여름에 크리스마스를 맞이하는 데에 영 익숙해지지 않고, 크리스마스는 추운 날씨에 걸맞다고 생각합니다. 제가 크리스마스를 모욕하는 것인지도 모르겠습니다만 여기 뉴질랜드에서는 그 의미를 유지하는 것들이 별로 없는 것 같습니다. 마치 지나간 시대의 낡은 유물처럼요. 선생님께서 이 편지를 받으시고, 불가에 앉아서나 램프 불빛 아래로 몸을 기울이고 글을 읽으시는 모습을 상상해봅니다. 제가 이런 상상을 하는 것을 이해해주십시오. 선생님에 대해 생각하는 것이 저에게는 큰 즐거움이기 때문입니다. 저는 언제나 충심으로 선생님의 운을 빕니다.

크로스비 웰스

더니든. 1863년 4월.

선생님.

저는 이번 한 주 동안 저희들의 아버지이신 알리스테어 로더백 씨가 제 예상대로 돌아가셨을까 하는 생각에 서글프게 지냈습니다. 런던은 이제 저에게는 꿈처럼 느껴집니다. 연기와 안개가 떠오릅니다다만, 저 자신의 기억을 믿을 수가 없습니다. 지난주에 시험 삼아 자리에 앉아서, 흙 위에 사우스웍의 지도를 그려보려고 했습니다. 하지만 템스 강의 모양도 떠오르지 않고, 어떤 길 이름도 생각이 나지 않았습니다. 선생님께서도 똑같으신가요? 『오타고 위트니스』에서 선생님이 이제 자랑스러운 캔터베리인이라고 하시는 것을 보고 깜짝 놀랐습니다. 저 자신은 철저하게 영국인이라고 생각합니다. 잘 지내십시오.

크로스비 웰스

카와라우. 1863년 11월.

선생님.

저는 선생님께서 제 편지를 기쁘게 받는 것을 상상하곤 합니다만 아마도 전혀 읽지 않으셨을 가능성이 훨씬 높을 거라는 것도 잘 압니다. 어느 쪽이든 편지를 쓰는 것이 저에게는 마음의 위안이 되고 하루를 밝혀줍니다. 선생님께서 주지사 자리에서 물러나셨다는 소식을 흥미롭게 읽었습니다. 여기 광산에서는 캔터베리가 곧 오타고의 몰락에 이어 금광 열풍지가 될 거라고들 하고, 그렇게 되면 선생님께서 그런 높은 자리에서 물러나신 것을 후회하실까 궁금합니다. 이익이 나는 금광에 대한 보수는 여기 카와라우의 광산지에서 여러 사람을 흥분시키고 있습니다. 이곳의 땅은 가파르고, 하늘은 눈부시게 맑습니다. 햇볕에 하도 타서 제 옷깃 자국이 목덜미에 새겨질 지경입니다. 이런 것이 고통스럽기는 해도 저는 이 고지에서는 더욱 혹독할 것이 분명한 겨울을 딱히 기다리지는 않습니다. 캔터베리에서 금이 발견되면 선생님께서도 다시 주지사 선거에 나가실 건가요? 심문하려는 것이 아니라 선생님의 앞길이 궁금하기 때문에 여쭙는 것으로 알아주십시오. 저는 언제나 충심으로 선생님의 운을 빕니다.

크로스비 웰스

카와라우. 1864년 3월.

선생님.

굉장히 중대하고 놀라운 소식을 전하기 위해 편지를 씁니다. 저는 던스탄에서 확실하게 금이 가득한 광산을 찾아내는 엄청난 행운을 얻었습니다! 이제 저는 부자입니다. 그중 단 한 푼도 헛되게 쓸

마음은 없지만요. 다른 사람들이 이 돈을 모자나 코트에 허비하고
는 운이 다시 바뀌었을 때 그런 물건들을 전당포에 맡기는 모습을
너무나 많이 보았습니다. 누군가가 이 편지를 훔쳐볼까봐 걱정되어
금액이 얼마인지는 말씀드리지 않겠습니다만 선생님처럼 월급을
듬뿍 받는 분께도 엄청난 금액이고, 이 돈이 유지되는 동안에는 저
희 두 사람 중에서 제가 더 부유한 쪽이라는 것만 말씀드리겠습니
다. 굉장한 소식 아닙니까! 이 돈이 있으면 런던으로 돌아가서 가게
를 차릴 수도 있겠지만, 제 운이 아직 다하지 않았다고 생각하기 때
문에 계속해서 탐광 일을 할 생각입니다. 아직까지 금을 신고하지
않았는데, 가장 안전하다고들 하는 방식대로 개인 호송을 통해서
금광에서 운반해가려고 합니다. 제 재력이 어떻게 변했든 간에 저
는 언제나 선생님의 운을 빕니다.

크로스비 웰스

웨스트 캔터베리. 1865년 6월.

선생님.

제 소인을 통해서 제가 더이상 오타고 주민이 아니라 흔히 말하
듯이 '둥지를 옮겼다'는 것을 알아채셨는지 모르겠습니다. 선생님
께서는 산맥 서쪽으로 오실 일이 거의 없으실 테니 웨스트 캔터베
리가 남쪽의 초원과는 완전히 다른 곳이라는 것을 알려드리고 싶
습니다. 해안의 일출은 진홍빛 장관이고, 눈 덮인 산꼭대기에는 하
늘빛이 감돕니다. 덤불은 축축하고, 엉켜 있고, 물은 아주 하얗습니
다. 외로운 곳이지만 새소리가 계속되기에 조용하지는 않고, 그 계
속되는 소리가 굉장히 즐겁습니다. 이미 추측하셨겠지만 예전의 삶

을 떠나왔습니다. 아내와는 별거 중입니다. 제 결혼의 쓸쓸한 진실을 아시면 저를 얕잡아 생각하실까봐 편지에는 감춘 것이 많다는 것을 말씀드려야겠습니다. 제가 이곳으로 도망치게 된 이유를 구구절절이 떠들지는 않겠습니다. 유감스러운 이야기인데다가, 생각하면 제가 슬퍼지기 때문입니다. 두 번이나 데였으니 세번째는 조심해야지요. 다른 사람들보다 형편없는 수치이긴 합니다만 그래도 이제는 확실하게 교훈을 얻었습니다. 이 이야기는 그만두고 대신 현재와 미래 이야기를 하고 싶습니다. 웨스트 캔터베리에 금이 넘치고, 사람들이 매일같이 돈더미를 쌓고 있긴 합니다만 저는 더이상 금을 캘 마음이 없습니다. 탐광을 하지도, 다시는 제 재산을 빼앗기지도 않을 겁니다. 대신에 목재업에 뛰어들까 합니다. 테 로 토우-파라이라는 훌륭한 마오리 청년을 알게 되었습니다. 이 이름은 그의 원주민어로 '세월의 집 백 채'라는 뜻입니다. 우리 영국인들은 이에 비하면 얼마나 형편없는 이름을 갖고 있는지요! 어쩌면 시구절인지도 모른다는 생각이 듭니다. 토우-파라이는 최고로 고결한 야만인이고, 저희들은 금세 친구가 되었습니다. 다시 다른 사람과 교제를 한다는 사실에 실은 꽤 기운이 납니다. 이만 줄이겠습니다.

크로스비 웰스

웨스트 캔터베리. 1865년 8월.

선생님.

신문에서 웨스트랜드가 의회에 의석을 확보했고, 선생님이 그 자리에 출마하신다는 소식을 읽었습니다. 제가 이제 유권자라는 사실을 자랑스럽게 말씀드리고 싶습니다. 아라후라 골짜기에 있는 제 오두막은 임대가 아니라 저 자신의 것이고, 아시다시피 땅 소유자에게는 투표권이 생기기 때문입니다. 저는 선생님 쪽에 투표를 할 거고, 선생님이 이기시기를 빌겠습니다. 그간 저는 제 조그만 도끼를 수천 번 찍어 '토타라' 나무를 베며 하루하루를 보냈습니다. 선생님께서는 지주시지요. 런던에 글렌 하우스가 있고 훌륭한 아카로아 지역에도 아마 집이 있으실 거고요. 하지만 저는 이전에는 지푸라기 하나 가져본 적이 없었습니다. 실제로는 아니라도 웰스 부인과 명목상 거의 3년을 함께했지만 그동안 저는 광산에 나가 있거나 고정된 주소지가 없었고, 아내는 도심에 있었습니다. 현재의 고독한 생활이 저에게는 아주 잘 맞습니다만 이런 고정된 삶에는 익숙하지가 않습니다. 혹시 선생님께서 선거운동을 하러 호키티카에 오시면 저희들이 만날 수도 있지 않을까 싶습니다. 제가 선생님께 해를 끼치거나 아버지의 잘못에 관한 비밀을 폭로할 거라는 걱정은 하지 않으셔도 됩니다. 저는 아무에게도 말하지 않았고, 오로지 별거한 아내에게만 말했습니다만, 그 사람은 그 사실을 이용해 이득을 볼 수 없다는 걸 알면 흥미를 잃어버리는 성격입니다. 그러니 저를 두려워하실 필요는 없습니다. 만약에 이 편지의 주소로 종이에 X 표시를 해서 보내신다면 저는 그것을 선생님께서 만나고 싶지 않다는 뜻으로 알고 다가가지 않을 것이며, 편지도 그만두고, 궁금해하지도 않겠습니다. 저는 기꺼이 그럴 것이고, 선생님께서 요구하시는 것은 뭐든 할 겁니다. 저는 언제나 충심을 다해서 선생님이 잘되시길 비니까요.

크로스비 웰스

웨스트 캔터베리. 1865년 10월.

선생님.

선생님으로부터 X 표시 편지를 받지 못했다는 사실에 감사드립니다. 예전에는 선생님의 침묵에 굉장히 슬펐지만 오늘은 그 침묵에 기운이 납니다. 저는 언제나 선생님의 운을 빌고 있습니다.

크로스비 웰스

웨스트 캔터베리. 1865년 12월.

선생님.

『웨스트 코스트 타임스』에서 선생님께서 육로를 통해 호키티카로 오실 생각이라는 내용을 읽었고, 그렇게 되면 아라후라 골짜기를 지나가게 될 겁니다. 일부러 이런 우회로를 고르신 건지 모르겠네요. 저는 투표권이 있는 사람이고, 누추한 집이긴 하지만 정치인이 들른다면 굉장히 영광일 겁니다. 선생님이 저희 집을 보고 다가오시거나 혹은 피해가실 수 있게 집을 설명해드리겠습니다. 집은 철제 지붕에, 아라후라 강의 남쪽면 강둑에서 30미터 떨어져 있습니다. 오두막의 양옆에 30미터 정도의 공터가 있고, 남동쪽으로 20미터쯤 떨어진 곳에 제재소가 있습니다. 집은 작고 창문 하나와 불에 구운 진흙 벽돌로 만든 굴뚝이 달려 있습니다. 마감은 일반적인 방식으로 했습니다. 혹시 선생님께서 들르시지 않더라도 선생님이 지나가시는 것을 보려고 합니다. 선생님이 들러주실 거라고 생각하거나 희망을 갖지는 않겠지만 서부 여행이 즐거우시기를 바라고 선거활동도 성공적이시길 빌겠습니다. 저는 언제나 선생님을 마음 깊이 존경하는 사람이니까요.

크로스비 웰스

이것이 마지막 편지였다. 날짜는 지금으로부터 두 달이 조금 넘는 시점이었고, 웰스가 죽은 날로부터는 한 달도 되기 전이었다.

무디는 종이를 내려놓고 잠시 꼼짝도 하지 않았다. 그는 혼자서는 담배를 별로 피우지 않기 때문에 담배를 거의 갖고 다니지 않았다. 하지만 지금은 뭔가 강박적이고 반복적인 동작에 몰두하고 싶었고, 아주 잠깐 종을 울려서 담배나 시가를 가져오라고 할까 생각도 해보았다. 하지만 설령 지시하는 거라고 해도 다른 사람과 이야기하는 것이 영 마뜩찮아서 대신에 편지를 도로 접어 원래 순서대로 가장 최근 것을 위에 올려놓는 것에 만족하기로 했다.

크로스비 웰스가 로더백의 침묵에 대해 반복적으로 암시하는 것으로 보아 이 정치가가 서출 형제이자 창녀가 낳은 아버지의 자식이 보낸 편지에 한 번도 답을 하지 않았다는 것은 분명했다. 알리스테어 로더백은 13년이나 침묵을 지킨 것이다! 무디는 고개를 흔들었다. 13년이라니! 크로스비의 편지에는 갈망이 가득하고 이렇게나 정직한데. 이 서출은 열렬하게 형제를 만나고 싶어 했다. 딱 한 번만이라도 얼굴을 마주하고 싶어 했다. 명예로우신 로더백 나리께서 펜을 들어 답장을 몇 마디 쓰는 것이 그렇게까지 큰 해가 되었을까? 은행권을 보내 이 불쌍한 남자가 집으로 돌아갈 표를 사주는 게 그렇게 해가 되었을까? 한 번도 답장을 보내지 않다니, 끔찍하게 잔인한 행동이었다! 하지만 그럼에도(무디도 이건 인정해야 했다) 로더백은 웰스의 편지를 보관하고 있었다. 가장 오래된 편지가 굉장히 닳았고, 여러 차례 접었다 폈다 한 자국이 있는 걸로 봐서는 이것을 보관하고, 읽고 또 읽었다는 뜻이었다. 그리고 정말로 아라후라 골짜기에 있는 크로스비 웰스의 오두막으로 갔다. 비록 30분 늦긴 했지만 말이다.

갑자기 무디는 다른 것을 떠올렸다. 로더백은 리디아 웰스를 정부로 삼지 않았던가! 그는 형제의 아내를 정부로 삼았던 것이다!

"비양심적인 짓이야."

무디는 소리내어 말하고는 벌떡 일어나서 방 안을 서성거렸다. 끔찍하게 잔인했다! 비인간적이었다! 그는 머릿속으로 계산을 해보았다. 크로스비 웰스는 던스탄, 그다음에는 카와라우의 광산에 있었다······ 그리고 그동안에 그가 그렇게나 만나고 싶어 했던 형제는 더니든에서 그의 부인과 놀아나고 있었던 것이다! 로더백이 정말로 이 연결 관계를 전혀 몰랐을까? 리디아 웰스가 남편의 성을 쓰고 있었다는 점을 고려하면 그럴 것 같지 않았다!

무디는 걸음을 멈추었다. 아니지. 로더백은 발퍼에게 리디아 웰스와 관계를 갖는 내내 그 여자가 결혼했다는 사실을 몰랐다고 털어놓았었다. 서로를 만나는 동안 리디아는 처녀 때 성인 그린웨이를 사용했다. 프랜시스 카버가 감옥에서 나온 다음에야—자신을 프랜시스 웰스라고 하면서—로더백은 리디아가 결혼했다는 사실을 알게 되었고, 그 여자의 이름이 정확하게는 리디아 웰스이며, 로더백 자신은 남편이 있는 여자와 놀아난 것임을 알게 되었다. 무디는 다시 편지 더미를 뒤져서 전년도 8월 자로 된 편지를 찾아냈다. 그래, 크로스비 웰스는 자신의 서출이라는 신분을 아내에게 말했다고 분명하게 적어두었다. 그러니까 리디아 웰스는 로더백의 서출 형제에 대해서 처음 정사를 가질 때부터 알고 있었던 것이다. 그리고 로더백이 단 한 번도 크로스비의 편지에 답장을 하지 않았다는 점으로 보아 이 문제에 대해 굉장히 예민한 감정을 갖고 있다는 것도 알았을 것이다. 어쩌면 그 여자는 이 연결 관계를 이용하려는 생각으로 로더백을 찾은 걸지도 모른다고 무디는 생각했다.

맙소사, 그렇다면 이 여자는 그야말로 돈만 밝히는 모리배였다! 두 형제를 모두 이용하고, 둘 모두를 망쳐놨으니! 이제 또 다른 사실 하나가 분명해졌다. 로더백이 협박을 당했던 재산은 카버 자신의 금광에서 나온 것이 아니었다는 것이다. 그 금은 전부 다 크로스비 웰스에게서 훔쳐낸 게 분명했다. 편지에 나온 것처럼 던스탄 금광에서 노다지를 발견한 사람은 크로스비 웰스였으니까! 그러니까 리디아 웰스는 웰스의 비밀을 프랜시스 카버에게 털어놓았고, 카버의 도움으로 웰스의 금을 훔치고 로더백을 협박할 계획을 세웠던 것이다. 그래서 두 사람이 부자가 되고, 동시에 바크선 갓스피드 호의 자랑스러운 소유주가 되었던 것이다. 로더백은 자신의 서출 형제를 대단히 부끄러워했고, 웰스 부인은 그의 정부로서 그 사실을 잘 알고 있었을 것이다. 분명히 그런 수치심을 이용해서 계획을 세웠으리라.

갑자기 무디의 심장이 덜컥 뛰었다. 이것이 트윙클이었다. 프랜시스 카버가 로더백을 협박하는 데 사용했고, 갓스피드 호의 매매에 관해 침묵을 강요할 수 있었던 그 은밀한 정보가 바로 이거였던 거다. 카버는 자신을 프랜시스 웰스라고 해서 자신과 크로스비가 형제인 것처럼 믿게 만들었다. 같은 창녀촌에서 자란 창녀의 자식인 척했던 것이다……어쩌면 같은 어머니에게서 태어났다고 했는지도 모르지! 크로스비 웰스의 성은 남에게 받은 것이지만, 어머니가 창녀였던 만큼 어머니 쪽으로 그에게 다른 형제가 없으리라는 법은 없었다. 로더백의 동정심을 얻어내고 억지로 배를 내놓게 만드는 데 있어서는 아주 훌륭한 방법이었다!

아니, 크로스비 로더백이지. 무디는 갑자기 그 생각에 그 남자에 대한 동정심이 밀려드는 것을 느꼈다. 아라후라의 오두막에서 한 손에는 빈 술병 밑동을 쥐고, 뺨은 탁자에 댄 채 눈을 감고 죽어 있는 웰스를 떠올려보았다. 운명의 수레바퀴가 얼마나 냉혹하게 움직였는지. 이런 열띤 애원에도 침묵을 지킨 로더백의 심장은 얼마나 무정한지! 그리고 10년의 세월 동안 형제가 주 의회에서 국회까지 승승장구하는 모습을 보아야 했던 크로스비 웰스가 얼마나 가련한지. 그는 습하고 싸늘한 낯선 지역에서 홀로 살기 위해 발버둥을 치고 있었는데.

하지만 무디는 로더백을 완전히 경멸할 수는 없었다. 정치가는 결국에는 형제를 방문했다…… 어떤 의도로 간 건지까지는 모르겠지만. 어쩌면 13년의 침묵을 벌충할 생각이었는지도 모른다. 혹은 이복형제에게 사과를 하거나 아니면 그냥 얼굴을 보고, 이름을 부르고, 악수나 하려고 했는지도 모르지.

무디의 눈에 눈물이 고였다. 그는 힘없이 욕설을 중얼거리며 손등으로 얼굴을 대강 닦았다. 한 번도 본 적 없고, 앞으로도 알지 못할 그 은둔자에게 쓰라린 동지애가 느껴졌다. 크로스비 웰스의 상황과 무디 자신의 상황이 굉장히 닮았기 때문이었다. 크로스비 웰스는 아버지에게 버려졌고, 형제에게 배반당했다. 무디도 마찬가지였다. 크로스비 웰스는 형제를 쫓아서 남반구로 오게 되었고, 무디 역시 그랬다. 그리고 그곳에서 거부당하고, 파산하고, 홀로 살아가게 되었다.

무디는 편지 가장자리를 똑바로 폈다. 한 시간 전에 종을 울려 하녀를 불러서 트렁크를 방에서 가져가라고 했어야 했다. 더이상 지체하면 의심을 살 것이다. 그는 어떻게 해야 할까 고민했다. 편지를 전부 다 베껴쓸 만한 시간은 없었다. 편지를 트렁크 안감 안에 돌려놔야 하나? 통째로 훔칠까? 호키티카에 있는 관계당국에 넘겨? 이것은 당면한 사건과 분명히 관계가 있고, 최고법원 판사가 오게 된다면 굉장히 중요한 증거가 될 것이다.

그는 방을 가로질러 가서 침대 가장자리에 앉아 생각에 잠겼다. 뢰벤탈에게 이 편지를 보내서 『웨스트 코스트 타임스』에 한 글자도 빼지 말고 전부 실어달라고 할 수도 있다. 아니면 교도소장인 조지 셰퍼드에게 보내 조언을 부탁할 수도 있을 것이다. 아니면 친구인 개스코인에게 몰래 보여줄 수도 있고. 크라운 호텔의 열두 명의 남자를 불러 그들의 의견을 구할 수도 있다. 아니면 광산의 담당 관리에게 보내거나 아니면 아예 치안판사에게 보내는 것도 방법이다. 하지만 뭘 위해서? 그런들 뭐가 달라질까? 이 소식으로부터 누가 이득을 얻게 되지? 그는 손가락을 두드리다가 한숨을 쉬었다.

결국에 무디는 편지 뭉치를 집어 원래 모양 그대로 끈을 맨 다음 트렁크 안감 안에 도로 집어넣었다. 빗장을 도로 지르고, 트렁크 뚜껑을 닦고, 일어서서 모든 것이 처음 모습과 똑같은지 확인했다. 그런 다음 모자를 쓰고 코트를 입고 ─ 방금 전에 맥스웰의 식당에서 돌아온 것처럼 ─ 종을 울렸다. 하녀가 금세 위층으로 올라왔고, 그는 좌절한 어조로 잘못된 트렁크가 자신의 방으로 배달되었다고 말했다. 그는 임의로 트렁크를 열고 안쪽에 적힌 이름을 확인했고, 만나본 적도 없고 크라운 호텔에 머물지도 않는 알리스테어 로더백 씨의 물건임을 확인했다고 알렸다. 두 사람의 이름이 비슷한 구석이라고는 없는데! 분명히 그 자신의 트렁크는 어딘지 전혀 모르겠지만 로더백 씨의 호텔로 갔을 것이라고도 덧붙였다. 그는 스태포드가에 있는 당구장에서 오후를 보낼 거고, 자신이 없는 동안 이 실수가 바로잡히기를 바란다고 말했다. 자신의 물건을 되찾는 것이 한시를 다투는 중대한 일이었기 때문이다. 그는 그날 저녁 여행자의 운수에서 열리는 미망인의 '술과 구경' 파티에 참석할 계획이기 때문에 적절한 옷을 차려입고 싶었다. 떠나기 전에 그는 자신이 굉장히 불쾌하다는 말을 덧붙였다.

달이 없는 달

C☆

여행자의 운수가 마침내 대중에게 문을 연다.

여행자의 운수 바깥에 걸린 간판은 새로 칠을 해서, 이제 여행 보따리를 들고 쾌활하게 걸어가는 그림자는 별이 반짝이는 하늘을 배경으로 하고 있었다. 그림자의 머리 위쪽에 있는 별들이 어떤 별자리를 이루고 있다 해도 매너링은 알아보지 못했다. 그는 간판을 힐끗 보고서 베란다로 이어지는 계단을 걸어올라가며 문 두드리는 고리에 새로 광을 내고, 창문을 닦고, 현관 흙털개도 바꾸었으며 문 옆에는 새로운 명패를 걸었다는 사실을 깨달았다.

리디아 웰스 부인, 영매, 영술사
비밀을 밝히고 운수를 말합니다

문을 두드리자 여자 목소리가 들리고 곧이어 계단을 올라오는 빠른 발소리가 들렸다. 그는 안나가 맞아주기를 기대하면서 기다렸다.

체인을 푸는 덜그럭 소리가 났다. 매너링은 넥타이 매듭을 손으로 매만지며 몸을 좀더 꼿꼿이 세우고 유리에 비친 자신의 모습을 힐끔 보았다.

문이 열렸다.

"딕 매너링!"

매너링은 실망했지만, 그것을 드러내지는 않았다.

"웰스 부인. 오늘 저녁에 이렇게 만나 뵙게 되어 반갑소."

"진심이시기를 바라겠어요. 아직 저녁은 아니지만요."

리디아가 미소를 지었다.

"파티에 일찍 오는 게 끔찍하게 유행에 뒤처진 행동이라는 걸 누구보다도 잘 아실 거라고 생각했는데요. 우리 어머니가 뭐라고 하셨더라? 야만적이에요."

"내가 일찍 왔소?"

매너링은 놀란 척하면서 주머니 시계를 꺼냈다. 그는 자신이 일찍 왔다는 것을 대단히 잘 알고 있었다. 남들보다 먼저 와서 안나와 단둘이 이야기를 하고 싶었던 것이다.

"아, 그렇군. 이것 좀 보게."

그가 시계를 잠깐 보고서는 어깨를 으쓱이고 도로 조끼 주머니에 집어넣었다.

"오늘 아침에 시계를 감아두는 걸 잊었던 모양이야. 어쨌든 난 이미 여기 왔고, 부인도 여기 있잖소. 이미 옷도 다 차려입으셨고, 아주 근사하시군. 정말로 대단히 근사해 보이시오."

리디아는 미망인의 상복을 입었지만, 옷 자체는 그녀 자신의 말에 따르자면 이런저런 소소한 부분을 '향상시켰고', 그런 향상 덕택에 차분한 분위기가 줄었다. 검은색 웃옷에는 반짝이는 실로 장미와 덩굴무늬 자수를 놓았고, 그 모양이 그녀의 가슴을 에워싸고 강조하는 것 같았다. 통통하고 하얀 팔뚝을 감싸는 소매의 검은색 띠 부분에 또 한 송이의 검은 장미를 꽂아놓았고, 세번째 검은 장미는 그녀의 귀 뒤에 꽂아서 머리 장식으로 달고 있었다.

리디아는 여전히 미소를 짓고 있었다.

"내가 어떻게 하면 좋을까요? 나를 아주 곤란한 입장으로 밀어넣으시네요, 매너링 씨. 매너링 씨를 안으로 들일 수는 없어요. 그렇게 하면 앞으로도 계속 일찍 와도 된다고 생각하시게 될 테니까요. 그러면 금세 매너링 씨는 이 동네 전역에서 귀찮은 사람으로 소문이 나게 될 거예요. 하지만 그렇다고 해서 문전박대할 수도 없겠지요. 매너링 씨와 나, 둘 다 야만적이 될 수는 없으니까요. 매너링 씨는 그 뻔뻔함 때문에, 그리고 저는 손님을 냉대해서 말이죠."

"세번째 선택권도 있소. 마음을 정할 때까지 나를 밤새 여기 현관에 세워두는 거지. 부인이 마음을 정할 때쯤이면 딱 정시가 되지 않겠나."

"그것도 야만적인 행동이에요. 매너링 씨의 그 성질 말이에요."

"내가 성질부리는 걸 부인은 본 적도 없소."

"그런가요?"

"한 번도. 부인 앞에서 나는 항상 예의 바르게 행동하니까."

"누구 앞에서 무례하게 행동하시나 궁금하군요."

"그건 누구의 문제가 아니오. 어느 정도냐의 문제지."

잠깐 침묵이 흘렀다.

"그때는 참 굉장한 기분이겠어요."

웰스 부인이 잠시 후에 말했다.

"언제 말이오?"

"방금 매너링 씨가 말씀하신 때 말이에요. 굉장한 기분일 거예요."

"부인에게는 특별한 스타일이 있지. 내가 그걸 잊고 있었군."

"그래요?"

"그렇소. 자신만의 스타일이 있어."

매너링이 주머니에 손을 넣었다.

"여기 참가비가 있소. 사실 이건 날강도 짓이야. 호키티카에서 저녁의 오락에 3실링이나 매겨서는 안 되는 거요. 트로이의 헬렌이라도 불러오려는 게 아닌 한은. 사람들이 참지 않을 거요. 하지만 내가 당신에게 조언을 할 처지는 아니지. 오늘 저녁에 부인과 나는 직접적인 경쟁자니까. 내가 그걸 모를 거라고는 생각하지 마시오. 광부들이 토요일 밤에 주머니를 비우러 오는 곳은 프린스 오브 웨일스 아니면 여행자의 운수가 되겠지. 나는 경쟁자에게 주목하는 사람이오. 그리고 오늘밤엔 당신을 주목하기 위해서 왔고."

"여자들은 주목받는 걸 좋아하죠."

웰스 부인이 동전을 받아들고 문을 좀더 넓게 열었다. 매너링이 복도로 들어오자 부인이 덧붙였다.

"하지만 매너링 씨는 형편없는 거짓말쟁이로군요. 정말로 시계 감는 것을 잊었다면, 일찍 오는 게 아니라 늦었어야죠."

부인이 그의 뒤로 문을 닫고 체인을 걸었다.

"검은 옷이로군."

매너링이 지적했다.

"당연하죠. 저는 최근에 미망인이 되었으니까, 상중이 아니겠어요?"

"하나 가르쳐주지. 검은색은 영혼에게는 보이지 않는 색이오. 부인은 그걸 모르셨나보군. 이제는 아실 테지! 그래서 우리가 장례식 때 검은 옷을 입는 거요. 색깔이 있는 옷을 입으면 죽은 자의 관심을 끄니까. 검은 옷을 입으면 영혼이 우리를 구분하지 못하지."

"참으로 재미있는 사실이군요."

웰스 부인이 대꾸했다.

"이게 무슨 뜻인지 알고 있는 거요? 스테인스 씨가 당신을 보지 못할 거라는 뜻이오. 그 옷을 입고서는 그 친구에게 완전히 투명인간일걸."

리디아가 웃었다.

"이런 세상에. 그럼 어떻게 할 수 있는 방법이 없군요. 이렇게 늦은 단계에서는 말이에요. 오늘 저녁 행사를 전부 다 취소해야 할까요?"

"안나도 있지. 안나는 오늘밤에 무슨 색깔의 옷을 입지?"

"실은 검은색이에요. 그애도 상중이니까요."

"당신은 망했소. 이 행사 전체가 말이야. 이 모든 게 다 드레스 하나 때문이라니. 바퀴에 막대기를 던져넣으면 어떻게 되는지 아시오? 망가지지. 바로 당신 드레스 때문에 그렇게 된 거야!"

웰스 부인은 더이상 미소를 짓지 않았다.

"남의 사별을 그런 식으로 이야기하다니, 불손하시네요."

"우리 둘 다 그렇지, 웰스 부인."

두 사람은 잠시 서로의 표정을 살피면서 서 있었다.

"나는 사기꾼에게 굉장한 존경심을 갖고 있소. 그럴 수밖에 없지. 나 역시 그런 사람이라고 할 수 있으니까! 하지만 점성술이라니, 그건 형편없는 사기요, 웰스 부인. 이렇게 대놓고 말해서 미안하지만, 사실 그렇지."

리디아의 표정은 여전히 신중했고, 말투는 가벼웠다.

"왜 그렇죠?"

"그건 거짓말일 뿐이니까."

매너링이 완강하게 말했다.

"내가 다음번에 내기를 하게 될 상대의 이름을 말해보시오. 다음 브래그 게임에서 얼마를 딸지 말해보시오. 다음 주 경마의 우승마 이름을 말해보시든지. 못하겠지, 안 그렇소? 그래, 못하겠지. 모르니까."

"의심하기를 좋아하시는군요, 매너링 씨."

"난 이런 게임을 오래했으니까. 그래서 그런 거요."

"네, 매너링 씨는 의심을 즐기는군요."

미망인이 여전히 그를 바라보면서 말했다.

"나에게 다음 주 우승마의 이름을 얘기해주면 더이상 의심하지 않겠소."

"그럴 수 없어요."

매너링이 양손을 펼쳤다.

"그거 보시오."

"내가 그럴 수 없는 이유는, 매너링 씨가 자신의 운세를 말해주기를 바라서 그런 걸 물은 게 아니기 때문이에요. 매너링 씨는 내 능력에 대해 부정할 수 없는 증거를 내놓기를 바라며 묻는 거죠. 그래서 그렇게 해줄 수 없는 거예요. 나는 점술사이지, 논리학자가 아니니까요."

"다음 일요일의 일도 보지 못한다면 형편없는 점술사 아니겠소?"

"이 분야에서 사람들이 가장 처음 배우는 교훈은 미래의 어떤 것도 흔들림 없는 것이 아니라는 거랍니다."

웰스 부인이 말했다.

"이유는 아주 간단해요. 사람의 운세는 말을 함으로써 항상 바뀌거든요."

"그렇게 말해서 빠져나갈 구멍을 만들고 있구먼."

부인이 턱을 살짝 치켜들었다.

"만약에 매너링 씨가 다음 주 경마의 기수였다면, 나에게 와서 자신의 운세가 좋을지를 물었을 거예요. 그랬다면 이야기가 전혀 달랐겠죠. 내가 만약 운세가 아주 안 좋다고 말한다면, 기수는 낙담해서 엉망으로 말을 몰 수도 있어요. 내가 호의적인 전망을 말하면, 자신감 있게 말을 몰아서 정말 그런 결과를 가져올 수도 있고요."

"알겠소. 난 기수가 아니야. 하지만 아이리시라는 이름의 암말이 승리하는 데 5파운드를 건 도박꾼이지. 이건 사실이오. 그러니까 내 운세가 좋을지 나쁠지를 묻겠소. 자, 어떻지?"

부인이 미소를 지었다.

"매너링 씨의 운세가 5파운드를 따고 잃는 것에 엄청나게 달라질 것 같지는 않군요. 하지만 어쨌든 여전히 증거를 찾으시는 것 같으니 응접실로 들어오세요."

여행자의 운수의 내부는 웰스 부인이 3주 전에 오베르 개스코인을 맞이했을 때의 지저분한 모습과는 전혀 달랐다. 미망인은 커튼과 새로운 가구들, 눈에 확 들어오는 장미와 가시무늬가 있는 종이를 열 통 정도 주문했다. 그리고 창문 뒤로는 여러 가지 이국적인 그림을 걸고, 계단을 새로 칠하고, 창문을 닦고, 앞쪽 방에 벽지를 새로 발랐다. 연단을 찾아내서 거기 자신의 점성술 달력을 놓고, 숄로 싼 램프 여러 개를 예전 호텔의 앞쪽 응접실 여기저기에 놓아 신비로운 분위기를 연출했다. 매너링은 그런 변화를 지적하려고 입을 열었다가 우뚝 멈췄다.

"이런, 숙 아닌가. 그리고 퀴도!"

그가 놀라서 말했다.

두 명의 중국인도 그를 보았다. 그들은 난로 양쪽 가장자리에 책상다리를 하고 앉아 있고, 얼굴에는 두껍게 칠을 했다.

"이 사람들을 알아요?"

리디아 웰스가 물었다. 매너링은 자신의 입장을 기억해냈다.

"그냥 얼굴 정도만 알지. 중국인들이랑 사업을 좀 하잖소. 그리고 이 사람들은 카니에레에서 유명하거든. 잘 지냈나, 친구들?"

"안녕한가."

아 숙이 말했고, 아 퀴는 아무 말도 하지 않았다. 눈 가장자리를 더 길게 빼고 뺨을 동그랗게 강조해서 특징을 더욱 과장해놓은 화장 때문에 표정을 알아볼 수가 없었다.

매너링이 웰스 부인을 돌아보았다.

"어, 이 사람들도 강령회의 일부인 건가? 당신이 고용했소?"

"이 사람이 오늘 오후에 들렀어요."

웰스 부인이 아 숙을 가리키면서 말했다.

"그리고 이 사람의 존재가 오늘 저녁 강령회에 특별한 분위기를 더해줄 거라는 생각이 떠올랐지요. 이 사람은 다시 돌아왔고, 나한테 좋은 일을 하나 더 해줬어요. 친구까지 데려온 거예요. 두 명이 한 명보다 더 좋다는 건 매너링 씨도 동의하실 테죠? 방 안에 대칭이 맞는 게 좋거든요."

"안나는 어디 있소?"

매너링이 물었다.

"아, 위층에요. 사실 나에게 그런 아이디어를 준 사람은 바로 매너링 씨 당신이랍니다. 〈동방의 센세이션〉 말이에요. 동양 색채가 들어간 것만큼 불티나게 팔리는 것도 없으니까요! 난 그걸 두 번이나 봤어요. 한 번은 특별석에서, 한 번은 일등석에서요."

매너링이 인상을 찌푸렸다.

"안나는 언제 내려오지?"

"강령회가 시작된 다음에요."

그가 침을 튀기며 말했다.

"뭐야, 파티는 아니고? 파티 때는 안 내려온다는 거요?"

웰스 부인이 몸을 돌려 찬장의 컵들을 정리했다.

"네."

"왜지? 최소한 열댓 명의 남자가 안나와 이야기를 하고 싶어서 안달하고 있다는 걸 잘 알잖소. 그 친구들은 여기 들어오려고 일주일 치 봉급을 다 털어넣을걸. 오로지 안나 때문에. 그 여자를 위층에 잡아둔다는 건 미친 짓이오."

"그 애는 강령회를 위해 준비를 해야 해요. 그 애의 평정이 흔들리는 일은 할 수 없어요."

"헛소리."

"뭐라고 하셨죠?"

웰스 부인이 돌아서면서 물었다.

"헛소리라고 했소. 당신은 그 여자를 이유가 있어서 거기 잡아두는 거야."

"무슨 뜻으로 하시는 말씀인가요?"

"난 안나 웨더렐이라는 최고의 창녀를 잃었어. 그래도 하늘만이 아실 이유로 3주 동안 거리를 뒀지. 하지만 이제는 그 여자와 얘기를 해야겠어. 평정이 흔들린다는 게 말도 안 되는 소리라는 건 우리 둘 다 알아."

"매너링 씨가 이 분야에 전문가가 아니라는 점을 지적해야겠군요."

"전문가!"

매너링이 경멸조로 외쳤다.

"3주 전에 안나는 평정의 평 자도 몰랐어. 이건 죄다 헛소리야, 웰스 부인. 안나를 불러오시오."

웰스 부인이 물러섰다.

"그리고 매너링 씨가 지금 내 집에, 내 손님으로 와 계신다는 것도 역시 상기시켜드려야겠군요."

"여긴 집이 아니야. 사업장이지. 그리고 난 안나가 여기 있을 거라는 보증하에 3실링을 냈소."

"사실 그런 보증은 한 적이 없어요."

"내 말 잘 들어!"

매너링이 대단히 화가 나서 소리를 질렀다.

"내가 조언을 하나 해주지, 웰스 부인. 그것도 공짜로 말이야. 쇼 비즈니스에서는 관객이 돈을 지불한 것을 보여줘야 하는 법이야. 그러지 않는다면 그들의 소란을 감당하는 수밖에 없지. 신문에서는 안나가 여기 있을 거라고 했다고."

"신문에는 안나가 강령회에 내 조수로 참석할 거라고 되어 있어요."

"안나한테 무슨 짓을 한 거지?"

"무슨 뜻인지 모르겠네요."

"왜 안나가 거기 동의했지? 위층에서 혼자, 어둠 속에 앉아 있는 것에 말이야."

웰스 부인은 이 질문을 무시했다.

"웨더렐 양은 타로를 읽는 법을 배웠고, 실로 굉장히 재능이 있다는 걸 보여줬어요. 그 애가 그 기술을 확실하게 익혔다는 생각이 들면, 『웨스트 코스트 타임스』에 광고를 낼 거예요. 그때는 호키티카의 다른 모든 시민과 마찬가지로 매너링 씨도 얼마든지 안나와 약속을 잡을 수 있을 거랍니다."

"그리고 그 특권을 위해서 엄청난 돈을 내야 할 테지?"

"당연하죠. 설마 아닐 거라고 생각하셨나요?"

아 숙은 웰스 부인을, 아 퀴는 매너링을 쳐다보았다.

"이건 모욕적인 짓이야."

매너링이 말했다.

"아무래도 파티에 참석하고 싶지 않으신가보군요. 그렇다면 그렇게 말씀하세요. 참가비는 전액 돌려드릴 테니까요."

"그게 무슨 의미가 있지? 안나를 위층에 잡아두는 거 말이야."

미망인이 웃었다.

"어머나, 매너링 씨! 매너링 씨가 지적하신 대로 우리는 같은 업계에 있지 않나요? 내가 일일이 설명할 필요도 없을 텐데요."

"아니. 털어놔보시오. 어서. 말을 하라고."

하지만 웰스 부인은 그를 빤히 쳐다보다가 이렇게 말했다.

"왜 오늘밤 파티에 오셨나요?"

"안나와 이야기하러. 그리고 내 경쟁 상대를 가늠해보러. 당신 말이지."

"첫번째 야심은 이루어지지 않을 거라고 내가 방금 확실하게 말한 것 같고, 두번째는 지금쯤이면 확실하게 아셨을 거예요. 그렇다면 더이상 여기 남아 계실 만한 이유가 없을 텐데요."

"난 있을 거요."

"왜죠?"

"당신을 감시하기 위해서지."

"그렇군요."

웰스 부인이 그를 바라보았다.

"오늘밤 파티에 참석하기로 하신 데에는 또 다른 이유가 있다는 생각이 드는군요. 나에게 아직 털어놓지 않은 이유가 말이죠."

"그렇소? 그게 대체 뭐라고 생각하지?"

매너링이 물었다.

"나야 추측밖에 할 수 없지요."

웰스 부인이 말했다.

"흠, 그러면 어디 한번 추측을 해보시오. 그게 당신 게임 아니었나? 내 운세를 말하는 거 말이지."

부인은 머리를 옆으로 기울이고 그를 관찰했다. 그러다가 갑자기 단호한 어조로 말했다.

"아뇨. 이번에는 내 추측을 말하지 않을 거예요."

매너링이 머뭇거렸고, 잠시 후에 웰스 부인이 까르르 웃으면서 몸을 쭉 펴고 가슴 위에서 양손을 깍지 꼈다. 그리고 매너링에게 자리를 비워야겠다고 말했다. 오늘밤에 손님들을 접대하기 위해서 스타 앤드 가터에서 여종업원 두 명을 고용했는데, 아직 그 여자들에게 일을 설명해주지 못했다는 거였다. 여자들이 지금 부엌에서 계속 기다리고 있고, 더이상 기다리게 만들 수는 없다고 말이다. 부인은 매너링에게 선반에 있는 술병에 든 술 아무거나 마음대로 마시고 편안하게 있으라고 말하고서는 시뻘건 얼굴로 자신을 바라보는 매너링을 놔두고 응접실에서 나갔다.

문이 닫히자 그는 아 숙 쪽으로 돌아섰다.

"넌 여기 대체 왜 온 거지?"

"에머리 스테인스를 보기 위해서."

아 숙이 대답했다.

"그 친구한테 질문이 있는 모양이지?"

"그렇다."

"죽었든 살았든 말이지. 죽었든 살았든 둘 중 하나 아니겠나, 숙? 이 상황에서는 둘 중 하나야."

그는 선반으로 다가가서 아주 독한 술을 한 잔 따랐다.

Φ

웰스 부인은 바이올린과 플루트로 이루어진 2인조 연주자를 콜링우드가의 가톨릭 우호협회에서 고용했다. 연주자들은 벨벳으로 싼 악기를 들고 7시 직전에 도착했고, 웰스 부인은 문을 마주보게 놓은 복도 끝의 의자를 가리켰다. 그들이 아는 유일한 노래는 춤곡인 지그와 혼파이프뿐이었지만, 웰스 부인은 그들의 연주곡을 4분의 1박자로 연주하거나 아니면 호흡이 허용하는 한 최대로 느리게 연주해서 저녁의 분위기에 맞추면 된다고 말했다. 느리게 연주하자 지그는 불길하게 들리고 혼파이프는 음울한 분위기를 자아냈다. 브랜디 두 마디 분량이나 스타 앤드 가터의 여종업원들의 발랄한 시중에도 불구하고 기분이 풀리지 않은 매너링조차도 그런 효과가 대단하다는 것을 인정해야 했다. 첫 번째 손님들이 도착하는 동안 지그곡인 〈6페니의 돈〉이 대단히 느리게 연주되면서 춤과 축제가 아니라 장례식과 질병, 끔찍한 소식 같은 것이 떠오르게 했다.

8시에 예전의 호텔 건물에는 사람들이 꽉 들어찼고, 담배 연기가 자욱했다.

"시장에서 마술사를 본 적 있소? 어느 사발에 구슬이 들었는지 맞추는 게임에서 사발을 뒤섞는 걸 본 적이 있나? 그 모든 것이 주의를 다른 곳에 쏠리게 하는 기술에 의존하는 거요, 프로스트 씨. 농담이나 소음이나 다른 예상치 못했던 것에 주의를 쏠리게 만들고, 고개를 돌린 사이에 컵을 바꿔치기하거나 구슬을 넣거나 비우는 거지. 그렇게 속는 거요. 그리고 여자만큼 주의를 돌리기 좋은 상대도 없다는 건 말하지 않아도 알겠지. 그런데 오늘밤에는 여자가 둘이나 있고."

프로스트는 불편하게 프리처드를 보다가 시선을 돌렸다. 그는 이 약제사가 조금 두려웠고, 프리처드가 자신을 내려다보는 것도 마음에 들지 않았다. 하도 가까이 서 있어서 말을 하면 그 뜨뜻한 숨결까지 느껴졌다.

"어떻게 하면 주의가 분산되지 않을까요?"

"두 눈을 똑바로 뜨고 있어야지. 닐슨이 안나를 주시할 거요. 그러니 선생은 미망인을 주시하시오. 두 사람이 지켜보고 있으면 속는 일은 없을 거요. 알겠소? 무슨 일이 있어도 리디아 웰스를 보고 있어야 하오. 눈을 감거나 다른 데를 보라고 하면 — 그런 사람들은 종종 그러지 — 그 말에 따르지 마시오."

프로스트는 그 말에 약간 짜증이 났다. 조지프 프리처드가 무슨 권리로 자신은 참석도 못하는 강령회에서 감시 임무를 할당하는 건지 알수가 없었다. 그리고 왜 그에게는 미망인을, 닐슨에게는 안나를 붙여주는 건데? 하지만 그는 이런 불만을 털어놓지 못했다. 여종업원이 술병을 쟁반에 받치고서 다가왔기 때문이다. 두 남자는 술을 받은 다음 고맙다고 말하고 여자가 사람들 사이로 사라지는 것을 보았다.

여자가 사라지자마자 프리처드가 열띤 목소리로 다시 말을 이었다.

"스테인스는 분명히 어딘가에 있을 거요. 사람이 흔적도 없이 그냥 사라지는 법은 없으니까. 우리가 확실하게 아는 게 뭐지? 정리를 한번 해봅시다. 우리는 안나가 살아 있는 그 친구를 본 마지막 사람이라는 걸 알고 있소. 그리고 아편에 대해서 거짓말을 했다는 것도 알지. 그 1온스를 자신이 다 피웠다는 말은 확실하게 거짓말이라고 내가 장담할 수 있소. 그리고 이제는 죽은 그를 불러내겠다고 그러고 있지."

갑자기 프리처드의 재킷이 굉장히 몸에 안 맞고 넥타이는 다림질도 하지 않았으며 셔츠는 너덜너덜하다는 사실이 프로스트의 눈에 들어왔다. 거기다가 면도칼이 아주 무딘지 면도를 울퉁불퉁하게 해놓았다. 속으로 생각한 것이긴 해도 이런 비판적인 시각이 그에게 갑자기 기운을 주었다. 프로스트가 말했다.

"안나를 별로 믿지 않으시는군요. 그렇죠, 프리처드 씨?"

프리처드는 그 추측에 깜짝 놀란 얼굴이었다.

"안나를 믿을 수 없는 이유가 여러 가지 있소. 방금 내가 프로스트 씨에게 말한 것처럼 말이오."

프리처드가 냉정하게 대답했다.

"개인적으로 말입니다. 여자로서요. 안나의 정절에 대해서 굉장히 낮게 보시는 것 같은데요."

"창녀의 정절에 대해서 말하는 거요?"

프리처드가 소리쳤지만 더이상 말을 하지는 않았다.

잠시 후 프로스트가 덧붙였다.

"안나를 어떻게 생각하시는지 궁금했을 뿐입니다. 단지 그뿐이에요."

프리처드는 프로스트를 냉담한 표정으로 쳐다보았다. 그러다가 마침내 대답했다.

"그렇소, 난 안나를 믿지 않아. 눈곱만큼도 믿지 않지. 심지어는 그 여자를 사랑하지도 않소. 하지만 사랑했으면 좋았을 거요. 우스운 일 아니오? 그랬으면 좋았을 텐데."

프로스트는 마음이 불편해졌다.

"3실링치고는 별거 아니지 않습니까? 저는 이보다는 더 대단한 걸 기대했는데요."

그가 말을 돌려 파티에 대해서 이야기했다. 프리처드 역시 당황한 표정이었다.

"그냥 이것만 기억해두시게. 강령회 때 웰스 부인에게서 절대로 한 눈을 팔지 말라고."

그들은 서로 반대편으로 몸을 돌리고 사람들을 훑어보는 척했다. 잠깐 동안 두 남자의 얼굴에는 똑같은 표정이 떠올랐다. 주변의 풍경을 다른 어디선가 벌어졌을, 그리고 벌어지고 있는 현실과 상상 속의 다른 장면들과 비교하며 마음에 안 들어 실망하는 그런 표정이었다.

Φ

"발퍼 씨. 잠깐 이야기 좀 할 수 있겠소?"

발퍼가 시선을 들었다. 새파란 조끼를 입어 눈에 띄게 말쑥해 보이는 하랄 닐슨이었다. 닐슨은 하기 어려운 질문을 하려고 마음먹은 사람 특유의 결연한 표정을 지었고, 발퍼의 심장이 가슴속에서 무겁게 가라앉았다.

"물론이오. 그럼, 그럼. 얼마든지 이야기할 수 있지. 당연히 나와 이야기할 수 있소! 당연하잖소!"

자신이 곧 수치스러운 상황에 처할 거라는 사실을 아는 사람은 얼마나 바보처럼 행동하는지 모르겠다고 그는 생각했다. 그러고서 닐슨을 따라 사람들 사이를 가로질렀다.

응접실의 사람들에게서 떨어져나온 뒤 닐슨이 갑자기 걸음을 멈추었다.

"본론부터 말하겠소."

그가 돌아서서 말했다.

"그러시게. 본론부터 말하는 게 좋지. 그게 항상 최선이야. 파티는 좀 마음에 드시오?"

안쪽 방에서 웃음소리가 터져나오고 여자가 화난 듯 소리치는 게 들렸다.

"굉장히 좋소."

닐슨이 대답했다.

"하지만 안나는 보이지 않는구먼."

"그렇소."

"게다가 3실링이라니, 엄청난 돈이야! 그 돈만큼 술을 마셔야 할 것 같지 않소?"

그가 술잔을 내려다보았다.

"본론부터 말하겠소."

닐슨이 다시 말했다.

"그러시오."

"어떻게인지는 모르겠지만, 로더백 씨가 내 수수료에 대해서 알아냈소. 그 사람이 내일 신문에 편지를 실을 거요. 셰퍼드의 인성에 대해서 쩔고 까부는 그런 글이지. 아직 그 글을 보지는 못했소."

"이런 맙소사. 이런 세상에. 그래, 그렇군. 그래."

그가 고개를 열심히 끄덕였지만 닐슨에게 그런 것은 아니었다. 그들은 나란히 서 있었기 때문이다. 닐슨은 벽에 붙은 액자 속의 그림을 향해 말하고 있었고, 발퍼는 징두리 널에 대고 고개를 끄덕거리고 있었다.

"셰퍼드 교도소장도 답장을 썼소."

닐슨은 여전히 그림을 쳐다보면서 말을 이었다.

"그건 내일 신문에 로더백의 편지 바로 아래에 실릴 거요. 답장은 봤소. 셰퍼드가 오늘 오후에 나에게 사본을 보내줬지."

그는 셰퍼드의 답장 내용을 간단하게 요약해주었고, 발퍼의 불안은 해소되었으나 금세 놀라움으로 바뀌었다.

그가 닐슨을 처음으로 똑바로 쳐다보고서 말했다.

"허, 정말 놀랍군. 그거 참으로 무시무시한 사람이로군. 잘나신 셰퍼드 교도소장 나리가 그런 식의 이야기를 만들어내다니. 그게 전부 다 닐슨 씨의 기부금 ─ 투자금 ─ 이라고 말했단 말이오? 정말 놀랍소! 그 사람이 선생을 완전히 궁지에 몰았군, 안 그렇소? 그야말로 자신만만한 악마로세! 뱀처럼 교활해!"

"선생이 로더백 씨에게 내 수수료에 대해서 말씀하셨소?"

닐슨이 물었다.

"아니오!"

"우연히 한두 마디라도 꺼냈던 것은 아니오?"

"절대로! 한마디도 안 했소!"

발퍼가 말했다.

"그렇군."

닐슨이 무겁게 말했다.

"고맙소. 귀찮게 만들어서 미안하오. 그렇다면 나머지 사람들 중 한 명일 테지."

발퍼가 머뭇거렸다.

"나머지 사람들 중 하나? 그러니까 크라운 호텔의 사람들 중 한 명일 거라는 말이오?"

"그렇소. 누군가가 약속을 깨뜨린 게 분명하오. 나는 절대로 로더백 씨에게 아무 말도 하지 않았으니까. 그리고 비밀을 약속한 그 열두 명을 제외하면 아무도 투자금에 대해서는 모르고."

발퍼는 공포에 질려서 그를 보았다.

"당신 조수는 어떻소?"

닐슨은 고개를 흔들었다.

"아무것도 모르고 있소."

"그렇다면 은행에 있는 사람 중 한 명 아닐까?"

"아니, 그건 개인적인 거래였소. 그리고 셰퍼드만이 그 증서의 사본을 갖고 있소."

닐슨이 한숨을 쉬고 말을 이었다.

"선생에게 이런 걸 물어보고 의심을 해서 정말로 미안하오. 하지만 선생은 로더백 쪽 사람이잖소. 그래서 확실히 해두어야 했소."

"물론 그러시겠지! 당연한 일이오!"

닐슨이 음울하게 고개를 끄덕였다. 그가 응접실의 문가 너머로 그 안에 있는 사람들을 보았다. 방 안의 다른 사람들보다 머리 하나는 더 큰 프리처드, 클린치와 이야기를 나누는 데블린, 프로스트와 이야기를 나누는 뢰벤탈, 선반의 술병을 집어 술을 따르며 다른 사람의 농담에 껄껄 웃는 매너링까지 살폈다.

"잠깐만."

발퍼가 갑자기 말했다.

"셰퍼드가 편지에서 로더백과 리디아 웰스에 대해서 언급했다고 그러지 않았소?"

"그렇소. 그들의 정사를 모든 사람에게 알리려는 생각이오. 로더백이 그녀와의 관계를 솔직하게 털어놔야 한다고 하면서 말이지. 그건……."

닐슨이 불편한 어조로 말했고, 발퍼가 그의 말을 잘랐다.

"하지만 셰퍼드가 도대체 어떻게 그 정사에 대해서 아는 거요? 로더백이 말을 했을 리는 없고……."

"내가 말했소."

닐슨이 다급하게 말했다.

"내가 약속을 깼소. 아, 맙소사, 그 사람이 나를 궁지에 몰았던 거요. 내가 뭔가를 숨기고 있다는 걸 짐작했고, 난 무너지고 말았소. 제대로 생각을 할 수가 없었지. 나한테 화를 내도 좋소. 선생에겐 그럴 권리가 있으니까. 난 괜찮소."

"아니오."

발퍼는 닐슨의 고백에 기묘하게 안도감을 느꼈다.

"이제 로더백은 선생이 비밀을 지키지 못했다는 걸 알 거요. 그리고 내일 아침이면 웨스트랜드의 모든 사람이 그가 웰스 부인을 정부로 삼았었다는 걸 알게 될 거고, 그러면 의석을 잃을 수도 있소. 모든 게 내 탓이지. 정말로 유감이오. 진심으로."

닐슨이 비참하게 말했다.

"다른 건 또 뭘 털어놨소? 안나라든지, 협박이라든지, 드레스 일까지 털어놓은 거요?"

"아니오!"

닐슨이 충격을 받은 얼굴로 대답했다.

"아니오. 카버에 대한 것도 말하지 않았고. 내가 말한 건 오로지 웰스 부인이 로더백의 정부였다는 것뿐이오. 그게 전부요. 하지만 이제 셰퍼드 교도소장은 아는 걸 죄다 폭로했지. 그것도 신문에."

"음, 그건 별로 상관없소."

발퍼가 닐슨의 어깨를 두드리며 말했다.

"별로 중요하지 않다오! 셰퍼드 교도소장이 다른 곳에서 그걸 알아냈을 수도 있으니까. 로더백이 물어보면 나는 평생 셰퍼드와 두 마디도 나눠본 적이 없다고 대답하겠소. 실제로도 그렇고."

"정말이지 끔찍하게 미안하게 생각하고 있소."

닐슨이 말했다.

"그러지 마시오. 그럴 거 없다오."

발퍼가 그의 어깨를 두드렸다.

"그렇게 말해주다니 참 친절하시군."

"내가 도움이 되었다면 기쁘오."

발퍼가 대답했다.

"난 여전히 누가 처음에 로더백에게 내 이야기를 폭로했는지 알 수가 없소. 아무래도 계속 물어보고 다녀야 할 것 같아."

닐슨이 잠시 후에 말했다. 그러고는 한숨을 쉬고 돌아서서 다시 한 번 사람들의 얼굴을 살폈다.

"여보오, 닐슨 씨. 내가 뭐 하나 생각을 했는데 말이지. 그러니까 이제…… 이게 참…… 난데없는 얘기이긴 하지만, 이런 거요. 다음번에 내가 중개일이 생기면 말이오, 그러니까 다음번에 내 책상 위에 뭔가 그런 일이 올라오면 난 코크란 씨에게 가지 않아볼까 하오. 그 사람이 오랫동안 내 일을 맡아서 했었지. 하지만, 음, 이제는 바꿀 때가 된 것 같기도 해서. 우리가 이런 일을 할 때는 의지할 만한 사람을, 그러니까 믿을 만한 사람을 원하지 않소? 그러니까, 나는 미래에는, 선생에게 내 일을 맡길까 하오."

그는 닐슨을 쳐다보지 않고 재킷 주머니를 뒤지며 시가를 찾았다.

"그거 참 고마운 일이군요."

닐슨은 잠깐 동안 발퍼를 바라보고 있다가 결국에 천천히 고개를 끄덕이고 돌아서서 사라졌다. 발퍼는 시가를 꺼내 포장을 벗기고, 끄트머리를 잘라내고, 잇새에 물었다. 그런 다음 성냥을 켜서 불길을 기울이고 시가의 네모난 끝부분에 불을 갖다댔다. 세 번 시가를 빨아들인 다음 숨을 내쉬었다. 그리고 성냥을 끄고, 시가를 입에서 빼고, 반대편으로 돌려서 불이 제대로 붙었는지 확인했다.

Φ

"클린치 씨."
"그래, 무슨 일인가?"
"질문이 있다."
타우웨어가 말했다.
"그러면 물어보게."

"왜 크로스비 웰스의 오두막을 샀는가?"

호텔 경영인은 신음했다.

"그건 안 돼. 그 이야기는 하지 말자고. 오늘밤은 안 돼."

"왜?"

"그냥 내버려두게. 난 기분이 좋지 않아. 망할 놈의 크로스비 웰스 이야기를 하고 싶지 않다고."

그는 미망인이 이 손님 저 손님에게로 움직이는 모습을 바라보고 있었다. 치마 버팀테가 하도 넓어서 미망인이 지나갈 때마다 사람들이 갈라지면서 널따란 공간이 생겼다.

"저 여자는 얼굴이 잔인하다."

타우웨어가 말했다.

"그래, 나도 그렇게 생각하네."

"마오리의 친구가 아니다."

"그래, 그렇겠지. 중국인의 친구도 아닐 거야. 훤히 보이지. 이 방 안의 어떤 사람과도 친구가 아니고."

클린치가 술을 들이켜고서 다시 말했다.

"난 기분이 좋지 않아, 타우웨어 군. 내가 기분이 좋지 않을 때 뭘 하는지 아나? 술을 마시지."

"그건 좋다."

타우웨어가 대답했다. 클린치가 술병을 들었다.

"자네도 한 잔 더 마시겠나?"

"좋다."

그는 두 사람의 잔을 채우고서 다시 술병을 선반에 내려놓았다.

"어쨌든 간에, 항소는 받아들여질 거고, 매매는 무효가 될 거고, 난 돈을 돌려받고서 끝이 나겠지. 그러면 오두막은 더이상 내 것이 아니라 웰스 부인의 것이 될 거야."

"왜 집을 샀지?"

타우웨어가 끈질기게 물었다. 클린치는 무겁게 한숨을 내쉬었다.

"그건 심지어 내 생각도 아니었어. 찰리 프로스트의 생각이었지. 땅을 사라고 그 친구가 말했어. 그러면 아무도 캐묻지 않을 거라면서."

타우웨어는 아무 말도 하지 않고 클린치가 설명을 계속하기를 기다렸고, 곧이어 클린치는 말을 이었다.

"요는 이거야. 땅이 자기 거라면 탐광을 하는 데 채굴허가증이 필요하지 않아, 그거 아나? 그리고 자기 땅에서 금을 찾아내면 그건 자기 거고. 응? 그게 요점이었지. 그 친구의 요점이었어. 내 생각도 아니었다고. 난 드레스를 은행으로 가져갈 수가 없었어. 채굴허가증 없이는 그럴 수가 없었지. 그게 어디서 난 거냐고 물어볼 텐데, 난 할 말이 없거든. 하지만 나한테 내 소유의 땅이 있으면, 아무도 뭔가를 물어보지 않을 거야. 난 조니 퀴에 대해서는 전혀 몰랐어. 금이 여전히 제련되지 않은 상태로 드레스에 그냥 다 들어 있는 줄 알았지. 그래서 공탁금을 모았어. 찰리는 죽은 사람의 땅이나 분양 토지를 기다리라고 했어. 양쪽 다 뒤가 깔끔하니까. 그래서 웰스 토지가 매매에 나왔을 때 난 당장에 샀지. 나는, 음, 나도 내가 무슨 생각을 했는지 모르겠어. 멍청했지. 거기 정착할 생각도 있었어…… 모르겠군. 그런데 안나가 바로 다음 날 감옥에서 다른 드레스 차림으로 호텔에 돌아왔고, 거처를 옮긴 후에 다른 드레스들을 뒤져보니 금이 하나도 없더군. 거기 든 건 납추였고 내 기분도 딱 그 납덩어리 같았지. 계획이 전부 다 엉망이 된 거야. 나한테는 원치도 않는 땅만 있고, 내 돈이라고 할 건 아무것도 없고, 안나는…… 뭐, 자네도 안나에 관해선 이미 알지."

타우웨어는 인상을 찌푸렸다.

"아라후라는 아주 성스러운 장소다."

그의 말에 클린치가 한 손을 흔들었다.

"그래, 그렇겠지. 하지만 법은 법이야. 자네가 그 오두막을 도로 사고 싶다면, 얼마든지 환영받을 거야. 하지만 나한테가 아니라 저 여자한테 말을 해야지."

그들의 시선이 응접실 건너편의 웰스 부인에게로 향했다.

"아름다운 여자들의 문제는 말이야, 그들이 그걸 이미 알고 있고 그 사실에 자부심을 느낀다는 거지. 나는 자신의 아름다움을 모르는 여자가 좋아."

클린치가 잠시 후에 말했다.

"멍청한 여자다."

"멍청한 게 아니야. 겸허한 거지. 주제넘지 않고."

"나는 그 단어를 모른다."

클린치가 다시 한 손을 흔들었다.

"너무 많이 말하지 않고, 자기 이야기를 하지 않고, 언제 조용히 해야 하는지 알고, 언제 말을 해야 하는지 아는 여자 말이야."

"교활하다?"

타우웨어가 말했다. 클린치는 고개를 흔들었다.

"교활한 게 아니야. 교활한 것도 아니고, 멍청한 것도 아니지. 그 냥…… 조심스럽고 조용한 거야. 순진하고."

"그 여자가 누군가?"

타우웨어가 슬쩍 물었다.

"아니, 이건 진짜 여자가 아니야. 신경 쓰지 말게."

클린치는 그렇게 대답하고 인상을 찌푸렸다.

"어이, 에드거. 시간 좀 있나?"

뢰벤탈이 그들의 뒤에서 나타났다.

"물론일세. 그럼 실례하겠네, 타우웨어 군."

뢰벤탈이 눈을 깜박이고 처음으로 타우웨어를 보았다.

"난파선 일을 하러 갔던 모양이구먼. 뭐 좀 찾았나?"

타우웨어는 자신이 노예 계급이라도 되는 것처럼 상대방이 생색내는 투로 말하는 것을 좋아하지 않았다. 그리고 그날 낮에 뢰벤탈이 자신을 꾸짖었던 것을 용서하지도 않았다.

그가 비웃는 투로 말했다.

"아니, 아무것도 없었다."

"안타깝군."

뢰벤탈은 이미 몸을 돌리고 있었다.

"무슨 일 있나, 벤?"

둘만 남자 클린치가 물었다.

"이게 조금 끔찍한 질문일 수도 있네만, 안나의 아이에 대한 거야. 태어나지 못했던 아이 말일세."

"그렇군."

클린치가 신중하게 대답했다.

"자네가 그 여자를 발견했던 밤, 그러니까 그 여자가 카버와 싸우고 난 뒤를 기억하고 있나?"

"물론이지."

"그날 밤에 카버가 아이 아버지라고 고백했던 거지?"

"그래, 그렇게 기억하고 있네."

"자네가 이미 그 사실을 알고 있었는지, 아니면 나처럼 그날 밤에 그 고백을 듣고 처음 알게 된 건지 알고 싶구먼. 내 냉정한 말투나 이 무례한 질문에 대해서는 이해를 좀 해주게."

클린치는 한참이나 침묵을 지켰다. 그러다가 마침내 대답했다.

"아니, 안나가 그 이야기를 한 건 그때가 처음이었어. 그날 밤 이전까지는 그 문제에 대해서 한마디도 하지 않았었지."

"하지만 암시 같은 건 있었나? 추측은? 카버가 그러니까, 아이 아버지일 거라는 짐작을 전혀 못했나?"

클린치는 불편해 보였다.

"더니든 시절의 누군가라는 것뿐이었어. 그게 내가 아는 전부였지. 호키티카 사람은 아니었을 거야. 날짜가 맞지 않았으니까."

"그리고 카버는 더니든에서 안나를 알았지."

"안나는 갓스피드 호를 타고 왔어. 그거 말고는 자네에게 말할 만한 게 없군. 이런 건 왜 묻는 건가?"

뢰벤탈은 그날 오후에 『웨스트 코스트 타임스』 사무실에서 있었던 일에 대해 설명했다.

"안나는 어쩌면 진실을 말한 게 아닐지도 몰라. 우리를 속이고 있었던 걸지도 모른다네. 물론 우리는 안나의 말을 의심할 이유가 없었지…… 지금까지는."

클린치가 인상을 찌푸렸다.

"하지만 카버가 아니라면…… 대체 누구겠나?"

뢰벤탈이 입술을 오므렸다.

"나도 모르겠어. 어떤 남자든 가능하겠지. 어쩌면 우리가 아는 사람이 아닐지도 모르고."

"카버의 말과 안나의 말 중 하나를 믿어야 하는 거 아닌가. 설마 자네 카버 편에 서진 않겠지? 겨우 그 한마디를 갖고서! 어떤 남자든 부인은 할 수 있어. 사실을 부인하는 데에는 1페니도 들지 않는다고!"

클린치가 열렬하게 말했다.

"난 누구 편을 들지는 않아. 아직은 말이야. 하지만 안나가 고백을 한 시점이 굉장히 중요할 수 있다고는 생각하네."

인상을 찌푸리고 클린치는 손을 들어 자신의 얼굴 옆을 문질렀다. 뢰벤탈은 그에게서 풍기는 톡 쏘는 콜론 향을 맡고서 클린치가 대부분의 호키티카 남자들이 하듯 1페니짜리 비누 면도 대신에 이발소에서 면도를 받고 향기 나는 로션을 발랐다는 것을 알아챘다. 그의 짐작을 입증하듯이 클린치가 손을 내리자 부드러운 뺨에 불그스름한 면도 자국이 남아 있었다. 뢰벤탈은 은밀하게 호텔 경영인을 위아래로 살폈다. 클린치의 재킷은 솔질을 했고, 옷깃은 풀을 먹였으며, 입고 있는 셔츠는 굉장히 하얗고, 부츠 끝은 구두약을 발라 새로 광을 낸 것이었다. 뢰벤탈은 안타까운 기분으로 생각했다. 이 친구, 안나를 위해서 멋을 부렸군.

"아이가 죽은 다음에야 아이 아빠 이름을 밝혔다는 게 뭐 그리 이상한가. 그냥 창녀의 명예인 게지. 그것뿐이야."

마침내 클린치가 대단히 엄격한 어조로 말했다.

"자네 말이 옳을지도 모르겠네. 그 이야기는 그만두세."

뢰벤탈이 좀더 상냥한 어조로 대답했다.

Φ

"이쪽은 월터 무디, 그리고 이쪽은 리디아 웰스 부인이오."

개스코인이 말했다.

"무디 씨는 골짜기에서 재산을 모으기 위해 스코틀랜드에서 호키티카로 왔지요, 웰스 부인. 웰스 부인은 무디 군 자네도 알다시피 이 건물의 주인이자 여러 세계에 대한 열정적인 탐구자라네."

리디아는 굉장히 우아하게 인사를 했고, 무디는 작지만 정중하게 고개를 숙였다. 그런 다음 무디는 여주인에게 오늘 저녁의 근사한 오락에 대해서 고맙다고 인사를 하고, 오래된 호텔을 개축한 것에 칭찬을 하는 등 적절한 공치사를 했다. 하지만 최선을 다해도 그 칭찬의 말은 공허하게만 흘러나왔다. 그 여자를 볼 때면 로더백과 크로스비 웰스의 생각만 나기 때문이었다.

그가 말을 마치자 웰스 부인이 물었다.

"오컬트에 관심이 있으신가요, 무디 씨?"

이 질문에 무디는 솔직히 상대를 모욕하지 않을 만한 대답이 전혀 생각나지 않았다.

하지만 그는 머뭇거린 끝에 대답을 했다.

"저에게는 불가해한 것들이 세상에는 아주 많습니다, 웰스 부인. 저는 호기심이 많은 사람이라고 자처합니다. 저는 아직 알지 못하는 이러한 진실들에 관심이 있고, 그것이 때가 되면 알려질 거라고 생각합니다. 좀더 정확히 말하자면, 때가 되면 제가 그것을 알게 되겠지요."

"한 가지 대답에서 굉장히 많은 의미를 드러내시는군요. 뭔가를 안다는 게 무디 씨에게는 어떤 의미인가요? 무디 씨가 말씀하시는 걸로 봐서는 **안다**는 것에 굉장히 많은 의미를 부여하시는 것 같은데 말이죠."

무디는 미소를 지었다.

"어떤 것을 안다는 건 그것의 모든 면을 보는 거라고 생각합니다."

"모든 면을 보는 거라."

미망인이 따라했다.

"하지만 저를 당황하게 하셨다는 말씀을 드려야겠습니다. 저는 단어의 뜻을 별로 고민해본 적이 없고, 제 말이 면전에서 인용되는 데에도 익숙하지가 않습니다. 저는 어떻게 답을 해야 하는지 고민하기 전에는 말하지 않는 편이라서요."

"그렇군요. 분명히 무디 씨의 정의에는 빠진 부분이 굉장히 많아요. 그 규칙에 예외가 대단히 많으니까요! 예를 들자면, 어떻게 **영혼**을 모든 면에서 볼 수 있겠어요? 생각만 해도 굉장하군요."

미망인이 말했다. 무디는 살짝 고개를 숙여 보였다.

"그것을 예외로 드신 것은 참으로 옳습니다, 웰스 부인. 하지만 저는 영혼을 안다는 것이 가능하다고 생각하지 않고 ― 그 누구도 말입니다 ― 영혼이 보인다는 것도 믿지 않습니다. 부인의 재능을 비난하려는 뜻은 전혀 없습니다만, 저는 솔직히 말해서 영혼을 믿지 않습니다."

"그런데도 오늘 저녁 강령회를 위해서 표를 사셨단 말이군요."

미망인이 지적했다.

"호기심이 있기 때문이지요."

"문제의 영혼에게 말인가요?"

"스테인스 씨요?"

무디는 어깨를 으쓱였다.

"저는 그분을 만난 적이 없습니다. 저는 그분이 사라지고 2주 후에 호키티카에 왔습니다. 하지만 그 이래로 그분의 이름은 여러 번 들었지요."

"개스코인 씨께서 무디 씨가 재산을 모으기 위해 호키티카에 왔다고 그러시던데요."

"네, 그러기를 바라고 왔습니다."

"그래, 어떻게 재산을 모을 생각이시죠?"

"성실한 노동과 훌륭한 계획으로 모으려고 합니다."

"아, 하지만 일도 별로 하지 않고 계획이라고는 전혀 세우지 않고서도 부자가 된 사람들이 많이 있지요."

"그 사람들은 운이 좋은 거겠지요."

무디가 대답했다.

"행운아가 되는 건 바라지 않나요?"

"저는 제가 그 재산을 얻기에 걸맞은 사람이라고 말할 수 있기를 바랍니다. 행운이란 본질적으로 분에 넘치는 것이니까요."

무디가 신중하게 말했다.

"참으로 명예로운 답이군요."

리디아 웰스가 말했다.

"진실된 답이었으면 합니다."

"아하, 다시 '진실'에 관한 이야기로 돌아왔네요."

미망인이 말했다. 개스코인은 리디아 웰스를 쭉 지켜보고 있다가 무디를 향해 말했다.

"부인의 머리가 어떤 식으로 움직이는지 자네도 알았겠지? 순식간에 급습해서 자네의 논지를 공격하지. 대비하고 있는 게 좋을 거야."

"저는 공격에 어떻게 대비를 해야 하는지 잘 모릅니다."

무디가 대답했다. 개스코인이 옳았다. 미망인이 턱을 들어올리고 물었다.

"종교인이신가요, 무디 씨?"

"저는 철학자입니다. 종교에서 철학이라고 부를 수 있는 부분에는 굉장히 관심을 갖습니다만, 그렇지 않은 부분에는 관심이 없습니다."

무디가 대답했다.

"그렇군요. 제 경우에는 그 반대라고 말씀드려야 할 것 같아요. 종교라고 부를 수 있는 철학에만 저는 관심을 갖는답니다."

개스코인이 이 말에 너털웃음을 터뜨렸다.

"아주 훌륭합니다. 아주 훌륭해요."

그가 손가락을 흔들며 말했다. 무디 역시 어느새 미망인의 예리함에 즐거움을 느끼고 있었지만, 그 여자가 주도권을 쥐게 놔둘 마음은 없었다.

"우리에겐 공통점이 별로 없는 것 같군요, 웰스 부인. 이렇게 공통점이 부족하다고 해서 우정에 방해가 되지는 않았으면 좋겠습니다."

"우리는 영혼의 타당성에 대해서 동의하지 않아요. 그것만큼은 확인을 했죠. 하지만 정반대의 질문을 하나 드릴까 해요. 살아 있는 영혼은 어떠한가요? 죽은 사람을 '알 수' 없다면, 살아 있는 사람은 '알 수' 있다고 생각하시나요?"

무디는 미소를 띤 채 그 질문을 생각해보았다. 잠시 후 미망인이 말을 이었다.

"예를 들어 무디 씨의 친구분인 개스코인 씨를 정말로 '알 수' 있다고 생각하시나요? 개스코인 씨의 모든 면을 볼 수 있다고 생각하시나요?"

개스코인은 이 수사학적인 예시의 대상이 된 것에 굉장히 불만스러운 것 같았고 그렇게 대놓고 말했다. 미망인은 그에게 조용히 하라고 손짓하고서 두번째로 무디에게 질문을 던졌다.

무디는 개스코인을 보았다. 사실 그는 알고 지낸 지난 3주 동안 개스코인의 성격을 굉장히 세세하게 분석했다. 그래서 이 남자의 지성의 범위와 한계, 성격적 특성, 수많은 표정과 습관의 경향을 안다고 생각했다. 전반적으로 이 남자의 성격을 굉장히 정확하게 요약할 수 있다고도 생각했다. 하지만 리디아 웰스가 그를 함정으로 몰아간다는 생각이 들었고, 그래서 자신이 겨우 3주 전에 호키티카에 도착했을 뿐이고 그동안에 개스코인의 영혼을 정확하게 분석하는 것은 어려운 노릇이라는 무난한 답을 반복했다. 남의 영혼을 아는 데에 3주보다는 더 긴 시간의 관찰이 필요한 법이라고 그는 덧붙였다.

"무디 씨는 카버 씨의 승객이었지요. 갓스피드 호가 상륙하던 바로 그날 밤에 도착했습니다."

무디는 이 말에 불편한 감정이 들었다. 그는 갓스피드 호에 승선할 때 가짜 이름을 사용했고, 배가 모래톱을 넘어오기 전에 자신이 목격했던 일을 ―혹은 목격했다고 상상하는 일을― 고려하면 그 배를 타고 호키티카에 왔다는 사실을 그리 광고하고 싶지는 않았다. 그는 미망인의 얼굴에 갓스피드 호의 피투성이 유령에 대해서 뭔가 알고 있다는 의심이나 인지 같은 것이 스쳐가기를 바라고 빤히 쳐다보았다.

하지만 리디아 웰스는 미소만 지었다.

"그런가요?"

미망인이 무디를 위아래로 쳐다보았다.

"그렇다면 무디 씨는 실로 굉장히 범상한 남자인 것 같군요."

"왜 그렇지요?"

무디가 딱딱한 어조로 물었다. 미망인이 웃었다.

"행운이라는 개념을 경멸하고 있지만, 본인이 대단히 행운아니까요. 나는 무디 씨 같은 남자들을 굉장히 많이 만나보았답니다."

무디가 그 말에 대한 대답을 떠올리기도 전에 미망인은 조그만 은제 종을 들어 날카롭게 울리고서, 낮게 속삭이는 사람들의 목소리를 꿰뚫는 청명한 목소리로 강령회가 곧 시작될 예정이니 표가 없는 사람들은 즉시 나가주기를 바란다고 말했다.

물병자리의 금성

☾⋆

숙 용승은 돈을 받는 것을 잊는다. 리디아 웰스는 발작을 일으키고, 우리
는 죽은 자의 세계로부터 답을 얻는다.

이것은 3주 전 크라운 호텔에서 열린 은밀한 모임과는 전혀 다른 종
류의 모임이었다! 크라운 호텔의 모임에는 열두 명이 참석했고, 무디가
도착함으로써 열세 명이 되었다. 하지만 여기, 여행자의 운수 앞쪽 응
접실에는 열두번째 인물을 소환하려는 사람 열한 명이 모여 있었다.

찰리 프로스트는 조지프 프리처드의 지시에 따라 리디아 웰스가 일
곱 명의 표 소지자들을 응접실로 데리고 가는 동안 미망인에게서 눈을
떼지 않았다. 응접실에는 아 숙과 아 퀴가 얼굴에 화장용 물감을 칠하
고 난로 양옆에 책상다리를 하고 앉아 있었다. 응접실 창문에는 커튼을
내려두었고, 파라핀 램프 딱 하나에만 불을 켜놓아서 방 안이 희미한
분홍빛으로 물들었다. 이 마지막 램프 위에는 장미유 접시를 금속 받침
대로 받쳐서 올려두었고, 불길에 따뜻해진 액체가 방 안을 장미 향기로
채웠다.

웰스 부인은 다른 손님들이 여행자의 운수를 떠나 어둠 속으로 흩

어지는 동안 남자들에게 방 한가운데에 둥글게 배치해놓은 의자에 앉으라고 청했다. 일곱 명의 손님은 당황하고 긴장한 상태로 자리에 앉았다. 남자 한 명은 고음으로 계속 낄낄거렸고, 다른 사람들은 씩 웃으며 서로의 옆구리를 팔꿈치로 찔렀다. 웰스 부인은 이런 소란에 전혀 관심을 두지 않았다. 촛불 다섯 개를 접시 위에 별 모양으로 배치하고 하나하나 불을 켜느라 바빴기 때문이다. 초에 불이 붙자 점화용 종이의 불을 끄고서 리디아 웰스가 마침내 자리에 앉아 갑자기 낮고 음모를 꾸미는 것 같은 목소리로 안나 웨더렐이 지난 몇 시간 동안 임박한 죽은 자와의 대화에 대비해서 마음의 준비를 하고 있었다고 알렸다. 아주 조금만 방해해도 안나의 평정을 깨뜨릴 수 있고 그러면 미망인 자신의 대화도 중단될 수 있기 때문에 안나가 응접실로 들어오면 절대로 말을 걸어서는 안 된다고, 여기에 자리한 모든 사람이 안나를 무시하는 데에 동의하느냐고 물었다.

물론 자리한 사람들은 모두 동의했다.

강령회 동안 정신적으로 수용적인 자세를 취함으로서 미망인의 대화를 돕는 데에 모두 동의하는가? 모두가 마음을 침착하게 활짝 열고, 팔다리에서 힘을 빼고, 숨을 깊고 고르게 쉬고, 기도하는 수도승처럼 주의를 완전하게 집중하는 데에 동의하는가?

여기에도 모두가 동의했다.

"오늘밤 이 방에서 무슨 일이 일어날지는 나도 모릅니다."

미망인은 여전히 음모를 꾸미는 말투로 말했다.

"어쩌면 가구가 움직일 수도 있어요. 영혼이 우리 주위를 빙빙 돌면서 바람이 느껴질 수도 있지요. 어떤 사람들은 이것을 지하세계의 숨결이라고 부른답니다. 어쩌면 죽은 사람이 산 사람의 입을 빌려 이야기를 할지도 몰라요. 아니면 어떤 징후를 통해서 자신을 드러낼 수도 있고요."

"징후라는 게 뭐죠?"

광부 한 명이 물었다.

리디아 웰스가 차분한 눈길로 질문자를 보고 대답했다.

"가끔씩, 우리는 알 수 없는 이유로 죽은 자들은 말을 하지 못해요. 그럴 경우에 그들은 다른 방식으로 의사소통을 하죠. 내가 시드니에서 강령회를 했을 때 그런 일이 있었어요."

"무슨 일이 있었나요?"

웰스 부인의 눈에서 초점이 흐려졌다.

"어떤 여자가 자기 집에서 살해되었죠. 상황이 약간 수수께끼 같은 데가 있었어요. 여자가 죽고 몇 달 후에 선택된 영술사 몇 명이 그 여자와 접촉하기 위해서 그 집에 모였어요."

"여자가 어떻게 죽었는데요?"

"집에서 키우던 개가 난폭해졌죠. 평소 성질과 다르게 개가 여자를 공격해서 목을 물어뜯었어요."

"끔찍하군."

"소름 끼쳐."

미망인이 말을 계속했다.

"여자의 죽음을 둘러싼 상황에 좀 미심쩍은 데가 있었죠. 사법당국이 개의 진짜 천성을 확인할 새도 없이 개가 총에 맞아 죽었다는 점도 문제를 해결하는 데 도움이 되지 않았어요. 하지만 사건은 그렇게 종결되었고, 여자의 남편은 슬픔에 사로잡혀 집의 문을 닫아걸고 떠나버렸죠. 몇 달 후에 집에 고용된 하인이 이 문제를 영매에게 가져왔어요. 우리는 여자가 살해당한 바로 그 방에서 강령회를 열었죠.

우리 무리 중에서 영매는 아니지만 꽤 유명한 영술사인 한 신사분이 그날 저녁에 주머니 시계를 갖고 있었어요. 조끼 주머니에 시계를 넣고 체인을 가슴에 꽂고 있었죠. 나중에 그분이 말하기를 집에 도착하기 전에 시계를 감아주었고, 굉장히 정확한 시계라고 하더군요. 하지만 그날 밤, 강령회 도중에 그 신사의 조끼에서 묘한 덜그럭 소리가 들렸어요. 우리 모두 그걸 들었지만, 그게 뭔지 몰랐죠. 그 신사분이 시계를 꺼내고는 놀랍게도 시간이 1시 3분을 가리키고 있다는 걸 알았어요. 그분은 시계를 6시에 감았다고 주장했고, 아직 9시도 되지 않은 시각이었죠. 시계가 혼자서 그렇게 빨리 돌아갔을 리는 없고, 그 신사분이 실수로 태엽을 건드렸을 리도 없어요! 그분이 태엽을 감으려고 했지만, 고정되어서 움직이지 않더군요. 부서진 거죠. 사실 그 시계는 다시는 고쳐지지 않았어요."

"하지만 그게 무슨 뜻이죠? 1시 3분이라는 것?"

미망인의 목소리는 낮았다.

"우리는 그저 추측만 해볼 수 있을 뿐이랍니다. 죽은 여자의 영혼이 우리에게 뭔가, 아주 다급하게 말을 하려고 했던 거예요. 어쩌면 여자가 죽은 시각일지도 모르죠. 아니면 경고를 해준 걸지도요. 혹은 아직 오지 않은 죽음을 예고한 걸까요?"

찰리 프로스트는 숨이 가빠지는 것을 느꼈다.

"그 뒤에 무슨 일이 있었소?"

닐슨이 낮게 물었다.

"우리는 새벽 1시 3분이 될 때까지 응접실에 머물러보기로 했어요. 어쩌면 영혼이 우리가 그 시간까지 머물러주기를 바라는 걸지도 모르

217

니까요. 그러다가 일이 일어났죠. 우리는 1시가 될 때까지 기다렸어요. 1분, 2분, 3분, 침묵 속에 기다리고 있는데 갑자기 딱 그 시간에 끔찍한 쾅 소리가 들렸죠. 벽에 걸려 있던 그림이 떨어진 거예요. 우리 모두 돌아보았고, 그림 뒤로 회벽에 구멍이 있더군요. 그림은 그 구멍을 감추기 위해서 걸려 있었던 거예요.

무리 중의 여자들이 비명을 지르기 시작했고, 소란이 일어났어요. 얼마나 난리였는지 상상이 되실 거예요. 누군가가 칼을 꺼내서 회벽의 구멍을 좀더 넓혔고, 바로 거기, 회벽 안에 총알이 있었죠."

프로스트와 닐슨은 재빨리 눈길을 교환했다. 미망인의 이야기는 그리디론 호텔 위층에 있던 안나 웨더렐의 침실에서 사라진 총알을 떠올리게 했던 것이다.

"사건은 결국에 해결이 되었나요?"

누군가가 물었다.

"오, 그럼요. 세세한 것까지는 이야기하지 않을게요. 너무 많으니까요. 궁금한 분은 신문을 찾아보세요. 다 나와 있으니까요. 어쨌든, 개가 여자를 죽인 게 아니었어요. 여자는 자기 남편에게 살해되었던 거예요. 그 남자가 개를 쏘고, 그걸 덮기 위해서 여자의 목을 직접 그었던 거죠."

사람들이 기가 막히다는 듯이 뭐라고 중얼거렸다.

"맞아요. 정말로 비극적인 이야기죠. 여자의 이름은 엘리자베스 뭐뭐였어요. 성은 기억이 안 나네요. 음, 좋은 소식은 사건이 재개되었고, 실마리가 두 가지 나왔다는 거였죠. 첫번째는 여자가 콜트 군용 권총에서 나온 총알로 살해되었다는 거였고…… 두번째는 여자가 죽은 정확한 시간이 1시 3분이었다는 거예요."

미망인은 잠깐 동안 침묵을 지키다가 웃음을 지었다.

"하지만 여러분은 오늘밤 여기에 이야기를 들으러 오신 건 아니죠!"

미망인이 자리에서 일어섰다. 모여 앉은 남자들이 예의상 일어서려고 했지만 미망인은 한 손을 들어 그들을 막았다.

"유감스럽지만 세상에는 회의론자들이 너무나 많아요. 선량한 사람들도 있지만, 나쁜 사람들은 그 열 배로 많죠. 여러분들 중에서 오늘밤에 일어나는 일을 부인하려고 하거나 나에게 망신을 주려고 하는 사람이 있을 수도 있어요. 모두 지금 주위를 둘러보고 이 방 안에 어떠한 종류의 속임수나 거짓, 사기가 없다는 것을 직접 눈으로 확인하시기 바라요. 나도 여러분만큼이나 점성술 분야에 사기꾼들이 많다는 걸 알고 있지만, 나는 그런 사람이 아니라는 것을 확실히 알려두고 싶어요."

웰스 부인은 양팔을 벌리고서 말을 이었다.

"내 몸에도 어떤 것도 감추고 있지 않답니다. 걱정 말고 마음껏 보세요."

이 말에 킥킥거리는 웃음소리가 났고, 남자들이 몸을 돌려 천장과 의자, 탁자 위의 파라핀 램프, 촛불, 바닥의 러그를 살피느라 부스럭거리는 소리가 났다. 찰리 프로스트는 계속 리디아 웰스만 보았다. 미망인은 긴장한 것 같지 않았다. 몸을 이쪽저쪽으로 돌려 자신이 치마 속에 아무것도 숨기지 않았다는 것을 보여주고 가볍게 의자에 도로 앉아 사람들을 보고 미소를 지었다. 그러고는 소매에서 실밥 하나를 뽑아내고 남자들이 조용해지기를 기다렸다.

"좋아요."

모두의 시선이 다시 자신에게로 향하자 리디아 웰스가 말했다.

"이제 우리 모두 만족하고 준비가 된 것 같으니 불을 끄고 안나가 오기를 기다리죠."

그녀는 몸을 기울여 파라핀 램프를 껐다. 방 안이 희미한 촛불 빛 속으로 잠겼다. 몇 초간 침묵이 흐르고 그들의 뒤에서 응접실 문을 세 번 두드리는 소리가 들렸다. 여전히 램프를 수선스럽게 만지던 리디아가 말했다.

"들어와!"

문이 열리고 일곱 명의 남자가 돌아보았다. 프로스트도 잠깐 프리처드의 지시를 잊고 돌아보았다.

안나는 유령처럼 멍한 표정으로 문가에 서 있었다. 여전히 오베르 개스코인에게 받은 상복을 입고 있었지만, 예전에는 그저 옷이 영 안 맞았다면 지금은 애처로워 보였다. 드레스가 옷걸이에 걸린 것처럼 어깨에서 축 늘어지고, 허리는 꽉 조였음에도 헐거웠고, 레이스 장식의 옷깃이 거의 존재하지 않는 가슴을 감추어주었다. 얼굴이 굉장히 창백하고 표정은 엄숙했다. 안나는 모여 있는 사람들의 얼굴을 쳐다보지 않았다. 그저 중간 어디쯤에 시선을 고정한 채 천천히 앞으로 나와서 리디아 웰스를 바라보는 맞은편 빈 안락의자에 앉았다.

이런, 굶어죽기 직전 같군! 프로스트는 자리에 앉는 그녀를 보며 그렇게 생각했다. 그리고 닐슨과 시선을 교환하려고 쳐다보았지만, 닐슨은 뭔가 당혹스러운 표정으로 안나를 보고 인상을 찌푸리고 있었다. 뒤늦게 프로스트는 자신의 임무를 기억하고서 미망인을 다시 보았다. 미망인은 모든 사람이 문으로 시선을 돌린 그 짧은 사이에 뭔가를 한 게 분명했다. 그래, 분명히 뭔가를 했다. 혼자만 뭔가 아는 것처럼 만족스러운 방식으로 드레스를 쓸어내리고 있었기 때문이다. 미망인의 표정이 잠깐 즐겁게 변했다. 뭘 한 거지? 뭘 바꾼 걸까? 불빛이 흐려서 확실히 알 수가 없었다. 프로스트는 시선을 뗀 자신을 원망했다. 이것이 프리처드가 예상했던 속임수일 것이다. 두 번은 눈을 떼지 않겠다고 그는 속으로 맹세했다.

방 구석자리는 이제 완전히 어둠에 젖어들었다. 유일한 빛은 방 가운데 놓인 촛불의 깜박거리는 빛이었고, 그 주변으로 열한 명의 얼굴이 회색빛 유령처럼 보였다. 미망인의 얼굴에서 눈을 떼지 않은 채 프로스트는 의자들이 그리는 원이 완벽한 원이 아니라는 것을 깨달았다. 약간 타원에 가깝고 지름이 긴 쪽이 문으로 향하고 있었으며 반대편 끝에 리디아가 앉아 있었다. 의자를 이런 형태로 배치하여 미망인은 안나가 도착할 때 모든 사람의 시선이 문으로—자신의 반대편으로—돌아가게 할 수 있었다. 음, 안나가 문가에 나타났을 때 미망인이 재빠르게 손으로 뭘 했는지 최소한 중국인들은 보았을지도 모른다고 프로스트는 생각했다. 강령회가 끝나고 그들에게 물어봐야겠다고 그는 속으로 두 번째 다짐을 했다.

이제 사람들은 미망인의 지시에 따라 손을 잡았다. 그런 다음 흔들리는 촛불의 불빛 속에서 리디아 웰스가 커다랗게 한숨을 쉬고, 미소를 지으며 눈을 감았다.

미망인의 소환에는 굉장히 긴 시간이 걸렸다. 남자들은 완벽한 침묵 속에서 거의 20분을 앉아 있었다. 한 명 한 명이 꼼짝도 하지 않고 규칙적으로 숨을 쉬면서 뭔가 징조가 오기를 기다렸다. 찰리 프로스트는 웰스 부인에게서 시선을 떼지 않았다. 한참이나 미망인은 목 안쪽으로 낮게 허밍을 했다. 허밍이 점차 커지고 음이 올라갔다. 곧 미망인이 뭔가 말을 하기 시작했다. 그 발음이나 억양이 몇 개는 전혀 알아들을 수가 없고 어떤 것은 알아들을 수 있었지만 단어나 의미를 알아듣기에는 너무 불분명했다. 마침내 웰스 부인이 등을 구부리면서 죽은 자들의 세계에 에머리 스테인스의 그림자를 보내달라고 요청했다.

나중에 프로스트는 이 장면을 '경련'이나 '발작', '기나긴 경기' 등등의 말로 설명할 수도 있을 것이다. 이런 설명들이 딱 들어맞는 것은 아니지만, 리디아 웰스의 정교한 연기나 이것을 보는 프로스트의 당황스러운 기분을 정확하게 설명할 수 있는 다른 말이 없었다. 웰스 부인은 스테인스의 이름을 연인이 죽어가는 자리에서 기도하는 것처럼 계속해서 불렀다. 하지만 대답이 오지 않자 점차 동요하기 시작했다. 계속적으로 발작을 일으키고, 시끄럽게 떠드는 어린애처럼 같은 단어를 반복했다. 고개가 가슴 쪽으로 수그러들었다가 뒤로 넘어갔다가 다시 수그러들었다. 곧이어 경련이 점차 절정을 향해 가는 것처럼 보였다. 호흡이 점점 더 빨라지다가 갑자기 뚝 멈췄다. 그리고 눈을 부릅 떴다.

찰리 프로스트는 불안감이 얼음물처럼 쏟아지는 기분이었다. 리디아 웰스는 그를 똑바로 쳐다보고 있었고, 얼굴 표정은 그가 이전까지 본 어떤 표정과도 달랐다. 엄격하고, 냉혹하고, 사나워 보였다. 하지만 그때 촛불의 불빛이 흔들렸고 곧 그는 리디아 웰스가 자신이 아니라 어깨 너머, 아 숙이 동양식 자세로 구석에 앉아 있는 쪽을 보고 있음을 깨달았다. 프로스트는 눈도 깜박이지 않았다. 시선도 돌리지 않았다. 곧 리디아 웰스가 기묘한 소리를 냈다. 눈이 머리 뒤로 돌아가고 목 근육이 쿵쿵 고동쳤다. 미망인의 입이 공기를 씹기라도 하듯이 기묘하게 움직였다. 그리고 자신의 것이 아닌 목소리로 말했다.

"응고 유 네이 와이 못 학 응고 데이 가 죽 게 밍 싱 퉁 와이 와아이 응고 게 싱 유 후 자크. 무 레옹 네이 하이 빈, 당 응고 코 윤 감 쿳 라이, 응고 얏 딩 위 완 도 네이. 응고 유 완 네이 보 수……."

그리고는 몸을 부르르 떨고 옆의 바닥으로 기울어졌다. 바로 그 순

222

간(프로스트는 이후 몇 주 동안 이 설명할 수 없는 사건을 닐슨과 논의한다) 탁자 위의 파라핀 램프가 옆으로 덜그럭거리며 기울어져서는 그 옆에 있던 촛불 접시 위로 쏟아졌다. 이것은 굉장히 쉽게 바로잡을 수 있는 실수여야 했다. 램프의 유리 구 부분이 부서지지 않았고 파라핀도 쏟아지지 않았기 때문이다. 하지만 불길이 커다랗게 슉 하고 치솟았고 둘러앉은 남자들의 모습이 갑자기 환하게 밝아졌다. 탁자 윗부분이 전부 다 불에 타기 시작했다.

다음 순간 모두가 벌떡 일어나 움직이기 시작했다. 누군가가 불을 끄라고 소리쳤다. 광부 한 명이 미망인을 안전한 곳으로 끌어냈고 두 명은 소파를 치웠다. 숄과 담요를 덮어서 불을 끄고, 램프는 옆으로 치웠다. 모두가 동시에 말을 했다. 갑작스러운 어둠 속에서 찰리 프로스트는 안나 웨더렐이 꼼짝도 하지 않았고 표정도 변하지 않았다는 것을 깨달았다. 불길이 갑자기 솟구친 것도 그녀를 전혀 놀라게 하지 못한 것 같았다.

누군가가 램프를 켰다.

"그게 뭐였어? 대체 무슨 일이 일어난 거지?"

"부인이 뭐라고 말한 거야?"

"여기 좀 치우자고, 응?"

"이거야 원…… 그런 식으로 불이 확 타오르다니!"

"일종의 원시적인……."

"부인이 숨을 쉬나 확인해보게."

"솔직히 말해서 난 예상도 못했어……."

"그거 뭔가 뜻이 있는 말이었나? 뭐라고 했던 거지? 아니면 그냥……."

"그건 에머리 스테인스가 아니었어. 그것만은 확실해……."

"다른 영혼인가? 무단으로 끼어든……."

"램프가 저 혼자 그런 식으로 움직이다니!"

"중국인들에게 물어봐야겠어. 어이! 그거 중국어였나?"

"그 사람 말은 알아듣나?"

"부인이 방금 말했던 게 중국어였어?"

하지만 아 퀴는 질문을 알아듣는 것 같지 않았다. 광부 한 명이 몸을 기울여 그의 어깨를 두드렸다.

"그게 뭐였지? 부인이 뭐라고 말한 거야? 부인이 말한 게 중국어였어? 아니면 다른 나라 말인가?"

아 퀴는 이해하지 못한 채 눈길을 돌리고 대답도 하지 않았다. 대답을 한 사람은 아 숙이었다.

"리디아 웰스는 광둥어를 했다."

"그래?"

닐슨이 그 말에 반색을 했다.

"그래 뭐라고 말을 한 거지?"

아 숙은 그를 쳐다보았다.

"언젠가 내가 돌아와서 너를 죽인다. 너는 사람을 죽인다. 그가 죽고, 너도 죽는다. 내가 돌아와서 너를 죽인다. 언젠가.'"

닐슨의 눈이 커졌다. 다음 질문이 입안에서 흩어졌다. 그는 안나를 돌아보았고, 안나는 약간 혼란스러운 표정으로 아 숙을 쳐다보고 있었다. 찰리 프로스트는 인상을 찌푸렸다.

"그 말이 스테인스랑 무슨 관계가 있다는 거지?"

광부 한 명이 물었다.

아 숙은 고개를 젓고 조용히 말했다.

"스테인스 아니다."

그가 갑자기 쿠션에서 일어서서 창가로 걸어가 팔짱을 꼈다.

"스테인스가 아니라고? 그럼 누구지?"

"프랜시스 카버다."

아 숙이 대답했고, 방 안에서 사람들의 고함이 터져나왔다.

"프랜시스 카버? 죽지도 않은 사람이 어떻게 강령회에 나타나? 맙소사, 내가 직접 카버와 이야기를 할 수도 있다고. 그냥 그가 머무는 방문을 두드리면 돼!"

"하지만 그 사람 팰리스에 있잖아. 여기서 50미터는 떨어진 곳이라고."

다른 사람이 대꾸했다.

"그건 중요한 게 아니야."

"뭔가 기묘한 일이 일어났다는 것만은 부인할 수 없는⋯⋯."

"내가 직접 카버와 이야기를 할 수도 있다고. 그걸 위해서 영매가 필요하진 않아."

먼저 말을 했던 광부가 고집스럽게 말했다.

"그러면 램프는? 램프는 어떻게 설명할 건데?"

"그냥 쓰러진 거지!"

"램프는 떠올랐다고."

아 숙의 몸이 굳었다.

"프랜시스 카버."

그가 하랄 닐슨을 향해서 질문을 던졌다.

"팰리스 호텔에 있다?"

닐슨이 인상을 찌푸렸다. 아 숙도 당연히 알고 있는 것 아닌가?

"그래, 카버는 팰리스에 머물고 있어. 레벨가에. 파란색 테두리가 있는 건물 말이야. 철물점 옆에 있는 거."

"얼마 동안?"

닐슨은 이제 더욱 혼란스러운 표정이었다.

"3주 동안 있었지. 그날 밤부터 말이야…… 그러니까, 갓스피드 호가 난파되었던 날부터."

그가 목소리를 낮추고 말했다. 다른 남자들은 여전히 논쟁 중이었다.

"죽은 사람이랑 말을 한 게 아니면 강령회가 아니지."

"하지만 카버와 이야기를 하면 죽는 건 자네가 될걸!"

그들은 이 말에 웃음을 터뜨렸고, 광부의 동료가 말했다.

"정말 이상하지 않았나? 속임수 같은 거였을까?"

고집스러운 광부는 고개를 끄덕이며 동의하려고 하다가 리디아 웰스 쪽을 힐끗 보았다. 미망인은 여전히 의식을 되찾지 못했고 얼굴이 굉장히 창백했다. 입을 반쯤 벌리고 있어서 잇몸과 마른 혀가 보였고, 눈은 눈꺼풀 아래서 희미하게 움직였다. 이게 속임수라면 정말이지 대단한 속임수를 쓴 걸 거라고 광부는 생각했다. 하지만 그는 에머리 스테인스와 이야기를 하기 위해서 돈을 냈다. 중국어 나부랭이나 듣고 여자가 기절하는 걸 보자고 돈을 낸 게 아니었다. 게다가 그 말이 중국어라는 걸 어떻게 확신할 수 있겠는가? 그냥 헛소리를 한 걸지도 모른다! 저 중국인은 이 거짓말에 협력하라고 미망인이 몰래 돈을 주고 끌어들인 사람일 수도 있고.

하지만 광부는 소심한 사람이라 이런 생각을 입 밖으로 내지는 않았다.

"나도 잘 모르겠어."

마침내 그는 그렇게 말했지만 여전히 부루퉁한 얼굴이었다.

"음, 부인이 깨어나면 물어보자고."

"프랜시스 카버가 중국어를 하나?"

또 다른 사람이 놀란 목소리로 말했다.

"광둥을 오가잖아. 안 그래?"

"홍콩에서 태어났지."

"그래, 하지만 그 나라 말을 거기 사람처럼 하다니!"

"그 사람에 대한 평가가 달라지기라도 한 거야?"

이 무렵 부엌으로 달려갔던 광부가 물컵을 들고 돌아와서 리디아의 얼굴에 뿌렸다. 미망인이 헉 하고 정신을 차렸다. 남자들이 옆으로 다가가서 상태가 괜찮은지 걱정스러운 어조로 한꺼번에 물었기 때문에 미망인이 대답을 하기까지는 약간 시간이 걸렸다. 리디아 웰스는 얼굴 하나하나를 혼란스러운 표정으로 쳐다보았다. 그러다 잠시 후에 연약하게 웃음을 지었다. 하지만 그 웃음에는 평소 같은 자신감이 없었고, 그녀는 팔꿈치 쪽에 있던 남자에게서 안달루시아산 브랜디 잔을 눈에 띄게 떨리는 손으로 받아들었다.

미망인은 술을 마셨고, 그후 온갖 질문을 받았다. 무엇을 봤는가? 뭐가 기억나는가? 누구와 소통을 했는가? 에머리 스테인스와 접촉은 했는가?

그녀의 대답은 실망스러웠다. 리디아는 몽환 상태에 들어간 이래로 아무것도 기억하지 못했다. 평소에는 '영상'을 굉장히 잘 기억하기 때문에 이것은 꽤 특이한 일이라고 그녀는 대답했다. 남자들이 계속 캐물었지만 결과는 마찬가지였다. 미망인은 아무것도 기억하지 못했다. 그녀가 한참이나 외국어를 굉장히 유창하게 했다는 말을 듣자 리디아는 정말로 당황한 것 같았다.

"하지만 난 중국어를 하나도 몰라요. 정말인가요? 중국인들이 확인해줬다고요? 진짜 중국어예요? 정말로 확실해요?"

남자들은 몇몇은 당황한 표정으로, 몇몇은 흥분한 얼굴로 그 말에 대답을 해주었다.

"거기다가 이 난장판은 뭐죠?"

그녀가 불에 탄 탁자와 남은 잔해를 손으로 힘없이 가리켰다.

"램프가 쓰러졌어요. 그냥, 저 혼자서 쓰러졌어요."

광부 한 명이 말했다.

"그냥 쓰러진 게 아니라니까. 떠올랐다고!"

리디아는 파라핀 램프를 잠깐 쳐다보다가 곧 정신을 차린 것 같았다.

"자! 그럼 나는 중국인의 영혼과 소통을 했던 모양이군요!"

리디아가 소파에서 몸을 조금 더 일으키고서 말했다.

"난 그런 엉뚱한 영혼을 보자고 돈을 낸 게 아니오."

고집스러운 광부가 말했다.

"그럼요. 그럼요, 당연히 그렇죠. 물론 여러분 모두의 표값은 돌려드릴 거예요…… 그런데 궁금하군요. 내가 정확히 뭐라고 말을 했죠?"

리디아 웰스가 달래듯이 말하고는 덧붙여 물었다.

"뭔가 살인에 대해서 말했어요. 복수에 관한 거였죠."

프로스트는 여전히 미망인을 뚫어지게 바라보면서 말했다.

"그런가요!"

웰스 부인은 정말로 놀란 것 같았다.

"프랜시스 카버와 관련이 있는 일이라고 아 숙이 그러더군요."

프로스트가 덧붙였다. 웰스 부인의 얼굴이 창백해지고 몸이 앞으로 기울어졌다.

"정확히 뭐라고 했죠? 내가 했던 말이 정확히 뭐였어요?"

광부들은 주위를 둘러보았지만 아 퀴만이 앉아서 무뚝뚝하게 시선을 맞받으며 아무 말도 하지 않을 뿐이었다.

"저치는 영어를 몰라."

"또 한 명은 어디 있어?"

"어디로 간 거야?"

아 숙은 몇 분 전에 사람들 속에서 빠져나와 아무도 그가 나가는 것을 눈치채지 못하게 조용히 방을 가로질러 현관으로 나간 터였다. 프랜시스 카버가 호키티카에 돌아왔다는 사실은—그자가 호키티카에 3주나 있었다는 사실은—그의 가슴속에 은밀한 감정을 불러일으켰고, 그는 갑자기 혼자 있고 싶었다.

그는 현관 난간에 기대 긴 레벨가를 따라 시선을 옮겨 부두 쪽을 바라보았다. 길게 자리한 가로등이 남쪽으로 200미터 정도 노란 빛을 뿌리며 두 줄로 된 바늘땀처럼 나란히 이어졌다. 그 빛이 하도 밝아서 길 한가운데는 대낮처럼 환했고, 대조적으로 그림자 진 골목은 더욱 어둡게 보였다. 주정뱅이 두 명이 서로의 허리를 붙잡은 채 그를 지나쳐 비틀비틀 걸어갔다. 창녀가 무릎 위까지 치마를 모아잡고 반대편으로 걸어갔다. 여자는 아 숙을 흥미롭게 쳐다보았고, 그는 잠깐 의아해하다가 자신의 얼굴에 아직도 칠이 되어 있다는 사실을 깨달았다. 눈 주변은 먹으로 검게 강조하고, 뺨은 하얀색으로 동그랗게 색칠했다. 여자가 그를 불렀지만 그는 고개를 저었고, 여자는 다시 걸어갔다. 근처 어디서 갑자기 웃음소리와 박수 소리가 터져나왔다.

아 숙은 잇새로 입술을 빨았다. 그러니까 프랜시스 카버가 다시 호키티카에 돌아온 것이다. 오랜 지인이 8킬로미터도 떨어지지 않은 카니에레의 오두막에 살고 있다는 사실은 모르는 게 분명했다! 카버는 위험을 제거할 수 있는 상황에서 그걸 그냥 감내하고 있을 만한 사람이 아니었다. 만약 그렇다면 아 숙이 유리한 입장에 있는 셈이었다. 그는 다시 입술을 빨고서 잠깐 머뭇거리다가 고개를 저었다. 아니야. 리디아 웰스가 그날 아침에 그를 알아보았다. 그러니까 즉시 카버에게 그 소식을 전할 것이다.

머릿속에서 파라핀 램프에 대한 대화가 떠올랐다. 아 숙은 보자마자 별것 아닌 속임수라는 것을 알아차렸다. 리디아 웰스가 램프를 끌 때 손잡이에 실을 살짝 감아놓았던 것이다. 실은 그녀의 드레스와 같은 색깔이었고 반대편 끝은 미망인의 손목 안쪽에 붙여두었다. 그래서 오른손을 한 번 슬쩍 움직이면 램프가 촛불 위로 쓰러지게 되어 있었던 것이다. 초를 세워두었던 작은 탁자 위는 파라핀 오일로 미리 칠해두었을 거다. 파라핀 오일은 냄새도 없고 색깔도 없기 때문에 외부인의 눈에는 탁자가 그저 말끔해 보였으리라. 하지만 불길이 한번 닿기만 하면 탁자 위는 순식간에 불이 붙게 되어 있었다. 전부 다 속임수이고 사기일 뿐이었다. 웰스 부인은 죽은 자의 세계와 어떠한 소통도 하지 못했고, 그 여자가 한 말도 죽은 사람의 것이 아니었다. 아 숙은 그것을 분명히 알고 있었다. 왜냐하면 그 말은 그가 했던 거니까.

창녀가 길거리에서 서성거리고 있다가 이제는 맞은편 베란다에 있는 남자들을 부르며 치마를 좀더 높이 들어올렸다. 남자들이 응답을 하고, 그중 한 명이 제안을 받아들였다. 아 숙은 냉정한 표정으로 그들을 보았다. 그는 여성의 발작이 가진 기묘한 힘에 경탄했다. 리디아 웰스는 수년이 지나도록 그가 했던 말을 완벽하게 기억하고 있었던 게 분명했다. 그 여자는 광둥어를 하지 못했다. 그런데 어떻게 그의 말을 억양까지 그렇게 정확히 기억할 수 있었던 걸까? 그거야말로 초자연적인 일이라고 아 숙은 생각했다. 미망인의 '빙의'만 보았다면 그도 그 여자가 진짜 광둥인이라고 여겼을 것이다.

길거리에서 남자들이 돈을 모으는 동안 창녀는 옆에 서 있었다. 부두 근처에서 날카로운 휘파람 소리가 들리고 곧 당직 경관이 경고하는 고함소리와 이쪽으로 달려오는 발소리가 들렸다. 아 숙은 남자들이 흩어지는 것을 보면서 마음속으로 결정을 내렸다.

밤에 곧장 카니에레로 돌아가서 오두막의 물건들을 전부 정리하고 언덕으로 올라갈 것이다. 거기서 금을 찾는 데에만 온전히 전념할 것이다. 찾아낸 금은 부스러기 하나까지 전부 모아 총 5온스가 될 때까지 최대한 절약하며 검소하게 지낼 것이다. 5온스의 금이 손에 들어올 때까지는 아편도 하지 않고, 술도 마시지 않고, 도박도 하지 않을 것이다. 음식도 가장 저렴하고 소박한 것만 먹을 거고. 하지만 목표에 도달하자마자 호키티카로 돌아와서 그레이 앤드 불러 은행에서 금을 교환할 것이다. 그리고 길을 건너 티그린 철물 및 잡화점으로 들어가 은행권을 카운터에 내려놓고 총알 한 상자와 흑색 화약 한 통, 총을 살 것이다. 그런 다음 팰리스 호텔로 가서 계단을 올라가 카버의 방문을 열고 그의 목숨을 빼앗아야지. 그다음에는? 아 숙은 숨을 내쉬었다. 그다음에는, 아무것도 없었다. 그의 인생이 한 바퀴를 빙 돌아온 다음에는 드디어 쉴 수 있을 테니까.

3부

자기 파멸의 궁

1866년 2월 18일

남위 42° 43′ 0″ / 동경 170° 58′ 0″

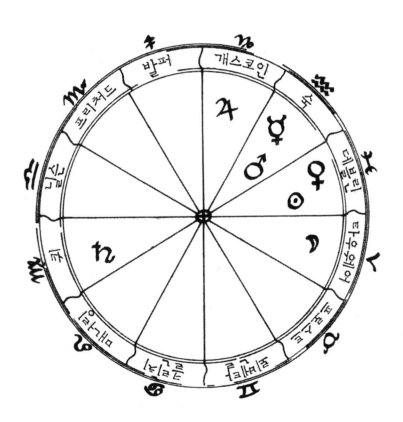

물병자리의 수성

☾˟

무디는 중요한 정보를 건네고, 숙 용승은 그에게 선물을 준다.

3월 20일 아침에 월터 무디는 새벽이 되기도 전에 일어나서 하녀에게 뜨거운 물을 주문하고, 창가에 서서 얼굴을 씻고, 주택 지붕 너머로 남색빛 어두운 하늘이 회색으로, 그리고 옅은 파란색으로 밝아지는 것을 바라보았다. 하늘이 신선한 계란 노른자 같은 환한 노란색이 될 무렵 그는 옷을 입고, 계단을 내려가서, 버터 바른 토스트와 완숙으로 삶은 계란을 주문했다. 식당으로 가는 길에 그는 복도에서 서성거리며 계단 아래쪽에 있는 문이 잠긴 방에 귀를 대보았다. 잠시 귀를 기울이자 안에서 그르렁거리는 규칙적인 소리가 들렸고, 방 안에 있는 사람이 여전히 자고 있다는 사실에 만족해서 그는 걸음을 옮겼다.

크라운 호텔의 식당은 가끔 들락날락하는 요리사를 빼면 텅 비어 있었다. 요리사는 하품을 참으며 무디의 찻주전자를 가져왔고, 아침의 냉기에 끝이 약간 젖은 일간 『웨스트 코스트 타임스』를 가져올 때에도 다시 한 번 하품을 했다. 무디는 식사를 하면서 신문을 읽었다. 1면은 주로 반복되는 공고들이 실려 있었다. 은행들마다 금값을 최고로 쳐주겠다면서 경쟁적으로 관심을 끌려고 했다. 호텔 경영주들은 자신의 호텔의 여러 가지 특성을 자랑했다. 식료품상들과 도매상들은 자신의 물품 목록을 줄줄이 올렸고, 해운 소식란에는 최근에 출항한 승객들과 최근에 도착한 승객들 이름이 나와 있었다. 신문의 2면에는 프린스 오브 웨일스의 최근 쇼에 대한 길고 꽤나 악의 어린 비평이 크게 자리를 차지했고("문제로 삼을 수도 없을 정도로 수준이 형편없었다. 이건 비판할 가치조차 없다") 북쪽의 금광 투기업자들로부터 온 여러 가지 소문이 담긴 편지도 실렸다. 무디는 두번째 계란을 먹으면서 사회면을 보았고, 그의 눈이 낯익은 이름 두 개에 멈추었다. "식은 소박하게 치를 예정이고, 날짜는 아직 결정되지 않았다. 신혼여행은 없을 것이다. 축하의 카드와 편지 등은 현재 팰리스 호텔에 머물고 있는 예비 신랑 앞으로 보내기를 바란다."

무디는 인상을 찌푸린 채 신문을 접고, 입을 닦고, 식탁에서 일어섰다. 하지만 위층으로 돌아가서 모자와 코트를 챙기는 동안 그의 머릿속을 차지한 것은 두 사람의 약혼이나 약혼을 발표했다는 사실이 아니었다. 문제는 그 주소였다.

무디는 프랜시스 카버가 더이상 팰리스 호텔에 머물지 않는다는 사실을 알고 있었기 때문이다. 팰리스 호텔의 방은 전과 똑같이 프록코트가 옷장에 걸려 있고, 트렁크는 침대 발치에 있고, 이불은 엉망으로 구겨진 상태로 유지되고 있긴 했다. 방의 주인은 매일 아침 팰리스 호텔의 식당에서 아침식사를 하고, 밤이면 호텔 응접실에서 위스키를 마셨다. 여전히 팰리스 호텔의 경영인에게 주당 숙박비를 지불했고, 무디가 아는 한 경영주는 이 악명 높은 손님이 머물지도 않는 방을 위해서 일주일에 2파운드를 지불하고 있다는 사실을 몰랐다. 카버가 밤에 다른 곳에 머문다는 사실은 그다지 알려지지 않았고, 우연한 만남이 아니었다면 무디 역시 미망인이 강령회를 연 밤 이래로 카버가 울퉁불퉁한 카니에레로가 훤히 보이는 크라운 호텔 부엌 옆의 조그만 방에서 매일 잔다는 사실을 전혀 몰랐을 것이다.

7시 30분에 무디는 회색 중절모에 노란 능직무명 바지, 무릎까지 오는 가죽 부츠와 회색 서지 셔츠에 짙은 색깔 모직 코트를 걸친 차림새로 깁슨 부두를 따라 동쪽으로 걸어갔다. 그는 이제 일주일에 엿새는 이 차림으로 입었고, 개스코인은 재미있어하면서 몇 번이나 이 차림새에 근사하게 어우러질 해적의 빨간 허리띠는 왜 안 맨 거냐고 묻곤 했다.

무디는 크라운 호텔에 계속 머물기 위해 호키티카에서 꽤 가까운 광산을 구매했다. 이 거래로 인해서 그의 주당 수입은 엄청나게 줄었지만, 뻥 뚫린 하늘 아래 천막에서 잠을 자는 것보다는 이편이 나았다. 그는 천막에서 딱 한 번 자보았고, 그것은 엄청나게 불편한 경험이었다. 호키티카에서 광산까지 걸어가는 데에는 한 시간 20분이 걸렸다. 그래서 매일 아침 시계가 9시를 알리기 전에 그는 샛강 옆에 설치한 선광대 앞에서 물을 길어오고 휘파람을 불며 모래를 흔들어 걸렀다.

솔직히 말해서 무디는 그렇게 재능 있는 탐광자는 아니었다. 그는 사금을 찾기보다는 금덩어리가 나오기를 바랐다. 그래서 금이 박혀 있는 자갈이 선광대 아래쪽의 그물 사이로 미끄러져 그냥 빠져나가는 경우가 부지기수였다. 가끔은 선광대를 두 번이나 흔들어 비웠는데 금 알갱이 하나도 찾지 못할 때도 있었다. 그는 광부들이 흔히 '수지맞이 금(pay dirt)'이라고 부르는 정도만을 얻었다. 이는 주당 수입이 주당 지출액과 거의 똑같은 상태를 의미하는 말이었다. 하지만 계속 이런 식으로 버틸 수는 없었다. 그는 모두가 충고하는 것처럼 다른 사람과 짝을 짓거나 패를 만들어야 했다. 짝이 있으면 노다지를 찾을 가능성이 두 배로 올라가고, 다섯 명이나 일곱 명, 아홉 명이 패를 이루면 그 가능성은 더더욱 올라간다. 하지만 자존심 때문에 그럴 수가 없었다. 그는 미래를 살 수 있는 금덩이가 나오기를 매시간 꿈꾸면서 혼자서 이 고통을 견뎠다. 매일 밤 꿈에 빛나는 금이 나오기 시작했고, 생각지도 못한 장소에서 금빛이 반짝이는 것을 보고는 다시 쳐다보거나 눈을 깜박이거나 혹은 눈을 질끈 감곤 했다.

자신의 광산 북쪽 경계를 이루는 조그만 골짜기를 지나가다가 무디는 관목 사이로 흐릿하게 천막이 보이고 그 옆에는 모닥불의 잔해가 있는 것을 발견했다. 그는 우뚝 멈췄다. 호키티카의 광부들은 주말을 대체로 시내에서 지내고 빨라도 월요일 낮이나 되어야 다시 광산으로 나오곤 했다. 왜 이 광부는 동료들과 함께 지내지 않는 걸까? 그리고 다른 사람의 땅에서 뭘 하고 있는 거지?

"안녕하십니까."

무디는 천막의 주인을 깨우기 위해서 외쳤다.

"실례합니다."

즉시 천막 안에서 웅얼거리는 소리와 다급하게 움직이는 소리가 들렸다.

"미안하다. 대단히 미안하다…… 미안하다……."

천막 입구로 잠에 취한 중국인의 얼굴이 나타났다.

"문제없다. 대단히 미안하다."

"숙 선생?"

아 숙이 눈을 가늘게 뜨고 그를 보았다.

"월터 무디입니다. 혹시, 음, 저를 기억하십니까?"

무디가 가슴 위에 한 손을 올리고서 물었다.

"네, 네."

아 숙은 주먹으로 눈을 문질렀다.

"전 정말로 기쁩니다. 보시다시피 여긴 제 광산입니다. 이쪽 골짜기부터 저기 남쪽에 노란 말뚝이 박힌 곳까지죠."

"대단히 미안하다. 아무 해도 없다."

아 숙이 말했다.

"네, 물론입니다. 어쨌든 말이죠, 만나서 정말로 기쁩니다. 아주 많은 사람이 선생이 카니에레에서 사라진 걸 압니다. 저도 마찬가지고요. 선생을 보게 되어 정말로 기쁘군요. 아주 기쁘고, 전혀 화나지 않았습니다. 선생에게 무슨 일이 생겼을까봐 걱정했거든요."

"문제없다. 천막만 있다. 문제없다."

아 숙이 다시 안으로 사라졌다.

"저도 선생이 문제를 일으킬 생각이 없다는 걸 압니다. 괜찮습니다, 아 숙. 선생이 천막을 세웠다고 걱정하지는 않아요! 전혀 걱정하지 않습니다."

아 숙은 웃옷을 잡아내리면서 천막 밖으로 나왔다.

"나는 간다. 5분."

그가 손가락 다섯 개를 들어올리면서 말했다.

"괜찮습니다. 원하신다면 여기서 계속 자도 됩니다. 저한테는 별로 중요한 일이 아니니까요."

"어젯밤만."

아 숙이 말했다.

"그렇군요. 하지만 오늘밤에도 여기에 천막을 두고 싶다면 저는 상관없습니다."

무디의 말투는 마치 다른 사람의 아이에게 말할 때처럼 순수한 즐거움과 어색하게 정중한 태도를 오갔다.

"오늘밤은 아니다."

아 숙이 그렇게 말하며 천막을 걷으려고 했다. 아직 이슬에 젖은 천 덮개를 고정시키고 있던 줄을 당기자 그가 밤을 보낸 평평한 사각형 땅이 나타났다. 모직 담요는 구겨지고 그의 몸 자국대로 아직도 눌려 있었고, 모래로 가득한 단지와 가죽 지갑, 사금을 골라내는 접시, 차와 밀가루, 주름진 감자 몇 개가 든 주머니, 일반적인 여행용 보따리가 흩어져 있었다. 이 얼마 안 되는 물건들을 보면서 무디는 어쩐지 묘한 감명을 받았다.

"그나저나 지난 한 달 동안 어디에 있었습니까, 숙 선생? 강령회 이래로 한 달이나 지났는데. 아무도 선생에게서 연락 한마디 듣지 못했습니다!"

"채광한다."

아 숙은 천막 덮개를 가슴 앞에서 탁탁 펼치면서 대답했다.

"강령회가 끝나고 쏜살같이 사라졌잖습니까."

무디는 계속해서 말했다.

"선생이 불쌍한 스테인스 씨와 같은 방식으로 사라진 건 아닐까 생각했습니다! 선생이 왜 그런 식으로 사라졌는지 아무도 이유를 몰랐으니까요."

아 숙은 천을 반으로 두 번 접다가 멈추었다.

"스테인스 씨 돌아왔다?"

"불행히도 아닙니다. 여전히 실종 상태입니다."

"프랜시스 카버는?"

"카버는 아직 호키티카에 있습니다."

아 숙이 고개를 끄덕였다.

"펠리스 호텔."

"음, 실은 그렇지 않습니다."

무디는 사실을 털어놓을 수 있는 기회가 생긴 것이 기뻐서 말을 이었다.

"그 사람은 크라운 호텔에서 자기 시작했습니다. 은밀하게 말이죠. 아무도 그 사람이 거기 머무는 줄 모릅니다. 계속 펠리스 호텔에 머무는 척하면서 여전히 펠리스 호텔 주인에게 방값을 지불하고 있습니다. 예전처럼 거기 방도 유지하고 있고요. 하지만 매일 밤 크라운 호텔에서 잡니다. 자정이 넘은 후에 와서는 아침에 아주 일찍 나가죠. 제가 이걸 아는 이유는 제가 그 윗방을 쓰기 때문입니다."

아 숙은 찌를 듯한 눈으로 그를 보았다.

"어디에?"

"카버의 방 말입니까, 제 방 말입니까?"

"카버."

"그 사람은 1층의 부엌 옆방에서 잡니다. 동쪽을 바라보고 있죠. 흡연실과 아주 가깝습니다. 선생과 제가 처음 만났던 곳 말입니다."

"작은 방."

아 숙이 말했다.

"아주 작지요."

무디도 동의했다.

"하지만 카니에레로가 훤하게 내다보인다는 장점이 있습니다. 그 사람은 경계하고 있는 겁니다. 선생을 경계하고 있죠."

월터 무디는 아 숙과 프랜시스 카버의 과거에 대해서는 아무것도 몰랐다. 크라운 호텔에서는 그 이야기를 자세히 털어놓을 기회가 없었고, 한 달 전 여행자의 운수에 나타난 걸 제외하면 그 이래로 만나지 못했기 때문이다. 무디는 두 사람의 자세한 과거사를 굉장히 알고 싶었지만, 최선을 다해서 감시를 하고 탐문을 했음에도 ─ 그는 자극적인 주제를 신중하게, 느긋한 대화거리로 만드는 데에 능숙해졌다 ─ 크라운 호텔의 흡연실에서 들은 아편과 살인, 복수의 맹세가 뒤엉킨 과거 이야기 이상의 것은 전혀 알아내지 못했다. 아 퀴가 아 숙에게서 모든 이야기를 다 들은 유일한 사람이지만, 그는 영어를 쓰는 사람에게 그 이야기를 전할 만한 언어 능력이 없었다.

"매일 밤, 크라운 호텔에? 오늘밤에?"

아 숙이 물었다.

"네, 오늘밤에도 거기 있을 겁니다. 물론 말씀드린 것처럼 한밤중이 되어서야 오지만요."

"팰리스 아니다."

"네, 팰리스가 아닙니다. 호텔을 옮겼어요."

"나 이해한다."

아 숙은 엄숙하게 대답하고 나뭇가지에서 당김밧줄의 매듭을 풀기 시작했다.

"그 사람이 누군가요? 살해된 사람 말입니다."

무디가 물었다.

"내 아버지."

아 숙이 대답했다.

"아버지라고요?"

무디는 잠깐 머뭇거리다가 물었다.

"어떻게 살해되신 겁니까? 그러니까, 이런 걸 물어도 되는지 모르겠지만, 무슨 일이 있었던 거죠?"

"오래전이다. 전쟁 전."

"아편전쟁 말이죠."

무디가 재빨리 덧붙였다.

"맞다."

아 숙은 그렇게 말했으나 더이상 설명하지 않았다. 당김밧줄을 자신의 팔뚝에 대고 둥글게 감기만 할 뿐이었다.

"무슨 일이 있었습니까?"

무디가 다시 물었다.

"이윤."

아 숙은 간단하게 대답했다.

"어떤 이윤 말입니까?"

아 숙은 이것이 굉장히 멍청한 질문이라고 생각하는 것 같았다. 이를 알아채고 무디는 황급히 다른 질문을 던졌다.

"제 말은, 선생의 아버님께서 선생처럼 아편 사업을 하셨던 겁니까?"

아 숙은 아무 말도 하지 않았다. 팔뚝에서 둥글게 만 밧줄을 빼내 8자 모양으로 비틀어 꼬아 보따리 안에 넣었다. 그런 다음에 웅크린 자세로 앉아서 잠시 냉정한 눈으로 무디를 쳐다보다가 몸을 기울여 대단히 신중하게 흙에 침을 뱉었다.

무디가 물러섰다.

"죄송합니다. 캐묻지 말았어야 했는데."

월터 무디는 크로스비 웰스가 정치인 로더백의 서출 형제라는 이야기를 아무에게도 하지 않았다. 그 사실을 알아내고 나서 몇 시간 고민한 끝에 그 사실은 자신이 함부로 이야기할 수 있는 게 아니라는 결론을 내렸던 것이다. 이 사실을 감춘 이유는 마음속 아주 깊은 곳에서 나온 것이지만, 말로 설명하기는 쉽지 않았다. 가족의 잘못에 책임을 질 이유는 없는 법이다. 그리고 남의 개인적인 서신을 허락도 없이 공개하는 것은 잘못된 행동이었다. 그는 직접 나서서 이런 사실을 공개하고 싶지 않았다. 하지만 이런 이유를 다 합쳐도 진정한 이유와는 거리가 멀었다. 사실 무디는 지난 한 달 동안 이 두 남자와 자신을 수차례 비교했고, 각각에게 굉장히 동질감을 느꼈다. 물론 느끼는 방식은 전혀 달랐다. 서출 형제에게는 그 필사적인 행동에서 동질감을 느꼈고, 정치인에게는 그 자존심에서 동질감을 느꼈다. 매일 차가운 물속에 서서 손으로 흙과 금속 덩어리를 거르는 동안 그는 습관적으로 이런 두 가지 비교에 빠져들곤 했다.

아 숙은 마지막 남은 물건들을 보따리에 집어넣은 다음 그 위에 앉아서 신발끈을 묶었다.

무디는 더이상 참을 수가 없어서 고함을 질렀다.

"선생은 교수형을 당하게 될 겁니다. 카버를 죽이면 교수형을 당할 거예요. 어떤 이유가 있든 간에 그 사람의 목숨을 앗아가면 사람들이 선생의 목숨을 앗아갈 겁니다."

"나 이해한다."

아 숙이 대답했다.

"선생 입장에서는 절대로 공정한 재판이 아닐 겁니다."

"그렇다."

아 숙도 동의했다. 하지만 그런 생각에 별로 괴로워 보이지 않았다.

그는 불가에 무릎을 꿇고 나뭇가지를 집어들어 어젯밤 깜부기불 위에 얹어놓았던 축축한 흙을 휘저었다. 흙 아래에서 뭉친 핏덩이처럼 검고 아직 따스한 석탄이 나왔다.

"어떻게 하실 생각입니까? 그 사람을 쏠 겁니까?"

무디가 그를 바라보며 물었다.

"그렇다."

아 숙이 대답했다.

"언제요?"

"오늘밤. 크라운 호텔에서."

아 숙은 석탄 아래에서 뭔가를 찾으려는 것 같았다. 곧 그의 막대기가 뭔가 단단한 것에 부딪쳤다. 끄트머리를 지렛대처럼 이용해서 그가 그 물건을 풀밭 위로 끄집어냈다. 그것은 검댕처럼 시커메진 조그만 차 깡통이었다. 깡통이 여전히 뜨거운지 아 숙은 소매로 손을 감싼 다음에 깡통을 집었다.

"선생의 무기를 꺼내보십시오."

무디가 말했다. 아 숙이 고개를 들었다.

"선생의 무기를 어서 꺼내보시죠."

무디가 갑자기 흥분해서 말했다.

"권총은 이런 것도 있고 저런 것도 있는 법입니다, 선생. 저희 아버지가 말씀하시던 것처럼 자신의 무기에 대해서 알아야 합니다."

그가 아버지의 말을 남 앞에서 인용하는 것은 드문 일이었다. 애드리언 무디가 평소 하던 말들은 대부분 예의 바른 대화에 어울리지 않는 것들이었고, 월터 무디는 대체로 아버지에 대해 언급도 하지 않는 편이기 때문이다.

"나는 권총을 산다."

아 숙이 말했다.

"좋습니다. 어디 있죠?"

"아직 아니다."

"아직 안 샀습니까?"

"오늘."

아 숙은 깡통을 열고 손바닥에 금 알갱이를 한 줌 쏟았다. 무디는 그가 밤사이에 강도를 당할까봐 깡통을 불 아래 땅속에 묻었다는 것을 깨달았다.

"어떤 종류의 권총을 사려고 합니까?"

"티그린에서."

자유로운 손으로 그가 지갑을 집었다.

"제 말은 어느 제조사 것을 살 거냐는 겁니다. 어떤 종류를 살 건지요."

"티그린 것."

아 숙이 다시 말했다. 그는 한 손으로 지갑 끈을 풀고서 금을 그 안에 넣었다.

"그건 가게 이름입니다. 어떤 **종류**의 총을 사려는 겁니까? 무기는 다룰 줄 압니까?"

"프랜시스 카버를 쏜다."

"티그린에는 선생에게 맞는 게 없을 겁니다."

무디는 고개를 저으면서 말했다.

"거기서는 들새 사냥용 총 같은 거나 팔 겁니다…… 아니면 소총 같은 거거나…… 권총은 없을 겁니다. 선생에게 필요한 건 군용 총입니다. 모든 총이 다 사람을 죽일 수 있는 건 아니니, 선생에게는 제대로 임무를 다할 만한 게 필요합니다. 맙소사, 숙 선생! 권총은 그냥 잡화가 아닙니다! 말이 단순히…… 교통수단이 아닌 것처럼 말입니다."

그는 조금 어설픈 비유로 말을 마무리했다.

아 숙은 대답하지 않았다. 그는 두 가지 이유에서 티그린 철물 및 잡화점을 골랐다. 첫번째는 가게가 팰리스 호텔 바로 옆에 있다는 거였고 두번째는 가게 주인이 중국인에게 우호적이기 때문이었다. 첫번째 이유는 더이상 중요하지 않지만, 두번째 이유는 꽤 중요했다. 아 숙은 티그린 씨에게 가게에서 총을 대신 장전해달라고 할 생각이었기 때문이다. 그렇게 하면 바로 그날 일을 해치울 수 있을 것이다. 그는 권총을 쏘아본 적이 없었다. 하지만 기본적인 작동법은 알고 있고, 그게 크게 연습이 필요한 기술이 아닐 거라고 생각했다.

"캠프가의 판매상을 찾아가십시오. 도이치스 가스트하우스 바로 옆에 있습니다. 가짜 전면부 뒤로 지붕 꼭대기가 보이는 건물이죠. 간판은 아직 달지 않았지만, 소유주는 브룬턴과 솔로몬, 반스이고 문은 열었을 겁니다. 거기 가서 키어 페이턴트(Kerr Patent)를 달라고 하십시오. 다른 걸 팔려거든 거절하고요. 그건 영국 군용 총으로 굉장히 튼튼하고 목적에 적합할 겁니다. 키어 페이턴트의 가격은 정확히 5파운드입니다. 5파운드 이상을 부르면 사기를 치는 겁니다."

"5파운드?"

아 숙은 지갑 안의 금을 내려다보았다. 권총이 그렇게 적당한 가격이라고는 생각도 못했다! 다들 그 두 배 정도를 불렀던 것이다.

"키어 페이턴트."

그는 그것을 기억하기 위해서 읊조렸다.

"캠프가. 고맙다, 무디 씨."

"일을 끝내고 나면 어떻게 하실 생각입니까? 카버가 죽고 나면 말입니다. 자수할 겁니까? 아니면 도망칠 겁니까?"

갑자기 그는 이상할 정도로 흥분이 되었다.

하지만 아 숙은 그저 고개를 저었다. 그는 지갑을 여미고 네모난 천으로 지갑을 꼭꼭 쌌다. 그리고 마침내 일어서서 등 뒤로 보따리를 매달고 천으로 싼 지갑을 조심스럽게 주머니에 넣었다.

"이 광산. 수지맞이 금만 있다. 아주 적은 금."

무디가 한 손을 흔들었다.

"네, 압니다."

"여기 노다지 없다."

"귀향금 같은 건 없죠. 말씀하실 필요 없습니다, 숙 선생. 저도 다 아니까요."

아 숙이 그를 쳐다보았다.

"북쪽 간다. 검은 모래. 북쪽에 아주 운 좋다. 여기 덩어리 금 없다. 시내 너무 가깝다."

"찰스턴. 그렇군요. 찰스턴에는 돈 될 만한 게 있겠죠."

아 숙이 고개를 끄덕였다.

"검은 모래."

아 숙이 앞으로 나오자 무디는 그가 양손으로 검댕이 묻은 차 깡통을 쥐고 있는 것을 볼 수 있었다. 그는 깡통을 내밀었고, 무디는 놀라서 그것을 양손으로 받아들었다. 아 숙은 손을 떼지 않고 즉시 그 위로 몸을 굽혔고, 무디 역시 그를 흉내내어 허리를 굽혀 절을 했다.

"훅 네이 호완."

아 숙은 그렇게 말했지만 번역은 해주지 않았고 무디도 물어보지 않았다. 그는 몸을 펴고 깡통을 든 채 모자장수가 떠나가는 것을 바라보았다.

물고기자리의 태양

안나 웨더렐은 두 번 놀란다. 코웰 데블린은 의심하고, 증여권에 새로운 중요성이 생긴다.

물병자리에서 힐끗 본 것이 — 기대하고, 믿고, 예언에 나오고, 예측되고, 의심하고, 미리 경고를 받았던 것들 — 물고기자리에서는 명백해진다. 한 달 전에는 오로지 몽상가만이 꿈꾸던 그런 환영이 이제는 현실의 형태를 갖고 실체를 이루는 것이다. 우리는 우리 자신의 선택의 산물이고, 자신의 손으로 결말을 선택한다.

물고기자리를 넘어가면? 자궁에서 피투성이의 생명이 태어난다. 우리는 따라갈 수 없다. 끝에서 처음으로 뛰어넘을 수는 없으니까. 양자리는 집단적인 관점을 받아들이려 하지 않고, 황소자리는 주관적인 태도를 단념하려 하지 않을 것이다. 쌍둥이자리의 규칙은 배타적이고, 게자리는 원인을 찾고, 사자자리는 목적을 추구하며, 처녀자리는 계획을 바란다. 하지만 이것들은 제각기 진행되는 일들일 뿐이다. 12궁의 두 번째 행동에서 우리는 우리 자신의 모습을 드러낼 수 있다. 천칭자리는 개념으로, 전갈자리는 재능으로, 궁수자리는 목소리로 우리의 모습을 보여준다. 염소자리에서 우리는 기억을 얻고, 물병자리에서는 통찰력을 얻는다. 그리고 12궁에서 가장 오래되고 마지막을 점하는 물고기자리에 와서야 일종의 자아를 얻어 완전해진다. 하지만 자신과 자기인식이라는 두 가지 요람을 반영하는 물고기자리의 두 마리 물고기는 정신의 우로보로스*이고 ― 운명의 의지이자 운명 지어진 의지를 뜻한다 ― 자기 파멸의 궁**은 공기도 없고 문도 없는, 안에서 모르타르를 발라 만든 죄수가 지은 감옥이다.

이러한 변화는 시곗바늘이 움직이면서 되돌릴 수 없이 우리에게 찾아온다.

Φ

리디아 웰스는 두번째 강령회를 주최하지 않았다. 미망인은 같은 군중을 상대로 같은 속임수를 반복해서는 안 된다는 사기꾼의 좌우명을 잘 알고 있었던 것이다. 하지만 이로 인해서 사기꾼이라는 비판을 받을 때면 부인은 그냥 웃음을 터뜨렸다. 그녀는 『웨스트 코스트 타임스』에 공개 서한을 실었고, 편지에서 스테인스 씨의 망령과 소통하려던 시도가 실패했다고 인정했다. 이 실패는 그녀의 직업 분야에서는 전례 없는 일이며, 이 비정상적인 결과는 사후세계가 스테인스의 영혼을 보내주지 않으려 했다기보다는 그럴 수가 없었던 걸로 보인다고 주장했다. 다시 말해서 스테인스 씨는 죽지 않았으며 청년이 결국에는 돌아오게 될 거라고 확신한다는 말로 미망인은 편지를 마무리했다.

---

* 꼬리를 문 뱀의 형상.
** 물고기자리의 다른 이름.

이 주장에 크라운 호텔의 남자들은 꽤나 당황했다. 하지만 이는 (미망인의 책략이 모두 그러했던 것처럼) 미망인의 사업적 명성을 높여주었고, 신문이 발행된 후 여행자의 운수는 아주 번창하기 시작했다. 이전 호텔은 매일 저녁 7시부터 10시까지 문을 열었고, 특가의 브랜디와 사색적인 대화를 제공했다. 점술은 오후에 예약자만이 볼 수 있었고, 이전 방침에 따라 안나 웨더렐은 모습을 드러내지 않았다.

안나는 오로지 매일 산책을 할 때에만 여행자의 운수에서 나왔고, 그때마다 매일의 운동이 얼마나 많은 장점을 갖고 있는지 잘 알고 종종 산책을 가장 좋아한다고 말하는 웰스 부인과 항상 동행했다. 팔짱을 끼고서 두 여자는 매일 아침 레벨가를 따라 북쪽으로 올라갔다가 반대편으로 돌아왔다. 두 여자는 지나가며 가게 창문에 진열된 모든 물건을 구경하고, 우유와 설탕을 살 수 있으면 샀다. 그리고 호키티카의 주민들에게 대단히 상냥하면서도 열의 없는 인사를 했다.

그날 아침 그들은 평소보다 이른 시간에 산책을 다녀왔다. 리디아 웰스가 9시에 호키티카 법원에서 약속이 있기 때문이었다. 죽은 남편 크로스비 웰스의 재산에 관련된 법적 문제 때문에 치안판사 앞에 소환되었고, 소환장에는 좋은 소식을 듣게 될 거라는 은근한 암시가 있었다. 9시 10분 전에 여행자의 운수 정문이 열리고 짙은 파란색 드레스에 대비되어 구릿빛 머리가 화려하게 빛나는 리디아 웰스가 햇살 아래로 나왔다.

코웰 데블린은 웰스 부인이 호텔을 나와 길거리를 걸어가는 것을 보았다. 미망인은 어깨 위로 숄을 꼭 여미고, 하던 일을 멈추고 자신을 바라보는 남자들에게 미소를 던졌다. 목사는 여자가 사람들 속으로 사라질 때까지 기다리고, 그다음에도 안전을 위해서 5분쯤 더 기다렸다. 그러고 나서 길을 건너 여행자의 운수 계단을 올라 베란다로 들어서서는 법원의 검은 전면부를 힐끗 돌아본 뒤 문을 두드렸다. 그는 낡은 성경을 여전히 가슴에 안고 있었다.

문이 즉시 열렸다.

"웨더렐 양."

데블린이 자유로운 손으로 모자를 벗으며 말했다.

"제 소개를 하겠습니다. 저는 코웰 데블린입니다. 호키티카 교도소의 담당 목사지요. 웨더렐 양에게 굉장히 중요할 것 같은 서류를 제가 가지고 있는데, 이 문제를 논의하기 위해서 은밀하게 이야기를 좀 할 수 있을까요?"

"목사님이 기억나요. 제가 정신을 잃었다 감옥에서 깨어났을 때 거기 계셨죠."

안나가 말했다.

"그렇습니다."

"절 위해 기도를 해주셨고요."

"그 이래로도 여러 차례 웨더렐 양을 위해서 기도를 했습니다."

안나는 놀란 표정이었다.

"그러셨나요?"

"열심히 했지요."

목사가 대답했다.

"뭘 하고 싶다고 그러셨죠?"

데블린이 다시 자신의 의도를 설명했다.

"서류라니, 무슨 말씀이세요?"

"여기서 보여드리고 싶지는 않습니다. 안으로 들어가도 될까요?"

안나가 망설였다.

"웰스 부인이 안 계세요."

"네, 압니다. 사실 부인이 지금 막 법원으로 들어가는 것을 보고서 웨더렐 양과 단둘이 이야기를 할 수 있을까 하는 마음에 서둘러 여기로 온 겁니다. 제가 한동안 이런 기회를 기다리고 있었다고 말씀을 드려야겠군요. 안으로 들어가도 될까요?"

"부인이 여기 안 계실 때에는 손님을 받으면 안 돼요."

"제가 웨더렐 양과 이야기하고 싶은 문제는 딱 하나입니다. 그리고 저는 성직에 있는 사람이고, 지금은 부적절한 시간이 아닙니다. 주인마님께서 이런 사소한 것도 막으실까요?"

안나의 주인마님은 그런 사소한 것뿐만 아니라 더 많은 것도 막는 사람이었다. 자기 마음대로 정한 규칙에 예외를 인정하는 것은 미망인의 방침에 어긋났다. 하지만 순간적으로 안나는 무모하게 행동하기로 결심했다.

"부엌으로 오세요. 제가 차를 끓일게요."

"정말로 친절하시군요."

데블린은 안나를 따라 복도를 지나 집 뒤쪽에 있는 부엌으로 들어섰다. 안나가 주전자에 물을 채워 화덕 위에 올릴 동안 그는 여전히 선 채로 기다렸다. 안나는 정말로 터무니없을 만큼 말랐다. 뺨은 홀쭉하고, 피부는 납빛이었다. 쇠약한 움직임으로 보아 영양실조가 분명했고, 움직일 때마다 몇 주는 제대로 된 식사를 못 한 것처럼 몸이 부들부들 떨리고 힘들어 보였다. 데블린은 재빨리 부엌을 둘러보았다. 싱크대 위에는 아침을 먹은 접시가 건조시키느라 차곡차곡 놓여 있었고, 검은 딸기 무늬가 있는 세라믹 달걀 컵을 포함해서 모든 것이 두 개씩이었다. 리디아 웰스가 아침 일찍 손님과 함께 식사를 즐긴 게 아니라면 ─ 그럴 것 같지는 않았다 ─ 안나도 최소한 아침은 먹었다는 거였다. 빵 선반에는 빵 반 덩어리가 리넨 천으로 싸여 있었고, 버터 접시는 아직 치우지도 않았다.

"차와 함께 비스킷을 드시겠어요?"

"정말로 친절하시군요."

데블린은 다시 말하고는 같은 말을 반복하는 것이 부끄러워서 재빨리 덧붙였다.

"웨더렐 양이 중국 약물에 대한 의존성을 극복한 것을 보니까 참으로 기쁘군요."

"웰스 부인은 집에서 그런 걸 허용하지 않으세요."

안나는 얼굴에서 머리카락을 젖히고 식료품 저장 선반에서 비스킷 통을 꺼냈다.

"그런 건 마땅히 엄격하게 해야지요. 하지만 축하를 받아야 하는 건 웨더렐 양 본인입니다. 그런 의존성을 떨쳐냈다는 건 굉장히 강인하다는 뜻이니까요. 저는 그런 훌륭한 일을 해내지 못한 성인 남자들을 많이 봤습니다."

데블린은 긴장하면 아주 격식을 갖춰서 말하는 경향이 있었다.

"전 그냥 그만뒀어요."

안나가 말했다.

"그렇지요. 그냥 중단하는 것이 물론 유일한 방법입니다. 하지만 그 후로 며칠이든 몇 주든 온갖 유혹과 싸워야만 했을 겁니다."

데블린이 고개를 끄덕이면서 말했다.

"아뇨, 전 그냥 더이상 필요가 없었어요."

"굉장히 겸손하시군요."

"전 겸손 떠는 게 아니에요. 한동안은 계속 했어요. 덩어리를 다 쓸 때까지는요. 전부 다 피웠죠. 하지만 취기가 더이상 느껴지지 않았어요."

데블린은 평가하는 눈으로 그녀를 쳐다보았다.

"그걸 중단한 이래로 건강이 훨씬 더 나아졌습니까?"

"그랬을 거라고 생각해요. 전 아주 괜찮아요."

안나는 접시 위에 비스킷을 반원형으로 펼치면서 대답했다.

"웨더렐 양의 말을 부정해서 미안합니다만, 웨더렐 양은 그렇게 건강해 보이지가 않아요."

"제가 너무 말랐다는 말씀이시겠죠."

"굉장히 말랐어요."

"전 추워요. 요즘은 항상 추워요."

"굉장히 말라서 그런 걸 거라고 생각됩니다."

"네. 저도 아마 그럴 거라고 생각해요."

잠시 후에 데블린이 말했다.

"의욕이 없는 사람은 ─ 특히 자살을 생각하는 사람들의 경우에 ─ 식욕이 없는 것이 공통된 증상이더군요."

"전 식욕이 있어요. 잘 먹어요. 그저 살이 계속해서 빠질 뿐이에요."

"매일 먹나요?"

"하루 세 끼요. 두 번은 더운 음식을 먹고요. 제가 우리 둘이 먹을 음식을 요리하는걸요."

"웰스 부인이 굉장히 고마워하시겠군요."

데블린은 안나의 말을 완전히 믿지는 않는다는 사실이 뚜렷하게 드러나는 어조로 말했다.

"네."

안나는 멍하니 대답하고서 몸을 돌려 싱크대 위쪽의 받침대에서 컵과 받침 접시를 꺼냈다.

"웰스 부인이 결혼한 뒤에도 계속 지금 상태로 머무를 건가요?"

데블린이 물었다.

"아마도 그렇겠죠."

"카버 씨가 여기로 들어와서 살게 될 텐데요."

"네, 그럴 생각인 걸로 알아요."

"두 사람의 약혼이 오늘 아침에 『웨스트 코스트 타임스』에 발표되었습니다. 굉장히 조용한 발표였죠. 어찌 보면 억제되었다고 할 정도로요. 하지만 결혼식은 언제나 경사죠."

"전 결혼식이 좋아요."

"그렇군요. 경사죠. 상황이 어떻든 간에 말입니다."

한 달 전 『웨스트 코스트 타임스』의 편집자에게 보내는 조지 셰퍼드의 편지로 인해서 촉발된 스캔들로 손상된 미망인의 평판을 개선할 수 있는 유일한 방법은 재혼이라고들 했다. 크로스비 웰스의 유산에 대한 웰스 부인의 청구 소송도 그녀가 남편이 죽기 몇 년 전부터 바람을 피웠다는 사실이 밝혀지며 입지가 약해졌고, 알리스테어 로더백이 아주 솔직하게 전부 고백하는 바람에 입장이 더더욱 위태로워졌다. 조지 셰퍼드에게 보낸 공개적 답장에서 로더백은 자신이 유권자들에게 정사에 관한 것을 숨기고 있었다고 인정하고 진심으로 사과한다고 말했다. 그리고 스스로 이렇게 부끄러울 수가 없으며 모든 책임은 전적으로 자신이 질 것으로, 죽는 날까지 웰스 씨의 오두막에 30분 늦게 도착해서 그 남자의 용서를 구할 수 없었다는 것을 후회할 거라고 적었다. 이 고백은 예상했던 결과를 낳았다. 그에 대한 동정과 존경이 줄줄이 뒤를 이었고, 이로 인해 로더백의 평판이 더 좋아졌다고 생각하는 사람들도 있었다.

안나는 받침 접시와 찻잔을 가지런하게 놓았다.

"응접실로 가세요. 물이 끓으면 주전자 소리가 들릴 거예요."

쟁반을 놔두고 안나는 도로 복도를 지나서 응접실로 향했다. 응접실에는 미망인의 오후 약속에 맞춰 큰 안락의자 두 개를 가까이 끌어다 놓고 커튼은 내려놓은 상태였다. 데블린은 안나가 앉기를 기다렸다가 자리에 앉아 성경을 펼치고 책장 사이에서 불에 그을린 선물 증서를 꺼냈다. 그가 말없이 증서를 안나에게 건넸다.

이번 1865년 10월 11일, 증인 크로스비 웰스(남)가 동석한 자리에서 뉴 사우스 웨일스 출신 에머리 스테인스(남)가 뉴 사우스 웨일스 출신인 안나 웨더렐(여)에게 2천 파운드의 돈을 증여한다.

안나는 약간 멍한 눈으로 증서를 받아들었다. 그녀는 거의 문맹이라서 글자를 보고 금세 이해할 거라고는 생각도 하지 않았다. 하지만 자신의 이름은 알았고, 아주 환한 빛 아래서 아주 천천히 읽으면 문장 하나 정도는 어떻게 이해할 수 있었다. 하지만 굉장히 힘든 작업이었고 실수도 많이 했다. 그러나 종이를 받아들고서는 놀라서 소리를 지르며 안나는 그것을 눈앞에 갖다댔다.

"이건 읽을 수 있어요."

거의 속삭임에 가깝게 안나가 말했다.

데블린은 안나가 글 읽는 법을 배운 적이 없다는 걸 몰랐기 때문에

이 선언에 그리 주의를 기울이지 않았다.

"크로스비 웰스가 죽은 다음 날 그 사람의 화덕 바닥에서 이 서류를 찾았습니다. 보시다시피 엄청난 금액의 돈이죠. 이 증서가 유증이라는 걸 고려하면 더욱 중요하고요. 나는 사실 이걸 잘 이해할 수가 없더군요. 먼저 경고를 해야겠는데, 법적인 면에서 이 서류는 유효하지 않아요. 스테인스 씨가 이름을 서명하지 않았고, 그렇기 때문에 웰스 씨의 서명도 무효가 됩니다. 증인이 당사자보다 먼저 서명을 해서는 안 되니까요."

안나는 아무 말도 하지 않고 여전히 서류만 쳐다보고 있었다.

"전에 이 서류를 본 적이 있나요?"

"아뇨."

"이런 서류가 있다는 건 알고 있었나요?"

"아니요!"

데블린은 조금 놀랐다. 안나가 그 말을 거의 소리를 지르다시피 했기 때문이었다.

"뭔가 문제가 있나요?"

"전 그냥……."

안나가 목으로 손을 올리고서 다시 말했다.

"제가 뭐 하나 여쭤봐도 될까요?"

"물론이에요."

"혹시 목사님께서는, 그러니까 목사님의 경험상……."

안나는 말을 멈추고 입술을 깨물었다가 다시 말했다.

"제가 왜 이걸 읽을 수 있는지 아세요?"

데블린은 안나의 눈을 쳐다보았다.

"무슨 말인지 이해가 잘 안 되는군요."

"저는 글을 배운 적이 없어요. 정식으로는요. 그러니까, 편지를 소리 내서 읽을 수는 있어요. 상표랑 간판도 알고요. 하지만 그건 읽는다기보다는 매일 보는 거라 외우는 것에 가까워요. 전 신문은 읽어본 적이 없어요. 처음부터 끝까지 전부는요. 그러려면 수십 시간이 걸릴 거예요. 하지만 이건…… 이건 읽을 수 있어요. 노력하지 않고서도요. 생각하는 것만큼 빠르게요."

"소리 내서 읽어보세요."

안나는 자연스럽게 글을 읽었다.

데블린은 인상을 찌푸렸다.

"정말로 이 서류를 전에 본 적이 없다고 확신하나요?"

"확신해요."

"그렇다면 스테인스 씨가 웨더렐 양에게 2천 파운드를 주려고 한다는 걸 이미 알고 있었나요?"

"아뇨."

"웰스 씨는 어떻죠? 웰스 씨랑 이 문제에 대해서 이야기를 한 적이 있나요?"

"아뇨. 말씀드렸잖아요. 전 이걸 처음 봐요."

"혹시 이 이야기를 들었는데 잊어버렸다든지……."

"그런 엄청나게 많은 돈에 관해서 잊어버리진 않을 거예요."

안나가 대답했다. 데블린은 잠시 말없이 그녀를 쳐다보다가 말했다.

"대륙 출신 유모를 둔 아이들이 어느 날 아침에 일어나서 유창하게 네덜란드어나 프랑스어, 독일어를 하게 된다는 이야기를 들은 적이 있는데……."

"전 유모가 있어본 적이 없어요."

"……하지만 갑자기 글 읽는 능력이 생긴 사람 이야기는 들어본 적이 없군요. 정말이지 기묘한 일이야."

그의 목소리에는 회의적인 기색이 가득했다.

"전 유모가 있어본 적이 없어요."

안나가 다시 말했다. 데블린이 몸을 앞으로 기울였다.

"웨더렐 양의 이름은 살인을 비롯해서 해결되지 않은 수많은 범죄와 관련이 되어 있어요. 대법원의 재판이 얼마나 중한 건지 내가 구태여 강조하지 않아도 알 거라고 생각합니다."

그가 안나의 손에 있는 증서를 가리켰다.

"이 증서는 스테인스 씨가 사라지기 석 달 전에 작성된 거예요. 여기 쓰인 금액은 웰스 유산의 정확히 절반에 해당하고요. 웰스 씨는 스테인스 씨가 사라진 바로 그날 죽었고, 죽은 다음 날 아침에 내가 이 서류를 화덕에서 발견했어요. 이 사건들은 분명히 연관이 있고, 나는 못해도 검사라면 이 사건들을 연결할 수 있을 겁니다. 혹시라도 웨더렐 양이 곤란한 입장에 있다면, 내가 도울 수도 있어요. 하지만 나를 믿지 않으면 도와줄 수가 없어요. 내가 바라는 건 나를 믿고 웨더렐 양이 알고 있는 걸 털어놓는 거예요."

안나는 인상을 찌푸렸다.

"이 서류는 웰스의 유산과는 아무런 관계도 없어요. 이건 크로스비가 아니라 에머리의 돈에 대한 거잖아요."

"웨더렐 양 말이 맞아요. 하지만 웰스 씨의 오두막에서 발견된 금이 웰스 씨의 것인지는 굉장히 의심스러운 상황이니까요. 그 금은 갓 캔 상태로 발견된 게 아니었어요. 금 제련사가 제련을 해서 금괴와 같은 상태로 압착한 거죠. 제련을 하면서 서명을 박았고, 이 서명을 통해서 은행에서는 스테인스 씨의 소유인 광산에까지 금의 출처를 추적했죠. 오로라까지요."

"오로…… 뭐요?"

"오로라요. 금광 이름이에요."

"아."

안나는 여전히 혼란스러운 표정이었다. 그녀를 불쌍하게 여긴 데블린은 좀더 천천히 모든 것을 다시 설명했다. 이번에는 안나도 이해했다.

"그러니까 그 금은 전부 다 에머리의 것이로군요?"

"아마도요."

데블린이 신중하게 말했다.

"그리고 그 사람은 그 절반을 저에게 주려고 했고요!"

"이 증서는 스테인스 씨가 웨더렐 양에게 2천 파운드를 주려고 한다는 내용을 담고 있긴 해요. 그리고 10월 11일 밤에 웰스 씨는 이런 의도를 알고 있었고, 심지어는 보증을 섰을 가능성도 있죠. 하지만 내가 이미 말했듯이 이 서류는 무효예요. 스테인스 씨가 서명을 하지 않았으니까요."

"그 사람이 서명을 했으면 어떻게 되는 건가요?"

"스테인스 씨를 찾을 때까지는 우리가 할 수 있는 일이 아무것도 없어요."

그는 잠시 동안 안나를 바라보다가 말했다.

"이 서류를 웨더렐 양에게 가져오기까지 나는 한참 동안 고민을 했고, 그 점에 대해서는 사과를 구하고 싶군요. 그 이유는 단순히 웨더렐 양과 단둘이 이야기할 기회를 기다렸기 때문입니다. 웨더렐 양도 알다시피 그럴 기회가 굉장히 드물었잖습니까."

"이 서류에 대해서 누가 알죠? 목사님이랑 저 말고요."

갑자기 안나가 물었다. 데블린은 머뭇거렸다.

"셰퍼드 교도소장님요."

그는 사실을 말하기로 했지만, 전부 다 말할 생각은 없었다.

"한 달쯤 전에 교도소장님과 이 문제에 대해서 이야기를 했습니다."

"그분이 뭐라고 하셨죠?"

"이게 일종의 장난이 아닐까 생각하시더군요."

"장난요? 어떤 장난요?"

안나는 풀이 죽은 얼굴이었다. 데블린은 안타까운 마음에 손을 내밀어 그녀의 손을 잡고 꼭 쥐었다.

"실망하지 말아요, 웨더렐 양. 가난한 사람들이야말로 영혼이 축복받은 사람들이고, 우리 모두에게 금보다 더 훌륭한 유산이 기다리고 있을 테니까요."

부엌에서 날카로운 삑삑대는 소리가 들리고 뜨거운 증기가 무쇠 주전자에서 뿜어져나오는 쉭 소리가 들렸다.

"주전자로군요."

데블린이 미소를 지으며 말했다. 안나가 그에게서 손을 빼냈다.

"목사님, 저희 차에 물을 좀 대신 따라주실 수 있을까요? 전 기분이 좀 이상해서 잠깐 혼자 있고 싶어요."

"그러지요."

코웰 데블린은 정중하게 말하고서 응접실을 나갔다.

그가 사라지자마자 안나는 여전히 불에 그을린 증서를 손에 쥔 채 일어나서 두 걸음 만에 응접실을 가로질렀다. 심장이 빠르게 뛰었다. 그녀는 잠시 꼼짝 않고 서서 용기를 모으다가 매끄러운 동작으로 미망인의 책상으로 가서 증서를 책상에 내려놓고, 잉크병을 연 다음, 웰스 부인의 펜을 들어 펜촉을 잉크병에 담갔다가 몸을 기울여서 글자를 썼다.

에머리 스테인스

안나는 에머리 스테인스의 서명을 한 번도 본 적이 없었지만, 자신이 서명을 정확히 복제했다는 사실을 전혀 의심하지 않았다. 스테인스의 성 부분은 무심하게 쓴 것처럼 끝으로 갈수록 가늘어졌고, 이름 부분은 기운차서 정확히 읽기가 어려웠다. 서명은 자신만만하게 기울어져 있는데다가, 사소한 변화 정도로는 주인을 의심할 수 없을 정도로 자주 해본 것처럼 가볍게 밑줄이 쳐져 있었다. E의 앞부분에는 이중 소용돌이무늬가 있고 ─ 개인적인 특징 ─ S는 살짝 납작한 편이었다.

"뭘 한 겁니까?"

데블린은 차 쟁반을 손에 들고 무시무시한 경고의 표정을 지은 채 문가에 서 있었다. 그가 쟁반을 덜그럭 소리가 나게 선반에 내려놓고 그녀 쪽으로 다가와서 손을 내밀었다. 말없이 안나는 서류를 그에게 건넸고 그가 그것을 홱 빼앗았다. 잠깐 동안 분노가 너무 커져서 말이 나오지 않았다. 그러다가 간신히 감정을 억누르고 그가 아주 조용하게 말했다.

"이건 사기 행위입니다."

"그럴지도요."

안나가 말했다.

"뭐라고요?"

데블린은 거의 격분해서 소리쳤다. 그가 그녀를 돌아보았다.

"뭐라고 했죠?"

그는 안나가 수그러들 거라고 생각했지만, 그녀는 그러지 않았다.

"그게 그 사람 서명이에요. 증서는 유효해요."

"이건 그 사람 서명이 아니에요."

"맞아요."

"이건 위조입니다. 지금 위조죄를 저지른 거예요!"

"무슨 말씀 하시는 건지 잘 모르겠어요."

"웨더렐 양의 오만함은 끔찍하군요. 위증죄에 사기죄까지 더하고 싶은 겁니까?"

데블린이 말했다.

"전 사기에 대해서는 아무것도 모르는 것 같은데요."

"진실이 밝혀질 겁니다. 한번 보면 위조인지 아닌지 말할 수 있는 분석가들이 있어요, 웨더렐 양."

"이건 안 그래요."

"망상에 빠지지 말아요. 부끄러운 줄 알아요."

데블린이 말했다. 하지만 안나는 전혀 망상에 빠져 있지 않았고, 부끄럽지도 않았다. 사실 몇 달 만에 가장 머리가 민첩하게 돌아가는 느낌이었다. 이제 에머리 스테인스의 서명이 증여 서류에 있으니까 서류는 더 이상 무효가 아니었다. 이 서류의 공신력에 따라 2천 파운드가 에머리 스테인스에게서 안나 웨더렐에게 선물로 넘어올 것이다. 증서에는 서명이 들어갔고, 증인도 있었으며, 기부자의 서명도 온전했다. 서명인 중 한 명이 사라졌고 다른 한 명은 죽은 이상 누가 그녀의 말을 부정하겠는가?

"제가 다시 봐도 될까요?"

안나가 말했고, 분노로 시뻘게진 얼굴로 데블린이 증서를 그녀에게 건넸다. 증서를 손에 넣자 안나는 황급히 물러나서 아가스 개스코인의 드레스 보디스를 조금 풀어 서류를 단추 사이에 밀어넣고 그대로 피부와 옷 사이에 넣어두었다. 보디스 위에 양손을 얹은 채 그녀는 숨을 헐떡이며 그대로 서서 데블린의 눈을 보았다. 그는 꼼짝도 하지 않았고, 두 사람 사이에는 3미터 정도의 공간이 있었다.

"이런 부끄러운 짓을! 설명을 해봐요."

데블린이 조용히 말했다.

"전 다른 사람의 의견을 들어보고 싶을 뿐이에요."

"방금 서류를 위조했지 않습니까, 웨더렐 양."

"그건 입증할 수 없을 거예요."

"내가 증언하면 되죠."

"제가 반대 증언을 할 거라고는 생각하지 않으세요?"

"그건 위증이에요. 그리고 법정에서 그렇게 말한다면 정말로 엄청난 죄가 될 거고, 감옥에 가게 될 거예요. 바보 같은 짓은 하지 말아요."

"전 다른 사람의 의견을 들어볼 거예요. 법원에 가서 물어볼 거예요."

안나가 다시 말했다.

"웨더렐 양, 좀 진정해요. 생각을 해봐요. 성직자의 말 대 매춘부의 말이란 말입니다."

"전 더이상 매춘을 하지 않아요."

"정말 미안하군요. 전직 매춘부죠."

데블린이 그녀 쪽으로 한 걸음 다가갔고, 안나는 물러났다. 안나의 손은 여전히 가슴 위를 꼭 누르고 있었다.

"한 걸음만 더 다가오면, 전 비명을 지르면서 제 보디스를 찢고 목사님이 그랬다고 할 거예요. 길거리에서 사람들이 제 목소리를 들을걸요. 순식간에 들어올 거예요."

데블린은 한 번도 이런 식으로 협박을 당해본 적이 없었다.

"더이상 다가가지 않겠습니다. 아니, 즉시 물러나지요."

그가 위엄 있게 말하고서 아까 전까지 앉아 있던 의자로 돌아가 도로 앉았다.

"웨더렐 양과 다툴 마음은 없습니다. 하지만 몇 가지 질문을 좀 하고 싶군요."

그가 이제는 좀더 조용하게 말했다.

"하세요."

안나는 여전히 숨을 몰아쉬면서 말했다.

"물어보세요."

데블린은 정공법을 쓰기로 했다.

"웨더렐 양이 지난겨울에 난파선 화물 중에서 산 드레스들이 예전에 리디아 웰스의 것이었다는 걸 알았습니까?"

안나가 입을 딱 벌리고 그를 보았다.

"질문에 대답을 해주면 좋겠군요. 나는 웰스 부인이 프랜시스 카버의 도움을 받아서 알리스테어 로더백 씨를 협박하는 데 사용했던 그 다섯 벌의 드레스를 말하는 겁니다."

"뭐라고요?"

"드레스요."

데블린이 계속해서 말했다.

"각각의 드레스에 제련하지 않은 금광석이 안감 안에, 보디스 주위에, 치맛단 주위에 들어가 있었을 겁니다. 그 드레스 중 하나는 오렌지색 실크로 만들어졌고, 다른 네 벌은 옥양목으로 크림색과 회색, 하늘색, 분홍색 줄무늬였을 거고요. 이 네 벌은 현재 그리디론 호텔의 계단 뒤 상자 안에 보관되어 있죠. 오렌지색 드레스는 오베르 개스코인 씨가 자신의 집에 갖고 있고요."

이제 안나는 그에게 완전히 집중한 상태였다.

"그걸 어떻게 아세요?"

안나가 낮은 목소리로 물었다.

"나는 웨더렐 양에 대해서 꽤 많은 걸 알아봤습니다. 그러니까 이제 질문에 대답을 하세요."

안나의 얼굴은 창백했다.

"오렌지색 드레스에만 금이 들어 있었어요. 다른 네 벌에는 무게추만 들어 있었을 뿐이에요. 납으로 만든 추요."

"그 옷들이 예전에 리디아 웰스의 것이었다는 건 알고 있었나요?"

"아뇨. 확실히는 몰랐어요."

"하지만 추측은 했군요."

"전…… 들은 이야기가 있었어요. 몇 달 전에요."

"처음 드레스 안에 뭐가 들었는지 알게 된 건 언제였죠?"

"에머리가 사라진 다음 날 밤요."

"웨더렐 양이 자살을 시도했다고 수감되었던 뒤에 말이군요."

"네."

"그리고 개스코인 씨가 웨더렐 양의 약속을 받고서 대신 보석금을 지불했고, 두 사람이 레벨가의 개스코인 씨 집으로 가서 오렌지색 드레스를 뜯어내고 망가진 옷은 나중에 그 사람 침대 아래 숨겼겠죠."

"어떻게……."

안나는 겁에 질린 얼굴이었지만 데블린은 말을 멈추지 않았다.

"아마도 그날 저녁에 그리디론에서 돌아온 후에 제일 먼저 한 일이 옷장으로 가서 나머지 네 벌의 드레스를 확인해본 거겠죠."

"네. 하지만 뜯어본 건 아니었어요. 그냥 솔기 사이로 만져봤어요. 그걸 만져봤을 때에는 납인 줄 몰랐어요. 금이 더 있는 거라고 생각했어요."

안나가 대답했다.

"그렇다면 갑자기 자신이 굉장한 부자가 되었다고 생각했겠군요."

"맞아요."

"하지만 에드거 클린치에게 빚을 갚는 데에 그 금을 쓰기 위해서 드레스 치맛단을 뜯지는 않았고 말이죠."

"나중에 뜯었어요. 그다음 주에요. 그때 그게 무게추라는 걸 알았죠."

"하지만 그때도 개스코인 씨에게 웨더렐 양이 추측한 걸 말하지는 않았죠. 대신에 무력하고 아무것도 모르는 척하면서 돈이 없으니까 제발 도와달라고 애걸했고 말입니다!"

"그걸 어떻게 다 아시는 거죠?"

안나가 물었다.

"질문은 내가 하지요. 그 금을 갖고서 뭘 할 생각이었죠?"

"도로 넣어둘 생각이었어요. 비상금으로요. 제겐 금을 숨길 만한 곳도 없었고요. 에머리에게 물어보면 어떨까 생각했죠. 달리 믿을 만한 사람이 아무도 없었으니까요. 하지만 그 무렵에 그 사람은 사라졌죠."

"리디아 웰스는요? 바로 그날 오후에 그리디론으로 가서 클린치 씨에게 웨더렐 양의 빚을 다 갚아주고 그 이래로 웨더렐 양에게 온갖 환대를 해주고 있지 않나요?"

"아뇨."

안나의 목소리가 아주 작아졌다.

"부인에게 드레스 이야기를 하지 않은 겁니까?"

"네."

"그게 부인 것이었다고 짐작하고 있었기 때문이군요."

"얘기를 들은 게 있어요. 전 몰랐어요…… 확실하게는요. 하지만 뭔가 있다는 건 알았어요. 그리고 웰스 부인이 그걸 되찾으려고 안달이라는 것도요."

데블린은 팔짱을 꼈다. 안나는 그가 자신의 상황에 대해 얼마나 아는지, 그리고 어떻게 알아낸 건지 굉장히 두려워하고 있었다. 그 사실에 마음이 조금 괴로웠지만, 상황으로 보아 안나가 대담하게 행동하는 것보다는 겁을 먹은 상태로 놔두는 것이 더 나을 것 같았다. 그녀가 그 위조 서명을 갖고 멋대로 하게 놔둘 수는 없었다.

"스테인스 씨는 어디 있죠?"

그가 물었다.

"저도 몰라요."

"아는 것 같은데요."

"몰라요."

"죽은 사람의 서명을 위조함으로써 심각한 사기죄를 저지른 거라는 사실을 상기시켜줘야 하나요?"

"그 사람은 죽지 않았어요."

데블린이 고개를 끄덕였다. 내내 이렇게 단호한 답이 나오기를 기다리고 있었다.

"그걸 어떻게 알죠?"

안나는 대답하지 않았고, 데블린은 좀더 날카롭게 다시 물었다.

"그걸 어떻게 아나요, 웨더렐 양?"

"메시지를 받았어요."

안나가 마침내 대답했다.

"스테인스 씨한테서요?"

"네."

"어떤 종류의 메시지죠?"

"개인적인 거예요."

"그 사람이 어떤 방법으로 메시지를 보냅니까?"

"말로 하는 게 아니에요."

안나가 말했다.

"그럼 어떻게죠?"

"그냥 그 사람이 느껴져요."

"그 사람이 느껴진다고요?"

"제 머릿속에서요."

데블린이 숨을 내쉬었다.

"제 말을 의심하시는 것 같네요."

"당연히 그럴 수밖에요. 아무래도 웨더렐 양이 사기를 치는 것의 연장선이라는 생각이 드는군요."

안나는 가슴속에 숨긴 종이 위에 한 손을 올렸다.

"목사님은 이 증서를 꽤나 한참 동안 갖고 계셨죠?"

데블린이 그녀를 노려보았다. 그가 답을 하려고 입을 열었지만, 뭔가 말을 하기도 전에 현관을 올라오는 빠른 발소리와 문손잡이가 돌리는 소리가 들렸다. 현관문이 안으로 열리면서 갑자기 길거리의 소음이 쏟아져 들어오고, 누군가가 안으로 들어왔다. 안나가 겁에 질린 눈으로 데블린을 보았다. 미망인이 법원에서 돌아왔고, 안나의 이름을 부르고 있었다.

처녀자리의 토성

C*

*조지 셰퍼드는 부관을 임명하지 않는다. 퀴 롱은 다른 사람으로 착각
되고, 딕 매너링은 한계를 긋는다.*

조지 셰퍼드는 3월 20일 아침에 시뷰에 짓는 미래의 교도소 부지에
서 자재와 철물 배달을 감독했다. 건설 작업이 두 달째에 접어들면서
매일같이 건물은 더 인상적인 모습을 드러냈다. 벽을 올리고, 벽돌로
굴뚝을 쌓고, 안쪽 주요 감방에는 철제 틀에 강화문을 설치했다. 물론
아직도 해결해야 하는 세세한 문제들이 많이 있었다. 램프는 아직 배달
도 되지 않았고, 교도소 부엌에는 여전히 화덕이 없었다. 교도소장 오
두막의 창문에는 창유리를 아직 끼우지도 못했고, 교수대 아래에는 구
덩이를 아직 파지 못했다. 하지만 전반적으로 보아 하랄 닐슨의 4백 파
운드 '기부금'과 마침내 웨스트랜드 공공사업 위원회와 호키티카 위원
회, 주 위원회에서 지불한 추가 기금 덕택에 모든 것이 놀랄 만큼 빠르
게 진행되는 중이었다. 셰퍼드는 4월 말이면 경찰서에서 죄수들을 옮
겨 올 수 있을 거라고 예측했고, 그중 몇몇은 셰퍼드의 감독하에 이미
시뷰 구획 내에서 잠을 자기도 했다. 이제 감옥이 거의 완공에 가까웠

기 때문에 셰퍼드 역시 거기서 자며 차가운 식사를 하는 쪽을 더 선호했다.

웨슬리 교회의 종이 정오를 알릴 때 셰퍼드는 미래의 보호소 자리에서 변소 용도로 쓸 구멍을 파고 있었다. 종소리는 아래쪽에 있는 시내에서 들려왔고 십장은 죄수들에게 쉬라고 외쳤다. 셰퍼드도 삽을 내려놓고 셔츠 소매로 이마를 닦은 다음 구멍에서 기어나왔다. 밖으로 나오는데 빨간 머리의 젊은 남자가 철제 대문 맞은편에 서서 창살 사이를 들여다보며 누군가를 기다리는 것이 보였다.

"에버라드 군."

셰퍼드가 그쪽으로 다가가며 말했다.

"셰퍼드 소장님."

"이 아침에 어쩐 일로 시뷰까지 왔나? 그냥 호기심에 온 건 아닐 테지."

"소장님과 잠깐 이야기를 할 수 있었으면 해서요."

"그리 오래 기다리지 않았기를 바라겠네."

"전혀 아닙니다."

"안으로 들어오겠나? 문을 열라고 할 수 있는데."

셰퍼드는 방금 전의 노동으로 여전히 땀을 흘리고 있었다. 그가 두 번째로 소매로 이마를 닦았다.

"괜찮습니다. 그저 메시지를 전하러 온 겁니다."

"말해보게."

셰퍼드가 허리에 손을 올리고서 말했다.

"전 반스 씨 대신 왔습니다. 브룬턴, 솔로몬 앤드 반스의 반스 씨요."

"난 그 사람들을 모르네."

"상인입니다. 새 가게를 열었죠. 캠프가에요. 아직 간판은 달지 않았습니다만요, 소장님."

그가 황급히 덧붙였다.

"계속하게."

셰퍼드는 여전히 허리에 손을 올린 채 말했다.

"두어 달 전에 소장님께서 어떤 중국인을 좀 감시해주면 대단히 고맙겠다고 말씀하셨지요."

셰퍼드의 표정이 즉시 날카로워졌다.

"그래, 그랬지."

"저는 어떤 중국인이 오늘 아침에 권총을 샀다고 말씀드리러 온 겁니다."

청년이 말했다.

"반스 씨의 가게에서 말이지."

"그렇습니다."

"그 중국인은 지금 어디 있나?"

"그건 저도 모르겠습니다. 방금 전에 반스 씨를 만났는데, 오늘 아침에 중국인에게 키어 페이턴트를 팔았다고 하더군요. 그래서 곧장 여기로 온 겁니다. 문제의 중국인이 소장님이 찾는 사람인지 아닌지는 잘 모르겠습니다만…… 어느 쪽이든 말씀을 드리는 게 좋을 것 같아서요."

셰퍼드는 그 말에 고맙다거나 잘했다는 인사치레는 하지 않았다.

"총을 판 지 얼마나 됐다고 하던가?"

"최소한 두 시간은 됐을 겁니다. 그 이상일 수도 있고요. 반스는 그 중국인이 어디서 조언을 듣고 온 것 같다고 했습니다. 키어에 5파운드 이상은 내려고 하지 않았다고 하더군요. 누가 알려준 것처럼 정확히

5파운드라고 그러더랍니다. 바가지 쓰지 않는 법을 안 거죠."

"돈은 어떻게 지불했다던가?"

"은행권으로요."

"다른 건?"

"아, 가게에서 총을 장전했답니다."

에버라드가 말했다.

"누가 장전해줬지?"

"반스가 중국인 대신 해줬다더군요."

셰퍼드는 고개를 끄덕였다.

"아주 좋아. 자, 이제 내 말 잘 듣게. 호키티카로 가서 만나는 모든 사람에게 조지 셰퍼드가 숙이라는 이름의 중국인을 찾고 있다고 그러게. 조니 숙이 뭘 하려는 거든, 어디에 있든 간에 오늘 시내에 있는 걸 본 사람은 즉시 나한테 알리라고 전하게."

"그자를 잡는 데 현상금을 걸까요?"

"현상금에 대해서는 말하지 말게. 하지만 누가 물어보면 부인도 하지 말고."

청년이 몸을 똑바로 세웠다.

"제가 소장님의 부관이 되는 건가요?"

셰퍼드는 당장에 대답하지는 않았지만, 결국에 말했다.

"자네가 조니 숙을 찾고, 크게 소란 없이 그자를 데려올 수 있다면 어떤 방법을 써서 잡든 나는 상관하지 않겠네. 그게 내가 말해줄 수 있는 최대한이야."

"알겠습니다, 소장님."

"날 위해서 또 해줄 게 있네. 자네 프랜시스 카버라고 하는 남자를 아나?"

"얼굴에 흉터가 있는 사람 말이죠."

"그래. 그 사람에게 나 대신 메시지를 전하게. 팰리스 호텔에 있을 거야."

"어떤 메시지인가요?"

"방금 나한테 했던 말을 그대로 하게. 그리고 총을 상비하고 다니라고 전하고."

에버라드의 어깨가 조금 처졌다.

"그럼 그 사람이 소장님의 부관인가요?"

"나한테는 부관이 없네. 이제 가보게. 나중에 이야기하지."

"알겠습니다."

셰퍼드는 팔을 들어올려 철문의 창살에 손을 얹고 청년이 사라지는 것을 바라보았다. 그러다가 소리쳤다.

"에버라드 군!"

청년이 멈춰서 돌아보았다.

"예, 소장님."

"자네 경찰이 되고 싶은가?"

청년의 얼굴이 밝아졌다.

"언젠가는 그러고 싶습니다."

"최고의 경찰은 배지가 없이도 법을 집행할 수 있어야 하지."

셰퍼드는 정문 창살 사이로 그를 냉정하게 바라보면서 말했다.

"그걸 잘 기억하게."

Φ

에머리 스테인스는 이제 실종된 지 8주가 넘었고, 치안판사는 이 정도 기간이면 모든 금광의 소유권을 말소하기에 충분하다는 결정을 내렸다. 치안판사의 선고에 따라 스테인스 씨가 소유한 모든 광산과 광산권은 왕실에 귀속되었고, 이 재점유는 지난주 금요일부터 효력이 발생했다. 당연히 오로라도 왕실로 돌아간 여러 개의 광구 중 하나가 되었고, 그 결과 퀴 롱은 황무지에서 아무 이득도 없이 매여 있던 처지에서 마침내 풀려나게 되었다. 그는 월요일이 되자마자 자신이 이제 누구 밑에 소속되어 일을 하게 되는 건지 물어보기 위해서 호키티카로 왔다.

아 퀴는 컴퍼니 사무실에 가는 것을 굉장히 싫어했다. 거기서는 정중한 대접을 절대 받지 못하는데다가 언제나 기다려야 했기 때문이다. 그는 사무원들의 조소를 냉정하게 참고 젊은 서기가 종이를 침으로 뭉쳐 만든 콩알탄을 던지는 걸 모른 척하고, 그가 앉아 있는 자리를 지나갈 때면 코를 막는 것도 못 본 척했다. 마침내 그가 앞쪽 책상으로 나와서 관료에게 왜 왔는지를 설명할 차례가 되었다. 그에게 이유를 설명해주지도 않은 채 한참을 기다리게 만든 끝에 그들은 아 퀴를 카니에레의 다른 광산에 배치하고, 이전 확인증을 준 다음 보내버렸다. 그 무렵에는 빨간 머리의 에버라드가 호키티카에 와서 조지 셰퍼드의 메시지를 이미 여기저기 퍼뜨리고 난 다음이었다.

아 퀴가 노역계약서를 손에 쥔 채 웰드가에 있는 컴퍼니 사무실을 나오는데 누군가가 소리를 지르는 게 들렸다. 그는 의아해서 고개를 들었다가 양쪽에서 자신을 향해 사람들이 달려오는 것을 보고 깜짝 놀랐다. 그는 비명을 지르며 팔을 들어올렸고, 다음 순간 바닥으로 쓰러졌다.

"권총은 어디 있어, 조니 숙?"

"권총은 어디 있지?"

"허리띠를 확인해봐."

사람들의 손이 그의 몸을 더듬고 때렸다. 누군가가 갈비뼈를 걷어차는 바람에 아 퀴는 숨을 들이켰다.

"어디 안쪽에 숨겨놓은 게야."

"뭘 갖고 있는 거지? 노역계약서?"

누군가가 그의 계약서를 손에서 잡아빼서는 힐끗 살펴본 다음 옆으로 던졌다.

"이제 어쩌지?"

"이제 뭔가 말을 좀 해보지, 조니 숙?"

"아 퀴."

아 퀴는 말을 하려고 노력했다.

"뭐라고 헛소리를 하는 거지?"

"말을 할 거면 영어로 하라고."

남자가 갈비뼈를 다시 걷어찼다. 아 퀴는 고통으로 신음하며 몸을 구부렸다.

"이 놈이 아닌 것 같아."

공격한 남자들 중 한 명이 말했다.

"뭐가 다른데? 어쨌든 중국인이잖아. 어쨌든 냄새가 풀풀 난다고."

"권총이 없잖아."

첫번째 남자가 지적했다.

"그럼 숙이 어디 있는지라도 불겠지. 저놈들은 죄다 친하니까."

이번에는 남자가 아 퀴의 엉덩이를 걷어찼다. 부츠 앞코가 꼬리뼈에 부딪치며 고통이 등뼈를 따라 턱까지 올라갔다.

"조니 숙 알아?"

"조니 숙 아느냐고."

"그놈 봤어?"

"우린 조니 숙과 얘기를 좀 해야겠어."

아 퀴가 신음했다. 그는 손을 대고 일어나려다가 도로 쓰러졌다.

"이 자식 불지 않을 거야."

첫번째 남자가 말했다.

"여기. 좀 비켜봐……."

두번째 남자가 가볍게 뜀을 뛰다가 아 퀴의 앞으로 공을 차려는 선수처럼 달려왔다. 아 퀴는 마지막 순간에야 남자가 오는 것을 깨닫고 조금이라도 덜 맞기 위해서 앞으로 기어가려고 했다. 갈비뼈를 타고 흐르는 고통은 끔찍했다. 폐 윗부분으로만 간신히 숨을 쉴 수 있었다. 남자들은 이제 웃고 있었다. 그들의 목소리가 멀어지며 머릿속이 몽롱해졌다.

그때 갑자기 커다란 목소리가 길거리에 울렸다.

"엉뚱한 사람을 잡았구먼, 친구들."

공격하던 남자들이 돌아보았다. 웰드가 커피 하우스의 열린 문가에 서서 팔짱을 끼고 있는 사람은 호키티카의 유명인사 딕 매너링이었다. 그의 커다란 몸이 문가를 채우고 있었다. 무장을 하지 않았음에도 그의 존재감은 위압적이었고, 그를 보자마자 두 남자가 퀴 롱에게서 즉시 물러났다.

"우린 조니 숙이라는 이름의 중국인을 체포하라는 지시를 받았습니다."

첫번째 남자가 어린애처럼 손을 주머니에 넣고서 말했다.

"그 남자의 이름은 조니 퀴라네."

매너링이 말했다.

"우린 몰랐습니다. 그렇지?"

두번째 남자 역시 주머니에 손을 집어넣고서 말했다.

"교도소장님이 내린 지시예요."

첫번째 남자가 말했다.

"조니 숙이라는 중국인 놈이 도망 다니고 있다고 말이죠."

"권총을 가졌대요."

"무장했고 위험하다더군요."

"흠, 어쨌거나 자네들은 엉뚱한 사람을 잡았어."

매너링이 계단을 내려와 길가에 섰다.

"내가 지금 그렇게 말하고 있지 않은가. 마지막으로 한 번만 더 말하겠네. 이 사람 이름은 조니 퀴야."

매너링이 앞으로 다가오고 있다는 사실만으로도 훨씬 무시무시했는지 남자들이 마침내 뒷걸음질을 쳤다.

"문제를 일으키려던 건 아닙니다. 그냥, 확실히 해야 하니까요."

첫번째 남자가 웅얼거렸다.

"누렁이 애호자 같으니."

다른 한 명이 매너링에게 들리지 않게 낮게 중얼거렸다.

매너링은 그들이 떠날 때까지 기다렸다가 아 퀴를 보았다. 아 퀴는 몸을 옆으로 굴려 갈비뼈가 부러지지 않았는지 확인한 다음, 힘겹게 일어나서 구겨진 계약서를 주워 먼지를 털었다. 목이 아주 조여들었다.

"고맙다."

아 퀴가 마침내 숨을 들이켜면서 말했다.

매너링은 이 감사의 표현이 성가신 것 같았다. 그는 인상을 찌푸리고 아 퀴를 위아래로 살피다가 물었다.

"조니 숙과 권총 이야기는 도대체 뭐야?"

"모른다."

아 퀴가 대답했다.

"그자는 어디 있지?"

"모른다."

"보기는 했어? 어디서든?"

아 퀴는 한 달 전 미망인의 강령회 날 밤 이래로 아 숙을 보지 못했다. 그날 밤늦게 여행자의 운수에서 돌아와보니 아 숙이 몇 안 되는 소지품을 깔끔하게 챙겨서 야반도주를 해버렸다는 것을 알게 되었다.

"없다."

그가 대답했다. 매너링은 한숨을 쉬었다.

"오로라가 다시 은행으로 돌아갔으니 자네도 재배정이 되었겠군."

그가 잠깐 망설이다가 말했다.

"계약서 한번 보자고. 어디에 배치가 되었는지 말이야. 이리 줘봐."

그가 계약서를 향해 손을 내밀었다. 서류는 짧았고, 아 퀴에게 전혀 물어보지 않고 쓴 게 분명했다. 그의 실제 나이 대신 '추정 나이'가 쓰여 있고, 실제 출생지인 광둥 대신에 타고 온 배의 출발지를 써놓았다. 그리고 노동자로서 그의 특성에 대해서 짤막하게 쓰여 있었다. 노역 기간이 5년이라는 것을 알리는 숫자 5가 계약서 앞에 쓰여 있고, 컴퍼니의 도장이 찍혀 있었다. 매너링은 서류를 쭉 훑어보았다. '현재 고용지' 칸에 오로라라는 단어에 줄을 긋고 영국의 꿈이라고 써놓았다.

"이거 참 대단한 운이로군. 안 그런가?"

매너링이 말했다.

"이 광산은 내 거거든! 내 것 중 하나지. 나한테 속한 거라고."

그가 자신의 가슴을 두드리며 말을 이었다.

"자넨 다시 내 밑에서 일하는 거야, 조니 퀴. 예전처럼 말이지. 그 망할 도가니를 갖고서 내 등 뒤에서 안나 막달레나의 금을 훔쳐내던 시절로 돌아가는 거지."

"당신."

아 퀴가 갈비뼈를 주무르며 말했다.

"다시 함께하는 거야. 영국의 꿈이라, 웃기는군. 영국의 악몽 쪽이 맞겠지."

매너링이 음울하게 중얼거렸다.

"불운하다."

아 퀴가 말했다.

"자네한테 불운하다는 거야, 나한테 불운하다는 거야?"

아 퀴는 질문을 이해하지 못해 대답하지 않았고, 갑자기 매너링이 웃음을 터뜨리고서 고개를 저었다.

"노역계약서라는 게 근본적으로 운을 남에게 양도한다는 증서나 다름없어. 운이 터질 기회를 양도하는 셈이지. 계약서라는 게 다 그래. 계약은 만족시켜야 하는 거고, 조만간에 다시 처음으로 돌아가게 마련이거든. 내가 항상 하는 말인데, 운 좋은 사람은 한때 운을 잡고, 거기서 투자에 대해 한두 가지를 배우는 법이야. 행운은 한 번만 일어나는 거고, 언제나 우연이지. 반복해서 돌아오는 건 계약뿐이야. 투자와 의무라고. 서류 작업이고, 사업이지. 내가 한 가지 더 말해주겠네. 자기 재산을 모으고 싶은 사람이라면 절대로 자신이 직접 쓴 게 아닌 서류에 서명을 해서는 안 돼. 난 그렇게 해왔지, 조니 퀴. 내가 직접 쓰지 않은 계약서에는 절대로 서명해본 적이 없어."

"아주 좋다."

아 퀴가 말했다. 매너링이 그를 노려보았다.

"다시 한 번 뭔가 허튼수작을 부려서 나한테서 도망치려고 할 만큼 명청하지는 않을 거라고 생각해. 날 속이려고 했던 게 벌써 두번째야. 처음엔 오로라에서, 그다음에는 안나에 관해서. 난 숫자를 셀 줄 아는 사람이야."

"아주 좋다."

아 퀴가 다시 말했다. 매너링이 계약서를 그에게 돌려주었다.

"오로라를 떠나게 된 건 분명히 기쁠 테지. 영국의 꿈에 관해서는 걱정할 필요 없어. 이쪽은 아주 확실하니까."

"빈 금광 아니다?"

아 퀴가 슬쩍 물었다.

"이건 빈 광산이 아니야. 그것만은 내가 약속하지. 영국의 꿈에 가면 괜찮을 거야. 덩어리 금은 별로 없지만, 그래도 폐석에 금가루는 꽤 많이 있거든. 자네 같은 치에게는 딱이지. 머리통에 눈 두 개 달려 있는 사람한테 말이야. 거기서 한재산 모으지는 못하겠지만, 자네들 같은 사람 중에 누가 한재산을 모으겠나, 조니 퀴?"

아 퀴는 고개를 끄덕였다.

"카니에레로 돌아가라고."

매너링은 마침내 그렇게 말하고서 다시 안으로 들어갔다.

물고기자리의 금성

목사는 분노를 터뜨리고, 미망인은 싸움에 진다.

"이 사람 누구니? 성직자야?"

리디아 웰스가 물었다. 미망인은 반쯤 미소를 띤 채 문가에 서서 손가락을 하나하나 들어올려 장갑을 벗었다. 안나와 데블린은 마치 끔찍한 간통죄를 저지르다가 들킨 사람들처럼 말없이 공포에 떨며 그녀를 보았다. 안나는 가슴에 한 손을 누른 채 창가에 서 있고, 데블린은 소파에 앉아 있다가 이제 새빨갛게 얼굴을 붉히며 벌떡 일어서긴 했지만 말이다.

"이런 세상에."

리디아가 새하얀 손을 장갑에서 빼내고 장갑을 팔꿈치 아래 긴 채 다른 한 손의 장갑도 마저 벗으면서 말했다.

"온순한 양 두 마리 같네."

"안녕하십니까, 웰스 부인."

데블린이 마침내 목소리를 냈다.

"내 이름은 코웰 데블린입니다. 시뷰에 짓고 있는 교도소의 목사죠."

"멋진 소개로군요. 그래서 내 응접실에서는 뭘 하고 계셨던 건가요?"

리디아 웰스가 물었다.

"저희는, 에…… 신학적 논쟁을 하고 있었습니다. 차에 관해서요."

데블린이 대답했다.

"차를 마시는 건 잊어버린 것 같은데."

"아직 우리는 중이에요."

안나가 대답했다.

"그래?"

리디아 웰스는 쟁반을 쳐다보지도 않고서 말했다.

"그렇다면 내가 아주 딱 맞춰서 돌아왔네! 안나, 컵 하나 더 가져오렴. 나도 함께할 테니까. 난 신학적 논쟁을 굉장히 좋아하거든."

데블린에게 절망적인 시선을 던지며 안나는 고개를 끄덕이고 머리를 숙인 채 응접실을 빠져나갔다.

"웰스 부인."

안나의 발소리가 복도를 따라 사라지자 데블린이 재빨리 목소리를 낮추고 물었다.

"둘만 있는 동안 좀 기묘한 질문을 드려도 되겠습니까?"

리디아 웰스가 그를 보고 미소를 지었다.

"난 기묘한 질문에 답을 하는 걸로 먹고산답니다. 그리고 목사님이라면 우리가 절대로 둘만 있는 게 아니라는 걸 잘 아실 텐데요."

"음, 그렇죠."

데블린은 불편한 기분으로 말을 이었다.

"어쨌든 질문을 드리죠. 웨더렐 양이 글을 읽을 줄 아나요?"

리디아 웰스가 눈썹을 치켜들었다.

"그거 참으로 기묘한 질문이군요. 답이야 뻔하지만요. 왜 그런 질문을 하시게 되었는지가 궁금하네요."

안나가 컵과 받침 접시를 갖고 돌아와서 다른 컵들 옆에 내려놓았다.

"답을 해주시겠습니까?"

데블린이 조용히 말했다.

"참 상냥하구나, 안나."

리디아 웰스가 카랑카랑한 목소리로 말했다.

"목사님, 어서 앉으세요. 거기에요. 멋지기도 하지. 성직자와 함께 차를 마시다니! 굉장히 문명화된 기분이 들지 않나요? 난 비스킷을 먹어야겠어요. 설탕도 넣고요."

데블린은 자리에 앉았다.

"답은 제가 아는 한에서는 '아니다'예요."

미망인 역시 자리에 앉으면서 말했다.

"그럼 이제 나도 좀 기묘한 질문을 할게요. 성직자가 거짓말을 하는 것도 일종의 기만이 아닌가요?"

데블린은 머뭇거렸다.

"질문이 별로 적절하지 않은 것 같습니다만."

"어머, 목사님, 그건 불공평한 행동이로군요. 난 이유도 묻지 않고서 질문에 답을 해드렸는데, 목사님께서는 똑같이 해주지 않으시려는 건가요?"

"목사님 질문이 뭐였는데요?"

안나가 시선을 돌리고서 물었지만, 두 사람 모두에게 무시당했다.

"성직에 있는 사람이 거짓말을 하는 건 일종의 기만 아닌가요?"

미망인이 다시 물었다. 데블린은 한숨을 쉬었다.

"일종의 기만이라고 할 수 있겠지요. 성직자가 자신의 권위를 잘못된 방식으로 사용한다면 말입니다. 기만이 그 자신의 임무와 관계가 없는 한은 아무런 차이도 없습니다. 신의 눈앞에 우리는 모두 동등하니까요."

"아, 그렇군요. 감사합니다. 조금 전에 신학에 대해서 이야기하고 있었다고 하셨죠, 목사님? 어떤 논쟁을 하고 있었는지 말씀해주시겠어요?"

데블린의 얼굴이 달아올랐다. 그는 입을 열었지만, 말이 나오지 않았다. 어떤 알리바이도 생각하지 않았던 것이다.

안나가 그를 구해주었다.

"제가 감옥에서 깨어났을 때 데블린 목사님이 거기 계셨어요. 절 위해서 기도를 해주셨고, 그 이래로 기도를 계속 해주고 계신대요."

"그러면 기도 이야기를 하고 있었던 건가요?"

미망인은 여전히 데블린 쪽을 보면서 물었다.

목사는 마침내 침착한 태도를 되찾았다.

"여러 가지 중에 그런 이야기를 했죠. 또 위대한 하늘의 섭리와 예상치 못한 선물에 대한 이야기를 나누었습니다."

"멋지군요. 그러면 목사님은 보호자가 다른 일을 하러 나가 있는 사이에 샤프롱*도 없이 신학 이야기를 하러 젊은 여자들에게 이렇게 불쑥 들르는 습관이 있으신가요?"

데블린은 이 비난에 분개했다.

"부인께서는 웨더렐 양의 보호자라고 할 수 없습니다. 웨더렐 양은

---

* 젊은 여성의 보호자 노릇을 하는 나이 많은 부인.

부인이 호키티카에 올 때까지 몇 달이나 혼자 살았습니다. 왜 갑자기 보호자가 필요한 거죠?"

"당연히 필요할 수밖에요. 이 아이가 이전에 이 동네에서 얼마나 착취를 당했었는지를 생각해보면 말이죠."

리디아 웰스가 대답했다.

"말에 어폐가 좀 있군요, 웰스 부인! 지금은 더이상 착취당하지 않는다는 뜻인가요?"

리디아 웰스의 몸이 굳어졌다.

"젊은 여자가 더이상 매일 밤 자신의 몸을 팔지 않아도 되고, 온갖 폭력에 노출될 위험도 없고, 매일같이 끔찍한 약에 정신을 놓아버릴 위험이 없다는 게 기쁜 일이라고 생각하지 않으시나보군요. 목사님은 아마도 저 아이가 예전의 삶으로 돌아가길 바라시는 모양이죠?"

"아마도 같은 말은 안 하셔도 됩니다. 시시한 수사학적 표현이니까요. 이것도 결국 다른 사람을 등치는 일일 뿐이고, 나는 그런 일을 참지 않을 겁니다. 절대로요."

"목사님의 비난에 저는 정말 당황스럽군요. 어떤 면에서 제가 다른 사람을 등친다는 거죠?"

"이 아가씨에게 자유라고는 없지 않습니까, 맙소사! 자신의 의지에 반해서 여기에 왔고, 이제는 부인의 목줄에 매인 채 숨도 못 쉬고 있잖습니까."

"안나."

리디아 웰스는 여전히 데블린을 쳐다보면서 말했다.

"너 네 의지에 반해서 여행자의 운수로 온 거니?"

"아뇨, 부인."

"왜 네가 여기 와서 머물게 된 거지?"

"부인께서 저한테 제안을 하셨고, 전 그걸 받아들였으니까요."

"내 제안이 뭐였지?"

"클린치 씨에게 진 빚을 전부 갚아주고, 제가 부인의 사업을 돕는다면 여기 와서 말동무로 함께 살아도 된다고요."

"내가 내 몫의 계약을 다 지켰니?"

"네."

안나가 비참하게 말했다.

"고맙구나."

미망인은 데블린에게서 눈을 떼지 않았고, 찻잔도 건드리지 않았다.

"저 아이의 목줄에 대해서라면, 목사님께서 미덕과 정숙이 있는 삶보다―뭐라고 하셨더라―'자유'를 선호하시는 게 좀 놀랍군요. 무슨 자유 말이죠? 한때 저 아이를 모욕하고 이용했던 남자들과 놀아날 자유 말인가요? 중국인의 집에서 정신을 잃을 때까지 아편을 피울 자유?"

데블린은 도저히 가만히 있을 수가 없었다.

"하지만 왜 그런 제안을 했죠, 웰스 부인? 왜 웨더렐 양의 빚을 대신 갚아주겠다고 제의한 거죠?"

"물론 저 아이가 걱정되어서죠."

"허튼소리."

"나는 정말로 안나의 안녕에 지대한 관심을 갖고 있답니다."

"저 불쌍한 아가씨를 좀 봐요! 한 달 전에 비해서 몸이 반으로 줄었잖습니까. 그건 부인할 수 없을 겁니다. 웨더렐 양은 굶고 있어요. 부인이 굶기고 있는 거겠죠."

"안나."

리디아 웰스가 날카롭게 불렀다.

"내가 널 굶기니?"

"아뇨."

"네 생각엔 네가 굶고 있는 것 같니?"

"아뇨."

안나가 다시 대답했다.

"그런 연극은 그만하십시오."

성이 난 데블린이 말했다.

"부인은 그 아가씨에게 털끝만큼도 신경 쓰지 않잖습니까. 웨더렐 양에게 남만큼이나 신경을 쓰고 있겠지요. 그리고 내가 부인에 대해 들은 바에 따르면 그건 신경 쓰지 않는다는 말과 동의어고 말입니다."

"끔찍한 비난을 잘도 하시는군요. 그것도 감옥의 목사님이 말이죠! 아무래도 내 명예를 지키는 수밖에 없군요. 안나, 네가 더니든에 있을 때 무슨 짓을 했는지 이 훌륭한 목사님께 말씀드리렴."

잠시 침묵이 흘렀다. 데블린은 약간 자신감이 흔들리는 기분으로 안나를 힐끗 보았다.

"네가 뭘 했는지 말씀드려."

리디아 웰스가 다시 말했다.

"전 부인께 배은망덕한 짓을 했어요."

"그게 정확히 무슨 뜻이지? 네가 뭘 했는지 정확하게 말씀을 드리렴."

"전 부인의 남편과 잠을 잤어요."

"그래, 넌 내 남편 웰스 씨를 유혹했지. 이제 이 훌륭한 목사님께 말씀드리렴. 그래서 내가 보복으로 어떻게 했지?"

리디아 웰스가 말했다.

"저를 떠나보내셨어요. 호키티카로요."

"어떤 상태로?"

"아이를 가진 채로요."

"그게 누구 아이였더라?"

"부인 남편분의 아이요. 크로스비의 아이요."

데블린은 경악했다.

"그래서 내가 널 떠나보냈지."

미망인이 고개를 끄덕이면서 말을 이었다.

"내가 여전히 내 행동을 잘한 거라고 하던?"

"아뇨. 후회하셨어요. 제 용서를 구하셨어요. 여러 번요."

"정말로 확실하니?"

웰스 부인이 놀란 척하면서 말을 이었다.

"여기 계신 훌륭하신 목사님 말씀에 따르면 나는 다른 사람이 잘 지내는 것에 털끝만큼도 관심이 없고, 내 지붕 아래서 요부 노릇을 했던 아이에게라면 더더욱 그럴 것 같은데! 정말로 내가 네 용서를 구할 수 있는 사람이라고 확신하니?"

"됐습니다. 됐어요."

데블린이 양손을 들어올리며 말했다.

"사실이에요. 부인이 제 용서를 구하셨다는 건 정말이에요."

안나가 말했다.

"됐다니까요."

"내 정절에 대해서 그야말로 온갖 방법으로 모욕을 하셨으니, 이제는 거짓말하지 않고 내 응접실에서 무슨 일을 하고 있었는지 말씀을 좀 해주실까요?"

미망인이 마침내 찻잔을 집어들며 말했다.

"나는 웨더렐 양에게 개인적인 메시지를 전하러 왔습니다."

데블린의 말에 미망인이 안나를 돌아보았다.

"그게 뭔데?"

"말할 필요 없어요. 원하지 않는다면 말이죠. 부인에게 한마디도 할 필요 없습니다."

데블린이 재빨리 말했다.

"안나, 무슨 메시지야?"

리디아 웰스가 위협적으로 말했다.

"목사님이 저한테 증서를 보여주셨어요. 이 증서에 따르면 크로스비의 오두막에 있던 재산의 절반이 제 것이 돼요."

"그렇구나."

리디아 웰스는 냉정하게 말했지만, 데블린은 그 눈에 공포의 빛이 스치는 것을 본 것 같았다.

"나머지 절반은 누구 건데?"

"에머리 스테인스 씨요."

안나가 대답했다.

"그 증서는 어디에 있니?"

"제가 숨겼어요."

"그럼 가서 얼른 가져와."

리디아가 날카롭게 말했다.

"그러지 말아요."

데블린이 재빨리 말했다.

"안 그럴 거예요."

안나가 대답했다. 그녀는 손을 들어 보디스를 누르지도 않았다.

"최소한 나한테 예의상으로라도 사실을 전부 털어놓아야 하는 거 아니야? 두 사람 모두."

리디아가 말했다.

"미안하지만 그럴 수는 없을 것 같군요."

안나가 대답하기 전에 데블린이 먼저 말했다.

"이 정보에는 아직 제대로 조사가 끝나지 않은 범죄가 관련되어 있습니다. 무엇보다도 알리스테어 로더백 씨에 대한 협박 문제와 관계가 있죠."

"뭐라고요?"

리디아 웰스가 말했다.

"네?"

안나가 말했다.

"더이상은 나도 말을 할 수가 없군요."

데블린은 미망인의 얼굴이 굉장히 창백해졌다는 사실에 굉장히 뿌듯한 기분으로 말을 이었다.

"안나 양, 곧장 법원에 갈 생각이라면 내가 직접 바래다주겠습니다."

"정말로요?"

안나가 그를 쳐다보며 물었다.

"그래요."

"법원에 가서 도대체 뭘 하려고?"

리디아 웰스가 물었다.

"법적 조언을 받으려고요. 제 권리에 대해서요."

웰스 부인은 안나를 뚫어져라 쳐다보았다.

"나의 친절에 대해서 보답을 하는 방법치고는 정말로 형편없구나."

마침내 부인이 낮은 목소리로 말했다. 안나는 데블린의 옆으로 가서 그의 팔을 잡았다.

"웰스 부인, 제가 보답하려는 건 부인의 친절이 아니에요."

염소자리의 목성

☪

오베르 개스코인은 굉장히 즐거워한다. 코웰 데블린은 의무를 포기하고, 안나 웨더렐은 착각을 한다.

이 지역 치안판사 재판소가 있는 호키티카 법원은 떠들썩했지만 그래도 재판소라는 지위에 그럭저럭 어울리는 모습이었다. 법정은 울타리 대신에 밧줄로 갈라놓았고, 공무관들은 나란히 배치해서 밀려드는 사람들을 막아주는 책상들 뒤에 앉았다. 법정이 개정을 하면 이 책상들은 재판관과 서 있어야 하는 군중들 사이를 막는 일종의 장벽이 되었다. 지금은 비어 있는 판사석은 높은 연단에 올려놓은 선장용 의자일 뿐이었지만 좀더 위엄 있는 분위기를 내기 위해서 양가죽을 씌웠다. 그 옆으로는 특대형 영국 국기가 그에 비해 너무 작은 깃발대에 걸려 있었다. 깃발이 지저분한 바닥에 끌릴 수도 있었지만 어떤 영리한 사람이 깃발대 아래 빈 와인 상자를 받쳐놓았고, 이는 깃발의 효과를 강화하기보다는 오히려 경감하는 결과를 가져왔다.

소법정은 바쁜 아침을 맞았다. 크로스비 웰스 유산의 판매를 무효로 해달라는 웰스 부인의 항소가 마침내 승인되면서 이전까지 준비은행에 기탁되어 있던 웰스 재산이 치안판사의 손으로 넘어왔다. 하랄 닐슨이 받은 4백 파운드의 수수료는 취소되지 않았는데, 이유는 두 가지였다. 첫째는 이 금액이 적절하게 수행된 서비스에 대한 그의 법적인 지불금이었기 때문이고, 둘째는 수수료가 전부 시뷰의 새로운 감옥을 건립하는 데에 기부되었기 때문이다. 자선을 무효로 하는 것은 안 될 일이며 특히 그 기부가 대단히 훌륭하고 이타적인 것일 경우에는 더 그러하다고 치안판사는 선언했다. 그리고 그 자리에 결석한 닐슨의 자비심에 대해서 칭찬을 했다.

항목별로 정리를 해야 하는 다른 법적인 수당들이 있었고, 이 대부분은 치안판사 사무소에서 죽은 웰스 씨의 출생증명서를 찾는 데에 얼마나 많은 시간을 들였는지를 반영하는 것이었다. 이 경비들은 웰스 부인의 유산에서 지불이 될 것이다. 유산에 붙은 세금, 그리고 이 수많은 경비를 제외하고 나니 총 금액은 3500파운드가 조금 넘었다. 이 금액은 준비은행에서 처리가 끝나는 대로 미망인이 원하는 화폐로 지불될 것이다. 웰스 부인은 할 말이 있느냐는 질문에 없다고 대답했다. 하지만 법정을 나가면서 오베르 개스코인을 향해 활짝 웃었고, 그는 부인의 눈이 반짝이는 것을 보았다.

"어이, 개스코인!"

개스코인이 허공을 멍하니 보고 있던 모양이었다. 그가 눈을 깜박였다.

"음?"

그의 동료 버크가 두툼한 종이봉투를 손에 들고 문가에 서 있었다.

"지미 쇼가 그러는데 자네가 해상보험에 대해 뭘 좀 안다면서?"

"그렇다네."

개스코인이 대답했다.

"일 하나 더 맡지 않겠어? 뭐 하나가 방금 들어왔는데."

개스코인은 봉투를 보고 인상을 찌푸렸다.

"'뭐 하나'라는 게 뭔데?"

"존 힌처 개러티에게서 온 편지야. 모래톱에서 난파된 어느 배에 관한 건데, 갓스피드 호라는군."

버크가 봉투를 내밀었다. 개스코인은 그것을 받아들었다.

"내가 살펴보겠네."

"고맙네."

봉투는 웰링턴 소인이 찍혀 있고 이미 열려 있었다. 개스코인은 봉투 안에서 내용물을 꺼냈다. 첫번째 서류는 캔터베리의 히스코트 선거구 소속 국회의원 존 힌처 개러티가 보내는 짧은 편지였다. 정치인은 호키티카 법원을 자신의 대리인으로 삼아 뉴질랜드 은행의 개러티 그룹 개인 계좌에서 자금을 꺼낼 것을 승인했다. 그는 동봉한 서류가 이 문제를 충분히 설명해줄 것이라고 하며, 대리인 역할을 해주는 것에 감사를 표했다. 개스코인은 이 편지를 옆으로 내려놓고 다음 서류를 보았다. 이것 역시 개러티가 받아서 다시 전달하는 편지였고, 받는 사람이 개러티 그룹으로 되어 있었다.

호키티카, 1866년 2월 25일.

담당자분들께.

저는 바크선 갓스피드 호가 최근에 난파되었음을 알리기 위해 이 편지를 보냅니다. 저는 아주 최근에 그 배의 선장이 되었고, 배는 위험천만한 호키티카 모래톱을 넘다 사고를 당했습니다. 선주인 크로스비 F. 웰스 씨는 최근에 타계하였고 저는 그의 대리인으로 이 문제를 맡고 있습니다. 갓스피드 호를 구매하면서 크로스비 F. 웰스 씨가 전 소유주이자 개러티 그룹의 일원인 A. 로더백 씨로부터 모든 잔존 보험을 승계했으며, 그렇기 때문에 갓스피드 호는 이에 따라 선주상호보험을 받을 수 있습니다. 그러니 난파선의 해체를 수행하기 위해 이 목적으로 로더백 씨가 할당해두었던 모든 자금을 인출하려고 합니다. 모든 소요 경비와 매매 증서, 영수증, 견적서, 물품 목록 및 기타 서류들을 동봉합니다.

감사합니다.

프랜시스 W. R. 카버

개스코인은 인상을 찌푸렸다. 카버가 대체 무슨 생각을 한 걸까? 크로스비 웰스는 절대로 갓스피드 호를 사지 않았다. 카버 자신이 웰스의 이름을 이용해서 배를 사지 않았던가. 개스코인은 나머지 서류들을 살펴보았고 카버가 개러티 씨에게 자신의 주장을 입증하는 증거를 보냈다는 것이 분명해졌다. 난파선에 대한 항만관리인의 평가서, 발생한 모든 빚에 대한 기록, 잡화 영수증과 증명서를 넘기다가 서류 제일 마지막에서 갓스피드 호의 매매 증서 사본 — 아마도 카버 자신의 사본일 것이다 — 을 발견했다. 개스코인은 이 마지막 서류를 빼내서 서명을 자세히 살폈다. 거기에는 프랜시스 웰스라고 되어 있었다! 카버가 무슨 수작을 부리는 거지? 하지만 서명을 좀더 자세하게 살펴보다가 개스코인은 F 옆쪽의 커다란 곡선이 C로 보일 수도 있다는 사실을 깨달았다…… 아, 그래! 심지어는 교묘하게 C와 F 사이에 점으로 볼 수 있는 잉크 자국도 있었다. 보면 볼수록 그 애매함이 확실하게 와닿았다. 카버는 미래에 이렇게 써먹을 것을 염두에 두고 가짜 이름을 서명을 한 것이다. 개스코인은 고개를 젓다가 잠시 후에 웃음을 터뜨렸다.

"왜 웃는 건가?"

버크가 고개를 들고 물었다.

"아, 별거 아니라네."

개스코인이 대답했다.

"방금 웃었잖아. 재미있는 거라도 있어?"

"재미있는 건 없어. 그저 감탄했을 뿐이야. 그뿐이라네."

"감탄하다니? 뭐에?"

"훌륭한 일처리에."

개스코인은 편지들을 다시 봉투에 넣고 즉시 존 힌처 개러티의 승인 편지를 은행에 전달하려고 일어섰다. 하지만 그가 막 나가려고 하는데 현관문이 열리고 알리스테어 로더백이 자크와 어거스터스 스미스를 뒤에 달고서 들어왔다.

"아."

로더백이 개스코인의 손에 들린 편지를 알아채고 말했다.

"내가 딱 맞춰 왔구먼. 그래, 오늘 아침에 개러티에게 직접 연락을 받았다네. 약간 혼란이 있어서 내가 바로잡으려고 왔다네."

"로더백 씨겠군요."

개스코인이 냉담하게 말했다.

"치안판사와 개인적인 면담을 하고 싶소만. 급한 일이야."

로더백이 말했다.

"치안판사님은 지금 점심식사 중이십니다."

"어디서 먹고 계신가?"

"그건 나도 모르겠군요. 2시에 오후 법정이 개정하니 그때까지 기다리시든지. 그럼 실례하겠습니다."

"잠깐만."

개스코인이 인사를 하고 나가려 하자 로더백이 말했다.

"그 편지를 갖고서 어딜 가려는 건가?"

"은행에 갑니다만."

개스코인은 로더백이 보이는 무례한 간섭을 참을 생각이 없었다.

"개러티 씨가 자신을 대신해서 거래를 처리해달라고 하셔서 말입니다. 그럼 이만 실례하지요."

다시 한 번 그는 나가려고 했다.

"잠깐만 기다리게. 잠깐만 기다려! 바로 그 문제 때문에 내가 여기 면담을 하러 온 거야. 내가 이야기를 마치기 전에는 은행에 갈 수 없어!"

개스코인은 냉정하게 그를 쳐다보았다. 로더백은 자신이 실수를 저질렀다는 것을 깨달은 듯 말을 이었다.

"내 말을 좀 들어보게, 응? 자네 이름이 뭔가?"

"개스코인입니다."

"개스코인? 아, 프랑스인이로구먼."

로더백이 손을 내밀었고, 개스코인은 손을 잡았다.

"치안판사를 만날 수 없다면 자네하고 이야기를 하겠네."

로더백이 말했다.

"물론 단둘이 이야기를 하고 싶으실 테지요."

개스코인이 여전히 냉정한 어조로 말했다.

"그래, 그게 좋지."

로더백이 부관들을 돌아보았다.

"자네들은 여기 있게. 10분 안에 돌아오겠네."

개스코인은 그를 치안판사 사무실로 데려간 다음 문을 닫았다. 두 사람은 치안판사의 책상을 마주보는 윙저 소파에 앉았다.

"좋아, 개스코인 군."

로더백은 자리에 앉자마자 즉시 말했다.

"간단하게 말하자면 이거야. 이 모든 일은 속임수라네. 난 갓스피드 호를 크로스비 웰스라는 사람에게 판 적이 없어. 자기 이름이 프랜시스 웰스라고 주장하는 남자에게 팔았지. 하지만 그건 가짜 이름이었어. 당시에는 그걸 몰랐지. 이 남자는 말이야, 프랜시스 카버야. 그 남자지. 그자가 가명을 썼고 ─ 프랜시스 웰스라고 말이야 ─ 나는 그 이름으로 바로 그 남자에게 배를 팔았네. 그자가 자신의 이름만은 똑같이 유지했다는 거 알아차렸나? 성만 바꾼 거야. 요는, 그자가 가짜 이름으로 서명을 했으니 이건 법에 어긋나!"

"내가 제대로 이해를 했는지 한번 봅시다."

개스코인은 재미있는 기분을 감추고서 말했다.

"프랜시스 카버는 크로스비 웰스라는 사람이 갓스피드 호를 샀다고 주장하고…… 선생은 그게 거짓말이라고 주장하시는 겁니까?"

"그건 거짓말이야! 순전히 지어낸 이야기라고! 난 그 배를 프랜시스 웰스라는 남자에게 팔았어."

"존재하지 않는 사람 말이지요."

"그건 가명이었어. 그 작자의 진짜 이름은 카버야. 하지만 나한테는 자기 이름이 웰스라고 했었어."

"프랜시스 웰스 말이지요. 그리고 크로스비 웰스의 중간 이름이 프랜시스이고, 크로스비 웰스는 존재하는 사람입니다. 최소한, 존재했었지요. 그러니까 선생이 구매자의 신분을 착각한 것 같군요. 프랜시스 웰스와 C. 프랜시스 웰스 사이의 차이는 굉장히 사소하니까요."

"C는 도대체 무슨 소린가?"

로더백이 물었다.

"제출된 매매 증서 사본을 살펴봤습니다. 거기에는 C. 프랜시스 웰스라고 서명이 되어 있더군요."

개스코인이 말했다.

"절대로 그렇지 않아!"

"불행히도 그렇습니다."

"그렇다면 그건 조작한 거야. 나중에 조작한 거라고."

개스코인은 손에 든 봉투를 열고 매매 증서를 꺼냈다.

"처음 봤을 때에는 그냥 '프랜시스 웰스'라고 보였습니다. 자세히 살펴본 다음에야 F에 곡선형으로 연결된 다른 글자가 보이더군요."

로더백은 그것을 보고, 인상을 찌푸린 다음 다시 살폈다. 곧이어 그의 뺨과 목덜미에 벌건 기운이 퍼졌다.

"곡선이든 아니든, C가 있든 없든 간에 이 매매 증서는 그 악당 프랜시스 카버 놈이 서명한 거야. 내 두 눈으로 그놈이 서명하는 걸 봤다고!"

"거래에 증인이 있습니까?"

로더백은 아무 말도 하지 않았다.

"거래를 확인한 증인이 없다면 로더백 씨의 말과 그 사람 말 중 누구말을 믿느냐로군요."

"거짓말 대 사실의 문제라고!"

개스코인은 대답하지 않고 증서를 다시 봉투에 넣은 다음 무릎 위에 올려놓았다.

"이건 속임수야. 난 그자를 법정으로 끌고 갈 거야. 꼼짝 못하게 만들어줄 거라고."

"어떤 혐의로요?"

"물론 가명을 쓴 죄로 말이지. 다른 사람을 사칭한 죄, 사기죄로."

"증거가 뒷받침이 안 될 것 같아 보이는군요."

"허, 자네는 그렇게 생각한다 이건가?"

개스코인이 다시 한 번 봉투를 쓰다듬으면서 대답했다.

"법적으로는 이 서명을 의심할 이유가 없습니다. 크로스비 웰스 씨에 관해서는 공식적이든 아니든 그 서명을 입증할 수 있는 서류가 하나도 남아 있지 않으니까 말입니다."

로더백이 입을 열고 뭔가 말을 하려다가 갑자기 도로 다물고서 고개를 저었다.

"이건 사기야. 완전히 사기라고!"

"왜 카버 씨가 선생을 상대로 그런 가명을 써야 했다고 생각하는 겁니까?"

정치인의 대답은 놀라웠다.

"내가 카버에 대해서 좀 알아봤지. 그자의 아버지는 영국의 무역회사 덴트 앤드 컴퍼니에서 꽤나 높은 인물이었어. 아마 자네도 그 사람 이름을 들어봤을지 모르겠군. 윌리엄 로치포트 카버라는 사람이었지. 모른다고? 뭐, 중요치 않아. 1850년대 초에 그는 아들에게 팔머스톤 호라는 클리퍼선을 내줬고, 아들은 덴트 앤 컴퍼니 소속으로 광둥을 오가면서 중국 물건을 사고팔았지. 카버는 아직 젊었어. 그렇게 젊은 나이에 선장이 되었다는 건 집에서 오냐오냐하며 자랐다는 거지. 어쨌든 내가 알아낸 건 이거야. 1854년 봄에 팔머스톤 호는 시드니 항을 떠나기 위해서 관례인 수색을 받았는데, 거기서 카버가 여러 가지 법을 위반했다는 사실이 밝혀졌어. 의무를 회피하고, 신고를 안 하고, 그 외에 여러 가지 경범죄가 드러났지. 하나하나라면 판사가 눈감아줄 수도 있었겠지만, 이게 한꺼번에 걸렸단 말이야. 그런 식으로 쌓였으니 당국도 무시할 수가 없었어. 그는 코카투에서 10년 형을 받았고, 징역 10년 형이었어. 정말로 치욕스러운 일이지. 그의 아버지는 격노해서 배를 빼앗고 아들과 의절하고 그에 더해서 남태평양 모든 항구와 조선소에 아들의 악명을 알렸지. 프랜시스 카버가 감옥을 나올 무렵에는 최소한 해상업계에서는 키드 선장급의 인물이 되어 있었어. 어떤 선주도 그자에게는 배를 빌려주려 하지 않고, 어떤 선원도 그의 배에는 타려 하지 않았을걸."

"그래서 가명을 썼다고 생각하는 겁니까?"

"그렇지."

로더백이 몸을 뒤로 기대며 말했다.

"그렇다면, 그 사람이 왜 선생 앞에서만 가명을 쓴 건지 참으로 궁금하군요. 이 배를 살 때를 제외하면 다른 경우에는 웰스라는 이름을 한 번도 쓰지 않은 것 같은데. 예를 들어 나한테 소개를 할 때엔 프랜시스 카버라고 하더군요."

개스코인이 가벼운 어조로 말했다. 로더백이 그를 노려보았다.

"신문을 읽은 게로군. 내가 그 말을 또 할 거라고는 생각지 말게. 난 대중에게 사과를 했어. 다시 하지는 않을 거야."

개스코인이 고개를 끄덕였다.

"아, 카버는 선생이 웰스 부인과 얽혔던 걸 이용하기 위해서 프랜시스 웰스라는 가명을 썼던 거로군요."

"바로 그거야. 그자는 자신이 크로스비의 형제라고 했어. 크로스비를 대신해서 빚을 받아내는 거라고 그러더군. 내가 그 친구 부인을 꼬셔냈으니까 말이지. 그건 위협 전략이었고, 잘 먹혔어."

"그렇군요."

개스코인은 왜 로더백이 두 달 전에 토머스 발퍼에게 이렇게 차분하게 설명하지 않았던 걸까 의아해하면서 대답했다.

"이보게. 내 자네에게 솔직히 말하지. 법은 내 편에 있어. 카버가 아버지에게 의절당했다는 건 다들 아는 사실이야. 그자는 가명을 써야 할 이유가 천 개는 있을 거야. 난 필요하다면 그 아버지의 증언을 받아올 생각이야. 카버가 그걸 좋아하겠나?"

"별로 좋아하지 않을 테지요."

"그래, 절대로 좋아할 리가 없지!"

로더백이 소리쳤다. 개스코인은 좀 짜증이 났다.

"흠, 그러면 카버 씨를 법정에 데려오는 데에 행운을 빌겠습니다, 로더백 씨."

"틀에 박힌 말은 그만두고 그냥 대놓고 말을 하게."

로더백이 날카롭게 말했다.

"원하시는 대로 하죠."

개스코인이 어깨를 으쓱이고 말을 이었다.

"내가 말하지 않아도 카버가 문제적 인물이라는 사실이 증거가 되지 못한다는 건 아실 겁니다. 그 사람이 문제의 범죄를 저지를 이유가 있다는 사실이 증명되었다고 해서 유죄 판결이 나는 건 아니지요."

로더백이 화난 얼굴로 말했다.

"내 말을 의심하는 건가?"

"그럴 리가요."

"내 주장이 약하다고 생각하는 게지. 나한테 확실한 증거가 없다고 생각하는 거야."

"그렇습니다. 이 문제를 법정으로 끌고 가는 건 대단히 현명하지 못한 행동일 겁니다. 이렇게 노골적으로 말해서 미안하군요. 물론 나도 선생의 곤란에 안타까운 마음은 있습니다."

하지만 개스코인은 알리스테어 로더백에게 전혀 안타까운 마음을 갖지 않았다. 그런 감정은 자신보다 더 낮은 계급의 사람들에게 갖는 편이었고, 로더백의 현재 입장이 안타깝다는 걸 인정한다 해도 정치인의 부와 유명세가 잠깐 겪는 그런 불편을 얼마든지 상쇄하고도 남을 거라고 생각했다. 사실 잠시 불공평한 입장에 처하는 것이 로더백에게는 좋을 수도 있었다! 이는 정치인으로서 그를 성장시켜줄 수도 있다고 개스코인은 생각했다. 최소한 개스코인은 개인적으로 그가 독재자에 가깝다고 결론을 내린 터였다.

"난 치안판사를 기다리겠네. 그 사람은 지각이 좀 있겠지."

개스코인은 봉투를 재킷 안에, 담배 옆에 집어넣었다.

"지금 카버가 난파선을 처리하느라 진 빚을 갚기 위해서 선생의 선주상호보험 혜택을 통해 기금을 인출하려고 하는 게 맞습니까?"

"그렇다네."

"그리고 선생은 그 사람이 그 돈에 손대지 못하게 하려는 거고요."

"그것도 맞아."

"근거가 뭡니까?"

로더백의 얼굴이 시뻘겋게 변했다.

"근거가 뭐냐고? 그 작자는 나를 속였어! 처음부터 이럴 계획이었던 거라고! 내가 이걸 가만히 둘 거라고 생각하면 자네는 머저리야! 지금 나한테 그러라고 말하는 건가? 그냥 놔두라고?"

"로더백 씨, 난 선생에게 어떠한 조언도 할 생각이 없습니다. 내가 지적하는 것은 어떠한 법도 위반하지 않은 것 같다는 겁니다. 개러티 씨에게 보낸 편지를 보면, 카버 씨는 자신이 웰스 씨를 대신해서 일하고 있다는 걸 명시하고 있습니다. 그리고 웰스 씨는 선생도 아시다시피 죽었고, 겉으로 보기에 카버 씨는 선주가 직접 일을 처리할 수 없기 때문에 관대하게 일을 대신 처리해주고 있는 것 같고요. 이걸 반증할 수 있는 증거가 선생에게 있는 것도 아니잖습니까."

"하지만 그건 사실이 아니라니까! 크로스비 웰스는 애초에 그 배를 사지 않았어! 프랜시스 카버가 다른 사람 이름으로 그 망할 계약서에 서명을 한 거라고! 이건 순전히 위조죄야!"

로더백이 고함을 질렀다.

"그건 입증하기가 굉장히 힘들 것 같군요."

개스코인이 말했다.

"왜지?"

"왜냐하면 이미 말씀드렸듯이 크로스비 웰스의 진짜 서명에 대한 증거가 전혀 없으니까요. 그 사람 오두막에는 어떤 종류의 서류도 없었고, 출생증명서나 채굴허가증도 전혀 발견이 되지 않았습니다."

로더백은 뭔가 대답을 하려는 듯이 입을 열었다가 다시금 마음을 바꾼 것 같았다.

"아, 방금 뭔가가 떠올랐습니다."

갑자기 개스코인이 말했다.

"뭔가?"

"그 사람의 결혼증명서. 거기에는 서명이 있을 테죠, 안 그렇습니까?"

"아, 그렇겠지."

로더백이 대답했다. 하지만 개스코인은 곧 마음을 바꾸고서 말했다.

"아니, 그것만으로는 안 될 겁니다. 죽은 사람의 서명을 위조했다는 걸 증명하려면 서명이 하나 이상 있어야 하니까."

"몇 개나 필요하지?"

로더백이 물었다. 개스코인은 어깨를 으쓱였다.

"난 법에 익숙하지 않습니다. 하지만 가짜를 입증하기 위해서는 진짜 서명이 여러 개 필요할 겁니다."

"여러 개라."

로더백이 중얼거렸다. 개스코인은 자리에서 일어났다.

"자, 선생 본인을 위해서라도 선생이 뭔가 찾아낼 수 있기를 바라겠습니다. 하지만 나는 법적으로 개러티 씨의 지시를 이행할 의무가 있어서 이 서류를 은행으로 가져가야겠군요."

Φ

여행자의 운수에서 나온 다음 목사는 안나 웨더렐을 곧장 법원으로 데리고 가지 않았다. 대신에 개릭스 헤드 호텔로 데리고 가서 생선파이 한 쪽과—사철 점심 특선으로 제공되었다—레몬주 한 잔을 주문했다. 그는 안나에게 앉으라고 말하고 접시를 앞에 놓아준 다음 먹으라고 했다. 안나는 말없이 얌전히 음식을 먹었다. 접시가 깨끗이 비자 그는 설탕이 들어간 음료를 그녀 쪽으로 밀어놓으면서 말했다.

"스테인스 씨는 어디 있습니까?"

안나는 그 질문에 놀라는 것 같지 않았다. 잔을 들어 음료를 한 모금 마시고 그 단맛에 움찔하고는 잠시 동안 그를 쳐다보았다.

"내륙에요. 내륙 어딘가에 있어요. 어디인지는 정확히 몰라요."

안나가 마침내 대답했다.

"여기서 북쪽인가요, 남쪽인가요?"

"모르겠어요."

"자기 의지에 반해서 붙잡혀 있는 겁니까?"

"모르겠어요."

"알잖습니까."

데블린이 말했다.

"몰라요. 전 1월 이후로 그 사람을 보지 못했고, 왜 그런 식으로 사라진 건지도 전혀 몰라요. 그저 그 사람이 아직 살아서 내륙 어딘가에 있다는 것만 알 뿐이에요."

"메시지를 받아서 안다는 거죠. 머릿속으로 말이에요."

"메시지라는 건 정확한 단어가 아니에요. 그건 좀 달라요. 뭐랄까…… 느낌 같은 거예요. 꿈을 떠올리려고 하면 그 모양이나 감각은 생각이 나지만 세세한 부분은 생각이 안 나잖아요. 그래서 기억을 하려고 하면 할수록 점점 더 흐릿해지고요. 그런 거예요."

데블린은 인상을 찌푸렸다.

"그러니까 '느낌'을 받았다는 거죠."

"네."

"스테인스 씨가 내륙 어딘가에 있고, 살아 있다는 느낌을 받았다는 거 맞나요?"

"네. 자세하게 설명은 해드릴 수 없어요. 어딘가 진창 같은 곳이에요. 아니면 수풀이든지요. 물가이긴 한데, 해변은 아니에요. 물이 빠르게 흘러요. 돌 위로…… 보세요. 말을 하려고 하면 할수록 점점 더 감이 안 잡혀요."

"모든 게 굉장히 모호하게 들리는군요, 웨더렐 양."

"모호하지 않아요. 전 확신해요. 꿈을 꾸었다는 걸 확신할 때처럼 요…… 설령 세세한 건 기억이 안 나도…… 꿈을 꾸었다는 건 확실히 알잖아요."

"이 '느낌'을, 그러니까 꿈을…… 얼마나 오랫동안 받았죠?"

"매춘을 그만둔 이래로요. 정신을 잃었던 이후부터요."

안나가 대답했다.

"다시 말해서 스테인스 씨가 사라진 다음부터라는 거군요."

"1월 14일부터요. 딱 그날부터예요."

"항상 똑같은가요? 물과 진흙이 나오고? 늘 똑같아요?"

"아뇨."

안나는 더이상 설명하지 않았고, 데블린은 재촉했다.

"음, 또 뭐가 있죠?"

"그게, 그냥 감각만 있어요. 단편적인 인상 같은 거요."

안나는 당황한 것 같은 어조로 말했다.

"어떤 인상이죠?"

그녀가 시선을 돌렸다.

"저에 대한 거요."

"잘 이해가 안 되는군요."

안나는 손을 뒤집었다.

"그 사람이 저를 생각하는 거요. 그러니까 스테인스 씨가요. 그 사람이 꾸는 꿈이나 저에 대해서 상상하는 거요."

"그 사람 눈을 통해서 웨더렐 양 자신을 본다는 거군요."

"네, 맞아요."

"스테인스 씨가 웨더렐 양을 존중하고 있다고 생각해도 될까요?"

"그 사람은 저를 사랑해요."

안나는 그렇게 말하고 잠시 가만히 있다가 다시 말했다.

"그 사람은 저를 사랑해요."

데블린이 비판적인 시선으로 안나를 보았다.

"그렇군요. 그 사람이 자신의 사랑을 확실하게 말로 했나요?"

"아뇨. 그럴 필요가 없었어요. 전 이미 알고 있으니까요."

안나가 대답했다.

"이런 감정을 자주 느끼나요?"

"굉장히 자주요. 그 사람은 항상 저를 생각해요."

데블린은 고개를 끄덕였다. 상황이 마침내 분명해졌고, 그 사실이 명확해지면서 가슴속에서 심장이 무거워졌다.

"스테인스 씨를 사랑하나요, 웨더렐 양?"

"그런 이야기를 좀 했어요. 그 사람이 사라지던 밤에요. 저희는 잡담을 하고 있었고, 전 보답받지 못하는 사랑에 대해서 멍청한 소리를 했어요. 그랬더니 그 사람이 갑자기 진지해져서 내 말을 막고 보답받지 못하는 사랑이라는 건 불가능하다고, 그런 건 사랑이 아니라고 했어요. 사랑은 자유롭게 주고, 자유롭게 받아야 하는 거라고 그랬죠. 연인이 결합하는 건 어떤 것의 똑같은 절반이 결합하는 것과 같으니까요."

"열정적인 의견이군요."

데블린이 말했고 안나는 그 말에 기쁜 것 같았다.

"맞아요."

"하지만 그 뒤에 웨더렐 양에 대한 사랑을 고백한 건 아니군요."

"어떤 맹세도 하지 않았어요. 그렇게 말씀드렸잖아요."

"그리고 웨더렐 양도 마찬가지고요."

"전 기회가 없었어요. 그날이 그 사람이 사라진 밤이거든요."

코웰 데블린은 한숨을 쉬었다. 그래, 마침내 안나 웨더렐을 이해할 수 있었지만 기쁜 일은 아니었다. 데블린은 전망이랄 것도 없고 재산도 없는 여자들을 많이 보았다. 그런 여자들에게는 불운한 상황이라는 비참한 우리를 벗어나는 유일한 방법이 환상에 빠지는 것이었다. 그 환상은 언제나 천사가 나타나 천국으로 초대한다든지 하는 마법 같은 것이었고, 안나의 이야기가 감동적이긴 해도 마찬가지로 불가능한 이야기였다. 그것은 끔찍하리만큼 분명했다! 안나가 아는 사람 중 가장 바람직한 독신자가 대단히 깊고 순수한 사랑을 해서 그들 사이의 차이마저도 사라지게 만들었다? 그 사람이 죽은 것이 아니라 그저 실종되었을 뿐이다? 그가 자신의 사랑을 증명하는 '메시지'를 그녀에게 보냈고, 이 메시지는 오로지 그녀만이 들을 수 있다? 이것은 환상일 뿐이라고 데블린은 생각했다. 여자가 혼자서 만들어낸 환상이었다. 그 청년은 죽은 게 분명했다.

"스테인스 씨가 웨더렐 양을 사랑하기를 굉장히 바라는 모양이죠?"

안나는 그의 말에 화가 난 것 같았다.

"그 사람은 저를 사랑해요."

"내 질문은 그게 아니었어요."

안나가 눈을 가늘게 뜨고 그를 보았다.

"모든 사람이 사랑받고 싶어 하죠."

"그건 맞는 말이에요."

데블린이 서글픈 어조로 말했다.

"우리 모두가 사랑받고 싶어 해요. 그리고 사랑을 받아야만 하죠. 사랑이 없이는 우리가 우리 자신일 수 없으니까요."

"목사님은 스테인스 씨와 비슷한 생각을 하시네요."

"그런가요?"

"네. 그건 딱 그 사람이 했을 법한 말이거든요."

"스테인스 씨는 꽤나 철학적인 모양이군요, 웨더렐 양."

"어머, 목사님. 지금 자화자찬하신 것 같은데요."

안나가 갑자기 미소를 지으며 말했다.

두 사람은 잠깐 동안 침묵을 지켰다. 안나는 다시금 달콤한 음료를 마셨고, 데블린은 시무룩하게 호텔 식당을 둘러보았다. 잠시 후 안나의 손이 위조한 증여권이 들어 있는 가슴 위로 올라갔다.

데블린이 그녀를 날카롭게 보았다.

"재고할 시간은 충분히 있어요."

"전 그냥 법적 조언을 듣고 싶을 뿐이에요."

"성직자로서 내 의견을 들었을 텐데요."

"네. '가난한 자에게 복이 있나니' 말이죠."

안나는 이런 건방진 말을 즉시 후회하는 것 같았다. 얼굴과 목이 새빨갛게 달아오른 채 그녀가 시선을 돌렸다. 갑자기 데블린은 안나와 더 이상 같이 있고 싶지 않았다. 그는 의자를 식탁에서 밀어내고 무릎에 손을 올렸다.

"나는 웨더렐 양을 법원까지 데려다만 주고 함께 들어가지는 않을 겁니다. 웨더렐 양이 그 서류를 갖고 뭘 하든 더이상 내 일이 아니니까요. 난 웨더렐 양을 보호하기 위해서 거짓말을 하지 않을 거라는 걸 알아둬요. 법정에서는 당연히 거짓말하지 않을 거고요. 누가 물어보면 나는 주저없이 사실을 말할 겁니다. 웨더렐 양이 직접 그 서명을 위조한 거라고 말이죠."

"알았어요."

안나가 일어섰다.

"파이 정말 감사해요. 레몬주도요. 그리고 웰스 부인에게 해주셨던 말에 대해서도 감사드려요."

데블린 역시 일어섰다.

"나한테 감사할 거 없습니다. 난 거기서 불행히도 분노에 넘어갔던 거니까요. 별로 좋은 모습은 아니었죠."

"목사님은 아주 훌륭하셨어요."

안나는 그렇게 말하고 앞으로 나아가서 그의 어깨에 손을 얹고 그의 뺨에 아주 상냥하게 키스를 했다.

Φ

안나 웨더렐이 호키티카 법원에 도착할 무렵에 오베르 개스코인은 재킷 안주머니에 존 힌처 개러티의 봉투를 넣은 채 이미 준비은행으로 출발했고, 알리스테어 로더백 역시 건물을 나온 뒤였다. 안나는 처음 보는 새빨간 얼굴의 펠로우스라는 사무 변호사에게 할당되었다. 그는 복도 끄트머리의 벽감으로 그녀를 안내했고, 두 사람은 평범한 탁자 앞에 앉았다. 안나는 그에게 말없이 불에 그을린 서류를 내밀었다. 변호사는 그것을 앞에 내려놓고 책상 가장자리로 밀어낸 다음 눈가에 양손을 올리고서 읽었다.

"이걸 어디서 얻었죠?"

마침내 펠로우스가 시선을 들고 물었다.

"받았어요. 누군지 모르는 사람에게서요."

안나가 대답했다.

"언제요?"

"오늘 아침에요."

"어떤 식으로 받았죠?"

"누가 문 아래 놓고 갔어요. 웰스 부인이 여기 법원에 나와 계신 사이에요."

안나는 거짓말을 했다.

"여기 법원에서 마침내 무효 소송이 통과되었다는 소식을 들을 동안 말이죠."

펠로우스가 회의적인 어조로 말하고는 다시 증서를 보았다.

"크로스비 웰스…… 그리고 스테인스라면 아무도 소식을 듣지 못한 그 사람일 거고…… 웨더렐 양은 당신이고 말이죠. 기묘하군요. 누가 놓고 갔는지 짐작도 안 가나요?"

"네."

"왜 보냈는지도?"

"몰라요. 누군가가 저에게 좋은 일을 해주고 싶었던 모양이죠."

"짐작 가는 사람이 없나요? 생각을 좀 해보면요?"

"아뇨. 전 그냥 이게 유효한지 어떤지 알고 싶어요."

"괜찮아 보이긴 하는데."

펠로우스가 그것을 보면서 말을 이었다.

"하지만 이게 현금 수표는 아니니까 말이죠. 지금 현재 상황으로는 더 그렇고…… 8주가 지나도록 스테인스 씨는 여전히 실종 상태니까 말이에요."

"전 이해가 안 돼요."

"음. 이 증서가 유효하다고 해도, 우리 친구 스테인스 씨는 더이상 2천 파운드를 내놓을 수 있는 상황이 아니라는 거예요. 그의 모든 자산은 그의 실종을 바탕으로 압류되었어요. 지난 금요일부로 말이죠. 그 사람이 남겨놓은 돈이 몇백 파운드라도 있다면 행운일걸요."

"하지만 그렇다고 해도 증서는 구속력이 있잖아요."

안나가 말했지만 변호사는 고개를 저었다.

"내가 말하려는 건 말입니다, 우리의 스테인스 씨가 웨더렐 양에게 2천 파운드를 줄 수가 없다는 거예요. 기적이 일어나서 그 사람이 살아 있고, 엄청난 현금을 지니고 있지 않은 한은요. 그 사람의 광산은 전부 넘어갔어요. 다른 사람들이 사들였죠."

"하지만 증서는 구속력이 있잖아요. 그래야 해요."

안나가 다시 말했다. 펠로우스가 미소를 지었다.

"법은 그런 식으로 적용되는 게 아니에요. 이렇게 생각해봐요. 내가 아가씨에게 지금 백만 파운드의 수표를 써준다고 쳐요. 그렇다고 해서 아가씨가 백만 파운드를 가질 수가 있는 게 아니에요. 내가 돈이 없고, 아무도 날 위해서 보증을 해주지 않으면 말이죠. 돈은 항상 누군가의 주머니에서 나와야 하고, 모든 사람의 주머니가 비어 있으면…… 그 사람이 뭐라고 주장을 하든 소용이 없는 거죠."

"스테인스 씨는 2천 파운드가 있어요."

안나가 말했다.

"그래요. 음, 그렇다면 이야기가 달라지겠죠."

"아뇨. 제 말은, 스테인스 씨에게 지금 2천 파운드가 있다는 거예요."

"어떻게 말이죠?"

"크로스비 웰스의 오두막에 있던 금이 그 사람 거예요."

펠로우스는 멈칫했다. 그는 몇 초 동안 그녀를 쳐다보다가 완전히 달라진 목소리로 물었다.

"그걸 입증할 수 있나요?"

안나는 데블린이 그날 아침에 말해준 것을 되풀이했다. 금은 제련된 상태로 발견되었고, 금의 출처를 확인할 수 있는 서명이 찍혀 있었다고 말이다.

"어느 광산이죠?"

"이름은 기억이 안 나요."

안나가 대답했다.

"그 얘기는 어디서 들었어요?"

그녀가 머뭇거렸다.

"그건 말하고 싶지 않아요."

펠로우스는 흥미가 동한 표정이었다.

"그게 사실인지 확인은 해볼 수 있습니다. 그 금은 웰스 유산의 일부니까 분명히 은행에 기록이 남아 있을 겁니다. 왜 전에는 그 이야기가 안 나왔는지 모르겠군요. 은행에 있는 사람 중 누군가가 감춰놓은 게 분명해요."

"만약 그게 사실이면, 그 금이 제 것이라는 뜻이죠? 그중에서 2천 파운드는 제 것이 되는 거잖아요. 여기 있는 이 증서에 따라서요."

"웨더렐 양, 이런 종류의 돈은 그렇게 쉽게 주인을 바꿀 수가 없어요. 수표를 쓰는 것처럼 간단한 문제는 아닙니다. 하지만 오늘 여기 오신 게 아주 적절한 타이밍이었어요. 웰스 부인의 항소가 막 통과되었고, 부인에게 할당된 몫이 넘어가는 절차를 밟던 중이었거든요. 웨더렐 양의 증서를 어떻게 할지 확인할 동안 간단히 부인에 대한 지급을 막아둘 수 있을 겁니다."

"네, 그렇게 해주시겠어요?"

"저를 웨더렐 양의 사무 변호사로 선임하시면 제가 도와드릴 수 있을 겁니다. 제 고용비는 주당 2파운드에 경비 포함입니다. 물론 선금으로 받고요."

펠로우스가 의자에 기대며 말했다. 안나는 고개를 저었다.

"전 선금을 낼 수가 없어요. 돈이 없는걸요."

"대출이라도 조금 받으시면 어떨까요?"

펠로우스가 시선을 돌리면서 은근하게 말했다.

"저는 돈 문제에 있어서는 죄송하지만 아주 엄격합니다. 절대로 예외를 두지 않고, 약속만 받고서 움직이지도 않지요. 개인적인 건 아닙니다. 원래 그렇게 훈련을 받거든요."

"선금은 낼 수 없어요. 하지만 이 일을 해주시면, 돈이 들어왔을 때 변호사님께 고용비를 세 배로 드리겠어요."

안나가 말했다.

"세 배요?"

펠로우스가 슬쩍 미소를 지었다.

"법적 절차는 굉장히 오랜 시간이 걸리는 경우가 많아요, 웨더렐 양.

가끔은 결과가 나오지 않을 때도 있고요. 돈이 들어온다는 보장은 전혀 없습니다. 웰스 부인의 항소가 입증되는 데에 두 달이 걸렸고, 지금 웨더렐 양이 이 증서를 가져온 덕에 다시 진행되게 생겼죠!"

"세 배로 넣을게요. 최대 백 파운드까지요."

안나가 단호하게 말했다.

"그리고 만약 2주 안에 이 돈을 제 몫이라 입증해주시면 2백 파운드를 현금으로 드리겠어요."

펠로우스가 눈썹을 치켜들었다.

"이거 참, 굉장히 대담한 제안이군요."

"그렇게 훈련을 받거든요."

안나가 대답했다.

여기서 안나는 실수를 저지른 셈이었다. 펠로우스의 눈이 커지고, 자세가 움츠러들었다. 이런, 이 여자 창녀잖아. 그제야 그는 모든 것을 떠올릴 수 있었다. 이 여자가 바로 스테인스가 사라지고, 웰스가 죽던 바로 그날 밤에 카니에레로에서 자살을 하려고 했던 바로 그 창녀다! 펠로우스는 호키티카에 온 지 얼마 안 되어서 안나 웨더렐의 외모도 몰랐고 이름도 즉시 알아채지 못했다. 하지만 그녀의 대담한 말에 갑자기 그녀가 누군지 깨달은 것이다.

안나는 그의 불편해하는 태도가 그저 머뭇거리는 거라고 착각했다.

"제 조건에 만족하시나요, 펠로우스 씨?"

펠로우스는 그녀를 위아래로 살폈다.

"이 새로운 주장에 대해서 준비은행 측에 물어봐야 합니다."

그의 목소리는 차가웠다.

"웨더렐 양이 들은 이야기가 정말이라면, 계약서를 작성할 수 있을 겁니다. 만약 아니라면 저도 도와드릴 수가 없군요."

"정말 친절하시군요."

안나가 말했다.

"별로요. 대략…… 세 시간 정도 후에 어디서 뵐 수 있을까요?"

안나는 머뭇거렸다. 오후에 여행자의 운수로 되돌아갈 수는 없었다. 가진 돈은 없지만, 어쩌면 예전에 알던 사람들에게 레벨가에 있는 술집에서 술 한 잔 정도는 사달라고 할 수도 있을 것이다.

"제가 다시 올게요. 제가 다시 오면 여기서 뵈어요."

"그러죠. 문제가 생기지 않도록 5시로 정하죠."

"5시요."

안나가 그을린 증서를 도로 가져가려고 손을 내밀었지만, 펠로우스가 먼저 지갑을 열고 그 증서를 안에 넣었다.

"이건 제가 갖고 있겠습니다. 그때까지 말이죠."

그가 말했다.

양자리의 초승달

테 라우 타우웨어는 엄청난 발견을 한다.

테 라우 타우웨어는 아라후라 강여울의 돌 사이를 펄쩍펄쩍 뛰어 하류의 해변 쪽으로 가면서 굉장히 즐거웠다. 그는 지난 한 달 동안 디셉션 골짜기에서 측량사 일행을 안내했고, 덕택에 지갑이 가득찼다. 게다가 그날 아침에 아주 훌륭한 **카후랑기 포우나무 돌덩이**를 발견해서 걸을 때마다 등에 가방이 무겁게 쿵쿵 부딪쳤다.

이제 마훼라로 돌아와서 땅에서 쿠마라를 파낼 때가 되었다. 타우웨어는 북쪽 하늘에서 자정이 한참 지난 후에 지평선에 낮게 떠올랐다가 새벽이 되기 한참 전에 지는 별 와누이를 보고서 그것을 알 수 있었다. 그의 부족 사람들은 이 달을 포우-투-테-랑기라고 불렀다. 하늘을 향해 솟아오른 기둥이라는 뜻이었다. 밤이면 테 이카로아가 북쪽에서 남쪽으로 새카만 돔형 밤하늘에 우윳빛 아치를 그리기 때문이었다. 이 아치는 북쪽으로는 와누이부터 남쪽으로는 아우타히 사이를 이었고, 바로 머리 위에 있는 빨간 보석 같은 레후아를 지나갔다. 매일 밤 아주 잠깐 동안 하늘은 지침이 흐릿한 별들의 선으로 이루어진 완벽한 나침반이 되었다. 와누이가 뜨기 시작할 때에 작물을 땅에서 파내야 한다. 그후에는 팽가-와-와가 오는데 그때는 덩이줄기 식물들을 모아서 분류하고 센 다음에 저장고로 가져가서 겨울에 대비하여 쌓아두어야 한다. 팽가-와-와 이후에는 한 해가 끝이 난다. 또는 **토훙가**의 말을 빌리자면 "죽음을 맞는다".

그는 강의 굴곡을 빙 돌아서 여울을 건너 강둑으로 올라갔다. 크로스비 웰스의 오두막은 하루하루 지날수록 점점 더 버려진 것처럼 보였다. 철제 지붕은 타오르는 오렌지색으로 녹이 슬었고, 모르타르는 하얀색에서 선명한 초록색이 되었다. 웰스가 작물을 심으려고 했던 작은 정원은 오래전에 씨 뿌릴 때를 넘겼다. 타우웨어는 오솔길을 걸어가며 이런 쇠락의 흔적들을 서글프게 바라보았다. 그러다가 우뚝 멈췄다.

안에 누군가가 있었다.

타우웨어는 천천히 앞으로 다가가서 열린 문을 통해 어두컴컴한 안을 들여다보았다. 문제의 인물은 죽었는지 잠이 들었는지 바닥에 웅크리고 있었다. 엉덩이를 대고 누워서 무릎은 가슴으로 끌어당기고 얼굴은 문 반대편으로 돌리고 있었다. 타우웨어는 좀더 가까이 다가가보았다. 남자는 광부의 능직 옷이 아니라 재킷과 바지를 입고 있었고, 타우웨어가 보는 동안 갈비뼈 위의 옷자락이 아주 천천히, 숨을 쉴 때마다 오르락내리락했다. 그러니까 잠이 든 모양이었다.

타우웨어는 문지방을 넘어 자신의 그림자가 남자의 몸 위로 드리워져 남자가 깨지 않도록 신중하게 다가갔다. 조심스럽게 그는 뒤쪽에 있는 벽에 몸을 붙이고 잠든 남자의 얼굴을 내려다보았다. 남자는 아주 젊었다. 머리는 흙과 기름기로 검게 뭉쳐 있었고, 얼굴 피부는 대조적으로 새하얬다. 남자의 얼굴은 궁핍에 찌들어 있지만 않았어도 잘생겼다고 해줄 만한 얼굴이었다. 눈꺼풀은 보라색으로 얼룩덜룩하게 물들어 있고, 그 아래로는 움푹 패어 짙은 그림자가 끼어 있었다. 호흡은 거칠고 불규칙했다. 타우웨어는 청년의 몸을 살폈다. 옷은 거의 누더기에 가깝게 너덜너덜했고, 몇 주나 갈아입지 못한 것처럼 온갖 진흙과 흙이 두껍게 달라붙어 있었다. 하지만 코트는 한때는 훌륭했을 것 같은 물건이었고 — 첫눈에도 그래 보였다 — 진흙으로 뻣뻣하게 굳은 크라바트 역시 최신 유행품이었다.

"스테인스 씨?"

타우웨어가 조심스럽게 불렀다. 청년이 눈을 떴다.

"안녕하시오. 안녕하신가······."

"스테인스 씨?"

"그래요, 납니다."

청년은 높고 굉장히 맑은 목소리로 말하고서 고개를 들었다.

"실례합니다. 저기, 실례해요. 여기가 마오리 땅인가요?"

"아니다. 여기 얼마 동안 있었는가?"

타우웨어가 물었다.

"여기가 마오리 땅이 아니라고요?"

"아니다."

"난 마오리 땅에 가야 합니다."

청년이 힘겹게 앉은 자세로 몸을 일으켰다. 그는 왼팔을 기묘하게 가슴에 대고 있었다.

"왜인가?"

타우웨어가 물었다.

"거기 뭘 묻어났어요. 나무 옆에. 하지만 모든 나무가 다 똑같아 보이고, 난 좀 엉뚱한 곳을 헤매고 있는 것 같아요. 댁이 와줘서 정말로 다행입니다. 정말로 고마워요."

"당신 사라졌다."

타우웨어가 말했다.

"아마 사흘 정도일 겁니다."

청년이 도로 주저앉으면서 말했다.

"사흘 전쯤이었던 것 같아요. 날짜가 좀 헷갈려서 말이죠. 어떤 식으로든 시간이 흐르는 걸 인식할 수가 없었던 것 같아요. 혼자 있으면 시간을 기록하는 걸 잊어버리잖아요. 저기, 이것 좀 한번 봐주겠어요?"

그가 셔츠 목을 잡아당기자 타우웨어는 크라바트에 붙어 있는 검은 얼룩이 실은 끈끈하게 말라붙은 오래된 피라는 것을 깨달았다. 쇄골 위쪽으로 상처가 있는데, 몇 미터 떨어진 자리에서도 그게 얼마나 심각한 상처인지 훤히 보였다. 이미 곪아가고 있어서 상처 가운데가 검은색이었고, 주변에 방사선으로 붉게 선이 번져가고 있었다. 하얀 가슴에 검게 화약으로 인한 화상 얼룩이 있는 것을 보고서 그는 총상일 거라고 추측했다. 얼마 전에 누군가가 에머리 스테인스를 가까운 거리에서 쏜 게 분명했다.

"약이 필요하다."

타우웨어가 말했다.

"맞아요. 정말로 그래요. 좀 갖다줄 수 있나요? 그러면 정말로 고마울 거예요. 그런데 아직 댁의 이름도 모르는군요."

"내 이름은 테 라우 타우웨어다."

"마오리족이군요!"

스테인스는 처음으로 그를 보는 것처럼 눈을 깜박였다. 그의 눈이 사시가 되었다가 다시 초점이 돌아왔다.

"여기가 마오리 땅인가요?"

타우웨어는 동쪽을 가리켰다.

"저쪽이 마오리 땅이다."

"저쪽?"

스테인스는 타우웨어가 가리키는 쪽을 보았다.

"마오리 땅은 저쪽인데 댁은 왜 여기에 있는 거죠?"

"여기는 내 친구 집이다. 크로스비 웰스."

"크로스비, 크로스비."

스테인스가 눈을 감으며 중얼거렸다.

"그 사람이 유커 게임에서 이겼어요, 그렇죠? 맙소사, 얼마나 술을 잘 마시던지. 술 배가 따로 있는 것 같더군요. 그 사람 어디 있죠? 폐광을 찾으러 갔나요?"

"죽었다."

타우웨어가 대답했다.

"그 말을 들으니 굉장히 유감이군요. 끔찍한 일이에요. 그리고 댁이 그 사람 친구였고...... 아주 친한 친구였겠죠! 그리고 안나는...... 진심으로 조의를 표합니다...... 그런데 댁의 이름을 또 잊어버렸군요."

"테 라우다."

타우웨어가 대답했다.

"그렇군요. 그래요."

그는 잠깐 피로에 지친 것처럼 가만히 있다가 다시 물었다.

"날 거기로 좀 데려가줄 수 있겠어요, 친구? 그래줄 수 있나요?"

"어디로?"

"마오리 땅으로요."

스테인스가 다시 눈을 감으면서 말했다.

"저기, 난 마오리 땅에 꽤 많은 금을 묻어놨고, 댁이 도와준다면 조금 떼어줄 수도 있어요. 원하는 건 뭐든 줄게요. 뭐든지. 장소는 정확하게 기억해요. 나무가 있었어요. 금은 나무 아래 있어요."

그는 다시 눈을 뜨고서 흐릿한 눈으로 애원하듯이 타우웨어를 쳐다보았다.

타우웨어가 다시 물었다.

"그동안 어디에 있었나, 스테인스 씨?"

"내 노다지 금을 찾고 있었어요. 마오리 땅에 있는 건 아는데…… 마오리 땅을 표시하는 게 아무것도 없어요. 안 그래요? 울타리 같은 게 없어. 웨스트 코스트에는 언제나 한쪽에는 산맥이, 다른 쪽에는 바다가 있어서 길을 잃을 일이 없다고들 그러는데…… 난 좀 헤매고 있는 것 같아요, 테 라우. 테 라우라고 그랬죠? 그래. 그래. 난 길을 잃었어요."

타우웨어가 앞으로 나와서 무릎을 꿇었다. 가까이서 보니 남자의 상처는 더욱 상태가 안 좋았다. 검은 상처 한가운데에 두껍게 딱지가 앉았고 그 안으로 노란 고름이 보였다. 그는 손을 내밀어 스테인스의 뺨에 대고 체온을 확인했다.

"열이 난다. 이 상처는 아주 나쁘다."

"전혀 예상을 못했어요."

스테인스가 그를 쳐다보며 말했다.

"막 배에서 내렸고, 아주 미숙했어요. 미숙함만큼 사람에게 잘 드러나는 것도 없죠. 전혀 예상을 못했어. 맙소사, 댁을 봐서 정말로 기쁘군요! 이 혼란에 관해서는 정말로 유감이에요. 당신의 동료 크로스비에 대해서도 유감이고. 정말로요. 지금 무슨 약을 갖고 있다고 그랬었죠?"

"내가 당신에게 가져온다. 당신은 여기서 기다린다."

타우웨어는 별로 희망을 갖지 않았다. 청년은 말이 안 되는 이야기를 하고 있었고, 호키티카까지 자기 발로 걸어가기 어려울 만큼 안 좋은 상태였다. 들것이나 마차에 태워서 데리고 갈 수도 있겠지만, 타우웨어는 호키티카 병원이 병을 낫게 하는 곳이 아니라 죽으러 가는 곳이라는 것을 알 만큼 병원을 많이 보았다. 병원은 천막으로 지붕을 치고 미늘벽 판자로 벽을 둘러놓았다. 차가운 타스만의 바람이 벽 틈새로 들어와서 환자들이 숨을 헐떡이며 기침을 하게 만들었고, 오물과 질병의 악취를 풍겼다. 신선한 물도 없고, 깨끗한 리넨도 없고, 병동도 하나뿐이었다. 환자들은 서로 바싹 달라붙어서 자야 했고, 가끔은 한 침대를 써야 했다.

"반을 나눠줄게요. 그게 공정할 것 같아. 절반은 댁에게 주고, 나머지 절반은 내가 갖는 거예요. 그럼 어떻겠느냐고 그 사람이 말했죠. 동료가 되자고."

타우웨어는 속으로 거리를 계산해보았다. 호키티카까지 빠르게 달려가서 길리스 의사에게 알리고, 마차나 이륜차 같은 것을 빌려서 돌아오면 빠르면 세 시간이 걸릴 것이다…… 하지만 세 시간이면 괜찮을까? 이 청년이 살아남을 수 있을까? 타우웨어의 여동생은 열병으로 죽었고, 마지막 순간에 동생은 딱 지금의 스테인스처럼 보였다. 열로 눈이 번뜩이고, 예리해졌다가 금세 흐려지고, 말도 안 되는 이야기를 계속 중얼거렸다. 그가 떠나면 청년은 죽을 수도 있었다. 하지만 여기 있은들 뭘 할 수 있을까? 갑자기 결단을 내리고 그가 고개를 숙여 청년의 회복을 비는 카라키아를 중얼거렸다.

"투타키나 이 테 이위. 투타키나 이 테 토토. 투타키나 이 테 이코. 투타키나 이 테 우아우아. 투타키나 키아 우. 투타키나 키아 마우. 테네이 테 랑기 카 투타키. 테네이 테 랑기 카 루루쿠. 테네이 테 파파 카 웨우카. 이 랑기 이, 아휘티아. 이 파파 이, 아휘티아. 나우 카 아위, 카 아위."

그가 고개를 들었다.

"그거 시인가요? 무슨 뜻이죠?"

스테인스가 그를 보며 물었다.

"당신 상처가 낫게 해달라고 빌었다. 이제 나는 약을 가지러 간다."

그는 가방을 벗어서 물병을 꺼내 청년의 손에 쥐여주었다.

"이거 아편인가요?"

청년이 몸을 살짝 떨면서 물었다.

"난 그걸 건드려본 적이 없어요. 하지만 그건 마치…… 손가락 전부에 가시가 박혀 있는 것 같고 심장을 끈으로 조르는 것처럼 사람을 괴롭혀요…… 항상 그렇죠. 계속해서 괴롭혀요. 아편을 한 모금만 줄 수 있나요? 줄 수 있을 테죠. 당신은 좋은 사람 같으니까요."

타우웨어는 모직 코트를 벗어서 청년의 다리에 덮어주었다.

"내가 마오리 땅에서 이 나무를 찾을 때까지만요. 그러면 원하는 만큼 많이 가져가도 돼요. 다만 나한테 좀 상질의 것을 줘요. 약제사한테 갈 건가요? 프리처드가 내 계좌를 갖고 있어요. 프리처드는 괜찮아요. 그 사람에게 말해봐요. 난 전에는 파이프를 건드려본 적도 없어요."

"이건 물이다. 마셔라."

타우웨어가 물병을 가리키며 말했다.

"정말이지 친절하군요."

청년이 다시 눈을 감으며 말했다.

"당신은 여기 있는다."

타우웨어가 단호하게 말하고 일어섰다.

"나는 호키티카에 가서 다른 사람들에게 당신이 어디 있는지 말한다. 금방 다시 돌아온다."

"상질의 것으로 조금이면 돼요."

타우웨어가 오두막을 나가는 동안 스테인스가 말했다. 눈은 여전히 감은 상태였다.

"그리고 댁이 돌아오면 우린 가서 이 금을 찾아보기로 해요. 아니면 아편부터 해도 좋고…… 그래. 제대로 해요. 보답받지 못하는 사랑의 이런 목마름이라니! 하지만 보답을 받지 못하면 그게 사랑일까? 맙소사. 약이라고 그 사람이 말했어. 그리고 그 사람은 마오리족이지!"

물병자리의 화성

☾✲

숙 용승은 아주 오랜 지인을 방문하고, 프랜시스 카버는 충고를 한다.

숙 용승은 브룬턴, 솔로몬 앤드 반스에서 그날 아침 5파운드짜리 구매를 한 후에 곧장 은신처로 돌아와 숨었다. 권총을 장전해준 가게 주인은 그의 의도를 노골적으로 의심하는 얼굴이었지만, 아 숙의 은행권을 불평 없이 받았다. 그러고는 아 숙이 가게 문을 나서는 것을 따라와서 쳐다보았고, 아 숙이 두 번이나 돌아보는 동안 팔짱을 끼고 인상을 찌푸린 채 계속 쳐다보고 서 있었다. 현금으로 권총을 사는 중국인이라. 현금을 통째로 내려놓고, 물건에 정확히 5파운드 이상은 지불하지 않으려고 하고, 가게에서 총을 장전해달라고 요청하는 중국인? 이것은 별로 달갑지 않은 의심의 눈길이었다. 웰드가와 탠크리드가 모퉁이에 닿을 무렵 아 숙은 소문이 빠르게 퍼질 것임을 깨달았다. 해가 질 때까지 숨어 있을 장소가 필요했다. 그후에 어둠을 틈타 크라운 호텔 1층에 있는 뒤쪽 침실로 들어갈 것이다.

호키티카에는 아 숙이 도움을 요청할 만큼 믿을 수 있는 사람이 아무도 없었다. 안나는 물론 안 된다. 더이상은 불가능하다. 매너링도 안 된다. 프리처드도 안 된다. 그는 크라운 호텔의 모임에 참석했던 다른 사람들과는 이야기를 나누는 사이가 아니었고, 아 퀴는 당연히 카니에레에서 땅을 파고 있을 것이다. 잠깐 동안 마을 동쪽 편에 있는 좀 허름한 호텔 한곳에 방을 빌릴까, 그의 동기를 감추기 위해서 아예 일주일치 돈을 내는 건 어떨까 생각해보았다…… 하지만 거기 있어도 익명이 보장되지는 않을 것이다. 호텔 주인들이 떠들지 않을 거라는 보장이 없었다. 월요일 아침에 호키티카에 중국인이 있다는 것 자체가 딱히 소문이 퍼지지 않는다 해도 수상한 일이니까. 다른 사람의 입 같은 것은 믿지 않는 게 좋다고 그는 생각했다. 그래서 레벨가와 탠크레드가 사이에 평행하게 나 있는 뒷골목을 따라 권총을 들고 갔다. 뒷골목은 서쪽을 바라보는 레벨가 잡화점들과 호텔들의 뒤쪽 창고와 동쪽을 바라보는 탠크레드가의 주택들의 뒷면 사이의 허름한 길이었다. 여기는 숨기가 아주 좋고, 사방으로 출구가 나 있는데다가 호텔에 들르는 배달원이나 우체부를 제외하면 아무도 다니지 않았다.

와인과 술을 파는 가게 뒤쪽 공간에서 아 숙은 숨을 곳을 찾았다. 주름진 철판이 옥외창고에서 튀어나와 양쪽으로 뚫린 사선 형태를 이루고 있었다. 아 숙은 그 삼각형 공간 안으로 기어들어가서 바닥에 책상다리를 하고 앉았다. 세 시간 후, 에버라드 씨가 레벨가를 따라 내려오며 야경꾼들에게 조지 셰퍼드가 중국인을 체포하라는 영장을 신청했다는 소식을 외칠 때에도 여전히 그러고 앉아 있었다.

에버라드 씨의 말에 아 숙의 몸에 전율이 흘렀다. 그러니까 프랜시스 카버가 미리 경고를 받았다는 뜻이었다. 하지만 아 숙에게는 카버가 의심하지 않는—의심하지 못하는—이점이 있었다. 월터 무디의 은밀한 정보 덕택에 그는 카버를 언제 어디서 찾을 수 있는지 정확히 알고 있었던 것이다. 영장이 있든 없든, 조지 셰퍼드는 아직 그를 체포하지 못할 것이다! 아 숙은 고함 소리가 레벨가를 따라 사라질 때까지 듣고 있다가 살짝 미소를 지으며 눈을 감았다.

"거기서 뭐하고 있는 거야?"

아 숙은 눈을 떴다. 그의 앞에 서서 바깥 창고 문에 한 손을 얹고 내려다보고 있는 것은 스물다섯 살 남짓의 지저분한 청년이었다. 청년은 신사복 상의에 목깃이 없는 셔츠 차림이었다.

"거기 그러고 앉아 있으면 안 돼. 여긴 개인 토지야. 체스니 씨 땅이라고. 거기 마음대로 그렇게 들어가 있으면 안 돼."

청년이 인상을 찌푸리고 말했다.

또 다른 목소리가 가게 안에서 들려왔다.

"거기서 누구랑 이야기를 하는 거냐, 에드?"

"중국 놈이 있어요. 그냥 앉아 있어요. 창고 옆에요."

"뭐?"

"중국인요."

"중국 놈이 바깥 창고를 쓰고 있어?"

"아뇨, 그냥 그 옆에 앉아 있어요."

청년이 대답했다.

"그럼 얼른 꺼지라고 해."

"얼른 나가."

청년은 아 숙을 발끝으로 슬쩍 밀면서 말했다.

"가라고. 여기 있으면 안 된다니까."

가게에서 다시 목소리가 들려왔다.

"그놈이 거기서 뭘 하고 있다고 그랬지, 에드?"

"아무것도요. 그냥 앉아 있어요. 그리고 권총을 갖고 있어요."

청년이 다시 대답했다.

"뭐라고?"

"권총을 갖고 있다고요."

"그걸 갖고 뭘 하는데?"

"아무것도요. 제가 보기엔 별로 문제를 일으킬 것 같지는 않아요."

잠깐 침묵이 흘렀다. 그리고 다시 목소리가 들렸다.

"이제 갔어?"

"얼른 나가."

에드는 다시 아 숙에게 손짓을 하며 말했다.

"가라니까."

마침내 일어나서 아 숙은 주름진 철제 지붕 아래서 빠져나와 서둘러 걸음을 옮겼다. 청년이 의아한 눈으로 계속 자신의 등을 바라보는 게 느껴졌다. 그는 빨랫줄 아래로 몸을 숙이고 임페리얼 호텔 뒤쪽의 귀리 냄새 나는 마구간으로 들어가서 고개를 숙이고 권총을 가슴에 댄 채 가만히 기다렸다. 말들이 힝힝거리고 발을 구르는 소리 너머로 두 남자가 아 숙에 대해서 주거니 받거니 이야기를 하며 지나가는 소리가 들렸다. 곧 그는 자신이 쫓기고 있음을 알게 되었다. 누군가가 그를 보고 경보를 외치기 전에 빨리 어딘가 숨어야 했다. 아 숙은 마방 끝으로 달려가서 반만 있는 문 위를 내다보았다. 여러 개의 뒷창고들이 나란히 있고 그 너머로 달개지붕 부엌과 배달부들을 위한 초록색 출입문, 옥외 변소와 오물 구덩이 등이 보였다. 어디가 가장 안전할까? 그의 시선이 경찰서를 이루는 여러 개의 조그만 건물들에 멎었고 그중에서 조지 셰퍼드가 사는 나무 오두막으로 향했다. 심장이 갑자기 덜컥 뛰었다. 그래, 안 될 게 뭐 있어? 그가 갑자기 대담하게 생각했다. 저기야말로 아무도 날 찾으려고 하지 않는 호키티카 최고의 장소일 텐데.

그는 마구간과 경찰서 울타리 사이의 조그만 길을 건너가서 조지 셰퍼드의 부엌문으로 걸어가 재빨리 두드렸다. 대답을 기다리는 동안 슬그머니 주위를 둘러보았으나 뒷골목은 텅 비어 있었다. 그가 서 있는 양옆 뜰에도 아무도 없었다. 누군가가 호텔 안에서 보고 있는 게 아닌한 ─ 물결무늬 유리 때문에 내부가 들여다보이지 않아서 누가 안에서 보고 있을 가능성도 있었다 ─ 아무도 조지 셰퍼드의 부엌 그림자 아래 권총을 쥐고 서 있는 그를 볼 수는 없을 것이다.

"누구세요? 누구죠?"

문 안쪽으로 여자 목소리가 들렸다.

"마거릿."

숙 용승은 나무에 입을 바싹 대고서 말했다.

"누구요?"

"마거릿 셰퍼드."

"누군데요? 찾아온 분은 누구시죠?"

여자의 입 역시 나무문에 바싹 대고 있는 것 같았다. 어쩌면 여자도 반대편에서 몸을 기울이고 있는지 모른다.

"숙 용승."

그는 대답을 하고서 침묵이 이어지자 재차 말했다.

"제발."

문이 열리고, 그 여자가 있었다.

"마거릿."

아 숙은 온갖 감정으로 가득차서 허리를 굽혀 인사를 했다.

몸을 세운 다음에야 그는 여자를 제대로 볼 수 있었다. 리디아 웰스와 마찬가지로 마거릿 역시 시드니의 법원에서 그의 목숨을 구해준 증언을 ─거짓 증언을!─ 하러 나왔던 마지막 모습으로부터 거의 변한게 없었다. 머리는 이제 가운데 부분이 은색으로 살짝 변했고, 머리 주위를 안개처럼 둘러싼 헤어네트 밖으로 몇 가닥이 비죽비죽 빠져나와 있었다. 나이를 먹었다는 걸 보여주는 이 약간의 흔적을 제외하면 그녀의 얼굴은 거의 그대로였다. 똑같이 물기 어린 겁먹은 눈, 똑같은 뻐드렁니, 부러져서 콧날 양옆이 좀 넓은 코, 선이 흐린 입술, 충격과 두려움으로 겁먹은 표정. 익숙한 얼굴을 보면 기억이 얼마나 쉽게 떠오르는지! 갑자기 아 숙은 그 여자가 증언석에 앉아서 장갑 낀 손을 얌전히 무릎 위에 겹치고 검사에게 눈을 깜박이고, 조그만 손수건에 기침을 두 번 하고는 접어서 드레스 소매 안에 집어넣고, 다시 손을 겹치던 모습이 눈에 보이는 것 같았다. 그의 목숨을 구하기 위해서 거짓말을 하던 모습이 선했다.

여자가 그를 빤히 쳐다보았다. 그러다가 낮은 소리로 날카롭게 말했다.

"이게 무슨……"

그러고는 거의 딸꾹질에 가까운 웃음소리를 냈다.

"숙 씨, 이게, 이게 무슨 일이죠? 당신을 체포하라는 영장이 나왔어요…… 그거 알아요? 조지가 영장을 신청했다고요!"

"들어가도 된다?"

아 숙이 권총을 엉덩이께에 댄 채 보이지 않게 몸을 반쯤 돌리고 있어서 여자는 아직 그것을 보지 못한 상태였다.

그가 말하는 동안 바람이 한 줄기 열린 문으로 불어들어가서 오두막 안쪽 벽을 흔들고 두드렸다. 바람에 팽팽하게 당겨놓은 옥양목이 눈에 보이게 흔들렸다.

"빨리, 빨리 들어와요."

여자가 그를 오두막 안으로 잡아끈 다음 문을 닫았다.

"왜 온 거죠?"

여자가 속삭였다.

"마거릿 당신은 아주 친절한 사람이다."

여자의 얼굴이 일그러졌다.

"아뇨, 아니에요."

아 숙은 고개를 끄덕였다.

"아주 친절하다."

"날 정말 곤란한 입장으로 밀어넣는군요. 내가 조지에게 연락하지 않을 거라고 생각해요? 난 해야 돼요! 영장이 나와 있다고요. 그리고 난 전혀 몰랐어요. 난 오늘 아침까지는 당신이 여기에 있다는 사실조차 몰랐다고요. 왜 온 거죠?"

아 숙은 천천히 움직여서 권총을 등 뒤에서 꺼냈다.

여자가 한 손으로 입을 막았다.

"나를 숨겨준다."

"그럴 수 없어요."

셰퍼드 부인은 여전히 한 손으로 입을 가린 채 권총을 바라보며 대답했다.

"당신이 뭘 요구하는지 모르는군요."

"나를 숨겨준다. 어두울 때까지. 제발."

아 숙이 말했다.

여자는 손바닥을 깨물기라도 하는 것처럼 입을 약간 움직이다가 손을 홱 내리고서 말했다.

"어두워지면 어디로 갈 건데요?"

"카버를 죽이러."

아 숙이 말했다.

"카버……."

여자는 신음하며 그에게서 물러나 총을 안 보이는 곳으로 치우라는 것처럼 한 손을 흔들었다.

아 숙은 꼼짝하지 않았다.

"제발, 마거릿."

"난 당신을 다시 볼 거라고는 상상도 하지 않았어요. 상상조차도……."

그녀는 말을 끝까지 하지 못했다. 문 두드리는 소리가 들렸기 때문이다. 이번에는 오두막 반대편, 정문 쪽이었다.

마거릿 셰퍼드의 숨이 목에 걸렸다. 아 숙은 여자가 토하지 않을까 걱정스러웠지만, 여자는 그에게 달려와 양손으로 가슴을 밀었다.

"가요. 침실로 들어가요. 침대 밑에 숨어요. 안 보이는 곳으로 가요. 어서. 어서 가요. 어서."

여자가 다급하게 속삭이며 그를 교도소장과 함께 쓰는 침실로 밀어넣었다. 굉장히 깔끔한 방이었다. 두 개의 서랍장과 철제 침대, 침대 머리판 위쪽에는 액자에 자수를 놓은 천을 넣어서 걸어놓았다. 아 숙은 주위를 둘러볼 여유도 없이 무릎을 구부리고 여전히 권총을 쥔 채 침대 아래로 기어들어갔다. 문이 닫히고 방이 어두워졌다. 복도를 걸어가는 발소리, 그리고 문 걸쇠를 여는 소리가 들렸다. 그는 몸을 옆으로 돌렸다. 옆에 있는 옥양목을 바른 벽을 통해 빛이 조금 넓어지며 그 한가운데로 들어서는 검은 그림자가 보였다. 갑자기 차가운 바람이 느껴졌다.

"안녕하십니까, 셰퍼드 부인. 남편분을 찾고 있습니다만. 집에 계십니까?"

아 숙의 몸이 굳었다. 그는 그 목소리를 알았다.

마거릿 셰퍼드가 고개를 저었는지 프랜시스 카버가 다시 말했다.

"어디 가면 계실지 좀 알려주시겠습니까?"

"건설 부지에 계실 거예요."

여자의 목소리는 거의 들릴 듯 말 듯했다.

"시뷰에 말입니까?"

"네, 선생님."

아 숙은 키어 페이턴트를 양손으로 감쌌다. 침대 아래서 빠져나가 일어나서 벽에 총구를 대는 건 아주 쉬운 일이리라. 총알이 옥양목 벽을 아주 쉽게 뚫고 나갈 것이다. 하지만 셰퍼드 부인이 다치지 않을 거라고 장담할 수 있을까? 그는 어두운 부분을 보면서 어디까지가 카버의 그림자이고 어디서부터가 셰퍼드 부인의 그림자인지 구분해보려고 노력했다.

"경보가 발령되었고, 셰퍼드가 막 영장을 신청했습니다. 우리의 오랜 친구 숙이 이 동네에 있다는군요. 무장하고 자유롭게 말입니다."

교도소장의 아내는 아무 말도 하지 않았다. 침실에서 아 숙은 침대 아래서 몸을 빼냈다.

"그 사람이 쫓고 있는 건 납니다."

카버가 말했고, 대답은 없었다. 그냥 고개만 끄덕인 모양이었다.

"부인의 남편께서 나에게 호의를 베풀어 미리 경고를 해주셨지요. 그 점에 대해 감사드린다고 좀 전해주십시오."

"그럴게요."

카버는 머뭇거리는 것 같았다.

"그가 작년 말부터 호키티카에 있었다는 소문이 돌더군요. 우리 두 사람의 친구 말입니다. 아마 분명히 만나보셨겠지요."

"아뇨."

마거릿이 작게 대답했다.

"본 적이 없다는 겁니까, 아니면 몰랐다는 겁니까?"

"몰랐어요. 그러니까…… 오늘 아침까지는요."

침실에서, 여전히 권총으로 옥양목 위의 그림자를 겨눈 채 아 숙은 무릎을 대고, 그다음에는 발을 대고 일어섰다. 그리고 벽 쪽으로 서서히 다가갔다. 권총을 옆쪽으로 겨누면, 정면 대신에 비스듬하게 쏘면…….

"음, 조지는 알았죠. 소장님은 한동안 알고 계셨던 모양이더군요. 그 남자를 계속 감시한 모양이고. 그 이야기를 안 하던가요?"

"네."

조지 부인이 중얼거렸다.

다시 침묵이 흘렀다.

"그걸로 답이 나오는군요."

아 숙은 침실 문가의 문지방 앞까지 다가갔다. 밝은 사각형으로 보이는 현관까지 아마 2미터 정도 떨어져 있을 것이다. 옥양목 두 장으로 된 벽만이 그와 프랜시스 카버를 갈라놓고 있었다. 카버가 무장했을까? 문을 열고 그를 마주하지 않는 한은 확실하게 알 수 없는 일이었다. 하지만 그랬다가는 귀중한 시간을 잃고, 기습이라는 이점도 잃게 될 것이다. 하지만 그는 셰퍼드 부인을 다치게 할까봐 아직까지도 차마 쏘지 못하고 있었다. 천을 통해서 그림자를 바라보며 그는 여자가 어디에 서 있는지 파악하려고 노력했다. 문이 왼쪽으로 열렸을까, 오른쪽으로 열렸을까?

옥양목 위의 검은 그림자가 조금 더 진해졌다.

"부인은 평생을 대가를 치르며 살아왔을 겁니다. 안 그렇습니까?"

카버가 말했고, 침묵만이 흘렀다.

"하지만 그걸로는 부족했겠죠."

침묵.

"그는 부인의 참회를 바라는 게 아닙니다. 내 말을 기억해두십쇼, 셰퍼드 부인. 부인의 참회를 원하는 게 아니에요. 그 사람은 자기 자신의 손으로 할 수 있는 일을 원하는 겁니다. 조지 셰퍼드가 원하는 건 복수예요."

셰퍼드 부인이 마침내 말했다.

"조지는 복수라는 개념을 혐오해요. 그걸 야만적이라고 부르는걸요. 복수란 정의가 아니라 질투로 인한 행동이라고 하고요."

"그 말이 맞습니다만, 모든 사람이 뭔가를 질투하는 법이죠."

문가의 검은색 그림자가 흐릿해지며 사라지고, 카버의 발소리가 멀어지는 것이 들렸다. 오두막 문이 닫히고 셰퍼드 부인이 볼트와 체인을 거는 덜그럭 소리가 났다. 그리고 가벼운 발소리가 다가오더니 침실 문이 열렸다. 셰퍼드 부인은 놀란 얼굴로 아 숙을, 그리고 그의 손에 있는 권총을 보았다.

"이 바보 같으니. 벌건 대낮에! 경찰이 다섯 걸음 옆에 있는데!"

아 숙은 아무 말도 하지 않았다. 다시금 조지 부인은 딸꾹질을 하는 것 같았다. 부인의 목소리가 반쯤은 속삭였고, 반쯤은 비명처럼 약간 높아졌다.

"제정신이에요? 내 집 문 앞에서 사람을 죽이면 나는, 나한테는 무슨 일이 생길 거라고 생각하죠? 도대체 어떻게…… 도대체 무슨 생각을…… 당직 경찰이 다섯 걸음 옆에 있는데…… 아무것도…… 게다가 조지는! 도대체가!"

아 숙은 부끄러웠다.

"유감이다."

그가 손을 내리면서 말했다.

"난 목이 매달릴 거예요. 목이 매달릴 거라고. 조지가 그렇게 만들 거예요."

"해 입히지 않는다."

여자의 흥분이 즉시 괴로움으로 변했다.

"해를 입히지 않는다고요?"

"아주 유감이다, 마거릿."

그는 정말로 유감스러웠다. 어쩌면 기회를 잃었는지도 모른다. 어쩌면 그녀는 이제 그를 길거리로 쫓아내거나, 남편에게 연락을 보내거나, 혹은 경찰을 부를지도 모른다…… 그러면 그는 잡힐 거고 카버는 계속 자유롭게 돌아다닐 것이다.

여자가 앞으로 나와서 그의 손에서 총을 받아들었다. 그것을 아주 잠깐 들고 있다가 신중하게 총구를 반대편으로 해서 장식 선반 위에 내려놓았다. 그리고 그를 쳐다보지 않은 채 잠시 서성거렸다. 셰퍼드 부인이 몇 번 숨을 깊게 들이켜는 동안 그는 그저 기다렸다.

"여기서 어두워질 때까지 있어요."

마침내 여자가 조용히 말했다. 여전히 그를 쳐다보지는 않았다.

"어두워질 때까지 침대 밑에 있어요. 어두워지면 안전하게 나갈 수 있을 테니까."

"마거릿."

아 숙이 말했다.

"네?"

여자가 움찔하며 고정되어 있는 램프를 힐끔 보았다가 그다음에는 침대 머리판을 보았다.

"네?"

"고맙다."

아 숙이 말했다.

조지 부인은 잠시 그를 쳐다보다가 재빨리 그의 가슴과 배로 시선을 내렸다.

"그런 헐렁한 옷을 입고 있으면 1킬로미터 밖에서도 눈에 띌 거예요. 정말이지 철저하게 중국인이군요. 여기서 기다려요."

10분 후에 여자는 재킷과 바지를 팔에 걸치고 손에는 부드러운 천으로 된 모자를 들고 왔다.

"이걸 입어요. 바지는 딱 맞게 꿰매줄게요. 재킷은 감옥소에서 빌리면 돼요. 영국인처럼 차려입지 않으면 여기서 절대로 못 나갈 줄 알아요."

응가 포티키 아 레후아 /
안타레스의 아이들

☾˟

스테인스 씨는 약을 먹고, 웨더렐 양은 유죄 판결을 받는다.

테 라우 타우웨어는 3시 30분에 프리처드의 약국에 도착했다. 4시 경에 그와 프리처드는 빌린 경마차를 타고 말 두 마리를 몰아 최대한 빠르게 북쪽으로 달렸다. 프리처드는 모자도 쓰지 않고 반쯤 일어선 채 말이 거품을 물 정도로 무모하게 몰았다. 그의 재킷 주머니는 불룩했다. 매번 마차 바퀴가 돌을 밟을 때마다 아편 팅크가 든 유리병이 흔들려 거품이 일었고, 병 안에서 녹빛 액체가 부옇게 흐려졌다가 도로 맑아졌다가 다시 흐려졌다. 타우웨어는 양손으로 의자 등받이를 꽉 잡고 토하지 않으려고 최선을 다했다.

"그래, 그 친구가 나를 찾았단 말이지."

프리처드는 유쾌한 기분으로 그렇게 중얼거렸다.

"의사가 아니라 바로 나를!"

Φ

사무 변호사 펠로우스에게 추궁당한 끝에 찰리 프로스트는 진실을 털어놓았다. 그렇다, 크로스비 웰스의 오두막에서 발견된 금은 이미 제련이 된 상태였다, 제련은 중국인 금 제련사 퀴 롱의 작업이었고, 그날 아침까지는 스테인스 씨의 금광인 오로라에서 일하는 유일한 광부였다. 펠로우스 씨는 이 내용을 자신의 수첩에 기록한 다음 젊은 은행원에게 도와줘서 고맙다고 정중하게 인사를 했다. 그러고는 안나 웨더렐이 그에게 주고 간 증여권을 말없이 그의 책상 앞에 펼쳤다.

프로스트는 그것을 보고 깜짝 놀랐다.

"서명이 되어 있잖아."

"뭐라고 했죠?"

펠로우스가 물었다.

"에머리 스테인스가 지난 두 달 사이에 어느 시점에 이 서류에 서명을 한 모양입니다."

프로스트가 단호하게 말했다.

"물론 서명이 가짜가 아니라면 말이지요…… 하지만 난 그 사람의 서명을 압니다. 이건 그 사람 글씨예요. 마지막으로 이 증서를 봤을 때에는 이 사람 이름 옆 칸이 비어 있었어요. 서명이 없었죠."

"그럼 그 사람이 살아 있는 건가요?"

변호사가 물었다.

Φ

벤자민 뢰벤탈은 콜링우드가로 들어섰다가 프리처드의 약국이 굳게 잠겨 있고 창문에는 가게가 닫혔다는 팻말이 걸려 있는 것을 발견하고 깜짝 놀랐다. 그는 건물 뒤로 돌아갔다가 자일스라는 이름의 프리처드의 조수가 뒷계단에 앉아 신문을 읽고 있는 것을 발견했다.

"프리처드 씨는 어디 가셨냐?"

그가 물었다.

"나가셨어요. 무슨 일이시죠?"

"간장병 약 때문에."

"전에 처방받으신 적 있나요?"

"그래."

"제가 찾아드릴게요. 뒷문으로 들어오세요."

청년은 신문을 내려놓았고, 뢰벤탈은 청년을 따라 프리처드의 제조실을 지나 가게로 들어갔다.

"월요일 오후에 가게를 비우는 건 조답지 않은데."

청년이 그의 약을 만드는 동안 뢰벤탈이 말했다.

"원주민 남자랑 같이 가셨어요."

"타우웨어?"

"이름은 몰라요. 갑자기 나타났어요. 두 시간도 안 됐어요. 프리처드 씨에게 이야기를 전했고, 프리처드 씨가 곧장 저한테 두 사람이 탈 경마차를 빌려오라고 시키신 다음에 두 사람이 한밤의 기수들처럼 아라후라 쪽으로 쏜살같이 가버리셨어요."

"그렇군."

뢰벤탈은 호기심이 솟았다.

"이유는 모르고?"

"모르겠어요. 하지만 프리처드 씨가 아편 팅크 병이랑 가루약 같은 것들을 챙기셨어요. 원주민은 옆에서 '그 사람은 약이 필요하다'라고 말했고요. 그 말은 들었어요. 하지만 누군지는 말을 안 했어요. 그리고 프리처드 씨는 계속해서 제가 이해할 수 없는 말만 하셨고요."

"그게 뭐였는데?"

"'창녀의 총알'요."

소년이 대답했다.

Φ

"이런, 안나 웨더렐 아닌가!"

클린치는 충격을 받은 것 같은 말투였다.

"안녕하세요, 에드거."

"여기서 뭘 하는 거요? 물론 언제나 환영이지만 말이오! 하지만 뭘 하고 있는 거지?"

"있을 곳이 필요해요. 5시까지만요. 제가 몇 시간만 좀 있어도 누가 되지 않을까요?"

"누라니…… 누가 될 리 없지!"

클린치는 고함을 지르며 앞으로 다가와서 안나의 손을 붙잡았다.

"그러니까, 그래, 물론이오, 물론이지! 내 사무실로 들어와요! 차를 마실까? 비스킷을 곁들여서? 당신을 보니까 정말로 좋군. 정말이지 기뻐! 당신의 주인마님은? 그리고 5시에 어디를 가려는 거요?"

"법원에서 약속이 있어요."

안나 웨더렐은 예의 바르게 손을 빼낸 다음 그에게서 물러섰다.

클린치의 미소가 즉시 사라졌고, 불안한 어조로 그가 말했다.

"소환을 받았소? 재판을 받는 건가?"

"그런 게 아니에요. 사무 변호사와 약속이 있을 뿐이에요. 자진해서요."

"변호사라!"

"네, 미망인의 재산에 대해서 소송을 걸려고요."

클린치는 깜짝 놀랐다.

"이거 참!"

그는 다시 미소를 지으며 자신의 놀람을 감추었다.

"이거 참! 나한테 이야기를 해보시오, 안나 양. 그리고 함께 차를 마시지. 당신이 와줘서 정말이지 기쁘군."

"그렇게 말씀해주셔서 다행이에요. 저한테 화가 나셨을까봐 걱정했거든요."

"절대로 당신에게 화를 낼 수는 없지! 난 절대로…… 그럴 리가 있나!"

다음 순간에야 그는 안나의 말을 이해했다.

"미망인의 재산에 대해서…… 그 금 더미에 대해서 소송을 건다는 이야기로군."

그녀는 고개를 끄덕였다.

"저를 상속인으로 써놓은 서류가 있어요."

"그래? 서명도 다 되어 있는 거요?"

클린치가 움찔하고서 물었다.

"그 사람 화덕에서 발견했대요. 크로스비 웰스의 화덕요. 누가 그걸 태우려고 했어요."

"하지만 서명은 되어 있었소?"

"2천 파운드요. 아, 항상 저한테 아버지처럼 대해주셨죠, 에드거. 다 말씀드릴게요. 그 사람은 그걸 선물로 주려고 했던 거예요! 2천 파운드를 전부 다, 선물로요. 그 사람은 저를 사랑해요. 계속 저를 사랑했던 거예요!"

"누가?"

에드거 클린치가 씁쓸하게 물었지만, 이미 답은 알고 있었다.

Φ

웰드가의 신문사 사무실로 돌아가던 길에 뢰벤탈은 누가 자신의 이름을 부르는 것을 들었다. 돌아보니 딕 매너링이 팔 아래 신문을 끼고 성큼성큼 다가오고 있었다.

"자네한테 전해줄 끝내주는 소식이 있다네, 벤. 자네도 이미 들었을 것 같지만 말이야. 이 끝내주는 소식이 궁금한가?"

뢰벤탈은 정신이 다른 데 팔린 채 인상을 찌푸렸다.

"뭔데 그러나?"

"소문에 따르면 셰퍼드 교도소장이 숙의 체포 영장을 신청했다는군. 숙 씨가 오늘 아침에 호키티카에 나타나서는 군용 권총을 현금을 주고 샀다는 모양이야! 어떤가?"

"그걸 사용할 생각이라고 하던가?"

"쓰려는 게 아니면 총을 왜 사겠나? 아무래도 대로에서 총격전이 있을 모양이야. 총격전이라니…… 미국 스타일로 말이야!"

매너링이 흥에 겨워서 말했다.

"나도 전할 이야기가 있네."

뢰벤탈이 말했다. 두 사람은 레벨가로 접어들어 남쪽으로 걷기 시작했다.

"또 다른 소문이지. 자네 것만큼 대단한 건 아니지만 말이야."

"우리의 숙 씨에 관해서인가?"

"우리의 스테인스 씨에 관해서라네."

Φ

퀴 롱은 차이나타운에 있는 오두막에서 수프를 끓일 야채를 썰고 있었다. 그때 다가오는 말발굽 소리가 들리더니 누군가가 안에 있느냐고 소리를 질렀다. 아 퀴는 문가로 나가서 한 손으로 삼베 커튼을 걷었다.

"거기 있었군."

막 말에서 내린 남자가 문가에 서서 말했다.

"법에 따라 당신은 소환되었소. 호키티카 법원으로 갑시다."

퀴 롱이 양손을 들어올렸다.

"아 숙 아니다. 아 퀴."

"나도 당신이 누군지는 잘 알고 있어. 그리고 당신을 부르러 왔다니까. 얼른 갑시다. 최대한 빨리. 마차가 기다리고 있으니까. 어서 나오시오."

"아 퀴."

아 퀴가 다시 말했다.

"누군지 안다니까. 이건 당신이 오로라에서 파낸 금에 관한 거요."

"아라후라?"

아 퀴가 그의 말을 잘못 알아듣고서 말했다.

"그렇다니까. 이제 얼른 움직이라고. 치안판사 재판소를 대리해서 존 펠로우스 씨가 당신을 소환했으니까."

Φ

준비은행을 나온 다음 펠로우스 씨는 닐슨 앤드 컴퍼니의 하랄 닐슨을 방문했다. 그는 사무실에서 조지 셰퍼드를 위해 수지표를 작성하고 있는 중개상을 찾았다. 일이 지루해서 닐슨은 잠깐 정신을 돌릴 만한 일을 반겼다. 하지만 그것은 변호사가 에머리 스테인스와 크로스비 웰스의 서명이 있는 불에 그을린 증서를 건넬 때까지였다. 닐슨의 얼굴이 즉시 창백해졌다.

"이 증서를 전에 본 적이 있습니까?"

펠로우스가 물었다. 하지만 닐슨은 자신의 실수로부터 교훈을 얻는 사람이었다.

"대답을 하기 전에 이걸 누가 보냈고, 무슨 이유로 나한테 가져온 건지부터 알아야겠소이다."

변호사가 고개를 끄덕였다.

"그게 공평하겠지요. 웨더렐이라는 여자가 오늘 아침에 익명의 사람에게서 이 증서를 받았다고 하더군요. 주인이 나가고 없는 사이에 현관문 아래로 누가 넣고 갔다고 합니다. 꽤 큰 금액이고, 전부 다 그 여자한테로 들어가게 되겠지요. 하지만 아무래도 조작의 냄새가 납니다. 누가 보냈는지, 왜 보냈는지 전혀 모르니까 말입니다."

닐슨은 이미 한 번 코웰 데블린을 배신했다. 두 번은 그러지 않을 생각이었다.

"그렇군."

그는 무표정한 얼굴을 유지하면서 대답했다.

"그러니까 자네는 웨더렐 양을 위해 일하는군."

"난 창녀하고는 어떠한 관계도 맺을 생각이 없습니다."

펠로우스가 날카롭게 말했다.

"그저 조사만 좀 하는 겁니다. 상황을 정리하는 거죠."

"그렇군. 내 말을 용서해주게."

닐슨이 중얼거렸다.

"선생이 크로스비 웰스의 오두막을 정리하신 분 아닙니까. 내가 알고 싶은 건 선생이 그 집을 정리하러 갔을 때 그 사람이 이 증서를 갖고 있었는지 어떤지 하는 겁니다."

펠로우스가 말을 이었다.

"아니, 없었소."

닐슨이 정직하게 말했다.

"그리고 우리는 그 오두막을 지붕부터 바닥까지 샅샅이 훑었소. 내가 확실하게 장담하네."

"그렇군요. 감사합니다."

펠로우스가 일어섰고 닐슨도 따라 일어섰다. 그때 웨슬리 교회의 종이 울리며 시간을 알렸다. 5시 15분 전이었다.

"그나저나 참 대단한 기부를 하셨더군요."

펠로우스가 사무실을 나가면서 말했다.

"시뷰에 짓는 새 교도소에 말입니다. 대단하십니다."

"고맙네."

닐슨이 쓸쓸하게 대답했다.

"요즘 같은 때에는 정말로 자비로운 사람을 만나기가 참 힘들죠. 그 점이 참으로 존경스럽습니다."

변호사가 말했다.

Φ

"스테인스 씨?"

청년이 파르르 눈을 떴다. 흐리던 눈에 초점이 잡히며 앞에 무릎을 구부리고 앉아 있는 조지프 프리처드에게 멎었다.

"나 프리처드요, 약제사 말이오."

프리처드는 부드럽게 손을 내밀어 스테인스의 셔츠 옷깃을 젖히고 검게 변한 상처를 드러냈다. 청년은 저항하지 않았다. 그의 눈이 약제사가 상처를 살피는 동안 프리처드의 얼굴을 보았다.

"그거 좀 긁어서 왔습니까?"

청년이 중얼거렸다. 프리처드의 얼굴은 엄숙했다.

"뭘 말이오?"

"아편 말입니다. 그걸 좀 준다고 하지 않았습니까."

"고통을 좀 가라앉게 해줄 만한 걸 가져왔소."

프리처드가 퉁명스럽게 말했다.

"아편 결핍 증세를 보이는 게로군, 그렇지? 게다가 꽤나 심각한 상처도 있고."

"결핍. 그건 마치 가시 같아요. 총소리를 못 들었어요. 난 그때 관에 있었어요."

"여기에 얼마나 있었소? 마지막으로 뭘 먹은 건 언제지?"

"사흘. 사흘이던가? 정말로 친절하군요. 정말이지 상냥해요. 자정이었던 것 같아요. 난 산책이 좋아요."

"말이 안 되는 소리를 하는군."

프리처드가 중얼거렸다.

"그렇다. 그 사람은 죽는가?"

타우웨어가 물었다.

"그렇게 말라 보이지는 않는데."

프리처드는 스테인스의 뺨과 이마를 손등으로 만지며 말했다.

"누가 최소한 이 친구한테 먹을 건 줬어…… 아니면 어디 있었는지 모르겠지만, 어디서 훔쳐다 먹었거나. 맙소사! 8주라니. 기도 이상의 것이 이 친구를 살려놨던 거야."

스테인스의 시선이 프리처드의 어깨 너머에 서 있는 타우웨어에게로 움직였다.

"마오리족은 최고의 안내원이지. 당신은 아주 잘할 거예요."

그가 미소를 지으며 말했다.

"잘 들으시오."

프리처드는 스테인드의 옷깃을 당겨 상처를 다시 드러내고서 말했다.

"자네를 경마차에 태울 거요. 호키티카로 가서 길리스 선생에게 자네 어깨에서 총알을 빼달라고 해야겠어. 경마차에 타거든 고통을 가시게 할 만한 걸 좀 주겠소. 알겠소?"

청년의 머리가 앞으로 기울어졌다.

"호키티카…… 안나 막달레나."

그가 중얼거렸다.

"안나는 호키티카에서 자네를 기다리고 있소. 자, 이제 갑시다. 빠를수록 좋겠지. 어두워지기 전에 시내로 데려갈 수 있을 거요."

"그 사람이 그녀에게 아리아를 써줬어. 선물로. 난 맹세를 하지 못했지."

프리처드는 스테인스의 성한 팔을 들어올려 자신의 어깨에 걸치고 일어섰다. 타우웨어는 청년의 허리를 잡았고, 두 사람은 함께 스테인스를 오두막에서 들어내서 경마차에 실었다. 청년은 여전히 중얼거리고 있었다. 피부는 땀으로 끈끈하고 굉장히 뜨거웠다. 그들은 그를 경마차 좌석에 실었고 프리처드와 타우웨어는 그가 굴러떨어지지 않게 양옆에 앉았다. 타우웨어는 모직 코트를 청년의 다리에 덮었다. 마침내 프리처드가 주머니에서 아편 팅크 병을 꺼내서 마개를 열었다.

"굉장히 쓰겠지만 고통은 가실 거요."

그가 스테인스의 목을 한 손으로 받치고 병을 그의 입에 갖다댔다.

"그렇지. 그렇게…… 잘 삼키는 거요, 알겠소? 한 모금만 더. 그렇지. 한 번 더. 이제 가만히 누워 있으시오, 스테인스 씨. 눈감고. 금세 잠이 들 테니까."

Φ

알리스테어 로더백은 호키티카 법원을 나와서 곧장 해운업자 토머스 발퍼의 사무실로 향했다. 그는 갓스피드 호의 매매 증서를 발퍼의 책상 위에 던지고서 앉으라는 말도 기다리지 않고 앉아서 외쳤다.

"그놈이 여전히 그러고 있네, 톰! 프랜시스 카버가 여전히 그러고 있어! 그놈은 내가 죽는 날까지 나를 쪽쪽 빨아먹을 생각이야!"

이 연극적인 선언을 이해하는 데에는 한참의 시간이 걸렸다. 갓스피드 호가 가입되어 있는 선주상호보험에 대해서 이해하고, 발퍼의 견해까지 듣고 나서야 로더백은 최소한 이번 판은 자신이 졌다는 것을 인정하는 수밖에 없었다. 프랜시스 카버가 그를 앞지른 것이다. 이 모호한 서명은 로더백이 쉽게 소송을 걸 수 없게 하는 영리한 행동이었고, 갓스피드 호의 보험 방침 때문에 카버는 합법적으로 그 자금을 끌어다 쓸 수 있고, 개러티 씨는 거래를 승인했다. 하지만 로더백은 그런 합리적인 조언을 받아들이는 것이 불쾌했고, 계속해서 한숨을 쉬고 머리카락을 쥐어뜯으며 프랜시스 카버를 욕했다. 5시경 발퍼의 인내심도 이미 완전히 바닥이 났다.

"저한테 이야기하실 일이 아닙니다. 저는 법에 관해서는 아무것도 모릅니다. 저한테 이야기하고 계실 게 아닙니다."

"그럼 누구한테 말을 하나?"

"주지사님께 가서 얘기를 해보십시오."

"지금 시내에 없네."

"치안판사님은요?"

"선거 전날이잖나! 자네 미쳤나?"

"그럼 셰퍼드에게 가십시오. 조지 셰퍼드에게 이 서류를 보여주고 어떻게 생각하는지 물어보십시오."

"셰퍼드 씨와 나는 좋은 관계가 아니야."

로더백이 대답했다. 발퍼는 좌절감에 싸여서 말했다.

"물론 그렇긴 하죠. 하지만 셰퍼드는 카버와도 그리 좋은 관계가 아닙니다. 잊지 마십시오! 어쩌면 그런 면에서 의원님께 도움을 줄지도 모릅니다."

"셰퍼드가 카버와 무슨 악연이 있는데?"

로더백이 물었다. 발퍼는 인상을 찌푸렸다.

"카버는 셰퍼드 밑에서 지냈습니다. 죄수였을 때 말입니다. 셰퍼드가 포트 잭슨에 있는 코카투 섬의 교도소 간수였고, 카버는 거기서 복역을 했죠."

"허."

"모르셨습니까?"

"몰랐지. 내가 어떻게 알겠나?"

"당연히 아실 거라고 생각했습니다."

"난 조지 셰퍼드에 대해서는 털끝만큼도 모르네."

로더백이 무뚝뚝하게 말했다.

Φ

오베르 개스코인은 오후 중반쯤 준비은행에서 일을 마쳤다. 시계가 5시를 알릴 무렵 그는 법원으로 돌아와서 『웨스트 코스트 타임스』에 보낼 간이 재판 건에 대한 기록을 정리하고 있었다. 그러다가 앞문이 열리고 안나 웨더렐이 들어오는 것을 보고 깜짝 놀랐다.

하지만 안나는 그에게 예의상의 인사만 하고는 걸어가서 펠로우스와 악수를 나누었다. 두 사람은 개스코인에게는 들리지 않게 뭔가 말을 나누었고, 변호사가 그녀를 데리고 개인 사무실로 가서 문을 닫았다.

"안나가 펠로우스랑 뭘 하는 거지?"

개스코인이 동료인 버크에게 물었다.

"나야 전혀 모르지. 아까 전에 자네가 은행에 가 있는 사이에 왔었다네. 변호사와 뭔가 은밀하게 이야기를 하고 싶다고 하더군."

"왜 나한테 말을 안 했나?"

"별로 대단한 소식이 아니니까. 저기 셰퍼드 교도소장이야."

조지 셰퍼드가 홀을 지나서 그들 쪽으로 걸어왔다.

"개스코인 씨, 버크 씨, 좋은 오후요."

"안녕하십니까."

"난 중국인의 체포에 관한 영장을 가지러 왔소."

"준비되어 있습니다, 소장님."

버크가 영장을 가지러 갔다. 셰퍼드는 초조한 것을 억누르고서 허리에 손을 얹고 손가락으로 툭툭 두드리면서 기다렸다. 개스코인은 펠로우스의 사무실 문을 쳐다보았다. 갑자기 그 뒤에서 쿵 소리가 들리고—사람이 계단으로 쓰러지는 것처럼—다음 순간 펠로우스가 고함을 질렀다.

"누가 좀 도와줘. 여기 좀 도와달라고!"

개스코인은 홀을 가로질러 사무실로 가서 문을 열었다. 안나 웨더렐이 눈을 감고 입을 반쯤 벌린 채 쓰러져 있었다. 변호사 펠로우스는 그녀의 옆에 무릎을 꿇고 앉아서 팔을 흔들었다.

"완전히 의식을 잃었어. 그냥 쓰러졌다고! 탁자에서 앞으로 그냥 그대로!"

그가 개스코인을 쳐다보고 애원조로 말했다.

"난 아무 일도 안 했어! 건드리지도 않았다고!"

교도소장이 그들의 뒤로 나타났다.

"무슨 일이지?"

개스코인은 무릎을 꿇고 그녀에게로 몸을 기울였다.

"숨은 쉬고 있군. 일으켜봅시다."

그가 그녀를 앉은 자세로 일으키고서는 팔다리가 얼마나 비썩 말랐는지 깨닫고 조금 놀랐다. 고개가 뒤로 넘어갔다. 그가 팔을 구부려 그녀의 머리를 받쳤다.

"머리를 부딪쳤나?"

"그런 게 아니야."

펠로우스는 완전히 겁에 질린 얼굴이었다.

"그냥 옆으로 쓰러졌어. 술에 취한 것처럼. 하지만 들어올 때는 술에 취한 것 같지 않았어. 난 건드리지 않았다고 맹세해."

"그냥 기절한 건가보지."

"머리를 쓰게, 둘 다. 여기서도 아편 냄새가 느껴지는데."

개스코인도 그 진하고 쌉쌀한 냄새를 느낄 수 있었다. 그가 손가락 하나를 안나의 입에 넣고 입을 벌려보았다.

"얼룩은 없군요. 아편 팅크라면 혀가 갈색이어야 하지 않소? 이도 물들어 있어야 하고."

"그 여자를 감옥으로 데려가게."

개스코인이 인상을 찌푸렸다.

"병원으로 가는 편이……."

"감옥으로 데려가. 그 창녀의 과장된 행동거지에는 질렸어. 경찰서로 데려가서 가로대에 묶어놓게. 숨은 쉴 수 있게 똑바로 앉혀놓고."

펠로우스가 고개를 저었다.

"어떻게 된 건지 모르겠어. 분명 조금 전까지는 아주 멀쩡하더니, 갑자기 꾸벅거리다가 다음 순간에……."

입구의 문이 다시 열렸다.

"펠로우스 씨에게 퀴 씨가 왔습니다."

호출이 들렸다.

버크가 그들 뒤로 다가왔다.

"실례합니다, 셰퍼드 소장님. 여기 숙을 체포하라는 영장이 있습니다."

"퀴? 그 사람이 여기서 뭘 하는 거야?"

개스코인이 돌아보았다.

"창녀를 당장 데려가게."

교도소장이 말했다.

Φ

숙 용승은 조지 셰퍼드의 침대 아래 널빤지 위에 누워 있었다. 웨슬리 교회의 종이 5시 반을 알리는 소리가 들리고, 오두막 문을 두드리는 소리가 났다. 그는 고개를 옆으로 돌리고 마거릿 셰퍼드의 발소리를 들었다. 여자는 복도를 가로질러 가서 빗장을 들어올리고 볼트를 풀었다. 옥양목 위로 네모난 빛이 다시 한 번 커졌고, 차가운 바깥 공기가 느껴졌다. 빛은 이제 더 파랗고 더 흐렸고, 문가의 그림자는 옅은 회색이었다.

"셰퍼드 부인이시겠구려."

"네."

"남편분과 이야기를 잠깐 나눌 수 있겠소? 안에 계신가?"

"아뇨."

마거릿 셰퍼드는 그날 두번째로 같은 대답을 했다.

"지금 일 때문에 법원에 가셨어요."

"그거 참 안타깝군. 내가 좀 기다려도 되겠소?"

"약속을 잡고 오셔야 해요."

"그 말은 금방 돌아오지 않을 거라는 뜻이겠군."

"바깥양반은 종종 시뷰에서 밤을 보내세요. 가끔은 시내에서 당구를 치시고요."

"알겠소."

숙 용승은 알리스테어 로더백의 목소리를 몰랐지만, 그 어조와 목소리 크기로 보아 말하는 사람이 뭔가 권위 있는 사람이라는 것은 짐작할 수 있었다.

"방해해서 미안하게 됐소. 남편분에게 내가 들렀더라고 좀 전해주시겠소?"

"네, 그럴게요."

"내가 누군지는 아시나?"

"로더백 의원님요."

여자가 낮게 말했다.

"아주 훌륭하오. 남편분에게 우리 둘 다 아는 사람에 관해서 이야기를 하고 싶다고 전해주시오. 프랜시스 카버라는 사람이오."

"전할게요."

그 남자는 아침이 되기 전에 죽어 있을 거야, 숙 용승은 그렇게 생각했다.

문이 다시 닫히고, 침실이 어두워졌다.

코웰 데블린은 경찰서 감옥소 한구석에 안나 웨더렐을 위한 자리를 만들면서 안나가 자살을 하려고 했던 두 달 전보다 더욱 가련한 모습이라고 생각했다. 예전처럼 열이 나지도 않고, 정신을 잃은 채 뭔가를 중얼거리거나 팔다리를 움직이지는 않았지만, 검은 상복 차림으로 대단히 평화롭게 자는 듯한 모습이 더 불쌍해 보였다. 게다가 정말이지 말랐다. 데블린은 굉장히 유감스러운 기분으로, 최대한 느슨하게 그녀의 팔목을 잡아맸다. 그리고 셰퍼드 부인에게 안나의 머리 밑에 받칠 담요를 갖다달라고 요청했다. 부인은 말없이 그것을 갖다주었다.

"그게 무슨 뜻이죠?"

무릎 위에서 담요를 접으면서 그가 개스코인에게 물었다.

"난 오늘 아침에 안나를 봤습니다. 내가 직접 법원까지 데려다주었죠! 거기서 곧장 프리처드 씨의 가게로 가서 아편을 샀던 걸까요?"

"오늘 프리처드의 가게는 문을 닫았습니다. 오후 내내 열지 않았어요."

데블린은 손바닥을 안나의 머리 아래 받치고 그 아래로 접은 담요를 넣었다.

"그렇다면 도대체 언제 이 아가씨가 아편을 손에 넣었단 말이죠?"

"계속 갖고 있었을지도 모를 일이지요."

"아뇨, 오늘 아침에 여행자의 운수에서 나올 때 손가방이나 지갑 같은 건 하나도 들고 나오지 않았어요. 심지어는 내가 아는 한 돈도 한 푼 없었습니다. 누가 그걸 준 게 분명합니다. 하지만 왜 그랬을까요?"

개스코인은 코웰 데블린이 왜 그날 아침에 여행자의 운수에 갔는지,

거기서 무슨 일이 있었는지 굉장히 궁금했다. 그가 예의에 어긋나지 않게 그걸 물어볼 방법을 고민하고 있는데 덜그럭거리며 경마차가 오는 소리가 들리더니 곧이어 프리처드의 목소리가 들렸다.

"안녕하신가! 조 프리처드요. 에머리 스테인스와 함께요!"

데블린의 표정은 거의 우스꽝스러울 정도로 놀란 기색이었다. 데블린이 일어설 무렵 개스코인은 이미 바깥으로 달려가고 있었다. 목사도 서둘러 그의 뒤를 따라갔고, 안뜰에서 조지프 프리처드가 경마차 마부석에서 내려 말들을 감옥소 말뚝 쪽으로 데려가 묶는 것을 보았다. 경마차 좌석에는 테 라우 타우웨어가 양팔로 창백한 얼굴에 눈이 움푹 들어간 청년을 안고 앉아 있었다. 데블린은 청년을 보았다. 이 별 볼일 없어 보이는 늘어진 청년이 에머리 스테인스라고? 청년은 그가 상상했던 것보다도 훨씬 어려 보였다. 하긴, 그는 겨우 스물한 살이었고, 어쩌면 더 어릴지도 모른다. 소년이나 다름없는 나이였다.

"타우웨어가 크로스비의 오두막에 숨어 있는 저 친구를 발견했소."

프리처드가 짤막하게 말했다.

"보다시피 굉장히 아픈 상태요. 내리는 걸 좀 도와주시게."

"저 사람을 감옥에 데려다놓을 수는 없습니다!"

데블린이 말했다.

"물론이오. 병원에 가야지. 길리스 의사 선생을 당장 만나야 할 거요."

"그러지 마십시오."

개스코인이 말했다.

"뭐라고 하셨소?"

프리처드가 쳐다보았다.

"병원에 데려다놓으면 그 사람은 한 시간도 못 버틸 겁니다."

개스코인이 대답했다.

"음, 그렇다고 자기 집에 도로 데려다놓을 수는 없잖소."

"그럼 호텔을 잡아요. 어디 다른 곳에 방을 구하든지요. 어디든 병원보다는 나을 겁니다."

"좀 도와주시오. 그리고 옮기는 동안에 누가 길리스 선생에게 사람을 좀 보내고. 이 친구도 남기고 싶은 말이 있을 거요."

그들은 힘을 합쳐서 에머리 스테인스를 마차에서 내렸다.

"스테인스 씨, 어디에 있는지 아시겠소?"

"안나 막달레나. 안나는 어디 있죠?"

그가 웅얼거렸다.

"안나는 여기 있습니다. 바로 이 안에 있지요."

그가 눈을 떴다.

"안나를 보고 싶어요."

"이 친구는 말이 안 되는 소리를 하고 있소. 자기가 무슨 말을 하고 있는지도 모를 거요."

"안나를 보고 싶어요."

청년이 갑자기 정신이 맑아진 것처럼 말했다.

"어디 있죠? 안나를 보고 싶어요."

"내가 보기엔 정신이 멀쩡한 것 같습니다만."

개스코인이 말했다.

"그 사람을 안으로 데려오세요. 의사가 올 때까지만요. 어서요. 그게 그 사람이 원하는 거잖습니까. 감방 안으로 데려와요."

더 큰 흉성

숙 용승은 대화의 앞부분을 엿듣는다.

아 숙은 크라운 호텔 뒤의 창고에서 건물 판재에 등을 대고 무릎을 구부리고 앉아서 키어 페이턴트 권총을 양손으로 느슨하게 쥐고 있었다. 그는 그날 아침 권총을 산 사람과는 전혀 달라 보였다. 마거릿 셰퍼드가 그의 땋은 머리를 자르고 턱과 목을 검게 물들이고 눈썹도 진하게 그려주었다. 그러고는 낡은 재킷과 간수용 능직 셔츠, 목에 맬 빨간색 넥타이를 찾아주었다. 모자챙을 낮게 내리고 재킷 옷깃을 세우니 그는 전혀 중국인처럼 보이지 않았다. 경찰서에서 크라운 호텔까지 3백 미터 거리를 내려오는 동안 아무도 그를 쳐다보지 않았다. 창고에 웅크리고 앉아 있으니 어둠 속에서 그는 거의 보이지 않았다.

호텔 안에서는 두 사람이 이야기를 하고 있었다. 남자와 여자였다. 그들의 목소리가 창문 셔터와 창틀 사이의 공간을 통해서 그에게 선명하게 들렸다.

"아무래도 받을 수 있을 것 같아. 선주상호보험 말이지."

남자가 말했다.

"당신 여전히 불안한 어조인걸요."

여자가 말했다.

"그래."

"뭘 의심하는 거예요? 돈이 거의 당신 손에 들어왔는데!"

"내가 연고가 없는 사람을 믿지 않는다는 거 당신도 알잖아. 이 개스 코인이라는 자에 대해서 아무것도 알아낼 수가 없었어. 크리스마스가 되기 좀 전에 호키티카에 도착해서는, 별로 소란을 떨지 않고 법원에 자리를 얻었고, 딱히 친구도 없단 말이지. 당신은 그자가 말쑥하니 괜 찮은 사람이라고 했지만, 로더백이 그자를 보내 덫을 놓은 게 아니라고 누가 장담하겠어?"

"그 사람한테도 연고가 있어요. 여행자의 운수를 개업하던 날에 친 구를 데려왔을 거예요. 좀 귀족적인 타입이었는데."

"이름이 뭐라고 하던가? 그 친구 말이야."

"월터 무디라는 이름이었어요."

"애드리언 무디의 아들은 아니겠지?"

"나도 처음에 그렇게 생각했어요. 스코틀랜드 억양으로 말을 했거든 요."

"자, 그럼 확실하군. 그들은 관계가 있어."

잔 부딪치는 소리가 났다.

"더니든을 떠나기 직전에 그자를 봤지. 애드리언 말이야. 완전히 분 에 차 있더군."

"그리고 분명히 싸울 거리를 찾고 있었겠죠."

여자가 말했다.

"난 자기 성미를 통제하지 못하는 자는 마음에 안 들어."

"맞아요. 그리고 무디는 아주 최악의 타입이죠. 누가 자기 성미를 건드리는 걸 아주 좋아하는 사람이잖아요. 그러면 분노를 해소할 수 있으니까. 다른 방법으로는 분노를 해소하는 방법을 전혀 모르죠. 그래도 술에 취하지 않았을 때는 멀쩡한 사람이에요."

"어쨌든 간에 이 개스코인이라는 자가 무디 집안 사람과 친밀하다면 우리한테는 좋은 일이야. 그자의 조언도 괜찮다는 뜻이겠지."

"가족끼리 거의 닮지 않은 것 같아요. 모계 쪽 특성이 강한가봐요."

남자가 웃었다.

"당신은 의견이 떨어지는 때가 없군, 그린웨이. 언제나 모든 것에 의견을 내놓지."

잠깐 침묵이 흘렀고, 다시 여자가 말했다.

"그 사람 갓스피드 호를 타고 왔다던데요."

"무디가?"

"네."

"아니. 그럴 리가 없어."

"프랜시스! 내 말을 부정하지 말아요. 그날 저녁에 그 사람이 자기 입으로 그랬다고요."

"아니야. 무디라는 이름은 없었어. 승객이 딱 여덟 명 있었고, 내가 서류를 봤다고. 그런 이름이 있으면 기억을 했을 거야."

"당신이 보다가 빠뜨렸나보죠. 누가 내 말을 부정하는 거 싫어한다는 거 알잖아요. 다투지 말아요."

"내가 무디라는 이름을 어떻게 빠뜨릴 수가 있겠어? 그건 마치 하노버라든지 아니면, 아니면 플랜태저넷 같은 이름을 빠뜨리는 것과 똑같아."

여자가 웃음을 터뜨렸다.

"나라면 애드리언 무디를 왕족하고 비교하지는 않겠어요!"

의자가 끽끽거리고 마룻바닥에서 무게가 이동하는 소리가 들렸다.

"내 말은 그런 이름이 있었으면 내가 알아봤을 거라는 뜻이야. 당신이라면 카버라는 이름을 그냥 넘겼겠어?"

여자가 목 안쪽으로 소리를 냈다.

"그 사람이 분명히 자기가 갓스피드 호를 타고 왔다고 그랬어요. 분명히 기억해요. 그 주제에 대해서 얘기를 좀 나눴거든요."

"뭔가가 잘못됐어."

"음, 승객 명단 있어요? 배가 들어오던 날에 『타임스』에 실린 건 있겠죠? 그걸 살펴보지 그래요?"

"그래. 당신 말이 맞아. 잠깐 기다려. 가서 흡연실에서 찾아보지. 거기 탁자에 오래된 신문들을 쌓아두거든."

문이 열렸다가 닫혔다.

Φ

옆방의 램프에 불이 켜지고 창고 한쪽 옆이 흐릿한 노란색으로 밝아졌다. 카버는 크라운 호텔의 흡연실에 있었다. 마침내 리디아 웰스와 떨어진 것이다. 아 숙은 몸을 살짝 일으켰다. 창문으로 카버가 문에 등을 돌리고 탁자 위의 신문을 뒤지는 모습이 보였다. 그가 보기에는 방 안에 다른 사람은 아무도 없었다. 침실에서 리디아 웰스가 혼자서 낮게 허밍을 했다.

아 숙은 완전히 일어섰다. 키어 페이턴트를 허벅지에 대고서 그는 광부 신발로 최대한 조용히 움직여 건물 뒤편에 있는 배달부 출입구로 다가갔다. 뒷골목 쪽으로 돌아서다가…… 그가 멈췄다.

"무기를 버려."

뒷골목 끝에, 그림자 속에 자루가 긴 권총을 들고 서 있는 사람은 교도소장 조지 셰퍼드였다. 아 숙은 움직이지 않았다. 그의 눈이 셰퍼드의 권총으로 향했다가 다시 셰퍼드의 얼굴로 돌아갔다.

"버려. 네놈을 쏘겠어. 당장에 버려."

셰퍼드가 말했지만 여전히 아 숙은 아무 말도 하지 않았다. 움직이지도 않았다.

"무릎을 꿇고 권총을 바닥에 내려놔. 당장. 안 그러면 죽이겠어. 무릎 꿇어."

아 숙은 무릎을 꿇었지만 키어 페이턴트를 내려놓지는 않았다. 공이치기 위에서 손가락에 힘이 들어갔다.

"네가 그걸 당기고 조준하기도 전에 내가 네놈을 쏴버릴 거야. 착각하지 말라고. 무기 버려."

"마거릿."

아 숙이 말했다.

"그래, 그 여자가 나한테 메시지를 보냈지."

아 숙은 고개를 흔들었다. 믿을 수가 없었다.

"그 여자는 내 아내야. 그전에는 내 형의 아내였고. 내 형을 기억하고 있겠지. 당연히 그럴 거야."

"아니다."

다시금 아 숙의 손가락이 공이치기를 살짝 당겼다.

"형을 기억 못한다고? 아니면 당연히 기억해야 한다고 생각하지 않는다고?"

"아니다."

아 숙이 고집스럽게 말했다.

"내가 네놈의 기억을 되살려주지. 형은 달링 하버의 화이트호스 살 롱에서 근거리에서 관자놀이에 총을 맞고 죽었지. 이제 기억이 나나? 형의 이름은 제레미 셰퍼드였어."

"기억한다."

"좋아. 나도 그러니까."

"나는 그 사람 죽이지 않았다."

"아직도 똑같은 소리를 지껄이고 있군."

"마거릿."

숙 용승은 여전히 무릎을 꿇은 채 다시 말했다.

Φ

"프랜시스!"

"조용히 해. 쉿."

"……뭘 듣고 있는 거예요?"

"쉿."

"난 아무것도 안 들려요."

"나도 마찬가지야. 잘됐어."

"굉장히 가까웠는데."

"불쌍한 귀염둥이. 그래서 놀랐나?"

"조금요. 나는……."

"신경 쓰지 마. 그냥 사고였을 거야. 누군가가 권총을 닦고 있던 거겠지."

"그 끔찍한 중국인이 자꾸만 떠올라요."

"그는 아무것도 하지 못할 거야. 곧장 팰리스 호텔로 가서 아침까지 거기에서 기다리고 있을 테지."

"당신 그 사람을 굉장히 두려워하잖아요, 프랜시스."

"이리 와."

"알았어요. 알았어요. 난 이제 괜찮아요. 당신이 찾아온 걸 보자고요."

"여기."

부스럭거리는 소리가 났다.

"봐. 맥키친, 모렐리, 패리시. 봤지? 총 여덟 명이야. 월터 무디라는 이름은 어디에도 없고."

여자가 신문을 살펴보고 날짜를 확인하는 동안 잠깐 침묵이 흘렀다. 곧이어 그가 말했다.

"그런 것에 거짓말을 하다니, 좀 묘한걸. 특히 그 동료가 몇 주 후에 난데없이 나타나서 나한테 보험 이야기를 지껄여대기도 했고. 법적인 허점에 대해서 그냥 말을 해주는 것뿐이라고 그자는 그랬지."

"이 이름 중 하나는 가짜가 분명해요. 정말로 승객이 여덟 명이었다면, 월터 무디도 분명히 그중에 있었을 거예요."

"여덟 명 맞아. 그날 오후에 거룻배를 타고 해안까지 왔거든. 우리가 모래톱을 넘어오기 여섯 시간이나 일곱 시간쯤 전에."

"그러면 가짜 이름을 쓴 게 분명해요."

"왜 그런 짓을 하겠어?"

"음, 그럼 거짓말을 한 거겠죠. 갓스피드 호를 타고 왔다는 게 거짓말이었던 거예요."

"왜 그런 짓을 하겠느냐고."

리디아 웰스는 이 말에도 대답할 말이 없는지 잠시 후에 말했다.

"당신은 어떻게 생각해요, 프랜시스?"

"내 오랜 친구 애드리언에게 편지를 써볼까 생각 중이야."

"그래요, 그렇게 해요. 그리고 나도 여기저기 좀 알아볼게요."

"보험금은 분명히 들어올 거야. 개스코인의 말만큼은 확실했어."

잠시 후 여자가 말했다.

"침대로 가요."

"당신 힘든 하루를 보냈잖아."

"굉장히 힘들었죠."

"결국에는 다 잘될 거야."

"걘 저한테 걸맞은 걸 받게 될 거예요. 나도 나한테 걸맞은 걸 받아야 하고요, 프랜시스."

"기다리는 게 당신에게는 정말 지루하겠군."

"끔찍할 정도로요."

"음."

"당신도 지겹지 않아요?"

"음…… 내가 바라는 만큼 길에서 당신을 데리고 다닐 수가 없으니까."

"날 어떤 식으로 데리고 다니려고요?"

카버는 이 말에 대답하지 않았다. 잠깐 침묵이 흐른 뒤 그가 낮게 말했다.

"당신은 곧 카버 부인이 될 거야."

"나도 그날만 기다리고 있어요."

리디아 웰스가 대답했고, 그후 한참 동안 아무도 말을 하지 않았다.

추분

☪

연인은 소동 속에서 잠을 잔다.

조지 셰퍼드는 숙 용승의 시체를 경찰서에 있는 자신의 개인 서재로 가져가라고 지시했다. 죽고 나니 남자의 검게 칠한 턱과 목이 더욱 섬뜩해 보였다. 조지 부인은 시체가 안으로 들어오자 바람 앞에서 몸을 바로세우는 사람처럼 깊게 숨을 들이켰다. 경찰서 감옥소에서 나온 코웰 데블린은 시체를 보고 충격을 받았다. 모자장수는 두 달 전에 딱 이런 식으로 서재 바닥에 누워 있었던 은둔자 크로스비 웰스를 떠올리게 했다. 딱 저 옥양목 장판 위에, 입을 살짝 벌리고 눈꺼풀이 제대로 닫히지 않아서 한쪽 눈을 허옇게 살짝 뜬 채로 누워 있는 모습이 똑같았다. 잠시 후에야 데블린은 시체가 누구 것인지 깨달았다.

"내가 쏘았소."

셰퍼드가 차분하게 말했다.

"카버에게 권총을 겨누고 있었지. 창문을 통해서 등 뒤에서 쏘려고 하고 있더군. 내가 적시에 붙잡았소."

데블린은 마침내 목소리를 냈다.

"그냥…… 무장을 해제하실 수는 없었습니까?"

"없었소. 그 순간에는 불가능했소. 그자의 목숨 아니면 카버의 목숨이었소."

마거릿 셰퍼드가 흐느꼈다.

"하지만 전 이해가 안 가는군요."

데블린은 부인을 보고서 다시 셰퍼드를 쳐다보며 말을 이었다.

"카버에게 총을 쏘려고 하다니, 왜 그랬을까요?"

"당신이 목사님의 혼란을 좀 정리해줄 수 있을 것 같은데, 마거릿."

조지 셰퍼드는 다시 한 번 흐느끼는 소리를 내는 아내를 향해 말했다.

"목사님께서 무덤을 또 하나 파셔야겠구려."

"고향에 있는 가족들에게 시체를 보내야 하지 않겠습니까?"

데블린이 인상을 찌푸리고 말했다.

"이자는 가족이 없소."

"어떻게 아십니까?"

"다시금, 그 답은 내 아내에게 물어보셔야 할 거요."

"셰퍼드 부인?"

데블린이 확신이 없는 어조로 물었다.

마거릿 셰퍼드가 숨을 들이켜고 양손으로 얼굴을 덮었다. 셰퍼드가 그녀를 돌아보았다.

"마음 가라앉히시오. 어린애처럼 굴지 말고."

여자가 즉시 얼굴에서 손을 내렸다.

"죄송합니다, 목사님."

여자는 목사를 쳐다보지 않은 채 나직하게 말했다. 얼굴이 아주 창백했다.

"괜찮습니다. 충격을 받으신 것 같군요. 가서 좀 누워 계시지요."

데블린이 인상을 찌푸린 채 말했다.

"조지."

그녀가 중얼거렸다.

"당신은 오늘 윤리적인 행동을 했소. 그거 하나는 칭찬해주지."

그 말에 셰퍼드 부인의 얼굴이 일그러졌다. 그녀가 손으로 입을 막고서 방을 뛰쳐나갔다.

"미안하게 됐소."

부인이 사라지자 교도소장이 데블린에게 말했다.

"보다시피 내 아내는 좀 경박한 성품이 있어서."

"부인의 잘못이 아닙니다."

데블린이 말했다. 셰퍼드와 그 아내의 관계가 굉장히 마음에 걸렸지만, 그런 걱정을 말해봐야 소용없다는 정도는 잘 알고 있었다.

"죽은 사람을 보고 두려움을 느끼는 것은 대단히 자연스러운 일입니다. 특히 죽은 사람과 과거에 연이 있었다면 더더욱 그렇지요."

셰퍼드가 숙 용승의 시체를 내려다보다가 잠시 후에 고개를 들고 말했다.

"목사님, 나와 함께 술 한잔하시겠소?"

데블린은 깜짝 놀랐다. 교도소장은 전에는 그런 제안을 한 적이 없었다.

"물론 영광이지요."

데블린은 여전히 신중하게 말했다.

"하지만 셰퍼드 부인의 휴식을 방해하지 않도록 응접실이나…… 혹은 현관으로 나가는 게 좋지 않을까요?

"그렇군."

셰퍼드는 술 찬장으로 다가갔다.

"브랜디가 좋으시오, 위스키가 좋으시오? 둘 다 있는데."

데블린은 다시금 놀란 기분으로 대답했다.

"위스키를 마셔본 지가 굉장히 오래된 것 같습니다. 위스키라면 좋을 것 같군요."

"커크리스턴이 있소."

셰퍼드가 병을 찬장에서 꺼냈다.

"그럭저럭 마실 만한 물건이지."

그는 잔 두 개를 커다란 손에 쌓아들고는 데블린에게 문을 열라고 고갯짓을 했다.

경찰서 안뜰에는 아무도 없었고, 밤이라 싸늘했다. 맞은편의 모든 건물은 덧문을 내렸고 사람들은 잠자리에 들었다. 해가 저물면서 바람도 멎어서 연못 표면처럼 완벽하게 사방이 고요했다. 유일하게 들리는 소리는 오두막 문 뒤의 까치발에 달려 있는 유리 램프에 몸을 던지는 나방 소리뿐이었다. 나방이 불길에 휩싸일 때마다 쉭 소리가 들리고, 곧이어 몸이 타는 역한 냄새가 풍겼다.

셰퍼드는 난간 위에 잔을 내려놓고 술을 조금씩 따랐다.

"마거릿은 내 형의 부인이었소."

그가 데블린에게 잔을 하나 건네고 술을 들이켜며 말했다.

"형의 이름은 제레미였지. 난 형이 죽은 후에 그녀와 결혼했소."

"고맙습니다."

데블린은 잔을 받아들고서 술을 코에 갖다댔다. 교도소장은 꽤 겸손하게 말한 거였다. 위스키는 훌륭했다. 호키티카에서 커크리스턴은 한

병에 18실링이나 했고, 술이 귀할 때에는 그 두 배까지도 갔다.

"화이트호스 살롱이었지."

교도소장이 말을 이었다.

"그런 이름의 가게였소. 달링 하버에 있는 부둣가 술집이었소. 거기서 형은 관자놀이에 총을 맞았지."

데블린은 위스키를 들이켰다. 술은 연기 향과 약간 케케묵은 향이 났다. 절인 고기와 새 책, 헛간, 정향이 떠오르는 맛이었다.

"그래서 내가 집사람과 결혼한 거요."

셰퍼드는 다시 한 잔을 더 따르면서 말을 이었다.

"그게 도덕적인 행동이었소. 난 형과는 성격도, 취향도 다른 사람이오. 형은 방탕한 사람이었소. 형과 비교해서 자화자찬하려는 게 아니라 우리의 차이점은 아주 자주 비교되곤 했소. 어릴 때부터 그랬지. 나는 형과 마거릿의 결혼에 관해서는 아무것도 모르오. 집사람은 술집 여종업원이었소. 별로 예쁜 사람은 아니지. 하지만 난 그 사람과 결혼했소. 의무를 다했지. 결혼해서 홀로 남은 동안 그 사람을 먹여살리고, 함께 재판을 기다렸소."

데블린은 말없이 고개를 끄덕이며 위스키를 바라보고 조그만 잔을 손안에서 흔들었다. 그는 집 안 바닥에서 싸늘하게 식어가는 숙 용승을 생각했다. 그의 턱과 목에는 구두약이 묻어 있고, 눈썹도 광대처럼 두껍게 그려놓은 모습이었다.

"불쌍하고 야만적이었던 제레미 형님. 난 형을 존경한 적이 없고, 내가 아는 한 형도 나를 그리 좋아하지 않았소. 형은 끔찍한 폭군이었지. 난 형이 조만간 싸우다가 죽을 거라고 생각했었소. 하도 자주 싸웠으니까. 그래서 형이 살해되었다는 이야기를 처음 들었을 때, 별로 놀라지 않았소."

그가 다시 술잔을 비운 다음 도로 채웠다. 데블린은 그가 말을 잇기만을 기다렸다.

"하지만 그 일을 저지른 건 중국인 놈이었지. 제레미가 길거리에서 그를 걷어차고 대단한 수치를 줬소. 중국 놈은 보복을 하려고 돌아왔던 거요. 형이 술집 위의 빌린 방에서 술에 취해 자고 있는 걸 발견하고, 침대 옆에 있던 마거릿의 권총을 들어 관자놀이에 대고 쏘았소. 그러고는 도망치려고 했지만, 멍청한 놈이 부두도 벗어나지 못하고서 잡혔소. 경찰이 그를 잡아서 바로 그날 감옥에 집어넣었지. 재판은 6주 뒤로 잡혔소."

다시금 셰퍼드는 잔을 비웠다. 데블린은 조금 놀랐다. 식사 때나 약 대용으로 쓸 때를 제외하면 교도소장이 술을 마시는 걸 한 번도 본 적이 없었기 때문이다. 아 숙의 죽음이 꽤나 그를 동요시킨 모양이었다.

"재판은 아주 간단했어야 했소."

교도소장은 네번째 잔을 따르면서 말을 이었다. 얼굴이 조금 상기되어 있었다.

"첫째로는 용의자가 중국 놈이었으니까. 두번째로는 그놈이 내 형에게 해를 입히고 싶어 할 만한 동기가 충분했으니까. 세번째로 그놈은 영어를 한마디도 못해서 변호를 할 수도 없었지. 모두들 이 중국 놈이 유죄라고 조금도 의심하지 않았소. 다들 총소리를 들었으니까. 다들 그놈이 도망가는 걸 봤고. 그때 마거릿 셰퍼드가 증인석에 섰소. 바로 내 새로운 부인 말이오. 우리는 당시 결혼한 지 한 달도 되지 않았었소. 그 사람이 자리에 앉아서는 이렇게 말했지. '내 남편은 중국인에게 살해된 게 아니에요. 내 남편은 자기 손으로 목숨을 끊었습니다. 난 알아요. 내가 직접 그가 자살하는 걸 봤으니까요.'"

데블린은 마거릿 셰퍼드가 안에서 듣고 있을까 궁금했다.

"그 말에 진실이라고는 눈곱만큼도 담겨 있지 않았소. 완전히 거짓말이었지. 그 여자가 거짓말을 했던 거요. 증인서약을 하고서는. 게다가 형이 자살했다고 말해서 죽은 남편의 기억을, 내 형의 기억을 더럽혔지…… 쓸모없는 중국 놈이 받아 마땅한 벌을 받지 못하게 막으려고 말이오. 그놈은 분명히 교수형을 당했을 거요. 당했어야 마땅해. 그놈이 죄를 저질렀는데, 벌을 받지 않고서 넘어갔어."

"부인이 진실을 말하는 게 아니라고 어떻게 그렇게 확신하시죠?"

데블린이 물었다.

"어떻게 확신하냐고?"

셰퍼드가 다시 병을 집었다.

"형은 자살할 타입이 아니었소. 그러니까 알지. 한잔 더 하겠소?"

"부탁드립니다."

데블린이 잔을 내밀었다. 위스키를 마실 일은 대단히 드물었기 때문이다.

"목사님께서는 의심스러우신 모양이군."

셰퍼드가 술을 따르며 말했다.

"하지만 달리 말할 수 있는 방법이 없소. 제레미 형은 자살할 타입이 아니었소. 나와 마찬가지로."

"하지만 셰퍼드 부인이 무엇 때문에…… 증인서약을 하고는 거짓말을 한단 말입니까?"

"그 여자는 그놈에게 애정이 있었소."

셰퍼드가 무뚝뚝하게 말했다.

"그 중국인 말이지요."

"그래. 죽은 숙 말이오. 두 사람에게는 과거가 있었지. 그런 일이 있었을 거라고 나는 상상도 못 했소. 하지만 그 사실을 알았을 무렵에 그 여자는 이미 내 아내가 되어 있었소."

데블린은 다시 위스키를 들이켰다. 그들은 한참이나 맞은편 건물의 검은 형상을 바라보면서 말없이 서 있었다.

한참 후에 데블린이 말했다.

"프랜시스 카버 이야기는 빠뜨리셨군요."

"아, 카버. 그래."

셰퍼드가 잔을 흔들면서 말했다.

"그 사람과 숙 씨와는 무슨 관계가 있었습니까?"

데블린이 은근슬쩍 캐물었다.

"두 사람도 과거가 있지. 뭔가 안 좋은 일이 있었을 거요. 사업상의 불화였던가."

이것은 데블린도 아는 터였다.

"그런가요?"

"난 달링 하버 이래로 숙을 계속해서 추적했소. 오늘 아침에 그놈이 캠프가의 가게에서 권총을 샀다는 말을 듣고 즉시 체포 영장을 신청했지."

"단순히 권총을 가졌다고 해서 사람을 체포하려고 하셨다는 겁니까?"

"그렇소. 난 그놈이 그걸로 뭘 할지 이미 알고 있었으니까. 숙은 카버를 죽이겠다고 맹세했소. 맹세를 했다고. 그놈이 마침내 카버를 찾아내면 분명히 살인이 일어날 거라는 걸 알고 있었지. 그래서 권총 이야기를 듣자마자 경계경보를 발령했소. 팰리스 호텔을 감시하고, 카버에게도 미리 사람을 보내 알렸지. 야경꾼들에게도 길을 따라가면서 메시지를 사방에 알리라고 했고. 난 그놈에게서 한 걸음 뒤처져 있었소…… 하지만 마지막 순간에 따라잡았지."

"그리고 결국에는요?"

데블린이 잠시 후에 물었다. 셰퍼드가 차가운 눈으로 그를 보았다.

"무슨 일이 있었는지는 이미 말했잖소."

"그의 목숨 아니면 카버의 목숨 중에서 선택해야 하셨다고 말이지요."

"난 법의 테두리 안에서 움직였소."

"물론 그러시겠지요."

"체포 영장도 있었소."

"저도 의심하지 않습니다."

"복수란 정의가 아니라 질투에서 나오는 행동이오. 법을 이기적으로 뒤트는 행동이지."

셰퍼드가 단호하게 말했다.

"복수는 실제로 이기적인 행동이지요. 하지만 그게 법과 딱히 관계가 있다고는 생각하지 않습니다."

데블린은 위스키를 마저 비웠고, 셰퍼드는 한참 있다가 술잔을 비웠다.

"형님 일에 관해서는 굉장히 유감입니다, 셰퍼드 소장님."

데블린이 잔을 난간에 내려놓으면서 말했다.

"뭐, 몇 년이나 된 일이오. 지나간 일은 지나간 일이지."

셰퍼드가 위스키 병을 닫으면서 대답했다.

"어떤 일은 절대로 지나가지 않지요. 우리는 사랑했던 사람들을 잊지 않는 법입니다. 잊을 수가 없지요."

셰퍼드가 그를 보았다.

"경험에서 하는 말 같구려."

데블린은 즉시 대답하지 않았다. 잠시 후에 그가 말했다.

"제가 경험에서 한 가지 배운 것이 있다면, 다른 사람의 관점을 통해서 상황을 이해하는 것이 얼마나 어려운지 과소평가하지 말라는 것이지요."

교도소장은 그 말에 그저 낮게 그르렁거릴 뿐이었다. 그는 데블린이 계단을 내려가서 안뜰의 어둠 속으로 사라지는 것을 보았다. 말을 매어두는 말뚝 옆에서 목사가 돌아보고 말했다.

"내일 아침 일찍 시뷰에서 무덤을 파겠습니다."

셰퍼드는 꿈짝도 하지 않았다.

"잘 가시오, 코웰."

"좋은 밤 되십시오, 셰퍼드 소장님."

교도소장은 데블린이 감옥소 옆을 돌아서 사라질 때까지 보고 있다가 엄지와 검지로 빈 잔을 잡고, 술병을 들고, 안으로 들어갔다.

Φ

감옥소 문은 살짝 열려 있었고 당직 경찰이 무릎에 소총을 올리고서 바로 안쪽에 앉아 있었다. 그가 눈썹을 살짝 올리면서 목사에게 안으로 들어올 거냐고 물었다.

"다들 자고 있을 텐데요."

경찰의 목소리는 낮았다.

"괜찮습니다. 잠깐만 있다 갈 거니까요."

데블린 역시 낮은 목소리로 말했다.

스테인스는 어깨에서 총알을 빼내고, 상처는 봉합했다. 지저분한 옷은 잘라냈고 얼굴과 머리카락의 흙먼지도 닦아낸 뒤 다음 날 돈을 준다는 약속하에 티그린 철물점에서 보낸 무명 바지와 헐렁한 능직 셔츠를 입혔다. 이 모든 작업을 하는 동안 청년은 정신이 오락가락했고, 계속 안나의 이름을 웅얼거렸다. 하지만 의사가 그를 경찰서 맞은편에 있는 크리테리온 호텔로 보내려고 할 때 정신을 차린 듯 눈을 번쩍 떴다. 그러고는 안나의 곁을 떠나지 않겠다고 주장했다. 안나가 가지 않으면 어디에도 가지 않겠다면서 그가 하도 소란을 떨어서 결국에는 의사도 그의 뜻에 동의하고 말았다. 감옥 안에, 안나가 누워 있는 옆에 그를 위한 침대가 만들어졌고, 다른 사람들과 동등하게 스테인스에게도 수갑을 채워야 한다는 결정이 내려졌다. 청년은 저항하지 않고 수갑을 받아들이고 누워서 안나의 뺨에 손을 얹었다. 그리고 잠시 후 눈을 감고 잠이 들었다.

그 이래로 스테인스는 깨어나지 않았다. 그와 안나는 서로를 바라보고 누워 있었다. 스테인스는 왼쪽 엉덩이를 대고 누워 있고 안나는 오른쪽 엉덩이를 대고 누워서 두 사람 다 똑같이 무릎을 가슴 쪽으로 웅크린 자세였다. 스테인스는 한 손을 붕대를 감은 어깨 아래 받치고 있고 안나는 한 손을 뺨 아래 대고 있었다. 어느 사이에 그녀가 그를 향해 돌아누운 모양이었다. 그녀의 왼팔이 앞으로 나와 있고, 손바닥을 위로 하고 손가락을 쭉 뻗고 있었다.

데블린은 좀더 가까이 다가갔다. 뭔가 가슴을 짓누르는 느낌이 들었지만, 어떤 감정인지는 그 자신도 정확히 알 수가 없었다. 조지 셰퍼드의 위스키가 그의 가슴과 배를 따스하게 데웠고, 머리를 흐릿하게 조이고 눈 뒤쪽도 뜨뜻하게 만들었다. 하지만 교도소장의 이야기는 가련했고, 심지어는 몸이 차게 식게 하는 느낌이었다. 어쩌면 울고 싶은 걸지도 모르겠다. 울면 좋을 것 같았다. 엄청난 하루였다! 마음이 무겁고 팔다리에는 힘이 없었다. 그는 안나와 에머리를, 서로를 마주보고 똑같은 자세를 취한 두 사람을 보았다. 두 사람은 호흡도 똑같이 하고 있었다.

그러니까 이 두 사람은 연인이었군. 그는 그들을 내려다보면서 생각했다. 두 사람이 연인이었던 거야. 그들이 자는 자세를 보면 분명히 알 수 있었다.

4부

팽가-와-와

1865년 4월 27일
남위 45° 52′ 0″ / 동경 170° 30′ 0″

1866년 4월 27일

남위 42° 43′ 0″ / 동경 170° 58′ 0″

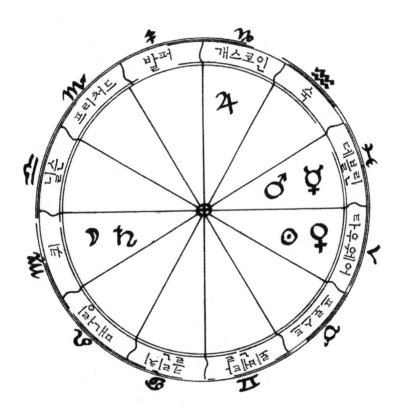

양자리의 첫 번째 지점

☪

시드니에서 출발한 증기선이 포트 찰머스에 도착하고, 두 명의 승객이
정박하기 전에 만난다.

뉴질랜드에서 안나 웨더렐이 가장 먼저 본 것은 오타고 반도의 울퉁
불퉁한 머리 부분이었다. 얼룩덜룩한 절벽은 수직으로 떨어져서 하얀
포말이 이는 파도와 만났고, 그 위쪽으로는 바람에 흔들리는 헝클어진
잔디밭이 펼쳐졌다. 막 새벽을 지난 시각이었다. 옅은 안개가 바다에서
피어올라 항구 끝부분을 가렸고 내륙이 좁아지다가 거의 점처럼 변하
면서 언덕은 파래지다가 보랏빛으로 변했다. 해는 아직 동쪽에 낮게 걸
려서 물 위로 한 줄기 노란빛을 뿌렸고, 서부 해안의 바위를 오렌지색
으로 물들였다. 더니든은 항구의 구부러진 부분 뒤쪽으로 자리하고 있
어서 아직 눈에 들어오지 않았고, 해안 이쪽 편으로는 주택이나 가축들
도 없었다. 안나의 첫인상은 외로운 물줄기와 맑은 하늘, 인간의 손이
나 산업의 손길이 닿지 않은 억센 땅이었다.

새벽이 오는 어스름 무렵에 처음 섬이 나타났기 때문에 안나는 증기
선이 점점 해안을 향해 다가가는 동안 수평선에서 점차 짙고 커다랗게

형체를 갖추는 반도의 모습을 보지는 못했다. 그녀는 그 몇 시간 뒤에 낯선 새들의 시끄러운 울음소리에 깨어났고, 드디어 육지에 가까워지는 모양이라고 생각했던 것이다. 그녀는 다른 여자들을 깨우지 않으려고 조심해서 객실에서 나와 어둠 속에서 머리를 손질하고 스타킹을 신었다. 어깨에 숄을 두르고 철제 사다리를 올라 갑판으로 나올 무렵 행운의 바람 호는 항구 바깥쪽 입구를 빙 돌아가는 중이었고 반도가 사방으로 보였다. 바다에서 몇 주를 보낸 끝에 갑자기 놀랄 정도로 안도감이 들었다.

"굉장하지 않습니까?"

안나는 돌아보았다. 펠트 모자를 쓴 청년이 좌현 난간에 기대서 있었다. 그가 절벽 쪽으로 손짓을 했고, 안나는 자신을 잠에서 깨운 시끄러운 새들을 보았다. 새들은 절벽 근처의 구름 속을 빙빙 돌고 날아다니며 햇살을 받고 있었다. 안나는 난간 쪽으로 몸을 기울였다. 커다란 갈매기처럼 보이는 새들은 날개 윗부분은 까맣고 아래는 하얬으며 머리는 완벽하게 하얗고 부리는 옅은 색으로 뭉툭해 보였다. 그녀가 보는 동안 새 한 마리가 배 앞으로 낮게 지나갔다. 날개 끝이 수면을 스쳤다.

"아름다워요. 바다제비인가요, 아니면 가마우지일까요?"

"앨버트로스예요! 진짜배기 앨버트로스죠. 이 녀석이 돌아올 때까지 기다려봐요. 금방 돌아올 테니까요. 녀석은 한참 이 배 주위를 빙빙 돌고 있었어요. 맙소사, 얼마나 굉장한 기분일까요? 하늘을 난다는 건! 상상이 되나요?"

청년이 환하게 웃으면서 말했다.

안나는 미소를 지었다. 그리고 앨버트로스가 그들을 스치고서 방향을 바꾸어 바람을 타고 날아가는 모습을 보았다.

"앨버트로스는 굉장한 행운의 상징이죠."

청년이 말을 이었다.

"그리고 굉장히 뛰어난 비행사예요. 녀석들이 날씨에 아랑곳하지 않고서 몇 달이나 배를 쫓아왔다는 이야기도 종종 들리죠. 가끔은 세상의 절반을 돌아 함께 따라오기도 한다고 해요. 이 녀석들이 어디를 거쳐왔는지는 하늘만 아실 겁니다. 그리고 그동안 뭘 봤는지도요."

새가 옆으로 방향을 돌리면서 거의 보이지 않게 되었다. 하늘에 하얀 점처럼 보일 뿐이었다.

"정말로 신비로운 새는 얼마 없어요."

청년은 여전히 앨버트로스를 쳐다보면서 말했다.

"그러니까, 까마귀가 있기는 합니다. 그리고 비둘기가 특별한 의미를 지녔다는 이야기도 아마 들어보셨을 겁니다…… 하지만 부엉이나 독수리와 비슷한 정도죠. 앨버트로스는 달라요. 굉장히 중요한 새죠. 굉장히 상징적인 새이기도 하고요. 거의 천사와 같아요. 이름만 말해도 흥분되지 않나요? 저걸 봐서 정말로 기쁩니다. 감동받은 정도인 것 같아요. 그리고 저런 식으로 항구의 입구를 안내해주는 게 멋지지 않나요? 금광 지역에서 저건 굉장한 징조일 것 같아요! 녀석들이 우는 소리를 듣고―그래서 깼어요―무슨 소리인지 정확히 알 수가 없어서 위로 올라왔지요. 처음에는 돼지 울음소리라고 생각했어요."

안나는 곁눈질로 청년을 보았다. 그가 지금 친해지고 싶어서 말을 거는 걸까? 그는 그들이 마치 잘 아는 사이처럼 이야기를 걸었다. 실은 시드니에서 여기까지 오는 동안 형식적인 인사 말고는 한 번도 이야기를 나눈 적이 없는데. 안나는 대체로 여자들이 머무는 객실에 있었고, 청년은 남자들 객실에 있었다. 그녀는 그의 이름도 몰랐다. 멀리서 몇 번 보긴 했지만, 그는 그녀에게 딱히 좋은 인상도, 나쁜 인상도 주지 않았다. 이제야 그가 조금 특이한 사람이라는 생각이 들었다.

"저도 새소리 때문에 깼어요."

안나가 말했다.

"가서 다른 사람들을 깨워야겠어요. 놓치기에는 아까운 정경이잖아요."

"그러지 말아요. 아, 제발요. 그러지 말아주시겠어요? 수많은 사람이 여기서 왔다갔다하는 건 견딜 수가 없어요. 이런 시간에는 말이죠. 분명히 누군가가 '산타클로스 대신 앨버트로스'라든지 '세 번에 한 번은 멈춘다네' 같은 시구를 지으려고 할 거고, 그러면 남은 여행 내내 다들 그런 짓만 할 겁니다. 모두가 시를 지으려고 하고, 다들 어떤 구절이 어디에 들어가나 말다툼을 하고, 제각기 나서서 자기가 기억하는 얘기를 떠들려고 할 거예요. 그냥 우리끼리만 즐기죠. 새벽은 대단히 은밀한 시간이니까요. 그렇게 생각하지 않나요? 고독한 시간이죠. 다들 자정에 대해서 그렇게 말을 하지만, 저는 자정은 굉장히 사교적인 시간이라고 생각해요. 모두들 어둠 속에서 함께 잠을 자죠."

"제가 선생님의 고독을 방해한 게 아닐까 모르겠네요."

안나가 말했다.

"아뇨, 아니에요. 그럴 리가요. 고독은 함께 즐기면 가장 좋은 것이죠."

청년이 그녀를 보고 씩 웃었고, 안나도 마주 웃었다.

"특히 다른 영혼과 함께 즐기면 더 좋은 법입니다."

그가 다시 바다를 쳐다보면서 말을 이었다.

"고독한 기분에 정말로 고독한 상태면 굉장히 두렵죠. 전 혼자가 아닐 때에 그런 기분을 즐기곤 합니다. 저 녀석 울음소리 좀 들어보세요. 아름답지 않은가요! 금방 다시 돌아올 겁니다."

"새를 보면 저는 항상 배가 생각나요."

안나의 말에 청년이 눈을 크게 뜨고 그녀를 돌아보았다.

"그런가요?"

안나는 그의 똑바른 눈길 앞에서 얼굴을 붉혔다. 청년의 눈은 짙은 갈색이었다. 눈썹은 짙고, 입술은 굉장히 통통했다. 평평한 챙이 달린 펠트 모자를 썼고, 그 아래 머리카락은 짙은 금색으로 관자놀이 부근과 귀 위쪽에서 제멋대로 곱슬거렸다. 몇 달 전에 바싹 깎았다가 그 이래로 이발사를 찾아가지 못한 것 같은 머리였다.

"그냥 상상일 뿐이에요."

갑자기 수줍어져서 그녀가 말했다.

"그래도 말을 해주세요. 어서요! 계속 말해보세요."

"무거운 배들이 물 위에서는 굉장히 우아하잖아요."

안나가 마침내 시선을 돌린 채 말했다.

"더 가벼운 배들과 비교해서 말이에요. 배가 너무 가벼우면, 그러니까 파도 위에서 출렁거리면 그 움직임에 우아함이 없어져요. 새들도 마찬가지인 것 같아요. 큰 새들은 바람에 허우적거리지 않아요. 언제나 공중에서 당당해 보이죠. 저 새처럼요. 무거운 배가 파도를 가르는 것처럼 날아가는 걸 좀 보세요."

그들은 앨버트로스가 되돌아왔다가 지나가는 것을 바라보았다. 안나는 청년의 신발을 힐끗 보았다. 갈색 가죽으로 끈이 꽉 매여 있고 너무 반짝거리지도, 너무 닳지도 않았다. 그의 출신에 대해서 아무것도 알려주지 않았다. 아마도 그는 이 배에 타고 있는 다른 모든 남자처럼 오타고 금광에서 한재산 벌려고 가는 것이리라.

"그 말이 맞군요. 그래, 맞아요! 참새를 보는 것과는 전혀 다르죠? 이 녀석은 무게가 있어요. 배처럼요. 딱 그래요!"

"폭풍우 속에서 저 새가 어떻게 나는지 보고 싶어요."

안나가 말했다.

"참 기묘한 소망이군요. 하지만 그렇게 말씀하시니 저도 그러고 싶다는 생각이 드는군요. 폭풍우 속에서 저 녀석이 나는 것을 보면 좋겠어요."

청년이 즐거운 듯이 말했다. 그리고 두 사람은 침묵에 잠겼다. 안나는 청년이 자기 이름을 말하기를 기다렸지만 그는 더이상 아무 말도 하지 않았고, 잠시 후 그들의 고독은 다른 사람들이 갑판으로 올라오면서 깨졌다. 청년은 모자를 벗었고 안나는 절을 했다. 그리고 순식간에 그는 사라졌다. 안나는 다시 바다를 보았다. 이제 식민지는 그들의 뒤로 펼쳐져 있었고, 앨버트로스의 울음소리는 완전히 들리지 않았다. 증기선의 울림과 요란한 파도 소리 속으로 묻혀버렸다.

물고기자리의 수성.
토성과 달의 합

C

*코웰 데블린은 부탁을 한다. 월터 무디는 자신의 열의를 보이고, 조지
셰퍼드는 불쾌한 방향으로 놀란다.*

　추분날 밤 이래로 안나 웨더렐과 에머리 스테인스는 경찰서 감방에
내내 투옥되어 있었다. 안나의 보석금은 8파운드라는 엄청난 금액으로
책정되었고, 외부의 도움 없이 그녀 혼자서는 결코 낼 수 없는 금액이
었다. 그리고 이번에는 보증으로 사용할 만한 옷 안의 금덩이들도 없었
고, 그녀를 위해서 빚을 지불해줄 고용주도 없었다. 에머리 스테인스가
그녀를 위해 돈을 내줄 수도 있었지만, 그 역시 범죄 혐의로 수감되어
있는 상태였다. 그는 돌아온 다음 날 아침에 사기와 횡령, 태만 혐의로
체포되었다. 그의 보석금은 일반적인 금액인 1파운드 1실링으로 책정
되었지만 그는 그것을 내지 않고 대신 안나와 함께 머물면서 치안판사
재판소에 불려갈 날을 기다렸다.
　두 사람이 재회한 이래로 안나의 건강은 거의 바로 좋아지기 시작했
다. 팔목과 팔뚝에는 살이 붙었고, 얼굴에선 굶주린 기색이 사라지고,

뺨에도 혈색이 돌아왔다. 추분 이래로 거의 매일 경찰서 감옥소를 들르는 길리스 의사는 이런 나아진 상태에 만족했다. 그는 안나에게 아주 단호하게 아편의 위험성에 대해서 경고하고, 이번에 쓰러졌던 걸로 다시는 파이프에 손을 대지 않았으면 좋겠다는 희망을 열정적으로 표현했다. 두 번이나 운이 좋았지만, 세번째까지 운이 좋기를 바라서는 안 된다면서 그는 이렇게 말했다.

"운이란 금방 떨어지는 경향이 있다네."

그는 안나가 조금씩 중독에서 벗어날 수 있도록 아편 팅크를 점점 적게 처방해주었다.

에머리 스테인스에게도 똑같은 처방을 내렸다. 매일 5드램*의 아편 팅크를 복용하되 어깨가 나을 때까지 2주에 1드램씩 줄여가는 처방이었다. 꿰매고 붕대를 감은 덕택에 상처는 훨씬 보기가 나아졌고, 관절이 아직 좀 뻣뻣하고 팔을 머리 위까지는 들어올릴 순 없었으나 그의 건강 역시 빠르게 나아지고 있었다. 코웰 데블린이 매일 밤 경찰서 감옥소에 아편 팅크 병을 가져올 때마다 그는 목사가 양철컵 두 개에 부어주는 녹빛 액체를 열렬하게 쳐다보았다. 스테인스는 자신의 갑작스러운 아편에 대한 갈망을 설명하지 못했다. 하지만 안나는 하루치 아편을 그리 즐기는 것 같지 않았고, 심지어는 냄새에 코를 찡그리기까지 했다. 데블린은 아편 팅크의 쓴맛을 완화하기 위해서 설탕을 섞거나 가끔은 달콤한 세리주를 섞었다. 그리고 의사의 엄격한 지시에 따라서 두 명의 수감자들이 똑같은 양의 아편 팅크를 들이켜는 것을 감독했다. 아편이 효과를 발휘하는 데에는 그리 오래 걸리지 않았다. 몇 분 안에 그

---

* 1드램=1.8그램 정도.

들은 한숨을 쉬고 나른해져서는 기묘한 자홍빛의 잠이라는 바닷속 월면 속으로 잠겨들었다.

그들이 잠을 자던 몇 주 동안 호키티카에서는 많은 것이 변했다. 4월 1일에 알리스테어 로더백은 새로 선거구로 정해진 웨스트랜드에서 3백 표 이상을 획득해 국회의원으로 선출되었다. 취임사에서 그는 호키티카를 칭송하며 '뉴질랜드의 금덩이'라고 불렀다. 그리고 이곳을 이렇게 금방 떠나야 한다는 사실이 대단히 슬프다고 말하며 유권자들에게 다음 달에 새로운 수도로 갈 때 평범한 광부들의 중요성을 잊지 않고, 성실한 웨스트랜드 사람으로서 임기를 보내겠다고 호언했다. 로더백의 취임 연설 이후에 치안판사는 그와 따스하게 악수를 나누었고 주지사는 만세를 세 번 불렀다.

4월 12일에는 조지 셰퍼드의 교도소 및 구빈원의 벽이 마침내 세워졌다. 안나와 에머리를 포함해서 수감자들은 경찰서의 임시 감방에서 시뷰 해안단구에 있는 새 건물로 옮겨졌다. 조지 부인이 이미 여간수 노릇을 하기 위해 먼저 가 있었다. 아 숙이 죽은 이래로 조지 부인은 담요를 감치고, 제복을 꿰매고, 요리를 하고, 물품 목록을 작성하고, 일주일 치 담배와 소금을 채워넣으며 바쁘게 일을 했다. 그래서, 그런 게 가능한지 모르겠지만, 전보다도 더 보기가 힘들었다. 저녁이면 시뷰 묘지에서 시간을 보내고 밤에는 숙소에서 혼자 잤다.

16일에는 프랜시스 카버와 리디아 웰스가 마침내 사람들 앞에서 결혼을 했다. 『웨스트 코스트 타임스』 사교란에는 "의상도, 군중의 숫자도, 태도도 미망인 신부의 결혼에 걸맞았다"고 썼다. 결혼식 다음 날 신랑은 개러티 그룹에서 현금을 많이 받아서 채권자들에게 전액 지불하고, 갓스피드 호의 선체에서 떼어낸 마지막 남은 구리 도금과 선체

골조는 마침내 구조 화물로 팔려나갔다. 그는 팰리스 호텔에서의 숙박을 끝내고 이제 부인과 함께 여행자의 운수에 자리를 잡았다.

그동안 수많은 사람이 에머리 스테인스와 만나서 이야기를 하기 위해 시뷰 해안단구를 오르락내리락했다. 교도소장의 엄격한 지시하에 코웰 데블린은 모든 사람을 돌려보냈다. 그는 그들에게 "그렇다, 스테인스는 살아 있다, 그렇다, 심각한 병에서 회복 중이다, 그렇다, 조만간 수감에서 풀려날 거고 치안판사 재판소의 판결을 기다리는 중이다"라고 말해주었다. 목사가 유일하게 예외를 둔 것은 테 라우 타우웨어였다. 스테인스는 지난 한 달 동안 그와 대단히 친해졌다. 타우웨어는 교도소에 별로 오래 머무르지 않았지만, 그가 들르면 스테인스의 기분도 건강도 굉장히 좋아졌기 때문에 데블린은 곧 그가 오는 것을 기다리게 되었다.

데블린은 스테인스가 상냥하고 남을 쉽게 믿는 청년이라는 것을 알게 되었다. 그는 잘 웃고, 주변 세상의 결점에 순진하게 애정을 갖는 그런 타입이었다. 그는 사라져 있던 오랜 기간에 대해서는 거의 말을 하지 않았고, 그저 매우 상태가 좋지 않았으며 돌아오게 되어 굉장히 기쁘다고만 말했다. 데블린이 조심스럽게 갓스피드 호에서 월터 무디와 만났던 것을 기억하는지 묻자 그는 그저 인상을 찌푸리고 고개만 저었다. 데블린이 보기에는 그 기간의 기억이 굉장히 불완전하고, 인상과 감각, 약간의 빛이 뒤섞인 꿈처럼만 남아 있는 것 같았다. 스테인스는 배에 탔던 것을 기억하지 못했고, 난파된 것 역시 기억하지 못했다. 해안으로 쓸려온 것이나 바닷물을 토한 것, 양팔에 절인 소고기 통을 껴안고 있었던 것은 기억하는 것 같았지만 말이다. 크로스비 웰스의 오두막으로 간 것도 기억했고, 불가에 앉아 있는 광부들 한 무리를 지나친 것도 기억했다. 나뭇잎과 흐르는 물도 기억했고, 버려져서 썩어가는 카누와 가파른 골짜기, 반날개뜸부기의 붉은 눈도 기억했다. 밤마다 타로 카드의 패턴과 금을 덧댄 코르셋, 밀가루 포대 안과 침대 아래 숨겨져 있는 금에 관한 꿈을 꾸었던 것도 기억했다.

"전부 다 끔찍하게 흐릿해요. 밤에 걸어가다가 덤불 사이에서 길을 잃었던 것 같아요…… 그 뒤로는 돌아가는 길을 찾을 수가 없었어요. 테 라우가 그때 나를 찾아줘서 정말로 다행이지 뭐예요!"

"그 사람이 스테인스 씨를 더 일찍 찾았더라면 더 좋았겠지요."

데블린은 여전히 신중하게 말했다.

"사흘만 일찍 돌아왔어도 선생의 광산이 압류되지는 않았을 겁니다. 선생은 모든 자산을 잃었어요."

스테인스는 그 사실에 별로 걱정하지 않는 것 같았다.

"찾아낼 금은 얼마든지 더 있어요. 돈은 그저 돈일 뿐이고, 가끔은 돈이 한 푼도 없는 게 사람에게 도움이 되는 법이에요. 그리고 저한테 는 아라후라 골짜기에 숨겨둔 비상금이 있으니까요. 수천 파운드쯤 돼요. 몸이 낫는 대로 거기 가서 그걸 파낼 거예요."

하지만 일을 정리하는 데에는 한참이 걸릴 것 같았다.

4월 셋째 주에 간이 재판 일정이 『웨스트 코스트 타임스』에 실렸다.

에머리 스테인스 씨에 대한 혐의는 다음과 같다. 첫째는 1866년 1월 분기 보고서의 허위 신고, 둘째는 아라후라 골짜기의 고 크로 스비 웰스의 소유물 중에서 발견되었고 오로라 금광의 존 롱 퀴 씨 에게 합법적으로 돌아가야 할 금의 절도, 셋째는 8주 동안 자리를 비움으로서 광구와 광산, 다른 책임들에 대한 태만이다. 재판은 4월 27일 목요일 지방 치안판사 재판소에서 켐프 판사 주재로 오후 1시에 진행될 예정이다.

토요일 아침 커피를 마시며 이것을 읽은 데블린은 곧장 크라운 호텔로 달려갔다.

"네, 저도 봤습니다."

무디는 훈제 청어와 토스트로 아침식사를 하면서 대답했다.

"이 혐의가 얼마나 중대한지 이해하시겠지요?"

"물론입니다. 다른 분들도 그렇겠지만 심문이 짧기만을 바랄 뿐입니다."

무디는 커피를 따르고서 의자에 기대 정중하게 데블린이 방문한 이유를 밝히기를 기다렸다.

목사는 탁자 위에 손을 올리고 손바닥을 뒤집었다.

"선생께서는 법률 교육을 받으셨잖습니까. 그리고 제가 선생의 성격을 판단하건대 공정한 안목을 갖고 계시고요. 다시 말해 어느 한쪽에 치우치지 않는 성품이지요. 그리고 변호사로서 응당 알아야 할 만큼 이 사건에 대한 정보를 알고 계시고 말입니다. 모든 면에서요."

무디는 인상을 찌푸렸다.

"그렇긴 합니다. 그래서 저는 웰스 씨의 오두막에 있는 금이 애초에 오로라에서 나온 것이 아니라는 것도 알지요. 어떻게 보든 간에 그게 스테인스 씨의 것이 아니라는 사실을 말입니다. 그러니 저에게 법정에 서라고 하셔서는 안 됩니다, 목사님."

"그게 바로 제가 부탁드리는 겁니다. 호키티카에는 변호사가 부족하고, 선생께서는 누구보다도 우수하시지 않습니까."

무디는 의심스러운 표정이었다.

"이건 민사재판입니다. 제가 로더백과 셰퍼드, 카버, 리디아 웰스를 비롯해서 여러분 모두를 끌어들여 모든 것을 거창하게 밝히기라도 바라시는 겁니까?"

"이제는 리디아 카버죠."

"죄송합니다. 리디아 카버로군요."

무디가 말을 이었다.

"목사님, 제가 간이 재판에서 뭐 그리 쓸모가 있을까 모르겠습니다. 드레스에 숨겨진 금과 협박 사건, 로더백의 개인사 등등 모든 사건을 무자비하게 밝힘으로써 누구에게 득이 될까도 잘 모르겠고요."

그는 서출인 크로스비 웰스를 떠올렸다.

"무자비한 폭로 같은 걸 바라는 게 아닙니다. 그저 웨더렐 양의 변호사가 되어주시기를 부탁드리는 겁니다."

무디는 깜짝 놀랐다.

"웨더렐 양에게는 이미 변호사가 있지 않던가요?"

"펠로우스 씨는 그 친근한 이름에 걸맞은 사람이 아닌 것 같더군요. 지난달에 법원에서 아편 문제가 일어난 뒤 안나를 고객으로 받지 않겠다고 거부했습니다."

"무슨 이유로 말입니까?"

"매수 혐의가 두려웠던 모양입니다. 안나가 자신이 받으려고 했던 바로 그 금으로 그의 수임료를 내겠다고 했다더군요. 생각해보면 굉장히 현명하지 못한 행동이었죠."

무디는 인상을 찌푸렸다.

"당직 변호사가 있지 않습니까?"

"해링턴 씨가 있지만, 그 사람은 모든 면에서 치안판사의 손아귀에서 놀아나는 사람입니다. 안나를 대법원 재판까지 넘기지 않으려면 그 사람으로는 부족할 겁니다."

"대법원 재판요? 농담이시겠지요. 이건 간이 법정에서 얼마든지 해결될 문제입니다. 그것도 아주 금방요. 목사님의 지성을 무시하려는 건 아닙니다만, 민사법과 형사법 사이에는 큰 차이가 있습니다."

데블린이 그에게 의아하다는 시선을 던졌다.

"오늘 아침 신문에서 법원 일정을 안 읽으셨나요?"

"읽었습니다만."

"처음부터 끝까지요?"

"그런 것 같습니다."

"그렇다면 아무래도 다시 한 번 보시는 게 좋을 것 같군요."

인상을 찌푸리고 무디는 신문을 펼쳐서 3페이지로 넘기고 두번째로 일정을 쭉 살펴보았다. 그리고 거기, 기사란 맨 아래에 일정이 있었다.

안나 웨더렐 양에 대한 혐의는 다음과 같다. 첫째는 위조이고, 둘째는 풍기문란 행위를 유발한 공공 약물 과용이고, 셋째는 중대한 폭행이다. 재판은 4월 27일 목요일 지방 치안판사 재판소에서 켐프 판사 주재로 오전 9시에 진행될 예정이다.

무디는 깜짝 놀랐다.

"중대한 폭행요?"

"길리스 선생이 스테인스의 어깨에서 나온 총알이 여성용 권총에서 나온 거라고 확인을 해줬습니다. 의사 선생이 이 정보를 말할 때 그리 디론 호텔의 사환이 함께 있었던 모양입니다. 그 친구가 1월에 안나의 방에서 총이 발사되었던 걸 기억해내고는 그 이야기를 털어놓았죠. 그래서 사람들을 곧장 그리디론으로 보냈고, 클린치 씨는 안나의 권총을 증거로 넘길 수밖에 없었습니다. 총과 총알이 들어맞는다는 게 그 뒤에 확인이 됐고요."

"하지만 스테인스 씨가 그녀를 상대로 이런 혐의를 제기했을 리는 없지 않습니까."

무디가 말했다.

"그렇지요."

"그럼 누가 그런 겁니까?"

데블린이 기침을 했다.

"불행히도 펠로우스 씨가 그 몹쓸 증여권을 여전히 갖고 있습니다. 스테인스 씨가 크로스비 웰스를 증인으로 안나에게 2천 파운드를 주겠다는 그 증서 말입니다. 그걸 셰퍼드 교도소장에게 보여주었고, 소장님은 아시다시피 그게 서명이 되지 않았던 걸 봤었지요. 그래서 저에게 사실에 관해 물었고…… 저는 안나 본인이 스테인스의 서명을 위조했다는 걸 인정하는 수밖에 없었습니다."

"이런 세상에."

"그들은 안나를 궁지에 몰았습니다. 폭행에 대해 안나가 유죄를 인정하면 그들은 살인 시도라고 몰아붙일 겁니다. 증여권을 이용해서 안나가 그를 죽일 만한 이유가 있다고 주장하려고 하겠죠."

"유죄를 인정하지 않으면요?"

"그래도 사기죄로 몰 겁니다. 그걸 부인하면 안나를 정신이상으로 몰아붙일 거고요. 우리 모두 알듯이 셰퍼드는 오랫동안 안나를 체포하려고 해왔습니다. 그와 펠로우스가 그녀를 상대로 단단히 손을 잡은 것 같아 걱정입니다."

"스테인스 씨가 안나를 변호하지 않을까요?"

데블린은 움찔했다.

"그렇긴 합니다만, 스테인스 씨는 이 상황의 중대함을 잘 이해하지 못하는 것 같습니다. 상냥한 사람이지만, 생각하는 게 약간 어리숙합니다. 예를 들어 제가 웨더렐 양의 정신이상에 관한 이야기를 꺼냈더니 반색을 하더군요. 다른 방법으로는 그녀를 가질 수 없을 거라면서요."

"목사님 생각은 어떠십니까? 웨더렐 양이 온전한 정신 상태인가요?"

"정신의 온전함은 의견의 문제가 아닙니다."

데블린이 재미있다는 듯 말했다.

"그 반대이지요. 정신의 온전함은 증인들이 입증하는 내용에 달렸습니다. 의사에게 보고서를 요청하셨습니까?"

"선생이 그걸 해주시기를 바라고 있습니다만."

"흠."

무디가 다시 신문을 펼쳤다.

"제가 웨더렐 양을 변호하게 된다면, 스테인스 씨와도 이야기를 해야 할 겁니다."

"그건 쉬운 일입니다. 두 사람은 떼어놓을 수 없으니까요."

"은밀하게 말입니다. 그리고 꽤 한참요."

"필요한 건 뭐든 해드리지요."

무디는 탁자를 손가락으로 두드렸다. 그러다가 한참 뒤에 말했다.

"우선 무엇보다도 두 사람의 이야기가 합치되도록 해야 합니다."

Φ

호키티카의 4월 27일 아침은 맑고 청명했다. 새벽에 일어난 월터 무디는 욕실에서 아주 오랜 시간을 보냈다. 면도를 하고, 머리를 빗고, 머리카락에 기름을 바르고, 귀 아래 향수를 뿌렸다. 크라운 호텔의 하녀가 그의 부츠를 반짝거리게 약을 발라 문 앞에 놓아두었고, 장식 선반 위에는 버건디색 조끼와 회색 크라바트, 끝이 퍼지는 모양의 스탠딩 칼라를 꺼내놓았다. 프록코트도 솔질을 하고 다려서 밤사이에 구겨지지 않도록 창가에 걸어놓았다. 무디는 옷을 입는 데 대단히 공을 들였다. 그런 다음 교회 종이 8시를 알리기도 전에 시곗줄이 제대로 꽂혀 있는지 확인하듯 조끼 주머니를 두드리며 아침을 먹으러 계단을 내려왔다. 30분 후 그는 레벨가를 따라 북쪽으로 향했다. 실크 모자는 눈썹 위에 직선으로 내려오게 썼고, 손에는 가죽 손가방을 들고 있었다.

법원으로 가는 동안 호키티카의 모든 사람이 아침 재판을 보러 나온 것 같다는 생각이 들었다. 건물에 들어가려는 줄이 길의 중간까지 길게 늘어서 있었고, 현관에 서 있는 사람들은 흥분으로 들뜬 얼굴이었다. 그는 늘어선 줄 뒤에 섰고, 곧 음울한 얼굴의 당직 경찰 두 명이 그를 건물 안으로 들여보내주면서 퉁명스럽게 허가를 받기 전에는 말하지 말고, 판사가 들어올 때에는 모자를 벗으라고 지시했다. 무디는 관객을 뚫고 서류 가방을 가슴에 안은 채 줄을 넘어 검찰 측 변호사 옆에 있는 변호사석에 앉았다.

피고 측 변호인으로서 무디는 재판 사흘 전에 원고 측이 부를 증인 명단을 받았다. 이름은 부를 순서대로 정리되어 있었다. 코웰 데블린 목사, 조지 셰퍼드 교도소장, 조지프 프리처드 씨, 오베르 개스코인 씨였다. 순서를 보니 무디는 검찰 측 변호사가 안나에 대한 사건을 어떤 식으로 풀어갈 생각인지 훤히 알 수 있었다. 오후 재판의 증인 명단은 훨씬 더 길었다. 웨스트랜드 주 대 에머리 스테인스 씨의 사건에서 원고 측은 리처드 매너링 씨, 존 롱 퀴 씨, 벤자민 뢰벤탈 씨, 에드거 클린치 씨, 하랄 닐슨 씨, 찰스 프로스트 씨, 리디아 카버 부인, 프랜시스 카버 선장을 증인으로 소환할 예정이었다. 이런 사전 서류를 받고서 무디는 즉시 두 부분으로 된 전략을 세웠다. 아침 재판에서의 인상이 오후 재판의 평결에 크게 영향을 미칠 거라는 사실을 잘 알고 있었기 때문이다.

마침내 시계가 9시를 알렸고, 착석한 사람들에게 일어서라는 지시가 떨어졌다. 군중은 켐프 판사가 나와서 계단을 올라 연단에 서서 무겁게 자리에 앉은 뒤 법정 안의 사람들에게 앉으라고 한 손을 흔들 때까지 조용히 있었다. 판사는 별다른 법석을 부리지 않고 필수적인 관례를 빠르게 해치웠다. 그는 혈색이 좋고, 손가락이 두툼한 남자로 깨끗하게 면도를 했고, 뻣뻣하고 숱 많은 머리를 기묘하게 잘라서 귀 위쪽에서 부풀리고 정수리는 굉장히 납작하게 눌러놓은 모양새였다.

"피고 측은 월터 무디 씨가, 원고 측은 로렌스 브로햄 씨가 치안판사 재판소의 로저 해링턴 씨와 존 펠로우스 씨의 도움을 받아 변호를 하게 될 것이오."

판사는 앞에 놓인 서류의 이름을 읽었다. 그리고 안경 너머로 변호사석을 쳐다보며 말했다.

"무디 씨, 브로햄 씨, 시작하기 전에 두 가지만 말을 하겠소. 첫번째는 이거요. 나는 이 법정의 군중이 오늘 법에 대한 애정으로 여기 모인 게 아니라는 걸 잘 알고 있소. 하지만 법정에 누가 서든, 어떤 혐의든 간에 우리는 여기 호색한 욕구를 충족시켜주기 위해서가 아니라 정의를 이루기 위해 있는 거요. 그러니 두 사람 모두 웨더렐 양과 웨더렐 양의 관계자들에 관해서 심문할 때 적절한 내용으로 제한해주면 고맙겠소. 웨더렐 양의 이전 직업에 대해서 말할 때에는 '거리노동자'나 '밤의 여인', 또는 '오래된 직업군'이라는 단어를 사용해주시오. 내 말 잘 알겠소?"

변호사들은 동의의 말을 중얼거렸다.

"좋소. 두번째로 내가 하고 싶은 이야기는 이미 두 사람에게 사석에서 했던 거요. 참관자들을 위해서 한 번 더 말하겠소. 오늘 우리가 여기서 논의하게 될 여섯 가지 혐의는—오늘 아침에 웨더렐 양의 사건에서는 위조와 약물복용, 폭행이고, 오후에 스테인스 씨의 사건에서는 사기와 갈취, 태만 혐의요—많은 면에서 상호의존적이라는 것을 웨스트랜드의 글을 읽을 줄 아는 모든 사람이 이미 알 거요. 이런 상호성을 고려할 때 스테인스 씨의 사건이 끝날 때까지 웨더렐 양의 판결을 미루는 것이 신중한 행동이라고 생각하오. 각각의 재판을 다른 재판과 연관해서 생각할 수 있으니 말이오. 잘 알겠소? 좋소."

켐프 판사가 법정의 경위에게 고개를 끄덕였다.

"피고를 데려오시오."

안나가 자기 자리에서 법정으로 나오자 사람들이 수군거렸다. 무디는 그녀가 다가오는 것을 보고 의뢰인이 풍기는 인상에 만족했다. 마르긴 했어도 굶주리고 지친 기색이 사라져서 이제는 그냥 여성스러워 보였다. 영양실조 같다기보다는 우아해 보이는 정도였다. 여전히 오베르개스코인의 죽은 아내 것이었던 검은 드레스를 입고 있었고, 머리는 목덜미에서 모아서 그냥 평범하게 묶었다. 경위는 임시 증인석으로 그녀를 데려왔고, 안나는 앞으로 나와서 법원의 성경에 한 손을 얹었다. 감정 없이 조용히 선서를 하고 그녀는 무표정한 얼굴로 양손을 느슨하게 겹치고 판사 쪽으로 돌아섰다.

"안나 웨더렐 양, 그대는 이 법정에 세 가지 혐의에 답하기 위해 섰소. 첫번째는 증여권의 서명 위조 혐의요. 이에 대해 뭐라고 하겠소?"

"무죄입니다, 판사님."

"두번째로 올해 3월 20일 오후에 공공장소에서 약물복용으로 풍기문란한 행동을 한 혐의요. 이에 대해 뭐라고 하겠소?"

"무죄입니다, 판사님."

"세번째는 에머리 스테인스 씨에 대한 중대한 폭행 혐의요. 이에 대해 뭐라고 하겠소?"

"무죄입니다, 판사님."

판사는 이 대답을 적은 다음 말했다.

"이 법정이 형사사건을 다루는 곳이 아니라는 것은 잘 알고 있을 거요, 웨더렐 양."

"네, 판사님."

"세번째 기소에 대해서는 상급법원에서 재판이 필요하다는 판결이 나올 수도 있소. 그런 경우에는 대법원 판사와 배심원이 구성될 때까지 감옥에서 지내게 될 거요. 이해하겠소?"

"네, 판사님. 이해합니다."

"좋소. 이제 앉아요."

그녀는 자리에 앉았다.

"브로햄 씨, 이제 변론을 해주시오."

"감사합니다, 판사님."

브로햄은 빨간 콧수염에 날카롭고 축축한 눈을 한 마른 남자였다.

그는 자리에서 일어나 책상 가장자리에 서류를 탁탁 쳐서 정리했다.

"켐프 판사님, 법정의 동료분들, 그리고 신사 숙녀 여러분."

그가 말을 시작했다.

"양귀비의 연기는 사람을 유혹하는 원시적인 약물이고, 그 효과가 사람을 타락하게 만들며, 사회적으로나 역사적으로나 수많은 건전한 시민 사이에서 비난해 마지않을 만한 행위를 하도록 만든 바 있습니다. 오늘 우리는 그 유감스러운 예를 보게 될 것입니다. 약에 빠진 젊은 여성이 호키티카의 공공 이미지뿐만 아니라 새로이 승격된 웨스트랜드 주의 이미지를 더럽힌 사건입니다……."

브로햄의 변론은 길었다. 그는 법정 안의 사람들에게 안나가 전에 한 번 자살을 하려고 했었고, 실패한 자살 시도와 3월 20일 오후에 쓰러진 것을 연결 지었다.

"두 사건 모두 대중의 눈길을 크게 끌었습니다."

그는 빈정거리는 어조로 이렇게 덧붙였다. 그리고 증여권에 스테인스의 서명을 위조한 것에 대해서 긴 시간을 할애해서 서류의 진위를 의심하게 하고, 안나가 그것을 위조함으로써 얻게 될 것에 대해서 강조했다. 그리고 폭행 혐의로 이야기를 돌려 아편중독자의 위험하고 예측 불가능한 성미를 전반적으로 이야기하고, 스테인스의 총상에 대해서 아주 세세하게 설명함으로써 객석에 있던 여자 한 사람이 건물 밖으로 실려나가게 만들었다. 변론을 마무리하며 그는 모든 참석자에게 2천 파운드면 얼마나 많은 아편을 살 수 있을지 생각해보라고 말했다. 그리고 그런 엄청난 양의 아편이 예전에 밤의 여인이던 안나 웨더렐 양 같은 불명예스럽고 형편없는 사람의 손에 들어가면 대중이 얼마나 곤란해질지 한번 상상해보라고 말했다.

브로햄이 자리에 앉자 판사가 말했다.

"무디 씨, 피고를 위해 변론하시오."

무디는 즉시 일어섰다.

"감사합니다, 판사님. 저는 짧게 하겠습니다."

그의 손이 떨렸다. 그는 책상에 손을 단단히 짚고 마음을 진정시킨 다음 속내보다 훨씬 자신만만한 목소리로 말했다.

"저는 브로햄 씨에게 웨더렐 양이 자신의 중독을 떨쳐버렸다는 점을 상기시키는 것으로 본론을 시작할까 합니다. 이런 성취에 저는 진심으로 존경하고 감탄하는 바입니다. 브로햄 씨께서 여러분 모두에게 즐거이 설명하셨듯이 웨더렐 양의 성향은 수많은 중독에 쉽게 희생양이 될 만한 것입니다. 브로햄 씨가 양귀비를 피워본 일이 없다고 말씀하셨던 것처럼 저 역시 그런 적이 없습니다만, 우리가 이렇게 절제하는 이유 중 하나가 두려움 때문이라고 저는 생각합니다. 약이 우리에게 미칠 영향력에 대한 두려움, 그 중독적인 성질에 대한 두려움, 우리가 약에 넘어갈 경우 무엇을 보고 무엇을 하게 될지에 대한 두려움 같은 것이지요. 제가 이런 이야기를 하는 이유는 웨더렐 양의 약점이 그녀 혼자만의 것이 아니라는 점을 강조하기 위해서이고, 이를 벗어나기 위해서 전력을 다한 웨더렐 양에게 다시 한 번 찬사를 보냅니다.

하지만, 브로햄 씨가 여러분에게 뭐라고 했던 간에, 우리는 지금 여기 웨더렐 양의 성향을 심판하거나 그녀의 성격에 대해 판결을 내리기 위해서 모인 것이 아닙니다. 우리는 세 가지 혐의에 대해 정의를 수행하기 위해서 여기 모인 것입니다. 하나는 위조이고, 하나는 풍기문란 행위이고, 또 하나는 폭행입니다. 위조가 심각한 범죄라는 브로햄 씨의 주장에 저도 동의하고, 중대한 폭행이 살인과 밀접한 사촌이라는 주장 역시 틀리지 않습니다. 하지만, 제가 곧 변론하겠지만 웨더렐 양은 이 세 가지 범죄에 대해서 무고합니다. 웨더렐 양은 위조를 하지 않았고, 에머리 스테인스 씨를 공격하려 하지도 않았습니다. 3월 20일 오후에 그녀가 쓰러졌던 것은 결코 풍기문란하다고 할 수가 없으며 이는 10분 전에 이 법정에 걸어들어온 여인에게 풍기문란하다고 하는 것과 동일한 행위입니다. 저는 증인들의 증언이 제 의뢰인의 무고함을 밝혀줄 것이며 아주 금방 정리가 될 것이라고 조금도 믿어 의심치 않습니다. 판사님과 훌륭하신 법정의 관계자 분들, 신사 숙녀 여러분, 저는 이러한 기쁜 결과를 예상하며 기꺼이 법의 훌륭한 손에 이 문제를 맡기려 합니다."

무디는 심장이 쿵쿵거리는 상태로 자리에 앉았다. 그는 뭔가 긍정하는 눈빛이라도 있나 하는 마음으로 켐프 판사를 보았지만, 판사는 노트 위로 몸을 구부리고 뭔가를 적고 있었다. 브로햄은 험악한 표정으로 변호사석에 있는 무디를 내려다보았다. 그의 옆에 앉은 펠로우스가 몸을 기울여 그의 귀에 뭔가를 속삭였고, 잠시 후 그가 미소를 지으며 마주 속삭였다.

"고맙소, 무디 씨."

판사가 마침내 쓰던 것에 밑줄을 긋고 펜을 내려놓은 다음 말했다.

"이제 피고는 일어서시오. 브로햄 씨, 심문하시오."

브로햄은 일어나서 두번째로 판사에게 감사의 인사를 했다.

"웨더렐 양, 1월 14일 밤까지 무슨 일을 직업으로 삼았습니까?"

그가 안나를 돌아보고서 말했다.

"브로햄 씨!"

판사가 즉시 날카롭게 말했다.

"내가 방금 뭐라고 했소? 웨더렐 양은 오래된 직업군에 종사한 사람이오. 그걸로 만족하시오."

"네, 판사님."

브로햄이 다시 말했다.

"웨더렐 양, 1월 14일 밤에 피고는 이전 직업에 대해서 어떤 결심을 했습니다. 맞습니까?"

"네."

"어떤 결심이었죠?"

"그만뒀어요."

"'그만뒀다'는 게 어떤 의미입니까?"

"매춘을 그만뒀어요."

판사가 한숨을 쉬었다.

"계속하시오."

그는 포기한 어조로 말했다.

"즉시 다른 직업을 찾았습니까?"

브로햄이 계속 물었다.

"즉시는 아니었어요. 하지만 웰스 부인이 이 도시로 와서 제가 여행자의 운수에 머물게 해주셨어요. 저는 운수를 보는 부인을 도울 수 있을 거라는 생각에 타로와 점성술 차트 읽는 법을 배우기 시작했어요. 부인의 조수로 벌이를 할 수 있을 거라고 생각했어요."

"이전 직업을 그만둘 때 이런 미래상을 염두에 두고 있었나요?"

"아뇨. 전 웰스 부인이 도착하기 전까지는 오신다는 것도 몰랐어요."

안나가 대답했다.

"웰스 부인이 호키티카에 도착하기 전까지는 그럼 어떻게 먹고살 생각이었습니까?"

"딱히 계획이 없었어요."

"전혀 없었습니까?"

"네."

"비상금이 있지는 않았습니까? 어떤 담보라든지요?"

"없었어요."

"그렇다면 굉장히 과격한 행동을 했군요."

브로햄이 경쾌하게 말했다.

"브로햄 씨!"

판사가 날카롭게 말했다.

"네, 판사님?"

"요점을 말하시오."

"알겠습니다. 이 증여권은 ― 브로햄이 그것을 꺼냈다 ― 2천 파운드라는 엄청난 돈의 수혜자로 웨더렐 양 이름이 쓰여 있습니다. 작년 10월 11일 자로 되어 있고요. 기부자인 에머리 스테인스 씨는 1월 14일에 흔적도 없이 사라졌죠. 이 엄청난 금액의 행운의 수혜자가 되는 바로 그날에 피고는 거리에서 일하는 것을 그만두고 다른 살 길을 찾기로 결심했고요. 딱히 동기도 없고, 미래에 대한 계획도 없이 말입니다. 이제……."

"이의 있습니다."

무디가 일어섰다.

"브로햄 씨는 웨더렐 양이 직업을 바꿀 만한 동기가 없다고 증거도 없이 말하고 있습니다."

판사는 이를 받아들였고, 브로햄은 성난 얼굴로 안나에게 어쩔 수 없이 질문을 했다.

"매춘을 그만두겠다는 결심을 한 데 동기가 있었습니까, 웨더렐 양?"

"네."

안나가 대답을 하며 무디를 다시 보았다. 그는 그녀에게 말을 하라는 의미로 고개를 살짝 끄덕였다. 그녀는 숨을 들이켜고서 말했다.

"전 사랑에 빠졌어요. 스테인스 씨와요. 1월 14일 밤은 저희가 함께했던 첫날이었고…… 음, 전 그 뒤로는 매춘을 계속하고 싶지 않았어요."

브로햄은 인상을 찌푸렸다.

"그날이 자살을 시도했다가 체포되었던 날 아닙니까?"

"네."

안나가 대답했다.

"전 그 사람이 저를 사랑하지 않는다고, 사랑할 수 없을 거라고 생각했어요…… 그리고 그걸 참을 수가 없어서…… 끔찍한 일을 했어요."

"그렇다면 그날 밤에 자살을 하려고 했었다는 걸 인정하는 겁니까?"

"그런 생각은 했었어요. 하지만 정말로 심각하게 목숨을 끊으려던 건 아니었어요."

"바로 이 법정에서, 자살을 시도했다는 혐의로 재판을 받을 때 변호를 거부했지 않습니까. 왜 이 문제에 대한 발언을 바꾼 겁니까?"

이것은 무디와 안나가 대비하지 않았던 질문이었고, 잠깐 동안 그는 안나가 더듬거릴까봐 걱정했다. 하지만 그녀는 차분하게, 사실대로 대답했다.

"그때 스테인스 씨는 여전히 실종 상태였어요. 저는 그 사람이 강 상류나 골짜기로 갔을 거라고 생각했고, 그랬다면 호키티카 신문을 읽을 수 있었을 거예요. 그 사람이 그걸 읽고 저를 얕잡아 생각할 만한 이야기를 하고 싶지 않았어요."

브로햄은 손에 대고 마른기침을 조금 했다.

"1월 14일 밤에 무슨 일이 있었는지, 본인의 입으로 순서대로 이야기를 좀 해주시죠."

그녀는 고개를 끄덕였다.

"저는 7시경에 더스트 앤드 너깃에서 스테인스 씨를 만났어요. 저희는 함께 술을 마셨고, 스테인스 씨가 레벨가에 있는 자신의 집으로 저를 데려갔어요. 10시경에 저는 그리디론으로 돌아와서 파이프를 피웠어요. 전에도 말했지만 기분이 좀 이상해서 평소보다 조금 많이 피웠어요. 그리고 약에 취한 채로 아마 그리디론을 나왔던 것 같아요. 그다음으로 기억이 나는 건 감옥에서 깨어난 거니까요."

"기분이 좀 이상했다는 게 무슨 뜻입니까?"

"음, 조금 우울하고, 그리고 아주 행복하고 서글픈 기분이 전부 뒤섞인 느낌이었어요. 정확히 설명은 못하겠네요."

"그날 밤 어느 시점에 스테인스 씨가 사라졌습니다. 어디로 갔는지 아나요?"

브로햄이 물었다.

"아뇨. 마지막으로 그 사람을 본 건 레벨가에 있는 그 사람 집이었어요. 자고 있었고요. 제가 떠난 다음에 사라진 게 분명해요."

"다시 말해서 10시 이후 어느 시점에 말이죠."

"네."

안나가 대답했다.

"전 그 사람이 돌아오기를 기다렸지만 그 사람은 돌아오지 않았고, 어디서도 찾을 수 없는 상태로 며칠이 흘렀어요. 웰스 부인이 여행자의 운수에 머무르라고 하셨을 때 전 그걸 받아들이는 게 최선이라고 생각했어요. 한동안은요. 모두들 그 사람이 분명히 죽었을 거라고 그랬으니까요."

"1월 14일부터 3월 20일 사이에 스테인스 씨를 한 번이라도 본 적이 있습니까?"

"아뇨."

"스테인스 씨와 편지를 교환한 적은 있습니까?"

"아뇨."

"그 기간 동안 그 사람이 어디에 갔을 거라고 생각합니까?"

안나가 대답을 하려고 할 때 무디가 재빨리 일어나서 말했다.

"이의 있습니다. 피고의 생각에 대해서 물어볼 수는 없습니다."

다시금 판사는 이의를 받아들였고, 브로햄에게 계속하라고 말했다.

"스테인스 씨가 3월 20일 오후에 발견되었을 때 어깨에 총상이 있었습니다. 1월 14일에 만났을 때 스테인스 씨가 다친 상태였습니까?"

"아뇨."

안나가 대답했다.

"그날 저녁에 상처를 입었습니까?"

"제가 아는 한은 아니에요. 제가 마지막으로 보았을 때 그 사람은 멀쩡했어요. 자고 있었고요."

브로햄이 변호사 책상에서 여성용 소형 권총을 들었다.

"이 무기를 알아보시겠습니까, 웨더렐 양?"

"네. 제 거예요."

안나가 그것을 힐끗 보고서 말했다.

"이 권총을 직접 소지하고 다닙니까?"

"일할 때에는 그랬었어요. 드레스 앞에 넣고 다녔어요."

"1월 14일 밤에도 갖고 있었습니까?"

"아뇨, 그리디론에 놔뒀어요. 베개 아래요."

"하지만 1월 14일 밤에도 일을 하고 있었던 거 아닙니까?"

"전 스테인스 씨와 있었어요."

"제 질문은 그게 아닙니다. 1월 14일 밤에도 일을 하고 있었던 거 아닙니까?"

"네."

"그런데도 집에 권총을 놔두고 갔다고 주장하는 거로군요."

"네."

"왜죠?"

"필요할 것 같지 않았어요."

안나가 말했다.

"하지만 이상하지 않습니까? 평소에는 직접 지니고 다니는 거 아닙니까?"

"네."

"권총이 그날 밤에 어디 있었는지 확인해줄 수 있는 사람이 있습니까?"

"아뇨, 누가 제 베개 아래를 보지 않았다면요."

"스테인스 씨의 어깨에서 발견된 총알은 이런 종류의 권총에서 발포된 겁니다. 피고가 스테인스 씨를 쐈습니까?"

"아뇨."

"누가 그랬는지 아십니까?"

"아뇨."

브로햄은 다시 손에 대고 기침을 했다.

"1월 14일 밤에 스테인스 씨가 탐광꾼으로서 자산이 어느 정도 되는지 알고 있었습니까?"

"그 사람이 부자라는 건 알았어요. 모두가 아는걸요."

"크로스비 웰스 씨의 오두막에서 발견된 금에 대해서 그날 밤에나 혹은 다른 날에 스테인스 씨와 이야기를 나누었습니까?"

"아뇨. 저희는 돈 이야기는 한 적이 없어요."

"한 번도요?"

브로햄이 눈썹을 치켜들며 물었다.

"브로햄 씨."

판사가 피곤한 어조로 말했다.

브로햄이 고개를 끄덕였다.

"이 증여권에 쓰여 있는 대로, 스테인스 씨가 이런 생각을 하고 있다는 걸 언제 알았습니까?"

"3월 20일 아침에요."

안나는 이제 좀 긴장을 풀었다. 이 답은 기억하고 있었기 때문이다.

"교도소 목사님이 여행자의 운수로 그 증서를 가져와서 저에게 보여주셨고, 전 그게 무슨 뜻인지 알아보기 위해서 곧장 법원으로 갔어요. 펠로우스 씨와 이야기를 했고, 펠로우스 씨가 그 증여권이 법적인 서류이고 구속력이 있다고 확인해주셨어요. 거기에 의미가 있을 수 있다고, 그러니까 제가 그 금을 가질 권리가 있을 수도 있다고 그러셨어요. 그리고 저 대신 은행으로 증서를 가져가주겠다고 하셨어요."

"그 뒤에는 어떻게 됐죠?"

"법원에서 5시에 다시 보자고 하셨어요. 그래서 전 5시에 돌아왔고, 저희는 전처럼 앉아서 이야기를 나누었어요. 그러다가 제가 기절했고요."

"왜 기절을 하게 된 겁니까?"

"모르겠어요."

"당시에 어떤 약이나 술에 취한 상태였나요?"

"아뇨, 전 완전히 멀쩡했어요."

"그날 피고가 맑은 정신이었다는 걸 보증해줄 수 있는 사람이 있나요?"

"데블린 목사님이 그날 아침에 저와 함께 계셨어요. 그리고 오후에는 그리디론에서 클린치 씨와 함께 있었고요."

"치안판사에게 제출한 보고서에서 셰퍼드 교도소장님은 피고가 기절했을 당시에 아편 냄새가 강하게 났다고 적었습니다만."

브로햄이 지적했다.

"그분이 아마 실수를 하셨겠지요."

"아편에 중독되어 있지 않나요, 웨더렐 양?"

"전 웰스 부인과 함께 지내기 전부터 아편을 피우지 않았어요. 애도 기간에 들어가면서부터 그만뒀어요. 제가 감옥에서 나온 바로 그날부터요."

안나가 단호하게 말했다.

"확실하게 정리를 해보죠. 피고는 지금 1월 14일 아편을 과용했던 이래로 어떤 형태의 아편이든 건드린 적이 없다고 주장하는 게 맞습니까?"

"네, 맞아요."

"카버 부인이 이걸 보증할 수 있고요?"

"네."

"이 법정에서 1월 27일 오후에 카버 부인이 그리디론 호텔에 도착하기 전에 무슨 일이 있었는지 말씀해주시겠습니까?"

"전 제 방에서 프리처드 씨와 이야기를 하고 있었어요."

안나가 사건을 설명했다.

"제 권총은 언제나처럼 드레스 앞에 들어가 있었고요. 개스코인 씨가 갑자기 방 안으로 들어왔고, 저는 놀라서 권총을 꺼내다가 오발을 했어요. 저희들 모두 뭐가 잘못된 건지 알 수가 없었어요. 개스코인 씨는 총이 망가진 거라고 생각하고 재장전을 해보라고 하셨고, 제대로 작동하는지 확인하기 위해서 제 베개에 대고 두번째로 쏘셨어요. 그런 다음 권총을 저한테 돌려주셨고, 저는 그걸 서랍에 넣어뒀어요. 그게 제가 마지막으로 그 총을 만져본 때예요."

"다시 말해서 그날 오후에 두 발이 발사된 거군요."

"네."

"두번째 총알은 피고의 베개에 박혀 있었습니다. 그러면 첫번째는 어떻게 됐죠?"

변호사가 물었다.

"없어졌어요."

"없어져요?"

브로햄이 눈썹을 치켜들었다.

"네. 어디에도 박혀 있지 않았어요."

"혹시 창문이 열려 있었습니까?"

"아뇨, 비가 오고 있었어요. 총알이 어디로 갔는지 전 모르겠어요. 저희들 모두 알아내지 못했어요."

"그냥…… 없어졌단 말이죠."

"맞아요."

브로햄은 더이상 질문을 하지 않았다. 그가 약간 잘난 척하는 얼굴로 자리에 앉았고, 판사는 무디에게 반대 심문을 하라고 말했다.

"감사합니다, 판사님. 웨더렐 양, 오늘 걸린 혐의 세 가지는 모두 호키티카 교도소의 소장인 조지 셰퍼드 씨가 기소한 겁니다. 소장님과 개인적으로 면식이 있습니까?"

그것은 그들이 여러 번 연습한 대화였다. 안나는 주저하지 않고 대답했다.

"전혀 없어요."

"그런데도 오늘 피고를 기소했을 뿐만 아니라 피고의 정신 상태에 대해서 여러 가지 주장을 했습니다, 그렇지 않습니까?"

"네. 그분은 제가 미쳤다고 하세요."

"피고와 셰퍼드 교도소장이 길게 이야기를 나눠본 적이 있습니까?"

"아뇨."

"함께 어떤 일을 한 적이라도 있습니까?"

"아뇨."

"피고가 아는 한 셰퍼드 소장님이 피고에게 안 좋은 의도를 가질 만한 이유가 있습니까?"

"아뇨, 전 그분에게 아무것도 하지 않았어요."

"하지만 두 사람 사이에 공통으로 아는 사람이 있지요? 맞습니까?"

무디가 물었다.

"네, 아 숙. 중국인요. 카니에레에서 아편굴을 운영했고, 저와는 아주 친한 사이였어요. 3월 20일에 총에 맞아 죽었고요. 셰퍼드 소장님한테요."

브로햄이 이의를 제기했다.

"셰퍼드 소장은 그 남자의 체포 영장을 갖고 있었습니다. 그리고 당시에 소장은 경찰의 일원으로서의 범위 내에서 행동을 했고요. 무디 씨는 비방을 하고 있습니다."

"저도 영장에 대해서는 잘 압니다, 브로햄 씨. 제가 이 주제를 꺼낸 이유는 공통의 지인이 피고와 원고 사이에 중요한 연결 관계가 있다고 생각하기 때문입니다."

"계속하시오, 무디 씨."

판사가 말했다. 그는 인상을 찌푸리고 있었다.

브로햄이 자리에 앉았다.

"셰퍼드 소장님과 숙 씨는 어떤 관계였습니까?"

무디가 안나에게 물었다.

"아 숙은 셰퍼드 소장님의 형을 살해했다는 혐의를 받았어요. 시드니에서요. 15년 전에요."

안나가 명료하게 말했다. 갑자기 법정 안이 아주 조용해졌다.

"재판 결과는 어땠지요?"

무디가 물었다.

"아 숙은 마지막 순간에 무죄로 판결을 받고 자유롭게 풀려났어요."

"숙 씨가 이 문제에 대해서 피고에게 이야기한 적이 있나요?"

"그 사람은 영어를 별로 잘하지 못했어요. 하지만 종종 '복수'와 '살인'이라는 단어를 말했어요. 가끔은 자면서도 그랬고요. 전 당시에는 이해하지 못했어요."

"피고가 언급하는 그 상황에서 숙 씨의 모습은 어때 보였나요?"

"마음이 산란해 보였어요. 겁을 먹은 것 같기도 했고요. 그 당시에 저는 별로 대단하게 생각하지 않았어요. 셰퍼드 소장님의 형에 관해서는 아 숙이 죽을 때까지 몰랐고요."

무디는 판사를 돌아보고 신문을 들어올렸다.

"피고는 1854년 7월 9일에 『시드니 헤럴드』에 실린 재판에 관한 기록을 이야기하고 있는 겁니다. 원본은 현재 보관되어 있는 워프가의 개척지 문서보관소에서 찾아보실 수 있습니다. 본인은 법정에 증거로 그 사본을 제출하겠습니다."

그는 사본을 변호사석 너머 판사에게 건네고서 다시 안나를 돌아보았다.

"셰퍼드 소장님은 피고와 숙 씨가 아주 친한 사이라는 걸 알고 있었나요?"

"그건 딱히 비밀도 아니었어요. 전 거의 매일 아편굴에 있었고, 거기가 카니에레에서 유일한 아편굴이었거든요. 아마 거의 모든 사람이 알고 있었을 거예요."

안나가 대답했다.

"피고는 거기에 방문하면서 별명을 얻게 되었죠, 맞습니까?"

"네. 모두가 저를 '중국인의 앤'이라고 불렀어요."

"감사합니다, 웨더렐 양. 심문 마치겠습니다."

무디는 『시드니 헤럴드』의 기사를 살피고 있는 판사에게 인사를 하고서 자리에 앉았다.

브로햄은 이런 암시에 굉장히 놀란 것처럼 방금 피고 측이 제기한 주제에 대해서 안나를 재심문하게 해달라고 요청했다. 하지만 켐프 판사는 그의 요청을 거부했다.

"우리는 오늘 아침에 여기에 세 가지 혐의를 논의하러 모였소."

판사는 아 숙의 무죄 판결에 대한 기사를 신중하게 옆으로 밀어놓고 손을 겹치고서 말했다.

"하나는 위조이고, 하나는 약물복용 및 풍기문란 행위이고, 또 하나는 폭행이오. 웨더렐 양과 숙 씨의 관계가 원고 측에 개인적으로 중대한 의미가 있다는 사실은 알겠지만, 이런 새로운 사실이 재심문이 필요한 일이라고 판단할 수는 없소. 어쨌든 우리는 여기 원고의 동기를 논의하기 위해서가 아니라 웨더렐 양에 대해 논의하기 위해서 모인 거니까 말이오."

브로햄은 굉장히 당황한 표정이었다. 무디는 안나의 눈을 마주보고 살짝 미소를 지었고 안나도 마주 웃었다. 이것은 승리였다.

첫번째 증인으로 불려나온 사람은 조지프 프리처드였다. 브로햄의 심문에 그는 1월 27일 그리디론 호텔에서 일어난 일에 대해 안나의 설명을 다시 한 번 반복했다. 첫번째 총알은 오발 사건 때에 사라졌고, 오베르 개스코인이 시험 삼아 발포한 두번째 총알은 안나의 베개에 박혀 있었다고 말이다.

"프리처드 씨."

반대 심문에서 무디가 물었다.

"1월 27일 오후에 웨더렐 양을 찾아갔던 이유는 무엇이었습니까?"

"웨더렐 양의 자살 시도에 관해서 다른 설명이 있을 거라고 생각했기 때문입니다. 웨더렐 양이 갖고 있던 아편에 독이 섞여 있거나 뭔가 다른 것이 섞여 있었다고 생각하고 확인하려고 갔던 겁니다."

"바라시던 대로 웨더렐 양의 아편을 확인해보셨습니까?"

"그렇습니다."

"뭘 찾으셨지요?"

"그녀의 파이프를 보건대 다른 사람이 아주 최근에 그걸 사용했다는 걸 알 수 있었습니다. 하지만 그게 누구든 웨더렐 양은 아니었습니다. 그날 오후에 웨더렐 양은 아주 맑은 정신이었기 때문이지요. 눈을 보고 알 수 있었습니다. 며칠 동안 아편에 손을 대지 않았더군요. 아마도 과용했던 날 이래로 말입니다."

프리처드가 대답했다.

"아편은 어땠습니까? 웨더렐 양이 갖고 있던 아편을 검사해보셨습니까?"

"찾을 수가 없었습니다. 아편 덩어리를 찾아서 그녀의 서랍을 전부 다 뒤졌지만, 없더군요."

무디가 눈썹을 치켜들었다.

"아편이 없었다고요?"

"네."

"감사합니다, 프리처드 씨. 심문 마치겠습니다."

해링턴이 공책 위로 몸을 구부리고 뭔가를 다급하게 썼다. 그러고는 적은 종이를 찢어서 다른 사람들이 볼 수 있게 변호사석으로 넘겼다. 브로햄은 더이상 잘난 척하는 표정이 아니었다.

"다음 증인을 부르시오."

판사 역시 뭔가를 적으면서 말했다.

다음 증인은 오베르 개스코인이었고, 오발 사고 당시 총알이 없어졌으며 두번째 총은 아무 문제 없이 안나의 침대 머리판에 박혔다고 다시 한 번 증언했다. 브로햄에게 심문을 받으면서 그는 1월 27일 오후에 그리디론 호텔에 에머리 스테인스가 있었을 거라고는 전혀 생각하지 못했다고 대답했다. 무디의 심문에서는 그런 일이 가능할 수도 있다고

425

말했다. 그는 연단 아래의 자리로 돌아가서 다시 착석했고, 판사는 교도소 목사인 코웰 데블린을 불렀다.

"데블린 목사님."

성직자가 선서를 하고 나자 브로햄이 증여권을 내밀면서 물었다.

"이 증서가 애초에 어떻게 목사님 수중에 들어가게 된 거죠?"

"크로스비 웰스가 죽은 다음 날 아침에 오두막에서 찾았습니다. 로더백 씨가 호키티카로 웰스 씨가 죽었다는 소식을 가져왔고, 셰퍼드 소장님이 저에게 오두막에 가서 시체를 가져오는 걸 도우라고 하셨습니다."

"이 증서를 정확히 어디에서 찾으셨습니까?"

"화덕 아래 재를 담는 서랍에서 찾았습니다. 집 안은 꽤 음침했고, 그날은 굉장히 습했습니다. 그래서 불을 피워야겠다고 생각하고 서랍을 열었는데, 창살 아래 서류가 있었습니다."

데블린이 대답했다.

"그 뒤에 어떻게 하셨습니까?"

"그걸 감췄습니다."

"왜죠?"

"서류는 굉장히 많은 돈과 관련이 있었습니다."

목사가 차분하게 대답했다.

"그리고 전 웨더렐 양의 건강이 나아질 때까지 이 정보를 알리지 않는 것이 좋겠다고 판단했습니다. 웨더렐 양은 자살이라는 죄목으로 전날 밤 늦게 경찰서에 잡혀왔고, 놀라운 소식을 들을 만한 상태가 아닌 게 분명해 보였기 때문입니다."

"그게 서류를 감추신 유일한 이유였나요?"

"아닙니다. 나중에 셰퍼드 소장님께도 설명을 드렸습니다만, 증서는 경찰에 제출할 만한 가치가 없어 보였습니다. 당시에는 유효하지 않았기 때문입니다."

"왜 유효하지 않았죠?"

"스테인스 씨가 그 유증을 집행할 수 있도록 서명을 하지 않았었기 때문입니다."

데블린이 말했다.

"그런데 제가 지금 갖고 있는 증서에는 스테인스 씨의 서명이 들어 있군요. 이 법원에 어떻게 서류에 서명이 들어가게 되었는지 좀 설명을 해주시죠."

브로햄이 말했다.

"불행히도 설명할 수가 없군요. 저는 서명하는 장면을 직접 목격하지 못했습니다."

브로햄이 말을 더듬었다.

"증서에 서명이 들어갔다는 사실을 언제 처음 아셨지요?"

"3월 20일 아침에 여행자의 운수에 있는 웨더렐 양에게 증서를 갖다주러 갔을 때였습니다. 저희들은 다른 문제에 대해서 이야기를 했고, 대화를 하던 도중에 증서에 서명이 되어 있다는 사실을 처음 깨달았습니다."

"웨더렐 양이 이 증여권에 서명하는 걸 보셨습니까?"

"아뇨, 보지 못했습니다."

브로햄은 이 말에 그야말로 진땀을 흘리는 것 같았다. 하지만 곧 평정을 되찾고서 말했다.

"두 사람이 무슨 이야기를 나눴습니까?"

"그날 아침 저희가 이야기한 내용은 성직자로서 제 입장상 비밀입니다. 저는 그 이야기를 되풀이하거나 웨더렐 양에게 불리한 증언을 할 수 없습니다."

브로햄은 대단히 놀랐다. 하지만 데블린은 도덕적으로 그럴 수 있었고, 엄청난 항의와 논쟁 끝에 브로햄은 굉장히 화가 난 얼굴로 무디에게 증인을 넘겼다. 무디는 잠깐 서류를 정리하며 시간을 끌다가 심문을 시작했다.

"데블린 목사님, 이 증여권을 발견하고 곧장 셰퍼드 소장님께 보여드렸습니까?"

"아뇨, 그러지 않았습니다."

데블린이 대답했다.

"그러면 어떻게 셰퍼드 소장님이 이 증여권에 대해서 알게 되신 거죠?"

"우연이었습니다. 증서가 구겨지지 않도록 성경에 끼워두고 있었는데 셰퍼드 소장님이 우연히 성경을 훑어보다 발견하셨습니다. 아마 웰스 씨가 죽고 한 달쯤 뒤의 일일 겁니다."

무디는 고개를 끄덕였다.

"우연히 증서를 발견했을 때 셰퍼드 소장님 혼자 계셨습니까?"

"네."

"소장님이 어떻게 하셨죠?"

"증서를 웨더렐 양에게 보여주라고 조언하셨고, 그래서 그렇게 했습니다."

"즉시 하셨습니까?"

"아뇨, 몇 주 기다렸습니다. 카버 부인이 모르게 웨더렐 양과 둘이서만 이야기를 하고 싶었고, 두 여인이 함께 살고 거의 항상 같이 붙어 다

넣기 때문에 그럴 기회가 별로 없었습니다."

"어째서 카버 부인 모르게 웨더렐 양과 단둘이 이야기를 하고 싶으셨던 거죠?"

"당시에 저는 카버 부인이 웰스 씨의 오두막에서 발견된 금의 정당한 승계인이라고 생각했습니다. 그래서 부인과 웨더렐 양 사이에 제가 보기에는 누군가의 장난으로밖에는 여겨지지 않는 증서로 인해 쐐기를 박고 싶지 않았습니다. 3월 20일 아침에는 여러분도 기억하시겠지만 카버 부인이 법원에 소환되었습니다. 아침 신문에서 그 소환 공고를 읽고서 즉시 여행자의 운수로 갔습니다."

무디가 고개를 끄덕였다.

"증서는 그때까지도 목사님의 성경에 끼워져 있었습니까?"

"네."

"셰퍼드 소장님이 증여권을 처음 발견하신 이후에 또 혼자서 목사님의 성경을 갖고 계셨던 일이 있었습니까?"

"많이 있었지요. 저는 매일 아침 경찰서에 성경을 가져가고, 종종 다른 일을 하느라 성경을 감옥소에 놔두고 다닙니다."

무디는 이 말이 함축한 의미를 사람들이 이해하도록 잠깐 여유를 두었다가 주제를 바꾸었다.

"웨더렐 양을 아신 지 얼마나 되셨습니까, 목사님?"

"3월 20일 오후에, 여행자의 운수로 만나러 가기 전까지는 개인적으로 만난 적이 없었습니다. 하지만 그날 이래로 웨더렐 양이 경찰서 감옥소에 제 관리하에 구류되어 있었기 때문에 매일 만났습니다."

"그 기간 동안에 피고를 관찰하고 대화를 나눌 기회가 있었나요?"

"여러 번 있었습니다."

"그러면 피고의 성격에 대해서 전반적으로 어떻게 생각하시는지 설명해주실 수 있을까요?"

"저는 좋은 인상을 받았습니다. 물론 웨더렐 양은 다른 사람들에게 이용당했고 과거가 파란만장합니다만, 자신의 성품을 바꾸는 데에는 엄청난 용기가 필요한 법이고 저는 웨더렐 양이 이런 노력을 한 것에 만족합니다. 무엇보다도 웨더렐 양은 중독을 떨쳐버렸고, 다시는 자신의 몸을 팔지 않겠다는 결심을 했습니다. 그런 면에서 칭찬을 하고 싶습니다."

"피고의 정신 상태에 관해서는 어떻게 생각하십니까?"

"아, 완벽하게 온전합니다. 그건 전혀 의심하지 않습니다."

데블린은 눈을 깜박이고서 대답했다.

"감사합니다, 목사님."

무디는 그렇게 말하고 판사 쪽에 다시 한 번 감사의 인사를 했다.

그다음에는 안나의 정신 상태에 대해서 전문가 증언을 하러 온 길리스 의사와 두번째 의학적 소견을 밝히기 위해 쿠마라에서 불려온 샌더스 의사의 차례였다. 그레이마우스 경찰서의 경감 월샴 씨도 증언을 했다.

그리고 원고인 조지 셰퍼드는 가장 마지막에 불려나왔다.

무디가 예상했던 대로 셰퍼드는 안나 웨더렐의 안 좋은 성품에 대해서 길게 이야기하고, 아편중독과 불쾌한 직업, 이전의 자살 시도 등을 추행의 증거로 읊었다. 그는 특히 안나의 행동이 경찰의 자원을 낭비하게 하고 도덕적 기준을 위반하는 것이라고 상세하게 설명하고 시뷰에 새로 지은 구빈원에 수용해야 한다고 강력하게 주장했다. 하지만 무디는 이에 대한 변론을 훌륭하게 깔아두었다. 아 숙에 대한 사실이 밝혀지고 데블린의 증언이 뒷받침되니 셰퍼드의 주장은 원한에 찬 말처럼,

심지어는 좀스럽게 들렸다. 무디는 원고 측에서 이야기하기 전에 먼저 안나의 정신이상에 관한 이야기를 꺼낸 자신을 속으로 칭찬했다.

마침내 브로햄이 자리에 앉자 판사가 변호사석을 내려다보고 말했다.

"심문하시오, 무디 씨."

"감사합니다, 판사님."

무디가 교도소장 쪽으로 몸을 돌렸다.

"셰퍼드 소장님, 소장님이 보시기에 이 증여권에 있는 에머리 스테인스의 서명이 위조 같습니까?"

셰퍼드가 턱을 들어올렸다.

"거의 똑같은 복제본이라고 하겠소."

"죄송합니다, 소장님. 왜 '거의 똑같다'고 하시는 거죠?"

셰퍼드는 짜증 난 표정이었다.

"훌륭한 복제본이오."

그가 정정했다.

"스테인스 씨의 서명과 똑같은 복제본이라고 할 수도 있겠지요?"

"그건 전문가들이 판단할 일이오. 나는 특정 사기 분야에 전문가가 아니니까."

셰퍼드가 어깨를 으쓱이며 대답했다.

"셰퍼드 소장님, 이 서명과 준비은행이 광범위하고 다양하게 제출한 다른 서류들의 스테인스 씨 서명 사이에서 어떤 차이를 발견하셨습니까?"

"아니, 그렇지는 않소."

셰퍼드가 대답했다.

"그렇다면 어떤 근거로 이 서명이 위조라고 주장하시는 건가요?"

"난 문제의 증서를 2월에 봤고, 당시에는 서명이 되어 있지 않았소. 웨더렐 양은 똑같은 서류를 3월 20일 오후에 법원에 가져왔고, 그건 서명이 되어 있었지. 여기에는 두 가지 설명이 가능하오. 내가 생각하는 것처럼 웨더렐 양이 직접 서명을 위조했거나, 아니면 스테인스 씨가 실종되어 있을 동안에 내내 공모하고 있던 거겠지. 그리고 그 경우에는 법정에서 그 여자가 위증을 한 셈이오."

"사실 세번째 설명도 가능합니다. 소장님이 그렇게 열렬하게 주장하시는 것처럼 이 서명이 정말로 위조라면, 안나 양 말고 다른 누군가가 서명을 했다는 거죠. 목사님이 이 증서를 갖고 있다는 걸 알고, 이유가 뭐든 간에 웨더렐 양을 굉장히 기소하고 싶어 하는 사람이 말입니다."

셰퍼드의 표정이 차가워졌다.

"그 말에 담긴 의미가 불쾌하군요, 무디 씨."

무디는 지갑으로 손을 뻗어 작은 종이 한 장을 꺼냈다.

"여기에 작년 6월에 리처드 매너링 씨가 웨더렐 양의 서명을 받아서 제출한 약속 어음이 있습니다. 웨더렐 양의 서명에서 뭔가 특이한 점이 없습니까, 소장님?"

셰퍼드가 어음을 살폈다.

"X 자로 서명을 했소."

그가 마침내 말했다.

"맞습니다. 피고는 X 자로 서명을 했죠. 웨더렐 양이 자기 이름조차도 쓰지 못한다면 말입니다, 셰퍼드 소장님, 도대체 어떻게 다른 사람의 이름을 완벽하게 복제할 수가 있을까요?"

모든 시선이 셰퍼드에게 집중되었다. 그는 여전히 어음만 쳐다보고 있었다.

"감사합니다, 판사님. 더이상 질문 없습니다."

무디가 판사에게 말했다.

"좋소, 무디 씨. 자리로 돌아가시오."

판사는 즐거운 거라고도, 불만스러운 거라고도 할 수 있는 어조로
말했다.

금성은 샛별

유혹이 변장하고 다가온다.

행운의 바람 호가 포트 찰머스에 정박하고 부두로 다리가 내려가자 안나는 의료진의 검사를 받기 위해서 여자들 줄에 섰다. 검역소에서 안나는 세관으로 넘어갔고, 입국 서류에 도장을 받고 출입 허가를 받았다. 조사를 마치고서 그녀는 곧장 보관소로 가서 자신의 트렁크를 찾으려고 했지만(거의 모자 상자 정도로 아주 작은 가방이었다. 한 팔 아래 낄 수도 있을 정도였다) 그녀의 짐이 실수로 다른 여자의 마차에 실리는 바람에 좀더 지체되었다. 이 실수를 바로잡고 가방을 찾았을 무렵에는 이미 정오가 한참 넘었다. 마침내 보관소에서 나와 안나는 희망에 차서 그날 아침에 갑판에서 그녀와 아주 즐겁게 이야기를 나누었던 금발의 청년을 찾았지만, 아무도 알아볼 수가 없었다. 동료 승객들은 오래전에 도시의 인파 속으로 흩어졌다. 안나는 부두에 가방을 내려놓고 잠시 장갑을 바로잡았다.

"실례해요, 아가씨."

웬 목소리가 들려왔고 안나가 돌아보았다. 말을 건 사람은 빨간 머리에 통통하고 매끄러운 피부를 가진 여자였다. 여자는 초록색 비단 드레스를 아주 근사하게 차려입고 있었다.

"실례해요. 혹시 이 도시에 처음 왔어요?"

"네, 부인. 지금 막 도착했어요. 오늘 아침에요."

안나가 대답했다.

"어느 배를 타고 왔죠?"

"행운의 바람 호요."

"그렇구나. 그래. 음, 그렇다면 나를 도와줄 수 있을 것 같군요. 난 엘리자베스 맥케이라는 젊은 아가씨를 기다리는 중이에요. 아가씨 정도 나이에 수수하고 날씬하고 가정교사 같은 차림을 하고 혼자 여행하고 있을 텐데……."

"죄송하지만 못 본 것 같은데요."

안나가 대답했다.

"이번 8월이면 열아홉 살이 돼요. 내 사촌의 사촌이죠. 전에 만난 적은 없지만, 설명에 따르면 굉장히 얌전하고 적당히 예쁘다고 하던데. 이름은 엘리자베스 맥케이고. 못 봤어요?"

"죄송합니다, 부인."

"배 이름이 뭐라고 했죠? 행운의 바람 호?"

"맞아요."

"어디서 탔어요?"

"포트 잭슨요."

"그렇군요. 그 배 맞는데. 시드니에서 오는 행운의 바람 호."

"죄송하지만 행운의 바람 호에 젊은 여자는 없었어요, 부인."

안나가 옆을 힐끗 보면서 말했다.

"남편과 함께 여행을 하는 패터슨 부인이 있었고, 매더 부인과 예위스 부인, 쿡 부인이 있었어요. 하지만 다들 마흔이 훌쩍 넘은 분들이었어요. 열아홉 살 정도의 여자는 없었어요."

"오, 이런. 이런, 이런, 이런."

여자가 입술을 깨물고서 중얼거렸다.

"뭔가 문제라도 있으신가요, 부인?"

"어머."

여자가 손을 뻗어 안나의 손을 붙잡고서 말했다.

"그런 걸 물어봐주다니, 정말 상냥한 아가씨로군요. 사실, 난 여기 더니든에서 여자들을 위한 숙소를 운영하고 있답니다. 맥케이 양에게 몇 주 전에 편지를 받았어요. 숙박비를 선금으로 결제하고, 오늘 도착한다는 내용이었죠! 여기요."

여자가 구겨진 편지를 꺼냈다.

"봐요. 확실하게 오늘 날짜예요."

안나는 편지를 받아들지 않았다.

"유감이에요. 분명히 실수는 아닐 테죠."

안나가 고개를 저으면서 말했다.

"오, 미안해요. 글을 못 읽는군요."

안나의 얼굴이 붉어졌다.

"잘은 못 읽어요."

"괜찮아요, 괜찮아."

여자가 편지를 도로 소매 안에 넣었다.

"오, 하지만 불쌍한 맥케이 양 때문에 정말이지 걱정이군요. 굉장히 걱정이에요! 오늘 날짜로 도착할 거라고, 바로 이 배를 타고 온다고 했는데, 아가씨 말에 따르면 아예 배를 타지도 않았다니, 이게 도대체 어떻게 된 걸까요! 확실해요? 정말 확실히 젊은 여자가 전혀 없었어요?"

"간단한 답이 있어요. 마지막 순간에 아팠던 거겠죠. 아니면 사과의 편지를 보냈는데, 엉뚱한 곳으로 갔다든지요."

안나가 말했다.

"내 마음을 달래주다니 정말 상냥하군요."

여자가 다시 손을 붙잡았다.

"아가씨 말이 맞아요. 이렇게 호들갑 떨지 말고 현명하게 생각을 해야 하는데. 그 아가씨에게 뭔가 안 좋은 일이 일어났다고 생각하면 걱정만 될 뿐이잖아요?"

"아마 다 괜찮을 거예요."

안나가 말했다.

"착하기도 해라."

여자가 그녀를 토닥거리면서 말했다.

"이렇게 상냥하고 예쁜 아가씨와 알게 되어서 정말 기쁘네. 나는 웰스 부인이에요. 리디아 웰스 부인이죠."

"안나 웨더렐이라고 해요."

안나가 살짝 절을 하면서 말했다.

"나 좀 봐. 혼자 여행하는 아가씨 앞에서 또 다른 혼자 여행하는 아가씨 걱정을 하고 있다니."

웰스 부인이 미소를 짓고서 말했다.

"웨더렐 양은 어쩌다가 보호자도 없이 이렇게 혼자 여행을 하게 된 거죠? 여기 있는 광부와 약혼이라도 한 건가요?"

"전 약혼하지 않았어요."

안나가 대답했다.

"그렇다면 연락을 받고 온 게로군요! 아버님이라든지, 누군가 친척 분이 이미 여기 있어서, 그래서 편지를 받고……."

안나는 고개를 저었다.

"그냥 새롭게 시작을 해보고 싶었어요."

"오, 그렇다면 딱 완벽한 장소를 고른 거예요. 이 나라에서는 모두들 새롭게 시작을 하지요. 다른 방법이라는 건 아예 없으니까! 정말 혼자 인가요?"

웰스 부인이 물었다.

"혼자예요."

"대단히 용감하군요, 웨더렐 양. 정말이지 용감해! 여자 동행도 없이 바다를 횡단했다니 정말이지 훌륭한 일이지만, 이제 여기 더니든에 숙 소는 구해뒀는지 좀 신경이 쓰이는군요. 이 도시에는 좋지 않은 호텔들 이 굉장히 많답니다. 아가씨처럼 예쁜 사람은 좋은 숙소에서 편안히 지 낼 필요가 있어요."

"친절하게 걱정해주셔서 감사합니다. 전 페니스턴 부인의 숙소에 머 물 생각이에요. 오늘 오후에 가려는 곳도 거기고요."

웰스 부인이 깜짝 놀란 표정을 지었다.

"페니스턴 부인의 숙소라니!"

"추천을 받았는데요. 부인은 거길 추천하지 않으시나요?"

안나가 인상을 찌푸리고 물었다.

"맙소사, 절대로요. 이 도시에서 하필이면 페니스턴 부인의 집이라 니! 그 여자는 굉장히 저급한 사람이랍니다, 웨더렐 양. 아주 저급한 사 람이에요. 그런 사람과는 거리를 두어야 해요."

"오."

안나는 조금 놀랐다.

"왜 더니든에 왔는지 이야기를 해봐요."

웰스 부인은 이제 따뜻한 어조로 말했다.

"금광 열풍 때문에 왔어요. 모두들 땅보다는 광산촌에 금이 더 많다고들 하더라고요. 그래서 광산촌을 따라다니며 일을 할까 싶어서요."

안나가 대답했다.

"일자리를 찾는다는 건가요? 여종업원 같은 거?"

"바에서도 일할 수 있어요. 전에 호텔 일을 했거든요. 전 성실하고, 정직해요."

"추천서는 있나요?"

"아주 훌륭한 추천서가 있어요. 시드니의 유니언가에 있는 엠파이어 호텔 추천서예요."

"훌륭해요."

웰스 부인이 안나를 위아래로 보고서 미소를 지었다.

"페니스턴 부인의 집을 추천하지 않으시면……."

안나가 말을 하려고 했지만 웰스 부인이 말을 잘랐다.

"오! 나한테 완벽한 해결책이 있어요! 아가씨와 나, 우리 두 사람의 딜레마를 한꺼번에 해결할 수 있는 방법이 말이죠! 막 떠올랐어요! 맥케이 양이 일주일 치 방세를 미리 지불했는데 그 방을 쓰지 못하게 되었잖아요. 그러니까 아가씨가 그 방에 머무는 거예요. 아가씨가 직장을 찾고 독립할 수 있을 때까지 맥케이 양 대신 머물러요."

"정말 친절하시군요, 웰스 부인."

안나가 한 걸음 물러서면서 말했다.

"하지만 그런 제안은 받아들일 수가 없어요······ 부인의 자선에 의지할 순 없어요."

"오, 거절하지 말아요."

웰스 부인이 안나의 팔꿈치를 잡으면서 말했다.

"우리가 아주 친한 친구가 되면, 언젠가 이날을 돌이켜보고 운 좋은 만남이라고 회상하게 될 거예요. 이런 식으로 우연히 서로를 발견하게 되었다고 말이죠. 나는 우연의 굉장한 신봉자랍니다! 물론 다른 것들도 믿지만요. 이런, 내가 뭘 계속 떠들고 있는 거람? 굉장히 배가 고프겠군요. 그리고 뜨거운 목욕도 하고 싶을 거고. 따라와요. 내가 아가씨를 아주 잘 보살펴줄 테니까. 푹 쉰 다음에 일자리를 찾아보도록 해요."

"전 구걸하려는 마음은 없어요. 구걸하진 않을 거예요."

안나가 말했다.

"아가씬 아무것도 구걸하지 않았어요. 정말이지 귀여운 아가씨야. 이봐, 짐꾼!"

코가 납작한 소년이 달려왔다.

"웨더렐 양의 짐을 컴버랜드가 35번지로 갖다놓으렴."

웰스 부인이 말했다.

코가 납작한 소년은 이 말을 듣고 씩 웃었다. 그리고 안나를 위아래로 살피고는 앞머리를 과장된 태도로 넘겼다. 리디아 웰스는 이런 뻔뻔한 행동에 대해 뭐라고 하지는 않았지만 냉혹한 눈으로 짐꾼을 본 다음 지갑에서 6펜스를 꺼내주었다. 그리고 안나의 어깨에 팔을 두르고서 미소를 띤 채 그녀를 데리고 갔다.

양자리의 부상

C☽⁎

피고 측은 철학적으로 승리한다. 무디 씨는 우위에 선다. 로더백은 자
세한 이야기를 하고, 카버 부부의 거짓말이 드러난다.

오후 재판은 정확히 1시에 시작했다.

"스테인스 씨."

청년이 선서를 한 뒤에 판사가 말했다.

"스테인스 씨는 세 가지 혐의로 기소되었소. 첫째는 1866년 1월 분
기 보고서의 허위 신고요. 이에 대해 뭐라고 하겠소?"

"유죄입니다, 판사님."

"두번째는 오로라 금광에서 나왔고 아라후라 골짜기의 고 크로스비
웰스 씨의 자택에서 발견되었으며 합법적으로 스테인스 씨의 고용인
인 존 롱 퀴 씨에게 귀속되어야 할 금의 횡령 혐의요. 이에 대해 뭐라고
하겠소?"

"유죄입니다, 판사님."

"그리고 마지막으로 8주 동안 자리를 비워 광구와 광산의 일일 유지
의무를 태만히 한 혐의요. 이에 대해 뭐라고 하겠소?"

"유죄입니다, 판사님."

"전부 유죄라."

판사가 의자에 몸을 기대면서 말했다.

"좋소. 이제 앉아도 좋소, 스테인스 씨. 피고 측 변호인은 역시나 무디 씨이고, 원고 측은 브로햄 씨가 치안판사 재판소의 펠로우스 씨와 해링턴 씨의 도움을 받아서 변론할 거요. 브로햄 씨, 변론을 시작하시오."

전과 마찬가지로 브로햄의 변론은 피고에게 수치를 주기 위한 것이었고, 역시나 전과 마찬가지로 길고 장황했다. 그는 스테인스의 부재로 말미암은 모든 문제에 대해서 조목조목 지적하고, 특히나 웰스의 미망인이 죽은 남편의 유산의 일부로 뜻하지 않은 거액을 받게 될 거라고 오해하고 (타당한 기대였지만) 잘못된 희망을 품었던 비극적인 인물로 묘사했다. 그는 부가 본래 타락한 본성을 갖고 있게 마련이며 사기와 횡령을 '명민하고 냉혹한 범죄'라고 말했다. 무디는 자신의 변론에서 스테인스가 자신의 장기간의 부재로 일어난 문제에 대해서 잘 알고 있으며, 그로 인한 모든 손해와 빚을 기꺼이 갚을 생각이라고만 말했다.

"브로햄 씨, 증인을 심문하시오."

그가 말을 마치자 켐프 판사가 말했다. 브로햄이 일어섰다.

"스테인스 씨."

그는 체포 영장을 흔드는 사람 같은 태도로 서류를 내밀고 말했다.

"여기에 중개상인 닐슨 앤드 컴퍼니에서 제출한 서류가 있습니다. 고 크로스비 웰스 씨의 자택에 있던 물품 목록이지요. 닐슨 씨의 기록에 따르면 자택에서 대량의 순금이 발견되었고, 은행은 이것을 정확히 4천 96파운드로 평가했습니다. 이 금 더미에 대해서 뭐라고 하시겠습니까?"

스테인스는 주저하지 않고 대답했다.

"그 금은 오로라라고 알려진 광산에서 발견된 겁니다. 그 광산은 최근까지 제 것이었고요. 작년 중반에 제 고용인이었던 퀴 씨가 캐낸 겁니다. 퀴 씨는 그걸 개인적인 습관대로 사각형 판으로 제련해서 저에게 합법적인 소득으로 건넸습니다. 저는 그 금을 받아서 합법적인 의무대로 오로라의 이름으로 은행에 가져가지 않고 대신에 가방에 넣어 아라후라 골짜기로 가져가서 파묻었습니다."

그는 차분하게, 우쭐하지 않고서 말했다.

"왜 아라후라였습니까?"

브로햄이 물었다.

"왜냐하면 마오리 땅에서는 채광을 하지 않고, 아라후라 땅 대부분은 마오리족의 것이니까요. 거기라면 안전할 거라고 생각했습니다…… 최소한 잠시 동안은요. 제가 돌아와서 다시 파낼 때까지 말입니다."

"그 금으로 뭘 할 생각이었습니까?"

"반으로 나눠서 절반은 제가 가질 예정이었습니다. 나머지 절반은 웨더렐 양에게 선물로 줄 생각이었고요."

"왜 그런 일을 하려고 했던 겁니까?"

그는 의아한 표정을 지었다.

"질문을 잘 이해하지 못하겠는데요."

"웨더렐 양에게 그런 돈을 건네고서 뭘 얻고자 했던 거냐는 말입니다, 스테인스 씨."

"아무것도요."

청년이 대답했다.

"아무것도 바라지 않았다고요?"

"네, 맞습니다."

스테인스가 조금 밝아져서 말했다.

"안 그러면 선물이 아니잖아요. 그렇지 않나요?"

웃음소리 위로 브로햄이 조금 목소리를 높여서 물었다.

"그 금은 나중에 고 크로스비 웰스 씨의 것이었던 오두막에서 발견되었습니다. 어떻게 금이 옮겨가게 된 거죠?"

"저도 잘 모르겠습니다. 아마도 그 사람이 파내서 직접 가져간 거겠죠."

"만약에 그렇다면 왜 웰스 씨가 그걸 은행으로 가져오지 않은 걸까요?"

"당연하지 않은가요?"

스테인스가 말했다.

"당연하지 않은 것 같은데요."

브로햄이 대답했다.

"왜냐하면 금이 제련되어 있었으니까요. 그리고 각각의 금속판에는 퀴 씨가 '오로라'라는 글자를 찍어놓았으니까요! 그걸 땅에서 캐낸 척할 수는 없었을 겁니다."

"왜 합법적인 의무대로 오로라 이름으로 그 금을 은행에 보관하지 않았습니까?"

"오로라에서 나온 금의 50퍼센트는 프랜시스 카버 씨의 것이 되거든요. 저는 그 사람을 아주 안 좋게 생각하고, 그 사람에게 이익이 돌아가게 하고 싶지 않았습니다."

스테인스가 대답했다. 브로햄은 인상을 찌푸렸다.

"합법적으로 카버 씨의 몫인 50퍼센트의 배당을 주고 싶지 않아서 오로라의 금을 빼돌렸지만, 그 금의 50퍼센트를 안나 웨더렐 양에게 주고 싶었다 이 말씀이군요. 맞습니까?"

"바로 그렇습니다."

"제가 피고의 의도가 조금 비논리적이라고 생각하는 걸 이해해주시길 바랍니다, 스테인스 씨."

"비논리적인 게 뭐가 있죠? 전 안나가 카버의 몫을 가지기를 바랐습니다."

청년이 말했다.

"이유가 뭡니까?"

"안나는 그걸 가질 자격이 있고, 카버는 그걸 가질 자격이 없으니까요."

에머리 스테인스가 설명했다.

이번에는 좀더 많은 사람이 웃었다. 무디는 초조해졌다. 스테인스에게 지나치게 몽상적으로, 또는 건방진 어조로 말하지 말라고 경고를 했었는데.

다시 조용해지자 판사가 말했다.

"스테인스 씨, 누군가에게 자격이 있고 없고를 판단하는 건 선생의 역할이 아닌 것 같소. 그러니 앞으로는 자제하고 사실만을 대답하길 바라겠소."

스테인스는 곧장 엄숙해졌다.

"알겠습니다, 판사님."

판사가 고개를 끄덕였다.

"계속하시오, 브로햄 씨."

갑자기 브로햄이 주제를 바꾸었다.

"피고는 두 달이 넘게 호키티카에서 자취를 감추었지요. 왜 갑자기 사라졌던 겁니까?"

"제가 아편의 영향을 받았다는 부끄러운 사실을 말씀드려야겠군요. 돌아온 뒤에야 두 달이 넘게 흘렀다는 걸 알고 저도 깜짝 놀랐습니다."

"어디에 있었습니까?"

"카니에레 차이나타운의 아편굴에서 꽤 많은 시간을 보냈던 것 같습니다. 하지만 저도 확실하게 말씀드릴 수는 없군요."

브로햄이 머뭇거렸다.

"아편굴이라고요?"

"그렇습니다. 운영자는 숙이라는 사람이었습니다. 아 숙요."

브로햄은 아 숙 이야기를 길게 끌고 싶지 않아서 서둘러 말했다.

"피고는 3월 20일에 예전에 크로스비 웰스의 소유였던 오두막에서 발견되었습니다. 거기서 뭘 하고 있었습니까?"

"제 금을 찾고 있었던 것 같습니다. 하지만 정신이 좀 혼란해서 — 아 팠거든요 — 그걸 어디에 묻어놨는지 기억이 나지 않았어요."

"아편에 처음 의존하게 된 게 언제입니까, 스테인스 씨?"

"처음 아편에 손을 댄 건 1월 14일 밤이었습니다."

"다시 말해서 크로스비 웰스가 죽은 바로 그날 밤이군요."

"그렇다고들 하더군요."

"좀 묘한 우연의 일치가 아닙니까?"

무디가 이의를 제기했다.

"웰스 씨는 자연사했습니다. 자연적인 사건을 두고 우연의 일치가 어째서 중요한지 알 수가 없군요."

"실은 사후 검시 결과 웰스 씨의 위에서 소량의 아편 팅크가 발견되었습니다."

브로햄이 말했다.

"소량이란 말이죠."

무디가 지적했다.

"심문 계속하시오, 브로햄 씨. 앉으시오, 무디 씨."

판사가 말했다.

"감사합니다, 판사님."

브로햄은 다시 스테인스 쪽으로 몸을 돌렸다.

"왜 웰스 씨가 다량의 위스키와 함께 양이 얼마든 간에 아편 팅크를 마셨는지 이유를 아십니까, 스테인스 씨?"

"아팠나보죠."

"어떻게 아팠을까요?"

"저는 그저 추측하는 겁니다. 추측밖에는 할 수가 없죠. 그 사람의 개인적인 습관에 대해서도 모르고, 그날 저녁에 그 사람과 함께 있지도 않았으니까요. 그저 아편 팅크는 대체로 진통제로 쓰인다는 이야기입니다. 아니면 수면보조제나요."

"위스키와 함께 마시지는 않지요."

"저라면 절대로 그런 조합으로 마시지는 않을 겁니다만, 웰스 씨를 대신해서 답을 할 수는 없군요."

"아편 팅크를 마십니까, 스테인스 씨?"

"처방받았을 때만요. 습관적으로 마시지는 않습니다."

"현재 처방을 받은 상태입니까?"

"현재는 그렇습니다. 하지만 아주 최근에 받은 처방입니다."

"얼마나 최근이죠?"

"처음에 처방을 받은 건 3월 20일이었습니다. 진통제이자 제 중독을 근절하기 위한 수단으로요."

"3월 20일 이전에 콜링우드가에 있는 프리처드 씨의 약가게에서 아편 팅크 병을 구매하거나 얻은 적이 있습니까?"

"아뇨."

"크로스비 웰스 씨가 죽고 며칠 뒤에 오두막에서 아편 팅크 병이 발견되었습니다. 그게 어떻게 거기에 있게 된 건지 아십니까?"

"아뇨."

"피고가 아는 한 웰스 씨가 아편에 중독되어 있었나요?"

"그 사람은 주정뱅이였습니다. 그게 제가 아는 전부입니다."

스테인스가 대답했다. 브로햄은 그를 물끄러미 보았다.

"1월 14일 밤을 어떻게 보냈는지 본인의 입으로 순서대로 이 법정에서 이야기를 해주시겠습니까?"

"전 더스트 앤드 너깃에서 7시경에 안나 웨더렐과 만났습니다. 저희는 함께 술을 마셨고, 그다음에 레벨가에 있는 제 집으로 왔습니다. 전 잠이 들었고, 깨어보니 — 아마 10시 반쯤 되었던 것 같습니다 — 그녀가 없더군요. 왜 그렇게 갑자기 떠났는지 알 수가 없어서 그녀를 찾으러 나갔습니다. 그리디론으로 갔습니다만, 프런트 데스크에 아무도 없었고 계단참에도 아무도 없었습니다. 위층에 있는 그녀의 방문은 잠겨 있지 않았고요. 저는 안으로 들어갔다가 그녀가 바닥에 누워 있는 걸 발견했습니다. 파이프와 아편 덩어리와 램프가 주변에 놓여 있더군요. 음, 그녀를 깨울 수는 없었고, 그녀가 정신을 차리기를 기다리고 있다가 저는 몸을 구부리고 그 도구들을 살펴봤습니다. 저는 전에 아편을 피워본 적이 없었고 언제나 한번 해보고 싶었습니다. 뭔가 신비로운 분위기가 있고, 연기가 굉장히 근사하고 짙잖습니까. 파이프가 아직 따뜻했고 램프는 아직 타고 있었고, 모든 게…… 운이 맞아떨어지는 것 같았습니다. 그래서 한번 피워보자 했지요. 안나는 굉장히 행복해 보였거든요. 여전히 미소를 띠고 있었고요."

"그래서 어떻게 되었습니까?"

스테인스가 말을 멈추자 브로햄이 물었다.

"그래서 아편에 취했죠. 천국 같았습니다."

브로햄은 짜증 난 얼굴이었다.

"그 뒤에는요?"

"음, 전 그녀의 파이프로 꽤나 한참 피웠고, 그다음에 그녀의 침대에 누워서 좀 잤던 것 같습니다…… 아니면 꿈을 꿨든지요. 정확하게 잔 건 아니었어요. 정신을 차려보니 램프는 식었고, 파이프 대통은 비었고, 안나는 없더군요. 수치스러운 이야기지만 저는 당시에 그녀에 대해서 전혀 생각하지 않았습니다. 제가 원한 건 그저 아편을 더 피우는 것뿐이었죠. 그건 엄청난 갈증 같았습니다. 처음 한 모금에 저는 완전히 사로잡혔죠. 다시 피우지 않으면 도저히 안정을 취할 수가 없을 것 같았습니다."

"겨우 처음 한 번에 말이죠."

브로햄이 의심스러운 어조로 말했다.

"네."

"그래서 어떻게 했습니까?"

"전 즉시 차이나타운의 아편굴로 갔습니다. 이른 시간이었어요. 겨우 새벽이 지났을 때였죠. 길에는 아무도 없었습니다."

"카니에레 차이나타운에 얼마나 머물렀습니까?"

"아마 2주 정도였던 것 같습니다. 하지만 정확하게 기억하지는 못합니다. 매일이 흐릿했거든요. 아 숙은 저한테 굉장히 친절했습니다. 절 받아들여주고, 먹여주고, 제가 지나치게 많이 피우지 못하게 했습니다. 조그만 칠판에 제 빚을 기록했고요."

"그 기간 동안 다른 사람은 보지 못했습니까?"

"네. 하지만 솔직히 별로 기억이 안 납니다."

"다음으로 기억하는 건 뭡니까?"

"어느 날 깨어보니 아 숙이 없더군요. 전 굉장히 화가 났습니다. 아 숙은 아편을 본인이 갖고 다녔고―아편굴을 떠날 때에는 언제나 그렇게 했습니다―저는 점점 더 다급해져서 집 안을 다 뒤졌지만 없더군요. 그러다가 웨더렐 양의 아편이 생각이 났습니다.

저는 즉시, 미친 듯이 호키티카로 향했습니다. 그날 아침에는 비가 억수같이 내렸고, 사람도 별로 없었습니다. 저는 아는 사람을 아무도 마주치지 않고서 호키티카로 왔습니다. 뒷문으로 그리디론으로 들어가서 뒤쪽에 있는 직원용 계단으로 올라갔죠. 그리고 안나가 점심을 먹으러 나갈 때까지 기다렸다가 그녀의 방으로 들어가서 아편 덩어리와 도구들을 서랍에서 찾아냈습니다. 하지만 누군가가 문 바로 앞 복도에서 이야기를 하는 소리가 들려서 꼼짝달싹 못하게 되었죠. 나갈 수가 없었고, 곧 안나가 점심을 먹고 돌아오는 소리가 들려서 전 겁에 질렸습니다. 그래서 커튼 뒤에 숨었습니다."

"커튼요?"

"네. 거기에 숨어 있다가 안나의 총에서 발사된 총알에 맞은 겁니다."

브로햄의 얼굴이 시뻘게졌다.

"그 커튼 뒤에 얼마 동안 숨어 있었습니까?"

"몇 시간 동안요. 추측하자면 아마 12시부터 3시 정도까지였을 겁니다. 하지만 이건 그냥 추측일 뿐입니다."

"그날 웨더렐 양은 피고가 자신의 방에 있다는 걸 알았습니까?"

"아뇨."

"개스코인 씨는요? 혹은 프리처드 씨라든지?"

"아뇨. 전 굉장히 조용히 있었고, 꼼짝하지 않았습니다. 제가 거기 있다는 건 아무도 몰랐을 거라고 확신합니다."

펠로우스가 해링턴의 귀에 뭔가를 다급하게 속삭였다.

"총에 맞은 뒤에 어떻게 되었습니까?"

브로햄이 물었다.

"전 조용히 있었습니다."

스테인스가 다시 대답했다.

"조용히 있었다고요?"

"네."

"스테인스 씨."

브로햄은 그를 꾸짖는 척하는 말투로 말했다.

"지금 이 법정에서, 예기치 못하게, 아주 근거리에서 총에 맞았으면서 세 명의 증인이 피고의 존재를 눈치챌 만한 소리를 내거나 비명을 지르지도 않고, 전혀 움직이지도 않고 가만히 있었다고 말하는 겁니까?"

"네."

"도대체 어떻게 비명을 지르지 않을 수가 있었죠?"

"아편을 포기하고 싶지 않았으니까요."

브로햄은 스테인스를 물끄러미 보았다. 이어지는 침묵의 시간 동안 해링턴이 브로햄에게 종이쪽지를 건넸고, 그는 그것을 힐끗 살펴본 다음 다시 시선을 들고 말했다.

"스테인스 씨, 웨더렐 양이 1월 27일 오후에 피고가 거기 있는 것을 알고, 피고에게 해를 입히기 위한 목적으로 고의적으로 커튼 방향으로 총을 쏘는 게 가능하다고 생각하십니까?"

"아뇨, 가능하다고 생각하지 않습니다."

법정이 아주 조용해졌다.

"왜죠?"

"그녀를 믿으니까요."

"저는 피고가 그렇게 생각하는지 물은 게 아니라 그런 일이 가능한지를 물었습니다."

"저도 질문을 이해합니다. 그리고 제 답은 변함없고요."

"어떻게 웨더렐 양에게 그런 믿음을 얻게 되었지요?"

"믿음이란 얻는 게 아닙니다. 그저 주는 거죠. 자유롭게 주는 거예요! 그런 질문에 도대체 어떻게 대답을 합니까?"

스테인스가 버럭 소리를 질렀다.

"질문을 간단하게 바꾸죠. 왜 웨더렐 양을 믿습니까?"

"제가 그녀를 믿는 이유는 그녀를 사랑하기 때문입니다."

"그녀를 왜 사랑하게 됐습니까?"

"그녀를 믿으니까 사랑하게 된 거죠!"

"피고는 지금 순환논법으로 말하고 있어요."

"네, 그럴 수밖에 없잖습니까! 진정한 감정은 언제나 순환되는 겁니다. 순환되거나, 아니면 모순되는 거죠. 왜냐하면 그 원인과 표현이 똑같은 것의 앞뒷면 같은 거니까요! 사랑이란 왜라는 이유들로 한정할 수 있는 것이 아니고, 이유들이 모여서 사랑을 만들어낼 수도 없습니다. 제 말에 동의하지 않는 사람은 사랑을, 진정한 사랑을 해본 적이 없는 사람일 겁니다."

이 말에 완벽한 침묵만이 흘렀다. 법정 한쪽 구석에서 낮은 휘파람 소리가 들렸고, 그에 반응해서 나지막한 웃음이 터졌다.

브로햄은 노골적으로 성난 표정을 지었다.

"이렇게 말해서 미안하지만, 사랑을 고백한 상대에게 아편을 훔친다는 건 꽤나 흔치 않은 행동이군요, 스테인스 씨."

"저도 그게 아주 형편없는 짓이었다는 걸 압니다. 제가 한 짓이 정말로 부끄럽습니다."

"지난 두 달 동안 피고의 행적을 입증해줄 수 있는 사람이 있습니까?"

"아 숙이 입증해줄 수 있을 겁니다."

"숙 씨는 사망했습니다. 다른 사람은요?"

스테인스는 잠시 생각한 끝에 고개를 저었다.

"다른 사람은 생각이 나지 않네요."

"더 이상 질문 없습니다. 감사합니다, 재판장님."

브로햄이 퉁명스럽게 말했다.

"심문하시오, 무디 씨."

판사가 말했다. 무디 역시 그에게 감사 인사를 하고, 메모를 순서대로 정리하며 잠시 법정 안이 조용해지기를 기다린 후에 입을 열었다.

"피고는 카버 씨에 대해서 안 좋게 생각한다고 증언했습니다. 왜 안 좋게 생각을 하게 된 건가요?"

"그 사람은 안나를 공격했습니다. 냉혹하게 안나를 구타했고, 그녀는 당시에 아이를 가진 상태였습니다. 아이는 죽었고요."

법정이 즉시 조용해졌다.

"언제 이런 폭행이 일어났습니까?"

무디가 물었다.

"작년 10월 11일 오후였습니다."

"10월 11일이란 말이죠. 이 폭행에 대한 증인이 있습니까?"

"아뇨, 없습니다."

"그럼 이 사건에 대해 어떻게 알았죠?"

"그날 오후 늦게 뢰벤탈 씨에게 들었습니다. 길가에서 얻어맞아 피투성이가 된 그녀를 발견한 사람이 뢰벤탈 씨입니다. 뢰벤탈 씨가 그녀를 발견했을 때의 상태를 입증해줄 겁니다."

"그날 오후에 뢰벤탈 씨와 피고는 무슨 볼일이 있었죠?"

"관계없는 문제였습니다. 저는 신문에 공고를 내고 싶어서 뢰벤탈 씨를 찾아갔었습니다."

"어떤 공고였나요……?"

"사금을 골라내는 홈통을 구매하고 싶다는 공고였습니다."

"웨더렐 양이 폭행을 당했다는 소식을 듣고 놀라셨습니까?"

"아뇨. 전 이미 카버가 야만인이라는 걸 알고 있었습니다. 이미 우리의 제휴를 열 번도 넘게 후회했고요. 그는 제가 처음 더니든에 도착했을 때 제 후원자가 되고 싶다고 했었습니다. 배에서 내린 첫날에 그 사람을 그렇게 만나게 되었죠. 전 비열한 동기가 있을 거라고는 전혀 의심하지 않았습니다. 완전히 풋내기였어요. 우리는 서로 믿고 악수를 나눴고, 그걸로 계약을 맺었습니다만 오래지 않아 그 사람에 대한 이야기를 하나둘 듣게 됐습니다. 카버 부인에 대해서도요. 두 사람은 짝을 지어 행동하기로 유명했죠. 그들이 웰스 씨에게 무슨 짓을 했는지 듣고 저는 겁에 질렸습니다. 전 완전히 사기꾼과 사업을 함께하게 되었다고 생각했죠."

청년은 지나치게 앞서가고 있었다. 무디는 기침을 해서 그들이 동의했던 이야기 순서를 상기시키고서 다시 물었다.

"10월 11일 밤으로 다시 돌아가보죠. 뢰벤탈 씨가 웨더렐 양이 폭행을 당했다고 말해주었을 때 피고는 어떻게 했습니까?"

"아라후라 골짜기로 곧장 가서 웰스 씨에게 그 소식을 알렸습니다."

"왜 이 소식이 웰스 씨에게 중요하다고 생각했던 거죠?"

"그 사람이 웨더렐 양이 가진 아이의 아버지였으니까요. 그래서 자기 자식이 살해되었다는 사실을 알아야 한다고 생각했습니다."

스테인스가 대답했다.

이 무렵 법정은 하도 조용해서 길거리에서 웅성거리는 소리까지 들릴 정도였다.

"태어나지도 못한 아이가 죽었다는 소식에 웰스 씨는 어떻게 반응했습니까?"

"아주 조용했어요. 별로 말을 하지 않았습니다. 저희는 함께 술을 마시고 그냥 앉아 있었습니다. 전 늦게까지 거기 머물렀고요."

"그날 밤에 웰스 씨와 다른 문제들에 대해서도 이야기했나요?"

"제가 그 사람 오두막 근처에 묻어놓은 금에 대해서 이야기했습니다. 전 안나가 그날 밤에 살아남는다면 ─ 굉장히 심하게 구타를 당했거든요 ─ 그녀에게 카버의 몫을 주고 싶다고 말했습니다."

"그날 밤에 증여권을 작성할 생각이었나요?"

"웰스 씨가 그 증서를 만들었어요. 하지만 전 서명을 하지 않았고요."

"왜죠?"

"이유는 잘 기억이 안 납니다. 전 술을 마신데다가 그때쯤엔 시간이 많이 늦었어요. 아마도 이야기가 다른 주제로 흘러갔던 것 같아요. 아니면 제가 서명을 할 생각이었다가 잊어버렸거나요. 어쨌든 전 한참 잤고, 아침 일찍 웨더렐 양이 회복되었는지 알아보기 위해서 호키티카로 돌아왔습니다. 그 뒤로는 웰스 씨를 만나지 못했고요."

"웰스 씨에게 금을 묻어둔 자리를 이야기했나요?"

"네. 전반적인 위치에 관해서 설명했어요."

그다음으로 치안판사 재판소에서는 매너링과 퀴, 뢰벤탈, 클린치, 닐슨, 프로스트를 증인으로 불렀다. 모두가 크로스비 웰스의 오두막에서 금을 발견하고 옮긴 과정에 대해서 그 제련된 금이 실제로 오로라에서 나온 것인 양 이야기했다. 매너링은 오로라가 팔렸을 당시 상황에 대해서 증언했고, 퀴는 금의 제련에 대해서 이야기했다. 뢰벤탈은 1월 14일 밤 크로스비 웰스의 죽음에 대해서 알게 되었을 때 알리스테어 로더백과 나눈 이야기를 상세하게 설명했다. 클린치는 다음 날 아침 웰스의 유산을 구매한 것에 대해서 증언했고, 닐슨은 금이 크로스비 웰스의 오두막에 어떻게 숨겨져 있었는지 말했으며, 프로스트는 그 가치에 대해서 확인해주었다. 모두가 안나의 드레스에 대해서나 난파된 바크선 갓스피드 호, 석 달 전 크라운 호텔에서 그들이 은밀하게 모임을 갖게 만들었던 우려와 사실들에 대해서는 전혀 언급하지 않았다. 그들의 심문은 아무 문제 없이 지나갔고, 순식간에 판사는 리디아 카버 부인을 증인석으로 불렀다.

카버 부인은 검은색 줄무늬 드레스를 입고 그 위에는 소매가 봉긋하고 맵시 있는 검은색 승마용 재킷을 걸쳤다. 밝고 근사한 구릿빛 머리는 머리 위로 높게 틀어올리고 검은 벨벳 끈으로 쪽 찐 부분을 고정시켰다. 부인이 변호사석을 지나갈 때 무디는 장뇌와 레몬, 아니스 열매 향을 맡을 수 있었다. 진한 향기는 순간적으로 강령회 전에 여행자의 운수에서 열린 파티를 떠올리게 했다.

카버 부인은 증인석 계단을 서둘러 올라갔다. 하지만 난간 뒤쪽 자리에 앉아 있는 에머리 스테인스를 보고 순간적으로 비틀거리는 것 같았다. 그녀의 머뭇거림은 아주 짧았고, 금세 자신을 다잡았다. 그녀는 스테인스에게 등을 돌리고 법정 경위에게 미소를 지은 다음 하얀 손을 들어올려 선서를 했다.

"카버 부인."

경위가 증인석에서 물러난 뒤 브로햄이 말했다.

"피고 에머리 스테인스 씨와 아는 사이입니까?"

"에머리 스테인스 씨와 알고 지내는 그런 기쁨은 불행히도 없었어요."

카버 부인이 대답했다. 무디는 청년을 힐끗 보고 그가 얼굴을 붉히는 것에 조금 놀랐다.

"하지만 2월 18일 밤에 부인은 피고와 접촉하기 위해서 강령회를 열었을 텐데요."

브로햄이 말했다.

"맞아요."

"왜 강령회의 목표로 수많은 사람 중에서 스테인스 씨를 골랐습니까?"

"이유는 불행히도 좀 상업적이었어요."

카버 부인이 살짝 미소를 지으면서 설명했다.

"당시에 스테인스 씨의 실종은 마을 전체의 이야깃거리였고, 저는 스테인스 씨의 이름이 사람들을 끄는 데 도움이 될 거라고 생각했어요. 단지 그뿐이었죠."

"이 강령회를 광고할 때 부인의 죽은 부군의 오두막에서 발견된 금이 원래 오로라 금광에서 나온 것이었다는 걸 알았습니까?"

"아뇨, 몰랐습니다."

"죽은 부군과 스테인스 씨를 연관 지을 만한 이유가 있었나요?"

"전혀요. 저는 스테인스 씨의 이름밖에 몰랐어요. 제가 아는 거라고는 스테인스 씨가 골짜기에서 사라졌고, 많은 자산을 두고 떠났다는 것뿐이었어요."

"현재 부군이신 카버 씨가 스테인스 씨의 금광에 소유권을 갖고 있다는 걸 몰랐습니까?"

"아, 전 프랜시스와 투자 이야기는 하지 않아요."

"금의 진짜 출처를 처음 알게 되신 건 언제입니까?"

"준비은행에서 3월 말에, 금이 실은 제련된 상태였고, 그래서 추적 가능하다는 사실을 신문에 공고하면서요."

브로햄은 판사를 돌아보았다.

"올해 3월 23일에 『웨스트 코스트 타임스』에 이 공고가 실렸음을 법정에 알리는 바입니다."

"정식으로 기록됐소, 브로햄 씨."

브로햄은 다시 카버 부인을 보았다.

"부인은 1866년 1월 25일 목요일에 증기선 와이카토(Waikato) 호를 타고 처음 호키티카에 도착했습니다. 도착하자마자 죽은 남편의 오두막과 토지의 판매에 관한 의문을 제기하기 위해서 법원에 약속을 잡았지요. 맞습니까?"

"맞습니다."

"웰스 씨의 죽음에 대해서 어떻게 알았습니까?"

"카버 씨가 직접 저에게 그 소식을 전해줬어요."

카버 부인이 대답했다.

"당연히 저는 최대한 빨리 호키티카로 왔고요. 장례식에도 참석했더라면 좋았을 텐데, 불행히도 제가 너무 늦었죠."

"더니든을 떠날 당시에 웰스 씨의 재산 중에 출처를 모르는 금이 있다는 걸 알고 계셨습니까?"

"아뇨. 호키티카에 도착해서 『웨스트 코스트 타임스』에 실린 기사를 본 다음에 알았어요."

"하지만 출발하기 전에 더니든에 있던 집과 사업체를 파셨죠?"

"네, 그랬어요. 하지만 그건 암시하시는 것처럼 갑작스러운 일은 아니었어요. 저는 유흥업을 하고 있고, 더니든의 인구는 예전 같지 않거든요. 전 몇 달이나 웨스트 코스트로 옮겨올까 생각 중이었고, 그런 목적을 염두에 두고 있었기 때문에 『웨스트 코스트 타임스』를 항상 열심히 읽었어요. 크로스비의 죽음에 대해서 읽고는 완벽한 기회라는 생각이 들었어요. 사업이 잘될 만한 곳에서 새롭게 시작할 수 있겠다 싶었죠. 그리고 그 사람 무덤에 가깝다는 것도 아주 기뻤고요. 말씀드렸다시피 그 사람이 죽기 전에는 우리의 차이를 해소할 기회가 없었고, 그래서 이 결별이 마음 깊이 아프답니다."

"웰스 씨가 죽을 당시에 부인과 별거하고 있는 상태였지요, 맞습니까?"

"그랬어요."

"얼마나 오래 별거를 하셨습니까?"

"아홉 달 정도인 것 같아요."

"별거의 이유는 뭐였죠?"

"웰스 씨가 제 신뢰를 깨뜨렸어요."

카버 부인이 계속해서 설명하지 않았기 때문에 브로햄은 판사를 긴장한 눈으로 힐끗 보고 물었다.

"좀더 자세하게 설명을 해주시겠습니까?"

카버 부인이 고개를 젓혔다.

"제가 돌보고 있는 젊은 여성이 있었어요. 그런데 웰스 씨가 끔찍하게 그 여성을 이용했죠. 크로스비와 전 그녀를 놓고 엄청난 말다툼을 했고, 그 불화 직후에 그 사람은 더니든을 떠났어요. 그 사람이 어디로 갔는지 몰랐고, 소식도 듣지 못했어요. 『웨스트 코스트 타임스』에서 그 사람의 부고를 읽었을 때에야 그 사람이 어디에 있었는지 알게 됐죠."

"문제의 젊은 여성은……."

"안나 웨더렐 양이에요."

카버 부인이 당당하게 말했다.

"전 관대하게 웨더렐 양이 우리와 함께 살게 해주었고, 웨더렐 양은 굉장히 고마워했었죠. 웰스 씨가 그 관대함을 더럽혔고, 웨더렐 양은 그걸 오용했죠."

"웨더렐 양과 웰스 씨가 호키티카로 옮겨와서도 계속 알고 지냈습니까?"

"전 그건 잘 모르겠군요."

"고맙습니다, 카버 부인. 더이상 질문 없습니다."

"고맙습니다, 브로햄 씨."

카버 부인이 침착하게 말했다.

무디는 판사가 일어서라고 하기를 기다리며 이미 의자를 뒤로 밀고 있었다. 판사가 발언 기회를 주자마자 그가 곧장 말했다.

"카버 부인. 1864년 3월에 고인이 되신 부군 크로스비 웰스 씨가 던 스탄 골짜기에서 노다지를 발견했죠, 맞습니까?"

카버 부인은 이 질문에 눈에 띄게 놀란 기색이었지만, 오래 머뭇거 리지 않고 대답했다.

"네, 맞아요."

"하지만 웰스 씨는 이 노다지를 은행에 신고하지 않았습니다. 이것 도 맞습니까?"

"맞아요."

"대신에 던스탄에서 더니든까지 개인 경비를 고용해서 그 금을 날랐 죠. 그리고 아내였던 부인께서 그걸 받았고요."

카버 부인의 표정에 경계의 빛이 스쳤다.

"네."

그녀가 신중하게 대답했다.

"금이 어떻게 포장되어 광산에서 거기까지 운송되었는지 설명을 해 주실 수 있을까요?"

그녀는 머뭇거렸지만, 무디의 질문 방향에 꽤나 당황한데다가 딱히 알리바이를 만들 여유도 없었다.

"사무용 금고에 넣어서, 금고를 마차에 싣고 왔어요. 마차는 당연히 무장한 경비들이 더니든까지 호송해왔고요. 더니든에서 제가 금고를 받고, 호송단에게 돈을 지불하고, 웰스 씨에게 금고가 안전하게 도착했 다고 소식을 보냈어요. 그 중간에 웰스 씨가 열쇠를 보내왔고요."

"부인이 금 호송단을 고용했습니까, 웰스 씨가 했습니까?"

"웰스 씨가 예약을 했어요. 그 사람들은 아주 훌륭했죠. 전혀 문제를 일으키지 않았어요. 사설업체였어요. 그레이스우드 앤드 선스인가 뭐 그 비슷한 이름이었죠."

"그레이스우드 앤드 스피어죠. 그 이래로 그 회사는 카니에레로 옮겼습니다."

"그렇군요."

카버 부인이 대답했다.

"금이 안전하게 운송되어온 다음에는 어떻게 하셨습니까?"

"금고 안에 그냥 뒀어요. 전 그 금고를 컴버랜드가에 있는 우리집에 들이고, 거기 놔뒀죠."

"왜 금을 은행으로 가져가지 않으셨죠?"

"금 가격이 매일 변하고, 금시장은 굉장히 예측 불가능하니까요. 우린 팔기 적당한 시기를 기다리는 게 좋겠다고 생각했어요."

"그렇게 신중하게 행동하신 걸 보니 그 금의 가치가 꽤나 대단했던 모양이지요?"

"네. 몇 천 정도는 될 거라고 우린 생각했어요. 하지만 평가를 받아보지는 않았어요."

"노다지를 캔 다음에도 웰스 씨는 계속 광산에 있었나요?"

"네, 1년 더 탐광업을 계속했죠. 다음 봄까지요. 그 사람은 성공에 들떠서 두번째로 행운을 잡을 수 있을 거라고 생각했어요. 하지만 그러지 못했죠."

"지금 그 금은 어디 있습니까?"

무디가 물었다. 카버 부인은 다시 망설이다가 대답했다.

"도둑맞았어요."

"유감입니다. 도둑을 맞고 굉장히 충격을 받으셨겠군요."

"그랬죠."

"부인과 웰스 씨 두 분 다 그러셨다는 말이지요?"

"물론이에요."

무디는 잠깐 뜸을 들이다가 말했다.

"도둑이 어떻게든 열쇠를 손에 넣었다는 의미겠군요."

"그럴 수도 있고, 아니면 자물쇠가 쓸 만한 게 아니었는지도 몰라요. 금고는 현대적인 거였거든요. 우리 모두 잘 알듯이 최신 기술이라는 건 문제투성이고요. 우리가 모르게 두번째 열쇠를 만들었을 수도 있어요."

"누가 그 금을 훔쳐갔는지 짐작 가시는 바가 없습니까?"

"전혀요."

"잘 알고 지내던 사람일 가능성이 높다는 데에는 동의하십니까?"

"꼭 그럴 이유는 없어요."

카버 부인이 고개를 젖히면서 말했다.

"금 호송단에 있던 사람들이 우리를 배신한 걸 수도 있으니까요. 그 사람들 전부가 컴버랜드가 35번지에 금덩어리가 가득 있다는 사실을 알고 있었어요. 그리고 금고의 위치도 알고 있었고요. 그러니까 누구든 가능하죠."

"내용물을 확인하기 위해서 정기적으로 금고를 열어보셨습니까?"

"정기적으로 열어보진 않았어요."

"언제 금이 사라졌다는 걸 처음 아셨습니까?"

"다음 해에 크로스비가 돌아온 다음에요."

"그 사실을 알고 나서 상황이 어땠는지 설명을 해주시겠습니까?"

"웰스 씨가 광산에서 돌아왔고, 우리는 앉아서 우리 자산을 정리해 봤어요. 그리고 그 사람이 금고를 열었는데, 비어 있더군요. 그 사람이 얼마나 화가 났을지 아마 상상이 가실 거예요. 저도 그랬고요."

"그때가 몇 월이었습니까?"

"어, 잘 모르겠어요."

갑자기 카버 부인이 당황해서 말했다.

"4월일 거예요. 아니면 5월이나."

"1865년 4월이나 5월쯤이란 말이죠. 작년요."

"네."

"감사합니다, 카버 부인."

무디는 그렇게 말하고 판사를 돌아보았다.

"감사합니다, 판사님."

자리에 앉는 동안 법정 안의 분위기가 활기를 띠는 게 느껴졌다. 해링턴과 펠로우스는 속삭이던 것을 멈추었고, 판사는 더이상 메모를 하지 않았다. 모든 사람의 눈이 증인석에서 내려가 자리에 앉는 카버 부인에게 집중되었다.

"본 법정은 프랜시스 카버 씨를 증인으로 부르겠습니다."

짙은 초록색 재킷을 입고 크라바트를 맨 카버는 근사해 보였다. 그는 평소처럼 무뚝뚝한 어조로 선서를 한 다음 근엄한 표정으로 변호사석 쪽을 돌아보았다.

브로햄이 공책에서 시선을 들었다.

"카버 씨, 본 법정에 처음 스테인스 씨와 어떻게 알게 되었는지를 좀 설명해주시죠."

"나는 스테인스 씨를 더니든에서 만났습니다. 작년 이맘때쯤이었습니다. 그는 시드니에서 온 배에서 갓 내렸고, 탐광꾼이 되려고 했습니다. 난 그의 후원자가 되겠다고 제안했고, 그는 받아들였습니다."

"이 후원이라는 게 각자에게 어떤 계약이었습니까?"

"나는 스테인스 씨가 광부 일을 시작할 수 있는 돈을 빌려줬고, 그 대가로 첫 투자물 중 절반의 몫을 영구적으로 받기로 했습니다."

"카버 씨가 빌려준 돈이 금전적으로 정확히 얼마였습니까?"

"나는 그의 여행용 물품과 식량을 사주었습니다. 그리고 코스트까지 의 표값을 대신 내줬지요. 거기에 스테인스 씨는 더니든에서 도박 빚이 있었습니다. 그것도 지불했습니다."

"그래서 총액이 어느 정도 될까요?"

"8파운드 정도 될 겁니다. 대략 8파운드 안팎쯤일까. 스테인스 씨는 당장에 돈이 필요했고, 나는 장기적으로 돈이 나올 곳을 얻게 되는 거 였습니다. 계획은 그랬습니다."

"스테인스 씨가 처음 투자한 게 뭐였습니까?"

"카니에레에서 1.5킬로미터 내에 있는 땅 2에이커를 사들였습니다. 오로라라는 곳이었죠. 그는 그 땅을 사자마자 호키티카에서 나에게 편 지를 보냈고, 은행을 통해 모든 서류를 전달했습니다."

"오로라에서는 카버 씨에게 배당금을 어떤 식으로 지불했습니까?"

"준비은행에서 주관해서 돈으로 받았습니다."

"얼마나 자주 배당금을 받았습니까?"

"분기별이었습니다."

"1865년 10월에 받은 배당금이 정확히 얼마였습니까?"

"8파운드 약간 더 됐습니다."

"1866년 1월에 받은 배당금은 정확히 얼마였죠?"

"정확히 6파운드였습니다."

"작년 마지막 두 분기 동안 그러면 대략 14파운드 정도의 배당금을 받으셨군요."

"맞습니다."

"그렇다면 오로라의 총 순이익은 6개월 동안 대략 28파운드 정도로 기록되어 있겠군요."

"예."

"스테인스 씨가 중국인 존 퀴가 오로라에서 찾아낸 노다지에 관해서 말한 적이 있나요?"

"아뇨."

"허위 신고 당시에 스테인스 씨가 오로라의 분기 보고서를 허위로 작성했다는 걸 알고 계셨습니까?"

"아니오."

"고 웰스 씨의 오두막에서 발견된 금이 원래 오로라 광산에서 나왔다는 것을 언제 처음 아셨습니까?"

"다른 사람들과 똑같은 때에 알았습니다. 은행에서 금이 덩어리 상태가 아니라 제련되어 있고, 서명이 찍혀 있다는 공고를 신문에 냈을 때였죠."

카버가 대답했다. 브로햄은 고개를 끄덕이고서 기침을 조금 한 다음 주제를 바꾸었다.

"스테인스 씨는 카버 씨에 대해 안 좋은 견해를 갖고 있다고 증언했습니다만."

"그럴지도 모르겠습니다만, 나에게 직접 그 이야기를 한 적은 없습니다."

"스테인스 씨가 주장한 것처럼 10월 11일에 웨더렐 양을 공격하셨습니까?"

"그 여자의 얼굴을 때렸습니다만, 그게 전부입니다."

군중이 불만스럽다는 뜻의 야유를 보냈다.

"왜 얼굴을 때리셨습니까?"

브로햄이 물었다.

"그 여자가 무례하게 굴었습니다."

"좀더 자세히 설명해주시겠습니까?"

"나는 그 여자에게 길을 물었고, 그 여자는 나를 보면서 웃음을 터뜨렸습니다. 그래서 때렸습니다. 그 여자에게 손을 댄 건 그때가 처음이자 마지막이었습니다."

"카버 씨가 기억하는 대로 그 사건을 설명해주실 수 있을까요?"

"난 일 때문에 호키티카에 왔었습니다. 그리고 온 김에 오로라를 둘러보러 카니에레에 갈까 생각했습니다. 막 분기 보고서가 도착했는데, 금광이 별로 좋은 수익을 못 내고 있어서 직접 보고 이유를 찾고 싶었습니다. 길가에서 웨더렐 양을 만났고, 그 여자는 아편에 취한 눈으로 허튼소리를 중얼거리고 있었습니다. 그 여자에게서 아무것도 알아낼 수가 없어서 도로 말을 타고 떠났습니다."

"스테인스 씨는 웨더렐 양이 바로 그날 아이를 잃었다고 진술했습니다만."

"그런 건 나는 모릅니다. 마지막으로 봤을 때는 여전히 웃으면서 비틀거리고 있었으니까요. 내가 떠난 다음에 일을 당한 모양이지요."

"그날 오후에 웨더렐 양에게 뭘 물어봤는지 기억하십니까?"

"네. 웰스를 찾으려고 했었습니다."

"왜 웰스 씨에 대한 소식을 알려고 하셨죠?"

"그 사람과 개인적으로 의논할 게 있었습니다. 5월 이후로 그 사람을 보지 못했고, 어디서 찾아야 할지, 누구에게 물어봐야 할지 몰랐습니다. 리디아는 그 사람이 한밤중에 더니든을 떠났다고 하더군요. 어디로 가는지 아무에게도 말하지 않고요."

"웨더렐 양이 웰스 씨가 어디 있는지 당시에 알려주었습니까?"

"아니오. 그냥 웃기만 하더군요. 그래서 때렸던 겁니다."

"웨더렐 양이 웰스 씨가 어디에 사는지 알고 있었고, 특정한 이유 때문에 이 정보를 감추고 있다고 생각하셨습니까?"

카버는 그 질문을 잠시 생각해보다가 고개를 저었다.

"모르겠습니다. 대답할 말이 없군요."

"웰스 씨와 의논하려고 하셨던 문제는 뭐였습니까?"

"보험입니다."

"어떤 보험이죠?"

카버는 별로 중요한 이야기가 아니라는 것처럼 어깨를 으쓱였다.

"바크선 갓스피드 호가 그 사람 배였습니다. 나는 그 배를 운항하는 선장이었고요. 급한 일은 아니었습니다. 그냥 이야기를 좀 나누고 싶었던 겁니다."

"카버 씨께서는 웰스 씨와 잘 지내셨습니까?"

"평범했다고 해야 할 것 같군요. 내가 그 사람의 부인에게 빠져 있었다는 건 비밀도 아니니까요. 그 사람이 죽자마자 재빨리 데려오기도 했고 말입니다. 하지만 두 사람 사이를 갈라놓은 적은 없습니다. 나는 웰스에게 예의 바르게 행동했고, 웰스 역시 나에게 적당히 잘해줬습니다."

"감사합니다, 판사님."

브로햄이 판사에게 인사를 하고 그다음 카버에게도 고맙다고 말했다.

"심문하시오, 무디 씨."

무디가 즉시 일어섰다.

"카버 씨, 카버 부인과는 언제 처음 알게 되셨습니까?"

"거의 20년 동안 알고 지냈습니다."

"다시 말해서 고 웰스 씨와 결혼생활을 하는 내내 알고 지내셨다는 이야기로군요."

"그렇습니다."

"카버 부인과 카버 씨의 약혼에 관해서 좀 설명을 해주실 수 있겠습니까?"

"나는 젊은 시절부터 리디아를 알았고, 언제나 우리가 결혼할 거라고 생각했습니다. 하지만 그러다 내가 코카투에서 10년 형을 살게 됐고, 그사이에 리디아는 웰스에게 빠졌습니다. 내가 출소할 무렵에는 두 사람이 결혼을 했더군요. 그녀를 나무랄 수는 없었습니다. 10년은 기다리기에는 긴 시간이니 말입니다. 웰스 잘못이라고 할 수도 없었지요. 리디아가 얼마나 대단한 여자인지 아니까요. 하지만 이 결혼이 혹시라도 끝나게 된다면 내가 바로 다음 차례라고 항상 생각했습니다."

"웰스 씨가 죽고 아주 금방 결혼하셨지요. 맞습니까?"

카버가 그를 빤히 보았다.

"남 보기 부끄러울 만한 일은 전혀 없었습니다."

무디가 고개를 끄덕였다.

"네, 물론이죠. 제 말에 다른 뜻이 있는 것 같았다면 죄송합니다. 조금 돌아가보죠. 감옥에서 출소하신 게 언제였죠?"

"1864년 6월요. 지금부터 약 2년 전입니다."

카버가 대답했다.

"코카투 섬에서 출소하신 뒤에는 뭘 하셨습니까?"

"더니든으로 왔습니다. 타스만을 오가는 배에서 일을 구했죠. 그게 갓스피드 호였습니다."

"그 배의 선장이셨습니까?"

"선원이었죠. 하지만 다음 해에 선장이 됐습니다."

"웰스 씨는 그 당시에 던스탄 광산에서 일하고 계셨죠. 맞습니까?"

카버가 머뭇거리다가 대답했다.

"예."

"그리고 카버 부인은 — 당시에는 웰스 씨의 부인이셨죠 — 더니든에 머무셨고요."

"예."

"웰스 부인을 그 기간 동안 자주 만나셨습니까?"

"가끔 리디아의 가게에서 술을 마셨습니다. 그 사람이 컴버랜드가에서 술집을 하고 있었으니까요. 하지만 대부분은 바다에 나가 있었습니다."

"1865년 5월에 크로스비 웰스 씨는 더니든으로 돌아왔습니다. 그리고 당시에 배를 구매하셨던 거고요."

카버는 자신이 함정으로 끌려들어가고 있다는 걸 알았지만 막을 방법이 없었다.

"예. 갓스피드 호를 샀습니다."

그가 무뚝뚝하게 대답했다.

"굉장한 일이로군요. 갑작스러웠기 때문이기도 합니다만, 무엇보다도 배에 투자를 하기로 했다는 게 참으로 묘합니다. 웰스 씨가 이전에 해상업에 관심이 있었던 모양이지요?"

"나는 모르겠군요. 하지만 배를 산 걸 보면 아마도 그랬겠지요."

카버가 대답했다. 무디는 잠깐 뜸을 들이다가 말했다.

"매매 증서를 지금 카버 씨가 갖고 계신 걸로 압니다."

"그렇습니다."

"어떻게 그걸 갖게 되셨죠?"

"웰스 씨가 나에게 맡겼습니다."

"언제 이 증서를 맡겼나요?"

"매매 당시였습니다."

"그러니까 그게……?"

"5월이었습니다. 작년."

"다시 말해서 웰스 씨가 더니든을 떠나 아라후라 골짜기로 옮겨오기 직전이었다는 거군요."

카버도 이를 부정할 수는 없었다.

"예."

"웰스 씨가 왜 이 매매 증서를 카버 씨에게 맡겼습니까?"

무디가 물었다.

"내가 그 사람 대리로 행동할 수 있게 하기 위해서겠죠."

"그러니까 부상을 당하거나 또는 죽을 경우에 대비해서 말이군요."

무디가 말했다.

"예."

"자, 제가 제대로 이해한 건지 한번 봐주시겠습니까, 카버 씨? 작년 초에 웰스 씨는 던스탄 골짜기의 광산에서 캔 수천 파운드어치의 금을 소유하고 있었습니다. 그 금은 더니든에 있는 자택에, 카버 씨와 오래 알아왔고 아주 친밀한 지인인 웰스 씨의 부인이 살고 있던 집의 금고에 보관되었죠. 5월에 웰스 씨는 던스탄의 광산에서 더니든의 집으로 돌아왔고, 아내에게 알리지도 않고 금고를 비웠습니다. 그리고 그 돈을 전부 들여서 바크선 갓스피드 호를 구매하고, 그 배의 운영을 카버 씨에게 맡기고, 자신이 어디로 가고 뭘 할 계획인지 아무에게도 알리지 않은 채 곧장 호키티카로 떠났습니다.

물론 저는 지금 금고에서 금을 빼낸 사람이 다른 사람이 아니라 웰스 씨 본인이라는 가정하에 이야기를 하고 있는 겁니다…… 하지만 그렇지 않다면 웰스 씨가 어떻게 갓스피드 호를 살 수 있었겠습니까? 웰스 씨에게는 우리 모두 확실하게 알다시피 다른 재산이나 후원자가 전혀 없었고, 그해 5월 14일에『오타고 위트니스』에 실린 배의 소유권 이전 공고에 배의 대금이 금으로 지불되었다고 분명하게 나와 있습니다."

카버는 이제 인상을 찌푸리고 있었다.

"창녀 이야기는 빼놓지 않았습니까. 그 여자가 웰스가 더니든을 떠난 이유입니다. 리디아와 헤어지게 된 이유고."

"그럴 수도 있지요. 하지만 웨더렐 양은 당시에 오래된 직업군에 종사하고 있지 않았다는 점을 지적해드려야 할 것 같군요."

무디가 말했다.

"제가 오늘 아침에 법정에 제출한 리처드 매너링 씨가 직접 적은 약속어음에, 웨더렐 양은 '현재 갖고 있지 않은' 적절한 드레스와 소형 권총, 향수, 페티코트, 다른 모든 물품을 제공받게 된다고 분명하게 적혀 있습니다. 작년 6월자로 되어 있고요."

카버는 아무 말도 하지 않았다.

잠시 후에 무디가 말했다.

"웰스 씨가 작년 5월에 더니든에서 일어난 일련의 사건에서 별로 이득을 보지 못했다고 말씀드릴 수밖에 없군요. 하지만 카버 씨께서는 굉장히 많은 이익을 보셨지요."

켐프 판사는 카버가 아내의 옆으로 돌아가서 앉는 동안 기다렸다가 법정 안에 정숙하라고 외쳤다.

"좋소, 무디 씨."

그가 양손을 겹치고서 말했다.

"지금 분명히 원하는 바가 있는 것 같으니 현재의 변론을 계속하도록 허락하겠소. 하지만 오늘 아침 고시된 내용에서 좀 멀어지고 있다는 점만은 지적해야겠군. 이제 피고 측의 증인 두 사람의 이름을 제시하시오."

무디가 고개를 숙여 보였다.

"네, 판사님."

"피고 측 증인에 대해서는 무디 씨가 심문하고 브로햄 씨가 반대 심문을 하게 될 거요."

판사는 재판 기록을 살펴본 다음 안경 너머로 시선을 들고 말했다.

"토머스 발퍼 씨."

토머스 발퍼가 지체 없이 자기 자리에서 나왔다.

"발퍼 씨."

그가 선서를 한 뒤에 무디가 말했다.

"해운업에 종사하고 계시죠. 맞습니까?"

"12년째 하고 있지요."

"로더백 씨가 단골 고객이신 걸로 압니다."

"맞습니다. 내가 1861년 겨울부터 로더백 씨의 일을 전담하고 있습니다."

"로더백 씨와 발퍼 해운이 가장 최근에 거래한 내용이 뭔지 말씀해 주실 수 있을까요?"

"물론입니다. 로더백 씨가 1월에 호키티카에 처음 도착했을 때, 모두들 기억하시겠지만 알프스를 넘어서 왔지요. 그리고 로더백 씨의 트렁크와 관련 물품들은 해상을 통해서 운송됐습니다. 리틀턴에서 포트 찰머스로 화물 상자를 부쳤고, 상자가 포트 찰머스에 도착한 후 내가 내 배에 — 버추 호에 — 상자를 싣고 코스트까지 가져오게 지시했습니다. 음, 배는 상자를 싣고 여기까지 무사히 왔어요. 로더백 씨가 도착하기 이틀 전인 1월 12일에 도착했죠. 다음 날에 상자를 내려서 다른 화물들과 함께 부두에 쌓아놨고, 난 내 창고로 옮기도록 서류에 서명을 했습니다. 로더백 씨가 도착해서 찾아갈 수 있게 말입니다. 그런데 그렇게 되지가 않았어요. 상자가 뒤바뀌어서 창고에 가지 못했던 겁니다."

"상자 겉면에 로더백 씨의 것이라는 표시가 되어 있지 않았나요?"

"아, 물론 되어 있었죠. 하지만 부두에 쌓아놓은 상자를 본 적이 있을 겁니다. 선적표를 보지 않으면 구분이 안 가게 쌓여 있죠. 선적표를 봐야 누구 것이고 선적회사는 어디고 뭐가 들었는지 알 수 있어요."

"상자가 사라진 걸 알고 어떻게 하셨습니까?"

"난 그야말로 머리를 쥐어뜯으며 그걸 찾으러 다녔죠. 대체 어디로 사라진 건지 흔적조차 찾을 수가 없었어요. 그러다가 2주 후에 갓스피드 호가 모래톱에서 난파되었고, 그 배의 화물을 비우면서 로더백의 상자가 거기서 나온 겁니다! 호키티카 항구에서 마지막으로 내린 뒤에 갓스피드 호에 선적이 되었던 모양이더군요."

"다시 말해서 1월 15일 아침 일찍 말이죠."

"맞아요."

"로더백 씨의 트렁크를 마침내 회수한 뒤에는 어떻게 되었나요?"

"난 주변에 탐문을 좀 해봤어요. 선원들에게 물어봤더니 어쩌다 그런 실수가 벌어지게 된 건지 알려주더군요. 음, 이렇게 된 거였죠. 누군가가 그 선적표를 보고서, '화물주 로더백'이라는 걸 읽고, 자기네 배 선장이 ─ 카버 씨죠 ─ 전년도에 그런 화물을 찾고 있었다는 걸 기억해낸 겁니다. 14일 밤에 부두에 이 상자가 있는 걸 보고서는 선장의 환심을 살 기회라고 생각했던 거죠.

그래서 호기심에 그걸 열어보고는, 안에 트렁크와 손가방 두어 개밖에는 없다는 걸 확인했지요. 딱히 값나가는 건 없어 보이지만, 그래도 누가 압니까. 그래서 카버 선장을 찾으려고 했는데 어디에도 없었던 거예요. 호텔방에도 없고, 술집에도 없고 말입니다. 그래서 아침까지 그냥 두기로 하고 잠자리에 들었죠. 그런데 카버 본인이 굉장히 당황한 채로 부두로 돌아와서는 선원들을 죄다 깨우고 새벽에 날이 밝자마자 갓스피드 호의 닻을 올리라고 지시했죠. 겨우 몇 시간 뒤에요. 이유는 말하지 않고서요. 그래서 선원들은 결단을 내렸던 겁니다. 상자의 뚜껑을 도로 닫고 그걸 재빨리 화물칸에 넣은 다음에 그대로 실은 채 갓스피드 호가 새벽이 오기 전에 닻을 올렸죠."

"카버 선장은 이 화물이 실린 걸 알고 있었습니까?"

"아, 그럼요."

발퍼가 미소를 띤 채 대답했다.

"선원들은 자기들이 상을 받을 거라고 생각하고는 희희낙락하고 있었죠. 그래서 갓스피드 호가 바다에 나갈 때까지 기다렸다가 선장에게 이야기를 했습니다. 카버는 선적표를 보고서 그 친구들이 일을 망쳤다는 걸 깨달았죠. '발퍼 해운이라고? 내가 잃어버린 건 댄포스 해운 거야. 엉뚱한 걸 가져왔잖아. 그리고 이젠 도둑질한 물건을 배에 싣고 있고.' 이렇게 말했다고 하더군요."

"이 사건을 통해서 카버 선장이 알리스테어 로더백 씨의 것이고, 댄포스 해운이 선적을 했으며, 뭔가 카버 씨에게 귀중한 가치가 있는 물건이 들어 있는 화물을 잃어버렸다는 결론을 내려도 될까요?"

"분명히 그래 보입니다."

발퍼가 대답했다.

"시간 내주셔서 대단히 감사합니다, 발퍼 씨."

"천만의 말씀이십니다, 무디 씨."

무디의 질문이 어디로 향하고 있는지 전혀 짐작하지 못하는 브로햄은 피고 측 증인에게 반대 심문할 기회를 그냥 넘겼고, 판사는 이를 적어둔 다음 두번째 증인을 불렀다.

"알리스테어 로더백 의원님이십니다."

알리스테어 로더백이 다섯 걸음 만에 법정을 가로질러왔다.

그가 선서를 한 뒤 무디가 말했다.

"로더백 씨, 로더백 씨께서 바크선 갓스피드 호의 이전 소유주가 맞습니까?"

"맞소, 내가 소유주였소."

로더백이 대답했다.

"매매 증서에 따르면 1865년 5월 12일에 배를 판매하셨군요."

"그렇소."

"선생께서 배를 판매한 사람이 오늘 이 법정에 있습니까?"

"있소."

"누군지 지목해주실 수 있을까요?"

무디의 말에 로더백은 팔을 들어 검지로 카버의 얼굴을 똑바로 가리켰다.

"저 사람이오. 바로 저 사람에게 팔았소."

"착오가 있는 게 아닌가요? 카버 씨 본인이 본 법정에 제출한 매매증서에는 'C. 프랜시스 웰스'라고 서명이 되어 있는데요."

"그건 순전히 위조요."

로더백은 여전히 카버를 지목하면서 말했다.

"저자는 나에게 자기 이름이 크로스비 웰스라고 말했고, 크로스비 웰스라고 서명을 했으며, 나는 내내 크로스비 웰스라는 이름의 남자에게 배를 파는 거라고 믿어 의심치 않았소. 8~9개월 전쯤에야 나는 내가 바보처럼 속았다는 사실을 알았소."

무디는 로더백의 거짓말에 아주 살짝 몸을 굳히고 있는 카버 쪽을 쳐다보지 않았다. 눈가로 카버 부인이 하얀 손을 내밀어 그를 잡고 있는 게 보였다. 부인의 손가락이 그의 팔목을 꽉 쥐고 있었다.

"무슨 일이 있었는지 설명을 해주실 수 있겠습니까?"

"저자는 바람난 부인을 둔 남편처럼 행동했소. 내가 리디아와 만난다는 사실을 알고 있었지. 이 법정 안의 모든 사람이 그 일을 알 거요. 내가 『타임스』에 고백을 했으니까. 그리고 저자는 그걸 이용해먹을 기회라고 생각했던 거요. 나한테 자기 이름이 크로스비 웰스이고 내가 자기 부인과 놀아나고 있다고 했소. 난 저자가 완전히 거짓말을 할 거라고는 상상도 못했소. 그래서 내가 그에게 잘못된 일을 저질렀고 그의 아내를 타락한 여자로 만들었다고 생각하게 됐지."

카버 부부는 꼼짝도 하지 않았다. 여전히 그들 쪽을 보지 않은 채 무디가 말했다.

"그 사람이 선생에게 무엇을 원했나요?"

"배를 원했소. 배를 원했고, 결국에 가졌지. 하지만 난 협박을 당했소. 자발적으로가 아니라 협박을 당해서 배를 팔았던 거요."

로더백이 대답했다.

"이 협박이 어떤 내용이었는지 설명해주실 수 있을까요?"

"난 우리가 만나는 내내 리디아에게 최신식 드레스를 사주었소. 낡은 드레스를 매달 멜버른으로 보내 수선을 시켜서 최신식 프릴을 달거나 주름장식을 달거나 뭐 그래서 다시 받곤 했지. 내 이름으로 타스만을 오간 화물 기록이 있고, 당연히 나는 갓스피드 호를 그 우송에 사용했소. 그런데 저자가 그걸 가로챘던 거요. 카버가 말이오. 트렁크를 열어 드레스를 꺼내고는 그 속에 금을 채워넣었던 거지. 트렁크에는 알다시피 내 이름이 붙어 있었고, 멜버른의 재봉사와의 계약도 내 이름으로 되어 있었소. 그 금이 국외로 나가게 되면 나는 끝장나는 거요. 서류상으로는 내가 절도와 의무 회피 등의 모든 죄를 지은 셈이 되겠지. 그자가 깔아놓은 덫을 보고 나는 어떻게 할 도리가 없다는 걸 깨달았소. 그에게 배를 내주는 수밖에 없었지. 그래서 우리는 남자답게 악수를 나눴고, 나는 다시 한 번 사과했소. 그리고 그는 가짜 이름으로 계약서에 '웰스'라고 서명을 했소."

"그 만남 이후로 웰스라는 가명으로 카버 씨에게 다시 연락을 받은 적이 있으신가요?"

"한 번도 없소."

"그 트렁크를 다시 보신 적은 있나요?"

"없소."

"혹시나 싶어 말입니다만, 선생께서 카버 부인의 드레스를 멜버른의 재봉사에게 보내고 받을 때 이용했던 해운업체의 이름은 뭐였습니까?"

"댄포스 해운이었소. 젬 댄포스의 회사를 이용했지."

무디는 객석의 군중이 이 말에 담긴 의미를 이해하도록 잠깐 뜸을 들이다가 물었다.

"언제 카버 씨의 진짜 정체를 아셨습니까?"

"12월이었소."

로더백이 대답했다.

"웰스 씨, 그러니까 진짜 웰스 씨가 죽기 직전에 나에게 편지를 보냈소. 정치인에게 자신을 소개하는 한 명의 유권자로서 쓴 편지였지. 하지만 그 사람의 편지를 보고 나는 그 사람이 나와 리디아에 대해서 아무것도 모른다는 사실을 곧장 깨달았소. 그리고 그제야 모든 사실을 끼워맞추고 내가 속았다는 걸 알게 됐지."

"웰스 씨의 편지를 지금 갖고 계십니까?"

"그렇소."

로더백은 가슴 주머니에 손을 넣어 접어둔 종이를 꺼냈다.

"로더백 씨가 갖고 있는 편지의 소인이 1865년 12월 17일로 되어 있다는 사실을 본 법정에서 기록해주시기 바랍니다."

무디가 말했다.

"정식으로 기록됐소, 무디 씨."

무디는 다시 로더백을 돌아보았다.

"편지를 좀 읽어주시겠습니까?"

"물론이오."

로더백은 편지를 펼치고, 헛기침을 한 다음 읽었다.

웨스트 캔터베리. 1865년 12월.

선생님.

『웨스트 코스트 타임스』에서 선생님께서 육로를 통해 호키티카로 오실 생각이라는 내용을 읽었고, 그렇게 되면 아라후라 골짜기를 지나가게 될 겁니다. 일부러 이런 우회로를 고르신 건지 모르겠네요. 저는 투표권이 있는 사람이고, 누추한 집이긴 하지만 정치인이 들른다면 굉장히 영광일 겁니다. 선생님이 저희 집을 보고 다가오시거나 혹은 피해가실 수 있게 집을 설명해드리겠습니다. 집은 철제 지붕에, 아라후라 강의 남쪽면 강둑에서 30미터 떨어져 있습니다. 오두막의 양옆에 30미터 정도의 공터가 있고, 남동쪽으로 20미터쯤 떨어진 곳에 제재소가 있습니다. 집은 작고 창문이 하나, 불에 구운 진흙 벽돌로 만든 굴뚝이 달려 있습니다. 마감은 일반적인 방식으로 했습니다. 혹시 선생님께서 들르시지 않더라도 선생님이 지나가시는 것을 보려고 합니다. 선생님이 들러주실 거라고 생각하거나 희망을 갖지는 않겠지만 서부 여행이 즐거우시기를 바라고 선거활동도 성공적이시길 빌겠습니다. 저는 언제나 선생님을 마음 깊이 존경하는 사람이니까요.

크로스비 웰스

무디는 그에게 감사를 표한 다음 판사를 돌아보았다.

"로더백 씨의 개인 서신에 적힌 서명이 1865년 10월 11일에 크로스비 웰스 씨를 증인으로 에머리 스테인스 씨에게서 안나 웨더렐 양에게 2천 파운드를 증여한다는 내용을 담아 크로스비 웰스 씨가 직접 쓴 증여권에 적힌 서명과 거의 같다는 사실을 기록해주시기 바랍니다. 또한

480

이전에 웰스 부인이었던 리디아 카버 부인이 두 달 전 치안판사 재판소에 제출한 웰스 씨의 결혼증명서에 있는 서명과도 거의 동일합니다. 그리고 이 두 서명이 프랜시스 카버 씨가 본 법정에 제출한 바크선 갓스피드 호의 매매 증서에 적힌 서명과는 전혀 닮지 않았다는 점 역시 기록해주십시오. 이를 통해서 이 매매 증서에 있는 서명은 위조임을 입증할 수 있습니다."

브로햄은 입을 떡 벌리고 무디를 쳐다보았다.

"이걸로 무슨 이야기를 하려는 거요, 무디 씨?"

판사가 물었다.

"카버 씨가 강요와 사칭, 사기를 통해서 바크선 갓스피드 호를 획득했다는 것과, 같은 수법으로 작년 5월에 웰스 씨에게서 수천 파운드의 금을 훔쳤다는 겁니다. 현재 아내가 된 카버 부인의 도움으로 이러한 절도에 성공한 거라고 생각할 수 있겠지요."

여전히 지난 5분간 밝혀진 사건들을 머릿속에서 순서대로 정리하느라 애를 쓰면서 브로햄은 휴정을 요청했다. 하지만 군중의 소동 속에서 그의 요청은 거의 들리지도 않았다. 켐프 판사는 목소리를 높여 브로햄 씨와 무디 씨 모두 당장에 치안판사 사무실로 따라오라고 요구했다. 그리고 모든 증인이 나가지 못하게 하라고 지시한 뒤 휴회를 선언했다.

수많은 소원의 집

C*

리디아 웰스는 자신의 말을 지킨다. 안나 웨더렐은 예상치 못한 방문객을 만나고, 우리는 엘리자베스 맥케이에 대한 진실을 알게 된다.

대로 쪽에서 보이는 컴버랜드가 35번지의 전면부는 기묘하게 밋밋했다. 옅은 색의 미늘벽 판자에 방사상 창살이 달린 진열창은 푸줏간에서 쓰는 종이로 덮여 있고, 위층에는 커튼을 단 새시 창문이 두 개 있었다. 양옆의 건물이 — 37번지는 서점이고, 33번지는 해운회사였다 — 아주 가까이 지어져서 길에서는 그 내부의 넓이를 짐작할 수가 없었다. 문 위에 어떤 간판도, 표지도 없고, 현관에도 아무것도 없고, 노커 위쪽 명패에 어떠한 이름도 없어서 그 앞을 지나가는 사람이 아무도 살지 않는 곳이라고 착각할 만도 했다.

웰스 부인은 자기 열쇠로 현관문을 열었다. 집 뒤편의 조용한 복도로 안나를 데려가자 위층으로 이어지는 좁은 계단이 나왔다. 위층 계단참은 깨끗하고 아래층 계단참만큼 텅 비어 있었다. 부인은 손가방에서 두번째 열쇠를 꺼내 두번째 문을 열고 미소를 지으며 안나에게 들어가라고 손짓을 했다.

안나보다 좀더 세상을 잘 아는 사람이라면 앞에 펼쳐진 장면을 보고 곧장 결론을 내렸을 것이다. 무거운 레이스 커튼에 여러 개의 가구가 놓였고, 진한 술과 향수 냄새가 풍기며, 구슬 달린 휘장은 지금은 문가에 묶어놓아 그 너머로 조명이 흐린 침실이 드러나 보였다. 하지만 안나는 세상을 잘 몰랐고, 여성을 위한 숙소에서 이렇게 달콤한 냄새가 나고 이렇게 사치스럽게 꾸며져 있다는 사실에 놀랐다 해도 최소한 말로 표현하지는 않았다. 부두에서 컴버랜드가로 걸어오는 동안 웰스 부인은 세련된 취향과 특별한 의견을 드러내 보였고, 목적지에 도착할 무렵 안나는 기꺼이 부인에게 모든 걸 맡길 준비가 되어 있었다. 갑자기 자신의 생각이 부인에 비하면 굉장히 별거 아니고 사소하게 느껴졌기 때문이다.

"내가 내 아가씨들을 얼마나 잘 보살피는지 알겠죠?"

웰스 부인이 말했다. 안나는 방이 굉장히 근사하다고 대답했고, 이 칭찬의 말에 웰스 부인은 집 안을 보여주겠다고 제안했다. 집 안을 돌아다니는 동안 여러 가지 교묘한 장식과 가구 배치가 안나의 관심을 끌었고, 안나는 더더욱 많은 칭찬의 말을 쏟아냈다.

안나의 짐은 웰스 부인이 약속했던 대로 배달되어 이미 침대 발치에 놓여 있었다. 그녀는 그것을 보고 이게 자신이 쓸 침대인가보다 생각했다. 근사한 머리판에 나무로 된 침대틀은 침대보에 가려서 거의 보이지도 않았고, 위에는 하얀 베개 세 개가 쌓여 있었다. 그녀가 집에서 평소에 자던 조그만 침상보다 훨씬 넓고 높았다. 안나는 혹시 이 침대를 다른 사람과 함께 써야 하는 게 아닐까 생각했다. 혼자 쓰기에는 너무 커 보였기 때문이다. 침대 맞은편에는 커다란 구리 욕조가 있고, 타월도 걸려 있었다. 그 옆으로 끝에 술이 달린 묵직한 종을 울리는 줄이 있었다. 웰스 부인이 줄을 당기자 바닥 아래쪽 어디선가 낮게 딸랑거리는 소리가 났다. 하녀가 나타나자 웰스 부인은 부엌에서 뜨거운 물을 가져오고, 점심도 가지고 오라고 지시했다. 하녀는 안나 쪽은 거의 쳐다보지도 않았고, 안나 역시 무시당하는 게 차라리 기뻤다. 하녀가 부엌 화덕에서 물을 데우러 사라지자 마음이 놓였다.

하녀가 사라지자마자 웰스 부인은 안나를 돌아보고 다시 미소를 지으며 나가봐야 한다고 말했다.

"난 윗동네에서 어기면 안 되는 약속이 있어요. 하지만 저녁 먹을 즈음에는 돌아올 거니까 함께 저녁을 먹어요. 원하는 게 있으면 루시에게 뭐든지 말하고. 그 애는 해줄 수 있는 건 해줄 테니까. 원하는 만큼 오래 욕조에 들어가 있고, 세면대에 있는 건 뭐든 써도 돼요. 그야말로 집에 있는 것처럼 지내요."

안나 웨더렐은 그 말대로 했다. 라벤더 향이 나는 로션으로 머리를 감고, 가게에서 파는 비누로 온몸을 씻고, 거의 한 시간 동안 물에 들어가 있었다. 다시 옷을 입은 다음에 — 스타킹을 좀더 깨끗한 부분으로 뒤집어서 — 그녀는 한참 동안 거울을 보면서 머리를 말렸다. 세면대 위에는 향수도 여러 병 있었다. 그녀는 전부 다 향기를 맡아본 다음 첫번째 것을 집어들고 팔목과 귀 아래 조금 뿌렸다.

하녀가 창문 아래 놓인 탁자 위에 차가운 점심을 놓고 갔다. 접시는 천으로 덮여 있었다. 안나가 천을 옆으로 들어 옮기니 대단히 깔끔하게 자른 햄 한 덩어리와 튀긴 게 분명한 두툼한 완두콩 푸딩, 버터와 잼을 바른 노란 스콘과 절인 계란 두 개가 나타났다. 그녀는 자리에 앉아 앞에 있는 칼과 포크를 들고 식사를 했다. 바다에서 무미건조한 식사를 수도 없이 한 뒤라 한 입 한 입 음미하며 먹었다.

접시를 비운 다음 그녀는 한동안 종을 울려서 하녀에게 치워달라고 해야 하나 고민했다. 종을 울리는 게 더 건방져 보일까, 안 울리는 게 더 건방져 보일까? 결국 그녀는 울리지 않기로 했다. 탁자에서 일어선 뒤 창가로 간 그녀는 커튼을 걷고 굉장히 만족스러운 기분으로 거기 서서 길거리의 사람들을 구경했다. 시계가 3시를 알릴 때 아래층에서 무슨 소리가 들렸다. 복도에서 갑자기 목소리가 들리고 곧 계단을 올라오는 발소리가 나더니 누군가가 성급하게 문을 두드렸다.

그녀가 자리에서 겨우 일어났을 때 문이 벌컥 열리고 키가 크고 아주 지저분한데다가 노란 무명 바지와 색 바랜 코트를 입은 남자가 들어왔다. 남자는 안나를 보고 우뚝 섰다.

"어, 이거 실례했군."

"안녕하세요."

안나가 말했다.

"리디아의 여자들 중 하나인가?"

"네."

"새로 왔나?"

"오늘 도착했어요."

"아가씨와 나 둘 다 그렇군."

남자의 모랫빛 머리에는 살짝 백발이 섞여 있었다.

"아가씨도 안녕하신가."

"뭔가 도와드릴까요?"

그가 그 말에 씩 웃었다.

"그건 두고 보고. 난 주인마님을 찾는데. 어디 있소?"

"윗동네에서 약속이 있다고 하셨어요."

"언제 돌아온다고 하던가?"

"저녁때쯤 오신다고 했어요."

"음, 그때까지 아가씨도 약속이 있나?"

"아뇨."

"잘됐군. 내가 다음번 춤을 예약해도 될까?"

안나는 그가 무슨 말을 하는 건지 알 수가 없었다.

"웰스 부인이 나가신 사이에 누군가와 함께 있어도 되는 건지 잘 모르겠는데요."

"웰스 부인이라."

남자가 그렇게 말하고는 웃음을 터뜨렸다.

"그런 식으로 말하니까 진짜 존경할 만한 사람처럼 들리는군."

남자가 손을 뻗어 등 뒤로 문을 닫았다.

"내 이름은 크로스비지. 아가씨는?"

"안나 웨더렐이에요."

안나는 점점 더 경계하면서 말했다.

남자는 이미 선반 쪽으로 움직이고 있었다.

"뭐 좀 마실 텐가, 안나 웨더렐 양?"

"아뇨, 괜찮습니다."

그는 병을 들어 그녀 쪽으로 기울였다.

"술을 마셔본 적이 없어서 됐다는 건가, 아니면 그냥 예의를 차리려고 그러는 건가?"

"전 방금 도착했어요."

"그건 조금 전에 이미 말했지, 아가씨. 어쨌든 그건 내 질문에 대한 답이 아니야."

"전 웰스 부인의 관대함을 이용하고 싶지 않아요."

안나는 살짝 찬성하지 않는다는 의미를 담아서 말했다. 그 역시 그래서는 안 된다는 듯한 말투였다.

크로스비는 병을 열고, 냄새를 맡고, 도로 뚜껑을 닫았다.

"아, 관대함 같은 건 없어."

그가 쟁반 위에 병을 도로 올려놓고 다른 것을 골랐다.

"이 방에서 건드린 모든 것에 대한 청구서를 받게 될 거야. 소매치기하듯 빠르게 말이지. 내 말 잘 기억해두라고."

"아니에요. 전부 다 지불이 됐는걸요. 그리고 웰스 부인은 굉장히 관대하세요. 전 부인의 개인적인 요청으로 여기 머무는 거예요."

그는 이 말을 재미있어하는 것 같았다.

"아, 그런가? 굉장히 소중한 사람인가보지, 아가씨는? 오랜 친구 사이인가?"

안나는 인상을 찌푸렸다.

"부인과 전 오늘 오후에 부두에서 만났어요."

"아마 우연이었겠지."

"네. 맥케이 양이라는 젊은 여자분이 배를 타지 못했어요. 부인의 사촌의 사촌이라고 하셨어요. 맥케이 양이 오지 않아서 웰스 부인이 저더러 대신 머무르라고 해주셨어요. 방값과 식사비는 선금으로 지불되었다고요."

"아하."

남자가 술을 한 잔 따랐다.

"막 광산에서 돌아오셨나봐요?"

안나는 시간을 끌기 위해서 물었다.

"그렇지. 고지에 올라가 있었어. 오늘 아침에 돌아왔지."

그는 술을 들이켜고, 한숨을 내쉬고, 그러고 나서 말했다.

"아니. 아가씨에게 말해주지 않으면 나쁜 짓이겠지. 아가씬 고수한 테 당한 거야."

"제가 뭘 당해요?"

"고수한테 당한 거라고."

"무슨 뜻인지 모르겠어요, 크로스비 씨."

그는 성과 이름을 착각한 그녀를 보고 미소를 지었지만, 고쳐주지는 않았다.

"언제나 맥케이 양 같은 사람이 있지. 그 여자가 항상 써먹는 얘기 야. 그렇게 그 여자를 믿고 집으로 따라오면, 모르는 사이에 온갖 신세 를 지게 되는 거야. 이미 그렇지 않나? 그 여자가 아가씨에게 근사한 식사에 뜨거운 목욕을 제공하고 친절을 베풀었는데, 아가씬 뭘 해줬 지? 이런."

그가 손가락을 흔들었다.

"하지만 조만간 뭔가가 있을 거야, 안나 웨더렐 양. 조만간 아가씨가 줘야 할 게 있을 거라고."

그는 안나가 불안해하는 걸 알아챈 것처럼 좀더 부드러운 어조로 덧 붙였다.

"아가씨가 알아둬야 하는 게 있어. 금광 마을에선 관대함 따윈 없다 고. 관대한 행동처럼 보인다면, 다시 한 번 들여다봐."

"오."

안나가 말했다.

그가 술잔을 비우고서 내려놓았다.

"한잔하고 싶어, 아니야?"

"오늘은 됐어요. 고맙습니다."

그는 주머니로 손을 넣어 뭔가를 꺼내고는 주먹을 쥐어 그것을 감추었다.

"내가 뭘 쥐고 있는지 맞춰보겠어?"

"아뇨."

"해봐. 그냥 찍어보라고."

"동전인가요?"

"동전보다 더 좋은 거지. 다시 해봐."

"잘 모르겠어요."

안나는 당황하다시피 한 상태로 말했다.

그가 손바닥을 펴자 밤톨 크기만한 금덩어리가 나타났다. 그는 그녀의 표정을 보고 다시 웃은 다음에 그것을 그녀에게 던져주었다. 안나는 그것을 손바닥으로 받았다.

"이거면 여기 쟁반에 있는 술을 몽땅 다 사고도 몇 파운드가 남을 거야."

그가 말했다.

"주인마님이 돌아오실 때까지 내 말상대를 해준다면 아가씨에게 주지. 어때? 빚이 쌓이기 시작하면 그걸로 후딱 갚을 수 있을 거야."

"전 금을 만져본 적이 한 번도 없어요."

안나가 그것을 뒤집어보면서 말했다. 그녀가 예상했던 것보다 더 무겁고, 더 돌덩이 같았다. 그녀의 손바닥 위에서 빛이 흐려지는 것 같은 느낌이었다.

"이리 와."

크로스비가 브랜디 병을 들고 조그만 소파로 가서 앉은 다음 자신의 옆자리를 두드렸다.

"술이나 한잔 같이하자고, 아가씨. 2주 동안 걸었더니 죽도록 목이 마르고, 뭔가 근사한 걸 보고 싶다고. 이리 오라니까. 내가 리디아 웰스 부인에 대해서 아가씨가 알아야 하는 모든 걸 말해주지."

남십자자성

두 개의 판결이 나오고, 판사는 형량을 선고한다.

테 라우 타우웨어는 어느 쪽 재판에도 증인으로 소환되지 않았다. 그는 법정 뒤편에서 엄숙한 표정으로, 벽에 등을 기댄 채 그날 재판을 방청했다. 켐프 판사가 최종 휴회를 선언하고 그날의 모든 증인을 다시 구류하라고 지시하자, 타우웨어는 다른 사람들과 함께 재판소를 나왔다. 밖에는 죄수들을 다시 감옥으로 데려가기 위한 무장 마차가 있었고, 그는 옆에 서 있는 당직 경찰에게 다가가 인사를 했다.

"안녕하신가, 타우웨어 씨."

경찰이 말했다.

"안녕하다."

"자네 친구 스테인스 씨는 어떻게 됐나? 법정에서 잘해냈나?"

"그렇다."

타우웨어가 대답했다.

"나도 머리만 들이밀어봤는데, 별건 안 들리더라고. 볼 만한 쇼였나?"

"그렇다."

"나도 봤으면 좋았을 텐데."

그때 법정 뒷문이 열리고 법정 경위가 문가에 나타났다.

"드레이크!"

"예, 경위님."

경찰이 몸을 똑바로 세우고 대답했다.

"판사님이 프랜시스 카버 씨를 시뷰로 데리고 가라고 하시는군. 특별 지시야. 그 사람을 데려간 다음에 곧장 다시 돌아오라고."

드레이크가 마차 문을 열었다.

"카버만요?"

"카버만. 판결이 나오기 전에 돌아와야 하는 거 잊지 말고. 시뷰로 곧장 갔다가, 곧장 돌아오는 거야."

"알겠습니다."

"서둘러. 지금 나오니까."

프랜시스 카버가 안뜰로 끌려나와서 마차에 밀려 올랐다. 손은 등 뒤로 해 수갑을 채웠고, 마차에 타자 드레이크가 두번째 수갑을 벨트에서 꺼내 카버의 묶인 손목을 운전석 뒤쪽 벽에 고정된 고리에 다시 묶었다.

"이렇게 하면 아무 데도 못 가겠지."

그는 유쾌하게 말하고 자신의 말을 입증하기 위해서 고리를 흔들었다.

"댁과 세상 사이에 요 금속이 있다 이거요, 카버 씨. 휴! 무슨 짓을 했기에 다른 사람들과 같이 못 놔두고 여기로 끌려온 거요? 분명히 아까 전까지만 해도 댁은 증인 나부랭이였는데. 그러더니 순식간에 철창 안에 있네!"

카버는 아무 말도 하지 않았다.

"한 시간이야."

경위는 그렇게 말하고 안으로 돌아갔다.

드레이크가 마차에서 내려 문을 닫았다.

"어이, 타우웨어 씨."

그가 빗장을 걸면서 말했다.

"후딱 언덕에 올라갔다 올 생각 없나? 판결이 나올 즈음엔 돌아올 수 있을 텐데."

타우웨어가 망설였다.

"어쩌겠어? 마차를 타기엔 딱 좋은 날이라고. 내려올 때는 속도가 좀 날 거고."

여전히 타우웨어는 머뭇거렸다. 그는 마차의 빗장을 쳐다보고 있었다.

"어쩔 테야?"

"아니."

타우웨어가 마침내 말했다.

"좋을 대로 하라고."

드레이크는 어깨를 으쓱이고 마부석에 올라 고삐를 잡고 말들을 내리쳤다. 마차는 덜그럭거리며 달려갔다.

Φ

"에머리 스테인스 씨. 피고는 매년 순이익의 50퍼센트에 해당하는 배당금을 프랜시스 카버 씨에게 지불하지 않고, 추가적인 금액에 대해 존 롱 퀴에게 지불해야 하는 상여금을 주지 않기 위해서 오로라 금광의 기록을 허위 신고한 것이 유죄임을 인정했소. 존 롱 퀴가 오로라에서 발견했고 그 이후 4천 96파운드로 평가된 대량의 순금을 횡령한 데 대해서도 유죄를 인정했소. 이 금을 오로라에서 훔쳐 감춰두기 위해 아라후라 골짜기에 묻은 것도 인정했소. 그리고 지난 두 달 동안 장기간 대량의 아편을 흡입해서 심신 상실 상태였다고 태만에 대해서도 유죄를 인정했소."

판사가 서류를 내려놓고 양손을 깍지 꼈다.

"스테인스 씨, 피고의 변호인은 오늘 오후에 아주 훌륭하게 카버 씨를 악한으로 보이게 만들었소. 하지만 그런 성과가 어찌 되었든, 법을 어길 만한 동기가 있었다고 해서 법을 어기는 것이 허락되는 것은 아니오. 카버 씨에 대해 안 좋게 평가했다고 해서 그 사람에게 이렇게 대해도 된다 안 된다를 피고가 판단할 수 있는 건 아니지.

웨더렐 양에 대한 폭력을 직접 목격한 것도 아니고, 다른 사람이 목격했던 것도 아니오. 그러니 카버 씨가 정말로 그런 폭행을 한 장본인인지도 알 수 없고, 그런 폭행이 있었는지의 여부도 정확하게 알 수가 없소. 물론 아이를 잃은 것은 비극이고, 그런 비극을 가볍게 생각할 수는 없겠지. 하지만 피고의 죄를 판결하는 데에는 그 사건의 비극성에 대해서는 차치하고, 그저 피고가 보복을 염두에 두고 더욱 냉정한 횡령과 사기죄를 범한 동기로만 ― 그것도 간접적인 동기라고 해야겠지 ― 여길 거요. 그래, 피고는 카버 씨를 싫어하고, 카버 씨에게 분개하고, 심지어는 경멸할 만한 동기가 있었소. 하지만 그런 불만을 호키티카 경찰에 가져와서 털어놨다면 우리 모두 많은 수고를 덜 수 있었을 거라는 사실을 분명히 지적해야 할 것 같소.

그래도 유죄를 스스로 인정한 건 참작해주겠소. 그리고 피고가 오늘 아침에 대답한 태도가 정중하고 겸손했다는 것도 인정하겠소. 이런 모든 것이 피고가 회개하고 있으며 법의 정당한 집행을 따르겠다고 생각한다는 걸 보여주니까. 하지만 피고의 혐의는 법적인 계약을 이기적으로 경시하는 태도와 변덕적이고 방탕한 성격, 자신의 광구만이 아니라 동료들에 대한 직무의 태만을 보여주고 있소. 하지만 카버 씨에 대해 안 좋은 견해를 갖고 있음으로 해서 여러 차례, 여러 가지 면에서 자신의 손으로 법을 집행하려 했다는 사실이 조금은 정당화되겠지. 이런 면에서 나는 잠시 동안 피고가 자신의 위대한 철학적 사고를 제쳐두고 다른 사람의 입장에 서보는 것이 크게 도움이 될 거라고 생각하오.

카버 씨는 9개월 동안 오로라의 공동 소유주였고, 피고에 대한 계약상의 의무를 다했지만 제대로 된 대가를 받지 못했소. 그러니 에머리 스테인스에게 본 법정은 9개월의 노역을 선고하겠소."

스테인스의 얼굴에는 어떤 표정도 드러나지 않았다.

"네, 판사님."

판사가 안나 쪽으로 시선을 돌렸다.

"안나 웨더렐 양, 피고는 기소당한 모든 혐의에 대해서 무죄라고 말했고, 문명적인 법정에서 우리는 유죄가 입증될 때까지는 무죄라는 원칙을 지키고 있소. 무디 씨가 셰퍼드 교도소장에 관해서 비방한 내용들은 그저 비방일 뿐이라는 것을 나는 잘 알고 있소. 하지만 그 내용은 이 법정에서 공식적으로 기록되었고, 셰퍼드 교도소장과 다른 사람들에 관해 앞으로 조사를 할 때 유용하게 쓰일 수도 있을 거요. 동시에 나는 피고의 유죄를 입증할 만한 충분한 증거가 없다는 것을 인정하겠소. 피고는 모든 혐의를 벗었소. 지금 이 시간부로 감옥에서 풀려나게 될 거요. 이제부터 피고가 계속해서 약을 끊고 정숙하고 교화된 사람다운 다른 미덕들을 지키는 올바른 길을 걸을 거라고 믿겠소. 다시는 어떤 혐의로도 피고를 이 법정에서 보고 싶지 않다는 말은 할 필요도 없겠지. 특히 공공장소에서의 도취 행위와 풍기문란 혐의로는 말이오. 내 말 알겠소?"

"네, 판사님."

"좋소."

판사가 변호사석을 돌아보았다.

"자, 이제……."

그가 뭔가 말을 하려고 했지만, 길거리에서 고함 소리가 들리고 요란한 쾅 소리에 이어 겁에 질린 말이 날카롭게 힝힝거렸다. 그리고 누군가가 법정 문에 정면으로 부딪친 것처럼 쾅 소리가 들렸다.

"무슨 일이지?"

판사가 인상을 찌푸렸다.

무디가 일어섰다. 현관 쪽에서 고함 소리와 시끄러운 덜그럭 소리가 들렸다.

"누가 문 좀 열어보게. 무슨 일인지 좀 봐야겠네."

판사가 말했다. 문이 벌컥 열렸다.

"드레이크 경관, 무슨 일인가?"

경찰의 눈이 다급하게 번뜩거렸다.

"카버입니다!"

그가 소리쳤다.

"그 사람이 왜?"

"죽었습니다!"

"뭐?"

"여기서 시뷰로 가는 사이에, 누가 문을 열었던 모양이에요. 전 몰랐습니다. 마차를 몰고 있었거든요. 문을 열고 그 사람을 내리게 하려는데, 바로 거기에, 그 사람이 죽어 있었습니다!"

무디는 카버 부인이 기절할 거라고 반쯤 생각하며 몸을 홱 돌렸다. 하지만 부인은 쓰러지지 않았고, 그저 새하얀 얼굴로 드레이크를 보고 있을 뿐이었다. 재빨리 무디는 그녀의 주변을 둘러보았다. 모든 증인은 휴회하는 동안 구류되어 있었다. 아침 재판에서 증언한 사람들도 마찬가지였다. 아무도 법원을 떠나지 않았다. 셰퍼드도 거기 있고, 로더백도, 프로스트도, 뢰벤탈, 클린치, 매너링, 퀴, 닐슨, 프리처드, 발퍼, 개스코인, 데블린, 모두가 거기 있었다. 누가 없지?

"바로 앞에 있습니다!"

드레이크가 팔을 휘두르며 외쳤다.

"시체요. 전 바로 왔습니다…… 도저히…… 그게 정말……."

소동 속에서 판사가 목소리를 높였다.

"그 사람이 자살을 했나?"

"그럴 리가요."

드레이크의 목소리는 거의 울음에 가까웠다.

"그럴 리가 없습니다!"

군중이 그를 지나쳐 문을 나가기 시작했다.

"드레이크 경관, 도대체 프랜시스 카버가 어떻게 죽었나?"

드레이크는 이제 군중 속에 파묻혔다. 그의 목소리만이 들려왔다.

"누가 그 사람 머리를 후려쳤습니다!"

판사의 얼굴이 보랏빛으로 변했다.

"누가? 누가 그런 짓을 한 게야?"

"저도 모른다고 말씀드리고 있잖습니까!"

길에서 날카로운 비명 소리가 들리고, 고함 소리가 났다. 법정은 텅 비었다. 마지막 남은 사람들까지 문을 나가려고 발버둥치는 것을 보며 카버 부인은 손으로 입을 막았다.

컴버스트*

C⋆

웰스 부인은 잘못된 인상을 받고, 프랜시스 카버는 중요한 소식을 전한다.

안나 웨더렐이 컴버랜드가의 수많은 소원의 집에서 '크로스비 씨'를 접대하는 동안, 리디아 웰스는 나름의 여흥을 즐기고 있었다. 오후에는 조지가에 있는 호손 호텔 식당 한구석에 차려놓은 가게에서 점성술 달력을 펼쳐놓고 점성술을 보는 것이 그녀의 습관이었다. 웰스 부인은 광부들과 막 도착한 여행자들의 운수를 봐주었다. 그날 오후 그녀의 유일한 고객은 펠트 모자를 쓰고, 알고 보니 증기선 행운의 바람 호를 타고 온 금발의 청년이었다. 그는 달변가였고, 웰스 부인의 신비주의 성향을 재미있어하는 동시에 신기해하는 것 같았다. 그의 열정적인 태도는 부인을 즐겁게 했고, 그래서 후하게 점을 봐주었다. 그의 출생 도표를 그리고, 과거와 현재를 탐색하고, 미래를 점치고 나니 4시가 거의 다 되어 있었다.

---

* 행성이 태양과 17도 이내로 회합한 상태.

부인은 고개를 들고 프랜시스 카버가 식당을 가로질러 자신을 향해 걸어오는 것을 보았다.

"에드워드."

부인이 금발의 청년에게 말했다.

"가서 종업원에게 크러스트 파이를 좀 포장해달라고 하겠어요? 내 계좌에 달아놓으라고 해요. 저녁식사로 집에 가져가야겠으니."

청년은 그 말에 따랐다.

"내가 좋은 소식을 가져왔지."

청년이 사라지자 카버가 말했다.

"뭔데요?"

"로더백이 오는 중이야."

"아."

리디아 웰스가 중얼거렸다.

"드디어 댄포스에서 보낸 해운 영수증을 본 모양이야. 빌리 브루스에게서 그자가 아카로아에서 출발하는 액티브 호의 표를 샀다는 이야기를 들었어. 5월 12일에 도착할 예정이고, 그때까지 갓스피드 호가 출항하지 못하게 하라는 메시지를 먼저 보냈다는군."

"3주 남았네요."

"우리가 그자를 낚은 거야, 그린웨이. 덫에 걸린 물고기처럼 낚아챘지."

"불쌍한 로더백 씨."

웰스 부인이 희미하게 중얼거렸다.

"이번 주에 해군 클럽에 들러서 군인들한테 광고를 좀 해. 주사위 게임을 공짜로 할 수 있다든지, 잭팟 금액이 두 배라든지, 아니면 룰렛을 한 번 맞출 때마다 여자를 가질 수 있다고 말이야. 그날 밤에 랙스워시를 배에서 끌어내 나 혼자 로더백을 만날 수 있을 만한 뭔가를 던져주라고."

"아침에 클럽에 갈게요."

웰스 부인은 책과 도표를 정리하면서 말했다.

"불쌍한 로더백 씨."

그녀가 다시 중얼거렸다.

"제 무덤을 판 거야."

카버가 그녀를 쳐다보며 말했다.

"네, 그래요. 하지만 당신과 내가 묘비까지 세워주고 있잖아요."

"겁쟁이를 불쌍하게 여기지 말라고. 그것도 돈이 남아도는 겁쟁이는 더더욱 말이야."

"그래도 그 사람이 불쌍해요."

"왜? 서출 때문에? 차라리 서출 쪽이 더 불쌍하지. 로더백은 태어나서 죽을 때까지 운이 넘치는 인간이야. 성공이 보장된 사람이라고."

"그렇죠. 그래도 불쌍해요."

웰스 부인이 말했다.

"그 사람은 굉장히 수치스러워 해요, 프랜시스. 크로스비와 자기 아버지, 자기 자신에 대해서요. 수치스러워 하는 사람은 불쌍하게 느껴질 수밖에 없어요."

"웰스가 갑자기 나타날 가능성은 없는 거 맞지?"

"마치 그 사람이랑 내가 친밀하기라도 하다는 듯이 말하는군요. 내가 그 사람 일에 대해서 대답할 순 없어요. 그 사람이 오가는 걸 통제할 수도 없고요."

웰스 부인이 쏘아붙였다.

"마지막으로 이 동네에 돌아온 게 얼마나 됐지?"

"몇 달 됐어요."

"집에 오기 전에 편지를 쓰나?"

"맙소사. 아뇨, 안 써요."

"그자를 떼어놓을 수 있는 방법 없어? 그자가 로더백과 마주치기라도 했다가는 죽도 밥도 안 돼. 특히 11시에는."

"술이면 얼마든지 유혹할 수 있을 거예요. 시간이 몇 시든 간에."

카버가 씩 웃었다.

"우편으로 각종 술을 부치면 어때? 아니면 '디거스 암스'에 외상 장부를 만들어주거나?"

"그거 괜찮은 생각이군요."

청년이 종이에 파이를 싸서 주방에서 돌아오는 것을 보고 웰스 부인이 일어섰다.

"난 이제 돌아가야겠어요. 내일 연락할게요."

"기다리고 있겠어."

"고마워요, 에드워드."

웰스 부인이 파이를 받아들며 청년에게 말했다.

"그리고 잘 있어요. 행운이 있기를 바라고 싶지만, 그런 건 바람을 낭비하는 일이 되겠죠. 안 그래요?"

청년이 웃음을 터뜨렸다.

카버 역시 미소를 지었다.

"저 친구 운수를 봐주고 있었나?"

"오, 그럼요. 이 사람은 엄청난 부자가 될 거예요."

"그래? 다른 모든 사람처럼 말이야?"

"다른 사람들처럼이 아니에요. 엄청난 부자라니까요. 잘 가요, 프랜시스."

"나중에 보자고."

"안녕히 가세요, 웰스 부인."

청년이 말했다.

부인이 식당을 나가는 동안 두 남자는 그녀의 뒷모습을 바라보았다. 그녀가 사라지자 카버가 청년을 향해 고개를 기울였다.

"이름이 에드워드라고 했나?"

"실은 아닙니다."

청년은 약간 부끄러운 듯한 얼굴로 말했다.

"전 말하자면 익명으로 여행을 하고 싶었어요. 저희 아버지가 항상 창녀와 점쟁이에게는 절대로 진짜 이름을 가르쳐주지 말라고 그러셨거든요."

카버가 고개를 끄덕였다.

"그거 합리적이군."

"창녀에 관해서는 잘 모르겠어요. 아버지가 창녀를 이용했다는 생각만으로도 마음이 아프거든요. 생각만 해도 반감이 들어요. 아마 어머니에 대한 마음 때문이겠죠. 하지만 운수를 보는 건 마음에 들어요. 다른 사람 이름으로 운수를 본다는 건 꽤나 짜릿하거든요. 마치 제가 안 보이는 사람이 된 기분이에요. 아니면 자신을 둘로 나누어 두 명이 된 것 같기도 하고요."

카버는 그를 쳐다보고 있다가 잠시 후 손을 내밀었다.

"나는 프랜시스 카버라고 하네."

"에머리 스테인스입니다."

청년이 말했다.

수성이 지다

☾⁺

이방인이 호키티카 해변에 도착한다. 금 더미가 배분되고, 월터 무디는 마침내 크라운 호텔을 떠난다.

제일 좋은 정장을 입고, 머리를 빗어 기름을 바르고, 구두에 광을 내고, 손수건에 향을 뿌렸음에도 애드리언 무디는 둘째 아들에 비해 훨씬 못생긴 편이었다. 그의 생김새에는 평생을 독주에 의존한 사람 특유의 징후가 담겨 있었다. 눈 아래가 불룩하고, 코는 부었고, 피부색은 언제나 불그스름했다. 움직일 때면 우아하지도, 유연하지도 않았다. 그는 골반이 뻣뻣한 것처럼 어정거리며 걸었다. 한군데 집중하지 못하고 모든 걸 경계하는 눈빛이었고, 담배 연기로 누렇게 물든 손은 언제나 주머니에 찔러넣고 있거나 옷깃을 초조하게 잡아당겼다.

증기선에서 해안까지 실어다준 소형 보트에서 내린 뒤 애드리언 무디는 욱신거리고 저리는 느낌을 떨치기 위해서 등을 쭉 펴고 자신의 몸을 두드렸다. 그런 다음 캠프가의 호텔에 짐을 갖다놓으라고 지시하고, 옆에 서 있는 세관원과 악수를 나누고, 선원들에게 퉁명스럽게 고맙다고 말을 한 뒤 마침내 뒷짐을 지고 레벨가를 따라 걷기 시작했다.

그는 길을 따라 한쪽으로 쭉 내려갔다가 반대편으로 올라오면서 지나치는 가게 진열창을 인상을 찌푸리고 보고, 길거리의 사람들 얼굴을 자세히 쳐다보다가 뜬금없는 미소를 지었다. 이제 법원 밖에 모여 있던 군중들은 흩어졌고, 프랜시스 카버의 시체를 실은 무장 마차는 시뷰로 돌아가고 없었다. 이중문은 굳게 닫힌 채 잠겨 있었다. 애드리언 무디는 법원 쪽은 거의 쳐다보지도 않고 지나갔다.

마침내 그는 호키티카 우체국 계단을 올라갔고, 안으로 들어가서 우체국장 창구 앞줄에 섰다. 기다리는 동안 그는 지갑에서 종이를 꺼내 한 손으로 가슴에 대고 펼쳤다.

"월터 무디 씨에게 이걸 전하고 싶소만."

창구 앞에 도착하자 그가 말했다.

"그러시죠. 어디에 머무르는지 아십니까?"

우체국장이 물었다. 그가 말을 하는 동안 웨슬리 교회의 종이 5시를 알렸다.

"내가 아는 거라고는 그 녀석이 지난 몇 달 동안 호키티카에 있었다는 것뿐이오."

아버지 무디가 말했다.

"시내에 말입니까, 골짜기에 말입니까?"

"시내요."

"호텔에 있나요, 아니면 집을 빌렸나요?"

"아마 호텔일 것 같지만, 정확하게는 모르겠소. 이름은 월터 무디요."

"채광 동료입니까?"

"내 아들이오."

"사환에게 찾아보라고 시키고, 찾은 다음에 요금을 매기죠."

우체국장이 이름을 적으면서 말했다.

"보증금으로 1실링을 내시고, 내일까지 그 사람을 찾으면 6펜스를 돌려드리겠습니다."

"알겠소."

"봉투가 좋으십니까, 인장이 좋으십니까?"

"봉투로 하겠소. 잠깐만, 한 번만 더 읽은 다음에 합시다."

"그럼 옆으로 비켜 계시다가 다 끝나면 오시죠. 30분 동안 창구를 닫을 겁니다."

애드리언 무디는 그가 시키는 대로 물러났다. 그리고 카운터에 대고 편지를 똑바로 편 다음 손가락으로 좀더 밝은 쪽으로 밀었다.

호키티카. 1866년 4월 27일.

월터.

부디 이 편지를 끝까지 읽어주기를, 그때까지는 어떠한 판단도 미루어주기를 바란다. 소인을 보면 내가 너처럼 호키티카에 있다는 것을 알 수 있을 거다. 나는 캠프가에 있는 템퍼런스 호텔에 여장을 풀었고, 이 주소를 보면 깜짝 놀랄 테지. 오랫동안 내가 쾌락주의적 성향에 빠져 있었다는 걸 너도 알 테지만, 이제 나는 금욕주의자가 되었단다. 평생 다시는 술을 한 방울도 입에 대지 않을 거고, 이 맹세를 한 이래로 한 번도 어기지 않았다. 회개하는 마음으로 나는 최근에 술의 노예 생활에서 벗어나게 된 진짜 이유를 짤막하게 설명하려고 한다.

나는 오로지 빚 때문에 영국 땅을 떠났었단다. 네 형 프레더릭이 오타고의 로렌스 광산에 아는 사람이 있었고, 그 사람의 이야기로 보아 그곳의 전망이 아주 좋을 것 같았지. 프레더릭은 그 사람과 합류할 생각이었다. 너는 로마에 있었고, 대륙에서 겨울을 날 계획이었지. 나는 그해가 가기 전에 부자가 되어서 돌아오겠다는 희망으로 몰래 여행을 떠나기로 했다. 이런 결정을 내린 것이 수치스러운 이유에서였다는 걸 고백해야겠구나. 런던과 리버풀에까지 피하고 싶은 사람들이 여러 명 있기 때문이었다. 떠나기 전에 나는 20파운드를 집사람에게 남겨놨다. 내 남은 전 재산이었지. 한참 후에야 이 돈이 집사람에게 가지 못했다는 걸 알게 되었단다. 그 돈을 전해주기로 했던 바로 그 당사자가 훔쳤던 거지. (피어스 홀랜드, 이 악당 놈, 수치 속에 살다가 비참하게 죽기를.) 이 사실을 알게 되었을 무렵에 나는 세상의 반대편인 오타고에 있었던데다가 내가 저지른 죄와 갚지 못한 빚 때문에 추적을 당하고 기소될까봐 두려워서 연락을 취할 수도 없었다. 그래서 아무 일도 하지 않았지. 나는 집사람을 그냥 버려두고 신께서 나를 용서해주시기만을 빌며 계속해서 프레더릭과 채광을 했다.

오타고에서 첫해에는 그저 수지만 맞출 만큼밖에 캐지 못했지. 상류계급의 사람들이 광산에서는 가장 운이 나쁘다고 하는 이야기를 들은 적이 있단다. 하류계급만큼 궁핍한 생활을 견디지 못하기 때문이지. 우리의 경우에는 정말로 맞는 말이었다. 우리는 굉장히 힘들었고, 종종 절망에 빠졌지. 하지만 살아남았고, 일곱 달 전에 네 형이 개울 굽이의 바위틈에 끼어 있는 코담뱃갑 크기의 금덩이를 찾았다. 이 금 덕택에 우리가 마침내 돈을 모으기 시작할 수 있었단다.

왜 이 금을 우리의 사과와 축복을 담아 집으로 보내지 않았느냐고 물을지도 모르겠구나. 적절한 질문이다. 네 형 프레더릭은 예전부터 너에게 편지를 쓰고 싶어 했단다. 나한테도 버려두고 온 집사람에게 연락을 하고, 심지어는 여기로 오라고 하면 어떻겠느냐고 했지만 난 거부했다. 악마 같은 술을 끊고 정신을 차려야 한다는 은근한 설득도 거부했지. 이 문제로 우리는 말다툼을 많이 했고, 결국에 별로 좋지 못한 상태로 갈라서고 말았다. 그리고 유감스럽게도 지금은 프레더릭이 어디 있는지 모르겠구나.

너는 언제나 가족 중에서 학자였지, 월터. 난 내 삶에서 많은 것을 부끄러워하고 있단다. 하지만 너에 대해서는 부끄러워본 적이 없구나. 절주를 맹세하면서 나는 내 진정한 영혼과 맞닥뜨렸단다. 진실로 약하고 비겁한 사람으로서, 악덕과 온갖 죄악의 손쉬운 먹이가 되는 사람으로서 나 자신을 보게 되었지. 하지만 내가 딱 하나 자랑스러운 것이 있다면 내 아들들이 이런 타락한 성향을 닮지 않았다는 것이다. 아버지로서 아들들에 대해 '저 애는 나보다 더 나은 사람이야'라고 말하는 것은 고통스러운 기쁨이로구나. 이런 고통스러운 기쁨을 나는 두 번이나 느끼고 있단다.

프레더릭에게 그런 것과 마찬가지로 너에게 그저 용서를 구하고 싶고, 혹시라도 네가 다시 한 번 나를 만나준다면 '온전한 정신으로' 행동하겠다고 약속하마. 행운을 빌겠다, 월터. 내가 내 진정한 영혼을 마주했다는 것을, 맑은 정신으로 이 편지를 쓰고 있다는 것을 알아다오. 그리고 짧은 답신이라고 해도 네 아비에게는 굉장한 힘이 될 거다.

애드리언 무디

그는 편지를 두 번 읽은 다음, 접어서 봉투에 넣고 겉면에 커다랗게 아들의 이름을 썼다. 펜 뚜껑을 씌우는 그의 손이 바르르 떨렸다.

Φ

"스테인스 씨를 보러 프로스트 씨가 오셨습니다."

"들여보내요."

데블린이 말했다.

찰리 프로스트는 손에 서류를 한 장 들고 있었다.

"지출비 때문에요."

그가 미안한 얼굴로 말하면서 들어왔다.

"앉아요."

데블린이 말했다.

"손해가 얼마나 되나요, 프로스트 씨?"

스테인스는 굉장히 피곤한 얼굴이었다.

"불행히도 상당합니다."

프로스트가 의자를 끌어당기면서 말했다.

"켐프 판사가 프랜시스 카버의 배당금을 2천 48파운드로 결정했습니다. 다만 조건이 있어요. 개러티 그룹에서 갓스피드 호에 지불해준 비용을 전부 다 갚아야 합니다. 하지만 나머지는 카버의 미망인인 카버 부인에게로 갈 겁니다."

"부인은 어떤가요?"

데블린이 물었다.

"진정제를 먹었습니다. 길리스 선생이랑 프리처드 씨가 깨어나기를 기다리는 중일 겁니다. 마지막으로 봤을 때에는 여행자의 운수로 호위를 받아서 돌아가고 있었어요."

그가 스테인스를 돌아보고서 서류를 책상 위에 펼쳤다.

"제가 지출금액을 간단하게 정리해드려도 되겠습니까?"

"그러세요."

"유죄로 판명이 나면 모든 법적 비용을 책임져야 합니다. 여기에는 지난 몇 달 동안 펠로우스 씨의 일당과 닐슨 씨의 수수료까지 포함이 됩니다. 닐슨 씨의 수수료는 시뷰 교도소에 투자되었죠. 기억하고 계시는지 모르겠지만 치안판사님이 그게 자선의 뜻으로 기부된 것이기 때문에 무효로 할 수 없다고 결정하셨고요. 그래서 이 금액이 전부 다 해서 5백 파운드가 좀 넘습니다."

"반쪽에 다시 반쪽이 났군요."

스테인스가 말했다.

"그렇죠. 그게 법무 비용에서 일반적인 일이라는 걸 곧 아시게 될 겁니다. 그리고 더 있습니다. 카니에레와 호키티카 골짜기에 있는 많은 광부에게 손해를 입힌 혐의로 고소를 당하셨어요. 정확한 금액은 아직 파악을 못했습니다만, 아마 수십 파운드에서 어쩌면 수백이 될 겁니다."

"그게 전부인가요?"

"공식적인 금액으로는 그렇습니다. 하지만 비공식적으로 논의해야 하는 것들이 좀 있습니다. 시간이 괜찮으신가요?"

"시간이 괜찮은가요?"

스테인스가 데블린에게 물었다.

"마차가 여기 도착할 때까지는 괜찮을 겁니다."

데블린이 대답했다.

"빨리 말씀드리죠. 알고 계시겠지만, 안나의 오렌지색 드레스에서 꺼낸 금이 아직도 개스코인 씨의 침대 아래 보관되어 있습니다. 안나는 매너링 씨에게 120파운드 정도의 빚이 있고, 오렌지색 드레스에서 꺼낸 순금으로 이 빚을 갚으려고 생각했었죠. 하지만 제가 생각해봤는데, 안나가 매너링 씨에게 진 빚을 스테인스 씨가 대신 떠맡아서 지출액의 하나로 스테인스 씨의 금으로 갚는 게 어떨까요? 그렇게 하면 스테인스 씨가 감옥에 있는 몇 달 동안 안나가 먹고살 수 있을 테니까요."

"좋습니다. 네, 그렇게 하세요."

프로스트는 메모를 적었다.

"두번째는 퀴 씨에게 빚진 상여금입니다. 금이 오로라에서 나왔다는 거짓말을 유지해야 하니까, 그런 면에서 이 금과 관련된 모든 사람에게 보상을 해야 됩니다."

"그렇죠. 상여금."

스테인스가 중얼거렸다.

"제가 알기로는 말입니다, 퀴 씨는 컴퍼니 노역 계약이 끝나는 대로 중국으로 돌아가고 싶어 합니다. 그리고 정확하게 768실링을 갖고서 가고 싶어 하더군요. 매너링 씨의 말에 따르면 정확하게 이 금액을 갖고 가겠다고 오래전부터 생각하고 있었답니다. 아마도 개인적이거나 아니면 영적인 중요성을 가진 숫자인가봅니다."

평소라면 이런 기묘함이 에머리 스테인스의 호기심을 강하게 자극했겠지만, 지금 그는 미소를 짓지 않았다. 말을 한 사람은 데블린이었다.

"768실링이라고요?"

"네."

"참으로 까다롭군요. 무슨 의미를 지니고 있는 건지 혹시 아십니까?"

"저는 모르겠습니다. 하지만 제가 하나 제안을 하자면……."

프로스트가 스테인스를 쳐다보고서 말을 이었다.

"퀴 씨에게 주는 상여금을 이 바람에 맞추면 어떨까 싶은데요."

"그게 파운드로 하면 얼마쯤 되죠?"

"38파운드 8실링입니다. 4천 파운드에서 대략 1퍼센트 정도 되고, 1퍼센트면 금광의 상여금으로는 적절한 수준입니다. 특히 퀴 씨가 중국인이라는 걸 고려하면요. 선의를 표하는 뜻에서 퀴 씨의 노역계약서를 사서 파기하고 빨리 집으로 돌아가게 해주는 것도 좋겠지요."

스테인스가 고개를 저었다.

"난 그 사람은 전혀 고려를 하지 않았었군요. 그렇죠?"

"누구요?"

프로스트가 물었다.

"퀴 씨요. 그 사람에 대해서는 전혀 생각조차 해보지 않았어요."

"음, 퀴 씨가 오늘 오후에 우리의 비밀을 지켜서 우리에게 큰 호의를 베풀었으니, 이제는 우리가 그 사람에게 보답을 해줄 기회라고 생각합니다. 매너링 씨와도 이미 이야기를 나눴습니다. 퀴 씨의 계약을 기꺼이 일찍 끝내주겠다고 했고, 금액도 이야기를 했습니다. 퀴 씨에게 64파운드의 추가금을 지급하면 모든 금액이 다 처리가 될 겁니다."

스테인스가 어깨를 뺨까지 으쓱 올리고서 한숨을 쉬었다.

"그래요. 그렇게 하세요."

"자, 이제 세번째 금전적 문제입니다. 우리가 처음에, 어, 금을 발견했던 1월에, 클린치 씨가 저에게 선물로 30파운드를 증여하셨습니다. 전 그 돈을 다 써버렸고, 지금은 1페니도 갚을 능력이 없습니다. 스테인스 씨가 관대하게 이 30파운드를 은행에 대한 지출금으로 올려주실 수 있을까 부탁드리고 싶습니다만."

그는 이 말을 아주 빠르게 한 다음 덧붙였다.

"물론 빌려주시는 셈치고요. 출소하실 무렵까지는 다 갚겠습니다."

"마차가 왔군요."

데블린이 일어서면서 말했다.

"괜찮아요. 말씀하신 대로 지불하세요. 상관없으니까."

스테인스가 프로스트에게 말했다.

프로스트는 안도의 한숨을 내쉬었다.

"정말로 감사합니다, 스테인스 씨."

그는 데블린이 스테인스를 데리고 구류실을 나가는 것을 보았다. 문가에서 그가 조금 목소리를 높여서 말했다.

"내일 아침에 항목별 영수증을 보내드리겠습니다."

Φ

교회 종이 7시를 알릴 무렵 월터 무디는 마지막 고급 옷을 트렁크에 넣고, 뚜껑을 닫고, 빗장을 걸었다. 일어나서 그는 노란 무명 바지의 단추를 확인하고, 벨트를 조이고, 목에 두른 빨간 손수건을 건드려본 다음 마지막으로 코트와 모자를 챙겼다. 코트는 무릎 정도까지 오는 평범한 모직으로 된 것이었고, 모자는 널따란 챙이 달리고 머리 부분은 두껍고 부드러운 천으로 된 것이었다. 그는 두 개 다 몸에 걸치고, 여행용 짐을 등에 메고, 방을 나와 자물쇠에서 열쇠를 뽑았다.

그가 없는 사이에 그의 트렁크는 깁슨 부두에 있는 클라크 창고에 보관이 될 것이다. 혹시라도 개인적인 편지가 오면 그것 역시 바로 창고로 가게 될 것이다. 이런 배송을 위해서 그는 크라운 호텔 프런트 데스크에 열쇠와 함께 3실링을 남겨두었다. 네번째 실링은 크라운 호텔 하녀에게 주고 양손으로 그녀의 조그맣고 누런 손을 접어주며 석 달 동안 그에게 제공해준 서비스와 환대가 정말 고마웠다고 따스하게 말했다. 크라운 호텔을 나와서 그는 해변으로 이어지는 좁은 길을 따라 들어서서 곧장 북쪽을 향해 걷기 시작했다. 걸을 때마다 등에서 보따리가 흔들리고, 말아놓은 천막이 다리 뒤쪽에 부딪쳤다.

호키티카에서 3킬로미터도 벗어나지 않았을 때 뒤쪽으로 열 걸음쯤 떨어져서 비슷하게 광부용 의상을 입은 다른 남자가 따라오고 있다는 것을 깨달았다. 무디는 뒤를 힐끗 돌아보았고, 두 사람은 고개를 끄덕여 서로 인사를 했다.

"안녕하시오. 댁도 북쪽으로 가시오?"

상대방이 물었다.

"그렇습니다."

"해안으로 가시는 겐가? 찰스턴 쪽으로?"

"그러려고 합니다. 같은 방향으로 가십니까?"

"그런 것 같구려. 내가 같이 걸어도 괜찮겠소?"

"물론입니다. 함께 가는 사람이 있으면 좋지요. 저는 월터 무디입니다. 월터라고 하십시오."

"패디 라이언일세. 스코틀랜드 억양을 쓰는구먼, 월터 무디."

"실은 그렇습니다."

무디가 대답했다.

"스코틀랜드 사람하고 불화가 생긴 적은 한 번도 없다오."

"저도 아일랜드 사람과 다투어본 적은 없습니다."

"난 있는데."

패디 라이언이 씩 웃으면서 대답했다.

"하지만 스코틀랜드 사람하고 불화가 생긴 적이 없다는 말은 사실일세."

"그거 참 다행입니다."

두 사람은 한동안 침묵 속에서 걸었다.

"우리 둘 다 집에서 먼 곳까지도 왔군그래."

패디 라이언이 잠시 후에 말했다.

"전 태어난 곳에서 멀리까지 온 셈입니다."

무디는 부서지는 파도 너머로 넓은 바다를 힐끗 보면서 말했다.

"흠, 떠나온 곳이 집이 아니라면, 앞으로 가는 곳에서 집을 만들게 될 테지."

"그거 좋은 격언이군요."

무디가 말했다. 패디 라이언은 기쁜 듯이 고개를 끄덕였다.

"그러면 이 나라에 머물 생각으로 온 건가, 월터? 땅을 파서 금 더미를 찾아낸 다음에 말이야."

"제 운에 따라서 그 답이 좌우될 것 같습니다."

"머무는 게 행운이라고 생각하나, 떠나는 게 행운이라고 생각하나?"

"선택할 수 있다는 게 행운이겠지요."

무디는 그렇게 말하고 깜짝 놀랐다. 석 달 전이었다면 그런 대답을 하지는 않았을 것이기 때문이다.

패디 라이언이 곁눈질로 그를 보았다.

"우리 이야기나 서로 하면서 가면 어떻겠나? 그러면 가는 길이 좀 짧게 느껴질 테지."

"우리 이야기요? 과거를 의미하시는 겁니까?"

"그래. 아니면 자네가 들은 거나, 하고 싶은 이야기 어떤 거든 상관 없네."

"그렇군요. 먼저 하시겠습니까, 제가 먼저 할까요?"

무디가 조금 긴장한 어조로 말했다.

"자네가 먼저 하게나. 발이 아픈 것도 잊고, 우리가 걷고 있다는 것도 깨닫지 못하도록 재미나게 이야기를 좀 해보게."

무디는 한동안 어떻게 시작할까 고민하며 침묵을 지켰다.

"저는 진실을 전부 이야기할지, 아니면 진실만 이야기할지 고민하는 중입니다. 제 과거의 내용상 두 가지 모두를 한꺼번에 고를 수는 없어서 말입니다."

그가 잠시 후에 말했다.

"허, 꼭 진실이어야 할 필요는 없어. 진실만 이야기하라고 언제 그랬나? 자네는 이 나라에서 자유인이야, 월터 무디. 오래된 허튼소리를 지껄여도 된다네. 우리가 쿠마라 교차점까지 가는 동안 계속 이야기를 할 수만 있다면 뭐가 되든 훌륭한 이야기라고 해주겠네."

패디 라이언은 그렇게 대답했다.

태양과 달의 합
(초승달)

웰스 부인은 대단히 흥미로운 두 가지를 발견한다.

리디아 웰스는 7시가 조금 넘어 수많은 소원의 집으로 돌아왔다가 자신이 없는 동안 안나 웨더렐에게 방문자가 있었다는 이야기를 하녀에게서 듣게 되었다. 몇 달 동안 오타고 고원에 있다가 연락도 없이 돌아온 크로스비 웰스 씨였다. 웰스 씨는 그날 저녁에 조지가에서 약속이 있어 나갔지만, 아내와 만나서 이야기를 하기 위해 다음 날 아침에 돌아오겠다고 분명하게 말하고 갔다고 하녀가 전했다.

웰스 부인은 생각에 잠겨서 그 이야기를 들었다.

"그 사람이 여기 얼마나 있었다고 그랬니, 루시?"

"두 시간요, 마님."

"언제부터 언제까지?"

"3시부터 5시까지요."

"그리고 웨더렐 양은⋯⋯?"

"전 그 아가씨를 방해하지 않았어요. 주인 어르신이 가실 때까지는 종을 울리지 않았고, 어르신이 여기 계신 동안에는 저도 귀찮게 굴지 않았고요."

"잘했다. 자, 내일 크로스비가 정말 돌아온다면, 그리고 이유가 뭐든 간에 내가 여기 없다면, 전처럼 웨더렐 양의 방으로 먼저 안내하렴."

"네, 마님."

"그리고 내일 아침에 와인과 술 장사치에게 주문부터 좀 넣고. 여러 가지 섞어서 한 상자 보내달라고 해."

"네, 마님."

"여기, 우리 저녁으로 먹을 파이야. 잘 데워서 가져오렴. 저녁은 8시에 먹으면 되겠구나."

"알겠습니다, 마님."

리디아 웰스는 점성술 달력과 별자리 도표를 팔에 끼고 복도에 있는 유리창을 날카롭게 바라보다가 안나의 방을 향해 계단을 올라갔다. 문을 두드리고서 그녀는 대답도 기다리지 않고 열었다.

"잘 먹고, 마른 땅에서 깨끗하게 하고 있으니까 기분이 좀 나아지지 않았어요?"

웰스 부인이 인사말 대신 그렇게 말했다.

안나는 창문 옆에 앉아 있었다. 웰스 부인이 방으로 들어오자 그녀는 얼굴을 새빨갛게 붉히며 벌떡 일어났다.

"훨씬 좋아졌어요, 부인. 너무 친절하세요."

"너무 친절한 것 같은 건 없어요."

웰스 부인은 긴 의자 옆에 있는 탁자에 책을 내려놓으면서 말했다. 그리고 선반을 힐끗 보고 속으로 술병의 개수를 센 다음 안나를 다시 돌아보고 미소를 지었다.

"오늘 저녁은 아주 즐거울 거예요! 내가 아가씨 도표를 그려줄게."

안나가 고개를 끄덕였다. 그녀의 얼굴은 여전히 새빨갰다.

"난 새로운 사람을 알게 되면 항상 도표를 그려보죠. 아가씨에게 어떤 것이 잠재되어 있는지 알아보면서 정말 즐거운 시간을 보내게 될 거야. 그리고 저녁으로 먹을 파이도 가져왔어요. 더니든 전체에서 제일 맛있는 파이지. 좋죠?"

"아주 좋아요."

안나가 바닥으로 시선을 떨어뜨렸다.

웰스 부인은 그녀의 불편한 태도를 알아채지 못한 것 같았다.

"자."

부인이 긴 의자에 앉아서 가장 큰 책을 자기 쪽으로 당겼다.

"생일이 언제인가요?"

안나가 대답했다.

웰스 부인이 깜짝 놀라서는 심장 위에 한 손을 올렸다.

"그럴 리가!"

"네?"

"이렇게 이상할 데가!"

"뭐가 이상한데요?"

안나는 겁에 질린 얼굴이었다.

"생일이 똑같아. 내가 방금 만난 젊은 청년과……"

리디아는 말끝을 흐렸다가 갑자기 다시 물었다.

"몇 살이죠, 웨더렐 양?"

"스물한 살요."

"스물한 살! 그리고 시드니에서 태어났고?"

"네, 부인."

"도심에서?"

"네."

리디아 웰스는 감탄한 듯한 표정을 지었다.

"정확히 몇 시에 태어났는지까지는 모를 테죠?"

"아마 밤에 태어난 것 같아요. 저희 엄마가 그러셨거든요. 하지만 정확한 시간은 모르겠어요."

안나가 다시 얼굴을 붉히며 말했다.

"놀라워. 난 정말이지 놀랐어요! 정확히 생일이 같다니! 어쩌면 같은 하늘 아래서 태어났을지도 모르고!"

"전 잘 이해가 안 되는데요."

안나의 말에 리디아 웰스가 음모를 꾸미는 듯한 말투로 설명했다. 자신이 조지가의 호텔에서 오후를 보내면서 푼돈을 받고 점성술을 봐준다는 것을 이야기하고, 고객 대부분은 금광에서 한재산 모으러 오는 젊은 청년들이라는 것이었다. 그리고 그날 오후에 ─ 안나가 목욕을 즐기고 있는 동안에 ─ 그런 청년 한 명의 운수를 봐주었는데, 답을 구하는 자(웰스 부인은 그를 이렇게 불렀다) 역시 스물한 살에, 시드니에서 태어났고, 그것도 안나와 똑같은 날이라는 것이다!

안나는 웰스 부인이 흥분하는 것을 이해할 수가 없었다.

"그게 무슨 의미인가요?"

"그게 무슨 의미냐고?"

리디아 웰스의 목소리가 거의 속삭이듯 낮아졌다.

"그건, 웨더렐 양, 아가씨가 다른 영혼과 운명을 함께할 수도 있다는 뜻이지!"

"오."

"서로 인생의 행로가 거울처럼 완벽하게 겹치는, 별들이 짝지어준 영혼의 동반자일 수도 있어!"

안나는 웰스 부인이 바라는 것만큼 이 말에 감명받지 않았다.

"오."

그녀가 다시 그렇게 대답했다.

"이런 일은 굉장히 드물어요."

웰스 부인이 말했다.

"하지만 전 생일이 똑같은 사촌이 있는걸요. 하지만 운명을 함께하지는 않아요. 걔는 죽었거든요."

"그냥 같은 날에 태어난 것만으로는 부족해요. 정확히 같은 시간에 태어나야지. 정확히 같은 위도와 경도에서. 그러니까, 똑같은 하늘 아래서 말이지. 그래야만 점성술 도표가 똑같아지니까. 설령 쌍둥이조차도 몇 분 차이로 태어나는 사이에 하늘이 약간 움직여서 패턴이 달라질 수 있어요."

"전 제가 태어난 정확한 시간은 몰라요."

안나가 인상을 찌푸리고 말했다.

"그 사람도 그랬어요. 하지만 둘의 도표가 완전히 똑같다는 데에 돈이라도 걸 수 있어. 이미 두 사람에게는 공통점도 있고."

"뭔데요?"

"바로 나예요."

웰스 부인이 승리에 찬 어조로 말했다.

"1865년 4월 27일에 두 사람 다 더니든에 도착했고, 두 사람 다 크로스비 웰스 부인이 출생 도표를 봐줬지!"

522

안나는 한 손을 들어올려 목에 댔다.

"네? 부인 성함이…… 뭐라고요?"

리디아 웰스가 여전히 열렬하게 말을 이었다.

"그리고 일치하는 다른 특징도 있어요! 그 사람도 아가씨처럼 혼자 여행하고, 아가씨처럼 오늘 아침에 도착했거든. 어쩌면 우연히 친구를 사귀게 되었을지도 모르지. 아가씨가 날 만난 것처럼 말이야!"

안나는 어딘가 아픈 사람 같은 얼굴이었다.

"그 사람 이름은 에드워드예요. 에드워드 설리번. 아, 그 사람을 여기 같이 데리고 왔으면 좋았을걸. 진작 알았으면 좋았을 텐데! 그 사람이랑 알고 싶은 열의가 들지 않아요?"

"네, 부인."

안나가 중얼거렸다.

"참으로 굉장한 일이야."

리디아 웰스가 안나를 보면서 중얼거렸다.

"정말로 굉장해. 두 사람이 만나면 무슨 일이 벌어질지 참으로 궁금해."

5부

무게와 이득

1865년 5월 12일

남위 45° 52′ 0″ / 동경 170° 30′ 0″

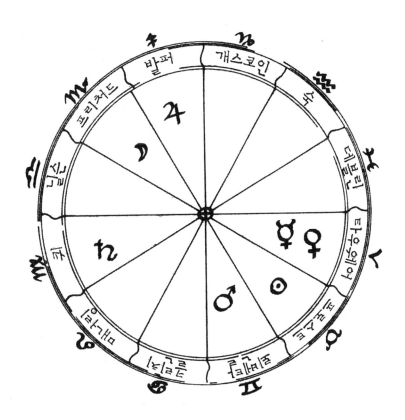

은

☪

크로스비 웰스는 요청을 한다. 리디아 웰스는 경솔하게 행동하고, 안나 웨더렐은 흉측한 장면을 목격한다.

더니든에 도착한 날 오후에 접대했던 남자가 실은 집주인이라는 사실을 알고 안나 웨더렐이 느낀 수치심은 이후 몇 주 동안 점점 더 커졌다. 크로스비 웰스는 이제 컴버랜드가 35번지 뒤쪽 침실에 자리를 잡았고, 그 탓에 매일 마주쳐야 했던 것이다.

안나 웨더렐은 자신이 어떤 인상을 주었는지 고통스럽게, 계속해서 의식했고, 이런 지속적인 자의식으로 인해서 자기 이미지가 거의 망상에 이를 지경이었다. 자신의 눈에는 보이지 않지만 자신의 성품이 다른 사람들 눈에 훤히 보인다는 불안한 생각에 사로잡혔고, 이 불안감은 어떤 설득이나 증거, 칭찬으로도 가라앉지가 않았다. 그녀는 대화할 때 주변 사람들이 자신에 대해 속으로 굉장히 비판적인 결론을 내린다고 믿어 의심치 않았고, 이런 가상의 비판에 대한 수치심을 굉장히 현실적으로 느껴서 만나는 모든 사람에게 좋은 평가를 받기 위해 더욱 열심히 노력했다. 그러면서도 이런 자신의 의도가 다른 사람들에게 다 보일 거라고 느꼈다.

자신이 한결같이 비판을 받는다고 믿어 의심치 않았기 때문에 다른 사람들이 그녀에 대해서 받은 인상이 제각기 다 다르다는 것을 알았다면 안나는 굉장히 놀랐을 것이다. 안나가 평소 사용하는 소박하고 단순한 말투는 몇몇 사람들에게는 개인적인 의견을 감추는 것 같은 불안한 인상을 주었고, 솔직한 표정 역시 대단히 여성스럽지 못하게 비쳤다. 하지만 또 어떤 사람들은 그녀의 말투에 교활함이 전혀 없어서 신선하다고 생각했다. 이와 비슷하게 세상을 흘끔거리며 보는 그녀의 습관도 어떤 사람들에게는 두려워하는 것으로, 또 어떤 사람들에게는 교활한 것으로 비쳤다. 크로스비 웰스에게 그녀는 그저, 지극히 단순하게, 상냥한 여자였다. 그는 그녀가 종종 당황하는 것을 굉장히 재미있어했고, 여러 번 그렇게 말했다.

"당신은 광산촌에서 인기가 좋을 거야. 신선한 한 줄기 바람 같을걸. 순수하니까. 모든 걸 다 아는 여자만큼 끔찍한 존재도 없지. 얼굴 붉히는 법을 잊은 여자처럼 재미없는 존재도 없고."

대단히 많은 것을 알고 있는데다가 거의 얼굴을 붉히지 않는 리디아 웰스는 남편이 예기치 않게 돌아온 이래로 컴버랜드가 35번지에 거의 모습을 드러내지 않았다. 오전 늦게 집을 나서서는 대체로 해가 지고 밤에 도박장 문을 열 때까지 돌아오지 않았다. 웰스는 부인이 없는 동안 대체로 매일 선반의 술을 꽉꽉 채워두는 1층 안방을 차지하고 지냈다. 술을 마시면 그는 누그러졌다. 안나는 오후 늦게, 위스키 서너 잔으로 그가 차분해졌지만 아직 우울하지는 않은 상태일 때를 가장 좋아했다.

알고 보니 웰스는 던스탄의 광산으로 돌아갈 마음이 없었다. 안나는 그가 작년에 굉장한 가치가 있는 노다지를 발견했으며, 이제 그 재산을 쓰려고 한다는 사실을 알게 되었다. 그는 더니든과 그 너머에 다양한 투자를 할 생각이었고, 금 시세를 비교하고, 각종 자산들의 등락을 좇느라 지역신문에 굉장히 많은 시간을 투자했다.

"내가 목양주가 되는 게 좋겠나, 제재소를 하는 게 좋겠나, 웨더렐 양?"

그는 그렇게 말하고는 그녀가 다시 얼굴을 붉히는 걸 보고 껄껄거렸다.

웰스 부인이 안나가 부끄러워하는 것이나 그 이유를 어떻게 해석했는지 안나는 알지 못했다. 웰스 부인은 여전히 상냥했고, 처음 만났을 때보다 더 의심스러운 투로 말을 한 적도 없었다. 하지만 안나는 부인의 태도에 약간 냉정한 거리감이 생겼다는 것을 알아차렸다. 마치 그들의 관계가 조만간 깨질 것에 속으로 대비를 하는 것만 같았다. 남편과 함께 있을 때 역시 비슷하게 냉정했다. 웰스가 말을 할 때면 미소도 짓지 않고 그를 그냥 빤히 쳐다보다가 전혀 관련 없는 주제로 말을 돌렸다. 안나는 이런 은밀한 불만의 표시에 대단히 괴로워했고, 그로 인해서 여주인의 호의를 얻기 위해 더더욱 노력했다. 이제는 크로스비 웰스가 '당했다'고 말한 것이 무슨 뜻인지 아주 잘 알고 있었지만, 가공의 엘리자베스 맥케이(그 이후 다시는 입에도 오르지 않았다)에 대한 문제를 웰스 부인에게 들이대기보다는 자신을 책망하는 데에 모든 힘을 쏟았고 자신과 크로스비 웰스가 한 일에 대해서 보상을 할 수 있는 것은 자신밖에는 없다고 속으로 생각했다.

안나는 조금씩, 천천히 수많은 소원의 집에서 일어나는 일들에 대해서 깨닫기 시작했다. 더니든에 도착한 다음 날 아침에 웰스 부인은 그녀에게 아래층 응접실을 보여주었고, 안나는 그곳을 당장에 좋아하게 되었다. 벨벳 의자들, 바 뒤에 서 있는 초록색 유리병들, 카드 탁자, 도박용 룰렛판, 웰스 부인이 종종 돈을 받고 운수를 봐주는 살롱 스타일의 문이 달린 조그만 공간. 낮에 보면 방은 좀 가라앉은 분위기였다. 기다란 창문에서 들어오는 빛줄기 속에 사로잡힌 가느다란 먼지들이 인내심 있으면서도 강인한 느낌을 주었다. 안나는 완전히 매료되었다. 웰스 부인의 허락에 안나는 연단에도 올라가보고, 룰렛을 돌려 고무 바늘이 달칵, 달칵, 달칵 하면서 잭팟을 향해 돌아가다가 마지막 순간에 그것을 지나쳐 멈추는 것을 구경했다.

웰스 부인은 그녀를 당장에 저녁 파티에 부르지는 않았다. 침실 창문으로 안나는 남자들이 도착해 마차에서 내려 장갑을 벗고 계단을 올라가서 문을 두드리는 것을 보았다. 곧 시가 연기가 바닥 사이로 그녀의 방까지 올라와 톡 쏘는 매캐한 향을 내며 램프 불빛 속에서 회색빛으로 올라갔다. 9시경이면 이야기 소리가 왁자하게 커지고, 종종 웃음소리와 박수 소리가 들렸다. 안나는 바닥을 통해 들리는 것밖에는 들을 수 없었지만, 매번 아래층에서 누군가 문을 열 때마다 소리가 커졌고 그러면 각각의 목소리를 구분할 수 있었다. 그녀의 호기심은 불편할 정도로 커졌고, 결국 며칠 뒤에 그녀는 웰스 부인에게 대단히 주저하면서, 여러 번 사과를 하면서, 자신이 바를 맡아도 되겠느냐고 물었다. 그래서 이제 매일 밤 바를 맡게 되었고, 웰스 부인은 두 가지 규칙을 정했다. 어떤 손님과도 직접 말을 섞어서는 안 되고, 춤을 춰서도 안 된다는 거였다.

"저 여자는 네 몸값을 높이고 있는 거야. 더 오래 기다리면 기다릴수록, 시장에 나가게 되었을 때 네가 더 비싸질걸."

웰스는 그렇게 설명했다.

"오, 크로스비. 아무도 시장에 나가지 않아요. 말도 안 되는 소리 말아요."

웰스 부인이 말했다.

"농사는 어떨까. 진취성이 있잖아. 농부가 될 수도 있겠지. 당신은 농부의 아내가 되는 거야."

안나를 보고서 그가 덧붙였다.

"그것도 꽤나 괜찮은 일이야. 내 어머니는 창녀셨거든. 부디 편히 쉬시기를."

"저 사람은 널 겁먹게 하려고 그러는 거야. 귀기울이지 마."

웰스 부인이 말했다.

"전 겁나지 않아요."

안나가 대답했다.

"겁나지 않는다는데."

웰스가 말했다.

"겁낼 건 아무것도 없지."

웰스 부인은 그렇게 말했다.

사실 안나는 춤추는 여자들이 굉장히 근사하다고 생각했다. 그들은 그녀에게 전혀 관심이 없었고, 그녀를 불러야 할 때면 '시드니'나 '포트 잭슨'이라고 했다. 하지만 안나는 거기에 모욕을 느낄 만큼 자존심이 세지 않았다. 게다가 그들의 지치고 무관심한 태도는 세련되어 보여서 안나는 속으로 그것을 부러워했다. 그들은 카드놀이를 하는 신사들에게 음료 주문을 받아왔고, 안나가 잔을 꺼내 술을 따르는 동안 기다렸다. 그들은 물을 탄 위스키를 '조금 섞어서'라고 주문했고, 위스키만 따른 것은 '센 거'라고 불렀다. 술을 따라주면 그들은 엉덩이께로 쟁반을 내리거나 머리 위로 높이 들어올리고 화장품과 향수의 진한 파우더 향을 남기고 사람들 사이를 살랑거리며 걸어갔다.

5월 12일에 컴버랜드가 35번지의 거주민들은 일찍 일어났다. 수많은 소원의 집이 그날 저녁 해군 장교들과 '바다와 관련된 신사들'을 기리는 파티를 주최할 예정이었고, 그 커다란 행사를 위해서 준비할 게 굉장히 많았기 때문이다. 웰스 부인은 바이올린 연주자를 고용하고, 레몬과 전나무 술, 럼, 수백 미터 길이의 밧줄을 가게에 주문했다. 밧줄은 짧게 잘라 엮어서 탁자 중앙 장식으로 화환처럼 사용할 계획이었다.

"내가 견본으로 첫번째 밧줄 화환을 만들 거야. 그러면 오늘 오후에 네가 나머지를 다 하면 돼. 내가 하나하나 가르쳐주고 끄트머리를 어떻게 안으로 넣는지 보여줄게."

웰스 부인이 안나에게 말했다.

"훌륭한 마닐라산 밧줄을 낭비하는 짓이야."

웰스가 말했다. 웰스 부인은 그가 말한 적이 없는 것처럼 계속해서 말했다.

"화환은 굉장히 눈길을 끌 거야. 주제가 있는 파티에서는 과한 장식 같은 건 없는 법이거든. 밧줄이 남으면 바 뒤쪽에 핀으로 찔러놓으면 될 거야."

그들은 함께 아침을 먹는 중이었다. 이것은 꽤나 드문 일이었다. 웰스가 정오 전에 일어나는 경우가 별로 없고, 안나가 일어날 무렵이면 웰스 부인은 대체로 집을 나가고 없기 때문이다. 웰스 부인은 긴장한 것 같았다. 어쩌면 파티가 잘될까 걱정하는 것일지도 몰랐다.

"근사해 보일 거예요."

안나가 말했다.

"다음엔 뭐지?"

유머감각이라고는 없는 웰스가 물었다.

"광부들을 위한 파티? 탁자마다 분취기를 올려놓고, 바에는 방수로를 설치하고? '평범한 사람들을 기념하는' 거라고 하면 되겠지. '눈에 띄지 않는 사람들을 위한 파티. 아무런 연줄도 없는 신사들을 위한 파티.' 그걸 주제로 삼는 거지."

"토스트 다 먹었니, 안나?"

웰스 부인이 물었다.

"네, 부인."

"오늘밤 손님 중 한 분이 훈장을 받은 군인 출신이란다."

웰스 부인이 주제를 바꾸었다.

"어떠니? 내가 해군 영웅을 위해 파티를 주최하는 건 처음인 것 같아. 그분께 어떻게 받게 되셨는지 전부 다 물어봐야 되겠지? 안 그러니, 안나?"

"네."

"랙스워시 선장님이셔. 빅토리아 훈장을 받으셨지. 그걸 달고 오시면 좋을 텐데. 버터 좀 줘요."

웰스가 버터를 건네고 잠시 후에 말했다.

"오늘 자 『위트니스』지 있나?"

"네, 난 벌써 읽었어요. 딱히 중요한 소식은 없었고요. 금요일 신문은 항상 읽을 게 적죠."

웰스 부인이 대답했다.

"어디 있지? 신문 말이야."

"오, 태워버렸어요."

웰스가 그녀를 빤히 보았다.

"아직 아침인데."

"나도 아직 아침이라는 건 익히 잘 알고 있어요, 크로스비!"

웰스 부인이 살짝 웃으면서 말했다.

"내 침실 불을 지피는 데 사용했을 뿐이에요."

"지금은 9시야. 오늘 자 신문을 9시에 태우면 안 되지. 내가 아직 읽지도 않았는데. 나가서 한 부 새로 사오라고."

"6펜스 그냥 아껴요. 소문 말고는 읽을 게 아무것도 없었으니까. 딱히 눈에 띄는 게 없었다고 내가 말하고 있잖아요."

그녀가 탁상시계를 보았다. 몇 분 사이에 벌써 두번째로 그러고 있다고 안나는 생각했다.

"난 소문을 좋아해. 그리고 내가 투자할 곳을 찾고 있다는 걸 알잖아. 신문이 없으면 내가 주식 상황을 어떻게 알겠어?"

"자, 이미 끝난 일이고, 내일까지 기다린다고 크게 문제될 것도 없잖아요. 토스트 다 먹었니, 안나?"

안나는 인상을 살짝 찌푸렸다. 이건 벌써 물어본 거 아니었나?

"네, 부인."

"좋아."

웰스 부인이 발로 바닥을 두드리면서 말했다.

"오늘밤에 우리가 얼마나 재미있을지! 난 파티가 정말 기대된단다. 게다가 해군들은 굉장히 기운이 넘치거든. 아주 훌륭한 이야기꾼이기도 하고. 그 사람들 이야기는 절대로 지겹지 않아."

웰스는 부루퉁했다.

"내가 신문을 보면서 아침 시간을 보낸다는 거 알잖아. 난 매일 그런

다고."

"『리더』를 봐요. 아니면 지난주 『리틀턴 타임스』를 보든지. 내 책상 위에 있어요."

웰스 부인이 말했다.

"그럼 왜 그걸 태우지 않은 거야?"

"오, 나도 모르겠어요, 크로스비!"

웰스 부인이 날카롭게 말했다.

"다른 식으로 시간을 보낸다고 해서 크게 해가 될 것도 없을 것 같군요. 이주민 광고 전단이라도 봐요. 아래층 책상에 한 가득 쌓아놨으니까."

웰스는 커피를 비우고서 컵을 덜그럭 소리가 나게 내려놓았다.

"금고 열쇠를 줘."

안나의 눈에 웰스 부인의 몸이 살짝 굳는 것이 보인 것 같았다. 부인은 남편을 쳐다보지 않고 토스트에 버터를 바르는 데에만 집중했다. 잠시 후에 웰스 부인이 말했다.

"왜요?"

"왜냐니, 무슨 소리야? 내 금을 보고 싶으니까 그렇지."

"좀더 팔기 적당한 시기가 올 때까지 기다리기로 합의했잖아요."

"판다는 게 아니야. 그냥 내 물건들을 좀 살펴보고 싶을 뿐이지. 서류들을 정리하고."

"나라면 그런 걸 '서류들'이라고 부르지 않겠어요."

웰스 부인이 킥킥 웃으면서 말했다.

"그럼 뭔데?"

"오, 당신이 그걸 너무 거창하게 말해서 그러는 것뿐이에요."

"내 채굴허가증. 그건 서류라고."

"당신 채굴허가증으로 뭘 하려고요?"

그가 인상을 찌푸렸다.

"뭐야? 지금 마녀재판이라도 하는 거야?"

"물론 아니에요."

"그건 서류라고. 서류. 그리고 다시 좀 읽어보고 싶은 편지도 있고."

"아, 제발. 당신 그걸 천 번쯤은 읽었을걸요. 나도 그 문장 하나하나를 외운다고요! 이보게. 자네는 나를 모를 테지만……."

웰스가 주먹으로 식탁을 내리치자 모든 식기들이 허공으로 떠올랐다가 떨어졌다.

"입 닥쳐."

"크로스비!"

웰스 부인이 놀라서 외쳤다.

"농담할 만한 거리가 있고 아닌 게 있어. 당신은 지금 그 선을 넘었다고."

잠깐 동안 웰스 부인이 뭔가 말대꾸를 할 것 같았지만, 생각을 고쳐먹은 것 같았다. 냅킨으로 입을 두드리고 그녀가 침착한 태도를 되찾았다.

"미안해요."

"미안하다는 말로는 해결이 안 돼. 열쇠 줘."

부인이 다시 웃으려고 했다.

"하지만 크로스비, 오늘은 안 돼요. 오늘 저녁에 해군 파티가 있단 말이에요. 준비해야 하는 게 너무 많아요. 내일까지 미루죠. 당신이랑 나랑 함께 앉아서……."

"내일까지 기다리지 않을 거야. 열쇠 달라고."

웰스 부인이 일어섰다.

"난 이미 대답을 한 것 같은데요. 실례하도록 하죠."

"나야말로 실례하지. 당신이야말로 내 말을 제대로 안 들은 것 같군."

웰스가 의자를 식탁 뒤로 밀고 일어섰다.

"어디 있지? 당신 목걸이에 있나?"

그녀가 그를 피해서 식탁 가장자리로 물러났다.

"실은 은행에 있는 안전금고에 있어요. 집에는 복제본을 놔두지 않아요. 당신이 조금만 기다리면……."

"헛소리. 당신 목걸이에 있잖아."

웰스 부인은 처음으로 겁을 먹은 듯한 모습으로 그에게서 한 걸음 더 물러났다.

"제발요, 크로스비. 소동 부리지 말아요."

그가 그녀에게로 다가갔다.

"내놔."

웰스 부인은 미소를 지으려고 했지만 입가가 떨렸다.

"크로스비, 좀 진정해요. 우리……."

"내놓으라고."

"당신 지금 소란을 부리고 있잖아요."

"이보다 더 큰 소란을 부릴 수도 있어. 내놔."

웰스 부인이 문으로 달려가려고 했지만, 웰스가 더 빨랐다. 그가 손을 뻗어 그녀를 붙잡았다. 그녀가 몸을 비틀었고, 잠깐 그들은 다툼을 벌였으나 곧 웰스가 한 손으로 그녀의 몸을 더듬어 찾던 것을 잡아챘다. 가느다란 은사슬 끝에 두툼한 은제 열쇠가 달랑거리고 있었다. 그는 그것을 손에 휘감고 열쇠를 꽉 쥐고서 사슬을 끊으려고 했다. 사슬이 리디아의 목을 할퀴었지만 끊기지는 않았다. 그녀가 비명을 질렀다. 그가 다시, 좀더 힘을 주어 잡아당겼다. 그녀가 주먹으로 그의 가슴을 두드렸다. 툴툴거리며 그는 여전히 사슬을 주먹으로 붙잡은 채 그녀를 붙잡고 막으려고 하면서 다시 목걸이를 당겼다.

"크로스비. 크로스비!"

웰스 부인이 헐떡거렸고, 마침내 목걸이가 끊기며 열쇠가 그의 손에 들어갔다. 그녀가 흐느꼈다. 즉시 몸을 돌리고서 그가 숨을 헐떡이며 금고로 가서 열쇠를 자물쇠에 끼웠다. 손잡이를 몇 번 돌리자 열쇠가 맞아 들어가는 소리가 나면서 무거운 문이 열렸다.

금고는 비어 있었다.

"내 돈 어디 갔어?"

크로스비 웰스가 물었다.

웰스 부인은 손으로 목을 감싼 채 몸을 흔들었다. 그녀의 눈에는 눈물이 가득했다.

"조금 진정하면 내가 다 설명해줄게요."

"진정 좋아하시네. 난 단순한 질문을 했어. 내 금 다 어디 있냐고?"

"저기, 크로스비, 내 말 들어봐요. 내가 다시 가져올 수 있어요. 금요. 잠깐 다른 데다가 놔둔 거예요. 안전한 곳에요. 도로 가져올 수 있는데, 내일까지는 안 돼요. 알겠어요? 오늘밤에는 이 집에 저명한 신사분들이 아주 많이 오실 거고, 난 그걸 숨겨놓은 곳으로 갈 만한 시간이…… 그럴 시간이 없어요. 할 일이 너무 많다고요."

"내 서류들은 어디 있어? 내 채굴허가증. 출생증명서. 아버지에게서 온 편지."

"금이랑 같이 있어요."

"아, 그러신가? 그래서 그게 어딘데?"

"말할 수 없어요."

"왜지, 웰스 부인?"

"좀 복잡해요."

"하, 그러시겠지."

"도로 가져올 수 있어요."

"그러신가?"

"내일요. 파티 끝나고."

"왜 오늘은 안 되는데? 왜 오늘 아침엔 안 되지?"

"나 좀 그만 괴롭혀요. 오늘은 할 수 없다고요. 내일까지 기다려요."

그녀가 고함을 질렀다.

"시간을 끄는 거잖아. 그 이유가 궁금하군."

"크로스비, 파티 때문이잖아요."

웰스는 한참이나 그녀를 쳐다보았다. 그러다가 방을 가로질러 가서 종 당김줄을 홱 잡아당겼다. 하녀인 루시가 금세 나타났다.

"루시, 조지가로 가서 오늘 자 『오타고 위트니스』 한 부만 가져와. 웰스 부인이 실수로 우리 신문을 태워버리신 모양이다."

금

☾⁺

프랜시스 카버는 메시지를 받고, 스테인스는 혼자 남겨진다.

에머리 스테인스는 더니든에 도착한 날 오후에 기분이 좋아서 영매이자 영술사인 리디아 웰스 부인에게 점성술 도표를 보았고, 마치 하늘의 뜻인 것처럼 온통 좋은 예지만 나오자 더더욱 기분이 좋아져서 축하를 해야 할 것 같은 기분에 사로잡혔다. 그 탓에 다음 날 아침에 끔찍한 두통과 엄청난 빚을 졌다는 죄책감 속에서 깨어났다. 호텔 주인에게 물어보니 끔찍하게도 그가 브래그 게임에 2주 치의 봉급을 걸어서 전부 다 잃었을 뿐만 아니라 5파운드를 더 잃어서 호텔에 총 8파운드의 빚을 졌다는 것이었다. 그런 엄청난 빚을 지게 된 상황은 머릿속에서 흐릿했고, 그는 일어나 앞으로 어떻게 해야 할지 생각해볼 수 있게 호텔 주인에게 커피 한 잔만 외상으로 달라고 사정했다. 다행히 주인은 이 요청을 받아주었고, 45분 후에 프랜시스 카버가 후원 계약서를 들고 나타날 때까지 그는 여전히 바에 앉아 있었다.

카버는 쓸데없는 말은 생략하고 명확하게 제안을 했다. 스테인스가 채굴허가증과 여행용 짐, 가까운 금광까지 갈 표를 사는 데 필요한 돈을 제공하고, 그가 어제 더니든에 도착한 이래로 진 빚도 전부 다 기꺼이 갚아주겠다고 가볍게 덧붙였다. 대신에 스테인스는 첫번째 광구의 권리 절반을 넘겨주고, 영구적으로 배당금을 주어야 하며, 이 돈은 개인 우편으로 더니든에 있는 카버의 계좌로 들어오게 된다는 계약서에 서명을 해야 했다.

에머리 스테인스는 즉시 자신이 농락당하고 있다는 것을 알아챘다. 그는 어젯밤 전반부 동안 카버가 자신을 굉장히 배려하면서 항상 내기를 듬뿍 걸고, 유쾌한 사람들을 옆에 두고, 잔이 비지 않도록 주의를 기울였다는 사실까지는 기억하고 있었다. 또한 도박 빚이 어느 정도는 사기를 당한 게 아닐까 하는 느낌도 받았다. 그는 카드 게임을 그냥 즐길 만큼만 하는 편이었고, 하룻밤에 그렇게 큰돈을 걸어본 적이 한 번도 없었기 때문이다. 하지만 자신이 모험을 시작하고 이렇게 금방 사기를 당했다는 사실이 어쩐지 재미있었고, 체스에서 교활한 적수를 만났을 때 느끼는 것처럼 카버에게 일종의 애정을 느꼈다. 그래서 이 모든 일을 경험으로 삼기로 하고, 카버의 후원 계약을 기분 좋게 받아들였다. 물론 속으로는 앞으로 좀더 모든 것을 경계해야겠다고 마음을 먹었다. 한 번 속는 건 경험이지만, 두 번은 속지 않을 것이다.

스테인스는 사람을 아주 잘 판단하는 편은 아니었다. 그는 기꺼이 다른 사람의 수작에 넘어가는 편이었고, 비극이나 낭만, 근거 없는 믿음과 같은 분위기를 풍기는 사람들에게 자주 끌렸다. 카버에게 굉장히 악랄하게 느껴지는 부분이 있었다 해도 그는 이런 부분이 굉장히 멋지고 해적 같다고 받아들였다. 설령 이런 느낌에 대해 깊게 생각해봤다 해도 그는 그저 더욱 재미있어했을 것이다. 카버는 스테인스보다 스무 살은 연상이었고, 스테인스가 마르고 하얀 편인 반면 카버는 우락부락

하고 가무잡잡했다. 그는 금방이라도 남을 후려칠 것 같은 인상에 퉁명스럽게 말을 하고, 거의 웃지 않았다. 스테인스는 그가 멋지다고 생각했다.

계약서에 서명을 하고 나니 카버의 행동거지는 더 퉁명스러워졌다. 오타고는 금광으로서 전성기를 넘었다고 그는 말했다. 그러니까 서부에 있는 새로 생긴 도시 호키티카에 가는 게 더 나을 거라는 거였다. 소문으로는 거기서 하루 만에 부자가 될 수도 있다고들 했다. 하지만 호키티카 상륙은 험난하기로 악명이 높았고, 이미 모래톱에서 증기선 두 척이 난파된 바 있었다. 그 이유 때문에 카버는 스테인스에게 증기선보다는 범선을 타고 웨스트 코스트로 갈 것을 주장했다. 스테인스가 그와 함께 우선 세관에 들렀다가 그다음에는 프린시스가의 남성복점, 세번째로 준비은행에 들를 마음이 있다면 정오까지 그들의 계약은 마무리가 될 거라고 카버는 말했다. 스테인스는 그러겠다고 말했고, 세 시간 뒤 그는 채굴허가증과 여행용 짐, 스쿠너선 블랜치(Blanche) 호를 타고 호키티카까지 가는 표를 손에 쥐게 되었다. 하지만 배는 5월 13일 아침에야 포트 찰머스에서 출발할 예정이었다.

이후 2주 동안 스테인스와 카버는 굉장히 자주 만났다. 카버가 일하는 바크선이 개장 및 수리를 하느라 한 달 있어야 출항할 예정이라 그는 스테인스와 마찬가지로 조지가에 있는 호손 호텔에 방을 잡았다. 그들은 종종 함께 아침을 먹었고, 스테인스는 카버가 도시 여기저기서 일을 보고 사람들을 만나는 데 자주 따라가 수다를 떨었다. 카버는 딱히 싫은 기색을 보이지 않았고, 그가 억제되고 불안한 태도로 말을 하는 편이긴 해도 스테인스는 자신이 함께 있어서 그가 주의를 돌릴 수 있어 기뻐한다고 속으로 생각했다.

에머리 스테인스는 자신이 만나는 모든 사람에게 똑같은 인상을 남기고 있다는 사실을 잘 알았다. 이 사실은 시간이 지나며 일종의 기대로 작용했고, 그 결과 그의 특이한 점이 더욱 강하게 드러나게 되었다. 그의 태도는 갈망과 열정이 묘하게 뒤섞인 것으로, 덕택에 그의 열정에는 항상 동경하는 기색이 섞였고, 그의 갈망은 언제나 열정적이었다. 그는 일어날 가능성이 낮거나 비실용적인 것들을 보고 즐겼고, 어린애처럼 솔직하게 기뻐하곤 했다. 말을 할 때면 굉장히 독창적이고 이상적인 고통에 사로잡힌 투로 말했고, 그래서 그를 굉장히 비판하는 사람들이라 해도 웃음을 짓고 말았다. 그가 침묵할 때면 사람들은 그가 상상에 푹 빠져 있다는 것을 쉽게 알 수 있었다. 그가 종종 한숨을 쉬거나 다른 사람 눈에는 보이지 않는 대화 상대에게 동의하듯이 고개를 끄덕이곤 했기 때문이다.

그의 타고난 명랑함은 절대로 흔들릴 것 같지 않았다. 하지만 이런 태도는 딱히 도덕적인 기반을 갖고 있진 않았다. 대체로 그의 신념은 신중하게 생긴 것이 아니라 본능적인 것이었고, 친구를 고르는 데에도 딱히 까다롭지 않았다. 분별력 있는 사람이라면 누구든지 다양한 성격과 상황, 관점과 만나봐야 하는 것이 의무라고 그는 생각했다. 그는 아주 많은 책을 읽었고, 낭만주의 시대를 좋아하고 숭고함의 특성에 대해서 질리지도 않고 떠들곤 했지만, 그렇다고 해서 그 사조를, 혹은 다른 어떤 특정 사조를 엄격하게 따르지는 않았다. 아버지의 서재에서 누구의 지도도 받지 않고 혼자 보낸 어린 시절 덕택에 에머리 스테인스는 어느 하나를 선호하지 않고 여러 가지 삶을 받아들일 마음의 준비가 되어 있었다. 아침용 정장 차림으로 키케로와 세네카에 대해서 토론을 하든, 부츠에 모직 바지 차림으로 풍경 좋은 산을 오르든, 그는 어떤 상황에서든 굉장한 즐거움을 찾아내곤 했다.

스물한 살 생일에 그는 지구상의 어느 곳에 가고 싶으냐는 질문을 받고 즉시 '오타고'라고 대답했다. 빅토리아의 금광 열풍이 가라앉고 있다는 걸 알고 있었고, 오래전부터 신비롭고 비현실적으로 느껴지는 탐광꾼의 삶에 매료되어 있었기 때문이다. 그는 지도에 없는 외로운 해변에 금이 보이지 않게 숨겨진 채로 반짝이는 것을 상상했다. 널따란 바다 위로 노란 보름달이 떠오르는 것을, 골짜기 사이를 말을 타고 달리고, 맨땅에서 잠을 자고, 나무로 된 선광대로 물을 거르고, 깜부기불 위에서 막대 주위에 광부의 반죽을 감는 자신의 모습을 상상했다. 자신이 찾은 부가 인류와 인류의 역사보다도 오래되었다고 말할 수 있다는 건 얼마나 근사한 일일까, 그걸 자신의 두 손으로 땅에서 파낸다는 것이 얼마나 굉장한 일일까 그는 생각했다.

그의 요청은 쉽게 이루어졌다. 증기선 행운의 바람 호를 타고 포트찰머스까지 가는 여정이 결정되었다. 출항하는 날 그의 아버지는 항상 기지를 잃지 말고, 사람들에게 친절을 베풀고, 자신의 자리를 알 만큼 세상을 보고 나면 곧장 집으로 돌아오라고 조언했다. 외국 여행은 최고의 교육이고, 세상을 보고 이해하는 것이 신사의 의무라고 아버지는 말했다. 악수를 나눈 뒤 아버지는 젊은 스테인스에게 지폐가 든 봉투를 건네고 한 번에 다 쓰지 말라고 충고했다. 그리고 마치 아들이 산책을 나갔다가 저녁 먹을 시간에 맞춰 돌아오기라도 할 것처럼 좋은 아침이 되라고 인사를 건넸다.

"그분은 직업이 뭐였나?"

카버가 물었다.

"치안판사세요."

"훌륭하신가?"

청년은 한숨을 쉬고 고개를 조금 뒤로 젖혔다.

"아…… 네, 아마도 훌륭하신 것 같아요. 저희 아버지를 어떻게 설명하면 좋을까요? 독서가이시고, 당신 분야에서 인정받으시지만, 좀 독특한 기질이 있으시죠. 예를 들어 아버지는 제가 받을 유산이 오로지 바이올린과 면도칼뿐이라고 그러세요. 남자가 세상에서 자기 자리를 만드는 데 필요한 건 깔끔한 면도와 음악을 연주할 만한 도구뿐이라면서요. 아버지는 아마 유언장에도 그렇게 쓰신 것 같아요. 나머지는 전부 어머니에게 가겠죠. 그런 식으로 좀 특이하세요."

"흠."

카버와 스테인스는 마지막 날까지 호손 호텔에서 함께 아침을 먹었다. 다음 날 아침에 스쿠너선 블랜치 호는 호키티카로 떠날 예정이고, 개장하고 수리를 마친 바크선 갓스피드 호는 몇 시간 후에 멜버른으로 떠날 예정이었다.

스테인스가 계란을 두드리면서 말했다.

"더니든에 도착하고서 우리 아버지가 뭘 하시는 분인지 누가 물어본 게 처음이라는 거 아세요? 내가 어디 가서 재산을 모을 건지는 수십 번쯤 질문을 받았고, 온갖 후원 제안에, 능력이 한껏 쌓이고 나면 모은 금으로 뭘 할 건지는 진짜 셀 수 없을 만큼 다들 물어봤는데 말이죠! '능력'이라니, 참 신기한 단어를 쓴단 말이죠. 설명을 아주 짧게 줄여주는 말인 것 같아요."

"그렇지."

카버는 『오타고 위트니스』에 열중한 채로 대답했다.

"누구 기다리는 사람이라도 있나요?"

스테인스가 물었다.

"뭐?"

카버는 시선을 들지 않고 물었다.

"지난 10분 동안 해운 소식란만 계속 읽고 있어서 말이죠. 아침식사에는 거의 손도 대지 않고."

"아무도 기다리고 있지 않아."

카버는 신문을 넘기고 금광 소식을 읽기 시작했다.

그들은 잠시 침묵을 지켰다. 카버는 신문에서 눈을 떼지 않았고, 스테인스는 계란을 다 먹어치웠다. 스테인스가 막 식탁에서 일어나 나가려고 할 때, 앞문이 열리고 우체부가 들어왔다.

"프랜시스 카버 씨."

"나요."

카버가 손을 들어올리며 말했다.

그는 봉투를 열고 내용물을 재빨리 훑었다. 스테인스는 얇은 종이 사이로 글자가 단 한 줄뿐이라는 것을 볼 수 있었다.

"나쁜 소식은 아니었으면 좋겠네요."

카버는 한참이나 꼼짝도 하지 않았다. 그러다가 종이를 구겨서 난로에 던져넣었다. 주머니에서 페니를 꺼내 건네고, 우체부가 순식간에 사라지자 그가 스테인스를 돌아보고 말했다.

"1파운드 어떤가?"

"그런 제안은 한 번도 받아본 적이 없는 것 같아요."

스테인스가 대답했다. 카버는 그를 물끄러미 쳐다만 보았다.

"도울 일이라도 있나요?"

스테인스가 물었다.

"그래. 날 따라오게."

스테인스는 후원자를 따라 위층으로 올라갔다. 카버가 자신의 방문을 열 때까지 기다렸다가 따라서 안으로 들어갔다. 전에는 카버의 방에 들어와본 적이 없었다. 방은 그의 것보다 훨씬 컸지만, 가구 배치는 비슷했다. 잠의 퀴퀴한 체취가 여전히 남아 있었다. 카버의 이불은 매트리스 한가운데에 엉켜 있고, 방 한가운데에는 사슬로 묶어놓은 짐가방이 있었다. 덮개에는 노란 선적표가 붙어 있었다.

소유주 알리스테어 로더백
선적자 댄포스 해운
수송선 갓스피드

"이걸 좀 지키고 있게."

카버가 말했다.

"안에 뭐가 있죠?"

"안에 뭐가 있는지는 신경 쓸 거 없어. 그냥 내가 돌아올 때까지 이걸 지키고 있으면 돼. 아마 두 시간이나 세 시간 정도일 거야. 시내에서 좀 볼일이 있거든. 이걸 해주면 1파운드를 주겠네."

스테인스가 눈썹을 치켜들었다.

"세 시간 동안 가방 하나 지켜보는 데에 1파운드라고요? 그럴 이유가 있나요?"

"자네는 내 부탁을 들어주는 거니까. 난 부탁을 들어준 사람을 잊지 않아."

카버가 대답했다.

"엄청 귀중한 건가보군요."

"나한테는 그렇지. 이 일을 맡겠나?"

"뭐, 그러죠. 부탁이라면요. 기꺼이 해드리죠."

스테인스가 말했다.

"권총이 있는 편이 좋을 거야."

카버가 책상으로 가면서 말했다. 스테인스는 너무 놀라서 그냥 웃었다.

"권총요?"

카버가 단발식 리볼버를 꺼내 약실을 열고 안을 살펴보았다. 그런 다음 고개를 끄덕이고는 약실을 도로 닫고, 스테인스에게 총을 건넸다.

"이걸 쓸 일이 있을까요?"

"아니. 누가 들어오면 그냥 흔들어 보이기만 해."

"흔들어 보이기만 하라고요?"

"그래."

"누가 들어오는데요?"

"아무도 안 와. 아무도 들어오지 않을 거야."

카버가 대꾸했다.

"가방 안에 뭐가 있어요? 정말로 알아둬야 할 것 같은데요. 비밀은 지킬 수 있어요."

스테인스가 다시 말했다. 하지만 카버는 고개를 저었다.

"적게 알수록 좋아."

"적게 아는 문제가 아니잖아요. 아예 아무것도 모르는데! 내가 범죄의 종범 같은 건가요? 이거 일종의 강도질이에요? 카버 씨, 난 정말로 비밀을 잘 지킬 수 있어요."

"한 가지 더 있어. 오늘만은 내 이름이 카버가 아니야. 웰스야. 프랜시스 웰스. 누가 물어보면, 난 프랜시스 웰스인 거야. 이유는 신경 쓰지 말고."

"맙소사."

"왜?"

"정말이지 엄청나게 비밀스럽게 구는군요."

카버가 갑자기 그를 돌아보았다.

"만약에 도망치면 자넨 우리 계약을 깨는 거야. 난 거기 걸맞은 방법 으로 손해배상을 청구할 거고."

"도망치지 않을 거예요."

"내가 돌아올 때까지 가방을 잘 지키고 있다가 1파운드를 갖고 떠나 면 돼. 내 이름이 뭐라고 했지?"

"웰스 씨요."

"잘 기억해둬. 세 시간 후에 오지."

카버가 떠난 후 스테인스는 권총의 총구를 맞은편으로 해서 책상 위 에 올려놓고 가방 옆에 무릎을 꿇고 앉았다. 빗장은 맹꽁이자물쇠로 잠 겨 있었다. 그는 자물쇠를 들어올리고 열쇠구멍을 한참 살폈다. 기쁘게 도 자물쇠는 아주 단순한 디자인이었다. 갑자기 미소를 지으며 그는 접 이식 칼을 꺼내 칼날을 펼치고 칼끝을 열쇠구멍에 끼웠다. 1분 정도 구 멍을 쑤시자 마침내 안에서 찰칵 소리가 났다.

구리

☾˚

웰스의 의심은 깊어진다. 안나는 불안해지고, 수많은 소원의 집에 웰스
부인 앞으로 소포가 도착한다.

크로스비 웰스는 『오타고 위트니스』를 처음부터 끝까지, 완벽한 침
묵 속에 읽었다. 신문을 다 읽은 다음, 그는 신문을 흔들어 접힌 선을
따라서 깔끔하게 도로 접은 뒤 의자에서 일어섰다. 웰스 부인은 그의
맞은편에 앉아 있었다. 부인의 표정은 차가웠다. 그는 그녀의 앞으로
가서, 무릎 위로 신문을 던진 뒤 ― 부인은 아주 약간 움찔했다 ― 허리
에 손을 올리고 그녀를 내려다보았다.

"도착 소식이 눈길을 끌더군."

그의 말에 그녀는 아무 대답도 하지 않았다.

"이름 하나가 특히 눈에 띄었지. 증기선 액티브 호였어. 만조 때 들
어올 예정이던데. 그게 언제지? 해질녘이군."

여전히 부인은 아무 말도 하지 않았다.

"나한테 말을 안 했다는 게 좀 희한한걸. 내가 얼마나 기다렸더라?
12년? 12년이야. 답장 한 번 없었어. 그동안 난 고지에서 금을 찾다

녔지. 이제 그 남자가 이 동네에 오고, 당신은 그걸 알면서도 한마디도 하지 않았어. 아니, 말을 안 한 것보다 더 심했어. 날 속이려고 했지. 망할 놈의 난로에다가 신문을 태웠어. 끔찍한 기만이야, 웰스 부인. 냉혹한 기만이라고."

부인은 평정을 유지했다.

"당신 말이 옳아요. 당신을 속이려고 하지 말았어야 했는데."

"왜 그걸 태웠지?"

"그 소식 때문에 파티를 망치고 싶지 않았어요. 그 사람이 오늘밤에 도착한다는 걸 알면 부두에 나갈 거잖아요. 그리고 그 사람이 당신을 거부하면 화가 나서 돌아올 테니까요."

"바로 그 점이 굉장히 기묘하단 말이지, 웰스 부인."

"뭐가요?"

"파티."

"그냥 파티일 뿐이에요."

"그런가?"

"크로스비, 바보처럼 굴지 말아요. 음모를 찾으려고 하면 사방에서 찾을 수 있는 법이에요. 이건 그냥 파티일 뿐이라고요."

"'바다와 관련이 있는 신사들'을 위한 파티라. 해군. 당신이 해군에 왜 관심을 갖지?"

웰스가 물었다.

"그 사람들은 꽤나 높은 지위에 영향력을 가진 사람들이니까요. 난 내 사업에 관심이 있고, 파티는 내 사업을 번창하게 해줄 거예요. 모든 사람이 주제가 있는 파티를 좋아해요. 저녁 시간에 독특한 분위기를 선사할 거예요."

"알리스테어 로더백 의원도 초대를 받았나?"

"물론 아니죠. 내가 그 사람을 왜 초대하겠어요? 난 그 남자를 평생 한 번 본 적도 없어요. 어쨌든 간에, 이미 말했듯이 당신이 화내기를 바라지 않아서 아침 신문을 태웠던 거예요. 당신 말이 맞아요. 그러지 말았어야 했는데, 당신을 속이려고 했던 건 정말로 미안해요. 하지만 파티는 그냥 파티일 뿐이에요."

"금은 어떻게 된 거야? 내 서류는? 그건 어떻게 사용되는 거지?"

"전혀 관계없어요."

웰스 부인이 대답했다.

"난 포트 찰머스로 산책을 나가볼까 생각 중이야. 해질녘에. 근사한 저녁이겠지. 약간 쌀쌀하겠지만."

"마음대로 해요."

웰스 부인이 말했다.

"물론 파티에는 참석하지 않을 거야."

"그거 안타깝네요."

"그런가?"

그녀가 한숨을 쉬었다.

"크로스비, 왜 이렇게 바보처럼 구는 거죠?"

그가 몸을 앞으로 기울였다.

"내 돈은 어디 있지, 웰스 부인?"

"준비은행 금고에 있어요."

"거짓말쟁이. 어디 있어?"

"준비은행 금고에 있어요."

"어디 있어?"

"준비은행 금고에 있어요."

"거짓말쟁이."

"날 모욕한다고 해서 사실이 달라지는……."

웰스가 그녀의 뺨을 세게 후려쳤다.

"이 더러운 거짓말쟁이. 썩어빠진 도둑년. 넌 더한 말을 들어도 마땅해. 네년과 끝장을 보겠어."

완전한 침묵이 내려앉았다. 웰스 부인은 그가 때린 뺨을 손으로 쓰다듬지도 않고 그저 꼼짝 않고 서 있었다. 그리고 갑자기 짜증이 났는지 웰스는 돌아서서 은제 쟁반에 술병들을 받쳐놓은 방 맞은편으로 걸어갔다. 그는 술을 듬뿍 따라서 단번에 비우고 한 잔을 더 따랐다. 안나는 떨리는 손에 든 모양이 엉망이 된 밧줄 화환만 내려다보고 있었다. 차마 웰스 부인을 쳐다볼 수가 없었다.

그때 현관문을 두드리는 소리와 함께 편지 구멍으로 목소리가 들렸다.

"리디아 웰스 부인 앞으로 소포입니다."

웰스 부인이 일어서려고 하자 크로스비 웰스가 소리쳤다.

"안 돼."

그는 시뻘겋게 달아올라 있었다.

"당신은 거기 가만히 있어."

그가 잔을 든 손으로 안나를 가리켰다.

"너. 네가 가서 봐."

안나가 소포를 받았다. 그것은 조지가 약제사의 소인이 찍힌 갈색 종이에 싸인 0.5리터 크기의 병이었다.

"뭐야?"

웰스가 위층에서 외쳤다.

"약제사가 보낸 소포예요."

안나가 마주 소리쳤다. 잠깐 침묵이 흐르고 웰스 부인이 명료한 목소리로 말했다.

"아, 뭔지 알아. 헤어 토닉이야. 지난주에 주문을 했거든."

안나는 소포를 들고 위층으로 돌아갔다.

"헤어 토닉이란 말이지."

웰스가 중얼거렸다.

"맙소사, 크로스비. 당신 편집광이 되어가고 있어요."

그러고서 안나를 향해 웰스 부인이 말했다.

"내 방에 갖다놓으렴. 침대 옆 탁자에다가."

웰스는 여전히 아내를 노려보고 있었다.

"당신은 아무 데도 못 가. 나한테 진실을 얘기하기 전까지는, 내가 지켜볼 수 있는 바로 여기에 있는 거야."

"그렇다면 아주 지루한 오후를 보내야겠군요."

웰스 부인이 말했다.

크로스비 웰스가 성난 어조로 대꾸하고, 그들은 다시 말다툼을 시작했다. 안나는 빠져나갈 구실이 생긴 것에 기뻐하며 종이로 싼 병을 들고 복도를 지나 웰스 부인의 어두컴컴하고 조용한 침실로 들어갔다. 병을 탁자 위에 놓는데 뭔가가 그녀의 시선을 끌었다. 지금 들고 있는 것의 절반 정도 크기에, 전혀 닮은 데가 없는 헤어 토닉 병이었다. 인상을 찌푸리고 그녀는 손에 든 소포를 내려다보았다. 그리고 충동적으로 종이 아래로 손가락을 넣어 살짝 뜯어보았다. 병에는 표시가 없었다. 뚜껑은 코르크 마개였고 양초용 왁스로 봉해져 있었다. 그녀는 그것을 빛에 비추어보았다. 병 안에는 녹빛에 당밀처럼 묵직한 액체가 들어 있었다.

"아편 팅크야."

그녀가 중얼거렸다.

우싱(五行)

☽☆

에머리 스테인스는 카버가 시킨 대로 하고, 아 숙은 완전히 속는다.

스테인스는 드레스를 빛 쪽으로 들어 올리고서 생각에 잠겼다. 총 다섯 벌이 있었지만 — 하나는 오렌지색 실크고 나머지는 모슬린이었다 — 그걸 제외하면 가방은 텅 비어 있었다. 이게 무슨 뜻일까? 어쩌면 카버에게 뭔가 감상적인 가치가 있는 걸지도 모른다…… 하지만 그렇다면 왜 스테인스에게 권총을 주고 지키라고 시켰을까? 어쩌면 훔친 걸지도 모른다. 별로 가치가 있어 보이지는 않지만…… 아니면 카버가 미쳤는지도 모른다고 스테인스는 생각했다. 그 생각에 신이 났다. 그는 커다랗게 낄낄거리며 웃다가 고개를 젓고 드레스를 도로 가방 안에 넣었다.

그때 날카롭게 문을 두드리는 소리가 났다.

"누구세요?"

스테인스가 물었다. 대답은 없었지만 잠시 후에 상대가 다시 문을 두드렸다.

"거기 누굽니까?"

스테인스가 다시 물었다.

세번째로, 더 다급하게 문 두드리는 소리가 났다. 스테인스의 심장 박동이 빨라졌다. 그는 책상으로 가서 권총을 집어 허벅지 위에 대고, 문으로 다가가서 빗장을 풀고 살짝 열었다.

"네?"

복도에는 서른 살 정도에 원피스 같은 면옷을 입고 모직 망토를 두른 중국인이 서 있었다.

"프랜시스 카버."

중국인이 말했다. 스테인스는 카버의 지시를 떠올렸다.

"미안하지만 그런 사람은 없는데요. 웰스 씨를 말하는 건 아닌가요? 프랜시스 웰스?"

중국인은 고개를 저었다.

"카버."

그가 가슴에서 종이 한 장을 꺼내서 내밀었다. 호기심에 스테인스는 그것을 받아들었다. 코카투 섬 교도소에서 보낸 것으로 용승 씨의 문의에 감사하고, 프랜시스 카버 씨가 감옥에서 출소한 후 증기선 스파르타 호를 타고 뉴질랜드의 더니든으로 갔다고 알리는 내용의 편지였다. 말미에는 훨씬 더 짙은 색의 잉크로 다른 사람이 **호손 호텔**이라고 써놓았다. 스테인스는 그 메모를 한참 동안 보았다. 그는 카버가 전과자인 줄 몰랐다. 그 사실이 굉장히 충격적이었지만, 잘 생각해보니 그리 예상치 못했던 사실도 아니었다. 마침내, 정말로 마지못해 그는 고개를 저었다.

"미안합니다."

그가 중국인에게 종이를 도로 건네주면서 사과의 미소를 지었다.

"여기에 프랜시스 카버라는 사람은 없어요."

철

☾˙*

크로스비 웰스는 퍼즐의 답을 찾는다.

컴버랜드가 35번지에서는 짜증 날 정도로 지루한 오후가 흘러갔다. 안나와 웰스 부인은 열다섯 개의 밧줄 화환을 만들어서 아래층 응접실에 배치했고, 웰스는 그것을 보며 계속해서 술을 마시고 아무 말도 하지 않았다. 연단 뒤쪽으로는 노와 하얀 침대보로 만든 '주돛'을 세웠다. 주돛은 밧줄의 길이에 맞추어서 적절하게 축소했다. 그리고 바 뒤에는 해군기를 걸었다. 화환을 모두 배치한 다음 그들은 레몬과 전나무 술을 갖다놓고, 초를 장식하고, 잔을 닦고, 알코올램프를 채우고, 먼지를 닦았다. 그들은 일 하나하나를 굉장히 오랫동안 하고, 이 끔찍한 침묵의 자리를 피하기 위해서 위층이나 부엌으로 잠깐 다녀올 온갖 변명거리를 만들었다.

4시가 조금 넘었을 때 현관을 쿵쿵 두드리는 소리에 그들은 행동이 잠시 멈추었다.

"대체 누구지? 여자애들은 7시까지는 안 올 텐데. 이 시간엔 올 사람이 아무도 없어."

웰스 부인이 인상을 찌푸리고 중얼거렸다.

"내가 나가보지."

웰스가 문을 여니 면옷에 모직 망토를 두른 중국인이 문지방 앞에 서 있었다.

"이건 또 뭐야? 댁은 해군이 아니로군."

웰스가 말했다.

"안녕하십니까. 나 프랜시스 카버 찾는다."

"뭐?"

"프랜시스 카버 찾는다."

"카버라고 했나?"

"그렇다."

"들어본 적이 없는데."

"여기 산다."

중국인이 말했다.

"그렇지 않아, 이 친구야. 이 집은 리디아 웰스 부인 집이야. 난 그 여자의 운 좋은 남편이고. 내 이름은 크로스비지."

"카버 아니다?"

"난 카버라는 이름을 가진 사람은 모르네."

웰스가 대답했다.

"프랜시스 카버."

남자가 재차 말했다.

"미안하지만 도와줄 수가 없겠구먼."

중국인은 인상을 찌푸리고 주머니에서 두 시간쯤 전에 에머리 스테인스에게 보여주었던 바로 그 편지를 꺼내 웰스에게 내밀었다. '호손 호텔'이라는 단어에 줄을 긋고 그 아래 다른 사람이 '컴버랜드가, 수많은 소원의 집'이라고 써놓았다.

"누군가가 이 주소를 자네한테 준 건가?"

웰스가 물었다.

"그렇다."

중국인이 대답했다.

"누가?"

"항만관리인."

"항만관리인이 자네를 엉뚱한 데로 보낸 것 같구먼."

웰스가 편지를 도로 건네면서 말했다.

"이 집에는 그런 이름을 가진 사람이 없어. 무슨 일로 그 사람을 찾나?"

"정의를 이루려고."

중국인이 대답했다.

"정의라. 그렇군. 그 사람이 그럴 가치가 있길 바라겠네. 행운을 빌지."

웰스는 씩 웃으며 그렇게 말하고 문을 닫았다. 그러다가 갑자기 문틀에 손을 올린 채 우뚝 멈췄다. 그러고는 홱 돌아서서 한 번에 두 단씩 계단을 뛰어올라가 위층 안방으로 간 다음 책상 위에 쌓여 있는 『오타고 위트니스』를 찾았다. 신문을 낚아채고 몇 분 동안 기사를 훑어보다가 그는 다음 날 출항 목록을 발견했다.

4번 부두: 갓스피드 호. 목적지 포트 필립. 선원 J. 랙스워시(선장), P. 로건(1등 항해사), H. 피터슨(2등 항해사), J. 드래핀(승무

560

원), M. 듀이(요리사), W. 콜린스(갑판장), E. 콜, M. 제리슨, C.
솔버그, F. 카버(선원).

"누가 왔었어요?"

안나가 그를 따라 올라왔다. 그녀는 양손에 각각 청동 촛대를 들고
있었다.

"루시가 가게에서 돌아왔나요? 웰스 부인이 찾고 계신데요."

"중국인이었어."

웰스가 대답했다.

"뭘 원하던가요?"

"누굴 찾더군."

"누굴요?"

웰스가 그녀를 쳐다보았다.

"코카투 섬에서 복역한 사람을 혹시 알아?"

"아뇨."

"나도 그래."

"그건 꽤 힘든 노역이에요. 코카투요."

안나가 말했다.

"분명히 마음 약한 사람이 갈 만한 곳은 아닐 테지."

"그 사람이 찾는 게 누구였는데요?"

웰스가 머뭇거리다가 물었다.

"프랜시스 카버라는 이름 들어본 적 있어?"

"아뇨."

"전과자를 본 적은 없어?"

"전과자인지 아닌지 어떻게 알죠?"

"아마 모르겠지."

웰스가 대답했다. 잠시 침묵이 흐르고, 안나가 물었다.

"웰스 부인에게 말을 할까요?"

"아니, 조금 있어봐."

"전 이것 때문에 올라왔을 뿐이에요. 빨리 돌아가야 해요."

안나가 촛대를 들어올리면서 말했다.

웰스는 『오타고 위트니스』를 둥글게 원통형으로 말았다.

"그 여자는 냉혹한 계집이야, 안나. 리디아 웰스 부인에게는 진짜 감정이라고는 한 방울도 없어. 이윤이 안 나면 실패작이지. 그 여자는 내 돈을 훔쳤고, 네 돈도 훔칠 거야. 그러면 우리 둘 다 망하겠지. 우리 둘 다 망하는 거야."

"네, 알아요."

안나가 비참하게 대답했다. 웰스가 둥글게 만 신문을 휘둘렀다.

"이게 무슨 뜻인지 알아? 카버라는 이름의 남자가 전세선 선원으로 등록이 되어 있어. 내일 아침에 떠날 거고. 다시 말해서 바다와 관련된 신사라는 거야."

"그 말은 그 사람도 파티에 참석한다는 뜻이겠네요."

안나가 말했다.

"그리고 또 있어. 배의 선장. 랙스워시더군."

"웰스 부인이 아침에 그 이름을 말씀하셨어요."

"그래, 그랬지."

웰스가 신문을 다리에 내리치며 말했다.

"모든 게 차차 들어맞고 있어. 아직 전체적인 건 모르겠지만 말이야.

562

전체상 말이야."

"뭐가 들어맞는데요?"

"하루 온종일 난 이거 하나를 고민했지. 내 서류를 갖고 그 여자가 대체 뭘 하려는 걸까? 내 채굴허가증, 출생증명서. 금이랑 같이 그것도 훔쳐낸 게 분명해. 하지만 그 여자는 자기에게 쓸모가 없으면 상관을 안하는 여자인데, 내 서류 같은 게 그 여자에게 무슨 쓸모가 있지? 전혀 없을 텐데. 그렇다면 그걸 다른 사람에게 보냈을 수도 있겠지. 넘기는 거야. 하지만 누구에게? 어떤 사람이 다른 남자의 서류를 필요로 할까? 거기서 번뜩 생각이 났어. 자신의 과거로부터 도망치는 남자지. 이름이 더러워져서 더 나은 이름으로 새로 시작하고 싶은 남자. 과거의 일부를 떼어놓고 시작하고 싶은 남자."

안나는 인상을 찌푸린 채 기다렸다.

"빌어먹게 확실한 답이야."

웰스가 둥글게 만 신문을 왕홀처럼 들어올리며 말했다.

"방법도 모르겠고, 이유나 목적도 모르겠지만, 내가 이거 하나는 말해두지, 안나 양. 오늘밤에 난 프랜시스 카버 씨와 아는 사이가 될 거야."

주석

C

카버는 가짜 이름을 사용하고, 로더백은 자신의 이름을 서명한다.

"웰스."

로더백이 화들짝 놀라서 말했다.

"안녕하시오."

프랜시스 카버가 말했다. 그는 현문을 마주보는 자리에 앉아 있었
고, 손에는 권총을 들고 있었다.

"이게 뭐지?"

로더백이 물었다.

"올라오시오."

"이게 뭐요?"

그가 다시 물었다.

"대화를 하자는 거요."

카버가 말했다.

"뭐에 관해서?"

"선실로 들어오시는 편이 좋을 것 같은데, 로더백 나리."

"왜?"

카버는 아무 말도 하지 않고 권총 총구만 살짝 비틀었다.

"지난번에 우리가 이야기한 이래로 절대로 그 여자를 만난 적이 없어. 내 명예를 걸고 맹세하겠네. 자네가 물러나라고 했을 때 나는 물러났어. 지난 아홉 달 동안 난 아카로아에 있었다고. 오늘밤에야 이 도시에 돌아왔고. 사실 방금, 지금 막 말이야. 난 떨어져 있었어. 자네가 요구했던 대로."

"댁은 그렇게 말씀하시겠지."

카버가 말했다.

"그래, 내가 말했네! 내 말을 의심하는 건가?"

"아니오."

"그럼 그게 무슨 뜻이지? 나는 그렇게 말을 한다니?"

"서류상으로는 전혀 다르다 이거요."

로더백이 말을 더듬었다.

"자네가 무슨 서류 이야기를 하는 건지 전혀 모르겠군."

그가 잠깐 머뭇거리다가 말했다.

"하지만 대충 짐작해보자면, 댄포스의 영수증에 관한 이야기일 테지."

"바로 그렇소."

재빨리 어깨 너머를 돌아본 다음 로더백은 선실로 들어와서 뒤로 손잡이를 당겼다.

"좋네."

안으로 들어온 다음 로더백이 말을 이었다.

"뭔가 수작이 있는 거야. 아니면 이미 수작을 부렸거나."

"그렇소."

카버가 대답했다.

"이거 크로스비에 관한 건가? 크로스비와 관계가 있는 거야?"

"사실 말이지, 난 크로스비 형님이 걱정된다오."

그는 더이상 말을 잇지 않았다. 잠시 후 로더백이 겁에 질린 어조로 물었다.

"그래?"

"그래, 그렇소. 조만간 그 불쌍한 사람이 술을 너무 많이 들이켜서 죽지 않을까 싶거든."

로더백은 진땀을 흘리기 시작했다.

"랙스워시는 어디 있나?"

"컴버랜드가에서 술을 들이켜고 있을 테지."

"댄포스는 어디 있고?"

"마찬가지일 거요."

"다들 자네 손아귀에 있군, 그렇지?"

"아니. 당신이 내 손아귀에 있지."

카버가 말했다.

타르

☾⋆

카버는 증서를 마무리한다. 크로스비 웰스는 반격을 하고, 아편 팅크가
효과를 발휘한다.

두 시간 뒤 프랜시스 카버가 컴버랜드가 35번지의 문을 두드렸을
때는 해군 파티가 한창이었다. 규칙적으로 박수를 치고 발을 구르는 소
리, 요란한 웃음소리가 들렸다. 그는 좀더 날카롭게 문을 두드렸다. 그가
네번째로 문을 두드린 다음에야 하녀 루시가 나와서는 카버인 것을 확
인하고 그를 안으로 들인 다음 복도를 따라 웰스 부인을 부르러 갔다.

"오, 프랜시스. 정말 다행이에요."

웰스 부인이 그를 보고서 말했다.

"해결됐어."

카버가 안주머니에 매매 증서가 들어 있는 자신의 가슴을 두드렸다.

"전부 서명을 받았고, 지금 당장부터 효력을 발휘하게 되어 있지. 아
침까지 그자를 ─ 로더백을 ─ 감시하라고 애 하나를 붙여뒀어. 하지만
아마 아무한테도 말하지 않을 거야."

"그 사람을 다치게 한 건 아니죠?"

"아니. 그저 자기 자신이 굉장히 불쌍하게 느껴질 테지. 여긴 어떻게 되어가고 있어?"

그녀가 목소리를 속삭임에 가깝게 낮추었다.

"음, 오늘 아침에 끔찍하게 싸운 이래로—그리고 비참한 하루를 보내고—믿을 수 없는 행운이 따랐어요. 크로스비가 내가 새로 데려온 여자애한테 홀딱 넘어갔거든요. 나한테 앙심을 품고 그 애를 침대로 데려간 건지도 모르겠지만…… 둘 다 오늘 저녁에 훼방을 놓지 않는 것만으로도 난 더 바랄 게 없어요. 둘만 있는 걸 확인하자마자 루시에게 새 술을 한 병 들고 올라가라고 시켰고요."

"약은 탔어?"

"당연하죠."

"얼마나 강하게?"

"반병을 부었어요."

"그 이후로 별일 없고?"

"찍 소리도 안 났어요. 전혀요."

"좋아. 내가 올라가보지. 15분만 기다려."

카버가 말했다.

"그 사람 굉장히 화났어요. 금에 대해서 알고 있고—내가 아까 말한 것처럼요—로더백이 오는 것도 알았어요. 조심해요."

"그 작자가 취해서 뻗었다면 조심할 필요도 없을 거야."

"그 사람을 쏘지는 말아요. 알겠죠, 프랜시스?"

"그런 걱정은 안 해도 돼."

"난 알아야겠어요."

"머리만 한 대 후려칠 거야."

카버가 말했다.

"여기서는 안 돼요!"

"그래, 여기서 말고. 다른 곳으로 데려갈게."

"여자애도 아직 위에 있어요. 아마 그 사람이랑 같이 뻗었을 거예요. 잘은 모르겠지만요."

"여자도 내가 처리할게. 무슨 일이 생기기 전에 떠나라고 할 거야. 걱정하지 마."

"난 뭘 해야 하죠?"

"파티장으로 돌아가. 랙스워시에게 술이나 한잔 더 주라고."

Φ

카버는 문에 귀를 대보았다. 아무 소리도 들리지 않자 그는 아주 조용히 문손잡이를 돌렸다. 문은 소리 하나 내지 않고 열렸다. 방 안은 어두웠지만 그 너머 공간에서 조그만 램프가 타올랐다. 침대에 누군가 있었다. 이불이 두툼하게 솟아올라 있고, 베개 위로 검은 머리가 흩어진 게 보였다. 엉덩이에 손을 댄 채 그가 천천히 앞으로, 방 안으로 들어갔다.

뭔가 무거운 것이 허공을 휙 가르는 소리가 들려서 그는 몸을 돌리려고 했다. 하지만 그러기 전에 뒤통수를 얻어맞고 무릎을 꿇으며 쓰러졌다. 권총 손잡이를 잡으며 그는 몸을 돌렸지만, 크로스비 웰스가 부지깽이를 다시 휘둘러 손가락 관절 위를 내리치고, 다시 턱을 후려쳤다. 카버가 고통으로 몸을 웅크렸다. 본능적으로 그가 손을 위로 들어올려 얼굴을 가렸다. 네번째 타격은 그의 팔꿈치에 내려앉았고, 다섯번째는 관자놀이 위를 후려쳤다. 갑자기 몸에서 힘이 빠지며 그가 옆으로 쓰러졌다.

웰스가 앞으로 나와서 자유로운 손으로 남자의 벨트에서 권총을 빼내려 했다. 카버가 그의 팔을 붙잡았고, 두 사람은 잠깐 몸싸움을 벌이다가 웰스가 다시 한 번 부지깽이로 그의 옆통수를 내리쳤다. 카버는 힘이 빠져서 쓰러졌다. 마침내 웰스가 권총을 붙잡고서 빼냈다. 권총을 손에 쥐고 공이치기를 당긴 뒤 그는 카버의 얼굴에 겨누고서 잠시 숨을 헐떡거리면서 서 있었다. 카버는 신음하며 팔을 얼굴로 들어올렸다. 머리가 멍했다. 방 안의 불빛이 고동치는 것 같았다.

"네놈은 누구지?"

카버가 그를 쳐다보았다. 입에 피가 고여 있었다.

웰스는 왼손으로 권총을 들고 오른손으로 부지깽이를 든 채 다시 때리려는 것처럼 좀더 들어올렸다.

"네놈이 프랜시스 카버야? 말하지 않으면 쏴 죽여버리겠어. 네놈 이름이 카버야?"

"전엔 그랬지."

카버가 말했다.

"그럼 지금은 뭐지?"

카버가 씩 웃자 피 묻은 이가 드러났다.

"크로스비 웰스지."

웰스가 더 가까이 다가섰다.

"네놈을 죽여버리겠어."

"그러시든가."

카버는 그렇게 말하고 눈을 감았다. 웰스가 다시 부지깽이를 추어올렸다.

"내 금은 어디 있지?"

"없어."

"어디 있냐고 물었잖아."

"바다로 운송됐지."

"누가 실어갔지? 네놈인가?"

카버는 눈을 떴다.

"아니, 당신이 그랬지."

웰스가 부지깽이를 내리쳤다. 부지깽이는 카버의 관자놀이를 스쳤고, 그는 기절했다. 웰스는 잠시 수작을 부리는 게 아닌지 기다려보았으나 정말로 기절한 게 분명했다. 허연 눈자위가 보이고 한 손이 움찔거렸다.

웰스는 부지깽이를 카버의 손이 닿지 않는 곳에 내려놓고 오른손으로 권총을 바꿔 들었다. 머뭇거리며 그가 총구로 카버의 뺨을 찔러보았다. 카버의 머리가 뒤로 넘어갔다.

"그 사람 죽었어요?"

안나가 문가에서 물었다. 얼굴이 창백했다.

"아니. 숨은 쉬고 있어."

왼손으로 웰스가 부츠에서 사냥칼을 꺼내 칼집에서 뽑았다.

"그 사람을 죽이려고요?"

안나가 속삭였다.

"아니야."

"그럼 뭘 하시게요?"

웰스는 대답하지 않았다. 권총으로 카버의 머리가 움직이지 않게 고정하고서 칼끝을 카버의 왼쪽 눈 바깥쪽 바로 아래에 찔렀다. 즉시 피가 솟아서 그의 뺨을 타고 천천히 흘렀다. 웰스는 팔목을 홱 움직여 칼끝을 비틀고서 그의 눈부터 턱가까지 내리그었다. 그가 물러났지만 카버는 깨어나지 않았다. 그저 그르륵거리는 소리만 낼 뿐이었다. 그의 뺨은 이제 피투성이였다. 피가 턱선을 따라 흘러내려 목깃을 적셨다.

"카버의 C지."

웰스가 그를 바라보며 조용히 말했다.

"이제 누구든 네놈을 기억할 거다, 프랜시스 카버. 상처가 남을 테니까."

그가 고개를 들어 안나의 눈을 보았다. 그녀는 손으로 입을 막고 있었다. 겁에 질린 얼굴이었다. 그가 선반에 있는 술병을 향해 턱짓을 했다.

"한잔 마셔. 금세 잠이 들 테니까. 빨리 하는 게 좋을 거야."

안나는 술병을 보았다. 아편 팅크 때문에 위스키가 아주 약간 어두워져서 구릿빛을 띠었다.

"얼마나요?"

"위장이 버티는 만큼 마셔. 그런 다음 등을 대고 눕지 말고 옆으로 누워. 잘못하면 목이 막혀 질식할 수도 있으니까."

"약효가 도는 데 얼마나 걸릴까요?"

"금방이야."

크로스비 웰스가 카펫에 칼을 닦은 다음 칼집에 넣고서 일어나 떠날 준비를 했다.

"잠깐만요."

안나가 침실로 달려갔다. 잠시 후에 그녀는 처음 만났던 날 오후에 그가 주었던 금덩이를 도로 갖고 왔다.

"여기요. 가져가세요. 도망치는 데 쓰세요."

그녀가 그것을 그의 손에 밀어넣으면서 말했다.

무게추

C☆

크로스비 웰스는 도움을 요청한다. 세관원은 화가 나고, 짐을 회수한다.

"이봐요, 빌!"

공무원이 신문에서 시선을 들었다.

"거기 누구요?"

"웰스요. 크로스비 웰스."

"내가 볼 수 있게 이리 나와요."

"여기."

그가 손을 들어올리고서 밝은 곳으로 나왔다.

"어둠 속에서 슬금슬금 다니면서 뭘 하는 거요?"

웰스가 한 걸음 앞으로 나와서 여전히 손을 든 채로 말했다.

"부탁이 있소."

"음?"

"제일 먼저 출항하는 배를 좀 타야겠소."

공무원의 눈이 가늘어졌다.

"어딜 가려는 거요?"

"상관없소. 아무 데나. 그냥 조용히만 출발할 수 있으면 됩니다."

"그걸 해주면 나한테는 무슨 이득이 있소?"

웰스가 왼손 주먹을 폈다. 그의 손바닥 위에는 안나가 돌려준 금덩이가 있었다. 공무원은 그것을 보고 속으로 그 가치를 대충 계산한 다음 말했다.

"법은 어쩌고?"

"난 법을 준수하는 사람이오."

"그럼 누가 자네 뒤를 쫓고 있는 거요?"

"카버라는 남자요."

"그 사람은 선생한테 뭘 바라는데?"

"내 서류들. 그리고 돈. 그자가 내 금고에서 돈을 전부 털어갔소."

"언제 돈을 그렇게 벌었소?"

"던스탄에서. 1년쯤 전일 거요. 15개월 전."

"그런데 잘도 입 다물고 조용히 있었구먼."

"당연한 거 아니오. 난 리디아 말고는 아무한테도 말하지 않았소."

남자가 껄껄 웃었다.

"그게 첫번째 실수겠구먼."

"아니, 마지막 실수지."

웰스가 말했다.

그들은 서로를 바라보았고, 잠시 후 빌이 말했다.

"그 정도의 가치는 없을 것 같은데. 나한테 말이오."

"난 오늘밤에 배에 타서 숨어 있다가 날이 밝자마자 떠날 거요. 당신은 이 금을 갖고, 나는 내 목숨을 지키는 거지. 그뿐이오. 나를 배에 태워줄 필요도 없소. 그냥 어느 배가 떠나는지만 알려주고, 내가 지나가는 걸 못 본 척만 해주면 된다오."

공무원이 한 손을 흔들었다. 그는 서류를 밀어놓고 책상 위쪽에 붙여놓은 일정표 쪽으로 몸을 기울이더니 일정을 확인했다.

"내일 새벽에 호키티카로 출발하는 스쿠너선이 있군. 블랜치 호요."

그가 잠시 후에 말했다.

"어디 정박되어 있는지 좀 알려주시오. 위치만 알려줘요. 내가 바라는 건 그뿐이오, 빌."

웰스가 말했다.

공무원은 입술을 오므리고 잠시 생각에 잠겼다. 그러다가 서류에 최고의 대처법이 쓰여 있기라도 한 것처럼 일정표 쪽으로 다시 몸을 돌렸다. 그때 갑자기 그의 눈길이 날카로워졌다.

"잠깐만, 웰스!"

"뭐요?"

"여기 물품 목록에 따르면 선생이 인가를 한 걸로 나오는데."

인상을 찌푸리고 웰스가 다가왔다.

"어디 좀 봅시다."

하지만 빌은 웰스의 손이 닿지 않도록 기록을 끌어당겼다.

"멜버른으로 가는 짐이 있군."

그가 자료를 살피며 말했다.

"갓스피드 호에 실려 있고, 선생이 서명을 했는데."

그가 갑자기 성난 얼굴로 시선을 들었다.

"이게 다 뭐하자는 거지?"

"난 모르겠소. 좀 봐도 되겠소?"

웰스가 말했다.

"나한테 거짓말을 했어."

빌이 말했다.

"아니오. 난 그 망할 서류에 서명한 적이 없어."

"당신 돈이 이 상자에 있는 거야. 자기 금을 위탁해서 보내고, 본인은 자취를 감추기 위해서 호키티카로 갔다가 모든 게 다 안전해지면 타스만을 건너서 세금 한 푼 안 내고 돈을 되찾으려는 거지."

"아니, 그건 내가 아니라니까."

웰스가 주장했지만 공무원은 혐오스럽다는 투로 한 손을 내저었다.

"댁의 그 망할 금덩이는 도로 가져가라고. 난 사기에 끼고 싶지 않으니까."

웰스는 한동안 아무 말도 하지 않았다. 정박되어 있는 배의 어두운 그림자와 물 위로 부서지는 빛줄기, 매달린 등불, 바람 속의 끽끽거리는 소리에만 집중했다. 그러다가 신중하게 말했다.

"서명을 한 건 내가 아니오."

빌이 인상을 찌푸렸다.

"아니, 그만하라고. 날 속여먹지는 못할 테니까."

"내 출생증명서, 내 채굴허가증, 내 서류들, 그것들이 전부 다 컴버랜드가에 있는 금고 안에 있었소. 내가 맹세하겠소. 이 카버라는 자는 전과자요. 코카투에서 복역했지. 그자가 전부 다 가져갔어. 난 지금 걸친 셔츠 말고는 아무것도 없소, 빌. 프랜시스 카버가 내 이름을 도용한 거요."

빌이 고개를 저었다.

"아니, 그 짐은 출항하지 못할 거요. 아침에 제일 먼저 물품들을 끌어내릴 거니까."

"지금 내리시오. 내가 짐을 호키티카로 가져가겠소. 그렇게 하면 위탁되는 게 없잖소, 안 그래요? 그렇게 하면 전부 다 합법적이니까."

공무원은 물품 목록을 내려다보다가 다시 웰스를 보았다.

"난 어떤 부정행위에도 연관되고 싶지 않소."

"댁은 아무 잘못도 없을 거요. 전혀 말이지. 그걸 위탁으로 그냥 보내는 거야말로 직무 회피 아니겠소? 내가 서명도 하겠소. 원하면 어디든 서명할 테니까."

빌은 한참 동안 아무 말도 하지 않았고, 웰스는 그가 생각 중이라는 것을 알 수 있었다.

"그걸 블랜치 호에 실어줄 순 없소."

그가 마침내 말했다.

"그 배는 아침 일찍 출항할 거고, 패리시가 이미 화물 확인을 마쳤으니까. 시간이 없소."

"그럼 나중에 보내주시오. 내가 이송에 서명하겠소. 제발 부탁이오."

"부탁까지 할 필요는 없소."

빌이 인상을 찌푸리고 말했다.

웰스는 앞으로 나와서 책상에 금덩이를 도로 놓았다. 잠깐 동안 금이 나침반 바늘처럼 바르르 떠는 것 같았다.

빌은 금덩이를 한참 쳐다보았다. 그러다가 시선을 들고서 말했다.

"아니. 금은 가져가시오, 크로스비 웰스. 난 어떤 사기에도 끼고 싶지 않으니까."

6부

미망인과 상복

1865년 6월 18일
남위 42° 43′ 0″ / 동경 170° 58′ 0″

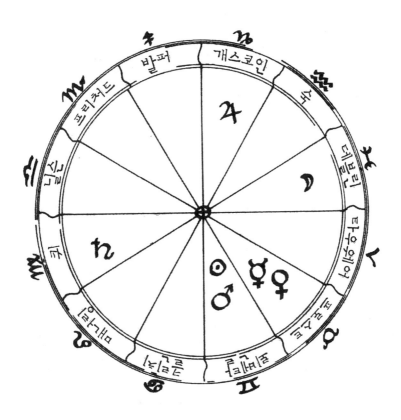

고정된 지구

☾˚

에머리 스테인스는 은행으로 금을 가져간다. 크로스비 웰스는 속임수를 제의하고, 스테인스는 한참 뒤늦게 자신의 첫인상을 의심하기 시작한다.

에머리 스테인스는 아직 호키티카에서 노다지를 발견하지 못했다. 점유할 만큼 마음에 드는 땅이나 들어가고 싶은 회사를 찾지도 못했다. 사금을 '능력껏' 조금 모으긴 했지만, 이건 강 북쪽과 남쪽 해안, 호키티카 협곡 귀퉁이의 조그만 도랑 여기저기서 모은 것이었다. 이런 곳은 이미 금이 대부분 사라져서 오래가지 못할 땅이었다. 스테인스는 자신의 시간과 돈을 쓸 때에는 방탕해지는 경향이 있었다. 그는 별 아래 천막을 치고 혼자 자는 것보다는 다른 사람들이 있는 곳에서 먹고 자는 것을 훨씬 더 좋아했다. 천막 생활은 처음 한 번이 지나면 낭만이 사라지는 경험이라는 것을 깨달았던 것이다. 그는 웨스트 캔터베리의 혹독한 겨울에 대비하지 않았고, 비가 올 때면 거의 항상 실내에 머물렀다. 안 좋은 날씨를 변명 삼아 와인을 마시고 절인 소고기를 먹으며 매일 저녁 카드놀이를 하고, 다음 날 아침에는 주머니를 다시 채울 일을 찾아 나섰다. 프랜시스 카버와의 협정이 아니었으면 그는 과한 음주와 회복이라는 두 단계로 이루어진 이런 무계획적인 생활을 무기한으로 계속했을 것이다. 하지만 그는 자신의 후원 조건을 잊지 않았고, 조만간 광부들이 말하는 것처럼 '닻을 내리고' 투자를 해야만 할 것이었다.

6월 18일 아침에 스테인스는 일찍 일어났다. 그는 카니에레의 간이 숙박소에서 밤을 보낸 참이었다. 별채 부엌이 딸려 있고 해먹이 층층이 매달린 길고 낮은 미늘벽 오두막이었다. 공기가 축축하고 차가워서 옷을 입는 동안 입김이 하얗게 보였다. 밖에 나와서 그는 김이 오르는 통에서 퍼담아주는 포리지 한 그릇에 반 페니를 내고, 겨울 하늘 아래 또렷한 모습을 드러낸 높다란 알프스의 등성이가 있는 동쪽을 바라보며 선 채로 아침을 먹었다. 접시가 깨끗하게 비자 창구에 도로 갖다놓고 동료들에게 모자를 기울여 인사를 한 다음 금광을 사기 위한 준비로 금 매수인과 약속을 잡기 위해 호키티카로 출발했다.

강을 돌아서 부두쯤 왔을 때 그는 항구 입구로 배가 천천히 다가오는 것을 보았다. 배는 정박소로 미끄러지듯이 들어와서 모래톱 맞은편 깊은 물 위에 강과 나란히 떠 있는 것 같았다. 스테인스는 부두의 긴 굽잇길을 걸어가면서 배를 보고 감탄했다. 너무 크지 않은 돛이 세 개 달린 근사한 배였다. 선수상은 독수리 형태로 부리가 크고 울부짖는 모양이고, 날개는 넓게 펼치고 있었다. 항구 쪽으로 향한 난간에 여자가 있었다. 거리가 멀어서 여자의 얼굴도, 표정도 보이지 않았지만, 꼼짝 않고 양손을 난간 위에 올리고 서 있는 것으로 보아 상념에 잠긴 것 같았다. 치마가 여자의 다리 주위로 나부끼고 보닛 끈은 가슴 위에서 흔들렸다. 그는 그녀가 무슨 생각에 빠져 있을까 궁금했다. 추억에 사로잡혀 있는 걸까, 문득 떠오른 풍경을 생각하고 있을까, 아니면 일어나길 바라거나 일어나지 않았으면 하는 미래상을 생각하고 있는 걸까?

준비은행에서 그는 사금이 든 가죽 주머니를 꺼내 은행원의 요청에 따라 그 내용물을 확인하고 무게를 측정했다. 평가에는 약간 시간이 걸렸지만 최종 금액은 꽤 높았고, 스테인스는 가슴 위 조끼 주머니에 20파운드의 은행권을 넣고서 건물을 나왔다.

"거기 좀 서보게, 청년."

스테인스는 돌아섰다. 은행 계단에서 대략 쉰 살쯤 되어 보이는 모랫빛 머리의 남자가 일어서고 있었다. 피부는 굉장히 그을렸고, 코는 아주 빨갰다. 일주일은 기른 것 같은 수염은 뿌리가 상당히 하얬다.

"무슨 일이십니까?"

스테인스가 물었다.

"질문 두어 개만 대답을 좀 해보게. 첫번째 질문이야. 자네 컴퍼니 사람인가?"

"컴퍼니에 고용되진 않았는데요."

"좋아. 두번째 질문이야. 정직인가, 충성인가?"

"네?"

"정직과 충성. 어느 것을 더 높게 평가하나?"

"이거 무슨 장난인가요?"

"진심으로 묻는 거야. 괜찮다면 대답을 좀 해주게."

"음."

스테인스는 인상을 살짝 찌푸리고서 대답했다.

"꽤나 대답하기 어려운 질문인데요. 어느 것을 더 높게 평가하느냐. 정직과 충성. 관점에 따라서는 정직도 일종의 충성이라고 말할 수 있을 겁니다. 진실에 대한 충성이니까…… 충성을 일종의 정직이라고 말할 수는 없겠지만요! 만약에 하나를 골라야 한다면, 그러니까 부정직하지만 충성스러운 것과 불충하지만 정직한 것 중에 골라야 한다면 전 진실보다는 제 동료, 나라, 제 가족들 편에 서겠습니다. 그러니까 제 경우에는…… 충성을 고르는 거겠군요. 하지만 다른 경우에는…… 다른 사람들에 관해서는 생각이 다릅니다. 전 그저 저에게 충성스러운 친구보다는 정직한 친구가 훨씬 더 좋습니다. 그리고 저는 아첨꾼보다 정직한 친구에게 더 충실할 거고요. 제 답이 조건부라고 해두지요. 제 경우에는 충성 쪽을 높게 칩니다. 다른 사람의 경우엔 정직이고요."

"훌륭해. 아주 훌륭하군."

남자가 말했다.

"그런가요?"

스테인스가 미소를 지으면서 말했다.

"제가 시험 같은 것에 통과한 건가요?"

"거의 그래. 난 부탁을 좀 하려고 해. 선의로 말이야. 조건은 자네가 정하는 대로고. 이걸 좀 보게……."

그가 주머니에서 작은 시가만한 크기의 금덩이를 꺼냈다. 그리고 빛을 받을 수 있게 위로 들어올렸다.

"근사하지 않아?"

"아주 근사하군요."

스테인스는 그렇게 대답했지만 더이상 웃지는 않았다.

남자가 말을 이었다.

"클루타 골짜기에서 찾았지. 오타고 쪽에 있는. 한 달 정도―두 달을―갖고 다녔는데, 이걸로 땅을 사고 싶은데 말이야―봐둔 땅덩이가 있거든―부동산 업자가 은행권이 아니면 절대로 받으려고 하지 않

아. 그런데 문제는 이거야. 난 강도를 당해서 내 신분을 증명할 도리가 없거든. 내 서류들, 채굴허가증, 전부 다 없어졌어. 그래서 이 금을 내가 직접 은행에서 바꿀 수가 없단 말이지."

"아."

"난 부탁을 좀 하고 싶은 거야. 이 금을 은행에 가져가서 자네 거라고 하게. 자네가 왕실 소유 땅에서 찾은 거라고. 그리고 은행권으로 나 대신 좀 바꿔주게. 30분도 걸리지 않을 거야. 자네에게 보상은 얼마든지 하겠네."

"그렇군요."

스테인스는 확신 없는 어조로 중얼거리고서 잠깐 생각에 잠겼다.

"안에 있는 사람들에게 그냥 상황을 설명하시는 게 어떻습니까? 방금 저한테 말씀하신 것처럼 강도를 당했다고 하시면 되지 않나요?"

"그럴 수가 없어."

"기록은 항상 있는 법입니다. 설령 서류가 없다고 해도 다른 방법으로 선생이 누군지 찾을 수 있을 겁니다. 해운 소식이나 뭐 그런 걸로요."

남자는 고개를 저었다.

"난 오타고에 등록되어 있어. 그리고 여기 올 때 세관을 거치지 않았지. 여기엔 내 기록이 전혀 없다네."

"아."

스테인스는 점차 불편해지기 시작했다.

남자가 앞으로 다가왔다.

"난 정직하게 말하는 거야. 이 금은 내 것이야. 클루타 골짜기에서 찾은 거지. 그 장소를 자네에게 그려줄 수도 있어. 망할 놈의 지도를 그릴 수도 있다고. 내 이야기는 진짜야."

스테인스는 금을 다시 쳐다보았다.

"선생님을 보증해줄 만한 사람이 없나요?"

"이런 이야기를 사방에 떠들고 다닐 순 없잖나."

남자가 주먹을 흔들면서 날카롭게 말했다.

"그런들 무슨 소용이 있지? 이미 강도를 당했는데. 다시는 강도를 당하지 않을 거야. 이 세상에서 이 금을 나 말고 건드려도 되는 사람은 딱 한 명뿐이야. 안나 웨더렐이라는 젊은 여자지. 그 여자가 내가 자네에게 한 이야기가 사실이라는 걸 확인해줄 거야. 하지만 그 여자는 더니든에 있고, 난 우편이 오기를 기다리고 있을 순 없어."

안나 웨더렐이라는 이름은 스테인스에게 아무 의미가 없었기 때문에 그는 한 귀로 흘려들으며 여기서 빠져나갈 가장 좋은 방법을 고민했다. 남자의 이야기는 별로 설득력이 없었다. (스테인스가 보기에 그 금은 훔친 거고, 도둑이 잡힐까봐 겁이 나서 순진한 제삼자를 고용해 증거를 추적 불가능한 현금으로 바꾸려고 하는 게 뻔해 보였다.) 또한 남자의 얼굴 역시 별로 친근감을 주지 못했다. 오래전부터 과음으로 망가진 지치고 핏발 선 얼굴을 하고 있었던 것이다. 몇 걸음 떨어진 자리에서도 남자의 옷과 숨결에서 어제 마신 술 냄새가 풍겼다. 시간을 끌기 위해서 그가 물었다.

"부동산업자라고 하셨던가요?"

남자는 고개를 끄덕였다.

"내가 눈독 들이고 있는 땅이 있어. 아라후라 쪽이지. 목재업에 딱이야. 금을 쫓아다니는 건 이제 끝이야. 난 엄청난 돈이 있었지만 이제 다 사라졌고, 그걸로 게임 끝이지. 목재업은 정직한 일이야."

"성함이 어떻게 되십니까?"

"크로스비 웰스."

스테인스가 머뭇거렸다.

"웰스요?"

"그렇다네."

대답을 하고서 남자가 갑자기 인상을 찌푸렸다.

"이 이름이 자네한테 뭔가 의미라도 있나?"

스테인스는 한 달 전 프랜시스 카버가 조지가의 호손 호텔에서 했던 그 기묘한 명령을 떠올렸다. '오늘만은 내 이름이 웰스야. 프랜시스 웰스.' 그는 그렇게 말했었다.

"크로스비 웰스란 말이죠."

스테인스가 다시 물었다.

"그래."

웰스는 여전히 인상을 찌푸리고서 말했다.

"중간 이름도 없고, 별명도 없고, 가명도 아니고, 그냥 평범한 크로스비 웰스일 뿐이야. 태어나던 날부터 그랬어. 물론 증명할 수는 없지. 서류가 없이는 빌어먹을 이름 하나 증명할 수가 없어."

스테인스는 다시 머뭇거렸다. 그러다 잠시 후에 한 손을 내밀고서 말했다.

"에머리 스테인스입니다."

웰스는 다른 손으로 금을 옮겨 쥐고서 악수를 나누었다.

"가격을 말해보겠나, 스테인스 군? 자네가 말하는 대로 기꺼이 따를 테니까."

"저기 말입니다, 혹시 모르실 것 같지만, 그러니까 죄송한데 말입니다, 혹시 프랜시스 카버라는 사람을 아십니까?"

스테인스가 갑자기 물었다.

그는 여전히 더니든을 떠나기 전날 무슨 일이 있었는지 전혀 알지 못했다. 카버가 그날 오후에 어디를 갔는지, 왜 가명을 쓰려고 했는지, 왜 다섯 벌의 평범한 드레스밖에 들어 있지 않은 조그만 짐가방을 그렇게 중요하게 지키려고 했는지 말이다.

웰스의 몸이 굳었다. 그가 갑자기 냉정한 목소리로 물었다.

"왜 묻지?"

"정말 죄송합니다. 아마 관련은 없을 것 같은데요. 그저, 음, 한 달쯤 전에 카버라는 남자가 선생님의 성을 썼거든요…… 그날 오후에만요. 저한테는 그 이유나 목적을 전혀 말해주지 않았고요."

웰스가 주먹을 꽉 쥐었다.

"카버가 자네와 무슨 관계지?"

"전 그 사람을 잘 모릅니다."

스테인스가 한 걸음 물러서면서 말했다.

"저한테 돈을 좀 빌려줬을 뿐입니다."

"어떤 돈? 얼마나?"

"8파운드요."

"뭐?"

"8…… 8파운드요."

스테인스가 다시 한 번 말했다. 웰스가 그에게로 다가섰다.

"그자와 친구인가?"

"전혀 아닙니다."

스테인스는 다시 한 걸음 물러서면서 말했다.

"전 나중에야 그 사람이 전과자인 걸 알았어요. 노역으로 10년 형을 받았다는 걸요. 하지만 그때는 이미 늦었습니다. 전 이미 서명을 했으니까요."

"뭐에 서명을 했는데?"

"후원 계약에요."

"거기에 내 이름으로 서명했단 말이지."

"아뇨."

스테인스가 양손을 들어올리면서 말했다.

"그 사람은 그걸, 그러니까 선생님 이름을 딱 한 번만 사용했고, 전 어디에 썼는지는 모릅니다. 저기, 선생님께 곤란을 끼쳐서 정말로 죄송합니다만……."

"그 작자야. 그 작자가 내 서류를 훔쳐갔어. 내 금을 전부 다 훔쳐갔고. 내 마누라가 나를 등지게 만들었지. 내 이름에 내 돈까지 훔쳐가고 내 목숨까지 앗아가려고 했어. 하지만 그 일만큼은 성공하지 못했지, 안 그래? 난 빠져나왔거든. 난 여전히 여기 있지. 쥐꼬리만한 돈을 받고 일하며 입에 겨우 풀칠이나 하고, 몸을 숨기고, 거의 미쳐버릴 때까지 계속 어깨 너머를 돌아보면서 말이지. 이게—그는 금덩이를 내밀었다—나한테 남은 전부야."

크로스비 웰스가 말했다.

"왜 그 사람을 법의 심판대로 끌고 가지 않으십니까? 증거가 충분한 것 같은데요."

웰스는 즉시 대답하지 않고 있다가 물었다.

"그자가 어디 있지?"

"아직 더니든에 있을 것 같은데요."

"확실한가?"

"제가 아는 한은요. 저한테 그 사람 주소가 있습니다. 첫번째 투자를 한 다음에 그 사람에게 편지를 보내야 하거든요."

"자넨 그 작자의 **동업자로군.**"

웰스가 거칠게 그 단어를 내뱉었다.

"아뇨. 전 그 사람에게 빚을 졌을 분입니다. 그 사람이 8파운드를 대 줬고, 전 그 대가로 그 사람에게 배당금을 줘야 합니다."

"자넨 그 작자의 동업자야. 하수인이라고."

스테인스는 다시금 불안해져서 말했다.

"저기, 카버 씨가 선생님께 뭘 했든 간에 — 그리고 이유가 뭐든 간 에 — 저는 아무것도 모릅니다. 정말이에요. 제가 뭔가 안다면 지금 선 생님께 그 사람 이름을 말할 이유가 없지 않습니까? 그냥 입을 다물고 있었겠죠."

웰스는 아무 말도 하지 않았다. 그들은 서로의 표정을 주시하며 계 속 쳐다보고 서 있었다. 그러다가 스테인스가 말했다.

"제가 해드리죠. 제가 그 금을 은행으로 가져가겠습니다."

게자리의 화성

☾⋆

카버는 크로스비 웰스를 찾기 시작한다. 에드거 클린치는 서비스를 제
안하고, 안나 웨더렐은 결심을 다잡는다.

갓스피드 호는 만조일 때 호키티카 모래톱을 넘었다. 강어귀의 교통
량을 지나치는 데 거의 한 시간이 걸렸다. 여러 배들이 출항을 하느라
깁슨 부두에서 선창에 진입해도 좋다는 신호를 줄 때까지 기다려야 했
기 때문이다. 갑판에 혼자 서 있던 안나 웨더렐은 느긋하게 풍경을 즐
길 수 있었다. 호키티카는 그녀가 상상했던 것보다 작았고, 훨씬 더 노
출되어 있었다. 기다란 오타고 항구 안쪽으로 들어가 있는데다가 사방
이 언덕으로 감싸인 더니든과 비교하면 호키티카는 바다와 너무 가까
워서 무서울 정도였다. 안나의 눈에 건물들은 음울하고 버려진 것 같은
인상이었고, 주택 지붕과 바닷가 호텔의 차양 사이로 이리저리 줄에 걸
린 빨간색과 노란색 깃발들 때문에 더 불쌍해 보였다.

갑자기 딸랑거리는 소리에 그녀는 부두로 시선을 돌렸다. 적갈색 머
리에 콧수염이 있는 남자가 부둣가에 서서 청동 핸드벨을 흔들며 바람
속으로 고함을 지르고 있었다. 뭔가를 광고하는 것 같았지만 추천의 말

은 요란한 종소리에 묻혀 들리지 않았다. 종의 입 부분은 빵 덩어리만큼 크고, 추는 금괴처럼 두툼하고 무거웠다. 덕분에 먼 거리와 바람 속에서도 비통하고 청명한 소리를 냈다.

더니든에서의 출항은 프랜시스 카버가 지휘하는 갓스피드 호의 처녀 항해였다. 카버는 5월 12일 밤에 입은 여러 개의 상처로 운신이 불가능해서 다음 날 오후 멜버른으로 예정되어 있던 출항을 하지 못했다. 그 결과 그는 랙스워시 선장에게 선주가 바뀌었다고 알릴 기회가 없었다. 랙스워시는 천성이 시간을 엄수하는 사람이라서 선원 한 명이 늦었다고 배의 출항을 미루지 않았다. 그는 끔찍한 두통을 안고서도 예정대로 출항을 했고, 갓스피드 호가 포트 찰머스의 정박지에서 출항하고 나자 카버는 배가 돌아오기를 기다리는 수밖에 없었다. 그는 이후 4주 동안 요양을 했고, 웰스 부인은 그의 얼굴 상처를 볼 때마다 괴로운 표정으로 걱정스럽게 그를 보살폈다. 상처는 실로 꿰맸고 그 실은 나중에 제거했다. 이제는 사이잘 로프 정도의 두께에 양쪽 끝이 약간 튀어나온 분홍빛의 흉측한 흉터로 아물었다. 그는 종종 손끝으로 흉터를 건드렸고, 말을 할 때에는 손으로 가리곤 했다.

갓스피드 호가 6월 14일에 포트 필립에서 돌아오자 카버는 제임스 랙스워시를 만나 선장직이 끝났음을 알렸다. 바크선은 팔렸고, 배의 새 선주인 웰스 씨의 지시에 따라 카버 자신이 선장이 되었으며, 랙스워시를 비롯해서 선원들까지 전부 다 고용을 해지할 권리를 주었다고 이야기했다. 카버와 이전 선장과의 이야기는 길었고, 딱히 화목한 분위기는 아니었다. 한 달 전 갓스피드 호에 실렸던 물품 중 특정한 하나가 옮겨졌다는 사실을 카버가 발견하고 그들 사이는 더욱 틀어졌다. 그는 랙스워시에게 이것을 따졌지만 랙스워시는 어깨만 으쓱였다. 그의 입장에서는 짐을 회수하는 데 딱히 규칙이나 절차가 위반된 바가 없었던 것이다. 카버의 분노는 비통함으로 변했다. 그는 세관에 가고, 부두에 있는 모든 해운 회사를 뒤지고, 선원 구역에 있는 여인숙까지 찾아다녔지만, 탐문은 성과가 없었다. 그날 저녁 그는『오타고 위트니스』의 해운 소식란을 살피다가 갓스피드 호 외에 5월 13일에 포트 찰머스에서 출항한 배는 딱 한 척이라는 것을 알아챘다. 호키티카 행 스쿠너선 블랜치 호였다.

"딱히 실마리라고 할 만한 것도 못 돼. 하지만 아무것도 안 하고 있을 수는 없어. 아무것도 안 하면 미쳐버릴 거야. 어쨌든 아직 그놈의 출생증명서는 나한테 있으니까. 채굴허가증도. 내 이름이 크로스비 웰스라고 하고, 내가 화물을 잃어버렸다고 하면 돼. 그리고 그걸 찾아주면 보상을 하겠다고 하고."

그가 웰스 부인에게 말했다.

"하지만 진짜 크로스비는 어쩌려고요? 혹시라도……."

"그놈을 보면 죽여버릴 거야."

"프랜시스……."

"죽여버릴 거라고."

"그 사람은 당신이 쫓아올 거라고 예상하고 있을 거예요. 두번째는 분명히 대비를 하고 있을 거라고요."

"나도 마찬가지야."

갓스피드 호가 떠나기 전날 안나 웨더렐은 아래층 응접실로 내려오라는 말을 들었다. 웰스 부인이 그녀를 기다리고 있었다.

"카버 씨가 건강을 회복했으니 이제 좀 덜 급한 문제를 처리할 수 있게 되었어. 네 미래 같은 거 말이야. 더이상 내 집에 머물 수는 없다는 거 잘 알 거야. 이유도 알 테고."

"네, 부인."

안나가 중얼거렸다.

"네 배신에 대해서는 눈감아줄 수도 있었어. 모든 여자가 그러듯이 그냥 입 다물고 넘어갈 수도 있었겠지. 하지만 카버 씨에게 가해진 끔찍한 행위는 무시할 수가 없어. 네가 내 남편과 손잡은 건 못된 정도를 넘어서서 그야말로 사악한 짓이야. 카버 씨는 영영 흉측한 흉터를 달고 살아야 해. 그 심각한 상처를 생각하면 목숨을 건진 것만 해도 행운이지. 그 사람은 평생 흉터를 지니고 살아야 할 거야."

"전 자고 있었어요. 아무것도 못 봤어요."

안나가 대답했다.

"웰스 씨는 어디 있니?"

"전 몰라요."

"사실대로 말하는 거니?"

"네, 맹세해요."

웰스 부인이 몸을 바로 세웠다.

"카버 씨는 내일 웨스트 코스트로 떠날 거야."

웰스 부인이 주제를 바꾸고 말했다.

"그리고 난 호키티카에 아는 사람이 있지. 딕 매너링이라는 사람이야. 그 사람이 널 호키티카에서 적당하게 써먹을 거다. 넌 네가 처음 바라던 대로 광부들을 따라다니는 일을 하게 될 거고, 너와 나는 다시 만날 일이 없을 거다. 네가 지난 두 달 동안 쓴 경비는 전부 다 그 사람에게 빚으로 넘겼어. 너 놀란 모양이구나. 술이 나무에서 자라는 줄 알았니? 그렇게 생각한 거야?"

"아뇨, 부인."

안나가 중얼거렸다.

"그러면 지난 한 달 동안 네 술 마시는 습관만 해도 돈이 수십 들었다는 데에 놀라지 않을 테지?"

"네, 부인."

"넌 못되긴 했지만 멍청하진 않은 모양이구나. 하지만 네 그 못된 행동거지를 생각할 때 그 정도로 머리가 있는 건 이상한 일도 아니겠지. 미리 말해두지만 매너링 씨는 결혼하지 않았으니까 그 사람 밑에서는 내 집에 있을 때만큼 수치스러운 일을 하게 될 가능성은 없단다."

안나는 목이 메었다. 말을 할 수가 없었다. 웰스 부인이 나가보라고 하자 그녀는 안방으로 달려가 책상에 놓인 아편 팅크가 들어간 위스키 병뚜껑을 열고 병째 입에 대고 두 모금을 다급하게 마셨다. 그리고 침대에 쓰러져서 아편의 효과가 돌 때까지 흐느껴 울었다.

안나는 호키티카에서 자신을 기다리는 일이 뭔지 잘 알고 있었지만, 죄책감과 자기혐오 때문에 바람 앞에 버티고 서듯이 닥쳐올 모든 운명에 마음을 다잡았다. 웰스 부인이 정해놓은 것을 거부할 수도 있었다. 야반도주할 수도 있고, 자기만의 계획을 세울 수도 있을 것이다. 하지만 자신의 상태를 더이상은 의심할 수가 없었고, 조만간 티가 날 거라는 것도 알고 있었다. 웰스 부인이 그녀의 비밀을 알아내고 적절한 조치를 취하려고 하기 전에 빨리 이 집을 떠나야만 했다.

갈매기가 깁슨 부두 쪽으로 낮게 날아갔다. 부두에 닿자 새는 방향을 돌려 상승기류를 타고 빙 돌다가 다시 날아갔다. 안나는 어깨 위로 숄을 더 꼭 여몄다. 갓스피드 호는 이제 막 닻을 내려도 좋다는 허가를 받았다. 해안으로 줄을 던지고, 카버의 지시에 따라 돛을 접어서 고정시켰다. 천천히 바크선이 부두 쪽으로 다가갔다. 부두 일꾼들 몇 명이 도와주려고 서 있었고, 안나는 그중 몇 사람이 그녀를 가리키며 손으로 입을 가리고 속삭이는 것을 보고 눈을 깜박였다. 그녀가 보고 있는 것을 깨닫자 그들은 모자를 벗고 절을 하고서는 낄낄거리며 벨트 버클 위로 바지를 잡아올렸다. 안나는 얼굴을 붉혔다. 갑자기 비참해져서 그녀는 갑판을 가로질러 우편 난간으로 가 난간을 양손으로 꽉 잡고 깊게 숨을 들이켠 뒤 부두 위쪽으로 파도가 하얀 안개처럼 피어올라 수평선을 흐릿하게 가리는 모습을 바라보았다. 그녀는 카버가 퉁명스럽게 그녀의 이름을 부르며 부두로 내려가라고 할 때까지 그렇게 서 있었다. 에드거 클린치가 그리디론 호텔의 경영인으로서 그녀에게 자신의 호텔에 묵으라고 제의했고, 카버가 그녀 대신 받아들였다.

테-라-오-타이누이

크로스비 웰스는 아라후라 골짜기에 자리를 잡고, 증기선 *티타니아* 호
가 모래톱에서 좌초된다.

스테인스가 은행으로 가져간 웰스의 금은 백 파운드가 넘는 현금으
로 교환되었다. 구매인이 감정을 끝내고 은행원이 은행권을 쓰는 동안
스테인스는 수많은 사람에게 금의 출처에 대한 질문을 받았다. 그는 이
런 질문에 모호하게 대답하며 대략 동쪽으로 손을 흔들고는 '골짜기'라
든지 '언덕'처럼 일반적인 지형을 댔지만, 이런 노력은 별로 소용이 없
었다. 구매자 책상 위쪽의 칠판에 금의 가격이 적히자 은행원은 박수를
유도했고, 광부들은 그의 이름을 외쳤다.

"원하시면 이걸 제련하기 전에 복제품을 만들 수도 있습니다."

스테인스가 나가려고 하자 은행원 프로스트가 말했다.

"금색으로 칠을 해서 보관하실 수도 있어요. 연인에게 기념품으로
보내셔도 되고 말입니다. 아주 근사할 겁니다."

"복제는 필요 없습니다. 고맙지만요."

스테인스가 대답했다.

"기념하고 싶으실 수도 있어요. 최고 행운의 날이니까요."

"내 최고 행운의 날은 아직 오지 않은 거면 좋겠군요."

스테인스는 그렇게 말했고, 다들 다시 박수를 치고 감탄하며 최소한 대여섯 명의 사람들이 그와 '동료'가 되고 싶다고 제의했다. 군중으로부터 빠져나와 밖으로 나올 무렵 그는 꽤나 짜증이 나 있었다.

"저를 호키티카 최고의 행운이라고 하더군요."

크로스비 웰스에게 봉투를 건네면서 그가 말했다.

"행운을 꽉 거머쥐어라, 행운을 주변에 나눠줘라, 행운의 비밀을 털어놔라 등등 온갖 조언을 들었어요. 선생님이 저에게 한 이야기가 전부 사실은 아니라는 생각이 드는군요. 이런 시간에 그 정도 크기의 금덩이를 갖고 준비은행에 들어갈 만큼 멍청한 사람에게 무슨 일이 생길지 이미 알고 계셨던 거 아닙니까?"

웰스가 씩 웃었다.

"호키티카 최고의 행운이라. 굉장한 기대로구먼. 거기 부합할 수 있게 살길 바라겠네."

"최선을 다하죠."

청년이 대답했다.

"자, 난 자네한테 빚을 졌지."

웰스가 은행권을 재빨리 세어본 다음 조끼 안쪽에 봉투를 넣으며 말했다.

"아라후라 골짜기가 내가 사려는 곳이야. 북쪽으로 15킬로미터쯤 떨어져 있지. 강줄기가 해변을 가로지르는 곳이야. 절대 헷갈릴 수 없을 거야. 자네라면 언제 어떤 이유로 오든 환영일세."

"기억해두겠습니다."

스테인스가 대답했다. 웰스는 잠깐 머뭇거렸다.

"자네 아직도 내 이야기를 완전히 믿지는 않지, 스테인스 군?"

"솔직히 그렇습니다, 웰스 씨."

"어쩌면 자네 친구 카버에게 이야기를 할 수도 있겠군그래."

"카버는 제 친구가 아닙니다."

"하지만 내 이름을 슬쩍 흘릴 수는 있을 테지. 지나가는 척하면서. 확인하기 위해서."

"안 그럴 겁니다."

"그렇게 했다가는 살인을 하는 거나 마찬가지야, 스테인스 군. 그 작자는 나와 끝장을 봐야 하는 문제가 있거든. 날 죽이고 싶어 하지."

"전 비밀을 지킬 수 있습니다. 아무에게도 이야기하지 않겠습니다."

"자넬 믿네."

웰스는 그렇게 말하고 손을 내밀었다.

"행운을 빌겠네."

"네, 행운을 빌겠습니다."

"또 만날지도 모르겠군."

"그럴 수도 있겠죠."

스테인스는 크로스비 웰스가 길을 따라 내려간 뒤에도 한참 동안 준비은행 계단 위에 서 있었다. 그는 상대가 사람들 사이를 가로질러 부동산 사무소로 가서 계단을 올라간 다음 모자를 벗고 뒤 한번 돌아보지 않고서 안으로 들어가는 것을 보았다. 15분이 지났다. 스테인스는 난간에 팔꿈치를 올린 채 계속 쳐다보고 서 있었다.

"난파됐어요! 난파됐어요! 모래톱에서 난파됐어요!"

스테인스는 다가오는 야경꾼을 쳐다보았다.

"배 이름이 뭡니까?"

그가 소리쳤다.

"티타니아 호요. 증기선요. 좌초됐어요."

스테인스는 티타니아 호라는 배 이름을 들어본 적이 없었다.

"어디서 오던 겁니까?"

"더니든에서 오클랜드를 지나서요."

야경꾼이 대답했다. 스테인스가 고개를 끄덕이고 관심을 돌리자 그가 다시 외쳤다.

"난파됐어요! 난파됐어요! 모래톱에서 배가 난파됐어요!"

마침내 부동산 사무소의 문이 열리고, 두 남자가 나왔다. 첫번째는 크로스비 웰스였고, 코트에 팔을 끼우고 있는 두번째 남자는 아마도 부동산업자인 것 같았다. 그들은 현관에 잠깐 서서 이야기를 나누었다. 잠시 후 말 두 마리가 끄는 조그만 마차가 건물 옆으로 와서 멈추었고, 웰스와 부동산업자가 올라탔다. 그들이 자리에 앉아 문을 닫자 마부가 말들을 몰았고, 조그만 마차는 덜그럭거리며 북쪽으로 달려갔다.

우발적 위계*

☾˚

두 가지 우연한 만남이 결합되고, 에드거 클린치는 별로 달가워하지 않는다.

에드거 클린치는 배려심 넘치고 철저한 안내인이었다. 깁슨 부두에서 걸어오는 짧은 시간 동안 그는 지나치는 모든 것에 대해 유창하고 세세하게 설명을 늘어놓았다. 가게 하나하나, 창고 하나하나, 행상 하나하나, 말과 마차, 표찰 하나하나까지 전부 다 설명했다. 안나는 거의 대답을 하지 않았고, 말도 별로 하지 않았다. 하지만 준비은행 근처를 지날 무렵 그가 말하던 도중에 그녀가 갑자기 놀란 탄성을 질렀다.

"무슨 일이오?"

클린치가 경계하는 투로 물었다.

현관 난간에 몸을 기대고 있는 사람은 행운의 바람 호에서 만났던 그 금발의 청년이었다. 그 역시 똑같이 놀란 표정으로 그녀를 쳐다보고 있었다.

"당신이군요!"

---

* 어느 행성이 황도대의 위치가 아니라 다른 원인으로 힘을 얻는 경우를 의미한다.

그가 외쳤다.

"네, 네."

"그 앨버트로스!"

"기억해요."

두 사람은 수줍은 듯 서로를 쳐다보았다.

"다시 만나서 정말로 기뻐요."

잠시 후에 안나가 말했다.

"이거야말로 완벽하게 우연한 마주침이군요."

청년이 계단을 내려와 길거리에 서서 말했다.

"생각해봐요. 우리가 두번째로 만난 거예요! 물론 나도 그걸 굉장히 바라고는 있었지만, 그건 공허한 소망일 뿐이었어요. 어렴풋한 상태에서 그냥 몽롱하게 생각하는 그런 거 말이죠. 우리가 항구 앞쪽을 돌아갈 때, 그 새벽녘에 당신이 뭐라고 했는지 기억해요. '폭풍우 속에서 저 녀석이 나는 것을 보면 좋겠어요.' 그랬었죠. 난 그 이후로 그 말을 여러 번 생각했어요. 그건 아주 근사하고 독창적인 연설이었거든요."

그 말에 안나는 얼굴을 붉혔다. 누가 자신을 독창적이라고 말하는 건 처음이었을 뿐만 아니라 자신의 말이 '연설'이 될 만하다고는 한 번도 생각해본 적이 없기 때문이었다.

"그냥 몽상이었을 뿐이에요."

그녀가 말했다.

클린치는 소개 받기를 기다리고 있다가 결국 목을 가다듬었다.

"호키티카에 온 지 오래됐나요?"

청년이 물었다.

"오늘 아침에 도착했어요. 실은 방금요. 정박한 지 한 시간도 지나지 않았어요."

"그렇게 금방이라니!"

청년은 그녀가 방금 도착한 것이 그들의 우연한 재회를 더욱 대단하게 만들어주기라도 하는 것처럼 더욱 놀란 기색이었다.

"당신은요? 여기 오래 계셨나요?"

안나가 물었다.

"난 여기 한 달 넘게 있었어요."

청년이 씩 웃으면서 말을 이었다.

"당신을 만나서 정말 반가워요. 정말 근사하군요. 낯익은 얼굴을 본게 굉장히 오래되었거든요."

"당신도, 저기…… 광산촌에 계신가요?"

안나가 다시 얼굴을 붉히면서 말했다.

"네. 나도 재산을 모으기 위해서, 아니면 그럴 만한 기회라도 잡아보려고 여기 왔죠. 솔직히 말하자면 난 그 차이를 잘 모르겠어요. 아!"

그가 모자를 홱 벗었다.

"이렇게 무례하게 굴다니. 내 소개도 아직 안 했군요. 난 스테인스예요. 에머리 스테인스."

클린치는 그 기회를 이용해서 황급히 끼어들었다.

"호키티카는 어떻소, 스테인스 씨?"

"굉장히 마음에 듭니다. 모순으로 이루어진 완벽한 벌집 같아요! 신문은 있는데 그걸 읽을 커피 하우스는 없고, 처방약을 지어줄 약사는 있는데 의사는 없고, 병원은 그 이름에 전혀 미치지 못하고 말입니다. 가게에는 언제나 책이나 양말이 매진인데, 둘 다 한꺼번에 없는 경우는 또 없어요. 레벨가에 있는 호텔들은 전부 다 아침만 파는데, 그걸 하루

온종일 팔죠!"

안나가 미소를 지었다. 그녀가 대답을 하려고 하는데 클린치가 다시 끼어들었다.

"그리디론에서는 따뜻한 저녁식사를 판다오. 3페니 식사가 있고 6페니 식사가 있소. 그리고 6페니 식사에는 맥주가 딸려 나오지."

"어느 호텔이 그리디론이죠?"

"레벨가에 있는 거요."

클린치는 그걸로 충분히 위치를 알 수 있다는 듯한 투로 말했다.

스테인스가 다시 안나를 보았다.

"어쩌다가 코스트에 오게 된 거죠? 누가 초청해서 왔나요? 여기서 일을 할 건가요? 쭉 머무를 거예요?"

안나는 매너링의 이름을 들먹이고 싶지 않아서 신중하게 대답했다.

"머무르려고 해요. 그리디론 호텔에 묵을 거예요. 클린치 씨가 친절하게 제안해주셨거든요."

"바로 나라오. 클린치요. 이름은 에드거라고 하고."

클린치가 한 손을 내밀며 말했다.

"만나 뵙게 되어 반갑습니다."

스테인스가 짧게 악수를 하면서 말했다. 그러고는 다시 안나를 보았다.

"난 여전히 당신 이름을 몰라요…… 하지만 아직은 물어보지 말까 싶어요. 내가 맞춰볼 테니까 그때까지 비밀로 하면 어때요?"

"그녀의 이름은 안나 웨더렐이오."

클린치가 말했다.

"오."

스테인스의 표정에 갑자기 놀란 빛이 어렸다. 마치 그녀의 이름에 그가 명확하게 말로 표현할 수 없는 중요성이 담긴 것처럼 그는 굉장히 호기심 어린 얼굴로 안나를 쳐다보았다.

"우린 이만 가는 게 좋겠소."

클린치가 말했다. 스테인스가 옆으로 물러났다.

"아, 물론이죠. 어서 가셔야죠. 두 사람 모두 좋은 아침이 되시길."

"다시 만나서 정말로 기뻐요."

안나가 말했다.

"자리를 잡고 나면 내가 찾아가도 될까요?"

스테인스의 말에 안나는 깜짝 놀라며 고맙다고 인사를 했다. 좀더 이야기를 하고 싶었지만 클린치가 이미 그녀의 손을 자신의 팔꿈치에 끼고서 자신의 가슴 쪽으로 단단히 끌어당기며 앞장서서 가는 바람에 따라가는 수밖에 없었다.

화성이 지배하는 양자리

☾˙

프랜시스 카버는 *테 라우 타우웨어*에게 정보를 묻는다. 하지만 아직
*크로스비 웰스*와 알지 못하는 타우웨어는 그를 돕지 못한다.

마오리 청년은 남들이 말채찍이나 권총을 꽂는 것 같은 모양으로 벨
트에 녹암으로 만든 곤봉을 꽂고 있었다. 곤봉은 노 모양으로 깎아서
반짝거릴 정도로 광을 낸 것이었다. 돌은 물결무늬가 들어간 올리브색
으로 조그만 코와이 꽃다발을 녹여서 유리에 찍어낸 것처럼 노란 빛깔
이 가득 번져 있었다.

상대방에게 메시지를 전한 뒤 막 작별을 하려던 카버는 그 돌이 빛을
받아서 갑자기 밝아지는 것을 보고 호기심에 그것을 가리키며 물었다.

"그게 뭐지? 노인가?"

"파투 포우나무."

타우웨어가 대답했다.

"내가 좀 보지. 나한테 좀 줘보게."

카버가 손을 내밀면서 말했다.

타우웨어는 곤봉을 벨트에서 뺐지만 상대에게 건네지는 않았다. 그

는 꼼짝도 않고 서서 곤봉을 느슨하게 든 채로 카버를 바라보다가 갑자기 앞으로 펄쩍 뛰어나와서 카버의 목과 가슴을 차례로 때리는 시늉을 했다. 그리고 마침내 곤봉을 어깨 위로 들어올렸다 천천히 내려 카버의 관자놀이에 닿기 직전에 멈췄다.

"철보다 단단하다."

그가 말했다.

"그래? 철보다 단단하다고?"

카버는 움찔하지도 않고 물었다.

타우웨어는 어깨를 으쓱였다. 그가 물러나서 벨트에 다시 곤봉을 꽂았다. 그는 한참 동안 고개를 들고 턱에 힘을 준 채로 카버를 바라보다가 차갑게 웃고서 몸을 돌려 떠났다.

쌍둥이자리의 태양

벤자민 뢰벤탈은 실수를 인지하고, 스테인스는 충동적으로 행동한다.

"망할."

뢰벤탈이 중얼거리고서 인상을 찌푸리고 인쇄판을 보았다. 활자의 양옆과 위아래가 전부 반전되어 있어서 그는 글자를 오른쪽에서 왼쪽으로, 거꾸로 읽었다.

"과부가 있구먼."

"뭐가 있어요?"

막 신문사로 들어오던 스테인스가 물었다.

"과부라고 하지. 인쇄용어라네. 칸에 들어가기에는 한 단어가 더 많다는 거야. 남는 단어가 있는 걸 과부라고 하지. 망할, 망할, 망할. 오늘 아침에 너무 급했거든. 글자수를 확인도 하지 않고 2인치 광고비를 받았는데, 그 사람 광고 문구가 가로세로 2인치 칸에 다 안 들어가는군. 아! 이건 미뤄뒀다가 나중에 다시 한 번 봐야겠어. 혼란스러울 때는 그게 답이지. 그나저나 뭘 도와드릴까, 스테인스 씨?"

뢰벤탈은 인쇄판을 옆으로 밀어놓고 미소를 지으며 손가락에 묻은 잉크를 닦을 천을 집었다.

스테인스는 그날 아침에 자신의 능력치만큼의 금을 은행에 가져가서 현금으로 바꾸었다고 말했다.

"전 광산에 투자를 할 생각이었어요. 하지만 그러고 싶지 않아요. 아직은요. 전 아직…… 음, 아직 여러 가지 것들을 결정하지 못했어요. 대신에 광산촌에 투자할 만한 게 뭐가 나와 있는지 알고 싶어요. 호텔, 식당, 창고, 가게…… 매물로 나와 있는 거라면 뭐든지요."

"알겠네."

뢰벤탈은 서류함으로 가서 제일 윗서랍을 열고 파일들을 살피다가 종이 한 장을 꺼내서 스테인스에게 내밀었다.

"여기 있네."

스테인스는 서류를 살폈다. 목록 제일 아래에 시선이 닿았을 때 그가 입을 약간 벌렸다. 그리고 놀라서 고개를 들었다.

"그리디론."

뢰벤탈이 양손을 펼쳤다.

"그것도 꽤 괜찮은 투자지. 맥스웰 씨가 현재 소유주라네. 경영인은 클린치 씨고. 두 사람 다 좋은 사람들이지."

"이걸로 하겠어요."

스테인스가 말했다.

"흠? 자네가 살펴보고 싶어 한다고 맥스웰 씨에게 전해주길 바라나?"

뢰벤탈이 물었다.

"전 살펴볼 생각이 없어요. 그냥 사겠어요. 지금 당장요."

화성이 지배하는 전갈자리

C☽

프랜시스 카버는 임페리얼 호텔에서 사람을 사귄다.

카버는 그날 아침 『웨스트 코스트 타임스』에 낸 광고가 효과가 있을 거라고는 그다지 기대하지 않았다. 누군가가 찾는 트렁크를 열어보지 않을 만큼 멍청한 사람이 있을지도 의문이고, 심지어 그 트렁크를 돌려받는 데에 50파운드라는 상금이 걸려 있다면 더더욱 의문스러웠다. 그가 바랄 수 있는 최선의 상황은 트렁크를 찾는 사람이 그것을 열어보고, 내용물을 뒤진 다음에 드레스가 감상적인 가치가 있는 건가보다 생각하고 — 만약에 그 사람이 『타임스』를 읽고 상금이 걸려 있다는 걸 안다면 — 그것을 내놓는 것이었다. 하지만 그럴 가능성도 낮거니와 그러자면 트렁크가 세상의 수많은 목적지 중에서 웨스트 캔터베리로 수송되었어야 한다는 더더욱 가능성 낮은 전제가 필요했다! 아니, 그 짐이 5월 12일 밤에 갓스피드 호의 화물칸에서 사라졌다는 사실은 딱 한 가지 의미였다. 누군가가 그 트렁크에 들어 있는 엄청난 금에 대해서 알아챘다는 거였다. 그렇게 마지막 순간에 짐을 회수해서 다급하게 다른 곳에 싣는 일은 거의 없었다. 마지막 순간에 트렁크를 회수한 것이 크로스비 웰스였다면 ─ 지금으로서는 그게 가장 그럴듯한 추측이었다 ─ 그걸 되찾자마자 세관원에게 금을 뇌물로 쓰거나 다른 사람에게 서류를 사거나 혹은 이름을 빌려서 외국으로 떠났을 것이다. 그러면 그 금은 완전히 사라진 셈이다. 카버는 욕을 하고서 좌절감을 해소하기 위해 잔 바닥을 바에 두드렸다.

"동감이오."

바로 옆자리의 남자가 말했다.

카버는 고개를 돌려 남자를 노려보았지만 그는 바텐더를 손짓으로 불렀다.

"저 사람한테 술 한잔 더 주게. 우리 둘 다 한 잔씩 더 마셔야겠어. 내 계산서에 올리고."

바텐더는 브랜디 병을 따고 카버의 잔을 다시 채워주었다.

"난 프리처드라고 하오."

남자는 바텐더가 술을 따르는 것을 보며 말했다.

카버가 그를 보았다.

"카버요."

"선원인 모양이구려. 재킷에 소금이 말라붙은 걸 보니까."

"선장이오."

카버가 대꾸했다.

"선장이라. 거 참 멋지구려. 난 배만 타면 멀미를 해서 말이오. 안 그랬으면 고향으로 돌아갔을 텐데, 항해 생각만 해도 의지가 사라지더군. 다시 그 고생을 하느니 그냥 여기서 죽고 말겠소. 세상의 망할 구석탱이에서 말이지. 안 그런가?"

카버는 툴툴거렸고, 두 사람은 술을 마셨다.

"하지만 선장이라, 그거 참 멋지군."

프리처드가 잠시 후에 말했다.

"댁은?"

카버가 물었다.

"약제사요."

카버는 깜짝 놀랐다.

"약제사?"

"이 동네 유일의 약제사지. 그야말로 독특한 존재라오."

그들은 한동안 침묵을 지켰다. 잔이 비자 프리처드는 바텐더에게 다시 손짓을 했고, 바텐더는 그들의 잔을 다시 한 번 채워주었다. 갑자기 카버가 그를 쳐다보고서 말했다.

"아편은 어떤 걸 갖고 있소? 쉽게 쓸 수 있는 게 있나?"

"미안하지만 그건 도와줄 수가 없을 것 같소."

프리처드가 고개를 흔들면서 말했다.

"나한테는 팅크로 된 것밖에 없는데, 그나마도 질이 영 떨어지지. 위스키보다도 약하고, 두통은 두 배로 오고 말이오. 그레이 남쪽에서는 전혀 제대로 된 걸 찾을 수 없을 거요. 정말로 아편에 굶주린 게 아니라면, 북쪽으로 가시오."

"난 사려는 게 아니오."

카버가 말했다.

7부

거주지*

1865년 7월 28일
남위 42° 43′ 0″ / 동경 170° 58′ 0″

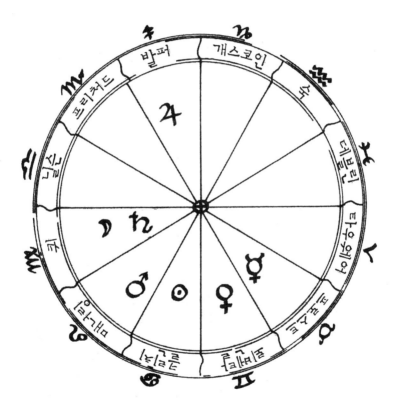

---

* domicile, 행성이 자신이 다스리는 궁에 있는 상태. 해당 행성의 기질이 제대로 드러난다.

게자리 & 달

C☽★

에드거 클린치는 최근 안나의 건강이 나빠지는 것이 그녀의 고용주 매너링이 아편에 중독되도록 부추기고 약을 공급하는 것 때문이라고 추측하고 강하게 설득하려 한다. 클린치보다 고집이 더욱 센 안나는 그의 말에 따르지 않는다.

"난 중국인에 대해서 아무런 감정도 없소. 그저 그 광경이 보기 안 좋을 뿐이지. 그뿐이야."

클린치가 말했다.

"어떻게 보이든 그게 무슨 상관인가요?"

"그 느낌도 마음에 들지 않아. 내 말뜻은 그거요. 그 상황."

안나는 드레스 치마를 매만졌다. 크림색 치마에 상체에는 뜨개 장식이 들어간 모슬린 드레스였다. 그녀가 몇 주 전 티타니아 호가 난파된 뒤 난파 화물 상인에게서 구매한 다섯 벌 중 하나였다. 드레스 두 벌에는 세탁으로는 도저히 사라지지 않는 종류의 검은 곰팡이 얼룩이 있었다. 전부 다 아주 무거웠고, 코르셋은 아주 단단했다. 그녀는 그게 좀더 엄격하던 옛날의 유산인가보다 생각했다. 난파 화물 상인은 옷을 종이에 싸면서 티타니아 호는 난파되던 날에 여자 승객이 한 명도 없었다는 아주 기묘한 사실을 알려주었다. 더 이상한 것은 난파선에서 화물을 건져온 뒤에도 아무도 이 트렁크의 주인이라고 나서지 않았다는 거다. 해운 회사들도 이 짐에 대해서는 아무것도 모르는 것 같았다. 선적표는 바닷물에 다 지워졌고 화물 기록에는 물건들이 이름순으로 기재되어 있지 않았다. 정말로 기묘한 일이라고 난파 화물 상인은 말을 끝맺었다. 그리고 그녀에게 그걸 입는 걸 부끄러워하거나 불편해하지 않길 바란다고 덧붙였다.

클린치는 계속해서 말했다.

"약기운에 쓰러지면 어떻게 분별력을 유지하겠소? 만약에, 만약, 음, 뭔가…… 뜻밖의 일을 맞닥뜨리면 어떻게 자신을 보호하겠냐고."

안나가 한숨을 쉬었다.

"그건 클린치 씨가 염려할 일이 아니에요."

"그자가 당신을 이용하고 있는데, 아플 때까지 이용하고 있는 게 빤히 보이는 상황인데 어떻게 염려를 안 할 수가 있겠나?"

"그 사람은 언제까지나 저를 이용할 거예요, 클린치 씨."

클린치는 화가 났다.

"어쩌다 그걸 그렇게 갈망하게 된 거지? 대답해보시오! 그냥 어느 날 파이프를 들었는데 순식간에 중독이 된 건가? 매너링 씨에게 겁을 먹은 게 아니라면 왜 그걸 하는 거요? 그자는 당연히 당신이 꼼짝달싹 못하는 상태가 되기를 바랄 테지. 내가 이런 수작을 못 본 줄 아시오? 다른 여자들은 그런 물건에 손도 대지 않아. 매너링도 그걸 알고. 하지만 당신에게는 사용하려고 하지. 당신에게 덫을 놓은 거고, 당신은 거기 그대로 굴러떨어진 거요."

"에드거……."

"뭐요? 왜?"

"제발 절 그냥 두세요. 견딜 수가 없어요."

안나가 말했다.

사자자리의 태양

C˙*

에머리 스테인스는 지난 한 달 동안 그의 우정을 얻기 위해서 계속 애를 쓴 호키티카의 거물인 매너링과 긴 점심식사를 즐긴다. 매너링은 마치 모든 금광에서의 성공이 자신이 판단하고 칭찬할 일인 것처럼, 종종 그러듯이 자신이 호키티카의 시장인 것처럼 행동한다.

"자네는 얼굴에 성공한 사람이라고 쓰여 있어, 스테인스. 난 그런 얼굴을 아주 좋아하지."

매너링이 말했다.

"제 운이 조금 심하게 과장이 된 것 같습니다만."

스테인스가 말했다.

"말도 참 겸손하게 하는군. 그 금덩이는 자네도 알겠지만 엄청난 발견이야. 은행원의 보고서를 봤다네. 얼마더라, 백 파운드쯤 되던가?"

"대략 그 정도 됩니다."

스테인스가 불편한 어조로 대답했다.

"그리고 그걸 골짜기에서 발견했단 말이지!"

"골짜기 근처였습니다. 정확한 위치는 기억이 안 나는군요."

스테인스가 고쳐주었다.

"음, 어디서 발견했든 간에 행운이지. 그 홍합 다 먹을 건가, 아니면 치즈로 넘어갈까?"

매너링이 물었다.

"넘어가지요."

"백 파운드라!"

매너링이 종업원에게 접시를 치우라고 손짓을 하면서 말했다.

"그건 그리디론 호텔의 가격보다도 훨씬 더 큰 금액이지. 자네가 그 호텔 가격을 얼마를 지불했든지 말이야. 그런데 얼마나 줬나?"

스테인스가 움찔했다.

"그리디론 말인가요?"

"20파운드쯤인가?"

그는 영 감출 수가 없었다.

"25파운드였습니다."

매너링이 탁자를 내리쳤다.

"바로 그거야. 자네는 현금 더미 위에 앉아 있으면서 4주 동안 1페니도 안 썼어. 왜지? 무슨 이유가 있나?"

스테인스는 즉시 대답하지 않고 생각에 잠겨 있다가 마침내 말했다.

"전 항상 자신의 비밀을 감추는 것과 다른 사람의 비밀을 지키는 것 사이에는 커다란 차이가 있다고 생각했습니다. 그래서 자신의 비밀을 부르는 단어와 자신이 만들지 않았고, 바라지도 않았지만 어쨌든 지키기로 한 비밀을 부르는 단어가 따로 있으면 좋을 거라고 생각할 정도입니다. 사랑도 마찬가지인 것 같습니다. 사랑을 주는 것, 또는 주고 싶은 감정과 사랑을 받고 싶은 감정은 엄청나게 다르죠."

그들은 잠시 침묵 속에 앉아 있었다. 그러다가 매너링이 퉁명스럽게 말했다.

"자네 지금 나에게 이게 전부가 아니라고 말하는 건가?"

"절대로 행운이 전부인 경우는 없지요."

스테인스가 대답했다.

물병자리 & 토성

☾⋆

최근에 카니에레 차이나타운에 자리를 잡은 숙 용승은 다양한 비품들을 구하기 위해서 호키티카로 내려가고, 그가 죽였다고 재판을 받았던 남자의 형제이자 그 남자의 진짜 살인범 마거릿의 남편인 교도소장 조지 셰퍼드가 그를 목격한다.

마거릿 셰퍼드는 철물점 문가에 서서 남편이 물건을 모두 고르고 계산하기를 기다리고 있었다. 숙 용승은 그녀에게서 2미터도 떨어져 있지 않았지만 건어물 선반에 가려서 보이지 않았다. 선반 옆으로 돌아온 셰퍼드가 그를 먼저 발견했다. 그는 즉시 멈췄고 얼굴이 굳어졌다. 하지만 대단히 평이한 목소리로 그가 말했다.

"마거릿."

"네, 여보."

그녀가 속삭였다.

"서로 돌아가시오. 당장."

셰퍼드는 숙 용승에게서 눈을 떼지 않은 채 말했다.

마거릿은 이유를 묻지 않고 말없이 돌아서서 도망치듯 떠났다. 그녀의 등 뒤로 문이 닫히자 셰퍼드의 오른손은 아주 천천히 총집 위로 움직였다. 왼손으로는 종이 한 뭉치, 경첩 두 개, 노끈 한 뭉치, 나팔 모양 머리의 못 상자가 든 종이봉투를 들고 있었다. 숙 용승은 파라핀 캔 앞에 무릎을 꿇고 손가락으로 뭔가를 계산하는 중이었다. 그의 짐 꾸러미는 옆쪽 바닥에 있었다.

셰퍼드는 희미하게 가게 안 분위기가 굉장히 고요하다는 사실을 깨달았다. 뒤쪽 어디서 누군가의 목소리가 들렸다.

"문제라도 있으십니까, 손님?"

셰퍼드는 즉시 대답하지 않다가 말했다.

"이걸 사겠소."

그는 종이봉투를 내밀고서 기다렸다. 잠시 후에 속삭이는 소리가 들리고 주저하며 다가오는 발소리가 들렸다. 곧 주인이 그의 손에서 봉투를 가져갔다. 약 1분 정도가 지났다. 숙 용승은 계속 계산을 하면서 시선을 한 번도 들지 않았다. 그때 똑같은 목소리가 속삭이듯이 말했다.

"1실링 6펜스입니다, 손님."

"교도소 앞으로 달아두시오."

셰퍼드가 대답했다.

목성의 오랜 지배

☾˙*

알리스테어 로더백은 이복형제 크로스비 웰스가 어머니 쪽으로 악당 프랜시스 카버와 이복형제라고 믿고, 그렇기 때문에 로더백 자신을 협박해서 사랑스러운 바크선 갓스피드 호를 빼앗은 사건에도 연루되어 있을 거라고 생각한다. 그래서 호키티카 소인의 편지를 받고 당황하고, 그 내용을 읽고서 자신의 추측이 잘못된 것임을 깨닫는다. 그 깨달음에 그는 한참 동안 심각하게 생각한 끝에 마침내 편지를 쓴다.

크로스비 웰스가 다시금 보낸 편지로 인해서 알리스테어 로더백이 의회의 웨스트랜드 의원 자리에 출마하기로 했다고 말하는 것은 좀 과장일 것이다. 하지만 그 편지는 그 지역의 지지도가 어느 정도인지를 그에게 확실하게 알려주었다. 로더백은 편지를 여섯 번 읽고서, 한숨을 쉬고 그것을 책상 위에 던져놓은 다음, 파이프에 불을 붙였다.

웨스트 캔터베리. 1865년 6월.

선생님.

제 소인을 통해서 제가 더이상 오타고 주민이 아니라 흔히 말하듯이 '둥지를 옮겼다'는 것을 알아채셨는지 모르겠습니다. 선생님께서는 산맥 서쪽으로 오실 일이 거의 없으실 테니 웨스트 캔터베리가 남쪽의 초원과는 완전히 다른 곳이라는 것을 알려드리고 싶습니다. 해안의 일출은 진홍빛 장관이고, 눈 덮인 산꼭대기에는 하늘빛이 감돕니다. 덤불은 축축하고, 엉켜 있고, 물은 아주 하얗습니다. 외로운 곳이지만 새소리가 계속되기에 조용하지는 않고, 그 소리가 굉장히 즐겁습니다. 이미 추측하셨겠지만 예전의 삶을 떠나왔습니다. 아내와는 별거했습니다. 제 결혼의 씁쓸한 진실을 아시면 저를 얕잡아 생각하실까봐 편지엔 감춘 것이 많습니다. 제가 이곳으로 도망치게 된 이유를 구구절절이 떠들지는 않겠습니다. 유감스러운 이야기인데다가, 생각하면 슬퍼지기 때문입니다. 두 번이나 데였으니 세번째는 조심해야지요. 다른 사람들보다 형편없는 수치이긴 합니다만 그래도 이제는 확실하게 교훈을 얻었습니다. 이 이야기는 그만두고 대신 현재와 미래 이야기를 하고 싶습니다. 웨스트 캔터베리에 금이 넘치고, 사람들이 매일같이 돈 더미를 쌓고 있긴 합니다만 저는 더이상 금을 캘 마음이 없습니다. 탐광을 하지도, 다시는 제 재산을 빼앗기지도 않을 겁니다. 대신에 목재업에 뛰어들까 합니다. 테로 토우-파라이라는 훌륭한 마오리 청년을 알게 되었습니다. 원주민어로 '세월의 백 채의 집'이라는 뜻입니다. 우리 영국인들은 이에 비하면 얼마나 형편없는 이름을 갖고 있는지요! 어쩌면 시 구절인지도 모른다는 생각이 듭니다. 토우-파라이는 최고로 고결한 야만인이고, 저희들은 금세 친구가 되었습니다. 다시 다른 사람과 교제를 한다는 사실에 실은 꽤 기운이 납니다. 이만 줄이겠습니다.

크로스비 웰스

내재적 위계

C*

에머리 스테인스는 그리디론 호텔로 가서 안나 웨더렐을 방문하고, 거기서 약간 뜸을 들이다가 그녀의 입장에서 크로스비 웰스의 도주에 관해 이야기해달라고 부탁한다. 안나는 그의 다급하고 솔직한 청에 호기심을 느끼고, 딱히 감출 이유도 없어서 모두 이야기한다.

에머리 스테인스는 안나가 입은 드레스가 자신이 5월 12일 오후에 호손 호텔에서 권총을 손에 들고 지켰던 다섯 벌 중 하나라는 사실을 알아채지 못했다. 하지만 처음 그녀를 보고서 옷이 영 안 맞는다는 생각은 했다. 분명히 그녀보다 훨씬 가슴 크기가 큰 여자를 위해서 만들어진 옷이었다. 하지만 그는 그 생각을 재빨리 접었다. 그들은 꽤 따뜻하지만 약간 서먹서먹하게 인사를 나누었고, 잠깐 어색하게 머뭇거리다가 안나가 그에게 응접실로 가자고 말했다. 두 사람은 벽난로를 마주 보고 있는 등받이가 높은 의자에 앉았다.

"웨더렐 양, 좀 물어보고 싶은 게 있는데 말입니다…… 굉장히 무례한 거고 만약에, 만약에 이유가 뭐든 간에 대답을 하고 싶지 않거나, 혹시 내 부탁을 들어주고 싶지 않다면 말이죠, 그러면 당장에 그렇게 말을 해주세요."

"오."

안나는 마음의 준비를 하듯이 숨을 들이켜고서 고개를 돌렸다.

"왜 그러죠?"

스테인스가 조금 놀라서 물었다.

그녀가 갑자기 일어나서 응접실을 가로질러갔다. 벽을 바라보고 고개를 돌린 채로 그녀는 잠시 거기 서서 깊게 숨을 들이켰다.

"멍청한 생각이었어요. 멍청했어요. 저한테 신경 쓰지 마세요. 금방 괜찮아질 테니까요."

그녀가 무거운 어조로 말했다. 스테인스 역시 당황해서 일어섰다.

"내가 기분을 상하게 했나요? 그렇다면 정말로 미안해요. 하지만 뭐때문이죠? 뭐가 문제인 거예요?"

안나가 손으로 얼굴을 닦았다.

"아무것도 아니에요."

그녀는 여전히 돌아서지 않은 채 말을 이었다.

"그냥 좀 놀랐을 뿐이에요. 하지만 달리 생각했던 내가 바보 같았어요. 스테인스 씨 잘못이 아니에요."

"뭐에 놀란 거죠? 달리 생각했다니, 뭐가요?"

"그저 스테인스 씨는⋯⋯."

"네? 말해봐요. 그래야 내가 바로잡지 않겠어요? 부탁이에요."

그녀는 마침내 마음을 가라앉히고서 돌아섰다.

"질문하셔도 돼요."

그녀가 간신히 미소를 지으면서 말했다.

"정말로 괜찮은 건가요?"

"물론이에요. 물어보세요."

"음, 좋아요. 그게, 크로스비 웰스라는 사람에 관한 거예요."

안나의 비참한 표정이 순식간에 충격받은 표정으로 바뀌었다.

"크로스비 웰스요?"

"아마도 우리 두 사람의 공통된 친구일 거예요. 최소한, 그러니까, 난 그 사람에게 충실하기로 했거든요. 그리고 당신도 아마 그런 것 같다는 인상을 받았는데 맞나요?"

그녀는 대답하지 않고 잠시 눈을 가늘게 뜨고 그를 힐끔거리다가 물었다.

"그 사람을 어떻게 아세요?"

"그건 말해줄 수가 없어요. 비밀을 지키라고 약속을 받았거든요…… 그 사람이 어디 있는지에 대해서, 그리고 우리가 어떻게 만났는지에 대해서요. 하지만 금덩이와 프랜시스 카버라는 남자, 그리고 무슨 강도 사건에 대해서 이야기하면서 당신 이름을 말하더군요. 혹시 내가 너무 무례하다고 생각하지 않는다면, 물론 내가 무례한 행동을 하고 있다는 건 나도 알지만요, 그 사건에 대해서 전부 다 듣고 싶은데요. 이게 목숨이 달린 문제라고 할 수는 없겠죠. 정말로 그런 건 아니니까요. 그리고 중요한 게 달린 문제라고 할 수도 없을 거예요. 내가 아는 한, 딱히 이 문제에 관련된 중요한 건 없으니까요. 그저 내가 카버 씨와 일종의 동업 관계를 맺었다는 걸 제외하면요. 그런 걸 하다니 내가 바보였어요. 지금은 알겠어요. 그리고 내가 그 사람에 대해서 잘못 판단했다는 생각이, 아주 끔찍한 느낌이 들어요. 그 사람이 진짜 악당이라는 생각이 말이죠."

"그 사람 여기 있나요? 크로스비요. 그 사람이 호키티카에 있어요?"

"그것도 말해줄 수가 없을 것 같아요."

스테인스가 말했다. 그녀가 배 위로 손을 얹었다.

"그 사람이 어디 있는지는 말씀해주시지 않아도 돼요. 하지만 그 사람에게 메시지를 좀 전해주세요. 아주 중요한 메시지예요. 저한테는요."

상승점

☾˙⋆

테 라우 타우웨어는 크로스비 웰스에게 프랜시스 카버의 이름을 대지도, 한 달 전 그들의 짧은 만남에 대한 이야기를 하지도 않는다. 그가 굉장히 자기 이야기를 하지 않는 성격이기 때문이기도 하고, 경제적 이익을 볼 수 있다는 교활한 계산이 깔려 있기 때문이기도 했다. 다음번에 프랜시스 카버를 만나면 어쩌면 쉽게 몇 실링쯤 벌 수 있을지도 모른다고 타우웨어는 생각한다.

크로스비 웰스는 4등분된 창문에 달기 위해서 유리판 네 장을 샀지만, 아직 구멍을 내지도, 창틀을 설치하지도 않았다. 그래서 지금 유리판은 벽에 기대어진 채 희미하게 깜빡거리는 불빛과 네모난 화덕의 창살을 비추고 있었다.

"던스탄에서 홍수에 한 팔을 잃은 사내를 알아."

웰스가 말했다. 그는 베개 받침 위에 누워서 가슴에 술병을 껴안고 있었다. 타우웨어는 그 맞은편에 역시나 술병을 하나 들고 앉아 있었다.

"급류에 휘말렸는데 한 팔이 낀 거야. 그걸 빼낼 수가 없었지. 이름이 평범한 친구였어. 스미스나 스톤이나 뭐 그 비슷한 거였지. 어쨌든 말이야, 내가 이야기하려는 건, 나중에 그 일에 대해서 이야기를 하면서 그 친구가 그러더라고. 진짜로 슬픈 건 말이야, 잃어버린 팔이 문신을 한 쪽이었다고. 완전 범장한 배 그림이었다더군. 혼 곳을 돌아온 기념으로 자신에게 준 선물이었다나. 그래서 그 팔을 잃었다는 게 가장 마음이 아프다고 그러는 거야. 왠지 모르게 그 말이, 그 이야기가 기억에 남아. 문신을 잃었다는 거. 그냥 다른 팔에 문신을 하면 안 되느냐고 내가 물었더니, 그 친구 묘하게 반응을 하더군. 절대로 그러지 않을 거라고. 절대로 그러지 않을 거라는 거야."

"고통스럽다. 타 모코."

타우웨어가 말했다. 웰스가 그를 쳐다보았다.

"자네 얼굴을 보면 가끔 놀라기도 하나? 한동안 거울을 보지 않고 있다가 오랜만에 보면 말이야. 그게 있다는 걸 잊어버리곤 하나?"

"아니다. 절대로."

타우웨어의 얼굴에는 그림자가 드리워 있었다. 램프 불빛이 그의 입 주위의 선을 강조해서 인상이 매처럼 음울하게 보였다.

"나라면 그럴 것 같아."

"이런 말 있다. 타이아 아 모코 헤이 호아 마텡가 모우."

"난 칼로 어떤 남자의 얼굴을 그었지."

웰스가 여전히 그를 쳐다보며 말했다.

"그자에게 흉터를 남겼어. 바로 여기. 눈부터 입가까지. 엄청나게 피가 흐르더군. 자네도 엄청나게 피가 흘렀나?"

"그렇다."

"사람을 죽여본 적 있나, 타우웨어?"

"없다."

"그래."

웰스가 다시 술병을 들어올리면서 말했다.

"나도 없어."

8부

오로라에 관한 진실

1865년 8월 22일

남위 42° 43′ 0″ / 동경 170° 58′ 0″

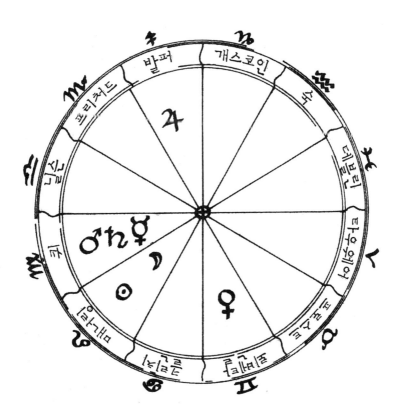

처녀자리의 토성

C☆

퀴 롱은 사법당국에 불만을 제출하지만 숙 용승에 대한 개인적인 증오
가 점점 커져서 모든 중국인을 싫어하게 된 조지 셰퍼드는 이를 처리
하기를 거부하고, 당시에도, 이후에도 자신의 불공정한 행동에 죄책감
을 느끼지 않는다.

"뭐라고 말하는 건지 알아들을 수가 없군."

아 퀴는 한숨을 쉬었다. 그리고 세번째로 그들 사이, 셰퍼드의 책상
위에 놓여 있는 자신의 고용계약서를 가리켰다. '현재 고용지' 칸에는
오로라라고 쓰여 있었다.

"비었다. 오로라 빈 광산이다."

그가 설명했다.

"오로라가 빈 광산이고, 네가 오로라에서 일한다는 거지. 그래, 거기
까지는 알겠어."

"매너링. 매너링 빈 광산 빈 거 아니다 만든다."

"매너링이 빈 광산을 빈 것이 아니게 만든다."

셰퍼드가 따라 말했다.

"아주 좋다. 아주 나쁜 사람."

아 퀴가 고개를 끄덕이면서 말했다.

"어느 쪽이라는 거지? 아주 좋은 사람이라는 건가, 아주 나쁜 사람이라는 건가?"

아 퀴가 인상을 찌푸렸다. 그리고 잠시 후에 대답했다.

"아주 나쁜 사람."

"그 사람이 어떻게 빈 광산을 빈 광산이 아니도록 만든다는 거지? 어떻게? 도대체 어떻게?"

아 퀴가 지갑을 꺼내서 앞으로 내밀었다. 셰퍼드가 자신의 행동을 오해하지 않도록 그는 아주 조심스럽게 은 동전을 꺼낸 다음 동전을 왼쪽 주머니로 옮겼다. 그리고 잠깐 기다렸다가 동전을 주머니에서 꺼내 다시 원래대로 지갑 안에 넣었다.

셰퍼드가 한숨을 쉬었다.

"이봐, 퀴. 네 노동 계약 기간은 아직까지 몇 년 남았지만, 내 인내심의 기간은 몇 분 전에 이미 만료됐어. 난 제대로 알아들을 수도 없는 정보를 바탕으로 매너링 씨의 재정 상태를 조사할 만한 자원도 없고 그럴 마음도 없어. 그러니까 오로라로 돌아가서, 할 일이 있다는 것만 해도 행운이라고 생각하고 살지그래."

사수자리의 목성

C☾

알리스테어 로더백은 자신의 이미 화려한 정치 경력을 더 확장하기 위해서 네번째 뉴질랜드 의회의 웨스트랜드 의원 자리에 공식적으로 출마할 뜻을 밝히고, 이로 인해 조만간 알프스를 넘어 웨스트랜드까지 갈 계획을 세운다. 그리고 오랫동안 서출 형제가 바라왔던 만남을 갖기로 약속하고, 이제 좀더 실질적인 문제로 관심을 돌린다. 좀더 정확하게 말해서 오랜 지인에게 자신, 로더백을 위해 실질적인 문제에 집중해줄 것을 요구한다.

아카로아. 8월 22일.

나의 친구 톰에게.

내가 웨스트랜드 의석을 놓고 출마하기로 했다는 것은 자네도 이미 알고 있겠지. 아직 모르고 있다면, 출마 선언과 그 이유를 여기에 이야기하는 것보다 훨씬 자세하게 설명해놓은 『리틀턴 타임스』 기사를 동봉하겠네. 나는 내 두 눈으로 웨스트 캔터베리의 근사한 풍경을 대단히 보고 싶어. 그래서 미래의 크라이스트처치로를 따라 조사를 할 겸 해로 대신 육로를 통해 호키티카에 1월 15일에 도착하는 계획을 세우고 있네. 도착 날짜는 날씨에 따라 조금 달라지겠지만 말이야. 물론 여장은 가볍게 꾸릴 생각이야. 그래서 개인적인 소지품들은 12월 말에 리틀턴에서 운송을 하기로 했네. 1월 10일에 더니든에서 출발하기 전에 버추 호가 내 트렁크를 찾아 싣고 코스트까지 날라줄 수 있겠나? 웨스트 캔터베리는 낯설다보니 호키티카의 숙박과 식사, 마차 임대, 클럽 회원 가입 등의 문제에 자네의 전문적인 도움이 필요하네. 자네의 훌륭한 취향과 능력을 나는 전적으로 신뢰한다네.

자네의 좋은 친구, A. 로더백

사자자리의 신월

☾*

매너링은 안나 웨더렐을 카니에레로 데려다주며 새삼 냉정함과 거리
감을 알아차린다. 그 사실에 마음속으로는 동정심을 느끼지만, 이런 인
상을 처음 받고서 5킬로미터쯤 간 뒤 입을 열 무렵에는, 여기까지 달려
오느라 지쳐서 그 역시 냉혹해진 탓에 달래는 말이 나오지 않는다.

"비참해한다고 좋을 거 없어. 비참해하는 건 어떤 종류의 사업이든
간에 안 좋다고. 이 말에 동의하지 않을 수도 있고, 동의할 수도 있어.
그리고 우리 일이라는 건 그 둘 중 하나인 법이야. 알겠어?"

"네, 알아요."

안나가 대답했다.

그는 아 숙이 아편 덩어리와 파이프를 들고 기다리고 있는 차이나타
운으로 그녀를 데리고 가는 중이었다.

"내 밑의 여자애들은 살해된 적도 없고, 구타당한 적도 없어."

그가 말했다.

"알아요."

"그러니까 날 믿으라고."

사자자리의 태양

C☽★

스테인스는 매너링에게 프랜시스 카버 씨와 후원 계약을 맺은 것을 후
회한다고 털어놓는다. 카버의 성격과 과거사에 관한 첫인상이 심각하
게 잘못된 것이었으며, 이제는 카버가 엄청난 악당이고 큰돈을 받을
만한 자격이 없다는 쪽으로 생각이 바뀌고 있다고 말한다. 매너링은
낄낄 웃고서 악랄하기는 하지만 흥분되는 일종의 해결책을 제시한다.

"금광에서 진정한 범죄는 딱 하나밖에 없지."

매너링은 스테인스와 함께 오로라 광산지 남쪽 가장자리로 관목 사
이를 걸어가면서 말했다.

"살인이나 절도, 반역 같은 데에는 신경 쓰지 말게. 진정한 범죄는
사기뿐이라네. 광부의 희망을 꺾는 짓이야. 광부들이란 가진 게 오로지
희망밖에는 없는 사람들이거든. 광부에 대한 사기는 두 종류가 있지.
빈 광산에 금을 심어서 속이는 게 첫번째고, 빈 광산이라고 주장하는
게 두번째야."

"어떤 범죄가 더 끔찍하게 여겨집니까?"

"끔찍하다는 말의 정의에 따라 달라지지."

매너링이 덩굴을 걷어내면서 말했다.

"금을 심어놨다가 들키면, 잠자리에서 살해될 수도 있네. 빈 광산이라고 주장하다가 들키면, 집단구타를 당할 가능성이 높아. 냉혈한의 행동이냐, 다혈질의 행동이냐의 차이지. 선택은 자네 몫이야."

스테인스가 미소를 지었다.

"제가 냉혈한과 거래를 하게 되는 겁니까?"

"자네가 결정하게."

매너링이 팔을 휘두르면서 말했다.

"바로 여기야. 여기가 오로라지."

"아."

스테인스 역시 걸음을 멈추었다. 두 사람은 걸어오느라 숨을 조금 헐떡이고 있었다.

"음, 아주 좋군요."

두 사람은 함께 땅을 살폈다. 스테인스는 30미터쯤 떨어진 곳에서 양손으로 선광 접시를 느슨하게 쥐고 웅크리고 앉아 있는 중국인 한 명을 발견했다.

"귀향금의 반대가 뭘까?"

매너링이 잠시 후에 물었다.

"집에 못 가는 금? 카버 씨의 금?"

"저 사람은 누구죠?"

스테인스가 물었다.

"퀴야. 저 친구는 여기 그냥 있을 거야."

스테인스가 목소리를 낮추었다.

"저 사람도 압니까?"

매너링이 웃었다.

"'저 사람도 압니까?' 내가 방금 뭐라고 했나? 난 잠자리에서 살해되고 싶지는 않다네."

"그렇다면 여기가 굉장히 금이 적은 광산이라고 생각하고 있겠군요."

"저치가 무슨 생각을 하는지 나는 짐작도 안 가는군."

매너링이 코웃음을 치면서 말했다.

또 다른 종류의 새벽

아 퀴는 안나의 보디스의 딱딱한 곡선을 손으로 더듬다가 흥미로운 것을 발견한다. 여드레 후에 안나의 모슬린 드레스 네 벌을 전부 다 확인한 그는 그 안에 든 금의 가치를 머릿속으로 계산한 후에야 얼마나 중대한 것을 발견했는지 깨닫는다. 물론 여기에는 안나가 카니에레에 한 번도 입고 온 적이 없는 오렌지색 실크 드레스 안에 든 금은 제외되었다.

아 퀴가 손으로 드레스를 더듬는 동안 안나는 눈을 감은 채 꼼짝도 하지 않고 누워 있었다. 그는 손가락으로 그녀의 코르셋 구석구석을 더듬고 주름장식 하나하나를 쓰다듬으며 살폈다. 그리고 묵직한 치맛자락을 들어 천을 자신의 손 위에 얹었다. 그의 체계적인 움직임이 그녀를 지금 여기, 이 순간에 붙잡아주는 것 같았다. 그가 그녀를 만지기 전에 옷 구석구석을 더듬는 것이 그녀에게는 아주 중요한 일처럼 느껴졌고, 그것이 그녀의 마음을 강하게 안정시켜주었다. 그가 그녀의 어깨 아래 팔을 넣고 몸을 돌려 눕히자, 그녀는 말없이 그의 행동에 따르며 늘어진 손을 아기처럼 입가로 올리고 그의 가슴 쪽으로 얼굴을 돌렸다.

9부

변하기 쉬운 지구

1865년 9월 20일

남위 42° 43′ 0″ / 동경 170° 58′ 0″

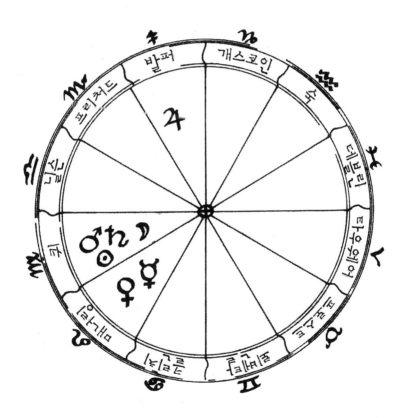

처녀자리의 초승달

🌙

아 퀴는 안나의 드레스에서 빼낸 마지막 금 조각들을 제련한 후 금괴에 자신이 계약되어 있는 금괴, 오로라의 이름을 찍기 위해서 화실에 석탄을 가득 채운다. 안나는 잠을 자면서 괴로운 신음을 내뱉고 상처에서 피를 막으려는 것처럼 뺨에 손을 얹는다

안나가 깨어보니 아침이었다. 아 퀴는 그녀를 오두막 구석으로 옮기고, 접은 담요를 뺨 아래 괴고, 자신의 모직 망토로 그녀를 덮어놓았다. 깨어나면서 그녀는 자신이 잠결에 뭔가 말을 했었음을 기억했다. 얼굴이 빨갛고 심란했으며, 너무 더웠던 탓이었다. 머리카락이 축축했다. 아 퀴는 아직 그녀가 깨어났다는 것을 알아차리지 못했다. 그녀는 가만히 누운 채 그가 부산스럽게 아침식사를 준비하며 자신의 손톱을 검사하고, 고개를 끄덕이고, 콧노래를 부르면서 몸을 구부려 석탄을 긁어모으는 것을 지켜보았다.

처녀자리의 태양

☪＊

에머리 스테인스는 크로스비 웰스가 프랜시스 카버에게 배신당한 전 말을 모두 털어놓은 이래로 서로 신뢰와 충성을 쌓게 되었고, 그래서 광산 기록에서 금괴가 나왔다는 모든 증거를 없애고 분기별 보고서를 조작하기로 순간적으로 결심한다. 노동 계약을 하게 된 상황과 무관하게, 절차에 따르면 억척스러운 일꾼 퀴가 어쨌든 상여금을 받아야 한다는 사실은 잊어버린다.

에머리 스테인스는 광산촌 분소에 도착해서 오로라의 상자에 표가 붙어 있는 것을 보고 깜짝 놀랐다. 광물이 들어왔다는 의미였다. 그는 금 호위병에게 상자를 열어달라고 요청했다. 그 안에는 제련된 금괴가 차곡차곡 쌓여 있었다. 스테인스는 금괴 하나를 손에 들었다.

"내가 이 상자의 내용물을 다른 곳으로 옮길 동안 잠시 눈을 감아달라고 부탁하려면, 얼마면 될까요?"

그가 잠시 후에 물었다. 호위병은 잠깐 생각에 잠긴 채 손가락으로 소총 총열을 위아래로 쓸었다.

"20파운드면 그렇게 하지요. 금 말고 화폐로요."

"50파운드 드리죠."

스테인스가 말했다.

태양의 부분일식

에머리 스테인스는 금을 안전하게 한동안 보관하기 위해서 마오리족의 땅 옆에 파묻을 생각으로 부대를 들고 아라후라 골짜기로 간다. 하지만 프랜시스 카버가 왜 유망한 투자 지역이던 오로라 금광이 완전히 빈 광산으로 판명된 건지 알아보기 위해 호키티카로 곧 돌아올 거라고는 생각조차 하지 못한다.

스테인스의 어깨 너머 아마 관목에서 투이 새 한 마리가 고개를 숙이고 요란하게 울었다. 그의 귀에는 갈대피리로 음악을 연주하는 동안 막대기로 말뚝을 문지르는 것 같은 소리로 들렸다. 얼마나 근사하게 기묘한 소리인지! 그는 손바닥을 내밀어 아마의 매끄러운 이파리를 건드리며 그 선명한 빛깔을 즐겁게 감상했다. 이파리 가장자리의 보랏빛은 중심부의 희끄무레한 초록색과 뒤섞여 합쳐졌다.

투이 새가 다시 울고는 곧 조용해졌다. 스테인스는 손을 내려 제련된 금괴들을 집어서 신중하게 방금 판 구덩이 아래 놓았다. 금을 묻은 다음 그는 그 위에 몇 개의 위가 평평한 돌들을 차례로 얹어 알아볼 수 있는 표식을 만든 다음 자신의 발자국을 지웠다.

파파-투-아-누쿠

방금 금을 묻은 곳에서 1킬로미터쯤 하류로 내려간 곳에서는 크로스비 웰스와 타우웨어가 야외의 조리용 모닥불 앞에 앉아 있다. 흙으로 감싸 모닥불에서 구운 뒤 나중에 꺼낸 고기에서 겉을 감싼 이파리를 벗기면 진한 연기와 타닌 향이 나고 흙의 향기가 뒤섞인 축축한 음식이 나타난다.

"내가 말하려는 건, 그 안에 아무것도 없다는 거야. 자네의 그 초록 돌도 그렇고, 우리의 금도 그렇고 말이야. 반대로 생각을 할 수도 있어. 그걸 초록 돌 열풍이라고 부를 수도 있겠지. 초록 열풍, 그렇게 부를 수도 있을 거야."

타우웨어는 여전히 고기를 씹으면서 그 말에 대해 생각했다. 그리고 잠시 후 고기를 삼키고 고개를 흔들었다.

"아니다."

"차이가 없다니까."

웰스가 고집하며 고기를 한 조각 더 집었다.

"자네 마음에 안 들 수도 있겠지만, 인정은 해야 해. 차이가 없다니

651

까. 광물만 다른 종류일 뿐이야. 이 돌이 아니라 저 돌일 뿐이지.”

“아니다.”

타우웨어가 말했다. 화가 난 얼굴이었다.

“같지 않다.”

10부

연쇄의 문제

1865년 10월 11일

남위 42° 43′ 0″ / 동경 170° 58′ 0″

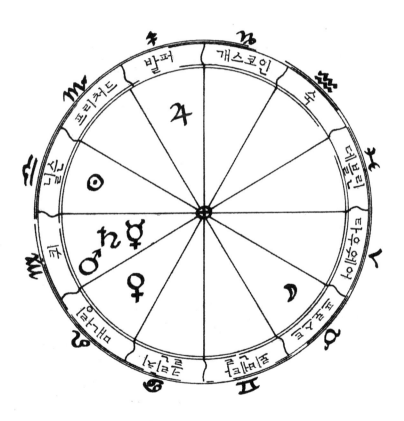

손상

안나 웨더렐은 5월 12일 밤에 더니든의 수많은 소원의 집 안방에서 일어난 공격을 고통스럽게, 끔찍하게, 분명하게 떠올리고서 그 공격의 기억에 매일 괴로워한다. 그 괴로움은 암묵적이긴 하지만 자신의 관여로 죄 없는 사람이 상처받지 않고 도망쳤다는 사실에도 누그러지지 않고, 얼굴에 흉터가 있는 남자 본인이 나타나자 깜짝 놀라 약해진 한순간 자신의 입장을 잊는다.

프랜시스 카버는 카니에레로를 따라 내륙으로 말을 타고 가다가 길가에서 낯익은 모습을 발견했다. 그는 말을 세우고 내려서 그쪽으로 다가갔다. 그녀가 새빨갛게 달아오른 얼굴로 비틀거리며 걷는 것이 눈에 들어왔다. 그녀는 웃고 있었다.

"그 사람이 도망쳤어요. 내가 도왔어요."

그녀가 웅얼거렸다. 카버가 좀더 가까이 다가가서 그녀의 턱 아래 손가락을 대고 고개를 들어올렸다.

"누구?"

"크로스비요."

카버의 몸이 즉시 굳었다.

"웰스. 그놈 어디에 있지?"

그녀가 딸꾹질을 했다. 갑자기 더럭 겁을 먹은 얼굴이었다.

"어디 있어?"

그가 뒤로 물러나서 그녀의 얼굴을 세게 후려쳤다.

"대답해. 그놈 여기에 있어?"

"아니에요!"

"오타고? 캔터베리? 어디 있지?"

그녀가 절망적으로 몸을 돌려 도망치려 했다. 카버는 그녀의 어깨를 잡고 덥석 끌어당겼다. 하지만 그때 총소리가 근처에서 울리고…….

"워, 워."

카버가 소리치며 돌아서고…….

그리고 말이 발버둥을 치고…….

하락

☾⋆

안나 웨더렐은 이전의 배신을 보상하기 위해서 뒤늦게 크로스비 웰스를 지키려고 거짓말을 한다. 이런 기억은 불분명하게 들쭉날쭉 남는다. 그녀이 정신이 처음에는 아편 파이프에, 두번째는 폭력에, 세번째는 길리스 의사가 대단히 끔찍한 시술을 하기 위해 이편이 든 약을 먹인 탓에 세 번 흐려졌기 때문이다. 안나가 흐느끼며 신음하고 자신을 잡아뜯고 대단히 괴로워해서 길리스 의사는 어쩔 수 없이 그녀를 붙잡으라고 지시한다. 부상이나 곤란한 상황이 닥쳐도 평소 강인한 편인 뢰벤탈은 그녀의 손을 붙잡으며 펑펑 운다.

안나가 눈을 뜨자 뢰벤탈이 한 손에 하얀 천을 들고, 한 손에는 아편 팅크 병을 들고 옆에 서 있었다. 그의 옆에는 창백한 얼굴의 에드거 클린치가 서 있었다.

"그녀가 깼어."

클린치가 말했다.

"안나, 안나. 불쌍한 아가씨 같으니."

뢰벤탈이 말했다.

"으음."

안나가 웅얼거렸다.

"무슨 일이 있었는지 말해보게. 누가 이랬는지 말을 해봐."

"카버."

그녀가 불분명한 어조로 말했다.

"응?"

뢰벤탈이 몸을 기울였다.

크로스비 웰스를 배신할 수는 없었다. 그를 배신하지 않겠다고 맹세했으니까. 안나는 그의 이름을 말할 수가 없었다.

"카버……."

그녀의 정신이 맑아졌다가 다시 흐려지기를 반복했다.

"음?"

"……가 아이 아빠예요."

안나가 말했다.

하강점

☾⋆

에머리 스테인스는 벤자민 뢰벤탈로부터 안나의 폭행 소식을 듣고 당장 말을 타고 이를 악물고 눈물을 참으며 아라후라 골짜기로 향한다. 북쪽으로 가는 동안 그는 이런 감정적 괴로움의 진정한 이유를 인정하지도, 밝히려 하지도 않는다. 상처에 대한 뢰벤탈의 노골적인 설명과 그의 인쇄용 앞치마를 가슴부터 하체까지 흠뻑 적신 피를 보고 느낀 가슴 아픈 비참함과 강렬한 감정 역시 고민하거나 이해하려 하지 않는다. 하지만 그 끔찍함에 마구간에 지갑과 모자도 그냥 두고 나와서 다급하게 달려가다가 종이봉투를 팔 아래 끼고 티그린 철물점에서 나오던 하랄 닐슨을 짓밟을 뻔한다.

웰스가 문을 열었다. 문 앞에서 몸을 구부리고 있는 것은 에머리 스테인스였다.

"아기가 죽었어요. 당신 아기가 사라졌어요."

그가 흐느꼈다.

웰스는 그를 집 안으로 들인 다음 이야기를 들었다. 그런 다음 브랜디 병을 가져와서 각각 한 잔씩 따르고, 들이켜고, 다시 한 잔을 더 따라서 들이켜고, 그리고 세번째 잔을 따랐다.

병이 비었을 즈음 스테인스가 말했다.

"그녀에게 절반을 줄 거예요. 그녀와 그걸 나누어야겠어요. 전 땅에 금을 묻어놨어요. 몰래요. 그걸 파낼 거예요."

웰스가 그를 빤히 보았다. 그리고 잠시 후에 물었다.

"절반이 얼마나 되는데?"

"아마도 2천 정도는 될 거예요."

스테인스가 웅얼거리고는 고개를 숙여 탁자에 대고 눈을 감았다.

웰스는 선반에 있는 양철 상자를 가져와서 뚜껑을 열고, 깨끗한 종이 한 장과 만년필을 꺼내서 적었다.

이번 1865년 10월 11일, 증인 크로스비 웰스(남)가 동석한 자리에서 뉴 사우스 웨일스 출신 에머리 스테인스(남)가 뉴 사우스 웨일스 출신인 안나 웨더렐(여)에게 2천 파운드의 돈을 증여한다.

"여기."

웰스는 자신의 이름을 서명한 다음 종이를 스테인스 쪽으로 내밀었다.

"서명하게."

하지만 청년은 잠이 든 상태였다.

11부

전갈자리가 뜨면 오리온자리가 진다

1865년 12월 3일

남위 42° 43′ 0″ / 동경 170° 58′ 0″

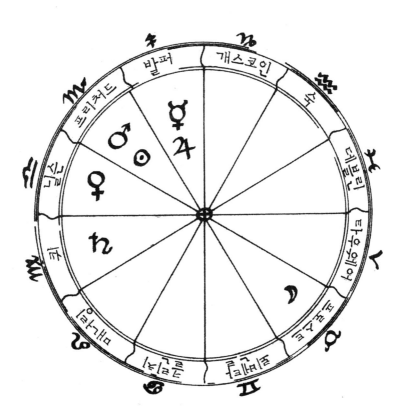

황소자리의 태양
(오리온자리의 권역 내)

☪

안나 웨더렐은 생각에 잠겨 자신의 의무를 차례로 떠올려보고, 대단히 절망에 사로잡혀서 마음의 눈을 말하자면 다른 곳으로, 좀더 가벼운 주제로, 눈을 반짝이며 미소를 짓는 에머리 스테인스 쪽으로 돌린다. 그녀는 아는 모든 사람 중에서 그에게 가장 좋은 평가를 받고 싶지만, 그가 자신보다 훨씬 더 높은 곳에 있고, 자신의 전망이 암울하고 별것 없는 반면 그의 미래는 찬란하고 화려할 거라는 생각이 들자마자 그 마음을 억누르곤 한다. 또한 자신이 그에게 갖는 감정과 그가 자신에게 갖는 감정은 정반대일 거라고, 그가 그녀가 회복된 이래로 세 번이나 찾아오고 최근에는 호키티카에 마지막 남은 브랜디인 안달루시아산 브랜디를 선물로 주었음에도 불구하고 그렇게 생각한다. 그녀가 그 병을 받아들자마자 그는 갑자기 괴로워하며 그걸 도로 돌려주면 그녀에게 훨씬 더 잘 어울리는 다른 선물을 가져오겠다고 말하고, 그녀는 솔직하게 어울리고 말고에 관계없이 선물을 받았다는 사실이 굉장히 기쁘고, 이것이 호키티카에 마지막 남은 브랜디인 만큼 자신이 받아본 그 어떤 호의나 기념품보다도 더 귀중하고 독보적인 것이라고 대답한다.

안나가 매너링에게 진 빚은 지난 한 달 동안 두 배로 늘었다. 백 파운드라니! 그걸 갚는 데에는 10년이, 어쩌면 그 이상이 걸릴 것이다. 이자율에다가 아편값, 그리고 그녀의 가치가 당연히 나날이 떨어질 것을 감안하면 말이다. 그녀의 숨결이 창문 가장자리를 하얗게 만들었다. 그녀는 손을 내밀어 그 부분을 건드렸다. 그녀의 머릿속에 문득 어떤 격언이 떠올랐다. 몰락한 여성에게는 미래가 없다. 출세한 남성에게는 과거가 없다. 그 말을 누군가 다른 사람에게서 들었던 걸까? 아니면 그녀가 혼자서 지어낸 걸까?

전갈자리의 태양

🌙

에머리 스테인스는 생각에 잠겨 자신의 의도, 자신이 탐내는 것과 자신을 기쁘게 만드는 것을 쉽게 납득하는 타고난 정직함, 그리고 그가 손쉽게 기쁨을 얻게 되는 방식에 대해 의심을 품는다. 이런 표현이 부끄러운 것은 아니지만, 그래도 주저하게 된다. 각자의 입장 차이가 어떻든 간에 그는 안나 웨더렐에게 어떤 유대감을, 인연을 느끼기 때문이다. 그는 자신과 반대이면서도 또한 똑같은 그녀의 천성 앞에서 자신이 완전해지기보다는 오히려 더욱 불완전해지는 느낌을 받곤 한다. 외적인 태도에서는 전혀 드러나지 않는 그의 내적인 성격이 그녀의 앞에서는 더욱 극명해져서 자신이 절반만 남은 것 같으면서도 동시에 두 배가 된 것 같은 느낌을 받기 때문이다. 다시 말해 그녀와 함께 있을 때에는 두 배가 된 것 같고, 그녀가 없으면 절반만 남은 것 같은 기분이 드니까. 그 결과 그는 갑자기 평소 아무 의심 없이, 주저 없이 발휘하던 자신의 솔직하고 온화한 호기심이라는 성격에 의심을 품게 된다. 이런 생각 중간중간에 불편하게, 일률적으로 조지프 프리처드의 말―"빚과 아편중독만 아니었다면 그녀는 수십 명의 남자에게 수십 가지 제안을 받았을 거야"―이 자꾸 떠오른다.

어쩌면 그녀를 하룻밤 사는 편이 좋을지도 몰랐다. 아침에 그녀를 아라후라로 데려가서 거기 묻어놓은 금을 그녀에게 보여주는 것이다. 그리고 정확히 그 절반을 그녀에게 주고 싶다고 설명하는 것이다. 그가 이미 그녀와 함께하는 기쁨에 돈을 지불했다면, 선물의 의도가 무산될까? 그럴지도 모른다. 하지만 다른 남자들은 그가, 스테인스가 모르는 방식으로 그녀를 안다는 사실을 참아낼 수 있을까? 그건 알 수가 없었다. 그는 나뭇잎을 손바닥에서 으스러뜨리고 손바닥을 들어올려 코로 즙의 향기를 맡았다.

12부

초승달의 품에 안긴 만월의 달*

1866년 1월 14일

남위 42° 43′ 0″ / 동경 170° 58′ 0″

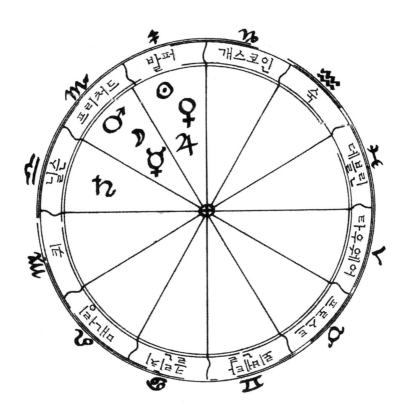

* 초승달 두 뿔 사이로 희미하게 달의 암흑면이 보이는 것.

발광체*

☾˚

안나 웨더렐이 하룻밤 팔린다. 알리스테어 로더백은 서출 형제를 만나러 간다. 프랜시스 카버는 정보에 따라 아라후라 골짜기로 출발한다. 월터 무디가 뉴질랜드 땅에 도착한다. 리디아 웰스가 도박용 룰렛을 돌린다. 조지 셰퍼드가 소총을 무릎에 얹은 채 경찰서를 지킨다. 깁슨 부두에서 화물 상자가 열린다. 연인이 한데 눕는다. 카버는 아편이 든 유리병을 연다. 무디가 낯선 하늘을 올려다본다. 연인이 잠든다. 로더백이 사과의 말을 연습한다. 카버가 땅에서 파낸 금을 발견한다. 리디아가 다시 룰렛을 돌린다. 에머리 스테인스가 텅 빈 침대에서 깬다. 안나 웨더렐이 위안을 찾아 파이프에 불을 붙인다. 스테인스가 넘어져서 머리를 부딪친다. 안나가 뇌진탕을 일으킨다. 약에 취해 혼란 속에 스테인스가 밤길로 나간다. 뇌진탕으로 인해 혼란 속에 안나가 밤길로 나간다. 로더백이 산마루에서 형제의 오두막을 염탐한다. 크로스비 웰스가 병의 아편 절반을 마신다. 무디가 호텔에 숙박한다. 스테인스가 깁슨 부두에서 발을 헛디뎌 쓰러진다. 안나가 크라이스트처치로에서 발을 헛디뎌 쓰러진다.

---

* Luminary. 점성술에서 가장 밝고 중요한 두 천체인 태양과 달을 의미한다.

화물 상자의 뚜껑에 못이 박힌다. 카버가 화덕에서 종이를 태운다. 리디아 웰스가 길고 명랑하게 웃는다. 셰퍼드가 조명을 끈다. 은둔자의 영혼은 대단히 표표하게 몸에서 빠져나와 위로 외로운 길을 올라가 별들 사이에서 마지막 쉼터를 찾는다.

"오늘밤이 바로 시작이 될 거예요."

"그래요?"

"그럴 거예요. 나한테는요."

"제 시작은 앨버트로스였어요."

"멋진 시작이죠. 그게 당신의 시작이라니 기뻐요. 오늘밤은 나의 시작이 될 거예요."

"우리가 서로 달라야 하나요?"

"서로 다른 시작을 가져야 하느냐고요? 그래야 한다고 생각해요."

"더 있을까요?"

"수없이 많이 있을 거예요. 눈감고 있어요?"

"네. 당신은요?"

"나도요. 아주 어두워서 거의 차이가 없지만요."

"전…… 저 자신 이상이 된 것 같은 느낌이에요."

"난…… 마치 내 심장에 새 심방이 생긴 것 같은 느낌이에요."

"들어봐요."

"뭐죠?"

"비가 와요."

감사의 말

다음의 사람들과 단체의 지원과 응원에 대단히 감사를 드리고 싶습니다. 뉴질랜드 예술재단, 루이스 존슨 장원, 크리에이티브 뉴질랜드, 뉴질랜드 작가협회, 테일러-체학 가족, 슐츠 가족, 아이오와 예술재단, 캔터베리 대학 영문과, 마이클 킹 작가센터, 오클랜드 대학 영문과, 마누카우 공과대학 창조예술학부, 그리고 아이오와 작가 워크숍의 내 동료들과 강사분들. 또한 영국의 그란타와 미국의 리틀, 브라운, 그리고 뉴질랜드의 빅토리아 대학 출판부에 자리를 얻게 된 것도 굉장히 행운이라고 생각합니다.

이 책은 어떤 부분도 실화가 아닙니다만, 콜린 타운센드의 시뷰 감옥 관련 서적 『탄식의 언덕』과 스테반 엘드레드-그리그의 뉴질랜드 금광 열풍에 관한 역사책 『광부, 모자장수, 그리고 창녀들』에서 영감을 받았습니다. 또한 뉴질랜드 국립도서관 신문 서고(paperspast.natlib.govt.nz), 광범위하고 때로는 대단히 유쾌한 점성술 사이트 www.astro.com, 점성가인 스텔라 스타스키와 퀸 콕스의 저서에서도 많은 도움을 받았습니다. 별과 행성의 위치 도표에 관해서는 www.starandtelescope.com과 맥 어플리케이션인 스텔라리움(Stellarium)의 인터랙티브 차트를 사용했습니다.

671

제 사랑과 감사를 맥스 포터, 사라, 홀로웨이, 퍼거스 배로우맨에게 보냅니다. 그리고 필립 그와인 존스, 리건 아서, 캐롤린 더네이, 올리비아 헌트, 제시카 크레이그, 린다 쇼네시, 사라 티켓, 조이 로스, 소피 스카드 역시 사랑합니다. 물론 셀 수 없는 방식으로 이 책에 영감을 주는 우정과 대화를 제공해준 엠마 보르게스-스코트, 저스틴 토레스, 에반 제임스, 케이티 패리, 토머스 폭스 패리에게도 감사를 전합니다. 이 책의 여러 부분을 광둥어 음성으로 번역해준 추총 주디 관에게도 진심으로 고마움을 전합니다. 원고 편집을 도와준 크리스틴 로, 사라 밴스, 일로나 자시에비치, 앤 미도우스 역시 고맙습니다. 도표를 아름답게 그려준 바바라 힐리엄, 별과 행성, 황금비를 설명해준 필립 캐턴, 나에게 바다 건너에서 해운 소식을 전해준 조안 오클리에게도 감사를 표합니다.

마지막으로 위의 모든 사람과 더불어 어떤 합에도, 어떤 삭에도, 어떤 새벽에도 함께 있어주었고, 최외이자 최내이고, 우리 관계에 신념을 갖고 그 신념을 나와 함께 나누어준 스티븐 투생, 당신의 영향력을 한마디로 표현할 수가 없군요. 그대에게 고마움을 전합니다.

옮긴이 김지원

서울대 화학생물공학부와 동대학원을 졸업하고 서울대 언어교육원 강사로 재직 중이며 전문 번역
가로 활동하고 있다. 『다크마우스』 『뇌가 섹시해지는 책』 『바이오코드』 『잘못은 우리 별에 있어』
『일곱 번째 내가 죽던 날』 『탑 시크릿』 『손 안에 담긴 세계사』 등을 우리말로 옮겼고, 『바다기담』과
『세계사를 움직인 100인』 등의 책을 엮었다.

루미너리스 2

초판 1쇄 발행 2016년 2월 15일
초판 4쇄 발행 2016년 6월 15일

지은이 엘리너 캐턴
옮긴이 김지원
펴낸이 김선식

경영총괄 김은영
사업총괄 최창규
책임편집 김정현 **책임마케터** 이상혁, 양정길
콘텐츠개발2팀장 김현정 **콘텐츠개발2팀** 백상웅, 김정현, 문성미, 윤세미
마케팅본부 이주화, 정명찬, 이상혁, 최혜령, 양정길, 박진아, 김선욱, 이승민
경영관리팀 송현주, 권송이, 윤이경, 임해랑, 김재경
외부스태프 디자인 이경란 교정·교열 김필균

펴낸곳 다산북스 **출판등록** 2005년 12월 23일 제313-2005-00277호
주소 경기도 파주시 회동길 37-14 3, 4층
전화 02-702-1724(기획편집) 02-6217-1726(마케팅) 02-704-1724(경영관리)
팩스 02-703-2219 **이메일** dasanbooks@dasanbooks.com
홈페이지 www.dasanbooks.com **블로그** blog.naver.com/dasan_books
종이 한솔피엔에스 **출력·인쇄** 갑우문화사 **후가공** 이지앤비

ISBN 979-11-306-0728-3
　　　979-11-306-0726-9 (04840)

매혹적이고 능수능란하며 강렬하다. -텔레그래프

당혹스러울 정도로 빠져들고 무시무시하게 정교하다. -이브닝 스탠더드

정교하게 얽힌 플롯에서 숨 막히게 어마어마한 미스터리가 펼쳐진다. -데일리 메일

놀라운 성취를 이룬 대작이다. 엘리너 캐턴은 복잡하게 얽힌 구조에 섬세하게 구성한 장면들을 얹어 아주 세심하고 지능적인 글을 씨냈디. 스코츠먼

한번 읽기 시작하면 단숨에 읽어내려가게 될 것이다.
읽고 나면 이 소설이 얼마나 거대하고 지능적인지 알게 된다.
-인디펜던트 온 선데이, 올해의 책 선정위원회

엘리너 캐턴이란 작가는 어마어마하다는 정도로 다 표현할 수가 없다. 올해의 맨부커상 수상작인 그녀의 소설은 자그마치 828페이지에 달하는 대작이지만 믿기 힘들 정도로 정교하고 능숙하게 엮어간다. -선데이 타임스

미스터리를 원하는가? 이 책을 읽어라. 훌륭한 작품을 원하는가? 이 책을 읽어라. 책에 정신없이 빠져들길 원하는가? 이 책을 읽어라.
-독자 John K. Danenbarger

호기심을 불러일으키고, 아름다우며, 위트 있고, 똑똑하고, 슬프며, 행복감을 준다.
-독자 jessica

아름답게 쓰인 놀랍도록 빠져드는 소설이다.
-독자 Melissa J. Aldenhoven